SEPULCRO

Kate Mosse es una escritora británica que además trabaja como productora para la BBC.

En 1996 publicó su primera novela, *Eskimo Kissing*, tras las que vendrían *Crucifix Lane* (1998) y su gran éxito *Laberinto* (2005). Con esta última le llegó el reconocimiento internacional, fue traducida a 37 idiomas y vendida a más de 40 países. Además de recibir por ella un British Book Award y ser nombrada por la cadena de librerías Waterstone como una de las cien novelas más importantes de los últimos veinticinco años. Con su novela *Sepulcro* va por el camino de cosechar el mismo éxito. Mosse recibió en el año 2000 el premio European Women for Achievement por su contribución a las artes, es también presentadora del programa literario *Readers' and Writers' Roadshow* y cofundadora del premio literario Orange for Fiction.

Actualmente vive con su familia en West Sussex y Carcasona.

KATE MOSSE

SEPULCRO

Traducción de Miguel Martínez-Lage

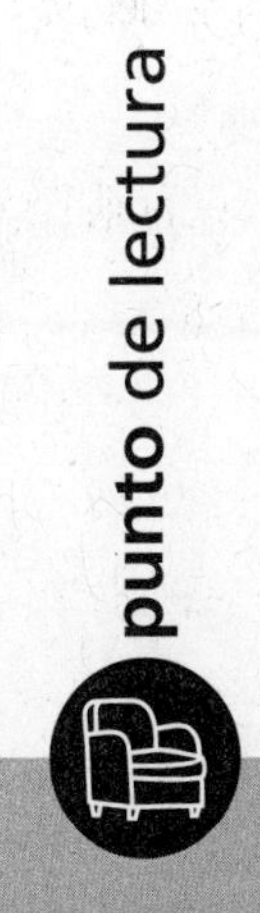

Título original: *Sepulchre*

Torrelaguna, 60. 28043 Madrid (España)
Teléfono 91 744 90 60
www.puntodelectura.com

ISBN: 978-84-663-2384-0
Depósito legal: B-1.901-2010
Impreso en España – Printed in Spain

Primera edición: febrero 2010

Impreso por Litografía Rosés, S.A.

A mi queridísima madre, Barbara Mosse,
por aqüel primer piano.

Y, como siempre, a mi amado Greg,
por todo lo presente, lo pasado y lo que está por venir.

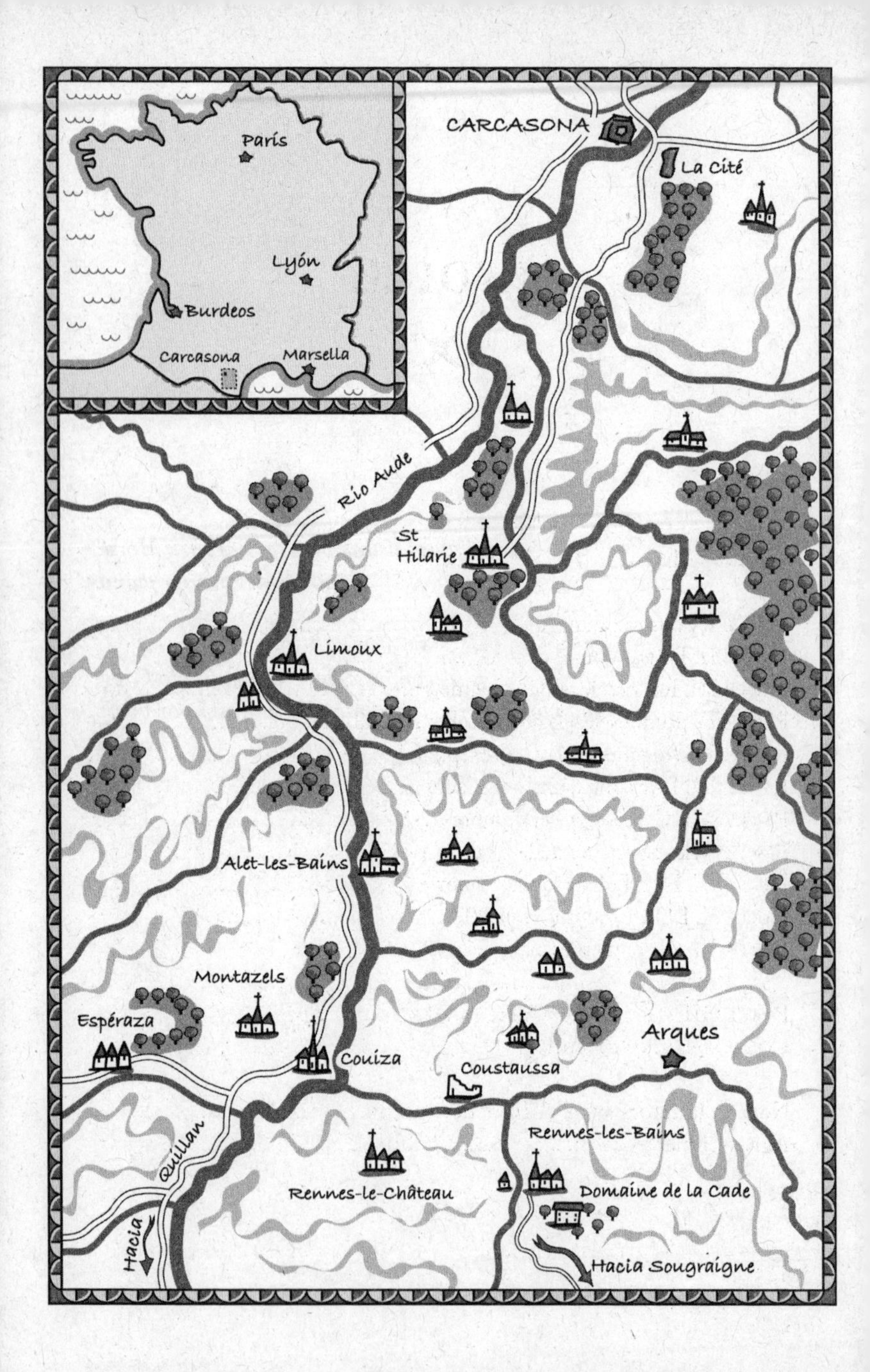
París
Lyón
Burdeos
Carcasona
Marsella
CARCASONA
La Cité
Río Aude
St Hilarie
Limoux
Alet-les-Bains
Montazels
Espéraza
Couiza
Coustaussa
Arques
Quillan
Hacia
Rennes-les-Bains
Rennes-le-Château
Domaine de la Cade
Hacia Sougraigne

ÍNDICE

∞

Preludio. Marzo de 1891 13

Parte I. París, septiembre de 1891 19
Parte II. París, octubre de 2007 81
Parte III. Rennes-les-Bains, septiembre de 1891 149
Parte IV. Rennes-les-Bains, octubre de 2007 219
Parte V. Domaine de la Cade, septiembre de 1891 265
Parte VI. Domaine de la Cade, octubre de 2007 355
Parte VII. Carcasona, septiembre-octubre de 1891 409
Parte VIII. Domaine de la Cade, octubre de 2007 499
Parte IX. La arboleda, octubre-noviembre de 1891 537
Parte X. El lago, octubre de 2007 631
Parte XI. El sepulcro, noviembre de 1891-octubre de 1897 661
Parte XII. Las ruinas, octubre de 2007 735
Coda. Tres años después 761

Nota de la autora sobre el Tarot de Vernier 773
Agradecimientos 775

SÉPULTURE / SEPULTURA

∞

Si par une nuit lourde et sombre	Si en noche lóbrega y opresiva,
Un bon chrétien, par charité	un cristiano, por caridad,
Derrière quelque vieux décombre	enterrase con loas vuestro cadáver
Enterre votre corps vanté,	tras unas ruinas antiguas,
À l'heure où les chastes étoiles	cuando los ojos de las estrellas castas
Ferment leurs yeux appesantis,	cierran sus pesados párpados,
L'araignée y fera ses toiles,	allí tejerá su tela la araña
Et la vipère ses petits;	y allí pondrá la víbora sus huevos;
Vous entendrez toute l'année	durante el año entero
Sur votre tête condamnée	han de resonar en vuestras cabezas condenadas
Les cris lamentables des loups	los alaridos plañideros
Et des sorcières faméliques,	de los lobos, de las brujas famélicas,
Les ébats des vieillards lubriques	los gemidos de los viejos lúbricos
Et les complots des noirs filous.	y los siniestros designios de los conspiradores.

CHARLES BAUDELAIRE, 1857

«L'âme d'autrui est une forêt obscure où il faut marcher avec précaution».
[El alma de otro es una selva oscura en la que uno ha de adentrarse con cautela].

CLAUDE DEBUSSY, en una carta de 1891

«El verdadero Tarot es simbolismo; no habla otro lenguaje, no propone otros signos».

ARTHUR EDWARD WAITE, *Clave pictórica del Tarot,* 1910

PRELUDIO

Marzo de 1891

Miércoles, 25 de marzo de 1891

Esta historia arranca en una ciudad de huesos. En los callejones donde habitan los muertos. En el silencio de los bulevares, de los paseos, de los callejones sin salida del cementerio de Montmartre, en París, un lugar poblado por las tumbas y los ángeles de piedra y los espectros detenidos de quienes caen en el olvido antes de quedar sus cuerpos fríos en sus sepulturas.

Esta historia comienza con los vigilantes de las puertas de entrada, con los pobres y los desesperados de París, que han venido a sacar provecho de una pérdida ajena. Los mendigos boquiabiertos y los menesterosos de mirada penetrante, los fabricantes de coronas fúnebres y los vendedores de baratijas que hacen las veces de exvotos, las muchachas que improvisan flores de papel, los cocheros que aguardan ante sus caballos, ante sus coches, con la negra capota y los cristales velados.

La historia empieza con la pantomima de un entierro. En una pequeña esquela publicada en *Le Figaro* se anunció el lugar, la fecha, la hora, aunque son pocos los que han acudido. Es un grupo muy poco numeroso, velos negros, gabanes de día, botas abrillantadas y paraguas extravagantes para guarecerse de la irracional lluvia de marzo.

Léonie, cuyo rostro llamativo queda oculto bajo el encaje negro del velo, se encuentra ante la tumba abierta junto a su hermano y su madre. De los labios del sacerdote caen los tópicos de costumbre, las consabidas palabras sobre la absolución y la vida en el más allá, que dejan fríos los corazones, intactas las emociones e inamovible la indiferencia. Con la fealdad del alzacuellos sin almidonar, con los vulgares zapatos de hebilla, con la tez grasienta, nada sabe él de las mentiras y de los hilos del engaño que han desembocado en esta parcela del cementerio en el decimoctavo *arrondissement*, en las afueras del norte de París.

Léonie tiene los ojos secos. Al igual que el sacerdote, no está al corriente de los grandes acontecimientos que se van a desarrollar en esta tarde de lluvia. Cree que ha acudido para asistir a un entierro, a ese momento con que se conmemora el final de una vida. Ha venido a rendir sus últimos respetos a la amante de su hermano, a una mujer a la que no conoció en vida. A dar apoyo moral a su hermano, abrumado por la pena.

Léonie tiene los ojos clavados en el féretro que en esos momentos desciende a la tierra mojada, al hueco en que habitan los gusanos y las arañas. Si se diera la vuelta sobre sus talones y lo hiciera deprisa, si sorprendiera ahora a Anatole sin que éste se diera cuenta, vería la expresión que se pinta en el rostro de su amado hermano y le causaría desconcierto. No es el dolor de la pérdida lo que aflora en sus ojos, sino más bien un extraño alivio.

Y como no se vuelve sobre sus talones, tampoco repara en el hombre que lleva un sombrero de copa de color gris y un chaqué, y que se guarece de la lluvia a la sombra de los cipreses, en el rincón más alejado del cementerio. Es una figura nítida, de silueta impecable: uno de esos hombres que, con sólo verlos, basta para que *une belle parisienne* se lleve la mano al cabello y alce levemente los ojos por debajo del velo que los cubre. Sus manos anchas, fuertes, envueltas en guantes de cabritilla hechos a medida, descansan con un ademán perfecto sobre la empuñadura de su bastón de caoba. Son manos con las que podría rodear del todo una fina cintura, manos con las que no le sería difícil atraer hacia sí a una amante, manos con las que sabría acariciar una pálida mejilla.

Está a la espera de no se sabe qué, con una expresión de gran intensidad en el rostro. Sus pupilas son negras cabezas de alfiler en el centro de unos ojos azul intenso.

Un recio golpe de la tierra sobre la tapa del féretro. Las palabras del sacerdote se apagan en lo más sombrío del aire.

—*In nomine Patri, et Filii, et Spiritus Sancti.* Amén. En el nombre del Padre, del Hijo y del Espíritu Santo.

Se persigna y se marcha.

Amén. Así sea.

Léonie deja caer la flor que esta misma mañana ha arrancado en el parque de Monceau, una rosa que sirva de recordatorio. El capullo traza una espiral en su caída, al precipitarse en el aire helado, un destello de blancura que cae despacio al soltarlo sus dedos, envueltos en guantes negros.

Descansen en paz los muertos. Que duerman el sueño de los justos.

Arrecia la lluvia. Pasadas las verjas del cementerio, altas, de hierro forjado, las torres y las cúpulas de París se hallan envueltas en un sudario entre perla y plata. Amortigua el sonido de los carruajes que pasan traqueteando por el bulevar de Clichy y los lejanos chirridos de los trenes que salen de la estación de Saint-Lazare.

Los dolientes se disponen a abandonar la tumba. Léonie roza el brazo de su hermano. Él le da una palmadita en la mano y permanece cabizbajo. Cuando salen del cementerio, Léonie ante todo espera y desea que éste sea el fin. Espera y desea que después de los últimos, funestos meses de persecución y de tragedia, por fin llegue el momento de olvidar todo lo ocurrido.

El momento en que dejen atrás las sombras y comiencen de nuevo a vivir.

Pero en esos precisos instantes, a muchos cientos de kilómetros al sur de París, algo empieza a moverse. Despacio.

Una reacción, una conexión, una consecuencia. En los antiquísimos hayedos que hay algo más arriba de una localidad famosa por su balneario y que en su día estuvo de moda, un pueblo llamado Rennes-les-Bains, un soplo de viento despereza las hojas de las hayas. Es música que se escucha, pero es música callada.

Enfin.

La palabra la lleva el viento como si fuera un hálito. Por fin.

Impulsado por el acto improvisado de una muchacha inocente en un cementerio de París, algo se ha movido en el sepulcro de piedra. Desde antaño olvidado entre las sendas enmarañadas, entre la maleza espesa del Domaine de la Cade, algo ha despertado. Para un observador poco atento, apenas parecería sino un juego de las sombras o un truco de la luz ahora que cae la tarde y la propia luz se desdibuja, pero durante un fugaz instante las estatuas de escayola parecen respirar, moverse, suspirar.

Y los retratos que figuran en las cartas sepultadas bajo la tierra y la piedra, allí donde se seca el río, momentáneamente parecen haber cobrado vida propia. Figuras fugitivas, meras impresiones, sombras intangibles: aún no es más que apenas eso. Una insinuación, una ilusión, una promesa. La refracción de la luz, el movimiento del aire allí donde dobla la escalinata de piedra. La ineludible relación entre lugar e instante.

Y es que en verdad esta historia comienza no con unos huesos en un cementerio parisino, sino con una baraja de cartas.

El Libro de las Estampas del Diablo.

PARTE I

París
Septiembre de 1891

CAPÍTULO 1

∞

París
Miércoles, 16 de septiembre de 1891

Léonie Vernier se encontraba en las escaleras de entrada del palacio Garnier, aferrada a su bolso de gran señora, moviendo el pie con impaciencia.

¿Dónde se habrá metido?

La luz del crepúsculo envolvía la plaza de la Ópera en un halo de tonalidad sedosa y azulada.

Léonie frunció el ceño. Era enojoso, era enloquecedor. Llevaba casi una hora esperando a que acudiese su hermano a la cita que habían concertado, bajo la mirada impasible y broncínea de las estatuas que engalanaban la cornisa del teatro de la Ópera. Había tenido que soportar no pocas miradas impertinentes. Había visto llegar y partir los fiacres, los carruajes privados con la capota cubierta, o los transportes públicos y abiertos a la inclemencia de los elementos, los landós, las calesas, de todos los cuales desembarcaron infinidad de pasajeros. Un mar de sombreros de copa, forrados de seda, y de espléndidos trajes de noche, que parecían salidos de los escaparates de Maison Léoty y Charles Worth. Era el público siempre elegante que acudía a las noches de estreno, un gentío de vistosa sofisticación, que iba tanto a ver como a dejarse ver.

Pero ni rastro de Anatole.

En un momento dado Léonie creyó descubrirlo sin que él la viese. Un caballero con la misma estampa de su hermano, con las mismas proporciones, alto y ancho de espaldas, con el mismo porte y el mismo paso comedido. Desde cierta distancia, imaginó ver incluso sus ojos castaños, brillantes, y su espléndido bigote negro, así como su mano en alto, como si la saludase. Pero entonces se dio la vuelta y se percató de que no era él.

Léonie volvió a escrutar la avenida de la Ópera. Se extendía en diagonal hasta el palacio del Louvre, reliquia de una frágil monarquía, de la época en que un nervioso rey de Francia quiso disponer de una ruta segura, y directa, para llegar a su lugar preferido de entretenimiento vespertino. Las farolas de gas titilaban en el crepúsculo, y algunos rectángulos de luz cálida se derramaban por las ventanas encendidas de los cafés y los bares. El chorro de gas farfullaba y siseaba entrecortadamente.

A su alrededor, llenaban el aire los sonidos de la ciudad al atardecer, en esos momentos en que el día cedía su lugar a la noche. *Entre chien et loup.* El tintineo de los arneses de los caballos, el traqueteo de las ruedas por las calles más bulliciosas. El canto de los pájaros lejanos en los árboles del bulevar Capucines. Los gritos roncos de los vendedores ambulantes y de los mozos de cuadra y los palafreneros, las voces más endulzadas de las muchachas que vendían flores artificiales en las escalinatas de la Ópera, los agudos alaridos de los chiquillos que, a cambio de un *sou,* estaban deseosos de embetunar y lustrar el calzado de cualquier caballero.

Pasó de largo otro ómnibus entre Léonie y la espléndida fachada del palacio Garnier, camino del bulevar Haussmann. El revisor hacía sonar el silbato en el piso de arriba al tiempo que visaba los billetes de los viajeros. Un soldado de edad ya avanzada, con una medalla de Tonquin prendida en la pechera, caminaba dando tumbos a la vez que cantaba una canción cuartelera, en estado de acusada embriaguez. Léonie vio incluso a un payaso con la cara pintada de blanco bajo el gorro de fieltro, de rombos blanquinegros, con un traje que tachonaban infinidad de estrellitas doradas.

¿Cómo es capaz de haberme dado plantón?

Comenzaron a repicar las campanas que llamaban a vísperas, un tono plañidero cuyo eco se propagaba al rebotar sobre los adoquines. ¿Serían las de Saint-Gervais o las de alguna otra iglesia cercana?

Se encogió de hombros. En sus ojos se evidenciaba la frustración, y al cabo asomó en ellos el brillo de la alegría.

Léonie no podía seguir esperando. Si realmente deseaba oír el *Lohengrin* de monsieur Wagner, era preciso que hiciera acopio de valor y que entrase por su cuenta.

¿Podría realmente entrar ella sola?

Aunque careciera de compañía, por suerte estaba en posesión de su entrada.

Sin embargo, ¿tendría la osadía necesaria?

Se paró a pensar. Era el estreno de la obra en París. ¿Por qué iba a privarse de semejante acontecimiento? ¿Sólo por la tardanza de Anatole, por su impuntualidad?

Dentro del teatro de la Ópera, las arañas de cristal colgadas del techo despedían un fulgor espléndido. Todo era luz, todo era relumbre y elegancia: una ocasión que no se habría perdido por nada del mundo.

Léonie tomó una resolución. Subió la escalinata a la carrera, atravesó rauda las puertas acristaladas y se sumó al gentío que esperaba el comienzo.

Ya sonaba la campana de aviso. Faltaban sólo dos minutos para que se alzara el telón.

En un destello de enaguas y medias de seda, Léonie atravesó veloz la extensión del Grand Foyer, suscitando aprobación y admiración a partes iguales. Cerca de cumplir diecisiete años, Léonie estaba a punto de convertirse en una joven de gran belleza, y también a punto de dejar de ser niña, si bien conservaba rasgos, destellos de la niña que había sido. Tenía la fortuna de contar con unas facciones que estaban de moda, así como la nostálgica coloración que en tan alta estima tenían monsieur Moreau y sus amigos, los prerrafaelitas.

Sin embargo, su apariencia era engañosa. Léonie era más determinada que obediente, más atrevida que modesta, más brava que mansa; era una muchacha de pasiones contemporáneas, y no una recatada damisela medieval. En efecto, Anatole le tomaba el pelo al decir que, si bien parecía el vivo retrato de «La demoiselle élue», de Rossetti, era, sin embargo, el reflejo de su imagen. Era su *doppelgänger*, su doble: era ella, pero no era ella. De los cuatro elementos, Léonie era fuego, y no agua; era aire, y no tierra.

En ese momento, sus mejillas alabastrinas estaban coloradas. Algunos rizos ensortijados de cabello cobrizo se le habían soltado de las muchas horquillas con que se lo había sujetado y caían libres sobre sus hombros desnudos. Sus deslumbrantes ojos verdes, enmarcados por unas pestañas largas, castañas, despedían destellos de ira y de osadía.

Él le había dado su palabra de que no llegaría tarde.

Con su bolso de noche en una mano como si fuera un escudo y las faldas de su vestido de satén turquesa en la otra, Léonie atravesó veloz el suelo de mármol haciendo caso omiso a las miradas de desaprobación que en cambio le lanzaron matronas y viudas. Las perlas de imitación y las cuentas plateadas del dobladillo del vestido rozaron los peldaños de mármol a la vez que pasaba rozando las columnas, también de mármol, las estatuas sobredoradas, los frisos, camino del espectacular Grand Escalier. Confinada en el corsé, respiraba con dificultad, y el corazón le latía como un metrónomo dispuesto a un ritmo trepidante.

Con todo, Léonie no aminoró la marcha. Allí delante vio a los lacayos a punto de cerrar con pestillo las puertas de la Grande Salle. Con un último impulso, se abalanzó hacia la entrada.

—*Voilà* —dijo a la vez que ponía la entrada delante del acomodador—. *Mon frère va arriver...*

Se hicieron ambos a los lados para franquearle el paso.

Tras el estrépito y los ecos propagados en las cavernas de mármol del Grand Foyer, el auditorio se le antojó particularmente silencioso. Se oían los murmullos en voz baja, los saludos cuchicheados, las preguntas de quienes se interesaban por la salud y la familia de los conocidos, como si todo ello lo engulleran a medias las gruesas alfombras, las hileras y más hileras de asientos tapizados de terciopelo rojo.

Las conocidas escalas de los instrumentos de viento y metal, los arpegios huidizos, los fragmentos de la ópera, cada vez a mayor volumen, fueron saliendo del foso de la orquesta como si fueran hilachas de humo otoñal.

Lo logré.

Léonie se compuso y se alisó el vestido. Era una reciente adquisición, pues había llegado esa misma tarde de La Samaritaine, y aún estaba rígido por la falta de uso. Se estiró las mangas verdes, largas, por encima de los codos, de modo que no se viese más que una fracción de piel, y entonces echó a caminar por el pasillo, hacia el escenario.

Tenían sus localidades en primera fila, dos de las mejores de todo el teatro, por cortesía de un amigo de Anatole, compositor y vecino suyo para más señas, Achille Debussy. A derecha e izquierda, al pasar, fue viendo las hileras de sombreros de copa, negros, y tocados de plumas y abanicos de abalorios que se agitaban siseando. Rostros coléricos, entre colorados y cárdenos; viudas muy maquilladas, con el peinado blanquísimo. Devolvió todas y cada una de las miradas que le dedicaron con una sonrisa cordial, con una ligera inclinación de cabeza.

Hay una extraña intensidad en el ambiente.

Léonie aguzó la mirada. Cuanto más se adentraba en la Grande Salle, más se percataba de que allí faltaba algo. Se notaba una llamativa vigilancia en los rostros de los presentes, algo que parecía bullir por debajo de la superficie, la suposición casi cierta de que iban a surgir complicaciones.

Notó un cosquilleo en la nuca. El público estaba en guardia, era evidente. Lo vio en las miradas rápidas que se lanzaban unos a otros, en las expresiones de desconfianza que descubrió en varios rostros atentos.

No seas ridícula.

Léonie tuvo un vago recuerdo de un artículo que había leído en la prensa el propio Anatole, durante la comida, acerca de las protestas que se iban a producir en París contra el estreno de cualquier obra de artistas prusianos. Pero se encontraba en el palacio Garnier, y no en un recóndito callejón de Clichy o Montmartre, donde esos sucesos sí serían posibles.

¿Qué podía suceder en la Ópera?

Léonie se abrió paso entre la hilera de rodillas y de largos vestidos que ya ocupaban la fila, y con una clara sensación de alivio tomó asiento en su butaca. Se concedió unos instantes para recuperar la compostura y sólo entonces miró de reojo a sus vecinos. A su izquierda vio a una señora entrada en carnes, de poderosa mandíbula, con su marido, de avanzada edad, cuyos ojos acuosos se hallaban casi ocultos tras unas pobladas cejas blancas. Las manos, moteadas, descansaban una sobre la otra encima de la empuñadura de plata de un bastón con una inscripción grabada. A su derecha, con la butaca vacía de Anatole a modo de barrera invisible entre ellos, como una zanja en el campo, se encontraban cuatro hombres barbudos, de mediana edad, con el ceño fruncido y expresión de manifiesto desagrado, cuyas manos, también una sobre la otra, reposaban en la vulgar empuñadura de unos bastones de madera de boj. Había algo inquietante en su manera de permanecer en silencio, impertérritos, mirando al frente, con expresiones de intensa concentración.

A Léonie se le pasó por la cabeza que era cuando menos singular que todos ellos llevasen guantes de cuero, y pensó que debían de estar pasando calor y sentirse sumamente incómodos. Léonie se sonrojó y, con la vista clavada al frente, prefirió admirar los magníficos cortinajes de *trompe l'oeil* que pendían formando pliegues de oro y carmesí desde lo alto del arco del proscenio hasta la superficie de madera del escenario.

¿Y si no se ha retrasado? ¿Y si le hubiera ocurrido algo malo?

Léonie sacudió la cabeza para espantar este inoportuno pensamiento. Sacó el abanico del bolso y lo abrió con un golpe de muñeca. Por grande que fuera su empeño en dar con una excusa que explicara la ausencia de su hermano, lo más probable era que se tratase de su impuntualidad.

Como sucedía tantas veces de un tiempo a esta parte.

En efecto, desde que sobrevinieron aquellos desagradables incidentes en el cementerio de Montmartre, Anatole había empezado a comportarse de una manera cada vez menos previsible. Léonie frunció el ceño al notar que, de nuevo, aquel recuerdo se colaba en sus pensamientos. Aquel día la obsesionaba. Lo revivía de una manera incesante.

En marzo había tenido la esperanza de que todo hubiera terminado para siempre, pero su conducta continuó siendo errática. A menudo desaparecía durante varios días seguidos y regresaba a horas intempestivas, en plena noche, rehuyendo el contacto con sus muchos amigos y conocidos, y dedicándose en cambio de lleno a su trabajo.

Pero esa noche le había prometido que no llegaría tarde.

El *chef d'orchestre* llegó hasta la tribuna y su aparición ahuyentó los recuerdos que tanto preocupaban a Léonie. Una salva de aplausos llenó el expectante auditorio como si fuera una salva de fuego graneado, violenta, repentina, intensa. Léonie dio palmas con vigor y con entusiasmo, tal vez con más fuerza en razón de su nerviosismo. El cuarteto de caballeros que tenía al lado no movió ni un dedo. Las manos de todos ellos permanecieron inmóviles, acomodadas sobre sus bastones de paseo, baratos y feos. Les lanzó una mirada por pensar que incurrían en una clara descortesía, que eran unos zafios, preguntándose al tiempo por qué se tomaban la molestia de acudir si tan resueltos parecían a no apreciar la música. Y tuvo deseos, aun cuando le irritase reconocer que era presa de los nervios, de no estar sentada tan cerca de ellos.

El director hizo una marcada reverencia de cara al público y se dio la vuelta para mirar el escenario.

Cesaron los aplausos. Se hizo el silencio en la Grande Salle. Dio unos golpecitos con la batuta en el atril de pie. Los chorros azulados de la luz de gas que iluminaba el auditorio chisporrotearon, titilaron y bajaron de intensidad. El ambiente pareció cargarse de promesas. Los ojos de todos los presentes estaban puestos en el *chef d'orchestre.* Los músicos de la orquesta se irguieron y alzaron los arcos o bien se llevaron los instrumentos a los labios.

El director alzó la batuta. Léonie contuvo la respiración cuando los compases iniciales del *Lohengrin,* de monsieur Wagner, colmaron hasta los más recónditos rincones del muy aristocrático palacio Garnier.

La butaca que tenía al lado seguía sin ocupar.

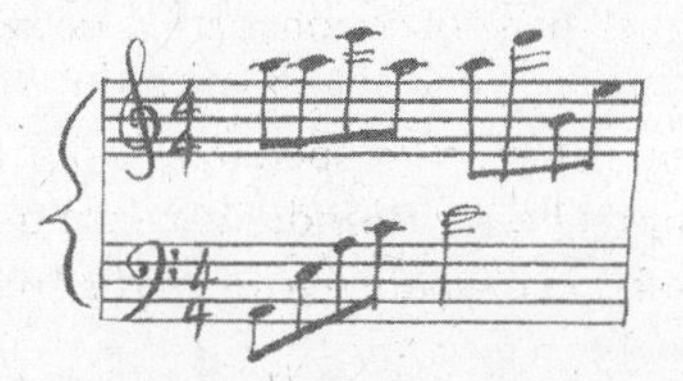

CAPÍTULO 2

∞

Los silbidos y los abucheos comenzaron a oírse casi de inmediato en las localidades del gallinero. Al principio, la mayoría de los presentes en el patio de butacas y en los palcos no prestaron demasiada atención a los disturbios, e incluso hubo quien prefirió fingir que aquello no estaba sucediendo. Pero poco a poco aumentaron de volumen. Era imposible ignorarlo. Se oyeron voces en los palcos y también en las butacas de más atrás.

Léonie no acertaba a discernir qué era lo que gritaban los manifestantes.

¿Consignas antiprusianas?

Mantuvo la vista clavada con resolución en el foso de la orquesta y procuró estar por encima de cada nuevo abucheo, de cada murmullo. Pero a medida que continuaron sonando los compases de la obertura, una creciente intranquilidad fue filtrándose por todo el auditorio, cayendo desde lo más alto hasta el patio de butacas y pasando de un lado a otro de las filas, maliciosa, preñada de insidias. Incapaz de morderse la lengua ni un minuto más, se inclinó hacia su vecina.

—¿Quiénes son todas esas personas? —preguntó con un hilillo de voz.

La viuda frunció el ceño ante la interrupción, pero a pesar de todo contestó.

—Son los que se hacen llamar *abonnés* —replicó, tapándose la boca con el abanico—. Se oponen en redondo a cualquier interpretación que no sea de obras firmadas por compositores franceses. Quieren hacerse pasar por patriotas en materia musical. Yo en principio no lo veo con malos ojos, pero esto es, sin duda, un exceso. No es la mejor manera de hacer las cosas.

Léonie asintió para darle las gracias y volvió a reclinarse en el respaldo, muy erguida, en cierto modo tranquilizada por la naturalidad con que la mujer le había explicado la situación, aunque a decir verdad los disturbios parecían ir en aumento. Los últimos acordes del preludio apenas se habían extinguido en el aire de la sala cuando comenzó la protesta en toda regla. Al alzarse entonces el telón con una escena de un coro de caballeros teutones del siglo X que se encontraban a orillas de un río antiguo, en Amberes, se produjo una conmoción mucho más ruidosa en las zonas más altas del teatro.

Un grupo compuesto por unos ocho o nueve hombres había comenzado a dar saltos, a la vez que armaba una barahúnda de silbidos y abucheos, acompasados de un lento batir de palmas. Por las filas de butacas una cansina oleada de desaprobación, que también llegó a los palcos, quedó contrarrestada por un nuevo estallido de manifestaciones de condena. Cuando mayor era la provocación entre los manifestantes, se oyó un coro que al principio Léonie no supo discernir. Un ruido *in crescendo,* que no tardó en ser inconfundible.

—*Boche! Boche!*

Las protestas habían llegado a oídos de los cantantes. Léonie vio que entre el coro y los cantantes principales se cruzaban miradas veloces, miradas de alarma e indecisión, perfectamente visibles en sus rostros desencajados.

—*Boche! Boche! Boche!*

Si bien no tenía deseos de que la función llegara a interrumpirse, al mismo tiempo Léonie no pudo negar que aquella situación era emocionante. Estaba presenciando uno de aquellos acontecimientos de los que, en circunstancias habituales, sólo habría tenido conocimiento por las páginas de *Le Figaro* que le leía Anatole.

La verdad es que a Léonie le aburrían soberanamente las restricciones que encorsetaban su existencia cotidiana, el tedio de tener que acompañar a su madre a las fatigosas *soirées,* en las mortecinas casas de parientes lejanos y antiguos camaradas de su padre. Tener que hablar de menudencias intrascendentes con ese amigo especial con quien entonces se codeaba su madre, un viejo militar que trataba a Léonie como si todavía fuera una niña que gastara falda corta.

Vaya experiencia tendré que contarle a Anatole.

Sin embargo, el ánimo con que habían comenzado las protestas iba cambiando visiblemente.

El elenco de actores, pálidos, desconcertados a pesar del abundante maquillaje que llevaban en escena, siguió cantando en su papel. De hecho, no cometieron ni un solo fallo hasta el momento en que el primer proyectil alcanzó el escenario. Una botella, a la que poco faltó para impactar en el barítono que interpretaba al rey Heinrich.

Por un momento se diría que la orquesta hubiera dejado de tocar, pues se hizo un silencio hondo y todo pareció de pronto detenerse. El público contuvo el aliento al unísono cuando el objeto de vidrio voló girando sobre sí mismo, como si fuera a cámara lenta, hasta alcanzar la zona de las candilejas, que difundían una luz cruda, blanca, y despedir una serie de destellos de color verdoso. Entonces se estrelló contra los decorados de lienzo con un ruido sordo, cayó rodando y llegó hasta el foso.

El mundo real se convirtió en un único rugido. Se armó un pandemónium tanto en escena como en el resto de la sala. Un segundo proyectil voló por encima de las cabezas de un público estupefacto, reventando al impactar contra el escenario. En primera fila, una mujer soltó un chillido y se cubrió la boca con la mano al esparcirse un hedor nauseabundo a sangre, a despojos, a verduras podridas, a cloaca, que invadió las primeras filas.

—*Boche! Boche! Boche!*

A Léonie se le borró la sonrisa de la cara, dando paso a una contracción de incipiente preocupación, de alarma. Notó el aleteo de las mariposas en el estómago. Aquello se estaba poniendo feo, y tuvo miedo; distaba mucho de ser una aventura. Tuvo un amago de náuseas difícil de contener.

El cuarteto de su izquierda se puso en pie de un brinco y los cuatro a la vez comenzaron a dar palmas, al principio despacio, imitando los ruidos de diversos animales, cerdos, vacas, ovejas. Sus rostros habían adoptado una mueca de crueldad, de perversidad, cuando entonaron de nuevo la consabida consigna antiprusiana, que en esos momentos resonaba en todos los rincones del auditorio.

—Por Dios, señor mío, ¡siéntese!

Un caballero barbudo, con lentes y la tez cetrina de quien se pasa la vida delante de un tintero, un sello de lacre y documentos, golpeó con su programa de mano en la espalda de uno de los manifestantes.

—Éste no es el momento ni el lugar para... ¡Siéntese, le digo!

—No, ni lo sueñe —dijo su acompañante—. ¡Siéntese, le han dicho!

El manifestante se volvió en redondo y asestó un golpe seco, cruzado, con el bastón, sobre los nudillos del hombre que le había llamado al orden. Léonie se quedó atónita. Al pillarle completamente por sorpresa la velocidad y la fiereza de la represalia, el hombre soltó un alarido y se le escapó el programa de la mano.

Su acompañante se puso en pie en el momento en que varias gotas de sangre afloraban en la herida abierta. Quiso sujetar por el brazo al manifestante, pues había visto que llevaba un clavo metálico en la empuñadura del bastón, pero unas manos fuertes lo empujaron de pronto, y cayó.

El director se afanaba en que la orquesta siguiera tocando al compás, pero los músicos lanzaban miradas temerosas a todos lados, con lo que la partitura empezó a sonar desacompasada, y los instrumentos emitían al mismo tiempo notas demasiado rápidas y demasiado lentas. Tras los bastidores del escenario alguien había tomado una decisión. Los tramoyistas, vestidos de negro, pero con las mangas a la altura de los codos, salieron de pronto en masa y comenzaron a indicar a los cantantes que se dirigieran hacia los camerinos para escapar de la línea en la que habían caído los proyectiles.

La dirección del teatro había dado la orden de que se bajara el telón. Los contrapesos se mecieron peligrosamente, con mucho ruido, al ascender a excesiva velocidad. El grueso y pesado tejido del cortinón se estremeció en el aire, quedó prendido en una pieza del decorado, se encalló.

Sólo en ese momento comprendió Léonie qué bien orquestada estaba toda la manifestación.

Se intensificó el griterío.

Comenzó el éxodo desde los palcos y las plateas. Con un rebullir de plumas, de oro y de seda, la burguesía trató de abandonar el teatro a toda prisa. Viéndoles, el deseo urgente de salir de allí se extendió al gallinero, por cuya semicircunferencia se encontraban apostados muchos manifestantes nacionalistas, y lo mismo sucedió en las plantas intermedias. En las filas de butacas, a espaldas de Léonie, los espectadores salían de uno en uno hacia los pasillos. Por todos los rincones de la Grande Salle se oyó propagarse el chasquido de los asientos al cerrarse. En las salidas, el campanilleo de las anillas de latón en los rieles de las cortinas, corridas con violencia, resonaba sin cesar, uno tras otro.

Pero los manifestantes aún no habían logrado su objetivo, consistente en impedir que la representación siguiera su curso.

Con el constante coro de silbidos y abucheos, nuevos proyectiles cayeron en el escenario. Botellas, piedras, trozos de ladrillo, fruta podrida. La orquesta evacuó el foso a toda velocidad, llevándose de ese modo la preciada música y los arcos y las fundas de los instrumentos, empujándose los músicos para salvar los obstáculos de las sillas y los escalones, rumbo a la salida situada bajo el escenario.

Por fin, a través de la rendija del telón, el gerente del teatro apareció amilanado para pedir calma al respetable. Estaba sudoroso, se secaba la cara con un pañuelo gris.

—*Mesdames, messieurs, s'il vous plaît. S'il vous plaît!*

Era un hombre imponente, pero ni su voz ni su manera de hablar le valieron para llamar la atención de nadie, y se encontró con que carecía de toda autoridad. Léonie se dio cuenta de lo despavorido de su mirada a la vez que agitaba ambos brazos e intentaba imponer algo de orden sobre un caos que iba en aumento.

Fue demasiada poca cosa, fue demasiado tarde.

Se lanzó otro proyectil, y esta vez no era ni una botella ni un objeto arrojadizo más o menos improvisado, sino un pedazo de madera del que sobresalían intencionadamente unos clavos. Alcanzó al gerente en la mejilla. Dando tumbos, echó a caminar hacia atrás, de espaldas, aullando y sujetándose la cara con ambas manos. Brotó la sangre entre sus dedos y cayó de costado, viniéndose abajo como un muñeco de trapo, al borde mismo del proscenio.

Ante semejante visión, a Léonie por fin se le agotó la valentía que pudiera quedarle. Se sintió como si tuviera una franja de acero oprimiéndole el pecho, tan fuerte que se estaba quedando sin respiración.

Tengo que salir de aquí.

Horrorizada, aterrada, miró a la desesperada por todo el patio de butacas, pero se encontraba atrapada, encajonada por el gentío a su espalda, y en uno de los laterales, y por la violencia que percibía ante ella. Léonie se sujetó al respaldo de las butacas, pensando en escapar saltando de una fila a otra, pero cuando probó a salvar la primera descubrió que el dobladillo del vestido se le había quedado prendido en las bisagras de debajo del asiento. Con creciente desesperación y los dedos temblorosos, se agachó y tiró para librarse, para soltarse como fuera.

Un nuevo grito de protesta inundó el auditorio.

—*À bas! À bas!*

Miró arriba. ¿Qué iba a suceder? El grito fue repetido por todos los rincones del auditorio.

—*À bas. À l'attaque!*

Como si fueran cruzados lanzados al asalto de un castillo, los manifestantes se abalanzaron esgrimiendo estacas y bastones. Aquí y allá creyó ver el brillo del acero. Un estremecimiento de pánico hizo que temblara con fuerza. Entendió en ese momento que los manifestantes se habían propuesto tomar el escenario al asalto y que ella se encontraba exactamente en su camino.

Por todo el auditorio, lo poco que pudiera quedar en pie de la máscara con que se cubría el rostro la sociedad parisina se resquebrajó, crujió, se hizo astillas, cayó hecho pedazos. La histeria se fue contagiando a todos los que seguían atrapados, con lo que los últimos trataron de llegar a empujones hasta los pasillos, atestados de espectadores desconcertados. Abogados y periodistas, pintores y estudiosos, banqueros y funcionarios, cortesanas y esposas, iniciaron la estampida hacia las puertas, presa de la desesperación por huir de la violencia.

Sauve qui peut. Sálvese quien pueda.

La caterva de nacionalistas llegó al escenario. Con precisión militar, avanzaron desde todas las secciones del auditorio casi al mismo tiempo, saltando por encima de los asientos, de las balaustradas, y cayeron como un enjambre sobre el foso de la orquesta para subir a la tarima. Léonie tiró de su vestido con fuerza, con más fuerza, hasta que con un desgarrón de la tela logró soltarse.

—*Boches! Alsace française! Lorraine française!*

Los manifestantes ya estaban arrancando de cuajo el telón de los rieles y pateaban todo el escenario. Los árboles, el agua y las rocas pintadas en el decorado, los soldados imaginarios del siglo X, fueron destruidos por una muchedumbre muy real, sólo que en pleno siglo XIX. El escenario se llenó poco a poco de leños astillados, de lienzos desgarrados, de nubes de polvo, a medida que el mundo de *Lohengrin* fue cayendo en la batalla.

Al final hubo quien resolvió oponer resistencia. Una cohorte de jóvenes idealistas y de veteranos de las antiguas campañas se agrupó en las plateas, resueltos todos ellos a atacar a los nacionalistas que se habían apoderado del escenario. La puerta que separaba el auditorio del fondo del escenario se abrió de golpe.

Cargaron por los laterales y unieron fuerzas con el personal y los tramoyistas del teatro de la Ópera, que ya avanzaban contra los nacionalistas antiprusianos entre bambalinas.

Léonie contempló lo que estaba ocurriendo, apabullada, pero al mismo tiempo embelesada por el espectáculo. Un hombre muy apuesto, apenas un muchacho, con un traje de gala prestado que le venía grande y un bigote de guías enceradas, se abalanzó contra el cabecilla de los manifestantes. Lanzando los brazos al cuello del otro, trató de dar con él por tierra. Lucharon cuerpo a cuerpo y, de sopetón, fue el joven quien se vio derribado. Dio un grito de dolor en el momento en que una bota con puntera de acero le alcanzó de lleno en el abdomen. Tras él cayó un tramoyista al recibir el impacto de una estaca en toda la cabeza.

—*Vive la France! À bas.*

Se había apoderado de ellos la sed de sangre. Léonie vio los ojos de la muchedumbre, desorbitados de pura excitación, de frenesí, a medida que aumentaba la violencia de manera visible. Vio sus mejillas arreboladas, febriles.

—*S'il vous plaît* —exclamó a la desesperada, pero nadie la llegó a oír, y siguió sin hallar forma de pasar.

Léonie se encogió al ver que otro tramoyista era arrojado con virulencia desde el escenario. Su cuerpo, contra su voluntad, trazó un salto mortal por encima del foso de la orquesta ya abandonado y cayó a plomo sobre la balaustrada de bronce. El brazo y el hombro se le descoyuntaron en una postura antinatural. No cerró los ojos.

A Léonie las piernas se le habían vuelto de plomo.

Tienes que salir de aquí como sea. Atrás.

Pero le pareció como si el mundo fuera a ahogarse en sangre, en huesos astillados, en carne desgarrada. No veía otra cosa que el odio que desfiguraba los rostros de los hombres a su alrededor. A menos de cinco metros de donde se encontraba, un hombre andaba a cuatro patas, con el chaleco y la chaqueta abiertos. Dejó embadurnada de sangre, y en la sangre quedaron impresas las huellas de sus manos, la tarima del escenario.

Tras él se alzó un arma.

¡No!

Léonie quiso lanzarle un grito de aviso, pero el espanto le había robado la voz. Se abatió el arma sobre él. Hizo contacto. El hombre resbaló y cayó pesadamente de costado. Miró a su atacante, vio el cuchillo y alzó ambas manos para protegerse en el momento en que la hoja caía sobre él en vertical. El metal hizo contacto con la carne. La víctima dio un alarido cuando el cuchillo salió de sus carnes y se volvió a introducir en ellas, entrando hasta el mango en su pecho.

El cuerpo del hombre dio una sacudida y se retorció igual que una marioneta de las que había visto en el quiosco de los Campos Elíseos, agitando brazos y piernas hasta quedar inmóvil del todo.

Léonie se quedó asombrada al darse cuenta de que estaba llorando. Entonces el miedo volvió a invadirla con mayor violencia, abarcándolo todo, sin darle un resquicio.

—*S'il vous plaît* —volvió a gritar—, déjenme pasar.

Tratró de abrirse paso empujando con los hombros, pero era demasiado menuda, demasiado liviana. Una gran masa de personas se interponía entre ella y la salida, y el pasillo central estaba además bloqueado por los cojines carmesí que habían ido cayendo. Bajo el escenario, en la conmoción, con el frenesí que había colapsado la circulación del aire, los chorros de gas despedían chispas que caían rociando las partituras abandonadas por los músicos en los atriles. Un chisporroteo anaranjado, una súbita llamarada. La parte inferior del escenario, de madera, comenzó a arder.

—*Au feu! Au feu!*

Con este grito, un pánico de otro nivel superior barrió la totalidad del auditorio. El recuerdo de aquel infierno que había asolado el teatro de ópera cómica cinco años antes, acabando con la vida de más de ochenta personas, se apoderó de todos los presentes.

—¡Déjenme pasar! —gritó Léonie—. Se lo suplico.

Nadie le hizo el menor caso. Bajo sus pies, el suelo estaba alfombrado de programas, sombreros de damas y caballeros, los guantes manchados, y estaba marcado por las huellas de botas y zapatos. Y los quevedos y prismáticos, como los huesos secos en un sepulcro antiguo, se astillaban al pisarlos.

Léonie no veía nada más que los codos y las espaldas de los que estaban por delante de ella, pero siguió avanzando centímetro a centímetro, dolorosamente, hasta conseguir abrir brecha entre el punto en que se encontraba y la zona en que era más violenta la refriega.

Entonces, a su lado, percibió a una dama de avanzada edad y notó que tropezaba y que iba a desplomarse.

La van a pisotear.

Léonie alargó velozmente la mano y sujetó a la señora por el codo. Bajo la tela inmaculada, notó que sujetaba un brazo delgado, quebradizo.

—Yo sólo quería escuchar la música —decía la mujer entre sollozos—. Que sea alemana o francesa a mí me da igual. Qué cosas hay que ver en estos tiempos que corren. Que todo esto vuelva a suceder de nuevo...

Léonie trastabilló hacia delante, sujetando todo el peso de la anciana y avanzando a trompicones hacia la salida. A cada paso que daba era como si la carga se le multiplicara. La anciana estaba a punto de perder el conocimiento. Sus párpados vetustos, de una piel fina como el papel, se abrían y se cerraban sin compás.

—¡Ya no queda mucho! —le gritó Léonie—. Por favor, aguante, por favor. Un poco más... —dijo cualquier cosa con tal de que la anciana siguiera en pie—. Ya casi estamos en la puerta. Ya casi estamos a salvo.

Descubrió por fin la librea familiar de uno de los empleados del teatro de la ópera.

—Pero ayúdeme, por Dios —le gritó—. ¡Por aquí, rápido!

El ujier la obedeció en el acto. Sin mediar palabra, alivió a Léonie de su carga, tomando a la anciana en brazos y sacándola al Grand Foyer.

A Léonie se le aflojaron las piernas y estuvo a punto de ceder de agotamiento, pero sacó fuerzas de flaqueza y siguió adelante. Sólo unos cuantos pasos más.

De pronto, una mano la sujetó por la muñeca.

—No —gritó—. ¡No!

No estaba dispuesta a quedar atrapada allí dentro, con el fuego, el gentío y las barricadas. Léonie dio un golpe a ciegas, pero sólo acertó a palmotear al aire.

—¡No me toque! —chilló—. ¡Suélteme!

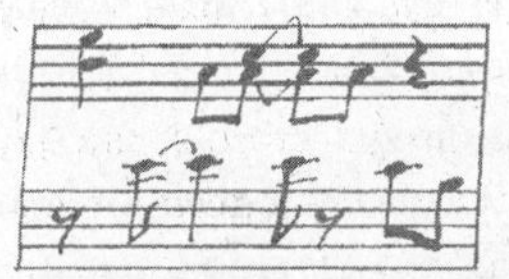

CAPÍTULO 3

∞

Léonie, soy yo. ¡Léonie!

Una voz de hombre, una voz familiar, que le devolvió la confianza. Y un olor a aceite de sándalo para el cabello y a tabaco turco.

¿Anatole? ¿Allí?

Unas manos fuertes la sujetaron por la cintura y la auparon para ayudarla a desembarazarse del gentío que la rodeaba.

Léonie abrió los ojos.

—¡Anatole! —exclamó, y le echó los brazos al cuello—. ¿Dónde te habías metido? ¿Cómo has sido capaz...? —Lo que empezó por ser un abrazo pasó a ser una agresión, al asestarle ella en el pecho, con fuerza, sucesivos puñetazos—. Te estuve esperando ya ni sé... Pero no viniste. ¿Cómo pudiste dejarme a...?

—Lo sé —respondió él con presteza—. Tienes todo el derecho del mundo a soltarme una buena reprimenda, pero te pido que no lo hagas ahora.

La ira que ella sentía desapareció tan deprisa como había llegado.

De repente, extenuada, apoyó la cara sobre el ancho pecho de su hermano.

—He visto...

—Lo sé, pequeña —dijo él con ternura, pasándole la mano por el cabello despeinado—, pero los soldados ya están ahí fuera. Debemos marcharnos si no queremos arriesgarnos a que nos sorprendan en plena batalla.

—Qué odio se les notaba en la cara, Anatole. Lo destruyeron todo. ¿Lo has visto? ¿Lo has llegado a ver?

Léonie no intentó contener la excitación que se acumulaba en su interior, que bullía y ascendía desde su estómago a su garganta, hasta salirle a borbotones por la boca.

—Con las manos desnudas, han...

—Ya me lo contarás después —dijo él en tono imperioso—. Ahora tenemos que marcharnos de aquí. Vamos.

Sin esperar un solo instante, Léonie recuperó la cordura. Respiró hondo.

—Eso es, buena chica, así me gusta —aprobó él al ver que la determinación había vuelto a ella—. Vamos, ¡deprisa!

Anatole se sirvió de su estatura, de su agilidad y su fuerza para abrirse camino en medio de la muchedumbre que salía precipitadamente del auditorio.

Atravesaron las cortinas de terciopelo para llegar al caos. Tomados de la mano, recorrieron las plateas y bajaron entonces por el Grand Escalier. El suelo de mármol, lleno de botellas de champán, de cubos de hielo volcados, de programas de mano olvidados, era como una pista de hielo bajo los pies de ambos. Resbalando, pero sin llegar a perder del todo el equilibrio, alcanzaron las puertas acristaladas y se vieron de pronto en la plaza de la Ópera.

En ese preciso instante, a su espalda, se oyó el estrépito de los cristales que reventaron.

—Léonie, ¡por aquí!

Si había llegado a pensar que las escenas vividas en el interior de la Grande Salle eran impensables, las que vio en las calles nada más salir le parecieron aún peores. Los manifestantes nacionalistas, los *abonnés,* se habían apoderado también de la escalinata de acceso al palacio Garnier. Armados de palos, botellas y cuchillos, formaban en fila de tres, a la espera, atentos, sin dejar de corear sus consignas. Abajo, en la plaza de la Ópera, las hileras de soldados con casacas rojas y cascos dorados esperaban a su vez rodilla en tierra, apuntando con los fusiles a los manifestantes, atentos a la voz de mando que les ordenase abrir fuego.

—Son muchísimos —exclamó.

Anatole no dijo nada, pero se la llevó en medio del gentío que se apiñaba ante la fachada barroca del palacio Garnier. Llegó hasta la esquina y giró bruscamente para tomar la calle Scribe y así salir de la línea de fuego. Se dejaron llevar por la masa, los dedos fuertemente entrelazados, para no separarse el uno del otro, y así recorrieron una manzana de edificios, sacudidos, encajonados y empujados, como los despojos que bajan a merced de una rápida corriente en un río desbordado.

Por un instante, Léonie se sintió a salvo. Estaba con Anatole.

Partió el aire en dos la detonación de un solo disparo. Por un instante, la marea humana se detuvo y, como si se tratase de un único movimiento de un solo ser, se abalanzó de nuevo con fuerza redoblada. Léonie sintió que se le escapaban las chinelas de los pies y de pronto notó que las botas de los hombres le golpeaban los tobillos, que le pisoteaban la cola del vestido. A duras penas pudo mantener el equilibrio. Una andanada de balas resonó tras ellos. El único punto firme eran las manos de Anatole.

—No me sueltes —exclamó.

Tras ellos, una explosión sacudió el aire. Se estremeció la acera bajo sus pies.

Léonie, dándose la vuelta a medias, vio un hongo polvoriento, de humo sucio, grisáceo y recortado sobre el cielo de la ciudad, que se alzaba en dirección a la plaza de la Ópera. Le llegó entonces un segundo estallido no menos potente, que reverberó de nuevo en la acera y que sintió vibrar en las plantas de los pies. El aire en derredor de ambos pareció primero solidificarse, después plegarse sobre sí mismo.

—Des canons! Ils tirent!

—Non, non, c'est des pétards.

Léonie dio un grito y apretó más fuerte la mano de Anatole. Siguieron adelante, siempre adelante, sin la menor idea de dónde podrían terminar, sin el menor sentido del tiempo, empujados tan sólo por un instinto animal que a ella le decía que no parase, que no se detuviese siquiera un instante, al menos hasta que el estruendo y la sangre y el polvo no hubiesen quedado muy atrás.

Notó el cansancio en las extremidades, notó que el agotamiento se apoderaba de ella, pero no por ello dejó de correr y siguió corriendo hasta que ya no pudo dar un paso más. Poco a poco fue menguando el gentío que los rodeaba, hasta que por fin se encontraron en una calle tranquila, muy lejos de la batalla que había estallado con las explosiones y los disparos de las armas. Sentía una gran debilidad en las piernas y estaba acalorada, arrebolada, húmeda la piel con el fresco de la noche.

Al detenerse, Léonie alargó una mano para apoyarse contra una pared. El corazón le latía desbocado, febril. La sangre le martilleaba en los oídos, sonora, pesada.

Anatole se detuvo y se apoyó de espaldas contra la pared. Léonie se venció apoyándose en él, desparramados sus rizos de cabello cobrizo por la espalda como una bobina de seda salvaje, y notó que los brazos de él la rodeaban por los hombros en un gesto protector.

Engulló a bocanadas el aire de la noche tratando de recobrar la respiración. Con los dedos exhaustos se quitó los guantes manchados, descoloridos por el hollín de las calles de París, y los dejó caer al suelo.

Anatole se pasó los dedos por el cabello negro y espeso que le había caído sobre la frente alta y por lo común despejada, y en parte también sobre los altos pómulos. También resoplaba con dificultad, a pesar de las horas que dedicaba a entrenar en los salones donde practicaba la esgrima.

Inusitadamente, parecía estar sonriendo.

Pasó un rato sin que ninguno de los dos dijera nada. El único sonido era el ronco resuello de ambos, nubes de vaho en la fresca noche de septiembre. Por fin Léonie se armó de valor y se sintió más reconfortada.

—¿Por qué tardaste tanto? —le interpeló como si todo lo ocurrido en aquella última hora jamás hubiera tenido lugar.

Anatole la miró con incredulidad y se echo a reír, al principio comedido, luego con más fuerza, tratando de decir algo, colmando el aire de bufidos.

—¿Me vas a reñir así, pequeña, incluso en un momento como éste?

Léonie lo traspasó con una mirada, pero rápidamente notó que le temblaban las comisuras de los labios. Se le escapó una risa nerviosa y luego otra, hasta que su menudo cuerpecillo se estremeció a carcajadas y comenzaron a rodarle las lágrimas por sus hermosas mejillas tiznadas de hollín.

Anatole se quitó la chaqueta y le cubrió los hombros desnudos.

—Realmente, eres la criatura más extraordinaria que conozco —dijo él—. Enloquecedora, pero realmente extraordinaria.

Léonie sonrió compungida, al contrastar su estado de total desaliño con la elegancia de él. Recorrió con los ojos el estropeado traje verde. El dobladillo se había desprendido y los pocos cristales y abalorios que aún quedaban adheridos se habían roto y pendían de un hilo.

A pesar de la despavorida huida por las calles de París, Anatole parecía inmaculado. Las mangas de su camisa seguían blancas y tersas; las puntas del cuello, almidonadas, rectas; el chaleco azul, sin una sola huella.

Dio un paso atrás y leyó el rótulo indicador de la pared.

—Rue Caumartin —dijo—. Excelente. ¿Cenamos? Supongo que tendrás hambre, digo yo.

—Estoy que me muero.

—Conozco un café que no está lejos de aquí. La planta baja es muy popular entre los artistas del cabaré La Grande Pinte y sus admiradores, pero hay unos salones privados de lo más respetable en la primera planta. ¿Qué te parece?

—Yo diría que es perfecto.

Sonrió.

—Pues no se hable más. Y sólo por esta vez no volverás a casa hasta altas horas, o al menos más allá de lo razonable. —Sonrió—. No pienso llevarte a casa en semejante estado. Mamá no me lo perdonaría jamás.

CAPÍTULO 4

∞

Marguerite Vernier descendió del fiacre que la había transportado en la esquina de la calle Cambon y Sainte-Honoré, en compañía del general Georges Du Pont.

Mientras su acompañante pagaba la cuenta al cochero, ella se abrigó con su estola de noche para protegerse del frío y sonrió con satisfacción. Era el mejor restaurante de toda la ciudad, los famosos ventanales con cortinajes, como siempre, hechos del mejor encaje de Bretaña. Era un buen indicio de la creciente estima en que le tenía Du Pont, que nunca la había llevado allí.

Tomados del brazo entraron en Voisin. Los saludó el murmullo de las conversaciones discretas y amables. Marguerite notó que Georges henchía el pecho y que alzaba la cabeza un poco más de lo habitual. Se dio cuenta de que él era muy consciente de los sentimientos de envidia que levantaba en todos los hombres presentes en el local, y sobre todo se dio cuenta de que a él le agradó esa sensación. Ella le apretó el brazo y notó que él le devolvía el gesto, en un ademán recordatorio de cómo habían pasado las dos horas anteriores. Se volvió a mirarla como quien contempla una propiedad particular. Marguerite le concedió una afectuosa sonrisa, y enseguida permitió que la expresión se ensanchase, entreabriendo levemente los labios, disfrutando del modo en que él se sonrojaba desde el cuello de la camisa hasta las orejas. Era su boca, su sonrisa generosa y sus labios carnosos, lo que ensalzaba su belleza en un grado extraordinario y la investía a un tiempo de promesas y de invitación.

Él se llevó la mano al cuello duro y tiró de él, aflojando ligeramente la corbata negra. Digno, absolutamente apropiado, su chaqué estaba hecho con un habilidoso corte que sabía disimular el hecho de que, a sus sesenta años, ya no era precisamente el espécimen realmente único, en cuanto al físico, que había sido de largo en sus mejores tiempos en el ejército. En el ojal de la solapa llevaba una cinta de colores, indicativa de las medallas con las que lo habían condecorado en Sedán y en Metz. En vez de un chaleco, que habría acentuado su barriga prominente, llevaba una faja carmesí oscuro. Con los cabellos grises y un bigote generoso, tupido, aunque bien recortado, Georges era un buen representante del cuerpo diplomático, formal y sobrio en todos los detalles, y su deseo era que el mundo entero lo supiera.

Para complacerle, Marguerite se había vestido con discreción y llevaba un vestido de noche de seda *moiré* color morado, con filete de plata y cuentas de plata. Tenía los brazos del vestido rellenos, lo cual resaltaba la esbeltez y la finura del talle y la falda abullonada. El cuello del vestido era relativamente alto, y apenas permitía ver la piel, aunque en el caso de Marguerite esto resultaba tanto más provocativo. Llevaba el cabello moreno oscuro recogido con mucho arte en un moño, con un solo adorno de plumas moradas, con el que mostraba a la perfección la esbeltez y la blancura del cuello. Los ojos castaños, límpidos, enmarcados por unas largas pestañas negras, como los de su hijo, los tenía encajados en una piel alabastrina de una tez exquisita.

Todas las aburridas matronas, todas las esposas entradas en carnes que había en el restaurante, la miraron con incredulidad y con envidia, tanto más porque ya contaba cuarenta y tantos, y no estaba precisamente en lo más florido de su juventud. La combinación de su belleza con semejante figura, acompañada por la ausencia de una alianza en el dedo de rigor, constituía una grave afrenta para el sentido de la justicia y de la propiedad que pudieran tener quienes así la miraban. ¿Era acaso acertado hacer gala de semejante relación en un sitio de la categoría de Voisin?

El dueño del local, que ya peinaba canas y que tenía un aire tan distinguido como su clientela, se adelantó a saludar a Georges, saliendo de la sombra que formaban dos damas sentadas en el mostrador de recepción, Escila y Caribdis, sin cuyas bendiciones ningún alma llegaría a entrar nunca en el santuario de la institución culinaria. Georges Du Pont era cliente habitual desde tiempo atrás, un cliente que ordenaba el mejor champán y que dejaba propinas generosas. Pero de un tiempo a esta parte sus visitas se habían espaciado. El dueño temía haber perdido a tan buen cliente a manos del café Paillard o del Anglais.

—Monsieur, es un gran placer darle la bienvenida una vez más a nuestra casa. Suponíamos que tal vez se le hubiera nombrado para cubrir un puesto de prestigio en el extranjero.

George pareció sumamente azorado. «Qué mojigato», se dijo Marguerite, aunque no por ello le causara el menor desagrado. Tenía unos modales impecables, y era más generoso y más sencillo en sus necesidades que la inmensa mayoría de los hombres con los que ella había mantenido relaciones.

—La culpa es exclusivamente mía —dijo ella con la mirada abatida bajo las largas pestañas—. Es que lo he querido tener solamente para mí, para disfrutarlo yo sola.

El dueño rió de buena gana, tanto de la osadía como de la manera en que ella lo había mirado con los ojos castaños. Chasqueó los dedos. Mientras la encargada del guardarropa se ocupaba de la estola de Marguerite y del bastón de Georges, los dos hombres intercambiaron nuevas cortesías, hablaron del tiempo y de la situación actual en Argelia. Corrían rumores sobre una manifestación antiprusiana. Marguerite dejó que sus pensamientos se distrajeran a su antojo. Era toda una experta en aparentar que prestaba atención cuando en realidad tenía la cabeza en otra parte.

Miró hacia la afamada mesa en la que se exponían las mejores frutas. Ya era tarde para pensar en fresas, claro está, además de que a Georges le gustaba retirarse temprano, de modo que era improbable que se mostrase dispuesto a tomar un postre después de la cena.

Marguerite, como una experta, sofocó un suspiro mientras los hombres daban por terminada la breve conversación. A pesar de que todas las mesas en torno a ellos se encontraban ocupadas, se respiraba una sensación de paz y de apacible bienestar. A su hijo no le agradaría el local, lo consideraría aburrido, anticuado, si bien ella, que tantas veces había estado fuera de esa clase de establecimientos, y deseosa de entrar, lo encontró delicioso, claro indicio del grado de seguridad que había encontrado con el patrocinio de Du Pont.

Terminada la conversación, el dueño alzó la mano. Se acercó el maître y los condujo a través del salón iluminado por las velas de los candelabros hasta un reservado abierto, al que no tenían acceso las miradas de los demás comensales, y que estaba lejos de las puertas batientes de la cocina. Marguerite se fijó en que el hombre sudaba, en que le brillaba el labio superior bajo el bigote bien recortado, y volvió a preguntarse qué haría exactamente en la embajada, cuál era la razón por la cual su buena opinión sobre cualquier cosa resultara tan importante.

—Monsieur, madame, ¿un aperitivo para empezar? —preguntó el sumiller.

Georges miró a Marguerite.

—¿Champán?

—Una idea excelente, sí.

—Tráiganos una botella de Cristal —dijo él, y se recostó en el respaldo como si quisiera ahorrarle a Marguerite la vulgaridad de saber que acababa de pedir lo mejor de la bodega.

Tan pronto se marchó el *maître,* Marguerite desplazó los pies bajo la mesa para tocar los de Du Pont, y tuvo el placer de verle sobresaltarse y cambiar de postura en la silla.

—Marguerite, por favor... —dijo él, aunque fuera una protesta hecha sin ninguna convicción.

Sacó el pie de la chinela y lo apoyó levemente sobre la pierna de él. Percibió la costura de sus pantalones de gala a través de la finísima seda de la media.

—Aquí tienen la mejor bodega de tintos de todo París —dijo él con voz ronca, como si necesitara carraspear—. Borgoñas, Burdeos, todos ordenados por rigurosa precedencia, primero los caldos de los grandes viñedos, después los demás en perfecto orden, hasta el último de los tintos, aptos para burgueses. En cada uno se indica el precio de la añada, siempre que haya sido una buena cosecha.

A Marguerite no le gustaba el tinto, pues le producía terribles dolores de cabeza, y prefería tomar solamente champán, pero se había resignado a beber cualquier cosa que Georges pusiera delante de ella.

—Qué listo eres, Georges. —Calló un instante y miró en derredor—. Mira que encontrar mesa aquí... Está muy lleno para ser un miércoles por la noche.

—Sólo es cuestión de saber con quién hay que hablar —dijo él, aunque ella se dio cuenta de que le había complacido el halago—. ¿No habías venido nunca?

Marguerite negó con un gesto. Meticuloso, detallista, pedante, Georges hacía acopio de datos y le gustaba hacer gala de sus conocimientos. Al igual que cualquier otra parisina, ella conocía muy bien la historia de Voisin, pero se dispuso a fingir que no sabía nada. Durante los terribles meses de la Comuna, el restaurante presenció algunos de los altercados más violentos entre los *communards* y las fuerzas gubernamentales. Allí donde ahora esperaban los fiacres y las calesas para llevar a sus clientes de una punta a otra de París, veinte años atrás estuvieron las barricadas: camas de hierro, carretas de madera volcadas, palés y cajas de municiones. Ella, con su marido —con el maravilloso y heroico Leo—, había estado precisamente al pie de aquellas barricadas, unidos ambos durante un breve momento de gloria, en pie de igualdad, frente a la clase dirigente.

—Tras el vergonzante fiasco de Luis Napoleón en la batalla de Sedán —musitó Georges—, los prusianos marcharon hacia París.

—Sí —susurró ella, preguntándose no por vez primera cuán joven la consideraba Du Pont, si en efecto estaba dispuesto a darle lecciones de historia sobre acontecimientos que había presenciado de primera mano.

—Al intensificarse el asedio y los bombardeos, como es lógico comenzaron a escasear los alimentos. Fue la única manera de dar a los *communards* una buena lección, la que estaban pidiendo a gritos. Ello supuso, sin embargo, que muchos de los mejores restaurantes no pudieran abrir sus puertas al público. No había comida suficiente, date cuenta. Gorriones, gatos, perros..., no se veía por las calles de París un solo animal que no se considerara comestible. Hasta los animales del zoo fueron sacrificados para comer su carne.

Marguerite sonrió y fingió un gran interés para dar ánimo a su acompañante.

—Sí, Georges.

—Así las cosas, ¿qué crees que pudo ofrecer Voisin en la carta aquella noche?

—No tengo ni idea —dijo ella con los ojos como platos, con una inocencia perfectamente calculada—. La verdad es que no quiero ni pensarlo. ¿Serpientes, quizá?

—No —respondió él con un ladrido, una carcajada de satisfacción—. Prueba otra vez.

—Oh, no lo sé, Georges. ¿Cocodrilo?

—Elefante —dijo él en tono triunfal—. Un estofado hecho a base de trompas de elefante. Es increíble. Es maravilloso en realidad. Una maravilla. Demuestra un talento sensacional, ¿no te parece?

—Oh, desde luego. —Marguerite se mostró de acuerdo y rió, aunque su recuerdo del verano de 1871 era un tanto distinto. Semanas de hambruna, el miedo a verse atrapados entre los bombardeos de los prusianos y las tropas del Gobierno, derrotado y resuelto a reprimir a toda costa la Comuna revolucionaria. Hubo que luchar, plantar cara, apoyar a su marido, un idealista apasionado, y al mismo tiempo encontrar algo para darle de comer a su amado Anatole, que tenía entonces sólo ocho años. Pan negro y duro, castañas y frutos del bosque robados de noche en los jardines de las Tullerías.

Leo fue detenido cuando cayó la Comuna, y escapó por muy poco al pelotón de fusilamiento. Pasó más de una semana durante la cual Marguerite preguntó por todas las comisarías de policía y todos los tribunales de París, antes de descubrir que ya había sido juzgado y condenado. Su nombre apareció en una lista que se colgó a la entrada del ayuntamiento: condenado a ser deportado a una colonia del Pacífico francés, nada menos que a Nueva Caledonia.

La amnistía que se aplicó a los *communards* le llegó demasiado tarde. Murió en la bodega del barco en plena travesía del océano, sin saber siquiera que había tenido una hija.

—¿Marguerite? —dijo Du Pont con un punto de irritación.

Al darse cuenta de que llevaba demasiado tiempo en silencio, Marguerite cambió de expresión.

—Estaba pensando en lo extraordinario que tuvo que ser aquello —dijo rápidamente—, aunque dice mucho en favor de la destreza y el ingenio del chef de Voisin, ¿verdad? Ser capaz de preparar un plato como aquél... La verdad es que es una maravilla estar aquí sentada, Georges, en un lugar en el que se hizo la historia. —Hizo una pausa y añadió—: Y además contigo.

Georges sonrió complacido.

—La fortaleza del carácter al final siempre da buen resultado —afirmó—. Siempre hay manera de dar la vuelta a una situación adversa para que se pongan las cosas de nuestra parte, aunque esto es algo que la generación de hoy en día todavía no ha tenido ocasión de entender.

—Disculpen que les interrumpa...

Du Pont se puso en pie inmediatamente, hecho un mar de cortesía a pesar de la evidente irritación que le nublaba los ojos. Marguerite se volvió y vio a un caballero de gran estatura y aire patricio, de cabello negro y espeso y frente despejada. La miró con unas penetrantes pupilas como cabezas de alfiler, negras en unos ojos de un azul sorprendente. Ella instintivamente se llevó la mano al pecho, por más que su vestido no fuese ni mucho menos escotado.

—¿Señor? —dijo Georges, incapaz de impedir que se le notase la irritación en la voz.

La mirada de aquel individuo desencadenó un recuerdo que recorrió veloz la memoria de Marguerite, aunque tuvo la certeza de que no lo conocía. Tendría más o menos la misma edad que ella, llevaba el habitual uniforme de noche, chaqueta y pantalones negros, pero vestía de un modo inmaculado, que sentaba bien a su complexión fuerte, impresionante incluso, oculta tras la ropa. Ancho de hombros, tenía la presencia física de un hombre acostumbrado a salirse con la suya. Marguerite miró de reojo el sello de oro que llevaba en la mano izquierda, en busca de alguna pista que le esclareciera su identidad. Sostenía el sombrero de copa, de seda, junto con sus guantes blancos, de noche, y una bufanda blanca de cachemir, lo cual daba a entender que o bien acababa de llegar o bien estaba a punto de marcharse.

Marguerite se sonrojó ante el modo en que parecía desnudarla con los ojos, y notó que se acaloraba. Se le formaron gotas de sudor entre los senos, bajo el prieto entramado de encaje que cubría su corsé.

—Discúlpeme usted —dijo ella, y lanzó una mirada ansiosa hacia Du Pont—, pero ¿acaso...?

—Señor —dijo él, e hizo un gesto hacia Du Pont, como si así pretendiera pedir disculpas—, si me lo permite... —Habló con voz grave, repelente.

Apaciguado por el gesto, Du Pont le dedicó una ligera inclinación de cabeza.

—Soy un conocido de su hijo, madame Vernier —dijo él, y extrajo una tarjeta de visita del interior de su chaleco—. Victor Constant, conde de Tourmaline.

Marguerite vaciló un instante antes de tomar la tarjeta.

—Es sumamente descortés por mi parte haberles interrumpido, lo sé, pero es que tengo un gran interés en ponerme en contacto con Vernier debido a un asunto de la máxima importancia. He estado en el campo, acabo de llegar esta misma tarde a la ciudad y tenía la esperanza de encontrar a su hijo en casa. Sin embargo... —Se encogió de hombros.

Marguerite había conocido a muchos hombres. Siempre había sabido cómo era más ventajoso tratarlos, cómo hablarles, adularles, cómo aprovechar su encanto desde el primer momento.

Pero aquel hombre... No supo descifrar qué era lo que pretendía.

Leyó con atención la tarjeta que tenía en la mano. Anatole nunca le había confiado gran cosa sobre sus negocios, pero Marguerite tuvo total certeza de que nunca le había oído mencionar un nombre tan distinguido, ya fuera como amigo, ya fuera como cliente.

—¿Sabe usted dónde podría localizarlo, madame Vernier?

Marguerite notó un pasajero arrebato de atracción hacia él, seguido por una diáfana sensación de miedo. Las dos percepciones le causaron cierto disfrute. Las dos la alarmaron. Él entornó los ojos como si fuera capaz de leerle los pensamientos, asintiendo ligeramente con la cabeza.

—Monsieur, mucho me temo que no —replicó, esforzándose por lograr que no se le quebrase la voz—. Tal vez, si quisiera usted dejar su tarjeta de visita en su oficina...

Constant inclinó la cabeza.

—Desde luego, le haré caso. Y dice usted que tiene la oficina en...

—En la calle Montorgueil. No recuerdo ahora el número exacto.

Constant siguió escrutándola.

—Muy bien —dijo al final—. Una vez más, les ruego que me disculpen por haberles interrumpido. Si tuviera usted la bondad, madame Vernier, de decir a su hijo que lo estoy buscando, le quedaría sumamente agradecido.

Sin previo aviso, se inclinó, la tomó de la mano, que tenía en el regazo, y se la llevó a los labios. Marguerite notó su aliento y el cosquilleo de su bigote a través del guante, y se sintió humillada por el modo en que su cuerpo respondía a ese contacto, en frontal oposición a sus deseos.

—Hasta pronto, madame Vernier. General...

Hizo media reverencia y se marchó. Llegó el camarero entonces a llenarles de nuevo las copas. Du Pont estalló.

—De todos los insolentes, los impertinentes y los sinvergüenzas que he conocido... —gruñó recostándose en su silla—. Qué desfachatez la de ese individuo. ¿Quién se cree que es ese canalla, insultándote de esta manera?

—¿Insultándome? ¿Es que me ha insultado, Georges? —murmuró.

—Ese pájaro no ha podido quitarte los ojos de encima.

—De veras, Georges, que no me he dado cuenta. Te aseguro que no me ha interesado lo más mínimo —dijo ella, que no estaba deseosa de encontrarse con una escena—. Te ruego que no te preocupes por mí.

—¿Conocías a ese tipejo? —preguntó Du Pont con súbita suspicacia.

—Ya te he dicho que no —replicó ella con calma.

—Pues el muy bellaco sabía quién soy yo —insistió él.

—Es posible que te haya reconocido por los periódicos, Georges —dijo ella—. Subestimas a las muchas personas normales y corrientes que te conocen. Te olvidas de que eres una figura muy reconocida.

Marguerite vio que se relajaba e incluso bajaba la guardia ante la esmerada adulación que le había hecho. Deseosa de zanjar cuanto antes la cuestión, tomó la tarjeta de visita de Constant, una de las más caras, por una esquina, y la sostuvo sobre la llama de la vela que brillaba en el centro de la mesa. Tardó unos instantes en prender, y acto seguido ardió furiosamente.

—Por Dios, ¿qué estás haciendo?

Ella alzó sus largas pestañas y dejó caer los ojos una vez más mirando a la llama, observándola hasta que lo que quedaba de la tarjeta se apagó en el cenicero.

—Hecho —dijo, frotándose las cenizas grises de las puntas de los guantes sobre el cenicero—. Olvidémoslo. Y si el conde es una persona con la que mi hijo desee tener trato comercial, el lugar idóneo para tales asuntos está en su oficina entre las diez y las cinco.

Georges asintió con manifiesta aprobación. Comprobó con alivio que toda suspicacia se fundía en sus ojos.

—¿De veras que no sabes dónde está tu hijo en estos momentos?

—Pues claro que lo sé —dijo ella, sonriéndole como si acabara de compartir con él un chiste—, pero siempre sale a cuenta ser reservada. Me desagradan esas mujeres que parecen cotorras.

Él volvió a asentir. No era ni mucho menos el primer oficial, ni el primer funcionario, que tenía una amante en la ciudad y una esposa en el campo, pero hacer ostentación de tales relaciones era algo que nunca vio con buenos ojos. A Marguerite le iba de perlas que Georges la considerase discreta y digna de toda confianza.

—Cierto, muy cierto.

—La verdad es que Anatole ha llevado a Léonie a la ópera. Al estreno de la última obra de Wagner.

—Maldita propaganda prusiana —refunfuñó Georges—. Habría que prohibirla.

—Y tengo entendido que después iba a llevarla a cenar —siguió diciendo Marguerite con una voz sedosa—, aunque dudo mucho de que vayan a cenar a un sitio tan espléndido como éste.

—Supongo que le gustarán más esos sitios extravagantes y bohemios, como el café de la Place Blanche. Lleno hasta los topes de artistas y qué sé yo.

Tamborileó con los dedos sobre la mesa como si fuese un tambor del ejército.

—¿Cómo se llama ese otro sitio que hay en el bulevar Rochechouart? Deberían cerrarlo por orden de la superioridad.

—Le Chat Noir —dijo Marguerite como si tal cosa.

—Unos haraganes es lo que son todos —sentenció Georges, calentándose con el nuevo tema de conversación—. Mira que salpicar de manchas un lienzo y tener la desfachatez de afirmar que eso es arte... ¿Qué clase de ocupación es ésa para un hombre de verdad? ¿Cómo se llama ese individuo insolente que vive en tu mismo edificio? Son todos una chusma. Habría que espabilarlos a latigazos a todos ellos.

—Pero si Achille es un compositor, querido... —le regañó ella con toda su bondad.

—Me da lo mismo. Son todos unos parásitos. No hacen más que poner mala cara. Y siempre dale que te pego con el piano, sin parar ni de noche ni de día. Me extraña que su padre no le haya dado una buena tunda. A lo mejor así se entera de lo que vale un peine...

Marguerite disimuló una sonrisa. Como Achille era de la misma edad que Anatole, le pareció que ya era más bien tarde para esa clase de medidas disciplinarias. En cualquier caso, madame Debussy había sido demasiado liberal cuando sus hijos aún eran pequeños, cosa que evidentemente no les había hecho ningún bien.

—Este champán está realmente delicioso, Georges —dijo ella por cambiar de tema. No entraba entre sus proyectos modificar la visión del mundo que se había forjado su amante.

—Para ti, sólo sirve lo mejor de lo mejor —murmuró él.

Ella extendió la mano sobre la mesa y lo tomó por los dedos; dio la vuelta a su mano y apretó las uñas en la carne de su palma.

—Eres tan atento... —dijo ella, y observó cómo la mueca de dolor se tornaba en un brillo de placer en sus ojos—. Georges, ¿quieres pedir? Llevamos tanto tiempo aquí sentados que creo que de pronto me ha entrado muchísimo apetito.

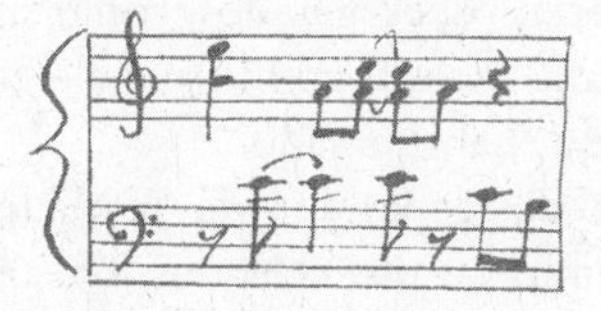

CAPÍTULO 5

A Léonie y Anatole les hicieron pasar a uno de los salones privados de la primera planta del bar Romain, a una mesa con vistas a la calle.

Léonie le devolvió a Anatole su chaqueta y fue a lavarse la cara y las manos y a arreglarse el cabello en el pequeño aseo contiguo al salón. El vestido, aunque necesitara de las atenciones de la criada costurera, prefirió dejarlo como estaba, recoger con un par de alfileres el dobladillo y considerar que casi parecía respetable.

Se miró en el espejo, inclinándolo un poco hacia sí. Le brillaba la piel debido a la carrera en plena noche por las calles de París, y a la luz de las velas le relucían los ojos color esmeralda con intensidad. Ahora que había pasado el peligro, mentalmente Léonie se pintó la escena en colores intensos, exagerados, como si fuera un relato. Ya había olvidado el odio inconfundible que vio en los rostros de los hombres, el terror que había pasado.

Anatole pidió dos copas de vino de Madeira, seguidas de un vino tinto para acompañar una cena sencilla, a base de costillas de cordero y patatas con mantequilla.

—Después hay suflé de pera, si es que te quedas con hambre —dijo para despedir al camarero.

Mientras comían, Léonie le relató lo ocurrido antes de que Anatole la encontrara.

—Son una pandilla curiosa todos esos *abonnés* —dijo Anatole—. Sólo se puede interpretar música francesa en terreno francés, así son las cosas según ellos. En 1860 apedrearon el escenario en que se estaba representando *Tannhäuser.* —Se encogió de hombros—. Es opinión bien sabida que en el fondo la música les importa un comino.

—Entonces, ¿a qué...?

—Chovinismo, lisa y llanamente.

Anatole apartó la silla de la mesa, estiró las piernas, largas y delgadas, y sacó la pitillera del bolsillo del chaleco.

—Dudo mucho que en París se vuelva a dar nunca la bienvenida a Wagner. Al menos, eso no sucederá ahora.

Léonie se paró un momento a pensar.

—¿Por qué te habrá regalado Achille las entradas para la ópera? ¿No es él un ferviente admirador de monsieur Wagner?

—Lo era —repuso él, y golpeó el cigarrillo en la tapa de plata para apretar mejor el tabaco—. Sólo que ya no lo es. —Introdujo la mano en el bolsillo de la chaqueta y sacó una caja de cerillas Vestas. Prendió una—. «Hemos tomado un bello atardecer por un maravilloso albor», según el último dictamen de Achille a propósito de Wagner. —Ladeó la cabeza con una media sonrisa de burla—. Perdóname, quiero decir Claude-Achille. Se supone que ahora hemos de llamarle así.

Debussy, brillante aunque mercurial pianista y compositor, vivía con sus hermanas y sus padres en el mismo edificio de viviendas que los Vernier, en la calle Berlin. Era el *enfant terrible* del conservatorio, pero al mismo tiempo, así fuera a regañadientes, era su máxima esperanza. Sin embargo, en su reducido círculo de amistades, la compleja vida amorosa de Debussy atraía mucha más notoriedad que su reputación profesional, que alcanzaba cada vez mayor renombre.

La dama que en aquellos momentos gozaba de sus favores era Gabrielle DuPont, de veinticuatro años.

—Esta vez yo creo que la cosa va en serio —le confesó Anatole—. Gaby entiende su música, sabe que eso ha de ser lo primero, y esa virtud a él, como es natural, le resulta sumamente atractiva. Es tolerante con sus escapadas de cada martes a los salones de *maître* Mallarmé. Debussy es tan sólo uno de los compositores a los que se recibe allí. Sólo con verlo se le anima el espíritu ante la continua llovizna de quejas y vituperios que le caen en la Académie, que lisa y llanamente no atina a comprender su genialidad. Son todos unos vejestorios, y son demasiado lerdos.

Léonie enarcó las cejas.

—Tengo la convicción de que es el propio Achille quien provoca que le caigan encima todos los infortunios. Pero es muy perspicaz, no caerá en desgracia con quienes podrían darle apoyo. Aunque es demasiado deslenguado, tiende a ofender al otro enseguida. Desde luego, ni que decir tiene que se desvive por ser un grosero, un descortés, un hombre de trato imposible. —Anatole siguió fumando y no se mostró en desacuerdo—. Y dejando a un lado la amistad —siguió diciendo ella, removiendo la tercera cucharada de azúcar en el café—, he de confesarte que siento cierta simpatía por sus críticos. Para mí, sus composiciones son un tanto imprecisas, desestructuradas y..., bueno, y también inquietantes. Divaga. Muchas veces tengo la impresión de que me quedo a la espera de que la melodía por fin se revele tal cual es. Tengo la sensación de que escuchara música bajo el agua.

Anatole sonrió.

—Ah, pero es que precisamente de eso se trata. Debussy dice que uno debe prescindir de todo sentido de la clave. Su aspiración consiste en iluminar, por medio de su música, las conexiones que puedan existir entre el mundo material y el mundo espiritual, lo visible y lo invisible, y eso es algo que no se puede proponer, ni presentar, a la manera tradicional.

Léonie hizo una mueca.

—Eso que dices parece la típica observación inteligente que se dice cuando, precisamente, uno sabe que no significa nada.

Anatole prefirió no hacer caso de la interrupción.

—Él cree que la evocación, la sugerencia y el matiz son más poderosos, más fieles a la verdad y más esclarecedores que cualquier afirmación y cualquier descripción. Cree que el valor y el poder de los recuerdos más remotos sobrepasan de largo los del pensamiento consciente y explícito.

Léonie sonrió. Admiraba la lealtad de su hermano por su amigo, pero se dio perfecta cuenta de que sólo estaba repitiendo punto por punto palabras que antes había oído de labios del propio Achille. A pesar de la apasionada defensa que Anatole hizo de la obra de su amigo, sabía perfectamente que sus gustos musicales estaban más en la línea de Offenbach y de la orquesta del Folies-Bergère que en la de cualquiera de las producciones de Debussy o Dukas o cualquier otro de sus amigos del conservatorio.

—Y ya que estamos haciéndonos confidencias —añadió—, reconozco que la semana pasada volví a la calle de la Chaussée d'Antin para adquirir un ejemplar de *Cinq Poèmes,* de Achille.

A Léonie le brillaron los ojos debido al repentino enojo.

—Anatole, ¡le diste a mamá tu palabra...!

Él se encogió de hombros.

—Lo sé, pero no pude evitarlo. El precio era sumamente razonable, y será sin duda una buena inversión, sobre todo si piensas que Bailly tan sólo ha impreso ciento cincuenta ejemplares.

—Hemos de tener más cuidado con el dinero. Mamá confía en que seas prudente. No podemos permitirnos el lujo de incurrir en nuevas deudas. —Calló un instante y añadió—: Por cierto, ¿a cuánto ascienden nuestras deudas?

Se miraron los dos a los ojos.

—Esta noche te encuentro muy franca.

—¿Son cientos de francos? ¿O son miles?

—De veras, Léonie... Nuestras finanzas domésticas no son asunto por el que tú debas preocuparte.

—Pero es que...

—Pero es que nada —dijo él con firmeza.

Mohína, ella le volvió a medias la espalda.

—¡Me tratas como si fuera una niña!

Él rió.

—Cuando te cases, ya volverás loco a tu marido a fuerza de preguntarle por el presupuesto doméstico, pero hasta que llegue ese día... Sea como fuere, te doy mi palabra de que de ahora en adelante no gastaré un solo *sou* sin tener antes tu permiso.

—Y ahora te quieres reír de mí. Qué falta de consideración.

—Te lo aseguro: ni siquiera un céntimo —dijo bromeando.

Ella lo fulminó con una larga mirada antes de rendirse.

—Te pienso pedir cuentas, no lo olvides —suspiró. No había nada que ganar con una riña.

Anatole se trazó una cruz sobre el pecho con el dedo índice.

—Palabra de honor.

Por un instante se sonrieron el uno al otro, y al cabo desapareció todo asomo de broma de su rostro. Se inclinó sobre la mesa y cubrió la mano pequeña y blanca de su hermana con la suya.

—Déjame que hablemos en serio un solo instante, pequeña —le dijo—. Me resulta muy difícil perdonarme por el hecho de que mi impuntualidad te haya obligado a pasar tú sola lo que has tenido que padecer esta noche. ¿Sabrás perdonarme tú?

Léonie sonrió.

—Eso ya está olvidado.

—Tu generosidad de espíritu es mucho más de lo que yo merezco. Además, te condujiste con gran valentía. Cualquier otra muchacha de tu edad habría perdido la cabeza. —Le estrechó los dedos y retiró la mano—. Me siento orgulloso de ti. —Se recostó en el respaldo y encendió otro cigarrillo—. Aunque es posible que descubras que todo lo ocurrido esta noche habrá de volver a ti. Los grandes alborotos tienen la costumbre de perdurar cuando su causa ya no existe.

—No soy tan timorata que me den miedo las sombras —dijo ella con firmeza. Se sentía completamente viva: más alta, más osada, más sagaz, más ella misma que nunca. No creía que nada pudiera ya inquietarla.

El reloj de la repisa dio la hora.

—Al mismo tiempo, Anatole, debo decirte que nunca te habías perdido el momento en que se levanta el telón...

Anatole dio un trago de coñac.

—Siempre hay una primera vez para todo.

Léonie entornó los ojos.

—¿Qué fue lo que tanto te entretuvo? ¿Por qué te retrasaste?

Lentamente depositó la copa ancha sobre la mesa y se atusó entonces las guías enceradas del bigote. Señal inequívoca de que algo no era del todo fiel a la verdad.

Léonie entornó los ojos.

—Anatole...

—Tenía que reunirme con un cliente de fuera de la ciudad. Estaba previsto que llegara a las seis, pero se retrasó, y además se quedó más tiempo del que yo había calculado en principio.

—Y sin embargo ya llevabas la ropa necesaria para ir al estreno... ¿O acaso volviste a casa antes de venir a recogerme al palacio Garnier?

—Había tomado la precaución de llevarme la ropa de gala a la oficina.

Con un repentino y ágil movimiento, Anatole se puso en pie, cruzó el salón y tiró del cordón de la campana, deteniendo la conversación en seco. Antes de que Léonie pudiera hacer una pregunta más, los camareros aparecieron para recoger la mesa, con lo que todo diálogo entre ellos resultó ya imposible.

—Es hora de que te lleve a casa —dijo él, y con la mano la sujetó por el codo para ayudarla a levantarse—. Me quedaré mucho más tranquilo en cuanto te vea en un coche de punto.

Minutos después estaban los dos de pie en la calle.

—¿Tú no vuelves conmigo?

Anatole la ayudó a subir al coche y cerró el pestillo.

—Creo que voy a hacer una visita a Chez Frascati. Tal vez juegue un par de manos a las cartas.

Léonie sintió una punzada del pánico.

—¿Y qué le digo yo a mamá?

—Ya se habrá retirado.

—¿Y si no es así? —gimió, procurando aplazar el momento de la despedida.

Él la besó en la mano.

—En tal caso, dile que no me espere levantada.

Anatole estiró la mano para entregar un billete al cochero.

—Calle Berlin —le dijo, y retrocedió un paso para dar un golpe en el lateral del coche de punto.

—Que duermas bien, pequeña. Te veo mañana en el desayuno.

Restalló el látigo. Los faroles del coche golpetearon contra los costados en el momento en que los caballos arrancaron con el tintineo de los arneses y el claqueteo de las herraduras sobre los adoquines.

Léonie bajó la ventanilla y se asomó. Anatole permanecía en un charco de luz amarillenta y brumosa, bajo el siseo de las farolas de gas, mientras que desde el cigarrillo que tenía en la mano ascendía un hilo de humo.

¿Por qué no me ha dicho cuál era la razón de su tardanza?

No dejó de mirarlo, reacia a perderlo de vista, al tiempo que el coche traqueteaba por la calle Caumartin, por delante del hotel Saint-Petersbourg, por delante del alma máter del propio Anatole, el Lycée Fontanes, camino del cruce con la calle Saint-Lazare.

Lo último que vio Léonie antes de que el coche doblara la esquina fue cómo Anatole lanzaba la brasa de su cigarrillo a una cloaca. Entonces volvió sobre sus talones y entró de nuevo en el bar Romain.

CAPÍTULO 6

∞

En el edificio de la calle Berlin reinaba la calma.

Léonie entró en la vivienda con su propia llave. Había quedado prendida una lámpara de gas que le indicaba el camino. Dejó la llave en un cuenco de porcelana que se encontraba en la mesa del recibidor, junto a la bandeja de plata en la que no había una sola carta ni una sola tarjeta de visita. Apartó la estola de su madre del cojín y se sentó en el sillón del vestíbulo. Se quitó las chinelas sucias y las medias de seda allí mismo, dándose un breve masaje en los pies y pensando en las evasivas de Anatole. Si no había motivo de vergüenza en sus actos, ¿por qué no le dijo cuál era la razón de que llegase tarde a la ópera?

Léonie echó un vistazo por el pasillo y descubrió que la puerta de la habitación de su madre estaba cerrada. Se sintió decepcionada. Tiempo atrás, la compañía de Marguerite le había resultado frustrante; sus temas de conversación, limitados y previsibles. Pero esa noche hubiera agradecido un poco de compañía a altas horas.

Tomó la lámpara y entró en el salón. Era una pieza amplia, generosa, que ocupaba todo el frente de la vivienda y daba a la propia calle Berlin. Los tres ventanales estaban cerrados, pero las cortinas de cretona amarilla que colgaban del techo al suelo habían quedado abiertas.

Dejó la lámpara en la mesa y echó un vistazo a la calle desierta. Cayó en la cuenta de que tenía frío. Pensó en Anatole, lo imaginó en algún punto de la ciudad y confió en que estuviera sano y salvo.

Por fin, en ese momento comenzaron a rondarle pensamientos sobre lo que pudo haber pasado. La animación que la había sustentado a lo largo de la larga noche se había agotado de golpe, dejándola asustada, temerosa, tanto más por llegar con tanto aplazamiento. Notó como si todas sus extremidades, todos sus músculos y todos sus sentidos quedaran abrumados por el recuerdo de lo que había presenciado.

Sangre y huesos rotos y odio.

Léonie cerró los ojos, pero todos y cada uno de los incidentes vividos, aislados, regresaban a su conciencia con toda claridad, como si los hubiera atrapado con el obturador de una cámara. El hedor de las bombas caseras hechas con excrementos y fruta podrida. Los ojos vítreos, helados, de aquel hombre cuando el cuchillo se le hundió en el pecho, aquel momento único y paralizante en el que pendió entre la vida y la muerte.

Había un gran chal de lana verde colgado sobre el respaldo de la *chaise longue*. Se envolvió en él echándoselo por los hombros, bajó la lámpara de gas y se acurrucó en su sillón preferido, con las piernas dobladas bajo el cuerpo.

De súbito, desde el piso de abajo, la música comenzó a filtrarse por la tarima del suelo. Léonie sonrió. El amigo de Anatole, su vecino, estaba de nuevo al piano. Miró el reloj de la repisa.

Pasa de la medianoche.

Léonie recibió con agrado la información de que no era la única que estaba en vela en la calle Berlin. Encontró algo tranquilizador en la presencia de Achille. Se acurrucó mejor en el sillón en el momento en que reconoció la pieza. *La demoiselle élue,* una composición que Anatole a menudo decía que Debussy había escrito pensando en Léonie. Ella sabía que eso no era cierto. Achille le había dicho que el libreto era la traducción en prosa de un poema de Rossetti, que a su vez estaba inspirado en un poema de monsieur Poe, «El cuervo». Fuera cierto o no, era una pieza a la que tenía especial afecto, y lo etéreo de sus acordes encajaba a pedir de boca con el ánimo que tenía a medianoche.

Sin previo aviso descendió sobre ella otro recuerdo. La mañana del funeral. Aquel día, igual que en esos momentos, Achille martilleaba el piano sin compasión, notas negras aisladas y el empaste de las blancas que ascendían por la tarima del suelo, hasta el momento en que Léonie creyó que iba a enloquecer si seguía oyéndole tocar. Aquella solitaria hoja de palma que flotaba en el cuenco de cristal. El aroma enfermizo del ritual y de la muerte, que se insinuaba en todos los rincones de la vivienda; el olor a incienso quemado, a velas, para enmascarar el dulzor empalagoso del cadáver en el féretro cerrado.

Estás confundiendo lo que fue con lo que es.

En aquel entonces, casi todas las mañanas desaparecía él de la vivienda antes de que la luz diera de nuevo forma al mundo. Las más de las noches regresaba a casa mucho después de que la servidumbre se hubiera retirado. Una vez estuvo ausente durante toda una semana sin dar explicación. Cuando por fin se armó Léonie del valor necesario para preguntarle dónde había estado, le dijo que eso no era asunto de su incumbencia. Supuso que pasaba las noches en las mesas de juego. También sabía, por los chascarrillos de la servidumbre, que había sido objeto de denuncias y difamaciones anónimas en las columnas de los periódicos y de viva voz.

Empezó a ser físicamente notorio que aquello le estaba pasando factura. Se le pusieron las mejillas macilentas. Adelgazó. Tenía la piel transparente. Sus ojos castaños se le habían apagado, los tenía continuamente inyectados en sangre, los labios resquebrajados, marchitos. Léonie haría cualquier cosa con tal de impedir que volviera a producirse aquel deterioro.

Sólo cuando ya volvían a salir las hojas en el bulevar Malesherbes y cuando los senderos del parque Monceau volvieron a llenarse de flores blancas, rosas y moradas, cesaron de súbito todos los ataques a su honor. Entonces mejoró su ánimo y recuperó la salud. El hermano mayor al que conocía y amaba le fue devuelto íntegramente. Desde entonces no hubo más desapariciones, más evasivas, más verdades a medias.

Hasta esta noche.

Léonie reparó en que tenía húmedas las mejillas. Se secó las lágrimas con los dedos fríos y se arropó mejor con el chal.

Estamos en septiembre, no en marzo.

Pero en el fondo de su corazón Léonie se siguió sintiendo fatal. Sabía que él le había mentido. Por eso se mantuvo en guardia ante la ventana, dejando que la música de Achille la arrullase, la adormeciera a medias, al tiempo que en todo momento ansiaba oír el ruido de la llave de Anatole en el cerrojo.

CAPÍTULO 7

∞

JUEVES, 17 DE SEPTIEMBRE

Tras dejar durmiendo a su amante, Anatole salió sigiloso de la pequeña habitación de alquiler. Con cuidado de no molestar al resto de los inquilinos de la pensión, recorrió despacio el pasillo y bajó las escaleras estrechas y polvorientas en calcetines, con los zapatos en la mano. Una lámpara de gas alumbraba cada rellano, y así fue descendiendo hasta llegar al pasadizo que daba a la calle.

Aún no había amanecido, aunque París ya despertaba. A lo lejos, Anatole oyó el paso de los carruajes de reparto. Ruedas de madera o metal sobre los adoquines, los carros que repartían la leche y el pan recién horneado en los cafés y los bares del barrio de Montmartre.

Se detuvo a ponerse los zapatos. La calle Feydeau estaba desierta y no se oía otro ruido que el de sus tacones en la acera. Sumido en sus pensamientos, Anatole caminó deprisa hacia el cruce con la calle Saint-Marc con la intención de atajar pasando por el callejón Panoramas. No vio a nadie, no oyó a nadie.

Sus pensamientos repicaban en su cabeza. ¿Saldría bien el plan que habían ideado? ¿Podría tal vez salir de París sin que nadie reparase en él, sin levantar sospechas? A pesar de toda la reñida conversación de las horas previas, Anatole tenía sus dudas. Sabía que su comportamiento en las próximas horas iba a ser determinante para su éxito o su fracaso. Léonie ya le había dado muestras de suspicacia, y como su apoyo habría de ser crucial en el éxito de la empresa maldijo la secuencia de acontecimientos que habían forzado que llegara con retraso al teatro de la Ópera, y también la inmensa mala suerte que había hecho que los *abonnés* eligieran precisamente esa noche para manifestarse de forma sanguinaria y violenta, más que nunca hasta la fecha.

Respiró hondo y notó cómo el terso amanecer de septiembre se colaba en sus pulmones mezclado con el vapor, el humo y el hollín de la ciudad. La culpa que le invadía al sentir que le había fallado a Léonie ya la había olvidado en los momentos de dicha en que tuvo a su amante en sus brazos. Ahora regresó con toda su potencia, como un dolor agudo en el pecho.

Tomó la determinación de compensarla de alguna manera.

La mano del tiempo le había sujetado por la espalda y lo empujaba hacia su casa. Apretó el paso inmerso en sus pensamientos, en el deleite de la noche recién vivida, el recuerdo de su amante impreso en su mente y en su cuerpo, la fragancia de la piel en los dedos, la textura de su cabello... Le fatigaba el secretismo perpetuo y la ofuscación. Tan pronto se hubieran marchado de París, terminarían las intrigas, la necesidad de inventar visitas imaginarias a las mesas de juego, a los fumaderos de opio, a las casas de dudosa reputación, para encubrir su auténtico paradero.

Haberse visto atacado en la prensa y, con el fin de proteger su secreto, haberse visto incapaz de defender su propia reputación era una situación que le mortificaba. Sospechaba que Constant debía de haber metido mano en todo ello. La difamación de su buen nombre afectaba también a la situación tanto de su madre como de su hermana. A lo sumo, podía conservar la esperanza de que cuando todo saliera a la luz, tendría tiempo suficiente para reparar los daños sufridos en su reputación.

Al doblar la esquina, una rencorosa racha de viento otoñal le dio en la espalda. Se ciñó mejor la chaqueta y lamentó no haberse llevado una bufanda. Cruzó la calle Saint-Marc aún envuelto en sus pensamientos, disfrutando por anticipado los días, las semanas venideras, y no sin reparar en el presente en el que caminaba por la calle.

Al principio no oyó el ruido de los pasos a su espalda. Alguien, dos personas, mejor dicho, apretaban el paso, se le acercaban. Se puso en alerta. Se miró la ropa de gala y cayó en la cuenta de que sería una diana fácil. Desarmado, sin compañía, y posiblemente con las ganancias de una noche en las mesas de juego en los bolsillos.

Anatole apretó la marcha, y los pasos también aceleraron a su espalda. Con la certeza de que alguien le seguía, entró veloz en el callejón Panoramas pensando que podría atajar para salir al bulevar Montmartre, donde estarían abriendo los cafés y era probable que ya hubiese cierto tráfico tempranero, repartidores de leche y carros, que le brindaría cierta seguridad.

Las pocas farolas de gas que seguían encendidas ardían despidiendo una luz fría y azulada cuando pasó por la estrecha hilera de escaparates en donde se vendían sellos y objetos devotos, o una tienda de muebles en la que se exhibía una cómoda antigua, con las molduras estropeadas, el primero de una serie de establecimientos del gremio de anticuarios y tratantes en *objets d'art* que tenían su local en el callejón.

Los hombres le seguían, sin duda.

Anatole notó el aguijonazo del miedo. Se le fue la mano al bolsillo en busca de algo con que defenderse, pero no encontró nada que pudiera servirle de arma.

Avivó más el paso, aunque resistiéndose al deseo de echar a correr. Mejor mantener la cabeza bien alta. Fingir que no pasaba nada raro. Confiar en que saldría de ésta, que llegaría al otro lado del callejón, donde encontraría viandantes antes de que sus perseguidores tuvieran ocasión de echársele encima.

A su espalda, en ese momento, el sonido inconfundible de alguien a la carrera. Captó el destello de un movimiento veloz reflejado en el escaparate de Stern, el grabador, una mera refracción de luz, y Anatole se volvió en redondo, justo a tiempo de defenderse del puñetazo que ya le caía en la cabeza. Se llevó un golpe por encima del ojo izquierdo, pero logró desviar lo peor, y además él consiguió también asestar un puñetazo. El que parecía mandar llevaba una gorra plana, de lana, con un pañuelo oscuro que le ocultaba la mayor parte de la cara. Soltó un gruñido, pero al mismo tiempo Anatole sintió que el otro le sujetaba los brazos por detrás y lo dejaba inerme.

El primer golpe, en la boca del estómago, le cortó la respiración, y luego un puño le alcanzó en la cara, a izquierda, a derecha, como un boxeador en el ring, en una andanada de golpes que llegaron incluso a la base del cuello y dispararon un dolor que recorrió rebotando toda la parte superior de su cuerpo.

Anatole notó que le manaba la sangre del párpado izquierdo, pero logró volverse de lado al menos lo suficiente para esquivar los peores golpes. El que lo sujetaba también se había tapado la cara con un pañuelo, pero llevaba la cabeza descubierta y vio que tenía el cuero cabelludo marcado por unas ampollas enrojecidas, purulentas. Anatole levantó la rodilla y logró propinarle un taconazo en la canilla. Por un instante, éste aflojó su presa al menos lo suficiente para que Anatole pudiera sujetar al otro por el cuello de la camisa y, una vez bien sujeto, mandarlo de un empellón contra los cantos afilados de una de las entradas.

Se abalanzó empleando todo el peso de su cuerpo para tratar de zafarse, pero el primero de los dos lo alcanzó, dándole un veloz manotazo a la altura de la oreja. Había caído prácticamente de rodillas, aunque le dio tiempo a sujetarse al torso del otro, si bien apenas le hizo ningún daño.

Anatole notó los puños del hombre, formando una sola masa, en la nuca. La potencia del golpe le hizo tambalearse, hasta que trastabilló y cayó de bruces. Un tremendo puntapié, propinado con una bota con puntera de acero, le alcanzó en la pantorrilla y lo obligó a rodar por el suelo. Se cubrió con ambas manos la cabeza y arrimó las rodillas hasta el mentón, en un fútil intento por protegerse de lo peor de la agresión, que estaba sin duda por llegar. A medida que le llovían los golpes y sentía explosiones de dolor en las costillas, los riñones, los brazos, se dio cuenta de que tal vez la paliza nunca fuese a terminar.

—¡Eh!

Al fondo del callejón, en la penumbra, Anatole creyó ver una luz.

—¡Eh! ¡Oiga! ¿Qué está pasando ahí?

Por un instante se detuvo el tiempo. Anatole notó el aliento acalorado de uno de sus agresores, que le susurró al oído:

—Una lección.

Entonces, sintió unas manos que recorrían su cuerpo dolorido, unos dedos que se introducían en el bolsillo del chaleco, un tirón seco, y el reloj de su padre arrancado de la leontina.

Por fin, Anatole logró articular palabra.

—¡Aquí! ¡Aquí!

Propinándole una última patada en las costillas, tras la cual, por efecto del dolor, el cuerpo de Anatole se cerró en dos como la hoja de una navaja en la empuñadura, los dos agresores se marcharon a la carrera, huyendo de aquella luz inconstante, el farol del vigilante de noche.

—Aquí —probó a decir Anatole de nuevo, pero no le acompañó la voz.

Oyó los pies que avanzaban arrastrándose hacia él, y el tintineo de la farola al ser depositada en el suelo por el vigilante, que entonces lo miró con cautela.

—Señor, ¿qué ha pasado aquí?

Anatole logró sentarse, permitiendo que el viejo le ayudara.

—Estoy bien —dijo, e intentó recuperar el aliento. Se llevó la mano al ojo y vio que tenía los dedos manchados de sangre.

—Se ha llevado una buena paliza.

—No es nada —insistió—. Sólo un corte.

—Señor, ¿le han robado?

Anatole no contestó de inmediato. Respiró hondo y alargó la mano para que el vigilante le ayudase a ponerse en pie. El dolor le dio una sacudida en la espalda y en ambas piernas. Le costó un momento conservar el equilibrio, antes de enderezarse del todo. Se examinó las manos, volviéndolas de un lado y de otro. Tenía los nudillos despellejados, ensangrentados, y las palmas manchadas de sangre, del corte que tenía encima de la ceja. Notó otro corte en el tobillo, la carne abierta y el roce con la tela del pantalón.

Anatole se tomó otro momento para recuperar del todo la compostura y entonces se alisó un poco la ropa.

—¿Es mucho lo que le han quitado, señor?

Se palpó los bolsillos y le sorprendió encontrar la cartera y la pitillera en su sitio.

—Parece que sólo se han llevado mi reloj —susurró. Fue como si sus palabras llegasen desde muy lejos, al tiempo que una idea se le coló en la cabeza y echó raíces. No había sido víctima de un robo al azar. Mejor dicho, ni siquiera había sido un robo. Había sido una lección, tal como le dijo el hombre en un susurro al oído.

Apartando el pensamiento de su mente, Anatole sacó un billete y lo deslizó entre los dedos manchados de tabaco del viejo vigilante.

—En gratitud por su ayuda, amigo mío.

El vigilante miró el billete y sonrió involuntariamente.

—Es muy generoso, señor.

—Pero no le diga nada a nadie, no hace falta. Ahora, ¿me podría encontrar un coche de punto?

El hombre se llevó los dedos al ala del sombrero.

—Lo que usted diga, señor.

CAPÍTULO 8

∞

Léonie despertó con un sobresalto, con el corazón en la boca, completamente desorientada.

Por un instante ni siquiera acertó a recordar por qué estaba envuelta en una manta de lana, en el salón, acurrucada. Se miró entonces el vestido de noche, desgarrado y sucio, y recordó. La trifulca del palacio Garnier.

La cena a última hora con Anatole. Achille tocando nanas al piano durante gran parte de la noche. Miró el reloj de Sevres, en la repisa.

Eran las cinco y cuarto. Helada hasta los huesos y con un resto de náuseas, salió sin hacer ruido al pasillo y lo recorrió despacio, reparando en que la puerta de Anatole también estaba cerrada. Ambas observaciones le resultaron reconfortantes.

Su dormitorio estaba al fondo. Silencioso, bien ventilado, era el más pequeño de los cuartos de uso particular, aunque estaba bellamente decorado en rosa y azul. Una cama, un armario, una cómoda, una jofaina con una jarra de porcelana azul y blanca, un tocador y un taburete de tres patas, rematadas en unas garras, con un asiento tapizado.

Léonie se quitó el desmadejado vestido de noche dejando que cayera al suelo y se desató las enaguas. El dobladillo de encaje del vestido estaba completamente gris y desgarrado en varios lugares. La criada iba a tener trabajo para arreglarlo. Con dedos torpes, se desató el corsé y soltó los ganchos uno a uno, hasta que pudo quitárselo del todo, y lo arrojó sobre el taburete. Se roció la cara con un poco de agua fría y se puso el camisón para meterse en la cama.

Le despertó horas más tarde algún ruido de los criados.

Al darse cuenta de que tenía hambre, se levantó deprisa, retiró las cortinas y abrió la persiana y la ventana de par en par. La luz del día había devuelto a la vida aquel mundo anodino. Se maravilló, tras los sucesos de la noche anterior, de que París, por su ventana, pareciera el mismo de siempre, sin el menor cambio. Mientras se cepillaba el pelo, examinó su reflejo en el espejo, en busca de algún signo revelador en su rostro. Le decepcionó que no hubiera nada.

Lista para desayunar, Léonie se puso una bata gruesa de brocado, en la que el color azul dominaba, por encima del camisón de algodón blanco, abrochándose los lazos en la cintura con una doble lazada bien vistosa, y salió al pasillo.

El aroma del café recién hecho le salió al paso nada más entrar en el salón, y en ese instante se quedó quieta. Por lo común, tanto su madre como Anatole estaban ya sentados a la mesa. Muy a menudo, Léonie desayunaba sola.

Pese a lo temprano de la hora, su madre ya estaba inmaculadamente arreglada. Marguerite se había recogido el cabello oscuro con verdadero arte, en el moño de costumbre, y ya se había empolvado ligeramente las mejillas y el cuello. Estaba sentada de espaldas a la ventana, pero a la inclemente luz de la mañana ya eran visibles en torno a sus ojos y su boca algunas leves arrugas. Léonie reparó en que llevaba un nuevo *négligé,* de satén rosa, con un lazo amarillo, y suspiró. Seguramente, otro obsequio del pretencioso Du Pont.

Cuanto más generoso sea, más tiempo tendremos que aguantarlo.

Tras sentir una puñalada de culpabilidad por haber albergado pensamientos tan poco caritativos, Léonie se acercó a la mesa y besó a su madre en la mejilla con más entusiasmo que de costumbre.

—Buenos días, mamá —le dijo, y se volvió a saludar a su hermano.

En ese momento, nada más verlo, se le abrieron los ojos como platos. Él tenía el izquierdo cerrado a causa de la hinchazón, además de llevar una mano vendada y ostentar una moradura amarillenta en torno a la mandíbula.

—Anatole, ¿se puede saber qué...?

La interrumpió en seco.

—Estaba contándole a mamá cómo vos vimos atrapados anoche en los alborotos de los manifestantes que tomaron al asalto el palacio Garnier —aclaró él en tono imperioso, traspasándola con la mirada—. Y qué malísima suerte tuve al llevarme unos cuantos mamporros.

Léonie se quedó atónita mirándolo.

—Incluso ha salido en la primera plana de *Le Figaro* —dijo Marguerite, y golpeó el periódico con una de sus uñas inmaculadas—. ¡Sólo de pensar lo que podía haber pasado...! Te podían haber matado, Anatole. Gracias al cielo que estuviste allí para cuidar de Léonie. Aquí dice que hubo varios muertos.

—No te inquietes, mamá, que ya me ha visto el médico —dijo él—. En realidad, tiene peor pinta de lo que es.

Léonie abrió la boca, a punto de decir algo, y la cerró en el acto, al captar una mirada de advertencia que le lanzó Anatole.

—¡Más de cien detenidos! —siguió diciendo Marguerite—. ¡Varios muertos! ¡Y explosiones, nada menos! ¡En el palacio Garnier! A todas luces, París se está convirtiendo en una ciudad intolerable. Es una ciudad sin ley. La verdad es que esto ya no hay quien lo soporte.

—No hay nada que soportar, mamá —apostilló Léonie con impaciencia—. Tú no estuviste allí, yo me encuentro bien, y Anatole... —calló un momento, y lo miró largo y tendido—, Anatole ya te ha dicho que está bien, que la cosa parece peor de lo que es. No hay por qué inquietarse.

Marguerite esbozó una sonrisa desmadejada.

—No tenéis ni idea de lo que ha de sufrir una madre.

—Ni lo quiero saber —masculló Léonie para sus adentros, tomando a la vez un panecillo y untándolo generosamente con mantequilla y mermelada de albaricoque.

Durante un rato, el desayuno transcurrió en silencio. Léonie siguió lanzando miradas inquisitivas a Anatole, que prefirió no hacer caso.

Llegó la criada con el correo en una bandeja.

—¿Hay algo para mí? —preguntó Anatole, señalándola con el cuchillo de la mantequilla.

—No, nada, querido.

Marguerite tomó un pesado sobre, de color crema, y lo miró con cara de desconcierto. Examinó el matasellos.

Léonie vio que a su madre se le iba el color de las mejillas.

—Disculpadme un momento —dijo, y se levantó de la mesa dejando la estancia antes de que sus hijos pudieran protestar.

En el instante en que se fue, Léonie se volvió hacia su hermano.

—¿Se puede saber qué te ha pasado? —le chistó—. Dímelo ahora mismo, antes de que mamá regrese.

Anatole dejó en el plato la taza de café.

—Lamento decir que me vi en franco desacuerdo con el crupier de Chez Frascati. Estaba intentando estafarme, me di cuenta de sus tejemanejes y cometí el error de resolverlo hablando con el gerente.

—¿Y?

—Y —suspiró—, abreviando, me echaron del recinto no muy bien acompañado, la verdad. No había recorrido ni quinientos metros cuando me salieron al paso un par de rufianes.

—¿A cargo del club?

—Doy por sentado que sí.

Ella lo miró con manifiesta suspicacia, recelosa de que en todo aquello hubiera bastante más de lo que Anatole estaba dispuesto a reconocer.

—¿Les debes dinero?

—Un poco, pero... —se encogió de hombros, y otra sombra de incomodidad atravesó sus facciones—. Después de todo lo que ha ocurrido a lo largo de este año, he terminado por pensar que lo más sensato sería no dejarme ver en público al menos durante una semana, tal vez algo más —añadió—. Hasta que todo este alboroto se haya olvidado.

—¿Estás pensando en marcharte de París? —A Léonie se le encogió el rostro—. Yo no podría soportarlo si tú no estás. Por otra parte, ¿adónde piensas ir?

Anatole apoyó los codos en la mesa y bajó la voz.

—Tengo una idea, pequeña, pero voy a necesitar de tu ayuda.

Pensar que Anatole pudiera marcharse, pasar fuera tan sólo unos cuantos días, se le hizo insufrible. Permanecer a solas en la vivienda, con su madre y con el tediosísimo Du Pont... Se sirvió una segunda taza de café y añadió tres cucharadas de azúcar.

Anatole le agarró el brazo.

—¿Me ayudarás?

—Pues claro, lo que tú digas, pero es que...

En ese instante reapareció su madre en la puerta. Anatole se retrepó en el respaldo, llevándose los dedos a los labios. Marguerite sujetaba a la vez el sobre y la carta en una mano. Sus uñas, pintadas de rosa, resaltaban sobre el color crema apagado del papel de escribir.

Léonie se puso colorada.

—Querida, ¡no te sonrojes de ese modo! —le dijo Marguerite volviendo a la mesa—. Es casi una indecencia. Pareces una simple dependienta.

—Perdona, mamá —replicó Léonie—, pero es que estábamos preocupados, Anatole y yo, de que tal vez... hubieras recibido malas noticias.

Marguerite no dijo nada, y siguió mirando atentamente la carta.

—¿De quién es la carta? —preguntó al fin Léonie, cuando su madre siguió sin dar muestras de que fuese a responder. Efectivamente, daba la impresión de que prácticamente se hubiera olvidado de que estaban los tres reunidos.

—¿Mamá? —preguntó Anatole—. ¿Quieres que te traiga algo? ¿No te encuentras bien?

Ella alzó sus enormes ojos castaños.

—Gracias, querida, pero no. Es que estaba... sorprendida, eso es todo.

Léonie suspiró.

—¿De quién es la carta? —repitió malhumorada, espaciando bien las palabras, como si hablase con una niña particularmente corta de entendederas.

Marguerite al fin se rehízo.

—La carta la envían desde el Domaine de la Cade —dijo en voz baja—. La envía vuestra tía Isolde. La viuda de mi hermanastro, Jules.

—¿Cómo? —exclamó Léonie—. ¿El tío que murió en enero?

—Fallecido o desaparecido, querida; decir «murió» es una vulgaridad —dijo para corregirla, aunque Léonie se dio cuenta de que no había puesto el empeño de otras veces en esa reprimenda—. Pero sí, sí... De hecho, es el mismo.

—¿Y por qué te escribe ahora que ha pasado tanto tiempo?

—Ah, bueno, ya había escrito en otras dos ocasiones —replicó Marguerite—. Una vez, para decirme de que se iba a casar; otra, para informarme de la muerte de Jules y de todos los detalles relativos a su funeral. —Hizo una pausa—. Lamento mucho que mi delicada salud me impidiera hacer el viaje entonces, y más en aquella época del año.

Léonie sabía perfectamente que su madre jamás hubiera regresado de buena gana a la casa en la que pasó la infancia, en los alrededores de Rennes-les-Bains, al margen de la estación del año, al margen de cualquier circunstancia. Marguerite y su hermanastro no mantenían ninguna comunicación.

Léonie conocía más o menos los hechos elementales de la historia, y los conocía gracias a Anatole. El padre de Marguerite, Guy Lascombe, se había casado siendo muy joven y lo había hecho con prisas. Cuando su primera esposa murió al dar a luz a Jules unos seis meses más tarde, Lascombe puso de inmediato a su hijo al cuidado de una institutriz, y después lo dejó al cargo de una serie de tutores legales, y regresó a París. Pagó el coste de la educación de su hijo y pagó el mantenimiento de la finca familiar, y cuando Jules llegó a la mayoría de edad, le adjudicó una pensión anual bastante generosa, pero por lo demás no le prestó apenas atención alguna. Sólo al final de su vida volvió a casarse el abuelo Lascombe, aunque siguió llevando la misma vida disoluta de siempre. Despachó a su afable esposa y a su hija pequeña a vivir en el Domaine de la Cade con Jules, y sólo fue a visitarlos muy de vez en cuando, si es que estaba de humor. Por la dolorida expresión que se adueñaba del rostro de Marguerite en las contadas ocasiones en que se hablaba de su niñez, Léonie supo entender que su madre había distado mucho de ser allí una niña feliz.

El abuelo Lascombe y su esposa murieron una noche debido a que volcó el carruaje en que viajaban. Cuando se dio lectura a su testamento, se supo que Guy había legado la totalidad de la finca a Jules, sin dejarle siquiera un *sou* a su hija. Marguerite huyó inmediatamente al norte, a París, donde, ya en febrero de 1865, se casó con Léo Vernier, un idealista radical de inclinaciones fieramente republicanas. Como Jules era en cambio partidario del antiguo régimen, no había existido contacto de ninguna clase entre los dos hermanos a partir de aquel momento.

Léonie suspiró.

—Bueno, ¿y a qué viene que te escriba ahora otra vez? —inquirió.

Marguerite volvió a mirar la carta como si todavía no alcanzase a creer el contenido de la misiva.

—Es una invitación para ti, Léonie, para que vayas a hacerle una visita. Por espacio de cuatro semanas, si te apetece.

—¿Cómo? —exclamó Léonie, y a punto estuvo de arrebatarle la carta a su madre de las manos—. ¿Cuándo?

—Querida, por favor...

Léonie no prestó atención.

—¿Te da tía Isolde alguna explicación de por qué nos hace ahora semejante invitación?

—Estoy de acuerdo en que es sorprendente —convino Marguerite.

Anatole encendió un cigarrillo.

—Tal vez pretenda compensar el total incumplimiento de los deberes familiares por parte de su difunto esposo.

—Es posible —dijo Marguerite, que seguía obviamente perpleja—, aunque en la carta no hay nada que dé a entender que sea ésa la intención por la que nos envía ahora esta invitación.

Anatole rió.

—No es precisamente la clase de sentimiento que uno pondría sobre el papel.

Léonie cruzó los brazos.

—Bueno, pues me parece bastante absurdo imaginar que yo deba aceptar una invitación para alojarme durante unas semanas con una tía a la que nunca he sido presentada, y más tratándose de un periodo tan largo. Desde luego —añadió en tono de beligerancia—, a mí no se me ocurre nada peor que el verme enterrada en el campo con una anciana viuda que se empeñe en hablar de los viejos tiempos.

—Oh, no. Isolde es bastante joven —dijo Marguerite—. Era muchos años más joven que Jules; no creo que tuviera ni siquiera treinta años cuando se casó.

Por un instante, el silencio se adueñó de la mesa de desayuno.

—Bueno, pues con toda seguridad declinaremos la invitación —dijo Léonie al final.

Marguerite miró a su hijo.

—Anatole, ¿tú qué aconsejas?

—Yo no deseo ir —advirtió Léonie, aún con más firmeza.

Anatole sonrió.

—Vamos, Léonie. ¿Una visita a las montañas? No puede sonar mejor. La semana pasada me dijiste que tu vida en la ciudad se ha vuelto muy aburrida, que estás necesitada de un descanso...

Léonie lo miró asombrada.

—Sí, te lo dije, pero...

—Un cambio de paisaje podría ser lo más indicado para restablecer tu ánimo. Además, el tiempo en París está siendo desapacible. Lo mismo llueve y está nublado que tenemos de pronto temperaturas que no envidiaría el desierto argelino.

—Reconozco que eso es cierto, pero...

—Y además me dijiste que tenías unas ganas enormes de vivir una aventura, y en cambio, ahora que se presenta la oportunidad, eres tan timorata que no quieres aprovecharla.

—Es que tía Isolde podría ser una mujer completamente desagradable. ¿Y en qué iba a ocupar mi tiempo libre en el campo? Seguro que no encuentro nada que hacer. —Léonie lanzó una mirada desafiante a su madre—. Mamá, tú siempre hablas del Domaine de la Cade con verdadero desprecio.

—De aquello ha pasado mucho tiempo —dijo Marguerite con toda tranquilidad—. Quizá ahora las cosas sean distintas.

Léonie probó suerte abordando la cuestión de otra manera.

—Pero es que el viaje dura varios días. Es imposible que yo viaje hasta tan lejos. Sin una carabina...

Marguerite posó los ojos en su hija.

—No, no... Claro que no. Pero es que resulta que ayer noche el general Du Pont propuso que él y yo nos fuésemos a visitar el valle del Marne durante unas semanas. Si pudiéramos aceptar esta invitación, tal vez podríamos arreglar las cosas de manera que se cerrase la casa durante un par de semanas más o menos. —Se volvió a su hijo—. ¿Cabe quizá la posibilidad, Anatole, de que te dejes convencer para acompañar a Léonie al Midi?

—Yo desde luego podría tomarme unos cuantos días libres.

—Pero..., mamá... —objetó Léonie. Su hermano fue quien tomó la palabra.

—A decir verdad, estaba diciendo hace un momento que me he parado a pensar en la posibilidad de salir de la ciudad unos cuantos días. De esta forma, podríamos combinar ambas cosas a plena satisfacción de todos. Y además —añadió, traspasando a su hermana con una mirada sonriente, de conspirador—, si tanto te preocupa estar lejos de casa, pequeña, y estar sola en un entorno desconocido, no me cabe duda de que a la tía Isolde se le podrá convencer para que también me ofrezca a mí una invitación.

Léonie por fin captó el razonamiento de Anatole.

—Oh —exclamó.

—¿De veras podrías tomarte una o dos semanas, Anatole? —le apremió Marguerite.

—Por mi hermanita, cualquier cosa —dijo él. Sonrió a Léonie—. Si deseas aceptar la invitación, me tienes por entero a tu servicio.

Ella tuvo la primera sensación emocionante. Gozar de libertad para caminar por el campo abierto, para respirar aire no contaminado. Gozar de libertad para leer lo que quisiera sin miedo a las críticas o a las reprimendas.

Tener a Anatole por entero para mí.

Sopesó un poco más la cuestión, sin desear al mismo tiempo que se notase que Anatole y ella se habían coaligado. Lo cierto es que su madre nunca había tenido el menor aprecio por el Domaine de la Cade, pero eso no significaba que a ella no le importase. Miró de ladillo a Anatole, su rostro desfigurado y, pese a todo, hermoso. Había creído que todo aquel asunto ya había quedado atrás. La noche anterior comprendió que no era así, ni mucho menos.

—Muy bien —asintió ella, sintiendo que se le agolpaba la sangre en la cabeza—. Si Anatole me acompaña, y si se queda allí hasta que yo esté cómodamente instalada, entonces sí, de acuerdo, acepto.

—Se volvió hacia Marguerite—. Mamá, por favor, escribe a tía Isolde y dile que sí, que a mí..., a los dos, nos encantaría aceptar su generosa invitación.

—Lo haré ahora mismo, para confirmar las fechas que ella ha sugerido.

Anatole sonrió. Levantó la taza de café e hizo un brindis.

—Por el futuro —dijo.

Léonie devolvió el brindis.

—Por el futuro —rió—. Y también por el Domaine de la Cade.

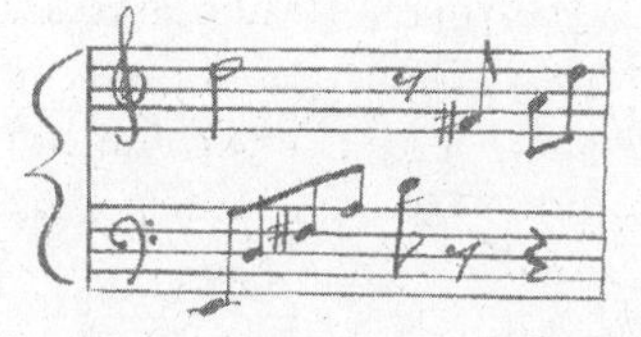

PARTE II

París
Octubre de 2007

CAPÍTULO 9

∞

París
Viernes, 26 de octubre de 2007

Meredith Martin se había quedado embobada mirando su reflejo en la ventanilla en el tren que transitaba veloz hacia la terminal del Eurostar en París. El cabello negro, la cara pálida. Desprovista de color, no tenía muy buena pinta.

Echó un vistazo al reloj.

Las nueve menos cuarto. Gracias a Dios, ya casi hemos llegado.

Las traseras grises de las casas y las pequeñas poblaciones pasaban de largo en un visto y no visto, envueltas en una media luz, cada vez más numerosas y apiñadas. El compartimento iba casi del todo vacío. Una pareja de francesas, ambas ejecutivas con camisas blancas bien planchadas y pantalones de traje gris. Dos estudiantes dormidos encima de sus mochilas. El suave repicar de un teclado de ordenador portátil, llamadas de móvil a bajo volumen, el susurro de los periódicos de la tarde, ya fueran franceses, ingleses, americanos. Al otro lado del pasillo, un cuarteto de abogados, todos con sus camisas de rayas y pantalones color crema con la raya bien planchada, volvían a sus domicilios a pasar el fin de semana. Hablaban en voz alta de un caso de fraude, con la mesa llena de botellas de cristal y vasos de plástico. Cerveza, vino, burbon.

Meredith dejó vagar la mirada hasta depositarla en el brillante folleto de un hotel que había quedado encima de la mesa de plástico, aunque lo había leído ya un montón de veces.

HOTEL DOMAINE DE LA CADE
RENNES-LES-BAINS
11190

Situado en medio de una zona privada y arbolada, deliciosa, sobre la pintoresca localidad de Rennes-les-Bains, en la bella región del Languedoc, el hotel Domaine de la Cade es la viva imagen de la grandeza y la elegancia decimonónica, si bien provisto de todas las comodidades y todo el equipamiento de ocio que espera encontrar el más exigente huésped de nuestro siglo. El hotel ocupa el mismo lugar en que en su día estuvo la maison de maître *original, parcialmente destruida por un incendio en 1897. Reconvertido en establecimiento hotelero en los años cincuenta, se reinauguró tras una remodelación en profundidad con la nueva administración en 2004, y hoy se halla registrado como uno de los mejores hoteles del suroeste de Francia.*

Para tarifas detalladas y mayor información sobre las instalaciones, véase la página siguiente.

Esa misma información aparecía repetida en francés.

Sonaba de maravilla. El lunes por fin iba a encontrarse allí. Era un regalo que estaba deseosa de hacerse, un par de días en un hotel de cinco estrellas, con todo el lujo, después de todos los vuelos baratos y los moteles de medio pelo en los que había tenido que alojarse. Volvió a colocar el folleto en el protector transparente, de viaje, con el recibo que le servía de confirmación de su reserva, y de nuevo lo guardó todo en el bolso. Estiró los brazos largos y esbeltos por encima de la cabeza y movió el cuello en todas direcciones. No recordaba cuándo fue la última vez en que se había sentido tan cansada.

Había sido un día muy largo.

Meredith había hecho lo de siempre, es decir, tratar de resolver demasiadas cosas en muy poco tiempo. Abandonó su hotel en Londres a mediodía, almorzó en un café cercano a Wigmore Hall antes de asistir a un concierto vespertino —serio y tedioso—, y luego tomó un sándwich en la estación de Waterloo antes de tomar el tren, acalorada y exhausta. Después hubo un retraso en la salida. Cuando por fin se puso el tren en marcha, pasó la primera mitad del viaje sumida en el estupor, mirando por la ventanilla, contemplando el verdor de la campiña inglesa y viéndolo pasar de largo, en vez de mecanografiar sus notas. El tren se precipitó entonces bajo el Canal de la Mancha y se lo tragó el cemento del túnel. El ambiente se le hizo opresivo, pero al menos así terminaron las charlas de los móviles. Treinta minutos después, emergieron por el otro lado, en el paisaje llano y ocre del norte de Francia, al atardecer.

Casas de campo, granjas, el destello repentino de las pequeñas localidades, largas carreteras rectilíneas que parecían no llevar a ninguna parte. Una o dos ciudades de mayor tamaño, escombreras que el tiempo había cubierto de hierba. Luego, el aeropuerto Charles de Gaulle y los alrededores de la ciudad, la *banlieue*, los desolados edificios de viviendas, altos, deprimentes, de alquiler a precios controlados, enmudecidos en las afueras de la capital de Francia.

Meredith se reclinó en el asiento y dejó que sus pensamientos tomasen cualquier rumbo. Estaba en el décimo día del viaje de investigación que había emprendido, cuatro semanas en total, por Francia e Inglaterra, para escribir una biografía de un compositor francés del siglo XIX, Achille-Claude Debussy, y de las mujeres que habían tenido cierta relevancia en su vida. Tras un par de años de investigaciones y de planificaciones, pero sin llegar realmente a ninguna parte, había decidido tomarse un respiro. Seis meses antes, una editorial académica, pequeña y elegante le había hecho una modesta oferta por el libro. El adelanto no era gran cosa, pero teniendo en cuenta que ella tampoco se había forjado una sólida reputación en el campo de la crítica musical, la verdad era que no estaba mal del todo. Era en cualquier caso suficiente para hacer por fin realidad su sueño de viajar a Europa. Estaba resuelta a escribir no ya otra vida de Debussy, sino el libro, la biografía definitiva.

Había tenido otro golpe de suerte, y es que encontró un puesto de profesora a tiempo parcial en un colegio privado en las afueras de Raleigh, en Durham, donde debía comenzar en el semestre de primavera. Tenía la gran ventaja de estar cerca de donde residían sus padres adoptivos, con lo cual se ahorraría dinero en lavandería, en la factura del teléfono, en alimentación, y tampoco estaba lejos de su alma máter, la Universidad de Carolina del Norte.

Tras diez años de pagarse ella misma sus estudios, Meredith había contraído una deuda de cierta consideración y no le sobraba el dinero. Pero con lo poco que ganaba dando clases de piano, sumado al avance que le hizo la editorial y la promesa de contar por fin con un salario regular, se armó del valor necesario para comprar los billetes y viajar a Europa.

Debía entregar el manuscrito a su editor a finales de abril. Por el momento iba de acuerdo con sus previsiones. En realidad, se había adelantado algo a lo previsto. Había pasado diez días en Inglaterra. Ahora le esperaban dos semanas en Francia, sobre todo en París, pero también había programado un viaje rápido, y breve, a una pequeña localidad del sur, a Rennes-les-Bains. De ahí los dos días que tenía previsto pasar en el hotel Domaine de la Cade.

La razón oficial para llevar a cabo ese rodeo era que necesitaba verificar ciertas pistas sobre la primera esposa de Debussy, Lilly, antes de regresar a París. Si sólo se hubiera tratado de localizar a la primera señora Debussy, no se habría tomado tantas molestias. Aquélla había de ser una investigación interesante, sin duda, pero tenía pistas más bien inconsistentes, y no eran en realidad esenciales para el libro en su conjunto.

Pero además tenía otro motivo para viajar a Rennes-les-Bains, un motivo personal. Meredith buscó en el bolsillo interior de su bolso y extrajo un sobre de papel ocre, tamaño A5, con una inscripción en rojo que decía «NO DOBLAR». De dentro sacó dos viejas fotografías en tonos sepia, con los cantos estropeados, doblados sobre sí mismos, y una partitura de música para piano debidamente impresa. Contempló aquellos rostros que ya tan familiares le resultaban, tal como los había contemplado en infinidad de ocasiones, antes de concentrar su atención en la pieza de música. Manuscrita sobre un papel amarillento, era una simple melodía, bastante corriente, en la menor, cuyo título y fecha se hallaban manuscritos con una caligrafía anticuada, cursiva, en la parte superior: *Sepulcro, 1891.*

Se la sabía de memoria, se conocía al dedillo cada compás, cada semicorchea, cada armónico.

La música, además de las tres fotos que llevaba con la partitura, era lo único que Meredith había heredado de su madre biológica. Una auténtica reliquia, un talismán.

Era muy consciente de que el viaje bien podría terminar por no proporcionarle nada de verdadero interés. Aquello sucedió mucho tiempo atrás, y las historias se desdibujan con el tiempo, se borran. Por otra parte, Meredith se había hecho a la idea de que no podría estar peor de lo que estaba. Sin saber prácticamente nada de su pasado familiar, a la vez que necesitada de información, la que fuera. Por el coste de un billete de avión le pareció que valía la pena con creces.

Meredith reparó en que el tren reducía su velocidad. Empezaron a multiplicarse las vías. Las luces de la estación del Norte ya estaban a la vista. El ambiente en el vagón cambió de nuevo. Un retorno al mundo real, un sentido repentinamente claro de la intención de cada uno de los viajeros, lo que suele suceder al término de un viaje compartido, o casi. Se ajustaron unos las corbatas, otros buscaron las chaquetas.

Recogió las fotos y la música y el resto de sus papeles, y lo introdujo todo de nuevo en el bolso. Se quitó el elástico verde que llevaba en la muñeca, se recogió el cabello negro en una coleta, se pasó los dedos sobre los rizos para alisarlos un poco y se puso de pie en el pasillo.

Con sus pómulos marcados, sus ojos castaños claros y su figura más bien menuda, Meredith más parecía que estuviera en el último curso de bachillerato, y no que fuera una universitaria de veintiocho años de edad. En su país aún llevaba siempre con ella el documento de identidad para tener la certeza de que le sirvieran en un bar lo que quisiera tomar. Alcanzó la rejilla superior para ponerse primero la chaqueta y luego bajar el bolso de viaje, dejando al descubierto un vientre moreno y plano entre la camiseta verde, corta, y los vaqueros de Banana Republic, consciente de que los cuatro tipos que iban sentados al otro lado no se perdían ni un detalle.

Meredith se puso la chaqueta.

—Que ustedes lo pasen bien, caballeros —dijo con una sonrisa, y se encaminó a la puerta.

Un ruido estruendoso irrumpió de lleno en el instante en que puso el pie en el andén.

Los gritos de la gente, las carreras, la multitud que todo lo inundaba, los saludos. Todo el mundo tenía prisa. Por megafonía resonaban los anuncios. Información sobre el siguiente tren que estaba a punto de salir, precedida por una especie de fanfarria tocada con carillón.

Se le antojó un maremágnum difícil de afrontar después del sosiego reinante en el tren. Meredith suspiró y absorbió las visiones, los olores, el carácter mismo de París. Ya se sentía como si fuera una persona distinta.

Con un bolso colgado en bandolera de cada uno de sus hombros, siguió los indicadores por toda la estación hasta encontrar la cola para tomar un taxi. El individuo que iba delante de él daba gritos por el móvil y agitaba un Gitane que llevaba encajado entre los dedos. Hilachas azuladas de un humo con perfume a vainilla ascendían en el aire de la noche, silueteadas sobre las balaustradas y las persianas cerradas de los edificios decimonónicos de enfrente.

Indicó al taxista la dirección de un hotel en el cuarto *arrondissement,* en la calle del Temple exactamente, en el Marais, que había escogido por lo céntrico que era. No estaba nada mal para hacer algo de turismo en caso de que le quedara tiempo —el Centro Pompidou y el Museo Picasso quedaban cerca—, pero sobre todo era muy buena elección por quedar cerca del conservatorio y de varias salas de conciertos, archivos y direcciones particulares que necesitaba visitar pensando en su Debussy.

El taxista colocó su bolso de viaje en el maletero, cerró la puerta y subió. Meredith se quedó pegada al respaldo del asiento de atrás en cuanto el taxi aceleró bruscamente para mezclarse con el enloquecido tráfico de París. Rodeó con brazo protector su bolso y lo estrechó contra sí, viendo pasar de largo, a toda velocidad, los cafés, los bulevares, las motocicletas y las farolas.

Meredith tenía la sensación de conocer a la perfección a las musas de Debussy y a sus amantes, a sus esposas... Marie Vasnier, Gaby Dupont, Thérèse Roger, su primera esposa, Lilly Texier, su segunda mujer, Emma Bardac, su amada hija Chouchou. Sus rostros, sus historias, sus características... Todo lo tenía en mente, al alcance de la mano, por así decir: las fechas, las referencias, la música. Había terminado un primer borrador de la biografía y estaba francamente satisfecha de cómo iba tomando forma el texto. Lo que ahora necesitaba era darles vida a cada una de ellas sobre el papel, darles un poco más de color, algo más de ambiente decimonónico.

De vez en cuando le preocupaba que la vida de Debussy fuera para ella más real que su propio día a día. La mayoría de las veces desechaba el pensamiento. Era buena cosa vivir con ese grado de concentración. Si de veras aspiraba a cumplir con la fecha de entrega, necesitaba seguir obsesionada al menos un poco más.

El taxi se detuvo con un frenazo.

—Hotel Axial-Beaubourg. Aquí es.

Meredith pagó la cuenta y entró en el hotel.

Era bastante moderno. Más parecido a uno de los hoteles-boutique de Nueva York que lo que esperaba encontrar en París. Prácticamente ni siquiera parecía francés.

Era todo un conjunto de líneas rectas y cristal, de estilo minimalista. El vestíbulo estaba lleno de sillones demasiado grandes, tapizados en tela áspera, a cuadros blanquinegros, o bien verde limón, o a rayas marrones y blancas, dispuestos en torno a una serie de mesas de cristal ahumado. En unos estantes cromados, en las paredes, había revistas de arte y ejemplares de *Vogue* y de *Paris-Match.* Unas enormes lámparas de pantalla colgaban del techo a no demasiada altura.

Se habían esforzado más de la cuenta.

En el extremo más alejado del pequeño vestíbulo había un bar, donde una hilera de hombres y mujeres evidentemente glamourosos tomaban una copa. Mucha carne tonificada, mucho diseño de buen sastre en cada prenda.

Las cocteleras relucientes descansaban sobre el mostrador de pizarra oscura; las botellas de cristal se reflejaban en un espejo, tras ellas, bajo las luces de neón azulado. El tintineo de los hielos, el chinchín de las copas.

Meredith sacó una tarjeta de crédito del bolso, distinta de la que había utilizado en Inglaterra, no fuera que por descuido hubiera alcanzado el límite, y se acercó al mostrador de recepción. El recepcionista, elegante, con un pantalón gris, se mostró acogedor y fue eficaz.

A Meredith le alegró que su macarrónico francés aún se entendiera. Hacía bastante tiempo que no lo hablaba.

Tenía que tomárselo como buena señal.

Tras rechazar el ofrecimiento que le hizo de ayudarle a subir el equipaje, apuntó la contraseña para acceder a la red wi-fi, tomó el estrecho ascensor hasta la tercera planta, recorrió un pasillo oscuro y localizó el número que estaba buscando.

La habitación era bastante pequeña, pero estaba limpia y decorada con estilo, todo en tonos castaños, crema y blanco. Los del servicio de habitaciones habían dejado encendida la lámpara de la mesilla. Meredith pasó la mano sobre las sábanas. Una cama de muy buena calidad. Espacio abundante en el armario, aunque no fuera a necesitarlo. Dejó caer el bolso de viaje sobre la cama, sacó el ordenador portátil del bolso, lo puso sobre la mesa de cristal y lo enchufó para tenerlo cargado.

Fue a la ventana, retiró el visillo y abrió las persianas. El rumor del tráfico llegó de lleno hasta la habitación. Abajo, en la calle, una multitud joven y glamurosa disfrutaba de la velada de octubre, sorprendentemente cálida. Meredith se asomó. Tenía visibilidad en las cuatro direcciones. Unos grandes almacenes en la esquina de enfrente, con las persianas cerradas. Cafés y bares, una *patisserie* y una *delicatessen* que sí estaban abiertos, y la música que se desbordaba en las aceras. Farolas anaranjadas, de neón, todo iluminado o al menos silueteado. Tonalidades nocturnas.

Acodada en la balaustrada de hierro forjado, Meredith se limitó a mirar la calle durante un rato, deseando que le quedase energía suficiente para bajar y sumarse al ambiente festivo. Luego se frotó los antebrazos al darse cuenta de que los tenía en carne de gallina.

Una vez dentro, deshizo la bolsa de viaje, colocó sus contadas prendas en el armario y fue al cuarto de baño. La entrada estaba oculta tras una curiosa puerta plegadiza, en un rincón, y le volvió a parecer agresivamente minimalista, en cerámica blanca y negra. Se dio una ducha rápida y, envolviéndose en un albornoz, con unos gruesos calcetines de lana, se sirvió una copa de tinto del minibar y se sentó a echar un vistazo al correo.

La conexión a la red era bastante veloz, pero no encontró gran cosa en el buzón, sólo un par de correos de amigos que le preguntaban qué tal iba todo, uno de su madre adoptiva, Mary, para comprobar que todo estaba en orden, y un aviso para un concierto. Meredith suspiró. Ni rastro de su editor. La primera parte del anticipo tendría que haber estado ingresada en su cuenta a finales de septiembre, pero no se había hecho efectiva cuando se marchó de Estados Unidos. Era ya 26 de octubre y empezaba a ponerse nerviosa. Había enviado un par de mensajes para recordárselo, y el editor le había asegurado que todo se había tramitado como era debido, que no se preocupara. Su situación financiera todavía no era dramática, o al menos no del todo. Tenía sus tarjetas de crédito y, llegado el caso, siempre le podría pedir prestado algo a Mary, si fuera estrictamente necesario, y así capear el temporal. Lo cierto es que le aliviaría mucho saber que el dinero estaba en donde tenía que estar desde hacía varias semanas.

Meredith desconectó. Apuró el vaso de vino, se cepilló los dientes y se metió en la cama con un libro.

Le duró unos cinco minutos.

Los sonidos de París se difuminaron hasta diluirse del todo. Meredith se durmió profundamente, de costado, con un baqueteado ejemplar de los cuentos de Edgar Allan Poe abandonado en la almohada de al lado.

CAPÍTULO 10

∞

Sábado, 27 de octubre

Cuando Meredith despertó a la mañana siguiente, la luz entraba a raudales por la ventana.

Se levantó de un salto. Se pasó un cepillo por el pelo, se lo sujetó en una coleta, se puso los vaqueros, una sudadera verde y la chaqueta. Comprobó que llevaba en el bolso todo lo que iba a necesitar —la cartera, el plano, el cuaderno, las gafas de sol, la cámara de fotos— y, con buenas sensaciones ante el día que se le avecinaba, salió y bajó las escaleras de dos en dos hasta llegar al vestíbulo.

Hacía un día perfecto, luminoso, fresco, soleado. Meredith se encaminó a la *brasserie* de enfrente a desayunar. En la acera, para disfrutar del sol de la mañana, ya estaban dispuestas en hileras varias mesas con encimeras de falso mármol, aunque resultaban bonitas. El interior era todo de madera lacada en marrón. Un largo mostrador de zinc abarcaba toda la amplitud de la sala, y dos camareros de mediana edad, vestidos de blanco y negro, se movían con asombrosa destreza para atender a los muchos clientes madrugadores.

Meredith se apropió de la última mesa que quedaba libre en la terraza, junto a un grupo formado por cuatro hombres con chalecos holgados y pantalones de cuero muy ceñidos. Todos fumaban y tomaban café exprés y vasos de agua. A su derecha, dos mujeres delgadas, vestidas primorosamente, sorbían un café *noisette* en unas minúsculas tazas blancas. Pidió el *petit-déjeuner complet* —zumo de naranja, *baguette* con mantequilla y mermelada, una pieza de bollería y *café au lait*— y sacó el cuaderno, una réplica de las famosas libretas de piel de topo que usaba Hemingway. Iba ya por la número tres del paquete de seis que había comprado para este viaje aprovechando una oferta especial de Barnes & Noble, su librería de referencia. Lo anotaba todo, por pequeño o insignificante que pudiera parecer. Después, pasaba las notas que consideraba más relevantes a su ordenador portátil. Tenía previsto dedicar el día a visitar lugares importantes para su Debussy, en lugar de los grandes espacios públicos y las salas de conciertos. Su intención era tomar unas cuantas fotos, ver hasta dónde alcanzaba. Si fuese una pérdida de tiempo, se lo volvería a pensar, pero de entrada le pareció una forma sensata de organizar su tiempo.

Debussy había nacido en St-Germain-en-Laye el 22 de agosto de 1862, en lo que ahora era el cinturón de París, si bien había vivido gran parte de sus cincuenta y cinco años en la capital, pasando de la casa familiar de la calle Berlin a la vivienda que tuvo en el número 80 de la avenida del Bois de Boulogne, donde murió el 25 de marzo de 1918, cuatro días después de que comenzaran los bombardeos que, desde la distancia, los alemanes lanzaron sobre París. La última parada de su itinerario, tal vez cuando regresara después de pasar fuera el fin de semana, sería el cementerio de Passy, en el decimosexto *arrondissement*, donde estaba enterrado Debussy. Desde allí no estaba lejos la propia calle Claude Debussy, en el barrio vecino.

Meredith respiró hondo. Se sentía en París, en la ciudad de Debussy, como si estuviera en su propia casa. Todos los prolegómenos del viaje habían sido una locura, tanto que en ese momento le costó trabajo creer que realmente estuviera allí. Permaneció sentada, inmóvil, disfrutando del panorama, un momento más. Se sentía como si estuviera en el centro de todo. Sólo entonces desplegó el plano sobre la mesa. Las esquinas aleteaban y crujían como si fuese un mantel de extraños dibujos.

Se recogió unos mechones de cabello que se le habían soltado detrás de las orejas y examinó el plano. La primera de las direcciones de su lista era la calle Berlin, donde había vivido Debussy con sus padres y sus hermanas desde comienzos de la década de 1860 hasta que tuvo veintinueve años. Quedaba a la vuelta de la esquina del lugar en que vivió Stéphane Mallarmé, el poeta simbolista, a cuyo famoso salón asistió Debussy los martes por la tarde durante muchos años. Después de la Primera Guerra Mundial, como muchas calles que en toda Francia habían tenido nombres alemanes, había sido rebautizada, y ahora era la calle Liège.

Meredith siguió la línea que trazó con el dedo hasta la calle Londres, donde Debussy alquiló un apartamento amueblado con su amante, Gaby DuPont, en enero de 1892. Luego residió en un apartamento de la callejuela Gustave Doré, en el decimoséptimo, muy cerca de la calle Cardinet, donde vivió hasta que lo abandonó Gaby en la última noche del año 1899. Debussy permaneció en aquella dirección durante los cinco años siguientes con su primera esposa, Lilly, hasta que también esa relación se vino abajo.

En lo relativo a las distancias y la planificación, París resultaba una ciudad fácil de abarcar. Todo quedaba a una distancia que se podía recorrer a pie, en lo cual ayudaba el hecho de que Debussy hubiera pasado la mayor parte de su vida dentro de una zona relativamente reducida, un cuarteto de calles que formaban una estrella en torno a la plaza de Europe, en la linde entre el octavo y el noveno *arrondissement,* con vistas a la estación de Saint-Lazare.

Meredith señaló cada uno de estos puntos en el mapa con un rotulador negro, contempló el dibujo formado durante unos momentos y decidió que lo mejor era empezar por el punto más alejado, para ir volviendo más o menos en dirección al hotel.

Recogió sus cosas a pesar de la dificultad de doblar el plano por los mismos pliegues de antes. Se terminó el café, apartó las migas de cruasán que le habían quedado en el jersey y se relamió los dedos uno a uno, resistiéndose a la tentación de pedir alguna cosa más. A pesar de su esbeltez y su aparente fragilidad, a Meredith le encantaba comer. Pastas, pan, galletas, bollería, todas esas cosas que en principio ya nadie debía comer nunca más. Dejó un billete de diez euros para pagar la cuenta, añadió unas cuantas monedas sueltas a modo de propina y se fue.

Le costó tan sólo quince minutos llegar a la plaza de la Concordia. Una vez allí, dobló hacia el norte, hasta pasar por delante de la Madeleine, una iglesia extraordinaria, diseñada de acuerdo con el plano de un antiguo templo romano, y tomó el bulevar Malesherbes. Al cabo de cinco minutos dobló a la izquierda por la avenida Velasquez, hacia el parque Monceau. Tras el estruendo del tráfico en las grandes avenidas, la impresionante calle que terminaba sin salida le pareció envuelta por un silencio sobrecogedor. Los plátanos, con sus cortezas polícromas, moteadas como si fueran el dorso de la mano de un anciano, jalonaban la acera por la que iba caminando. Muchos de los troncos ostentaban marcas y grafitis de todo tipo y condición. Meredith miró arriba, a los blancos edificios de las embajadas, impasibles, en cierto modo desdeñosos, que dominaban el parque. Se detuvo a tomar un par de fotos, más que nada por si más adelante no recordaba la disposición con la precisión deseada.

Un rótulo a la entrada del parque Monceau anunciaba los horarios de apertura y cierre en invierno y en verano. Meredith atravesó la cancela de hierro forjado y se internó en la ancha extensión de verdor, en donde le resultó de inmediato muy fácil imaginar a Lilly o a Gaby o al propio Debussy, llevando de la mano a su hija, paseando por las generosas sendas del parque. Vestidos blancos, largos, de verano, arremolinándose en el polvo del sendero; las damas sentadas con sus sombreros de ala ancha en los bancos de metal pintados de verde, al borde de las extensiones de césped. Los generales retirados, con uniforme de militar, y los niños de ojos oscuros, hijos de los diplomáticos, jugando al aro bajo la mirada atenta de las institutrices. A través de los árboles entrevió las columnas de un capricho construido al estilo de un templo griego. Poco más adelante había una construcción piramidal, de piedra, vallada para que el público no accediera a ella, y unas estatuas de mármol que representaban a las Musas. En el otro extremo del parque, unos ponis castaños, sujetos unos a otros por una cuerda, en fila india, llevaban a los niños por los caminos de grava.

Meredith tomó abundantes fotografías. Exceptuando la ropa y los teléfonos móviles, el parque Monceau apenas parecía haber cambiado con respecto a las fotos que había visto, fotos de cien años atrás. Todo era sumamente vívido y claro.

Tras haber pasado media hora vagando, trazando círculos por el parque, finalmente halló la salida que deseaba y se dirigió al metro por el lado norte. El rótulo que indicaba MONCEAU LIGNE N.º 2 sobre la boca del metro, con su intrincado dibujo *art nouveau*, parecía que hubiera estado allí desde los tiempos de Debussy. Tomó un par de fotos más, cruzó una avenida con tráfico muy intenso y se internó ya por el decimoséptimo *arrondissement.* El barrio le pareció un tanto insípido después de la elegancia finisecular del parque. Las propias tiendas parecían chabacanas y los edificios no tenían el menor encanto.

Localizó con facilidad la calle Cardinet e identificó el edificio en el que más de cien años antes habían vivido Lilly y Debussy. Muy a su pesar, sintió una punzada de decepción. Desde el exterior era demasiado sencillo, demasiado anodino, sin gracia. No parecía tener ningún carácter. En sus cartas, Debussy hablaba del modesto apartamento con afecto, describía las acuarelas que decoraban sus paredes, los cuadros al óleo.

Por un momento pensó en la posibilidad de tocar un timbre y de sondear la posibilidad de convencer a alguien de que le dejara echar un vistazo. A fin de cuentas, era precisamente allí donde Debussy escribió la obra que cambió del todo su vida, *Pelléas et Mélisande.* Fue allí donde Lilly Debussy se pegó un tiro, cinco días antes de su quinto aniversario de boda, cuando se enteró de que Debussy pensaba abandonarla para irse a vivir con la madre de uno de sus alumnos de piano, Emma Bardac. Lilly sobrevivió al intento de suicidio, aunque los cirujanos nunca llegaron a extraerle la bala. Meredith pensó en el hecho terrible de que hubiera vivido el resto de su vida con un recordatorio físico de Debussy, y de su desencuentro, alojado en el interior de su cuerpo, lo cual en cierto modo era el elemento más punzante, y también el más espeluznante, de toda la historia.

Levantó la mano hacia el portero automático y estuvo a punto de llamar, pero se contuvo. Meredith tenía una profunda fe en eso que suele llamarse «el espíritu del lugar». Le convencía la idea de que, en determinadas circunstancias, tal vez persista una especie de eco del pasado, y de que es posible oírlo. Allí, en la ciudad, había pasado demasiado tiempo. Aun cuando los ladrillos y el cemento fueran los mismos, en cien años de trajín, de bulliciosa vida humana, serían demasiados los fantasmas. Serían demasiados los pasos, demasiadas las sombras.

Dio la espalda a la calle Cardinet y sacó el plano, doblándolo en un cuadrado, para emprender la búsqueda de la plaza Debussy.

Cuando la encontró, se llevó si acaso un chasco aún mayor que el anterior. Feos, brutales edificios de seis plantas, con un Todo a 100 en la esquina. Y además no había nadie. En toda la plaza reinaba un estado de abandono. Pensando en las elegantes estatuas del parque Monceau, con las que se celebraba la actividad de pintores, escritores, arquitectos y músicos, Meredith sintió una acometida de ira al pensar que París había honrado la memoria de uno de sus hijos más ilustres de una manera tan desatenta.

Lo cual es algo que diré en el libro, sin duda.

Se reconfortó con la idea y se echó a reír en el acto. ¡Qué miedo! Una biógrafa norteamericana la emprende contra los responsables de la planificación urbanística de París y además en un documento impreso. ¿A quién pretendía engañar?

Meredith se encaminó de vuelta hacia el transitado bulevar de Batignolles. En toda la literatura que había leído sobre el París de la década de 1890, el París de Debussy, siempre le había parecido que era un lugar peligroso, sobre todo al alejarse de los grandes bulevares y de las avenidas. Había barrios, los llamados *quartiers perdus,* que convenía a toda costa evitar.

Siguió camino por la calle Londres, en donde Gaby y Debussy alquilaron su primera vivienda en enero de 1892, y lo hizo con el deseo de sentir cierta nostalgia, de percibir con claridad el sentido del lugar, pero sin obtener nada de eso. Verificó los números e hizo un alto allí donde tendría que haber estado la casa de Debussy. Meredith volvió sobre sus pasos, confirmó en su cuaderno que el número era el correcto y al final suspiró.

Hoy no es mi día.

Le dio la impresión de que a lo largo de los cien años transcurridos desde entonces cabía la posibilidad de que el edificio se lo hubiera tragado la estación de Saint-Lazare, lo cual había ido creciendo sin cesar, engullendo las calles colindantes. Allí no había nada que sirviera de nexo entre los viejos tiempos y la actualidad. Ni siquiera encontró algo que valiera la pena fotografiar. Tan sólo una ausencia.

Meredith miró en derredor y vio un pequeño restaurante en la acera de enfrente, Le Petit Chablisien. Necesitaba comer algo. Más que nada, necesitaba una copa de vino.

Cruzó la calle. El menú estaba escrito a tiza en una pizarra, puesta sobre un caballete, en la acera. Los grandes ventanales los cubrían con modestia unos visillos de encaje, de modo que no llegó a ver el interior. Accionó el picaporte, anticuado, y una campanilla tintineó ruidosamente encima de su cabeza. Entró y la recibió en el acto un camarero de avanzada edad, con un delantal de lino blanco, recién planchado, atado a la cintura.

—*Pour manger?*

Meredith asintió y el camarero la hizo pasar a una mesa para un solo comensal en una esquina. Manteles de papel, cuchillo y tenedor pesados, una botella de agua. Pidió el plato del día y una copa de Fitou. La carne, *bavette,* estaba perfecta, rosada por el centro, con una salsa fuerte, de pimienta negra. El Camembert, bien curado.

Mientras comía, Meredith estudió las fotografías en blanco y negro que la rodeaban, colocadas en las paredes. Antiguas imágenes del barrio, el personal del restaurante que posaba con orgullo a la entrada del mismo, los camareros de bigotes negros y poblados, con el cuello blanco y terso, y el dueño y su esposa, con aires de matrona, en el centro, perfectamente endomingados. Una foto de uno de los antiguos tranvías en la calle Amsterdam, otra más moderna, con la famosa torre de los relojes en el centro de la explanada de la estación Saint-Lazare.

Lo mejor de todo, sin embargo, fue una fotografía que acertó a reconocer. Meredith sonrió, y se le iluminaron los ojos castaños, dándole un aire aún más juvenil del que tenía. Encima de la puerta de la cocina, junto a un retrato de estudio de una mujer con un hombre más joven que ella y una niña con una maraña de cabellos rubios, enredados, vio una copia de una de las fotografías más famosas de Debussy. Tomada en la villa Medici, en Roma, en 1885, cuando tan sólo tenía veintitrés años, resplandecía de tal modo que parecía a punto de salirse de la imagen, con su expresión inconfundible, el ceño fruncido. El cabello, negro y rizado, lo llevaba muy corto; el bigote era tan sólo incipiente. La imagen era reconocible al punto. Meredith tenía la intención de utilizarla como ilustración en la portada o tal vez en la contracubierta de su libro.

—Vivió en esta misma calle —le dijo al camarero a la vez que introducía el número secreto en la máquina de las tarjetas para pagar la cuenta. Hizo un gesto en dirección a la fotografía—. Claude Debussy. Ese de ahí.

El camarero se encogió de hombros, sin la menor muestra de interés, hasta que vio la propina que le dejaba. Sólo entonces sonrió.

CAPÍTULO 11

∞

El resto de la tarde discurrió de acuerdo con el plan previsto. Meredith fue recorriendo las demás direcciones que tenía anotadas en la lista y, cuando volvió al hotel a las seis, había visitado todos los lugares de París en los que había vivido Debussy. Se duchó y se puso unos vaqueros blancos y un jersey azul claro. Descargó las fotos de la cámara digital en el ordenador portátil, echó un vistazo al correo —de momento, ninguna señal del dinero que esperaba—, tomó una cena ligera en la *brasserie* de enfrente y remató la noche con un cóctel de color verde en el bar del hotel, un cóctel de aspecto poco aconsejable, pero que le supo sorprendentemente bien.

Ya en su habitación tuvo necesidad de oír una voz conocida. Llamó a su casa.

—Hola, Mary. Soy yo.

—¡Meredith!

El nudo que notó en la voz de su madre hizo que asomaran las lágrimas a los ojos de Meredith. Se sintió de repente muy lejos de casa, completamente sola.

—¿Qué tal va todo? —preguntó.

Charlaron un rato. Meredith informó a Mary de todo lo que había hecho desde la última vez que hablaron, y le enumeró todos los sitios que había visitado desde que llegó a París, aunque tuvo en todo momento la dolorosa conciencia de que los dólares iban acumulándose con cada minuto que hablaban.

Oyó una pausa en la conferencia transatlántica.

—¿Y qué tal va el otro proyecto?

—Ahora mismo no le estoy dedicando ni un minuto. No pienso en ello —respondió—. Demasiadas cosas tengo que hacer aquí en París. Ya me pondré manos a la obra cuando llegue a Rennes-les-Bains, pasado el fin de semana.

—No hay por qué preocuparse —dijo Mary, aunque las palabras salieron demasiado deprisa, dando a entender cuánto estaba pensando en ello. Siempre había prestado todo su apoyo a la necesidad que tenía Meredith de encontrar algún rastro de su familia biológica. Al mismo tiempo, Meredith sabía que Mary estaba temerosa de lo que pudiera salir a la luz con sus pesquisas. ¿Y si se descubriese que la enfermedad y la desdicha que habían ensombrecido toda la vida de su madre biológica se remontase en la familia incluso a tiempos anteriores? ¿Y si fuera algo hereditario? ¿Y si ella empezara a dar muestras de padecer los mismos síntomas?

—No me preocupa —dijo de manera quizá demasiado expeditiva, y de inmediato se sintió culpable—. Estoy bien. Más que nada, emocionada. Ya te contaré cómo va todo. Te lo prometo.

Hablaron un par de minutos más y se despidieron.

—Te quiero.

—Yo también te quiero —le llegó la respuesta desde miles de kilómetros de distancia.

El domingo por la mañana, Meredith se encaminó a la Ópera de París, al palacio Garnier.

Desde 1989, París contaba con un nuevo teatro de la Ópera, un edificio moderno, en la Bastilla, de modo que el palacio Garnier se dedicaba sobre todo a las interpretaciones de ballet. Pero en tiempos de Debussy, aquel edificio exuberante, barroco en extremo, era nada menos que el lugar idóneo para ver y dejarse ver entre las personas con posibles. Inaugurado en 1875, fue el lugar donde se produjeron las notables revueltas antiwagnerianas en septiembre de 1891. También era el escenario en el que transcurría la novela de Gaston Leroux *El fantasma de la Ópera.*

A juicio de Meredith, los sucesos del palacio Garnier lo decían todo acerca de la relación que había existido entre la vieja y la nueva guardia en materia de música en los tiempos de Debussy. La inercia de los viejos asentados en el *establishment* de la música clásica se había enfrentado violentamente con la nueva y prometedora generación, los jóvenes compositores experimentales.

Debussy, Satie, Dukas. «Los chicos», así los consideraba ella.

A Meredith le costó quince minutos llegar a pie hasta el teatro, durante los cuales tuvo que ir sorteando las masas de turistas que iban en busca del Louvre, y recorrer después toda la avenida de la Ópera. El edificio en sí era puro siglo XIX, pero el tráfico era estrictamente digno del XXI, una locura total: coches, motos, camionetas, camiones, autobuses y bicicletas procedentes al mismo tiempo de todas las direcciones posibles. Convencida de estar arriesgando la vida, atravesó la calzada por donde no había ningún paso de peatones hasta llegar a la isleta en la que se encontraba el palacio Garnier. Le impresionó: la fachada imponente, lo grandioso de las balaustradas, las columnas de mármol rosa, las estatuas sobredoradas, la cúpula adornada, en oro, verde y blanco, de cobre, que resplandecía con el sol de octubre. Meredith trató de imaginarse cómo podía ser el erial pantanoso en que se había construido en su día el teatro. Quiso imaginar los carros y los carruajes, las mujeres con traje largo de cola, los hombres con sombrero de copa, en vez de los camiones y los coches que hacían sonar la bocina sin cesar.

No lo logró. Había un ajetreo excesivo, demasiadas estridencias, y no permitía que se filtrase ni un solo eco del pasado. Le alivió descubrir que, por estar programado un concierto de beneficencia, el teatro estaba aún abierto.

En cuanto entró, el silencio de aquellas históricas escalinatas y balconadas la envolvieron del todo. El Grand Foyer era exactamente igual a como lo había imaginado tras verlo en fotografías, una amplia extensión de mármol que se prolongaba ante ella como la nave de una catedral monumental. Frente a ella, el Grand Escalier ascendía hasta justo debajo de la cúpula de bronce bruñido.

Mirando en derredor, Meredith se fue adentrando en aquel espacio. ¿Tenía permiso para seguir? Sus deportivas chirriaban al rozar con el mármol. Las puertas del auditorio estaban abiertas, sujetas, de modo que se coló en el interior. Quería ver con sus propios ojos la famosa araña de cristal de seis toneladas de peso y el techo que pintó Chagall.

Al fondo, en el escenario, ensayaba un cuarteto. Meredith se coló en la última fila. Por un instante sintió que el espectro de su antiguo yo, la intérprete musical que podía haber sido, se colaba también de rondón e iba a sentarse a su lado.

La sensación fue tan fuerte que a punto estuvo de volverse a mirar.

Un hilo de notas repetidas ascendía desde el foro de la orquesta y se propagaba por los pasillos desiertos, y Meredith pensó en las incontables ocasiones en que había hecho eso mismo. Esperar entre bastidores con su violín y su arco en la mano. La nítida sensación con que se anticipaba a lo que iba a suceder, bien presente en la boca del estómago: a medias adrenalina, a medias miedo, antes de salir ante el público. Afinar, los mínimos ajustes de última hora en cada una de las cuerdas, el polvo de resina atrapado en el poliéster negro de su falda larga de concertista...

Mary le había comprado a Meredith su primer violín cuando tenía ocho años, nada más irse a vivir con ellos para siempre. Se acabaron las visitas de fin de semana a su madre «de verdad». La funda le estaba esperando encima de la cama, en un dormitorio que no era el suyo pero que habría de serlo, un regalo de bienvenida para una chiquilla desconcertada por las cartas que la vida le había repartido. Una chiquilla que ya había visto demasiadas cosas a su corta edad.

Había aprovechado la oportunidad que se le brindó, y la había aprovechado en realidad con ambas manos. La música fue su vía de escape. Tenía aptitudes, aprendía deprisa, trabajaba con ahínco. A los diez años de edad tocó en un concierto de las escuelas de la ciudad, en el Estudio de Ballet de la Compañía de Milwaukee, en Walker's Point. Muy pronto empezó también con el piano. Enseguida, la música dominó toda su vida. Sus sueños de dedicarse profesionalmente a la música duraron todos sus años de estudio en la escuela elemental, toda la adolescencia, hasta sus últimos cursos en el instituto. Sus profesores la animaron a que solicitara plaza en uno de los conservatorios, y le insistieron en que tenía posibilidades de que la admitiesen. Mary también lo creía.

Pero en el último minuto Meredith suspendió. Se convenció ella sola de que no era tan buena como le habían hecho pensar, de que no tenía las virtudes necesarias para lograrlo. Solicitó plaza en la Universidad de Carolina del Norte para licenciarse en Literatura inglesa y fue admitida. Envolvió el violín en su seda roja y lo guardó en la funda forrada de terciopelo. Aflojó los arcos, tan valiosos, y los guardó en el lugar preciso, debajo de la tapa. Colocó la pastilla de resina dorada en el compartimento especial. Depositó la funda en el fondo del armario y allí la dejó cuando se fue de Milwaukee a la universidad.

En la universidad, Meredith estudió con seriedad, con constancia, y se licenció con un *magna cum laude.* Siguió tocando el piano en sus ratos libres y dio clases a los hijos de algunos amigos de Bill y Mary, pero eso fue todo. El violín ya no se movió de su sitio en el fondo del armario.

Nunca, durante todo ese tiempo, llegó a pensar que hubiera obrado mal. Pero en los últimos dos años, a medida que iba descubriendo una mínima conexión con su familia biológica, empezó a poner en duda su decisión. Ahora, sentada en el auditorio del palacio Garnier, a los veintiocho años de edad, la nostalgia de lo que pudo haber sido le atenazó como un puño el corazón.

Cesó la música.

Abajo, en el foso de la orquesta, alguien se echó a reír, y esa risa la dejó a ella fuera. Excluida.

El presente se le impuso de pronto como una avalancha. Meredith se puso en pie. Suspiró, se apartó el cabello de la cara y sin hacer ruido se dispuso a salir. Había ido a la Ópera en busca de Debussy. Todo lo que había logrado fue que despertaran de pronto sus propios fantasmas.

En la calle había salido el sol.

Tratando de olvidar aquel momento teñido de melancolía, dobló por el lateral del edificio para tomar la calle Scribe con la intención de atajar hacia el bulevar Haussmann y desde allí llegar al Conservatorio de París, en el octavo *arrondissement.*

Las aceras estaban concurridas, como si todo París hubiera salido a la calle deseoso de disfrutar de un día dorado, y Meredith tuvo que ir esquivando el gentío para avanzar. El ambiente era de carnaval. Un músico callejero cantaba en una esquina; unos estudiantes repartían folletos de propaganda con descuento para un restaurante, un club o las rebajas de una tienda de ropas de diseño; un malabarista hacía volar el diábolo con una cuerda sujeta entre dos palos, lanzándolo a una altura imposible y cazándolo con un gesto que denotaba una absoluta destreza; un tipo vendía relojes y collares de abalorios sobre una maleta abierta.

Sonó su móvil. Meredith se detuvo y rebuscó en el bolso. Una mujer que iba tras ella le dio en las pantorrillas con el cochecito de niño que empujaba presurosa.

—*Excusez-moi, madame.*

Meredith alzó la mano para pedir disculpas.

—*Non, non. C'est moi. Désolée.*

Cuando por fin encontró el teléfono, había dejado de sonar. Se apartó de la riada de gente y accedió a la lista de llamadas perdidas. Era un número francés, un número que reconoció vagamente. Estaba a punto de marcar la tecla para devolver la llamada cuando alguien le plantó una hoja publicitaria en la mano.

—*C'est vous, n'est-ce pas?*

Sorprendida, Meredith sacudió la cabeza para mirarle a la cara.

—¿Disculpa?

Una bonita muchacha la miraba atentamente. Con una camiseta de tirantes y unos pantalones de camuflaje, con el cabello rubio, de una tonalidad entre la fresa y el maíz, sujeto con una cinta ancha, parecía una de tantas viajeras y hippies de la New Age que ya había visto antes en tantas calles de París.

La chica le sonrió.

—Digo que se te parece —le dijo esta vez en inglés.

Señaló el folleto que tenía Meredith en la mano.

—La imagen que hay ahí.

Meredith miró el papel, que anunciaba lecturas del tarot, quiromancia y esa clase de cosas: el frente lo dominaba la imagen de una mujer con una corona. En la mano derecha tenía una espada, en la izquierda una balanza. En la parte inferior de su larga falda se veía una serie de notas musicales.

—La verdad es que podrías ser tú —añadió la muchacha.

En la parte superior de la imagen, que no estaba muy bien impresa, Meredith acertó a ver un once en números romanos. Al pie, las palabras «La Justice».

Se la acercó a los ojos. Era cierto. La mujer se le parecía mucho.

—La verdad es que no se ve nada bien —dijo, y se puso colorada en cuanto mintió.

—Todas esas notas musicales... —añadió la chica sonriendo aún, pero con una gran concentración, tanto que Meredith apartó los ojos.

—Me marcho enseguida de la ciudad —se excusó—, así que...

—De todos modos, quédatelo —insistió la chica—. Abrimos los siete días de la semana, ahí mismo, a la vuelta de la esquina. A cinco minutos a pie.

—Gracias, pero a mí estas cosas no me van, de veras —dijo Meredith.

—Mi madre es muy buena.

—¿Tu madre?

—Es ella la que hace las lecturas del tarot. —La chica sonrió—. Es la que interpreta las cartas. Tendrías que ir a verla.

Meredith abrió la boca y la cerró sin decir nada. No tenía sentido enzarzarse en una discusión: era más fácil tomar el folleto y tirarlo después a una papelera. Con una sonrisa bastante forzada, se guardó el papel en el bolsillo interior de la chaqueta vaquera.

—Las coincidencias no existen, no sé si lo sabes —añadió la chica—. Todo sucede porque hay una razón para que suceda.

Meredith asintió, reacia a prolongar una conversación unilateral. Y siguió su camino con el teléfono en la mano. Al llegar a la esquina se detuvo. La chica seguía allí de pie, en el mismo sitio.

—Se te parece muchísimo —le gritó—. Está sólo a cinco minutos. En serio, deberías ir. No pierdes nada.

CAPÍTULO 12

∞

Meredith se olvidó del folleto que había guardado en el bolsillo interior. Devolvió la llamada que había recibido en el móvil —no era más que la agencia de viajes, francesa, que deseaba confirmar su reserva de hotel— y llamó a la compañía aérea para verificar la hora de salida al día siguiente.

Estaba de regreso en el hotel a las seis, con una sensación de agotamiento y con los pies doloridos por haber caminado toda la tarde por las calles. Descargó las imágenes en el disco duro de su ordenador portátil y se puso a transcribir las notas que había tomado a lo largo de los últimos tres días. A las nueve y media compró un sándwich en la *brasserie* de enfrente y se lo zampó en su habitación mientras seguía trabajando. A las once había terminado. Lo había puesto todo al día.

Se tumbó en la cama y encendió la televisión. Estuvo un rato cambiando de canales, en busca de la melodía característica de la CNN, pero sólo encontró una película policiaca francesa bastante difícil de seguir en FR3, un episodio de *Colombo* en TF1 y una película porno con pretensiones artísticas en Antenne 2. Renunció al televisor y leyó un rato antes de apagar la luz.

Yació en la acogedora penumbra de la habitación, con las manos entrelazadas sobre la cabeza y los pies enterrados en la tersura de las sábanas blancas. Mirando al techo, sus pensamientos la llevaron hasta el fin de semana en que Mary compartió con ella lo poco que sabía sobre su familia biológica.

Hotel Pfister, Milwaukee, diciembre de 2000. Iban al Pfister siempre que había alguna celebración familiar importante —cumpleaños, bodas, ocasiones especiales—, habitualmente a cenar, pero en esta ocasión Mary reservó habitaciones para todo el fin de semana, un regalo algo tardío por el vigésimo primer cumpleaños de Meredith, que casi coincidió con el Día de Acción de Gracias, y también para hacer algunas compras navideñas.

El ambiente elegante, sosegado, decimonónico, con sus colores finiseculares, las cornisas doradas, las balaustradas de hierro forjado, los elegantes visillos en las puertas cristaleras. Meredith bajó sola al café del vestíbulo para esperar allí a sus padres adoptivos. Se acomodó en una esquina de un mullido sofá y pidió su primera copa de vino con edad legal para hacerlo: un Chardonnay de Sonoma, un Cutter, a 7,50 dólares la copa, a pesar de lo cual valió la pena. Suave, con cuerpo y con todo el aroma del roble en su tonalidad amarilla.

Qué ridiculez, recordar todo aquello precisamente ahora.

Había estado nevando desde poco antes. Copos constantes, persistentes, en un cielo blanquecino, que fueron cubriendo el mundo con un manto de silencio. En la barra del bar, una señora ya mayor, con abrigo rojo y gorro de lana encasquetado hasta las cejas, le gritó al camarero diciéndole: «¡Hable conmigo! ¿Por qué no habla conmigo?». Igual que la mujer de *La tierra baldía,* de Eliot. El resto de los clientes que estaban acodados en la barra bebían cerveza, Miller Genuine Draft, aunque dos jóvenes daban tragos a sus botellas de Sprecher Amber y de Riverwest Stein. Al igual que Meredith, todos hicieron como que no estaba allí aquella loca dando gritos.

Meredith acababa de romper con su novio, por eso se alegró de no pasar el fin de semana en la universidad. Él era un profesor de matemáticas que estaba pasando su año sabático en la Universidad de Carolina del Norte. Habían empezado a salir sin darse cuenta casi de lo que hacían. Él le apartó de la cara un rizo en el bar. Se sentó en la banqueta del piano, al borde, mientras ella tocaba unas piezas. Le posó la mano en el hombro como si fuese sin querer cuando se encontraron en la biblioteca, casi a oscuras, a última hora de la tarde. Fue una historia que nunca estuvo destinada a llegar a ninguna parte —los dos querían cosas distintas—, y Meredith se quedó destrozada. Pero el sexo había sido estupendo y la relación fue divertida mientras duró.

Con eso y con todo, le sentó bien estar de nuevo en casa.

Hablaron sobre todo del frío, de la nevada prevista para el fin de semana; Meredith hizo a Mary toda clase de preguntas sobre su madre biológica, sobre la vida que llevó y sobre su muerte prematura, todo lo que siempre había tenido tantas ganas de saber, aunque le diera miedo oírlo. Las circunstancias de su adopción, el suicidio de su madre, los dolorosos recuerdos que llevaba como astillas de cristal clavadas bajo la piel.

Meredith estaba más o menos al tanto de lo esencial. Su madre biológica, Jeannette, se había quedado embarazada en una fiesta nocturna cuando iba aún al instituto, y no se dio cuenta hasta que ya fue demasiado tarde para hacer nada. Durante los primeros años, la madre de Jeannette, Louisa, quiso prestarle todo el apoyo que pudo, pero su súbita muerte debida a un cáncer imparable despojó a Meredith de una influencia estable, de una fuente de confianza fundamental en su vida, y las cosas comenzaron a deteriorarse a toda velocidad. Cuando la situación empezó a ser realmente delicada, fue Mary —prima lejana de Jeannette— la que se hizo cargo de todo, hasta que resultó evidente que, por su propia seguridad, Meredith no debería volver junto a su madre. Cuando murió Jeannette dos años más tarde, pareció lógico dar a la relación una forma más asentada, y fue entonces cuando Mary y su marido, Bill, adoptaron legalmente a Meredith. Aunque conservó su apellido, aunque siguió llamando a Mary por su nombre de pila, como la había llamado siempre, Meredith por fin se sintió libre para pensar que Mary era su verdadera madre.

Fue en el hotel Pfister donde Mary dio a Meredith las fotografías y la partitura de música para piano. La primera era una instantánea de un joven con uniforme de soldado, que se encontraba en la plaza de un pueblo. Cabello negro y rizado, ojos grises, mirada franca. No figuraba ningún nombre, aunque la fecha, 1914, así como el nombre del fotógrafo y el del lugar, Rennes-les-Bains, se hallaban impresos al dorso. La segunda era de una niña con ropa antigua. No había nombre, ni fecha, ni lugar. La tercera era de una mujer de la que Meredith sabía que era su abuela, Louisa Martin, y estaba tomada años después, ya en los años treinta, tal vez en los cuarenta, a juzgar por su manera de vestir. Aparecía sentada ante un piano de cola. Mary le explicó que Louisa había sido concertista de piano y que había llegado a tener cierta fama. La pieza musical del sobre había sido la principal de su repertorio. La tocaba siempre que, al terminar un recital, el público le pedía un bis.

Cuando miró la fotografía por primera vez, Meredith se preguntó si, en caso de haber conocido a Louisa en su día, hubiera seguido el rumbo que se trazó al principio, si hubiera continuado su carrera musical. Imposible saberlo. No recordaba a su madre biológica, a Jeannette, sentada al piano; no recordaba haberla oído cantar. Sólo recordaba los gritos, el llanto, lo que sucedió después.

La música había llegado a la vida de Meredith cuando tenía ocho años. Había llegado en forma de regalo que le hizo Mary. Ésa era la versión oficial. Descubrir que había estado ahí, oculta desde el principio, a la espera de que alguien la descubriese bajo la superficie de las cosas, cambió por completo la historia. Aquel fin de semana con tanta nieve, en diciembre de 2000, el mundo de Meredith dio un vuelco. Las fotos, la música, pasaron a ser un ancla, una conexión con su pasado, y supo que llegaría el día en que iniciara la búsqueda.

Pasados siete años, por fin la había emprendido. Mañana por fin iba a estar en persona en Rennes-les-Bains, un lugar que había imaginado miles de veces. Seguía teniendo la esperanza de encontrar algo allí, sin saber aún qué.

Miró el teléfono. Marcaba las doce y treinta y tres.

No, mañana no. Hoy mismo, lunes, 29 de octubre.

Cuando Meredith despertó por la mañana, los nervios que había tenido la noche anterior se habían evaporado como por ensalmo. Estaba deseosa de marcharse de la ciudad. Al margen de lo que pudiera encontrar, un par de días dedicados a cuidarse y a no hacer nada, perdida entre los montes cercanos a los Pirineos, era exactamente lo que necesitaba.

El avión de Toulouse no salía hasta primera hora de la tarde. Había hecho ya en París todo lo que quería hacer en cuanto a la investigación para el libro. No tenía ganas de andar con prisas toda la mañana, de modo que se quedó en la cama y leyó un rato antes de levantarse y desayunar al sol en la *brasserie* de siempre, antes de salir a dar un paseo al estilo de los turistas habituales.

Caminó a la sombra de las ya conocidas columnatas, los soportales de la calle Rivoli, esquivando enjambres de jóvenes con mochila, todos más o menos en la pista de *El código Da Vinci.* Pensó en visitar la Pirámide del Louvre, pero la cola de la entrada la disuadió. Encontró una silla de metal pintada de verde en las Tullerías y se sentó pensando en que habría sido buena idea ponerse algo más ligero que los vaqueros. Hacía calor, un calor húmedo, un tiempo enloquecido para finales de octubre. Le entusiasmaba la ciudad, pero ese día el aire parecía más denso debido a la polución, al humo del tráfico y de los cigarrillos en las terrazas de los cafés. Pensó en dirigirse al río, dar quizá un paseo en un *bateau mouche.* Pensó en visitar Shakespeare & Co., la legendaria librería de la margen izquierda, casi un santuario de visita obligada para cualquier norteamericano. Pero no tuvo ánimos. La verdad es que deseaba hacer lo que hacen los turistas, pero sin tener la obligación de mezclarse con ninguno.

Muchos de los sitios que querría haber visitado estaban cerrados, de modo que terminó por volver a Debussy, y así Meredith decidió regresar a la casa en la que aquél había pasado su infancia y su primera juventud, en la calle Liège, llamada Berlin en 1890. Se ató la chaqueta a la cintura, pues ya no tenía necesidad del mapa para guiarse por las calles, y caminó deprisa, con seguridad, tomando esta vez una ruta distinta a la del día anterior. Al cabo de cinco minutos se detuvo, se puso la mano a modo de pantalla sobre los ojos y alzó la mirada para ver bien el rótulo esmaltado de la calle.

Enarcó las cejas. Sin haberlo buscado, se encontraba en la calle de la Chaussée d'Antin. Miró a un lado y a otro. En tiempos de Debussy, el notorio cabaré la Grande Pinte se encontraba en lo alto de la calle, cerca de la plaza de la Trinité. Poco más abajo estaba el famoso Hôtel-Dieu, un edificio del siglo XVII. Y al pie de la calle, prácticamente donde ella se encontraba, estuvo en su día la famosa librería esotérica de Edmond Bailly. Allí, en los gloriosos años del cambio de siglo, los poetas, los ocultistas y los compositores se habían reunido a hablar de las nuevas ideas, del misticismo, del poder de los símbolos, de la importancia de la impresión, muy superior a la definición, y de los mundos alternativos. En la librería de Bailly, el belicoso y joven Debussy nunca tuvo necesidad de justificarse.

Meredith verificó los números de la calle.

En cuestión de segundos, todo su entusiasmo se le vino encima, se desplomó. Se encontraba exactamente donde tenía que estar, con la particularidad de que allí no había nada que ver. Era el mismo problema con el que llevaba topándose todo el fin de semana. Los edificios nuevos habían ocupado el solar de los antiguos, las calles se habían ampliado, las direcciones de antaño habían sido devoradas en la implacable marcha del tiempo.

El número 2 de la calle Chaussée d'Antin era un edificio moderno, de cemento, sin ninguna gracia. No había librería, no había ninguna fachada de fin de siglo. Ni siquiera había una placa que lo recordase.

Meredith se fijó entonces en una estrecha portezuela encastrada en el edificio contiguo, apenas visible desde la calle. Ostentaba un rótulo pintado a mano con abundante colorido.

SORTILÈGE. LECTURAS DE TAROT.

Debajo, en letras más pequeñas, otro letrero decía así: «Se habla francés e inglés».

Se le fue la mano al bolsillo interior de la chaqueta. Palpó el papel doblado en cuatro, el folleto que la muchacha le había dado el día anterior, y que seguía exactamente donde lo había dejado. Lo había olvidado por completo. Lo sacó y se quedó mirando la imagen. Era una fotocopia desvaída, sin ninguna nitidez, pero era innegable el parecido.

Se parece a mí.

Meredith volvió a mirar el rótulo. La puerta de pronto estaba abierta. Como si se hubiera colado alguien aprovechando el instante en que ella no miraba y hubiera dejado la puerta sin cerrar.

Meredith dio un paso más y se asomó al interior. Vio un pequeño vestíbulo con las paredes pintadas de color malva, decoradas con estrellas plateadas, lunas y símbolos astrológicos. Del techo colgaban varios móviles de cristal o de vidrio, no estaba del todo segura, que trazaban espirales y reflejaban la luz.

Meredith se armó de valor. La astrología, los cristales, los adivinos... Todo eso nunca le había convencido. Ni siquiera echaba un vistazo a su horóscopo en el periódico, aunque Mary lo hacía religiosamente todas las mañanas, con la primera taza de café del día. Para ella era como un ritual.

Meredith no terminaba de entenderlo. La idea de que el futuro de algún modo pudiera estar ya escrito, de que fuera legible, se le antojaba una simple chaladura. Era demasiada fantasía, demasiado fácil renunciar a toda la responsabilidad que pudiera uno tener y que de hecho tenía sobre su propia vida.

Dio un paso para alejarse de la puerta, impacientándose consigo misma. ¿Por qué seguía allí parada? Era hora de seguir su camino y olvidarse del folleto.

Es una estupidez. Es pura superstición.

Sin embargo, al mismo tiempo, algo le impedía darse la vuelta y marchar. Sentía interés, un interés más académico que emocional, sin duda, pero seguía estrujándose la cabeza allí en la acera, sin terminar de decidirse a marchar. ¿Por la coincidencia de la imagen? ¿Por la aparente casualidad de la dirección en que se encontraba? Reconoció que tenía ganas de entrar.

Volvió a atravesar la puerta. Desde el vestíbulo ascendía una estrechísima escalera, con los peldaños pintados, alternos, en rojo y verde. Al término de las escaleras atisbó otra puerta, visible apenas tras una cortina de hilos, con cuentas de madera amarilla clara. La puerta era de color azul cielo.

Demasiado colorido.

En alguna parte había leído que ciertas personas veían mentalmente música al percibir determinados colores. Sinestesia, sí. Así se llamaba. ¿Sinestesia? ¿Seguro?

Allí dentro se estaba fresco. Un ventilador antiguo movía las palas ruidosamente encima de la puerta. Bailaban las partículas de polvo en el perezoso aire de octubre. Si realmente andaba en busca de un ambiente decimonónico, ¿qué mejor que disfrutar de la misma clase de experiencia que allí mismo se había ofrecido al público en general unos cien años antes?

En realidad, forma parte de la investigación.

Durante un instante, todo pendió de un hilo. Le pareció incluso que todo el edificio contenía la respiración. A la espera, vigilante. Con el folleto en la mano como si fuera una especie de talismán, Meredith decidió entrar. Posó el pie en el primer peldaño y comenzó a subir.

Muchos cientos de kilómetros al sur, en los hayedos situados por encima de Rennes-les-Bains, una súbita racha de viento agitó las hojas cobrizas en las ramas de los árboles centenarios. El sonido de un suspiro tiempo atrás olvidado, como si fueran unos dedos desplazándose sobre un teclado.

Enfin.

El desplazamiento de la luz sobre el recodo de una escalera distinta.

CAPÍTULO 13

∞

Domaine de la Cade

Oui, abbé, et merci à vous pour votre gentillesse. À tout à l'heure.

Julian Lawrence sostuvo el teléfono en la mano un instante antes de colgar. Moreno, en buena forma a pesar de las canas, tenía un aspecto jovial, que no se correspondía con sus cincuenta años. Sacó del bolsillo un paquete de tabaco, abrió el Zippo con el pulgar y encendió un Gauloises. El humo con aroma a vainilla se rizó al ascender en el aire aquietado.

Los preparativos para el servicio que estaba previsto celebrarse esa noche discurrían de acuerdo con sus previsiones. Siempre y cuando su sobrino, Hal, se comportase como era de desear, todo tendría que ir como la seda. Sentía simpatía por el muchacho, aunque le resultara molesto que Hal hubiera recorrido todo el pueblo haciendo preguntas a diestro y siniestro sobre el accidente que había sufrido su padre. Que hubiera removido cosas que más valía dejar en paz. Había estado incluso en el juzgado para interesarse por la causa de la muerte que figuraba en el certificado de defunción. Como el funcionario que estuvo al cargo del caso en la comisaría de policía de Couiza era amigo de Julian —y como el único testigo del incidente había sido el borrachín del pueblo—, el asunto se había tratado con la debida delicadeza. Las preguntas de Hal fueron consideradas la natural y comprensible reacción de un hijo apenado, y no una serie de comentarios con fundamento.

Con todo y con eso, Julian se iba a alegrar cuando el muchacho por fin se marchara. No había nada que desenterrar, si bien Hal seguía empeñado en seguir excavando, y tarde o temprano, en una localidad tan pequeña como Rennes-les-Bains, pronto empezarían a correr las habladurías. Nunca hay humo si no hay fuego. Julian contaba con el hecho de que, cuando concluyera el funeral, sin duda Hal decidiría marcharse del Domaine de la Cade y regresar a Inglaterra.

Julian y su hermano Seymour, el padre de Hal, habían adquirido conjuntamente la finca cuatro años antes. Seymour, diez años mayor que él, y aburrido tras jubilarse y poner fin a tantos años de actividad bursátil que había desarrollado en la City londinense, estaba obsesionado con las previsiones financieras, los márgenes de beneficio, las hojas de cálculo, el modo de ampliar el negocio. Las preocupaciones de Julian eran de muy otra índole.

Desde la primera vez que recorrió la región, en 1997, le habían intrigado los rumores relacionados con Rennes-les-Bains en general y con el Domaine de la Cade en particular. Lo cierto es que toda la zona parecía sepultada bajo misterios y leyendas: había quien hablaba de tesoros escondidos y otros de conspiraciones, camelos y patrañas sobre sociedades secretas, de todo y de nada, desde los templarios y los cátaros hasta los visigodos, los romanos, los celtas. La historia que sin embargo había prendido en la imaginación de Julian era bastante más reciente. Ciertas crónicas escritas que databan de finales del pasado siglo referían la existencia de un sepulcro profanado dentro de la finca, de una baraja de cartas del tarot aparentemente pintadas como si fueran retablos y formasen una especie de mapa del tesoro, del incendio que había destruido parte del edificio original.

Toda la región que circundaba Couiza y Rennes-le-Château había sido, en el siglo V de nuestra era, el corazón mismo del imperio visigodo. Eso era algo que sabía cualquiera. Los historiadores y los arqueólogos desde tiempo atrás habían especulado con la posibilidad de que el tesoro amasado por los visigodos tras el saqueo de Roma hubiera terminado por llegar al suroeste de Francia. En ese punto las pruebas se difuminaban, divergían, se volatilizaban. Sin embargo, cuanto más fue descubriendo Julian, más intensa empezó a ser su convicción de que la mayor parte del tesoro de los visigodos seguía en algún lugar cercano, e impreciso, a la espera de quien supiera encontrarlo. Y las cartas —los originales, no las muchas copias que se habían impreso— eran sin duda la clave.

Julian se fue obsesionando. Solicitó permiso para realizar excavaciones, invirtió todo su dinero y todos sus recursos en la búsqueda. Sus éxitos fueron más bien modestos, pues había encontrado poco más que los objetos habituales en las tumbas visigodas: espadas, hebillas, copas, nada realmente especial. Cuando expiró su permiso para realizar excavaciones, siguió haciéndolo de manera ilegal. Como un verdadero adicto al juego, estaba literalmente enganchado, convencido de que tan sólo era cuestión de tiempo.

Cuando el hotel se puso a la venta, cinco años atrás, Julian convenció a Seymour de que hiciera una oferta. Irónicamente, y a pesar de las enormes diferencias que había entre ambos, en todos los sentidos, había sido una jugada inteligente. La sociedad había funcionado a pedir de boca hasta los últimos meses, en los que Seymour se fue implicando cada vez más en el día a día del negocio. Y se empeñó en estudiar a fondo los libros de cuentas.

El sol que caía sobre el césped era potente e iluminaba la estancia a través de los altos ventanales del viejo estudio del Domaine de la Cade. Julian miró un cuadro que tenía colgado en la pared, sobre su mesa. Era un viejo símbolo del tarot, similar a un ocho, sólo que tumbado. El símbolo del infinito. Oyó un ruido de repente.

—¿Estás listo?

Julian se volvió y vio a su sobrino, con traje negro y corbata negra, de pie en el umbral, el cabello peinado de forma que no le cayera sobre la frente. A sus veintitantos años de edad, ancho de hombros, de tez clara, Hal tenía todas las trazas de ser el deportista que en efecto había sido en sus tiempos de universitario. Buen jugador de rugby, bastante bueno en tenis.

Julian se inclinó, apagó el cigarrillo en el cenicero de cristal que tenía en el alféizar de la ventana y dio un sorbo de whisky. Estaba impaciente, deseoso de que terminara el funeral, de olvidarlo todo y volver a la normalidad. Estaba más que harto de que Hal anduviera por todas partes a su antojo, metiendo la nariz en donde posiblemente no debiera husmear.

—Enseguida estoy contigo —le dijo—. No tardo ni dos minutos.

CAPÍTULO 14

∞

París

Meredith llegó al final de la escalera, retiró la cortina de hilos de cuentas de madera y abrió la puerta de color azul intenso.

El recibidor era minúsculo, tanto que ella podría tocar ambas paredes sin siquiera estirar demasiado los brazos. A su izquierda, una luminosa carta con todos los signos del Zodiaco y sus constelaciones correspondientes, un barullo de colores, trazos y símbolos, la mayor parte de los cuales Meredith, en ese momento, no supo reconocer. En la pared de la derecha, un espejo anticuado, con un alambicado marco de madera sobredorada. Se miró en él y se apartó enseguida para llamar a la segunda puerta.

—¿Hola? ¿Hay alguien ahí?

No hubo respuesta.

Meredith aguardó unos momentos y volvió a llamar, esta vez con más fuerza.

Nada. Probó el pestillo. Se abrió la puerta.

—¿Hola? —dijo, y entró—. ¿Hay alguien ahí? ¿Hola?

La habitación era pequeña, pero rebosaba de vida. Las paredes estaban pintadas con más colores, más intensos, como si fuera un centro de día, de atención para las personas mayores: amarillos, verdes, rojos, con franjas, líneas, triángulos y zigzags en púrpura, azul y plata. Una sola ventana, frente a la puerta, aparecía cubierta por una cortina de gasa malva, casi transparente.

A través de ella, Meredith atinó a ver las pálidas paredes de piedra de un edificio del siglo XIX, detrás, con sus balaustradas de hierro forjado y sus altos ventanales de persianas cerradas, iluminadas con macetas de geranios y de pensamientos en tonos púrpuras y naranjas.

Los únicos muebles de la habitación en que se hallaba eran una pequeña mesa de madera en el centro, con las patas visibles bajo un mantel blanco y negro cubierto por varios círculos y más símbolos astrológicos, y dos sillas de madera, de respaldo recto, una a cada lado. Tenían el asiento de anea, como las del cuadro de Van Gogh.

Meredith oyó abrirse una puerta de golpe y luego cerrarse en algún lugar del edificio, y acto seguido sonaron unos pasos.

El corazón le dio un vuelco. Notó que se estaba poniendo colorada. Se sintió avergonzada de estar allí, de haber entrado sin que nadie la invitara, y a punto estaba de marcharse cuando apareció una mujer detrás de un biombo de bambú que no había visto al otro extremo de la estancia.

Con cuarenta y tantos, atractiva, iba vestida con una camisa y unos pantalones caqui, a juego, y tenía una abundante melena, hasta los hombros, de cabello castaño, bien peinada, en la que se le veían ya algunas canas; sonreía con facilidad y no le pareció a Meredith que coincidiera su imagen con la idea que se había hecho de una echadora de cartas que leyese el tarot.

No llevaba pendientes, ni pañoleta con la que cubrirse el pelo.

—He llamado antes —dijo Meredith con evidente azoramiento—. No contestó nadie, por eso decidí entrar. Espero no haber interrumpido

La mujer sonrió.

—Está todo en orden.

—¿Es usted inglesa?

Ella sonrió.

—De esa acusación me declaro culpable. Confío que no lleve mucho tiempo esperando...

Meredith negó con un gesto.

—Han sido dos minutos.

La mujer le tendió la mano.

—Yo soy Laura.

Se dieron la mano.

—Y yo Meredith.

Laura separó una silla y le hizo un gesto para que tomara asiento.

—Sentémonos.

Meredith vaciló.

—Es natural que estés un poco nerviosa —dijo Laura—. A casi todo el mundo le suele pasar la primera vez. Como la mayoría de los clientes, aunque no todos, naturalmente, vienen en un momento de crisis personal, es natural que traigan consigo la ansiedad que les inquieta.

Meredith extrajo el folleto del bolsillo y lo dejó encima de la mesa.

—No, no es eso, es que... hace un par de días una chica me dio este panfleto cuando iba por la calle. Como estaba de paso... —Volvió a callar—. La verdad es que se trata de un trabajo de investigación. No querría hacerte perder el tiempo.

Laura tomó el papel, y de pronto asomó en su rostro una señal de reconocimiento.

—Mi hija me habló de ti, sí.

Meredith entornó los ojos.

—¿De veras?

—Sí. Por el parecido —dijo Laura, y miró la imagen del folleto, «La Justice», La Justicia—. Dijo que eras su viva imagen. —Hizo una pausa, como si contase con que Meredith dijera algo. Al ver que no iba a decir nada, prosiguió—. ¿Vives en París? —le preguntó, e indicó la silla de enfrente.

—No, sólo estoy de visita.

Sin habérselo propuesto en el fondo, Meredith tomó asiento.

Laura sonrió.

—¿Acierto si pienso que ésta es la primera vez que vienes a que te hagan una lectura?

—Lo es —repuso Meredith, todavía sentada sólo al borde de la silla.

Un mensaje bien claro: no pienso quedarme mucho tiempo.

—Entiendo —dijo Laura—. Si doy por sentado que has leído el folleto, sabes que una sesión de media hora son treinta euros, y una hora entera vale cincuenta. ¿Sí?

—Con media hora yo creo que ya está bien —contestó Meredith.

De pronto notó la boca seca. Laura la estaba mirando, la estaba mirando de veras a fondo, como si quisiera leer cada línea, cada matiz, cada rasgo de su cara.

—Totalmente de acuerdo, aunque como no tengo a nadie en espera después de ti, si cambias de opinión siempre podremos continuar. ¿Hay alguna cuestión en concreto que desees explorar o se trata de una consulta más en general?

—Ya dije que estoy investigando. Estoy preparando la biografía de una persona que vivió a finales del siglo XIX y principios del XX. Esta calle, exactamente en el lugar en que nos encontramos, era entonces una famosa librería con la que he tropezado muchas veces en mis investigaciones. La coincidencia, supongo que se puede decir así, me resultó atrayente. —Sonrió, intentó relajarse—. Y eso que tu... ¿tu hija, dijiste que era? —Laura asintió—, afirmó que no existen las coincidencias.

Laura sonrió.

—Entiendo. Pretendes encontrar alguna especie de eco del pasado.

—Exacto —confirmó Meredith con un medio suspiro de alivio.

Laura asintió.

—De acuerdo. Algunos clientes tienen sus preferencias por un determinado tipo de lectura. Es decir, vienen con una cuestión en concreto que desean explorar. Puede ser una relación, una decisión importante que han de tomar, la verdad es que puede ser cualquier cosa que les importe de veras. Otros buscan en cambio algo de tipo más general.

—A mí lo general me va bien.

Laura sonrió.

—De acuerdo. La siguiente decisión que hay que tomar es la baraja que te gustaría que utilicemos.

Meredith puso cara de quien pide disculpas.

—Perdona, pero es que la verdad no entiendo nada de todo esto. Prefiero que seas tú quien elija.

Laura señaló con un gesto una hilera de mazos de cartas distintos, todos vueltos boca abajo, en el borde de la mesa.

—Me doy cuenta de que es difícil así, de entrada, pero es mucho mejor que la escojas tú. Si te doy un poco de información sobre el carácter de algunas de las barajas, seguramente te será más fácil tomar una decisión. Se trata de ver si te gustan las sensaciones que te producen, nada más. ¿Entendido?

Meredith se encogió de hombros.

—Claro.

Laura tomó la baraja que le quedaba más cerca y desplegó las cartas sobre la mesa en forma de abanico. Tenían el dorso de un intenso azul real, con estrellas doradas de puntas muy afiladas.

—Son muy hermosas —dijo Meredith.

—Éste es el Tarot Universal de Waite, una baraja que es muy popular.

La siguiente baraja tenía una filigrana muy simple, en blanco y rojo, repetida al dorso.

—En múltiples sentidos, ésta es la baraja clásica —explicó Laura—. Se llama el Tarot de Marsella. Data del siglo XVI. Es una baraja que empleo ocasionalmente, aunque la verdad es que resulta un poco excesivamente simple para el gusto contemporáneo. La mayoría de los que vienen a hacer una consulta prefieren las barajas más modernas.

Meredith enarcó las cejas.

—¿Una consulta?

—Disculpa. —Sonrió Laura—. Quien viene a vernos a los echadores de cartas suele hacer una consulta, que responderán las cartas y la echadora leerá como mejor sepa.

—Entiendo.

Meredith miró toda la hilera y señaló una baraja que era un poco más pequeña que las demás. Las cartas tenían el dorso de un bello tono verde oscuro, con filigranas de oro y plata.

—¿Y ésa?

Laura sonrió.

—Ésa es el Tarot de Bousquet.

—¿Bousquet? —repitió Meredith. Un recuerdo difuso serpenteó en su inconsciente, pero tuvo la certeza de que se había encontrado alguna vez con ese mismo nombre—. ¿Es el nombre del artista?

Laura negó con un gesto.

—Es el nombre del editor original de la baraja. Nadie sabe a qué artista o artistas les encargó la creación de la baraja. Prácticamente todo lo que sabemos es que su origen está en el suroeste de Francia, y que data de finales de la década de 1890.

Meredith notó que se le erizaba el vello de la nuca.

—¿En qué punto del suroeste?

—No lo recuerdo con exactitud. Cerca de la región de Carcasona, me parece.

—La conozco —repuso Meredith, e imaginó el mapa de la región con toda nitidez. Rennes-les-Bains se encontraba en el centro de esa zona.

De pronto se dio cuenta de que Laura la miraba con sumo interés.

—¿Sucede algo?

—No, no es nada —dijo rápidamente Meredith—. Sólo creí que el nombre me resultaba familiar, eso es todo. —Sonrió—. Lo lamento, te he interrumpido.

—Sólo iba a decir que la baraja realmente original, o al menos algunas de las cartas de que consta, en realidad es mucho más antigua. No se puede saber hasta qué punto son auténticas las imágenes actuales de la baraja, puesto que los arcanos mayores tienen características que seguramente se les han añadido o se han modificado con posterioridad. El diseño, y también la ropa de los personajes de algunas de las cartas, concuerdan con la moda del fin de siglo, mientras que los arcanos menores son mucho más clásicos.

Meredith enarcó las cejas.

—¿Arcanos mayores, arcanos menores? —Sonrió—. Lo siento, pero es que no entiendo ni palabra de todo esto. ¿Puedo hacer un par de preguntas antes de que sigamos o eso no está permitido?

Laura rió.

—Aquí está permitido todo.

—De acuerdo. Es algo muy básico. ¿Cuántas cartas hay?

—Con dos excepciones menores, y contemporáneas, la baraja habitual del tarot consta de setenta y ocho cartas, que se dividen en arcanos mayores y arcanos menores. *Arcano* es la palabra que en latín significa «secreto». Los arcanos mayores, veintidós cartas en total, van numeradas del uno al veintiuno, porque El Loco, o El Bufón en algunas barajas, carece de número. Son cartas que sólo figuran en las barajas del tarot. Cada una tiene una imagen alegórica propia y un conjunto de significados narrativos bien delimitados y asociados a ella.

Meredith miró la imagen de la Justicia que figuraba en el folleto.

—Por ejemplo, ésta.

—Exacto. Las cincuenta y seis cartas restantes, los arcanos menores, las llamadas cartas de los puntos, se dividen en cuatro palos y recuerdan a las cartas normales, sólo que tienen una carta adicional. En una baraja normal del tarot tenemos al Rey, la Reina, el Caballo y el Paje, que es la carta adicional, antes de las diez cartas de los puntos. En cada una de las barajas se da un nombre diferente a los palos: pueden ser pentágonos, oros, copas, bastos, varas, etcétera. En términos más o menos generales, se corresponden con los palos de la baraja francesa, diamantes, corazones, picas y tréboles, o a los de la baraja española.

—Entiendo.

—Casi todos los expertos suelen estar de acuerdo en que las primeras cartas del tarot, las que recuerdan las barajas que tenemos hoy en día, provienen del norte de Italia y son más o menos de mediados del siglo XV. El *revival* moderno del tarot, de todos modos, comenzó en los primeros años del pasado siglo, en 1909 o 1910, cuando un ocultista inglés llamado Arthur Edward Waite puso en circulación una nueva baraja. Su innovación clave consistió en dar por primera vez un valor individual y simbólico a cada una de las setenta y ocho cartas, a los arcanos mayores y también a los menores. Con anterioridad, las cartas de los puntos sólo llevaban un número.

—¿Y la baraja de Bousquet?

—Las cartas superiores de cada uno de los palos van ilustradas. Son alegorías, y por el estilo de la ilustración se suele pensar que databan de finales del siglo XVI. Indudablemente es anterior a Waite. Pero los arcanos mayores son distintos. El ropaje de los personajes es con toda certeza propio de la Europa de la década de 1890.

—¿Cómo es posible?

—Se tiende a pensar, casi por consenso, que el editor, Bousquet, no tenía una baraja completa, de modo que o bien encargó que le pintaran los arcanos mayores o bien los confeccionó imitando el carácter y el estilo de las cartas de las que sí disponía, es decir, del resto.

—Es decir, que las copió...

Laura se encogió de hombros.

—Sí. Seguramente de fragmentos de otras cartas que sobrevivieron hasta su época, o seguramente de algunas ilustraciones de la baraja original que encontró en un libro. Ya te digo que no soy una experta en el tema.

Meredith volvió a mirar el dorso de aquellas cartas, de un verde intenso, con filigranas de oro y plata.

—Aquí alguien supo hacer un buen trabajo.

Laura asintió.

—Estoy de acuerdo, son muy bellas.

Formó un abanico con las cartas de pentágonos, vueltas de cara a Meredith sobre la mesa, empezando por el as y terminando por el rey. Luego barajó algunas cartas de los arcanos mayores y las colocó encima.

—¿Ves la diferencia entre los dos estilos?

Meredith asintió.

—Claro, aunque siguen siendo bastante similares, sobre todo los colores.

Laura golpeó con la uña una de las cartas.

—Mira, ésta es otra de las características únicas del Tarot de Bousquet. Además de que los nombres de las cartas altas se han cambiado, y por ejemplo aparecen el *Maître* y la *Maîtresse* en vez del Rey y la Reina, en algunos de los arcanos mayores se perciben ciertos rasgos muy personales. Por ejemplo, esta de aquí, la carta II, por lo común se llama La Sacerdotisa, y aquí lleva por nombre «La Prêtresse». La misma figura aparece también en la carta VI, sólo que aquí es uno de Los Enamorados, «Les Amoureux». Y si te fijas bien en la carta XV, «Le Diable», verás que vuelve a aparecer la misma mujer, pero esta vez encadenada a los pies del diablo.

—¿Y eso no es lo usual?

—Muchas barajas ponen en estrecha relación las cartas VI y XV, pero no, por lo general, la carta II.

—Así que parece ser que alguien —añadió Meredith despacio, pensando en voz alta—, ya fuera por su cuenta o por instrucción de otra persona, se tomó la molestia de personalizar estas cartas.

Laura asintió.

—De hecho, a veces me he preguntado si no es realmente muy posible que los arcanos mayores de esta baraja estén basados realmente en personas de carne y hueso. Las expresiones faciales de algunos de los personajes parecen realmente vívidas.

Meredith notó un escalofrío en la espalda. Miró de nuevo la imagen de la Justicia que ilustraba el folleto.

Su cara es la mía.

Miró a Laura, al otro lado de la mesa, e impulsivamente quiso decirle algo acerca de la búsqueda de índole puramente personal que la había llevado a Francia. Quiso decirle que dentro de unas pocas horas tenía previsto emprender viaje a Rennes-les-Bains.

Pero Laura comenzó a hablar entonces, y se perdió así la ocasión.

—El Tarot de Bousquet además respeta las conexiones tradicionales. Por ejemplo, las espadas representan el aire, el intelecto, la inteligencia en general, mientras que los bastos son el fuego, la energía y el conflicto, las copas se relacionan con el agua y las emociones, y los pentágonos —indicó la carta del rey sentado en su trono, rodeado de lo que parecían monedas de oro— son la tierra, la realidad física y tangible, el tesoro.

Meredith examinó las imágenes a fondo, concentrándose tanto como si pretendiera memorizar cada una de ellas, y sólo entonces asintió para que Laura supiera que estaba preparada para empezar.

Laura despejó la mesa, dejando encima únicamente los arcanos mayores, que colocó en tres filas de cara a Meredith, desde el número menor hasta el mayor. «Le Mat», la carta número cero, El Loco, que no tenía número, lo colocó solo, encima.

—Me gusta considerar los arcanos mayores como si se tratara de un viaje —explicó Laura—. Son los imponderables, las grandes cuestiones de la vida, las que no se pueden cambiar, las que no admiten que se luche contra ellas. Expresado en estos términos, es evidente que estas tres hileras representan tres niveles de desarrollo, tres fases distintas: lo consciente, lo inconsciente y el plano más elevado de la conciencia.

Meredith entornó los ojos. Sintió un mayor escepticismo, un claro rechazo a todo aquello, cosa que le era genéticamente connatural.

Aquí es donde terminan las realidades.

—Al principio de cada hilera hay una imagen poderosa: «Le Pagad», es decir, El Mago, es el que comienza la primera. «La Force», La Fuerza, es el comienzo de la segunda. Por último, al empezar la última hilera tenemos la carta XV, «Le Diable», El Diablo.

Algo se agitó en lo más profundo de Meredith al fijarse en la imagen del demonio retorcido. Miró los rostros del hombre y de la mujer encadenados a los pies del Diablo, y en ella prendió el chispazo del reconocimiento. Luego, todo viró al gris.

—La ventaja que tiene este modo de colocar los arcanos mayores consiste en que no sólo se pone de manifiesto el viaje que hace El Loco, «Le Mat», desde la ignorancia hacia el conocimiento, o el esclarecimiento, sino que además se explicitan las conexiones verticales entre las cartas.

Laura continuó tras una pausa.

—De ese modo, se ve bien que La Fuerza es la octava de El Mago, y El Diablo es la octava de La Fuerza. Salen a la luz otros patrones: por ejemplo, tanto El Mago como La Fuerza tienen el signo del infinito encima de la cabeza. Asimismo, el Diablo alza el brazo en un gesto que recuerda al del Mago.

—Como si fueran dos facetas de una misma persona.

—Podría ser —asintió Laura—. El tarot versa sobre patrones, sobre relaciones entre una carta y otra. De eso se trata.

Meredith sólo la escuchaba a medias. Algo de lo que Laura acababa de decir le había molestado, la inquietaba. Pensó por un instante de qué se trataba.

Sí: las octavas.

—¿Sueles explicar todos estos principios en términos musicales? —le preguntó.

—A veces —respondió Laura—. Depende de quién haga la consulta. Hay infinidad de maneras de explicar el tarot, de hacer ver cómo se puede interpretar, y la música no es más que una de tantas. ¿Por qué me lo preguntas?

Meredith se encogió de hombros como si prefiriese no contestar.

—Porque ése es el terreno en que trabajo yo. Supongo que me estaba preguntando si, en el fondo, te habías percatado. —Vaciló un instante—. No recuerdo haber dicho nada a ese respecto, eso es todo.

Laura esbozó una tenue sonrisa.

—¿Y ésa es una idea que te molesta?

—¿Cuál? ¿Que te hayas dado cuenta de alguna manera? Pues no, la verdad es que no —mintió. A Meredith no le estaba gustando el modo en que sus emociones empezaban a entrar en conflicto con su ser racional. Su corazón le decía que allí era posible aprender algo acerca de sí misma, acerca de la persona que era en realidad. Por eso quería que Laura diese en el clavo, que supiera lo que tuviera que saber, que lo adivinara y que se lo dijera. Al mismo tiempo, su intelecto le estaba diciendo que todo aquello era una sarta de estupideces.

Meredith señaló a La Justicia.

—No hay notas musicales en torno a su falda. Es raro, ¿no?

Laura sonrió.

—Ya lo dijo mi hija: las coincidencias no existen.

Meredith rió, aunque no le pareció que aquello tuviera ninguna gracia.

—Todos los sistemas de adivinación, como la música misma, funcionan por medio de patrones —siguió diciendo Laura en el mismo tono de voz, llano y acompasado—. Por si te interesa, hubo un experto norteamericano en cartomancia, Paul Foster Case, que ideó toda una teoría según la cual se vincula cada uno de los arcanos mayores en concreto con las notas de la escala musical.

—A lo mejor lo verifico cuando pueda —dijo Meredith.

Laura recogió las cartas y ordenó la baraja. Sostuvo la mirada de Meredith, y durante un momento de absoluta claridad ésta tuvo el total convencimiento de que estaba viendo su alma, su ansiedad, sus dudas, sus esperanzas también, reflejado todo ello como si fuera un espejo en sus ojos.

—¿Empezamos?

Aun cuando sospechaba lo que se avecinaba, a Meredith le dio un vuelco el corazón.

—Claro —respondió—. ¿Por qué no?

CAPÍTULO 15

∞

—¿Nos quedamos entonces con la baraja de Bousquet? —preguntó Laura—. Es evidente que has sentido que tienes alguna conexión con ella.

Meredith bajó la mirada. Los dorsos de las cartas le recordaban la casa de Mary en Chapel Hill sin que acertase a saber ni cómo ni por qué. Los colores del verano y del otoño parecían mezclados unos con otros. Qué distinto de los tranquilos suburbios de Milwaukee en los que se había criado de niña.

Asintió.

—De acuerdo.

Laura retiró de la mesa las otras tres barajas y el folleto.

—Como ya sugerí antes, voy a hacer una lectura más bien general de lo que nos digan las cartas —le indicó—. Las echaré de acuerdo con mi propia versión de la Cruz Celta, una lectura en la que se emplea toda la baraja, pero se leen sólo diez caras, con arcanos menores y arcanos mayores. Nos dará una excelente panorámica del punto en que te encuentras, de lo que te ha ocurrido en el pasado inmediato y de lo que puede depararte el futuro.

Así que volvemos al territorio de las locuras.

Sólo que ahora Meredith descubrió que sí deseaba saber lo que fuera.

—Cuando se imprimió el Tarot de Bousquet, a finales del siglo XIX, las lecturas del tarot seguían siendo algo misterioso, dominado por las cábalas y la élite. —Laura sonrió—. Hoy las cosas han cambiado. Los modernos echadores de cartas aspiramos a dar un poder a quienes nos consultan, pretendemos darles las herramientas, o la valentía, si quieres, para que se transformen y transformen sus vidas. Una lectura tendrá más valor si el que hace la consulta afronta sus motivos ocultos o sus patrones inconscientes de conducta.

Meredith asintió, y así hizo saber a Laura que estaba dispuesta a todo.

—Lo malo de esta opción es que existe una variedad casi infinita de interpretaciones posibles. Habrá quien te diga, por ejemplo, que si aparece una mayoría de arcanos mayores en una lectura es indicio de que las fuerzas que operan están fuera de tu control, mientras que si son mayoría los arcanos menores se puede pensar que el destino está en tus manos. Todo lo que te puedo aconsejar antes de que empecemos es que yo por lo menos me tomo la lectura como guía de aquello que podría pasar, pero que no tiene por qué pasar necesariamente.

—Entendido.

Laura puso las cartas de la baraja boca abajo en la mesa, entre ellas dos.

—Barájalas bien, Meredith. No tengas prisa. Y mientras lo haces, piensa en qué es lo que más deseos tienes de descubrir, qué es lo que hoy te ha traído aquí. Hay personas que descubren que en esto les sirve de ayuda cerrar los ojos.

Entraba una brisa ligera por la ventana abierta, todo un alivio después de la humedad de antes. Meredith notó que la brisa le acariciaba la cara. Extendió las manos, tomó las cartas y comenzó a barajar. Poco a poco, el presente fue alejándose de su conciencia y se extravió en el movimiento repetitivo de sus manos.

Fragmentos de recuerdos, imágenes y rostros, fueron flotando en su ánimo en tonos sepia y gris, y luego se disolvieron. La belleza y la vulnerabilidad de su madre. Louisa sentada ante el piano. El hombre joven, de aspecto tan serio, vestido con uniforme militar en tonos sepia.

Toda la familia a la que nunca había conocido.

Por un instante, Meredith tuvo la sensación de flotar ingrávida. La mesa, las dos sillas, los colores, ella misma, todo lo vio desde otra perspectiva.

—Muy bien. Cuando estés lista, abre los ojos. —La voz de Laura llegó desde muy lejos en ese momento, como si la oyera y no la oyera, como el sonido de la música después de que termina de resonar la nota.

Meredith pestañeó en el momento en que la habitación pareció agolparse para recibirla de nuevo, borrosa al principio, algo más luminosa que antes.

—Ahora, pon la baraja sobre la mesa y corta en tres montones utilizando la mano izquierda.

Meredith obedeció.

—Ahora pon las cartas juntas de nuevo, pero con el montón de enmedio encima, luego el primero y finalmente el último. —Notó que Laura esperaba a que hubiera terminado—. Muy bien, la primera carta que saques ahora es lo que llamamos el significador. En esta lectura, es la carta que te representará a ti, a quien hace la consulta, la persona que eres en estos momentos. El sexo de la figura que salga no tiene importancia, porque cada carta lleva consigo cualidades y características arquetípicas tanto masculinas como femeninas.

Meredith sacó una carta del centro de la baraja y la colocó boca arriba.

—«La Fille d'Épées» —dijo Laura—. La Hija de las Espadas. Las espadas corresponden al aire, recuerda, al intelecto. En el Tarot de Bousquet, La Hija de las Espadas es una figura poderosa, una pensadora, alguien que tiene fuerza. Al mismo tiempo, es alguien que tal vez no tenga una plena conexión con los demás. Esto se puede deber a su juventud; la carta a menudo indica a una persona joven, pero también puede deberse a las decisiones tomadas. A veces puede indicar que uno está al comienzo de un viaje.

Meredith miró la imagen de la carta. Una mujer menuda y esbelta, con un vestido rojo hasta la rodilla, el cabello liso, negro, hasta los hombros. Parecía una bailarina. Sostenía la espada con ambas manos, no exactamente amenazante, ni como si fuera ella una amenaza, sino más bien como si protegiera algo. A su espalda, un risco de montaña sobresalía en un cielo azul con nubes blancas.

—Es una carta activa —explicó Laura—, una carta positiva. Una de las pocas cartas inequívocamente positivas de todas las de espadas.

Meredith asintió. Lo vio perfectamente.

—Saca otra —propuso Laura—, y la pones junto a «La Fille d'Épées», un poco más abajo, a tu izquierda. Esa segunda carta denota tu situación tal como es ahora, el entorno en que trabajas o en que vives en el momento presente, las influencias que operan sobre ti.

Meredith la colocó en su sitio.

—El Diez de Copas —dijo Laura—. Las copas corresponden al agua, a las emociones. También es una carta positiva. El diez es el número de la compleción. Marca el final de un ciclo y el comienzo de otro. Nos hace pensar que te encuentras ahora en un umbral, que estás lista para seguir adelante y para introducir cambios en la posición actual, que ya es una posición de cumplimiento, de plenitud. Es una indicación de los tiempos por venir.

—¿A qué clase de umbral te refieres?

—Podría ser el trabajo, podría ser tu vida personal, o ambas cosas. Todo se irá despejando más a medida que avancemos en la lectura. Vuelve a sacar.

Meredith tomó una tercera carta de la baraja.

—Colócala abajo y a la derecha del significador —le indicó Laura—. Ésta indica los posibles obstáculos que te encontrarás en el camino. Cosas, circunstancias, incluso personas que podrían impedirte que sigas adelante, o que hagas cambios, o que logres tu objetivo.

Meredith volvió la carta y la colocó sobre la mesa.

—«Le Pagad» —dijo Laura—. Carta I, El Mago. «Pagad» es un vocablo arcaico que se emplea en el Tarot de Bousquet, pero no en muchos otros.

Meredith miró a fondo la imagen.

—¿Representa a una persona?

—Por lo común, sí.

—¿Alguien en quien se puede confiar?

—Eso depende. El propio nombre da a entender que El Mago puede estar de tu parte, pero también puede estar en contra de ti, da igual que sea hombre o mujer. Muchas veces es alguien que actúa como poderoso catalizador para una transformación, aunque con esta carta siempre hay que tener en cuenta la posibilidad de un truco, de un engaño, o de completar un juicio sólo con la intuición. El Mago tiene control sobre todos los elementos, el agua, el aire, el fuego y la tierra, y sobre los cuatro símbolos del tarot, bastos, espadas, copas y pentágonos. Su apariencia misma indica a una persona que tal vez podría emplear su habilidad con el lenguaje, o con el conocimiento, y hacerlo en tu beneficio. Asimismo, podría emplear los mismos dones para ponerte obstáculos.

Meredith observó el rostro de la carta. Ojos azules y penetrantes.

—¿Hay alguien en tu vida que a tu entender pueda desempeñar ese papel?

Negó con un gesto.

—No, no que se me ocurra ahora.

—Podría ser alguien procedente del pasado, alguien que, aunque no esté presente en tu vida de hoy en día, aún sigue teniendo alguna clase de influencia sobre ti y sobre la manera en que te ves. Alguien que, a pesar de su ausencia, tiene una influencia negativa. O bien alguien a quien aún has de conocer. O, del mismo modo, alguien a quien conoces, pero cuyo papel en tu vida aún no ha empezado a ser capital.

Meredith volvió a mirar la carta, atraída por la imagen y las contradicciones que se contenían en ella, deseosa de que significara algo. No se le ocurrió nada. No le vino nadie a la cabeza.

Sacó una nueva carta. Esta vez su reacción fue bien distinta. Notó una súbita emoción, una emoción cálida. La imagen era la de una muchacha joven que estaba de pie junto a un león. Sobre su cabeza, el símbolo del infinito como si fuera una corona. Llevaba un vestido formal, anticuado, con mangas abullonadas, de un extraño azul verdoso. El cabello cobrizo le caía formando amplios rizos hasta la espalda, hasta una fina cintura. Exactamente igual, comprendió Meredith de pronto, a la imagen que siempre había supuesto que tuvo que servir de inspiración para la pieza de Debussy titulada *La demoiselle élue,* la doncella elegida, a medias de Rossetti, a medias de Moreau.

Al recordar lo que había dicho Laura, Meredith no tuvo ninguna duda de que esa ilustración podría haber estado basada en una persona en concreto. Leyó el nombre que figuraba en la carta: «La Force», La Fuerza. Número VIII. Tenía unos ojos verdísimos, de gran viveza.

Y cuanto más la miraba, más segura estuvo de que había visto esa imagen, u otra muy similar, en una fotografía, en un cuadro o en un libro. Una locura. Obviamente, no era posible. Pero a pesar de todo la idea arraigó en ella.

Meredith miró a Laura.

—Háblame de ésta —le dijo.

CAPÍTULO 16

∞

La carta VIII, La Fuerza, se relaciona con Leo, el signo del Zodiaco —dijo Laura—. La cuarta carta en la lectura se toma por indicio de una característica única y que impregna todos los demás aspectos: suele ser algo inconsciente, algo que no reconoce quien viene a consultar. Es algo que ha influido en la decisión de consultar una lectura. Un poderoso factor de motivación. Algo que guía a quien hace la consulta.

Meredith protestó en el acto.

—Pero si no es...

Laura levantó la mano.

—Sí, ya lo sé, me has dicho que fue por azar, que mi hija te dio un folleto, te lo puso en la mano, y que hoy estabas por aquí cerca y tenías tiempo, pero a pesar de todo, Meredith, es muy probable que haya algo más. Piensa en el hecho de que estés aquí sentada... —Hizo una pausa—. Podrías haber pasado de largo, podrías haber preferido no entrar aquí.

—Es posible, no lo sé. —Se paró a pensar—. Supongo que sí.

—¿Hay una situación o persona en particular con la que desees relacionar esta carta?

—Pues no se me ocurre nada, a menos que...

—¿Sí?

—La muchacha. La cara. Hay algo que me resulta familiar en ella, aunque no consigo saber de qué se trata.

Meredith creyó que veía realmente pensar a Laura.

—¿Qué sucede?

Laura bajó los ojos y se concentró en las cuatro cartas dispuestas sobre la mesa.

—Las lecturas que se basan en la Cruz Celta, una manera de echar las cartas, suelen tener casi siempre un patrón secuencial bien claro. —Meredith se dio cuenta de que en su voz se percibía cierta vacilación—. Aun cuando todavía es pronto para saberlo, a estas alturas suelo tener muy claro qué acontecimientos pertenecen al pasado, cuáles al presente y cuáles al futuro. —Calló un momento—. Aquí, por alguna razón que se me escapa, la línea temporal aparece confusa. Es como si la secuencia diera saltos adelante y atrás, como si hubiera algo borroso en los acontecimientos, como si las cosas se escurriesen entre el pasado y el presente.

Meredith se inclinó sobre la mesa.

—¿Qué quieres decir? ¿Que no consigues leer las cartas tal como las voy sacando?

—No —respondió Laura enseguida—. No, no es eso. —Volvió a titubear—. Si quieres que te sea sincera, Meredith, no estoy muy segura de lo que te estoy diciendo. —Se encogió de hombros—. Pero cada cosa irá colocándose en su sitio si continuamos.

Meredith no supo cómo reaccionar. Quiso que Laura fuera más explícita, pero no se le ocurrió qué preguntas formular para extraer las respuestas que deseaba, de modo que no dijo nada.

Al final, fue Laura la que rompió el silencio.

—Vuelve a sacar una carta —dijo—. La quinta carta es la que representa el pasado reciente.

Meredith extrajo el Ocho de Pentágonos invertida, y puso cara de contrariedad ante la interpretación que dio Laura, es decir, que la carta podía indicar que el trabajo hecho a conciencia y con conocimiento y destreza tal vez no diera los frutos deseados.

La sexta carta, relacionada con el futuro inmediato, fue el Ocho de Bastos también invertida. Meredith notó que se le erizaba el vello de la nuca. Miró a Laura, pero ésta no dio indicación de que estuviera prestando una atención especial al patrón que poco a poco iba surgiendo.

—Ésta es una carta de movimiento, de acción, con toda claridad —dijo Laura—. Indica trabajo con ahínco, indica que los proyectos llegan a buen puerto. Las cosas están a punto de salir bien. En cierto modo, es el más optimista de todos los ochos. —Calló y miró a Meredith—. Supongo que todas estas referencias al trabajo algo querrán decir desde tu punto de vista...

Meredith asintió.

—Actualmente estoy escribiendo un libro —dijo—, de modo que sí, tiene bastante sentido. —Hizo una pausa—. ¿Cómo cambia el sentido si la carta aparece invertida?

—La inversión de una carta indica aplazamiento, retraso —respondió Laura—. Una disrupción de la energía, un proyecto que queda en suspenso.

«Por ejemplo, marcharse de París para viajar a Rennes-les-Bains —pensó Meredith a su pesar—. Por ejemplo, anteponer lo personal a lo profesional».

—Eso, por desgracia —dijo con una tenue sonrisa—, también tiene sentido. Encaja perfectamente. ¿Tú te lo tomarías como una advertencia para no desviarte de tu propósito, para no dejarte enredar en otros asuntos?

—Probablemente —concedió Laura—, aunque un aplazamiento no tiene por qué ser forzosamente negativo. Podría darse el caso de que fuera lo adecuado para ti en este preciso instante.

Meredith notó que Laura quedaba a la espera, atenta, vigilante, hasta que hubiera terminado de pensar en esa carta en concreto, antes de invitarla a seguir sacando el resto.

—La próxima representa el entorno en el cual los acontecimientos presentes o futuros se desarrollan o se van a desarrollar. Colócala encima de la sexta carta.

Meredith sacó la séptima carta y la puso donde le indicó.

Sin previo aviso, tuvo un estremecimiento. La imagen mostró una torre alta y grisácea bajo un cielo encapotado. Un relámpago parecía cortar la imagen en dos. Sintió una instantánea antipatía hacia la carta, y aunque seguía repitiéndose que todo aquello no era más que una sarta de tonterías, se dijo que ojalá no hubiera sacado aquélla en concreto.

—La Torre —leyó el rótulo—. ¿No es una carta muy buena?

—Ninguna carta es ni buena ni mala —replicó Laura automáticamente, aunque su expresión más bien le transmitió un mensaje muy distinto—. Depende del lugar que ocupe en la lectura y de las relaciones que entable con las cartas que la rodean. —Calló un momento—. Dicho esto, La Torre se interpreta tradicionalmente como indicador de un cambio dramático. Puede sugerir caos, destrucción. —Miró a Meredith y luego de nuevo a la carta—. En una lectura positiva, es una carta de liberación, cuando el edificio de nuestras ilusiones, limitaciones, defectos, se viene abajo estrepitosamente, y así nos deja en total libertad para empezar de nuevo. Un destello de inspiración, si lo prefieres. No tiene por qué ser forzosamente negativa.

—Ya, eso lo entiendo —dijo Meredith—. Pero... en este caso en particular... No es ésa la interpretación que le das ahora, ¿o estoy equivocada?

Laura la miró a los ojos.

—Conflicto —le dijo—. Así es como la veo.

—¿Entre qué y qué? —Meredith se echó hacia atrás.

—Es es algo que sólo puedes saber tú. Podría ser el conflicto al que antes has hecho alusión, entre las exigencias personales y las obligaciones profesionales. Asimismo, podría ser una discrepancia entre las expectativas que tienen sobre ti otras personas y lo que tú puedes dar realmente, una discrepancia que podría desembocar en un malentendido.

Meredith no dijo nada, tratando de aplastar el pensamiento pero a la vez introduciéndolo hasta el fondo de su conciencia y enterrándolo allí.

¿Y si averiguo algo sobre mi pasado, algo que lo cambie todo?

—¿Hay algo en particular a lo que te parece que podría hacer referencia esta carta? —le preguntó Laura con amabilidad.

—Yo... —Meredith comenzó a decir algo, y de pronto calló—. No —replicó, con más firmeza de la que realmente sentía—. Ya lo has dicho tú, podrían ser muchas cosas distintas.

Vaciló, nerviosa ante lo que podría seguir, y sacó la siguiente carta.

Esta carta, que representaba el propio yo, fue el Ocho de Copas.

—Esto es una broma —murmuró casi para sí misma, sacando una nueva carta a toda velocidad. El Ocho de Espadas.

Oyó que Laura contenía la respiración.

Otra octava.

—Han salido todos los ochos. ¿Qué probabilidades hay de que suceda eso?

Laura no respondió de inmediato.

—Desde luego, es poco corriente —dijo al fin.

Meredith estudió las cartas desplegadas sobre la mesa. No eran sólo las octavas que enlazaban las cartas de los arcanos mayores, ni la repetición del número ocho. Eran también los detalles en el atuendo de La Justicia, los ojos verdes de la muchacha en La Fuerza.

—La probabilidad que tiene de salir una carta es en todos los casos lógicamente la misma —explicó Laura, aunque Meredith se dio cuenta de que estaba diciendo lo que a su entender debía decir, y no lo que estaba pensando en ese momento—. No existe mayor ni menor probabilidad de que salgan las cuatro cartas de un mismo número a la hora de echarlas. Cualquier combinación de cartas es tan probable o tan improbable como cualquier otra.

—Pero... ¿esto te había ocurrido antes? —preguntó Meredith, deseosa de que no se escabullera en ese instante—. En serio. ¿Te han salido alguna vez las cuatro cartas con el mismo número? —Miró a la mesa—. Y además está «La Tour», La Torre, que es la carta XVI. Es múltiplo de ocho.

A regañadientes, Laura negó con un gesto.

—No, que yo recuerde, no me había ocurrido nunca.

Meredith golpeó una carta con el dedo.

—¿Qué significa el Ocho de Espadas?

—Interferencia. Indicación de que algo o alguien te retiene, de que no te permite libertad de movimientos.

—¿Igual que El Mago?

—Puede ser, aunque... —Laura calló un momento, con la evidente intención de elegir con cuidado sus palabras—. Aquí hay historias paralelas. Por una parte, hay un indicio clarísimo de la inminente culminación de un proyecto de envergadura, sea en el trabajo o sea en tu vida personal, o posiblemente en ambos. —Alzó la mirada—. ¿Sí?

Meredith frunció el ceño.

—Sigue, sigue.

—En paralelo a esto, hay indicios de un viaje o de un cambio de circunstancias.

—De acuerdo, digamos que eso encaja, pero...

Laura la interrumpió.

—He percibido algo más. No está del todo claro, pero creo que hay algo más. Esta última carta..., hay algo que estás a punto de descubrir o de desvelar.

Meredith entornó los ojos. A lo largo de toda la hora anterior se había estado diciendo con insistencia que todo aquello no pasaba de ser un entretenimiento inofensivo. ¿Cómo iba a significar nada preciso? Así pues, ¿por qué sentía de pronto que le daba un vuelco el corazón, y aún otro y otro más?

—Ten presente, Meredith —dijo Laura con vehemencia repentina—, que el arte de la adivinación por medio de las cartas, echándolas e interpretándolas, no consiste en decir que sucederá esto o que no sucederá lo otro. Se trata sólo de investigar las posibilidades, de descubrir las motivaciones y deseos inconscientes que pueden, o tal vez no, dar por resultado un determinado patrón de comportamiento.

—Lo sé.

Un entretenimiento inofensivo.

Sin embargo, algo había en la intensidad de Laura, en la expresión de fiera concentración que había adoptado, que estaba dando a todo aquello una terrible seriedad.

—Una lectura del tarot debería servir para incrementar el libre albedrío de las personas, no para disminuirlo —afirmó Laura—, por la sencilla razón de que en una lectura sabemos más datos de importancia sobre nosotros mismos y sobre las cuestiones a las que hemos de enfrentarnos. Eres libre de tomar tus propias decisiones, y de tomar las decisiones que sea posible tomar. De decidir qué camino es el que quieres emprender.

Meredith asintió.

—Entiendo.

De pronto, todo lo que quiso fue terminar cuanto antes con todo aquello, sacar la última carta, oír lo que Laura quisiera decir al respecto y marcharse.

—Procura no olvidarlo.

Meredith captó la nota de advertencia en la voz de Laura. En ese momento sintió verdadera urgencia por levantarse de la silla sin esperar un minuto más.

—Esta última carta, la carta X, es la que completa la lectura. Se coloca arriba, a mano derecha.

Por un instante, la mano de Meredith pareció aletear sobre la baraja del tarot. Prácticamente llegó a ver las líneas invisibles que conectaban su piel con el verde y la plata y el oro de las filigranas que adornaban el dorso de las cartas. Se detuvo el tiempo.

Entonces tomó la carta y le dio la vuelta.

Contuvo la respiración y se le escapó un suspiro. Al otro extremo de la mesa tuvo conciencia de que Laura había cerrado la mano en un puño.

—La Justicia —dijo con voz sosegada—. Tu hija ya comentó que se me parece mucho —añadió, aunque eso ya lo había dicho antes.

Laura no la miró a los ojos.

—La piedra que se asocia con La Justicia es el ópalo —dijo, como si estuviera atónita, pensó Meredith, o como si acabara de leer una frase escrita que tuviera delante de los ojos, sin entonación—. Los colores que se asocian a esta carta son el zafiro y el topacio. También hay un signo astrológico relacionado con la carta. Libra.

Meredith se rió sin fuerza.

—Yo soy Libra —puntualizó—. Mi cumpleaños es el 8 de octubre.

Laura siguió sin levantar los ojos de la mesa, como si tampoco le hubiera sorprendido esta nueva información.

—La Justicia, en el Tarot de Bousquet, es una carta poderosa —siguió explicando—. Si aceptas la idea de que los arcanos mayores representan el viaje que hace El Loco desde su feliz ignorancia hasta su esclarecimiento, La Justicia se halla a mitad de camino.

—Y esto significa...

—Por lo común, cuando aparece en el transcurso de una lectura, es indicación de que conviene mantener una visión equilibrada de las cosas. El que hace la consulta debe asegurarse de no desviarse, de no extraviarse, de no decantarse por un lado u otro, sino de llegar a un entendimiento justo y apropiado de la situación en que se halla.

Meredith sonrió.

—Pero está invertida. —Le sorprendió la tranquilidad con que lo dijo—. Eso lo cambia todo, ¿no es así? —Por un instante, Laura guardó silencio—. Aquí ¿cómo lo interpretas? —le apremió Meredith.

—Si está invertida, la carta advierte de alguna clase de injusticia. Tan vez un prejuicio, una predisposición o una defectuosa administración de la justicia en términos legales. También lleva consigo cierto sentimiento de ira ante la idea de ser juzgado, y sobre todo juzgado erróneamente.

—¿Y tú crees que esta carta me representa a mí?

—Así lo creo —asintió al fin—. No sólo porque haya salido la última de todas las que hemos echado. —Vaciló—. Y no sólo porque existe obviamente un parecido físico. —Volvió a callar.

—¿Laura?

—De acuerdo. Creo que sí, que te representa, pero al mismo tiempo no creo que indique que seas víctima de una injusticia. Me inclino más bien a pensar que podrías encontrarte ante la tesitura de tener que enderezar algún entuerto, remediar alguna injusticia. Eres tú el agente de la justicia. —Alzó los ojos—. Tal vez fuera eso lo que ya estaba percibiendo antes. Que hay algo más, algo distinto, que subyace a las historias explícitas que se han ido indicando en el despliegue de las cartas.

Meredith proyectó la mirada sobre las diez cartas extendidas encima de la mesa. Las palabras de Laura iban trazando una espiral *in crescendo* en su cabeza.

Se trata sólo de investigar las posibilidades, de descubrir las motivaciones y deseos inconscientes.

El Mago y El Diablo, los dos con los ojos azules, el primero como si fuera la doble octava del segundo.

Y todos los ochos, el número del reconocimiento, del logro.

Meredith se inclinó y tomó primero la cuarta carta del despliegue, y luego la última. La Fuerza y La Justicia.

De alguna manera, parecían estrechamente relacionadas entre sí.

—Por un instante —dijo con sosiego, hablando tanto para sí como para Laura—, me pareció haberlo entendido. Como si por debajo de la superficie aparente todo tuviera pleno sentido.

—¿Y ahora?

Meredith alzó los ojos. Por un momento, las dos mujeres se miraron cara a cara, sosteniéndose la mirada una a la otra.

—Ahora todo son meras imágenes. Patrones, dibujos, imágenes.

Las palabras quedaron en suspenso entre ambas. Sin previo aviso, las manos de Laura se abalanzaron y recogieron las cartas desordenándolas, como si no quisiera permitir que el despliegue siguiera intacto ni un minuto más.

—Deberías llevártelas —le dijo—. Deberías averiguar las cosas por ti misma.

Meredith decidió dar un rodeo, convencida de que no había entendido bien.

—Perdona, ¿cómo has dicho?

Pero Laura ya le tendía las cartas.

—Esta baraja te pertenece a ti.

Al darse cuenta de que sí había entendido bien, Meredith puso toda clase de objeciones.

—No, de ninguna manera. Yo no podría...

Laura ya estaba buscando algo debajo de la mesa. Sacó un gran estuche cuadrado de seda negra e introdujo las cartas.

—Toma —le dijo, y lo empujó sobre la mesa—. Es otra tradición del tarot. Muchas personas creen que no se debe comprar una baraja, que hay que esperar siempre a que la baraja idónea te sea entregada, que sea un obsequio.

Meredith negaba con la cabeza.

—Laura, no puedo aceptarlas. Además, no sabría qué hacer con ellas.

Se puso en pie y se echó la chaqueta sobre los hombros.

Laura también se puso en pie.

—De veras, creo que las necesitas.

Por un instante volvieron a mirarse a los ojos.

—No las quiero.

Si las acepto, ya no habrá vuelta atrás.

—La baraja te pertenece. —Laura calló unos momentos—. Y yo creo, en lo más profundo de mi ser, que tú además lo sabes.

Meredith tuvo la sensación de que la estancia la oprimía. El colorido de las paredes, los dibujos del mantel que cubría la mesa, las estrellas, las medias lunas, los soles que titilaban, crecían, menguaban, cambiaban de forma. Y había algo más, había un extraño ritmo que resonaba en el interior de su cabeza, casi como si fuera música. O el viento en los árboles.

Enfin. Por fin.

Meredith oyó la palabra en francés con la misma claridad que si hubiera salido de sus labios. Fue tan nítida, tan palpitante, que se dio la vuelta pensando que tal vez hubiera entrado alguien por detrás de ella. Allí no había nadie.

Las cosas se escurrían entre el pasado y el presente.

No quería tener ninguna relación con las cartas, pero a la vista de la determinación con que insistía Laura, comprendió que nunca saldría de allí si no las aceptaba.

Las tomó. Sin decir una palabra más, se dio la vuelta y bajó velozmente las escaleras.

CAPÍTULO 17

∞

Meredith vagó por las calles de París sin el menor sentido del tiempo, con las cartas del tarot en las manos, en su estuche de seda negra, sintiéndose como si en cualquier momento pudieran explotar y llevársela a ella por delante. No las quería, a pesar de lo cual empezó a darse cuenta de que no iba a ser capaz de librarse de ellas.

Sólo cuando oyó las campanas de la iglesia de Saint-Gervais dar la una, se dio cuenta de que faltaba poco para que perdiese su avión a Toulouse.

Meredith se rehízo. Llamó un taxi y dijo a gritos al taxista que le daría una buena propina si la llevaba rápido, con lo que aceleró internándose en el tráfico.

Llegaron a la calle Temple en diez minutos justos. Meredith se lanzó casi en marcha, dejando el taxímetro correr, y entró veloz en el vestíbulo del hotel, para subir las escaleras y entrar en su habitación. Echó al bolso las cosas que iba a necesitar, agarró sobre la marcha el ordenador portátil y el cargador, y bajó a la carrera. Dejó en manos del conserje lo que no se iba a llevar y le confirmó que estaría de regreso en París al final de la semana para pasar otras dos noches, y sobre la marcha entró en el taxi y salieron a toda velocidad hacia el aeropuerto de Orly.

Llegó con sólo quince minutos de margen.

En todo momento Meredith se estuvo moviendo con el piloto automático. Su eficacia y su organización se pusieron en marcha, aunque no mostró verdadero afán en lo que hacía, por estar con la cabeza en otra parte. Frases a medias recordadas, ideas que había captado, sutilezas que se le habían escapado irremisiblemente. Todo lo que Laura había dicho.

Cómo me hizo sentirme.

Sólo cuando pasó el control de seguridad, Meredith cayó en la cuenta de que, con las prisas angustiosas por salir de aquella pequeña estancia, se le había olvidado pagarle a Laura por la sesión. Sintió que la invadía una oleada de vergüenza. Deduciendo que había estado allí como mínimo una hora, tal vez cerca de dos, mentalmente tomó nota de enviarle el dinero pactado y una cantidad adicional en cuanto llegase a Rennes-les-Bains.

Sortilège. El arte que consiste en ver el futuro en las cartas.

Cuando despegó el avión, Meredith sacó el cuaderno de su bolso y se puso a anotar todo lo que acertó a recordar. Un viaje. El Mago y El Diablo, los dos con los ojos azules, ninguno merecedor de toda confianza. Ella misma como agente de la justicia. Todos los ochos.

Al volar el 737 por el cielo azul de Francia, sobrevolando el Macizo Central, persiguiendo al sol con rumbo sur, Meredith escuchó la *Suite Bergamasque* de Debussy con los auriculares puestos, y escribió hasta que tuvo dolor en el brazo, llenando una tras otra las páginas de su cuaderno con notas atildadas, con esquemas sucesivos. Las palabras de Laura resonaban una y otra vez en su cabeza, como si hubiesen formado una especie de bucle que se superpusiera a la música.

Las cosas discurrían entre el pasado y el presente.

Y en todo momento, como si fuera un invitado indeseado, la sombra de las cartas acechaba en su bolso, en el compartimento del equipaje, encima de su cabeza.

El Libro de las Estampas del Diablo.

PARTE III

Rennes-les-Bains
Septiembre de 1891

CAPÍTULO 18

∞

París
Jueves, 17 de septiembre

Una vez tomada la decisión de aceptar la invitación que le extendió Isolde Lascombe, Anatole dispuso todo lo necesario para emprender viaje de inmediato.

Nada más terminar el desayuno, fue a comprar los billetes para el tren del día siguiente, dejando que Marguerite se llevara a Léonie a comprar algunos artículos que podría necesitar durante su mes de estancia en el campo. Fueron primero a la Maison Léoty a adquirir un conjunto de ropa interior de los más caros, que en efecto transformó su silueta y que dio a Léonie la sensación de sentirse muy adulta. En la Samaritaine, Marguerite le compró un nuevo vestido para la hora del té y un traje de paseo adecuado para el otoño en la campiña. Su madre se mostró cálida y afectuosa con ella, pero también distante, y Léonie comprendió que algo le rondaba la cabeza. Sospechó que se trataba del crédito de Du Pont, gracias al cual Marguerite pudo hacer todas las adquisiciones que hizo, y se resignó al hecho de que tal vez, cuando regresaran a París en el mes de noviembre, se encontrasen con un nuevo padre.

Léonie se sintió emocionada ante esa perspectiva, pero al mismo tiempo estaba en cierto modo fuera de sí, situación que achacó a los acontecimientos de la noche anterior. No había tenido ocasión de hablar con Anatole ni de comentar la coincidencia que había dado pie a que la invitación llegara en un momento tan oportuno.

Después del almuerzo, aprovechando lo que quedaba de esa tarde plácida y agradable, fueron caminando por las elegantes avenidas peatonales del parque Monceau, lugar de encuentro preferido entre los hijos de los diplomáticos que residían en las embajadas cercanas. Un grupo de chiquillos jugaba a *Un, deux, trois, loup* con grandes alharacas, gritando, dándose ánimos los unos a los otros. Unas cuantas niñas engalanadas con muchas cintas, con enaguas blancas bajo la falda, vigiladas por las niñeras de turno y por guardaespaldas de tez morena, estaban concentradas jugando a la rayuela. *La marelle* había sido uno de los juegos preferidos de Léonie durante su infancia; Marguerite y ella se detuvieron a mirar cómo las niñas arrojaban la china al cuadrado y saltaban a la pata coja. A juzgar por el rostro de su madre, Léonie se hizo cargo de que también ella recordaba el pasado con afecto.

—¿Por qué no fuiste feliz en el Domaine de la Cade?

—No era aquél un entorno en el que yo me sintiera del todo cómoda, querida. Eso es todo.

—Pero... ¿por qué? ¿Por la compañía?, ¿por el lugar en sí?

Marguerite se encogió de hombros, como hacía siempre que estaba reacia a dejarse llevar por algo.

—Alguna razón concreta tiene que haber —insistió Léonie.

Marguerite suspiró.

—Mi hermanastro era un hombre extraño, un solitario —dijo al fin—. No le hacía ninguna gracia tener a una hermana mucho más pequeña. Y menos aún le gustaba sentirse en parte responsable de la segunda esposa de su padre. Siempre tuvimos la sensación de ser unos huéspedes a los que no se acogió con los brazos abiertos.

Léonie se paró a pensar unos momentos.

—¿Tú crees que me lo pasaré bien allí?

—Oh, sí; desde luego, estoy segura —dijo muy deprisa Marguerite—. La finca es muy hermosa, aunque imagino que en estos treinta años se habrán producido muchos... cambios.

—¿Y la casa?

Marguerite no respondió.

—¿Mamá?

—De aquello hace mucho tiempo —dijo con firmeza—. Todo habrá cambiado.

La mañana en que tenían previsto partir, el viernes 18 de septiembre, amaneció lluvioso y con borrasca.

Léonie despertó temprano, con el aleteo de los nervios en la boca del estómago. Ahora que por fin había llegado el día, sentía una repentina nostalgia por el mundo que iba a dejar atrás. Los sonidos de la ciudad, las hileras de gorriones posados en el borde del edificio de enfrente, los rostros familiares de los vecinos, de los comerciantes, todo se le antojaba revestido de un encanto que a la vez le resultaba punzante. Todo le provocaba unas difusas ganas de llorar.

Algo muy semejante parecía haber afectado también a Anatole, pues no terminaba de encontrarse a gusto. Tenía la boca contraída y miraba con cautela, se plantaba vigilante ante las ventanas del salón, observaba con evidente nerviosismo allá abajo, la calle.

La criada anunció que había llegado el coche.

—Diga al cochero que bajamos de inmediato —le contestó él.

—¿Piensas viajar con esa ropa? —preguntó Léonie tomándole el pelo, pero al mismo tiempo extrañada por su traje gris, de mañana, y su gabán de diario—. Cualquiera diría que más bien vas a la oficina.

—Ésa es la idea —dijo él con mala cara, atravesando el salón en dirección a ella—. Cuando hayamos marchado de París, me pondré algo menos formal.

Léonie se sonrojó y se sintió estúpida por no haberse dado cuenta.

—Ah, claro...

Él tomó su sombrero de copa.

—Date prisa, pequeña. No queremos que se nos escape el tren.

En la calle, abajo, el equipaje de ambos ya estaba cargado en el fiacre.

—Saint-Lazare —gritó Anatole para hacerse oír por encima de los restallidos del viento—. Estación de Saint-Lazare.

Léonie se despidió de su madre con un abrazo y le prometió que le escribiría. Marguerite tenía los ojos enrojecidos, cosa que a ella le sorprendió y, al mismo tiempo, le produjo de nuevo ganas de llorar.

A raíz de ello, sus últimos minutos en la calle Berlin fueron más emotivos de lo que Léonie había supuesto.

El fiacre arrancó entonces. En el último instante, cuando ya doblaba la esquina de la calle Amsterdam, Léonie bajó la ventanilla y dio una voz mirando hacia donde estaba Marguerite, sola, en la acera.

—Adiós, mamá.

Se arrellanó entonces en el asiento y se secó los ojos brillantes con el pañuelo. Anatole la tomó de la mano y no se la soltó.

—Estoy seguro de que sabrá arreglárselas perfectamente sin nosotros —dijo con afán de tranquilizarla.

Léonie contuvo un sollozo.

—Du Pont cuidará de ella.

—¿No sale el expreso de la estación de Montparnasse? —preguntó poco más tarde, una vez remitieron las ganas de llorar.

—Si alguien viene a preguntar por nosotros —le dijo él en un susurro de conspirador—, prefiero que crean equivocadamente que nos encaminamos a los suburbios del oeste. ¿Comprendes?

Ella asintió.

—Ya veo. Un engaño.

Anatole sonrió y se dio un golpecito con el dedo en el lateral de la nariz.

A su llegada a la estación Saint-Lazare, ordenó que cambiasen su equipaje a un segundo coche de punto. Gesticuló en exceso al charlar con el cochero, y Léonie se dio cuenta de que estaba sudoroso, a pesar del frío y la humedad. Tenía las mejillas coloradas y en las sienes le brillaban gotas de sudor.

—¿No te encuentras bien? —le preguntó con preocupación.

—No del todo —dijo él al punto, aunque enseguida añadió—: es que este... subterfugio me produce cierta tensión nerviosa. No te apures, estaré bien en cuanto nos hayamos marchado de París.

—Me pregunto qué hubieras hecho —dijo Léonie con curiosidad— si no hubiésemos recibido la invitación cuando llegó.

Anatole se encogió de hombros.

—Alguna alternativa habríamos encontrado, seguro.

Léonie aguardó a que dijera algo más, pero él permaneció en silencio.

—¿Está mamá al corriente de tus... actividades en Chez Frascati? —preguntó al fin.

Anatole no hizo caso de la pregunta.

—Si alguien viene a preguntar, quiero que estés bien preparada para dar a entender que hemos ido a pasar unos días a Saint-Germain-en-Laye. Los parientes de Debussy, los que viven allí, son tan... tan... —puso ambas manos sobre los hombros de su hermana y la hizo volverse de cara a él—. En fin, pequeña, ¿estás contenta?

Léonie ladeó el mentón.

—Sí, lo estoy.

—¿Y se acabaron las preguntas? —dijo él en son de chanza.

—Yo... Bueno... —Le sonrió como si pidiera disculpas—. Lo intentaré.

Al llegar a la estación de Montparnasse, Anatole prácticamente arrojó el dinero que debía al cochero y entró veloz en la estación, como si le persiguiera una jauría. Léonie le siguió la corriente en esa pantomima, pues había comprendido que si bien deseaba que se les viera de manera ostensible en Saint-Lazare, allí prefería no llamar la atención de nadie.

Dentro de la estación miró el tablón de anuncios que indicaba las salidas de los próximos trenes, se llevó una mano al bolsillo del chaleco y pareció pensarlo mejor.

—¿Se te ha olvidado el reloj?

—Lo perdí en el altercado —dijo él.

Echaron a caminar por el andén hasta dar con el vagón y sus asientos. Léonie leyó los rótulos de los vagones, indicadores de los lugares en los que estaban previstas las sucesivas paradas del tren: Laroche, Tonnerre, Dijon, Macon, Lyon-Perranche a las seis de la tarde, luego Valence, Aviñón y por fin Marsella.

Al día siguiente tomarían el tren de la costa, de Marsella a Carcasona. Después, el domingo por la mañana, partirían de Carcasona para llegar a Couiza-Montazels, la estación de ferrocarril más próxima a Rennes-les-Bains.

De allí, de acuerdo con las instrucciones de su tía, no quedaba más que un corto trayecto en coche hasta el Domaine de la Cade, al pie de los cerros de Corbières.

Anatole compró un periódico y se escondió tras sus páginas. Léonie prefirió observar cómo pasaba la gente. Sombreros de copa y trajes de día, señoras con amplísimas faldas. Un mendigo de rostro demacrado y dedos grasientos que levantó la ventanilla de su coche, de primera clase, pidiendo limosna hasta que el guardia se lo llevó a empellones.

Hubo un último y agudo silbido, seco y cortante, seguido por el estrépito del motor en el instante en que escupió los primeros chorros de vapor. Salieron las chispas despedidas. El roce del metal contra el metal, otra erupción de humo negro y, lentamente, las ruedas comenzaron a girar.

Enfin.

El tren fue ganando velocidad a medida que dejaba atrás el andén.

Léonie se recostó en su asiento, viendo desaparecer París en medio de una nubareda blanquecina.

CAPÍTULO 19

∞

Domingo, 20 de septiembre

Los tres días de viaje por Francia habían sido placenteros. Tan pronto el expreso dejó atrás la desoladora *banlieue* de París, Anatole recuperó el ánimo y la tuvo entretenida con anécdotas o jugando a las cartas o hablando de cómo iban a pasar el tiempo cuando llegasen a la casa en las montañas.

Poco después de las seis de la tarde del viernes desembarcaron en Marsella. A la mañana siguiente siguieron viaje a lo largo de la costa, hasta llegar a Carcasona, y pasaron la noche en un hotel inhóspito en el que no había agua caliente y el servicio era más bien hosco. Léonie despertó con dolor de cabeza, y debido a lo difícil que fue encontrar un coche de punto por ser domingo por la mañana poco faltó para que perdieran el enlace.

Sin embargo, en cuanto salió en tren de las afueras, a Léonie le volvió el buen humor. Dejó la guía que había ido leyendo en el asiento de al lado, junto a un volumen de relatos, mientras el paisaje vivo y palpitante del Midi comenzaba a dejar sentir su efecto lleno de encanto.

Las vías del tren seguían el curso del río que se iba curvando hacia el sur, por el valle plateado del Aude, camino de los Pirineos. Al principio, los raíles iban en paralelo a la carretera. La tierra era llana, sin cultivos. Luego empezaron a ver los viñedos, en hileras bien ordenadas, y algún que otro campo de girasoles todavía en flor, con las corolas vencidas hacia el este.

Entrevió una aldea —poco más que un puñado de casas— encaramada en un cerro lejano y pintoresco. Luego descubrió otra, con casas de tejas rojas apiñadas en torno a la torre de la iglesia, que parecía dominarlo todo. Casi al alcance de la mano, en las afueras de los pueblos por los que pasaba el ferrocarril, había hibiscos de color rosa, buganvillas, lilas de una tonalidad maravillosa, matas de lavanda y amapolas. Los erizos de las castañas aún pendían de las ramas cargadas de los árboles. A lo lejos, siluetas de oro y de cobre bruñido, único indicio de que el otoño estaba a la espera de que llegara su momento para hacer acto de presencia.

A lo largo de las vías, los campesinos faenaban en los campos de labranza, con las camisolas azules, rígidas por el almidón, y un brillo como si estuvieran barnizadas, adornadas de encajes en los puños y en el cuello. Las mujeres llevaban sombreros de paja de ala ancha para protegerse del sol inclemente, aunque estuviera ya avanzada la estación. Los hombres mostraban expresiones de resignación en los rostros curtidos, correosos, vueltos de espaldas al viento incesante, faenando en la siega.

El tren hizo una parada de un cuarto de hora en una población algo mayor que las anteriores, en Limoux. Después, el campo se hizo más ondulado, más empinado a trechos, más pedregoso, menos acogedor, a medida que la llanura dejaba paso a la garriga que precedía a los montes de Hautes Corbières.

El tren traqueteaba con precariedad, encaramado sobre una vía que discurría prácticamente sobre el río, hasta que, trazada una curva, la blancura azulada de los Pirineos de pronto descolló en lontananza, brillando entre la bruma producida por el calor.

Léonie contuvo la respiración. Los montes parecían brotar de la tierra misma como si formasen una pared insalvable que a su vez conectara la tierra con el cielo. Magníficos, inmutables. A la vista de tanto esplendor natural, las construcciones artificiales de París parecían menos que nada. Las polémicas que habían rodeado la célebre torre de metal de monsieur Eiffel, los grandes bulevares del barón Haussmann, incluso el teatro de la Ópera de monsieur Garnier, palidecían hasta parecer insignificantes. Aquél era un paisaje construido a una escala completamente distinta: tierra, aire, fuego y agua, los cuatro elementos a plena luz del día, a la vista de cualquiera, como las teclas de un piano.

El tren traqueteaba y carraspeaba, frenando su marcha de un modo muy ostensible, avanzando a tirones, a trompicones. Léonie bajó la ventanilla y notó en las mejillas el aire del Midi. Los cerros boscosos, verdes, castaños y cobrizos, se erguían bruscamente a la sombra de los acantilados de granito gris. Mecida por el balanceo del tren y el canto de las ruedas en las vías de metal, sin darse cuenta se le fueron cerrando los ojos.

Despertó sobresaltada con el chirrido de los frenos.

Abrió los ojos y por un instante no supo dónde estaba. Miró entonces la guía que se le había quedado en el regazo, vio a Anatole frente a ella, y de golpe se acordó: no estaba en París, sino a bordo de un tren que traqueteaba por el Midi.

El tren estaba frenando.

Léonie se asomó soñolienta por la ventana sucia de hollín. Le fue difícil distinguir las letras en el cartelón de madera, pintado, encima del andén. Oyó en ese momento al jefe de estación, que dio una voz con un marcado acento sureño:

—Couiza-Montazels. Diez minutos de parada.

Se enderezó con una sacudida y dio a su hermano unos golpecitos en la rodilla.

—Anatole, ya hemos llegado, levántate.

Oyó que se abrían las puertas y luego el golpe al topar cada una de ellas con el lateral verde del tren, como si fuera una desganada salva de aplausos perezosos en los Concerts Lamoureux.

—Anatole —repitió, segura de que estaba fingiendo que dormía—. Es la hora. Hemos llegado a Couiza.

Se asomó.

Pese a ir muy avanzada la estación del verano, y pese a ser domingo, había una hilera de mozos de cuerda apoyados en sus carretillas de madera de largos mangos. La mayoría llevaba la gorra hacia atrás y el chaleco abierto, las mangas recogidas hasta los codos.

Alzó una mano.

—Mozo, por favor —llamó a uno.

Uno de los mozos se adelantó en el acto, pensando que de inmediato un par de *sous* iban a ir a parar a su bolsillo. Léonie se retiró al interior para recoger sus pertenencias.

Sin previo aviso se abrió la puerta.

—Permítame, mademoiselle.

Un hombre se encontraba en el andén, mirando al interior del vagón.

—No, descuide, la verdad es que podemos... —empezó a decir, pero el hombre miró al interior del compartimento y vio a Anatole aún dormido y el equipaje en el estante superior; sin esperar invitación alguna, subió al vagón de un salto.

—Insisto.

Léonie había sentido un rechazo instintivo. El cuello duro y almidonado, el chaleco cruzado y el sombrero de copa eran propios de un caballero, si bien su persona tenía algo que no terminaba de ser *comme il faut.* Miraba con demasiada osadía, con impertinencia.

—Gracias, pero no es necesario —dijo ella con altivez. Identificó en su aliento el olor a aguardiente de guindas—. Soy más que...

Sin esperar a que le diera permiso, ya había tomado la primera de las maletas y una caja del estante de madera. Léonie lo vio mirar con atención las iniciales inscritas en el cuero cuando dejó el bolso de viaje de Anatole en el suelo sucio del pasillo.

Completamente frustrada por la inactividad de su hermano, lo tomó bruscamente del brazo.

—Anatole, estamos en Couiza. ¡Despierta!

Por fin, con alivio, vio que daba muestras de desperezarse. Pestañeó y miró con pereza alrededor, como si le sorprendiera encontrarse en un vagón de ferrocarril. Se fijó entonces en que ella lo miraba con el ceño fruncido y sonrió.

—Me debo de haber adormilado —dijo, pasándose los dedos largos y blancos por el cabello negro y aceitado—. Disculpa.

Léonie hizo una mueca cuando el hombre depositó de mala manera el bolso personal de Anatole sobre el andén. Luego fue en busca de su propia caja de madera lacada.

—Tenga cuidado —le dijo sucintamente—. Tiene un gran valor.

El hombre la miró por encima, y luego reparó en las dos iniciales doradas de la tapa: L. V.

—Pues claro, claro. Descuide, lo tendré.

Anatole se puso en pie. En un instante, el compartimento pareció mucho más pequeño que antes. Se miró en el espejo situado bajo el estante de los equipajes, se arregló el cuello de la camisa y se ajustó el chaleco antes de estirarse los puños.

Se agachó entonces y recogió el sombrero, los guantes y el bastón de caña con un grácil movimiento.

—¿Vamos? —dijo como si tal cosa, ofreciéndole el brazo a Léonie.

Sólo en ese momento reparó en que sus pertenencias ya estaban fuera del vagón. Miró a su acompañante.

—Muchas gracias, señor. Le estamos sumamente agradecidos.

—No hay de qué. Ha sido un placer, señor...

—Vernier. Anatole Vernier. Y ésta es mi hermana, Léonie.

—Raymond Denarnaud, para servirles a ustedes. —Se tocó el ala del sombrero—. ¿Tienen previsto alojarse en Couiza? De ser así, me encantaría...

Un silbato agudo sonó una vez más.

—¡Al tren! Pasajeros con destino a Quillan y Espéraza, ¡al tren!

—Deberíamos alejarnos un poco —dijo Léonie.

—No, no nos quedamos en Couiza exactamente —respondió Anatole al hombre, casi a gritos, para hacerse oír por encima del rugir de la caldera—. Pero estaremos bastante cerca. En Rennes-les-Bains.

Denarnaud sonrió ampliamente.

—Es donde yo nací.

—Excelente. Nos alojamos en el Domaine de la Cade. ¿Lo conoce usted?

Léonie se quedó atónita mirando a Anatole. Tras haberle insistido en que era necesario mantener la máxima discreción, sólo dos días después de marchar de París parecía dispuesto a publicar sus intenciones ante un perfecto desconocido y sin habérselo pensado siquiera dos veces.

—El Domaine de la Cade —murmuró Denarnaud con detenimiento—. Sí, claro que lo conozco.

La locomotora despidió un chorro de vapor acompañado de un fuerte traqueteo. Léonie dio con nerviosismo un paso atrás, y Denarnaud subió a bordo.

—Una vez más, debo darle las gracias por su cortesía —repitió Anatole.

Denarnaud se asomó por la ventanilla. Los dos hombres intercambiaron sus tarjetas de visita y se estrecharon la mano cuando las vaharadas de vapor inundaron el andén.

Anatole se alejó del borde.

—Parecía un buen tipo, desde luego.

En los ojos de Léonie centelleó cierto malhumor.

—Insististe en que mantuviéramos discreción sobre nuestros planes —objetó—. Y en cambio...

Anatole la interrumpió.

—Sólo he querido ser cordial.

El reloj de la estación, en la torre, comenzó a dar la hora.

—Parece que seguimos en Francia pese a todo —dijo Anatole. La miró de reojo—. ¿Se puede saber qué pasa? ¿Es por algo que he hecho? ¿Por algo que no he hecho?

Léonie suspiró.

—Estoy contrariada y tengo calor. Ha sido muy tedioso no tener con quien hablar. Además, me dejaste a merced de ese individuo tan desagradable.

—Oh, Denarnaud no era tan malo —dijo él tomándole el pelo y estrechándole la mano—. De todos modos, te pido mil perdones por haber cometido el delito de dormirme en el tren. —Léonie hizo una mueca—. Vamos. Te sentirás mejor, más como tú eres, cuando hayamos comido un bocado y hayamos bebido algo fresco.

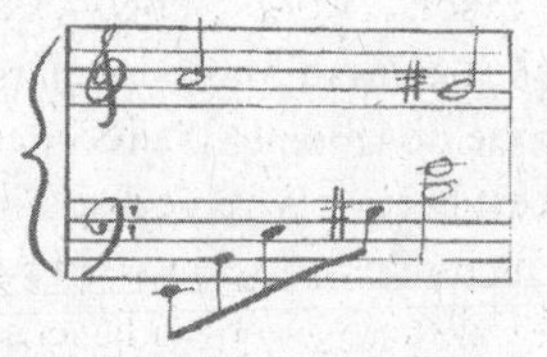

CAPÍTULO 20

∞

Toda la fuerza del sol les dio de lleno en el momento en que abandonaron la sombra que proyectaba el edificio de la estación. Las nubes pardas de polvo y suciedad se les vinieron encima, agitadas por un viento arremolinado que parecía soplar de todas partes al mismo tiempo. A Léonie se le encasquilló el cierre del parasol nuevo, regalo de Anatole.

Mientras él daba las oportunas indicaciones al mozo con respecto al equipaje, ella se dedicó a absorber el entorno que la circundaba. Nunca había viajado tan al sur. De hecho, sus únicas escapadas fuera de los límites de París la habían llevado tan sólo a Chartres o, en las excursiones de la infancia, de picnic a las orillas del Marne. Aquélla era en cambio una Francia muy distinta. Léonie reconoció algunos indicadores de carretera, carteles que anunciaban marcas de aperitivos o cera para las tarimas o linimento para la tos, pero no era un mundo conocido.

La explanada desembocaba directamente en una calle estrecha, no muy larga, bulliciosa, a la sombra de unos tilos. Mujeres morenas, de rostro curtido por el sol; carreteros, peones de ferrocarril y niños desaseados, con las piernas desnudas y los pies sucios. Un hombre con chaquetilla corta de obrero, sin chaleco, con una barra de pan bajo el brazo. Otro, vestido con un traje negro y el cabello muy corto como un maestro de escuela. Pasó un carro de dos ruedas cargado de carbón vegetal y de astillas. Tuvo la sensación de haberse introducido en una escena de los *Cuentos de Hoffmann*, de Offenbach, en donde las costumbres de antaño seguían siendo las mismas de siempre y el tiempo se hubiera detenido.

—Parece ser que hay un restaurante decente en la avenida Limoux —dijo Anatole, que acababa de aparecer a su lado con un periódico local, *La Dépêche de Toulouse,* bajo el brazo—. También hay una oficina de telégrafos, un teléfono y una oficina de correos. En Rennes-les-Bains, por lo visto, también hay de todo, así que no estaremos completamente aislados de la civilización. —Sacó una caja de cerillas Vestas del bolsillo, tomó un cigarrillo de la pitillera y lo golpeó para prensar mejor el tabaco—. Sin embargo, me temo que no hay un lujo tan elemental como un coche. —Encendió la cerilla—. Al menos, no en esta época del año, y menos en domingo.

El Grand Café Guilhem se encontraba al otro extremo del puente. Un puñado de veladores de mármol con patas de hierro forjado y sillas rectas, de madera, con el asiento de mimbre, estaban dispuestos a la sombra de un gran toldo que cubría toda la longitud del restaurante. Unos geranios en macetas de terracota, unos arbolillos rodeados de una cerca de madera con duelas de metal, del tamaño de los barriles de cerveza, daban mayor intimidad a los clientes.

—No es que sea el Paillard —dijo Léonie—, pero sin duda nos servirá.

Anatole sonrió con cariño.

—Dudo mucho que haya salones privados, pero la terraza pública parece más que aceptable, ¿no crees?

Los acompañaron a una mesa bien situada. Anatole hizo el pedido para los dos y trabó fácil conversación con el dueño. A Léonie no le importó distraerse. Los plátanos alineados, los árboles que Napoleón quiso que avanzaran como si fueran su ejército, con su corteza polícroma, daban sombra a la calle. Le sorprendió que no sólo la avenida Limoux, sino también el resto de las calles estuvieran cubiertas de adoquines, en vez de haberlas dejado tal como la naturaleza quiso que fueran. Supuso que era debido a la popularidad de los balnearios cercanos, a la moda de las aguas termales, al gran volumen de *voitures publiques* y de coches particulares que seguramente transitaban por allí en temporada alta.

Anatole sacudió la servilleta y se la puso sobre las rodillas.

Llegó enseguida el camarero con una bandeja llena de bebidas: una jarra de agua, un vaso grande de cerveza para Anatole y un *pichet* del vino de la casa. Poco después trajeron la comida, un almuerzo consistente en huevos duros, una galantina de embutidos, jamón, un poco de queso local y un pedazo de pastel de pollo en gelatina, muy sencillo, pero satisfactorio.

—No ha estado nada mal —dijo Anatole—. A decir verdad, sorprendentemente bueno.

Léonie se disculpó entre plato y plato. Cuando regresó diez minutos después, se encontró con que Anatole había trabado conversación con los comensales de la mesa contigua, un caballero de cierta edad, vestido con el atuendo formal propio de un banquero o un abogado, con sombrero de copa, traje oscuro, cuello almidonado y corbata a pesar del calor; frente a él, un joven con el cabello del color de la paja, un bigote poblado y los ojos castaños y brillantes.

—Doctor Gabignaud, *maître* Fromilhague —dijo él—, permítanme presentarles a mi hermana, Léonie.

Los dos hombres se pusieron en pie, aunque no del todo, y se quitaron los sombreros.

—Gabignaud me estaba hablando del trabajo que desarrolla en Rennes-les-Bains —explicó Anatole cuando Léonie tomó asiento a la mesa—. Me estaba comentando que ha sido usted ayudante a las órdenes del doctor Courrent por espacio de tres años, ¿no es cierto?

Gabignaud asintió.

—En efecto. Tres años. Nuestros baños, en Rennes-les-Bains, no sólo son los más antiguos de toda la región, sino que también tenemos la fortuna de contar con distintas clases de aguas, y por eso podemos dar un tratamiento adecuado a una gama mucho más amplia de síntomas y patologías, mucho más que lo que se ofrece en otros establecimientos termales de características semejantes. Entre las aguas termales de que disponemos se hallan el manantial de Bain Fort, que sale a 52 grados, el...

—No es preciso que conozcan todos los detalles —gruñó Fromilhague.

El médico se puso colorado.

—Sí, claro, es cierto. Bueno. He tenido la fortuna de ser invitado a visitar establecimientos similares en otros sitios —siguió diciendo—. He tenido el honor de pasar algunas semanas estudiando con el doctor Privat en Lamalou-les-Bains.

—No tengo el placer de conocer Lamalou.

—Me asombra usted, mademoiselle Vernier. Es una localidad balneario con verdadero encanto. También es de origen romano. Se encuentra al norte de Béziers. —Bajó el tono de voz—. Aunque bien es verdad que se trata de un lugar un tanto lúgubre. En los círculos médicos es conocido más que nada por el tratamiento que se da a la ataxia.

Maître Fromilhague descargó un puñetazo sobre la mesa, con lo que las tazas de café dieron un brinco a la vez que Léonie pegó un respingo.

—Gabignaud, ¡compórtese como es debido!

El joven médico se puso rojo como la grana.

—Discúlpeme, mademoiselle Vernier. No era mi intención ofenderla.

Perpleja, Léonie traspasó a *maître* Fromilhague con una mirada fría.

—Quédese tranquilo, doctor Gabignaud, que no me he ofendido en modo alguno.

Miró de reojo a Anatole, que en esos momentos procuraba contener la risa.

—No obstante, Gabignaud, tal vez no sea ésta una conversación del todo apropiada habiendo una señorita entre los presentes.

—Claro, claro —farfulló el médico—. Mi interés por la medicina a menudo me lleva a olvidar que estas cuestiones no suelen ser...

—¿Están ustedes de visita en Rennes-les-Bains debido al balneario? —preguntó Fromilhague con sopesada cortesía.

Anatole negó con un gesto.

—Hemos venido a pasar una temporada con nuestra tía, que tiene una finca en las afueras de la población. En el Domaine de la Cade.

Léonie vio la sorpresa encender los ojos del médico. ¿O fue quizá la preocupación?

—¿Su tía... de ustedes? —preguntó Gabignaud. Léonie lo miró con atención.

—Para ser más precisos, la viuda de nuestro difunto tío —replicó Anatole, que con toda claridad también había reparado en los titubeos repentinos de Gabignaud—. Jules Lascombe era medio hermano de nuestra madre. Todavía no hemos tenido el gusto de conocer a nuestra tía.

—¿Sucede acaso algo, doctor Gabignaud? —inquirió Léonie.

—No, no. No, ni muchísimo menos. Discúlpeme, es que... es... Bueno, es que no estaba al corriente de que Lascombe tuviera la fortuna de tener parientes tan cercanos como ustedes. Llevaba una vida muy recogida, y nunca dijo... Con toda franqueza, mademoiselle Vernier, a todos nos tomó completamente por sorpresa cuando anunció su decisión de contraer matrimonio, siendo además un momento ya avanzado de su vida. Lascombe parecía un soltero vocacional. Por otra parte, llevarse a su esposa a semejante residencia, teniendo además la casa tan dudosa reputación, en fin...

Léonie aguzó la atención.

—¿Dudosa reputación?

Pero Anatole prefirió cambiar de tema.

—¿Usted conoció a Lascombe, Gabignaud?

—No demasiado bien, aunque sí teníamos cierto trato. Veraneaban aquí, tengo entendido, durante los primeros años de casados. Madame Lascombe, que prefería la vida en la ciudad, a menudo se marchaba del Domaine y pasaba fuera varios meses seguidos.

—¿No era usted el médico personal de Lascombe?

Gabignaud negó con un gesto.

—No me cupo ese honor, no. Tenía un médico particular en Toulouse. Llevaba ya bastantes años algo achacoso, con mala salud, aunque su declive fue más repentino de lo que cabía esperar, propiciado por algún grave resfriado que se pescó a comienzos de año. Cuando ya estuvo claro que no iba a reponerse, su tía de ustedes regresó al Domaine de la Cade a comienzos del mes de enero. Lascombe falleció a los pocos días. Claro está que corrió el rumor de que había muerto a resultas de...

—¡Gabignaud! —le interrumpió Fromilhague—. ¡Cállese la boca!

El joven médico volvió a sonrojarse.

Fromilhague indicó que seguía molesto llamando al camarero e insistiendo en relatar con toda precisión lo que habían comido para confirmar la nota, con lo que toda conversación posterior entre las dos mesas resultó imposible.

Anatole dejó una propina generosa. Fromilhague dejó un billete sobre la mesa y se puso en pie.

—Señorita Vernier, señor Vernier —dijo bruscamente, y se quitó el sombrero—. Gabignaud, tenemos asuntos de los que ocuparnos.

Para asombro de Léonie, el médico lo siguió sin decir palabra.

—¿Por qué será que no se puede hablar de Lamalou? —quiso saber Léonie tan pronto estuvieron lejos para oírles—. ¿Y por qué permite el doctor Gabignaud que *maître* Fromilhague lo trate de una manera tan abusiva?

Anatole sonrió.

—Lamalou tiene fama por ser el lugar donde se llevan a cabo los avances más novedosos en el tratamiento de la sífilis o ataxia —respondió—. En cuanto a sus modales, yo diría que Gabignaud necesita que el *maître* lo patrocine. En una localidad tan pequeña, muchas veces está ahí la diferencia entre el éxito y el fracaso en el ejercicio de la medicina. —Rió un instante—. Pero mira que Lamalou-les-Bains... ¡Qué cosas!

Léonie se paró a pensar.

—Lo que no entiendo es por qué se mostró tan sorprendido el doctor Gabignaud cuando le dije que nos íbamos a alojar en el Domaine de la Cade. ¿Qué habrá querido decir al señalar que la casa tiene «tan dudosa reputación»?

—Gabignaud habla más de la cuenta y a Fromilhague no le gusta que se hable por hablar. Yo creo que eso ha sido todo.

Léonie negó con un gesto.

—No, tiene que haber algo más —objetó—. *Maître* Fromilhague parecía resuelto a impedir que dijera nada más.

Anatole se encogió de hombros.

—Fromilhague tiene el pronto colérico de un hombre que a menudo se siente agraviado. Le desagrada que Gabignaud se ponga a parlotear como una mujer.

Léonie le sacó la lengua ante el desaire.

—¡Eres un bestia!

Anatole se secó el bigote, dejó la servilleta en la mesa, retiró la silla y se puso en pie.

—Entonces, vámonos. Nos queda algo de tiempo libre. Conozcamos un poco los modestos placeres que pueda encerrar Couiza.

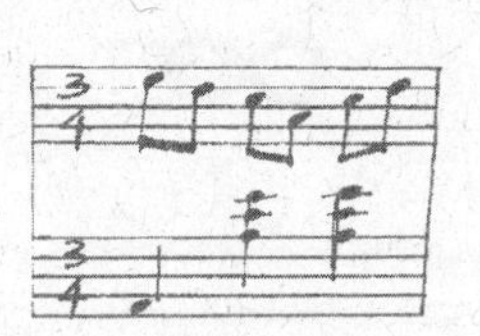

CAPÍTULO 21

∞

París

Cientos de kilómetros más al norte, en París, reinaba la calma. Tras el bullicio de una agitada mañana de intensa actividad comercial, en el aire de la tarde flotaba el polvo y los olores de las frutas y verduras podridas. Los mozos de cuadra y los comerciantes del octavo *arrondissement* habían desaparecido. Las carretas de la leche, las carretillas y los mendigos habían seguido cada cual su camino, dejando a su paso los desperdicios, los restos de otro día apurado al máximo.

La vivienda de la familia Vernier, en la calle Berlin, se encontraba en silencio, bajo la luz azulada de la tarde ya avanzada. El mobiliario estaba envuelto en los blancos sudarios de las fundas para protegerlo del polvo. Las altas ventanas del salón, con vistas a la calle, estaban ya cerradas. Las cortinas, de cretona color rosa, corridas. El papel pintado que decoraba las paredes con un estampado de flores, que en su día fue de buena calidad, parecía desvaído allí donde el paso diario del sol había ido desgastando los colores. Las partículas de polvo permanecían en suspensión sobre las pocas superficies de los muebles que estaban sin proteger.

Sobre la mesa, unas rosas olvidadas en un jarrón de cristal agachaban la cabeza, apenas ya sin aroma. Se percibía otro olor apenas discernible, un olor agrio que no correspondía a la estancia. Un deje que parecía proceder de un *souk,* un aroma a tabaco turco, y otro olor aún más infrecuente tierra adentro, el olor del mar, pues ambos impregnaban la vestimenta gris del hombre que se encontraba de pie, en silencio, entre los dos altos ventanales, frente a la chimenea, ocultando la esfera de porcelana de Sevres del reloj que descansaba en la repisa.

Era de complexión fuerte, poderosa incluso, de anchos hombros y una frente alta, con un cuerpo más de aventurero que de esteta. Las cejas, oscuras y bien recortadas, sobresalían sobre unos ojos azul intenso, con unas pupilas negras como el carbón.

Marguerite estaba sentada, muy erguida, en una de las múltiples sillas de caoba del comedor.

Su *negligé,* de color rosa y sujeto al cuello por una cinta de seda amarilla, le cubría del todo los hombros blancos, perfectos. La fina tela caía de una forma exquisita sobre el asiento mullido, tapizado de amarillo, y sobre los reposabrazos también entelados de la silla, como si posara para una naturaleza muerta. Sólo la alarma que se traslucía en sus ojos delataba una historia muy distinta.

Eso y el hecho de que tenía los brazos a la espalda, en tensión, atados con un hilo de bramante.

Otro hombre, con la cabeza rapada y cubierta de sarpullidos rojos y de pústulas, montaba guardia a espaldas de la silla, a la espera de las instrucciones que pudiera dar su señor.

—¿Y bien? ¿Dónde está? —dijo con una voz heladora.

Marguerite lo miró. Recordó el rubor de evidente atracción que se había adueñado de ella en presencia de aquel hombre, y sólo por eso lo aborreció. De todos los hombres a los que había conocido, sólo hubo otro, su marido, Leo Vernier, que poseyera el poder de suscitar en ella emociones tan agitadas de manera tan instantánea.

—Usted estaba en el restaurante —dijo ella—. Chez Voisin.

Él no hizo caso.

—¿Dónde está Vernier?

—No lo sé —volvió a decir Marguerite—. Le doy mi palabra. Sólo él sabe a qué hora viene y a qué hora se va, y por dónde anda. A veces desaparece durante varios días sin decir palabra.

—Su hijo sí, desde luego. Pero su hija no viene y va a su antojo, sin alguien que la acompañe. Y tiene horarios regulares. A pesar de lo cual está ausente.

—Está con unos amigos.

—¿Y Vernier se encuentra con ella?

—Yo...

El hombre paseó la fría mirada por los cobertores de los muebles y los armarios vacíos.

—¿Por cuánto tiempo estará desocupada la vivienda? —dijo.

—Unas cuatro semanas. Estoy esperando la llegada del general Du Pont —respondió ella, procurando que no se le quebrase la voz—. Llegará en cualquier momento a recogerme, y... —Sus palabras se perdieron en un alarido cuando el criado la agarró por el pelo y le dio un tirón—. ¡No!

La punta del cuchillo le oprimió, helada, la piel.

—Si se marchan ahora —dijo ella, procurando que no se le quebrase la voz—, no diré nada. Les doy mi palabra. Déjenme, váyanse.

El hombre le acarició la mejilla con el dorso de la mano enguantada.

—Marguerite, aquí no vendrá nadie. El piano del piso de abajo está en silencio. Los vecinos de arriba están en el campo hasta el fin de semana. En cuanto a su doncella y a su cocinera, las he visto marcharse. También ellas creen que se ha ido usted al campo con Du Pont.

En sus ojos destelló el miedo en cuanto ella cayó en la cuenta de lo bien informado que estaba.

Victor Constant arrimó una silla, tan cerca que Marguerite notó su aliento en el rostro. Bajo el bigote bien cuidado vio unos labios rojos, carnosos, en medio de un rostro muy blanco. Era el de un depredador, el de un lobo. Y tenía una imperfección. Detrás de la oreja izquierda, una pequeña hinchazón.

—Mi amigo...

—Nuestro estimado general ya se encuentra en posesión de una nota en la que se le comunica que pospone usted su encuentro hasta las ocho y media de esta noche. —Miró el reloj de la repisa—. Así pues, disponemos de más de cinco horas. Dese cuenta, no tenemos ninguna prisa. Y lo que deba descubrir su amigo cuando llegue es algo que depende por completo de usted. Puede encontrarla viva o muerta. A mí, la verdad, poco me importa.

—¡No!

La punta del cuchillo le presionaba ahora bajo el ojo.

—Mucho me temo, querida Marguerite, que en este mundo mal le irían las cosas sin su belleza.

Asomaron las lágrimas a sus generosas pestañas negras.

—¿Qué es lo que quiere de mí? ¿Dinero? ¿Es que Anatole le debe algún dinero? Puedo zanjar sus deudas si es preciso...

El hombre rió.

—Si las cosas fueran así de simples... Por otra parte, yo diría que su situación financiera es... digamos que es un tanto peligrosa. Y por generoso que sea su amante, y no pongo en duda que lo sea, no creo que el general Du Pont estuviera dispuesto a pagar nada para impedir que su hijo de usted sea juzgado por hallarse en bancarrota.

Con una levísima presión, hundió un poco más la punta del cuchillo contra su pálida piel, meneando la cabeza como si le diera lástima lo que se estaba viendo obligado a hacer.

—En cualquier caso, le aseguro que no se trata de dinero. Vernier está en posesión de algo que me pertenece a mí.

Marguerite oyó cómo había cambiado el tono que empleaba. Intentó debatirse. Trató de soltar los brazos de las ataduras, pero solo consiguió que éstas se tensaran aún más. El alambre le provocó un corte en la piel de ambas muñecas. Comenzaron a manar gotas de sangre que cayeron a la alfombra azul.

—Se lo suplico —exclamó, intentando que no se le quebrase la voz—, permítame hablar con él. Yo le convenceré de que le devuelva lo que haya podido tomar de forma indebida. Le doy mi palabra.

—Ah, pero es que ya es tarde para eso —dijo él con blandura, pasándole los dedos por la mejilla—. Me pregunto si llegó usted a dar a su hijo mi tarjeta de visita, querida Marguerite. —Terminó por apoyar su mano negra sobre su cuello y aumentó la presión. Marguerite notó que se ahogaba y se debatió pese a que toda la sujeción que la inmovilizaba parecía no ceder ni un milímetro, estirando el cuello a la desesperada, tratando de alejarlo de la fuerza con que él la agarraba. Su forma de mirarla, con un brillo de placer y conquista a partes iguales, la aterró tanto o más que la sofocante violencia con que le atenazaba el cuello.

Sin previo aviso, de pronto la soltó.

Cayó ella contra el respaldo de la silla respirando con dificultad. Tenía los ojos enrojecidos y el cuello magullado, con feas huellas violáceas.

—Empieza por la habitación de Vernier —indicó a su ayudante—. Busca su diario. —Dibujó una silueta con las manos—. De este tamaño.

El criado desapareció.

—Veamos —dijo entonces como si estuviera en medio de una conversación completamente normal—, ¿dónde está su hijo?

Marguerite lo miró a los ojos. Le latía el corazón con fuerza, temeroso, sobrecogido al pensar en el castigo que pudiera infligirle. Pero lo cierto es que ya había soportado malos tratos a manos de otros, y que había sobrevivido a ellos. Podía volver a superarlo.

—No lo sé —dijo ella.

Esta vez le asestó un golpe. Con dureza, con el puño cerrado, lo cual le produjo un intenso dolor en el cuello. Marguerite se quedó boquiabierta al notar que además se le abría la mejilla. Se le llenó la boca de sangre. Se le abrió la boca sin querer y escupió en su regazo. Se encogió al notar el tirón de la seda en el cuello y el tacto rasposo de sus guantes de cuero, que le deshacían el lazo amarillo. Respiraba más deprisa sin darse cuenta. Notaba todo su calor muy cerca de ella.

Con la otra mano, se dio cuenta entonces, recogía los pliegues del tejido por encima de sus rodillas, muy por encima.

—Por favor, no, se lo ruego —susurró.

—Ni siquiera son las tres —dijo él, recogiéndole un rizo detrás de la oreja con una parodia de falsa ternura—. Tenemos tiempo de sobra para que la convenza de que más le vale hablar. Y piense además en Léonie, Marguerite. Una muchacha tan bella. Un poco alocada, demasiado vehemente para mi gusto, pero seguro que yo sabría hacer una excepción con ella.

Le retiró la seda de los hombros.

Marguerite se infundió una gran calma, desapareció en sí misma, tal como se había visto obligada a hacer en tantas ocasiones. Vació del todo su mente, borró incluso la imagen del individuo que tenía delante. En ese momento, su emoción más intensa era la vergüenza que le producía el modo en que se le había desbocado el corazón cuando le abrió la puerta y le permitió entrar en la vivienda.

Sexo y violencia, la vieja alianza de siempre. La había visto en infinidad de ocasiones. En las barricadas de la Comuna, en las callejuelas oscuras, oculta bajo la fachada respetable de los salones de sociedad en los que más adelante se había movido como pez en el agua. Cuántos eran los hombres movidos por el odio, y no por el deseo. Marguerite había hecho buen uso de la combinación. Había sabido explotar su belleza, sus encantos, con tal de que su hija nunca tuviera que llevar una vida como la que a ella le había tocado en desgracia.

—¿Dónde está Vernier?

La desató y la arrastró de la silla al suelo.

—¿Dónde está Vernier?

—No lo...

Sujetándola, volvió a golpearla. Y otra vez.

—¿Dónde está su hijo? —dijo en tono imperioso.

Cuando a punto estaba de perder el conocimiento, el único pensamiento que tuvo Marguerite fue el de proteger a sus hijos. Cómo evitar traicionarlos ante ese individuo. Pero algo tenía que darle.

—En Ruán —mintió con los labios ensangrentados—. Han ido a Ruán.

CAPÍTULO 22

∞

Rennes-les-Bains

A las cuatro y cuarto, tras haber disfrutado de la modesta panorámica de Couiza, Léonie y Anatole se encontraban en la explanada, delante de la estación, a la espera de que el cochero cargase sus bultos en el *courrier publique.*

A diferencia de otros transportes que Léonie había visto en Carcasona, con asientos de cuero negro, abiertos, muy parecidos a los landós que iban de una punta a otra por la avenida del Bois de Boulogne, el *courrier* era un medio de transporte muchísimo más rústico. A decir verdad, recordaba a una carreta agrícola, con dos bancos de madera tosca, el uno frente al otro, pintados de rojo.

No tenía cojines de ninguna clase e iba abierto por los laterales, con un lienzo oscurecido, tensado sobre un bastidor de metal, por toda sombra y cobertura. Los caballos, grises los dos, llevaban una red tupida sobre las orejas y los ojos para impedir que les molestaran los insectos.

Los restantes pasajeros eran un señor mayor y su esposa, mucho más joven, procedentes de Toulouse, y dos hermanas de avanzada edad que hablaban la una con la otra sin cesar, como dos pájaros que piasen, por debajo de sus sombreros.

A Léonie le agradó comprobar que el acompañante que habían tenido durante el almuerzo en el Grand Café Guilhem, el doctor Gabignaud, iba a tomar el mismo medio de transporte. Era frustrante, pero *maître* Fromilhague insistía aún en que Gabignaud se mantuviera muy cerca de él. Cada pocos minutos sacaba el reloj del bolsillo del chaleco tirando de la leontina y golpeaba el cristal de la esfera como si temiera que se le hubiese parado antes de volver a guardarlo.

—Está claro que es un hombre con acuciantes asuntos que atender —susurró Anatole—. Si no andamos con cuidado, cualquier día será él quien conduzca el coche en persona.

Tan pronto estuvieron todos acomodados, el cochero subió al pescante. Se encaramó más bien en lo alto de la variada colección de maletas, baúles y valijas, con las piernas bien abiertas, y miró el reloj de la torre de la estación de ferrocarril. Cuando dio la media, agitó el látigo y el coche inició la marcha.

En cuestión de momentos se encontraron en pleno camino, rumbo al este, dejando Couiza atrás.

La ruta seguía el curso del río en un valle encajonado entre altos cerros por uno y otro lado. El viento constante y las lluvias frecuentes que castigaban la mayor parte de Francia durante casi todo el año habían creado allí, en cambio, todo un edén. Verdes pastos, campos fértiles, en vez de la tierra abrasada por el sol; laderas boscosas, de pinares espesos, con abetos y robles, con avellanos, castaños del Mediterráneo y algunos hayedos. Encaramada en un altozano a su izquierda Léonie entrevió la silueta de un castillo en ruinas. Un viejo rótulo de madera, a la orilla del camino, anunció el pueblo de Coustaussa.

Gabignaud estaba sentado al lado de Anatole y le iba indicando los hitos más destacables del paisaje. Léonie sólo captó fragmentos sueltos de su conversación debido al estruendo constante de las ruedas en el camino y al cascabeleo de los arneses de los caballos.

—¿Y aquello? —preguntó Anatole.

Léonie siguió la dirección hacia la que señalaba su hermano con el dedo. En lo alto de un roquedal, a la derecha, muy por encima del camino, acertó a discernir una pequeña aldea en la montaña, que brillaba con fuerza bajo el sol intenso de la tarde y parecía poco más que unas cuantas viviendas apiñadas justo al borde de un precipicio.

—Rennes-le-Château —indicó Gabignaud—. Nadie lo diría viendo cómo es ahora —siguió diciendo—, pero en tiempos llegó a ser la antigua capital de los visigodos en esta región, llamada Rhedae.

—¿Cuál fue la causa de su decadencia?

—Carlomagno, la cruzada contra los albigenses, los bandoleros de España, la peste, la implacable y despiadada marcha de la historia. Ahora ya no es sino otra aldea de montaña medio olvidada. Respira si acaso a la sombra de Rennes-les-Bains. —Hizo una pausa—. Dicho esto, lo cierto es que el cura se desvive por sus parroquianos. Es un hombre interesante.

Anatole se acercó más para oír mejor.

—¿Por qué lo dice?

—Es un erudito, está claro que es ambicioso y un hombre de carácter. Entre los lugareños de la zona no se deja de especular sobre sus motivos para quedarse tan cerca de donde nació. Nadie entiende por qué ha querido enterrarse en una parroquia tan pobre, cuando podría...

—Quizá piense que es ahí donde puede ser de mayor utilidad.

—Es cierto que todo el pueblo le quiere. Ha hecho mucho bien entre los lugareños.

—¿En las cuestiones, digamos, prácticas o en asuntos de mera naturaleza espiritual?

—En ambos casos. Por ejemplo, la iglesia de Sainte Marie-Madeleine era una ruina cuando él llegó. Se colaba la lluvia por el tejado, estaba abandonada a los ratones, a las aves y a los gatos salvajes. Pero en el verano de 1886, el ayuntamiento le adjudicó dos mil quinientos francos para iniciar las obras de restauración, sobre todo para cambiar el viejo altar por uno nuevo.

Anatole enarcó las cejas.

—Es una suma considerable.

El otro asintió.

—Sólo lo sé por lo que he oído, de manera indirecta. El cura es un hombre sumamente cultivado. Se dice que han salido a la luz muchos objetos de gran interés arqueológico, que como es lógico interesaron mucho a su tío de usted.

—¿Por ejemplo?

—Tengo entendido que un retablo de gran valor. También dos pilares de la época de los visigodos y una lápida muy antigua, la llamada Dalle des Chevaliers, que se rumorea que es de origen merovingio o posiblemente de la época visigoda. Por estar muy interesado en aquella época, Lascombe tuvo una gran implicación en las excavaciones, al menos en una primera fase, cuando se emprendió la restauración de Rennes-le-Château, asunto que como es natural se siguió con gran interés en Rennes-les-Bains.

—También usted parece ser todo un historiador —aventuró Léonie.

Gabignaud se puso colorado de contento.

—No es más que una afición, mademoiselle Vernier. Solamente una afición.

Anatole sacó la pitillera. El médico aceptó un cigarrillo. Protegiendo la llama con la mano cóncava, Anatole le dio fuego y encendió el suyo con la misma cerilla.

—¿Y cómo dice que se llama ese sacerdote tan ejemplar? —preguntó a la vez que exhalaba el humo.

—Saunière. Bérenger Saunière.

Habían llegado a un tramo recto del camino, donde los caballos alcanzaron mayor velocidad. El estrépito aumentó tanto de volumen que toda conversación resultó imposible. A Léonie no le importó que fuera preciso dejar de hablar. Sus pensamientos también se habían disparado a gran velocidad, pues en algún punto de las laberínticas palabras de Gabignaud creyó tener la impresión de haberse enterado de algo de considerable significado.

Sí, pero... ¿qué?

Al cabo de un rato, el cochero sofrenó la marcha de los caballos y, con el tintinear de los arneses y el claqueteo de los faroles sin encender contra los laterales del coche, se desvió del camino principal para seguir por el valle del Salz.

Léonie se asomó tanto como pudo atreverse, maravillada por la belleza del paisaje, por la extraordinaria vista del cielo, las rocas, los bosques. Dos ruinas distintas, que con una mirada más penetrante resultaron ser meras formaciones naturales de la roca, y no la sombra de sendos castillos de antaño, descollaban sobre el valle como dos centinelas gigantes. El bosque, antiquísimo, llegaba prácticamente a la vera del camino. Léonie tuvo la impresión de que se internaban en un lugar secreto, como los exploradores de las entretenidas novelas de monsieur Rider Haggard que se aventuraban en los reinos perdidos del África.

El camino comenzó a describir entonces curvas sucesivas, una tras otra, con elegancia, replegándose sobre sí mismo como una serpiente, siguiendo el corte que el río había horadado en la piedra. Era todo de una belleza arcádica. Todo era fértil, exuberante, verde: verde oliva y verde mar, con matorrales del color de la absenta. El plateado envés de las hojas, mecidas y a veces alborotadas por el viento, reflugía al sol entre las tonalidades más oscuras de los abetos y los robles. Por encima de la cota máxima a que llegaban los árboles se veía el perfil de los picachos y las cresterías, las antiguas siluetas de los menhires, los dólmenes, las esculturas que la propia naturaleza había ido tallando. La historia antigua de la región estaba abierta y a la vista de cualquiera, como las páginas de un libro.

Léonie oía el rumor del río Salz al correr a la par del coche, compañero fiel, unas veces a la vista, así fuera un mero cabrillear del agua, otras oculto. Como en un juego del escondite, el agua canturreaba para hacer notar su presencia, salpicando sobre las piedras, corriendo veloz entre las ramas enmarañadas de los sauces que pendían a flor del agua misma, una guía que los iba acercando cada vez más a su destino.

CAPÍTULO 23

∞

RENNES-LES-BAINS

Los caballos pasaron ruidosamente un puente bajo y aminoraron la marcha hasta ponerse al trote. Más adelante, en una curva del camino, Léonie tuvo su primer atisbo de Rennes-les-Bains. Vio un edificio blanco, de tres plantas, con un rótulo en el que se anunciaba el hotel Reine. Junto a él se apiñaban unos cuantos edificios de aspecto imponente, sin adornos de ninguna clase, que supuso que debían de ser los del establecimiento termal.

El *courrier* frenó aún más, hasta ponerse los caballos al paso al enfilar por la calle principal. A la derecha limitaba con la gran pared grisácea de la propia montaña. A la izquierda se veía una hilera de casas, pensiones y hoteles. Las farolas de gas, enmarcadas en montantes de metal recio, estaban encastradas en las paredes.

Sus primeras impresiones no tuvieron nada que ver con lo que había esperado encontrar. El pueblo tenía un aire elegante, de estilo contemporáneo, con apariencia de prosperidad. Algunos escalones espaciosos, limpios, de piedra, sobresalían un buen trecho en la calzada, que si bien estaba tal como la naturaleza la había dejado, resultaba limpia y practicable. La calle estaba asimismo jalonada por laureles plantados en amplias macetas de madera, que daban la impresión de que el bosque mismo se hubiera internado en el pueblo. Vio a un orondo caballero con el chaqué abotonado de arriba abajo, a dos damas con sendos parasoles y a tres enfermeras, cada una de las cuales empujaba una silla de ruedas. Un grupo de chiquillas con la espuma blanca de las enaguas bajo las faldas caminaban al paso de su institutriz.

El cochero dobló por una calle y frenó del todo los caballos.

—*La Place du Pérou. S'il vous plaît. Terminus.*

La plazoleta estaba flanqueada por edificios en tres de sus lados, y le daban sombra unos cuantos tilos. La dorada luz del sol se filtraba por el dosel de las hojas, proyectando dibujos ajedrezados en el terreno. Había una acequia para que abrevaran los caballos, y las casas de tres plantas, de aspecto respetable, tenían las ventanas adornadas con abundantes flores, las últimas del verano. En un cafetín con toldo de franjas de colores, un grupo de damas bien vestidas, con guantes todas ellas, y sus acompañantes, tomaban un refresco. En una esquina se encontraba la vía de acceso a una modesta iglesia.

—Todo es muy pintoresco —murmuró Anatole.

El cochero bajó de un salto del pescante y comenzó a descargar el equipaje.

—*S'il vous plaît, Mesdames et Messieurs. La Place du Pérou. Terminus.*

Uno por uno fueron desembarcando los pasajeros. Fueron tensas, torpes las despedidas, como es corriente entre quienes han compartido un viaje, pero poco más tienen en común. *Maître* Fromilhague se quitó un instante el sombrero y desapareció. Gabignaud estrechó la mano de Anatole y le dio su tarjeta de visita, diciendo que tenía la esperanza de que surgiera la oportunidad de volver a verle a lo largo de su estancia, tal vez para jugar una partida de cartas o en alguna de las veladas musicales que se celebraban en Limoux o en Quillan. Tocándose el ala del sombrero para despedirse de Léonie, apretó el paso y cruzó la plazoleta.

Anatole rodeó con el brazo a Léonie por los hombros.

—Esto no parece tan poco prometedor como yo me temía —dijo—. Al contrario, tiene su encanto. Tiene su encanto, sí.

Apareció sin resuello, por la esquina superior izquierda de la plazoleta, una muchacha con el clásico uniforme blanco y gris de las criadas. Era regordeta y hermosa, con unos profundos ojos negros y una boca sugerente. Bajo la cofia blanca se le habían escapado unos cuantos mechones de cabello negro y espeso.

—¡Ah! Nuestro comité de recepción —dijo Anatole.

Tras ella, y también sin aliento, llegó un joven de rostro ancho y amable. Llevaba una camisa blanca, abierta, y un pañuelo rojo al cuello.

—*Et voilà* —añadió Anatole—. A menos que mucho me equivoque, la explicación de que la moza no haya sido puntual salta a la vista.

La criada intentó arreglarse el pelo rápidamente sin dejar de correr hacia ellos. Hizo una reverencia.

—¿*Sénher* Vernier? *Madomaisèla. Madama* me envía a recogerles para llevarles al Domaine de la Cade. Me pide que les presente sus disculpas, pero hay problemas con el coche. Lo están terminando de reparar, aunque *madama* sugiere que se llega antes a pie... —La criada miró con cara de duda los botines de cabritilla que calzaba Léonie—. Si es que no les importa, claro está...

Anatole miró a la muchacha de arriba abajo.

—¿Y tú eres...?

—Marieta, *sénher.*

—Muy bien. ¿Y cuánto tiempo tendremos que esperar a que esté reparado el coche, Marieta?

—No sé. Se ha roto una rueda.

—Bueno. ¿Qué distancia hay hasta el Domaine de la Cade?

—*Pas luènh.* No está lejos.

Anatole miró por encima del hombro de la muchacha al chico, que seguía sin resuello.

—¿Y el equipaje lo llevarán más tarde?

—Sí, *sénher* —dijo ella—. Pascal se encargará de llevarlo.

Anatole se volvió hacia Léonie.

—En cuyo caso, a falta de alguna alternativa más prometedora, yo voto que hagamos lo que sugiere nuestra señora tía y que vayamos a pie.

—¿Cómo? —La palabra estalló con evidente indignación en los labios de Léonie antes de que pudiera contenerla—. ¡Pero si tú detestas ir a pie! —Se llevó los dedos a sus propias costillas, para recordarle las heridas que había sufrido—. Por otra parte, ¿no será demasiado para ti?

—Estoy curado del todo —sonrió, y se encogió de hombros—. Reconozco que es un aburrimiento, pero ¿qué otra cosa podemos hacer? Yo prefiero seguir adelante antes que quedarme aquí esperando no sé sabe cuánto.

Tomando las palabras de Anatole por muestra de asentimiento, Marieta hizo una veloz reverencia, se dio la vuelta y emprendió la marcha. Léonie se quedó atónita mirándola.

—Por todos los... —exclamó.

Anatole echó la cabeza hacia atrás y soltó una carcajada.

—Bienvenida a Rennes-les-Bains —dijo, y tomó de la mano a Léonie—. Vamos, pequeña. De lo contrario, ¡nos van a dejar muy atrás!

Marieta los condujo por un estrecho pasaje entre las casas. Salieron al otro lado a plena luz del sol, por un viejo puente de piedra. Abajo, mucho más abajo del arco del puente, el agua corría sobre unas piedras planas. Léonie inspiró hondo, ligeramente mareada por la sensación que le producían la luz, el espacio, la altura.

—Léonie, date prisa —le dijo Anatole.

La criada cruzó el río y dobló bruscamente a la derecha para tomar un camino estrecho y sin adecentar, que ascendía en una pronunciada cuesta entre los árboles que poblaban la ladera. Léonie y Anatole la siguieron en fila india, en silencio, ahorrando el aliento para la ascensión.

Aún hubo que subir más, por una cuesta más empinada, siguiendo un camino de piedras y hojas secas y adentrándose en lo más profundo del bosque. No pasó mucho tiempo hasta que la senda se abrió en otra de mayor anchura. Léonie se fijó en las roderas de los carros, resquebrajadas y pálidas por la falta de lluvia, marcadas además por incontables huellas de cascos de caballo. Allí, los primeros árboles se erguían más alejados del camino, y el sol proyectaba sus sombras alargadas entre cada arboleda y cada claro.

Léonie se dio la vuelta para mirar en la dirección por la que habían caminado. Allá abajo, pero todavía relativamente cerca, al pie de la pendiente, vio los tejados rojos y grises, también en pendiente, de Rennes-les-Bains. Llegó a identificar los hoteles y la plazoleta central en la que habían bajado del coche. El agua resplandecía engañosa formando una cinta de verde y plata, incluso de rojo a trechos, debido a las hojas del otoño, y corría con la suavidad de la seda.

Tras una breve bajada la senda les llevó a una meseta.

Más adelante vieron los pilares de piedra y las verjas de una finca campestre. A uno y otro lado, las púas de hierro forjado que remataban la verja desaparecían allí donde alcanzaba la vista, cubiertas por los abetos y los tejos. La finca parecía imponente, lejana, altiva. Léonie sintió un temblor. Por un instante le abandonó su espíritu aventurero. Recordó la reticencia de su madre a la hora de hablar del Domaine y de la infancia que había pasado allí. Y las palabras del doctor Gabignaud en el almuerzo encontraron eco en sus oídos.

Tan dudosa reputación.

—¿La Cade? —preguntó Anatole.

—Es un nombre que por estos pagos se da al enebro, *sénher* —respondió la criada.

Léonie miró de reojo a su hermano y dio un paso adelante con toda determinación, apoyando ambas manos en la verja, como un prisionero tras los barrotes. Apretó las mejillas sonrojadas contra el frío del hierro y escrutó el interior.

Todo aparecía envuelto por una veladura oscura, verde, incluso los fragmentos de sol que se filtraba reflejado en la centenaria arbolada. Saúcos, arbustos, setos y matas que alguna vez formaron los bordes alineados del camino aparecían descuidados, faltos de color. La finca tenía un aire de evidente abandono, pero también de belleza, al no haberse echado a perder aún del todo, si bien ya no daba la impresión de contar con recibir ninguna visita.

Una gran fuente de piedra, con plato amplio, estaba seca en el centro de una ancha avenida de gravilla que arrancaba directamente de la cancela y se internaba por el jardín. A su izquierda, Léonie encontró un estanque redondo, ornamental, con una malla de metal oxidado que lo cubría del todo. También estaba seco. A la derecha había una hilera de enebros evidentemente asilvestrados y en estado de desatención desde tiempo atrás. Poco más allá se veían los restos de un invernadero, del que faltaban no pocos cristales y cuyo armazón de metal estaba alabeado en algunos trechos.

Si hubiera llegado a aquel lugar por puro accidente, Léonie lo habría supuesto abandonado, tal era el estado de total negligencia que se percibía en todas partes. Miró a la derecha y vio un rótulo de pizarra gris colgado sobre la verja, cuyas las palabras se hallaban en parte desdibujadas por profundos arañazos en la piedra, como si algo o alguien las hubiera querido tachar. Parecían zarpazos.

DOMAINE DE LA CADE

La casa no daba la impresión de acoger con los brazos abiertos ninguna visita.

CAPÍTULO 24

∞

Supongo que existe otra forma de llegar a la casa, naturalmente... —preguntó Anatole.

—Sí, *sénher* —replicó Marieta—. La entrada principal se encuentra por el norte de la finca. El antiguo dueño hizo construir una avenida desde la carretera de Sougraigne. Pero si se toma esa ruta desde Rennes-les-Bains se tarda algo más de una hora de subida, y luego hay que bajar por la ladera. Es mucho más largo que si se sigue el viejo camino del bosque.

—¿Y tu señora te ha dado instrucciones para que nos trajeras por este camino, Marieta?

La muchacha se puso colorada.

—No dijo que no les trajera por el bosque —respondió a la defensiva.

Permanecieron pacientemente a la espera mientras Marieta localizaba en el bolsillo de su delantal una enorme llave de hierro. Se oyó un ruido sordo cuando la introdujo en el cerrojo y rechinó la puerta cuando la criada empujó con fuerza la hoja de la derecha. Una vez que la atravesaron, la cerró a conciencia. Le costó trabajo, tuvo que empujar con fuerza antes de que encajase del todo.

Léonie tenía mariposas en el estómago, una curiosa mezcla de nerviosismo y de excitación ante la aventura. Se sentía como la heroína de su propia historia al seguir a Anatole por el estrecho y largo sendero verde, al parecer muy pocas veces empleado. Al cabo descubrieron un alto seto que formaba un arco. En vez de pasar por él, Marieta siguió derecha hasta que salieron a una amplia avenida de gravilla. Estaba bien cuidada, sin asomo de musgo ni de hierbas silvestres, flanqueada por castaños con copas repletas de frutos todavía envueltos en sus erizos.

Por fin, Léonie atisbó la casa.

—Oh —se dijo con admiración.

La casa era espléndida. Imponente y, sin embargo, bien proporcionada, se encontraba perfectamente situada, de modo que aprovechase lo mejor del sol naciente y se beneficiara al máximo del paisaje abierto hacia el sur y el oeste que le proporcionaba su óptima situación de cara al valle. Tenía tres plantas, un tejado en suave pendiente e hileras de ventanas con las persianas cerradas, encastradas en unos muros enjalbegados con elegancia. Cada una de las ventanas de la primera planta daba a una balconada corrida, de piedra, con balaustradas de hierro curvadas en las esquinas. Todo el edificio estaba cubierto por una hiedra flamígera, entre verde y roja, que resplandecía como si a las hojas les hubieran sacado brillo una a una.

A medida que se fueron acercando, Léonie vio que una balaustrada de piedra gris recorría toda la cornisa de la última planta de la casa y que tras ella eran visibles ocho ventanas redondas como ojos de buey, las ventanas del desván. Tal vez su madre se había asomado alguna vez desde alguno de aquellos ventanucos.

Una amplia y envolvente escalinata semicircular, de piedra, ascendía hasta una doble puerta de entrada, una puerta de madera maciza, pintada de negro por completo, con aldaba y moldura de bronce. Se resguardaba bajo un pórtico en arcada, flanqueado por dos tiestos de gran tamaño en los que crecían unos cerezos ornamentales.

Léonie subió la escalinata siguiendo a la criada y a Anatole hasta un elegante vestíbulo de entrada. El suelo era ajedrezado, de baldosas rojas y negras, y las paredes estaban cubiertas por un delicado papel pintado, de color crema, decorado con flores verdes y amarillas, que daba una grata impresión de luz y de espacio. En el centro había una mesa de caoba y un ampuloso cuenco de cristal lleno de rosas blancas, que, junto a la madera, muy pulida, contribuían a proporcionar un ambiente de intimidad, de calor de hogar. En las paredes colgaban retratos de señores bigotudos con uniformes de militar y de mujeres con faldas abullonadas y miriñaques, además de una selección de paisajes neblinosos y de clásicas escenas pastoriles.

Había una gran escalinata, reparó Léonie, y a la izquierda un piano de media cola, con una ligera capa de polvo sobre la tapa cerrada.

—*Madama* les recibirá en la terraza de la tarde —dijo Marieta.

Los acompañó por unas puertas con vidrieras, pasando las cuales salieron a una terraza con vistas al sur, a la sombra de un emparrado y unos arbustos de madreselva. Ocupaba toda la anchura de la casa y estaba situada de tal manera que se dominaban desde allí los jardines, los cuadrados de césped, los macizos de flores. Una avenida lejana, jalonada por castaños de Indias y por árboles de hoja perenne, delimitaba el extremo más lejano; un mirador acristalado y de madera pintada de blanco centelleaba a la luz del sol. Más allá se columbraba la lisa superficie de un estanque ornamental, tal vez un lago.

—Por aquí. *Madomaisèla, sénher,* síganme si son tan amables.

Marieta los condujo a la esquina más alejada de la terraza, una zona en sombra gracias a un generoso toldo a franjas blancas y amarillas. Había una mesa puesta para tres. Mantel de hilo, blanco, y vajilla de porcelana blanca, cucharas de plata y un centro de flores del prado, violetas de Parma, geranios rosas y blancos y lirios amarillos del Pirineo.

—Iré a decir a la señora que ya han llegado ustedes —dijo la criada, y desapareció de nuevo en las sombras de la casa.

Léonie se apoyó de espaldas contra la balaustrada de piedra. Tenía las mejillas arreboladas. Se desabrochó los guantes y se desató el sombrero, utilizándolo a modo de abanico.

—Nos ha hecho dar una vuelta completa —dijo.

—Perdona, ¿cómo dices?

Léonie señaló el alto seto que se alcanzaba a ver al fondo de los sucesivos cuadrados de césped.

—Si hubiésemos entrado por el arco que vimos en el seto, podríamos haber atravesado los jardines. Pero la criada nos ha hecho dar un rodeo para que entrásemos por la puerta principal.

Anatole se quitó el sombrero de paja y los guantes y los colocó sobre la balaustrada.

—Bueno, es un edificio espléndido y la vista ha sido excelente.

—Sin coche y sin ama de llaves siquiera que saliera a recibirnos —siguió diciendo Léonie—. Reconocerás que, como poco, es de lo más peculiar.

—Los jardines son una maravilla. Son exquisitos.

—Sí, pero por la parte de atrás toda la finca está muy descuidada. Abandonada, diría yo. El invernadero, los macizos de flores llenos de malas hierbas, los...

Él se echó a reír.

—Abandonada... ¡Léonie, eres una exagerada! Reconozco que la finca se encuentra en un estado más semejante a lo que la propia naturaleza determina, pero al margen de eso...

A ella le brillaron los ojos.

—Está completamente dejada —defendió ella—. No me extraña que los lugareños tengan ciertas suspicacias con respecto al Domaine.

—¿De qué estás hablando?

—Aquel individuo impertinente de la estación de ferrocarril, monsieur Denarnaud... ¿No viste qué cara puso cuando le dijiste adónde veníamos? En cuanto al pobre doctor Gabignaud... ¿O es que no te acuerdas del modo en que le reprendió el repelente *maître* Fromilhague, el modo en que le impidió decir lo que deseaba contarnos? Todo es de lo más misterioso.

—No, no lo es —dijo Anatole con forzada exasperación—. ¿O es que te crees que hemos tropezado accidentalmente con uno de esos cuentos espeluznantes de Poe, que tanto te gustan? —Adoptó una mueca grotesca—. «¡La encerramos viva en la tumba! —citó con voz intencionadamente temblorosa—. ¡Te digo que está del otro lado de la puerta!». Yo podría muy bien ser Roderick si tú te empeñas en ser Madeleine.

—Y el cerrojo estaba oxidado —dijo ella con firmeza—. Por esa puerta hace bastante tiempo que no pasa nadie. Te lo digo en serio, Anatole: todo esto es de lo más peculiar.

Detrás de ambos surgió una voz femenina, suave y clara y pausada.

—Lamento saber que así te lo parece, pero pese a todo eres sumamente bienvenida, igual que tu hermano.

Léonie oyó que Anatole contenía de pronto la respiración.

Mortificada al saber que la había escuchado sin que se diera cuenta, se dio la vuelta en redondo, con la cara roja como la grana. La mujer que se encontraba en el umbral de la puerta encajaba a la perfección con la voz que tenía. Elegante, reposada, era alta y esbelta. Sus rasgos denotaban inteligencia y eran perfectamente proporcionados, además de tener una tez deslumbrante. Llevaba el cabello, espeso y rubio, sujeto en lo alto de la cabeza, sin un solo mechón fuera de lugar. Lo más pasmoso de todo eran sus ojos, de un gris claro, del color de la piedra lunar.

Léonie se llevó sin querer la mano a sus rizos ingobernables, caprichosos en comparación con el cabello de ella.

—Tía, yo no...

Miró casi con desdén sus polvorientas ropas de viajera. Su tía estaba inmaculada. Llevaba una blusa de color crema, de cuello alto, de corte moderno, con las mangas abullonadas, a juego con una falda lisa por delante y fruncida en la cintura, con gran abundancia de pliegues por detrás.

Isolde había dado un paso al frente.

—Tú debes de ser Léonie —le dijo, y le tendió una mano de dedos largos, finos—. Y... ¿Anatole?

Con media reverencia, Anatole tomó la mano de Isolde y se la llevó a los labios.

—Tía —dijo él con una sonrisa, mirándola con los ojos levemente entornados, entre las pestañas oscuras—, es un gran placer.

—El placer es mío. Ah, por favor: llamadme Isolde. Eso de tía resulta excesivamente formal y me hace sentir mayor de lo que soy.

—La criada nos ha traído por la puerta de atrás —dijo Anatole—. Debe de ser eso, además del calor, lo que ha trastornado un poco a mi hermana. —Miró despacio la casa y los terrenos, abarcándolos con un gesto que hizo con el brazo extendido—. Pero si ésta es nuestra recompensa, te aseguro que las tribulaciones de nuestro viaje son ya poco más que un vago recuerdo.

Isolde inclinó la cabeza para agradecer el cumplido y se volvió entonces a Léonie.

—Le pedí a Marieta que os explicase la desafortunada situación en que nos hemos encontrado con el coche, pero es una muchacha que se aturulla con facilidad —dijo a la ligera—. Lamento que tu primera impresión no haya sido la más favorable. En fin, no importa. Ahora ya estás aquí.

Léonie por fin se encontró en condiciones de hablar.

—Isolde, perdóname la descortesía. Ha sido inexcusable, lo sé.

Isolde sonrió.

—No hay nada que perdonar, descuida. Ahora, por favor, tomad asiento. Antes que nada, un té... a la inglesa. Después, Marieta os mostrará vuestras habitaciones.

Tomaron asiento de inmediato. Acto seguido una criada llevó a la mesa una tetera de plata y una jarra de limonada bien fresca, acompañados de platillos de dulces muy sabrosos.

Isolde se inclinó a servir el té, una bebida suave, clara, que olía a sándalo y a Oriente.

—Qué aroma tan maravilloso —dijo Anatole aspirando—. ¿Qué es?

—Es mi mezcla personal de *Lapsang souchong* y verbena. Me resulta mucho más refrescante que esos pesados tés de Inglaterra y de Alemania, últimamente tan populares.

Isolde ofreció a Léonie un platillo de porcelana lleno de largas rodajas de limón de un amarillo intenso.

—La carta de tu madre para indicar que aceptabas mi invitación, o que ella lo hacía en tu nombre, me pareció encantadora. De veras espero que tengamos pronto la oportunidad de verla también a ella. ¿No podría tal vez venir de visita en primavera?

Léonie pensó en lo mucho que le desagradaba a su madre el Domaine, y pensó que nunca lo había considerado su hogar, aunque se acordó de las normas de cortesía más elemental y mintió a las mil maravillas.

—A mi madre le encantaría venir. A comienzos del año pasado tuvo una temporada en la que no estuvo bien de salud, seguramente debido a las inclemencias del tiempo. De lo contrario, le hubiera gustado mucho venir a presentar sus respetos al tío Jules.

Isolde asintió, y se volvió hacia Anatole.

—He leído en los periódicos que en París la temperatura bajó de cero grados. ¿Es cierto?

A Anatole le brillaban los ojos intensamente.

—Fue como si el mundo entero se hubiera convertido en hielo. Incluso el Sena quedó congelado, y morían tantos mendigos de noche en las calles que las autoridades tuvieron que abrir refugios en los gimnasios, en las galerías de tiro, en los baños públicos; incluso organizaron un albergue público en el Palais des Arts Libéraux, en el Campo de Marte, a la sombra de la espléndida torre de monsieur Eiffel.

—¿También en los salones de esgrima?

Anatole pareció desconcertado.

—¿Salones de esgrima?

—Disculpa —dijo Isolde—, lo decía por la cicatriz que tienes encima de la ceja. He pensado que tal vez seas espadachín.

Léonie acudió en su auxilio.

—Anatole fue objeto de una agresión hace cuatro noches, en el transcurso de las revueltas nocturnas que hubo en el palacio Garnier.

—Léonie, por favor... —protestó él.

—¿Resultaste herido? —dijo Isolde rápidamente.

—No, sólo algunos cortes, algunas magulladuras, nada serio —dijo, y lanzó una feroz mirada a Léonie.

—¿Aquí no ha llegado noticia de la revuelta en la Ópera? —preguntó Léonie—. Los periódicos de París no hablaron de otra cosa que de las detenciones de los *abonnés.*

Isolde mantuvo la mirada clavada en Anatole.

—¿Te robaron? —le preguntó.

—Mi reloj... El reloj de mi padre me fue arrebatado en medio de la confusión. Pero les impidieron quitarme nada más.

—Entonces, ¿un robo callejero? —repitió Isolde como si quisiera convencerse de que tales cosas eran posibles.

—Eso es. Nada más. Fue cosa de mala suerte.

Por un instante se apoderó de la mesa un silencio incómodo. Recordando sus obligaciones, Isolde se volvió a Léonie.

—Tu madre pasó algún tiempo aquí, en el Domaine de la Cade, cuando era niña. ¿No es cierto?

Léonie asintió.

—Tuvo que haberse sentido muy sola al crecer aquí, de niña, sin la compañía de otros niños —insinuó Isolde.

Léonie sonrió aliviada al ver que no tenía que fingir que sentía el menor aprecio por el Domaine de la Cade, tal como su madre tampoco lo sentía, y habló sin pensar lo que iba a decir.

—¿Tienes intención de residir aquí o piensas en cambio regresar a Toulouse?

Isolde no disimuló la confusión, que de hecho enturbió sus ojos grises.

—¿Toulouse? Me temo que no...

—Léonie —dijo Anatole bruscamente.

Ella se puso colorada, pero miró a su hermano a los ojos.

—Disculpa, pero tenía la impresión, por algo que dijo mamá, de que tía Isolde era de Toulouse.

—De veras, Anatole, no me incomoda en absoluto —dijo Isolde—. Lo cierto es que yo me crié en París.

Léonie se acercó un poco más, sin hacer el menor caso de su hermano. Le intrigaba, deseaba saber cómo se habían conocido su tía y su tío. Por lo poco que sabía de su tío Jules, aquél parecía un matrimonio de lo más improbable.

—Estaba preguntándome... —empezó a decir, pero Anatole se entrometió y así se perdió la oportunidad.

—¿Tienes mucho contacto con Rennes-les-Bains?

Isolde negó con un gesto.

—A mi difunto esposo no le interesaba recibir en la casa a nadie, y desde que falleció, siento decirlo, yo también he descuidado mis responsabilidades como anfitriona.

—Estoy seguro de que la gente del pueblo comprenderá tu situación —dijo Anatole.

—Muchos de nuestros vecinos fueron muy amables durante las últimas semanas de vida de mi esposo. Su salud ya estaba deteriorada desde tiempo atrás. Después de su muerte hubo muchas cosas de las que fue preciso ocuparse sin tardanza, asuntos pendientes fuera del Domaine de la Cade, y estuve aquí seguramente menos de lo que debiera haber estado. De todos modos... —Calló, e introdujo a Léonie en la conversación con otra de sus sonrisas sosegadas, llenas de aplomo—. Si es de tu gusto, había pensado, con motivo de tu visita, celebrar una cena con dos o tres invitados este próximo sábado. ¿Te apetecería? No será una gran fiesta, por descontado, pero sí una oportunidad para presentártelos...

—Sería espléndido —dijo Léonie al punto, y olvidó todo aquello sobre lo que había querido interrogar a su tía.

La tarde transcurrió de forma placentera. Isolde era una anfitriona excelente, atenta, esmerada, encantadora, y Léonie disfrutó de lo lindo. Rebanadas de pan de corteza gruesa untadas con queso de cabra, con ajo picado y espolvoreado por encima; finas tostadas con pasta de anchoas y pimienta negra, una fuente de jamón bien curado en la montaña, con medias lunas de higos maduros. Una tarta de ruibarbo, la masa azucarada, dorada, junto a un cuenco de porcelana azul lleno hasta los bordes de compota de mora y cerezas, y una jarra de crema con una cuchara de mango alargado en el platillo.

—¿Y esto? ¿Qué es? —preguntó Léonie, señalando un plato de bombones de color púrpura recubiertos de algo blanquecino—. Tienen una pinta suculenta.

—Perlas de los Pirineos, es decir, semillas de hierbaluisa cristalizadas en azúcar. Creo que te han encantado, Anatole. Éstas... —Isolde señaló otro plato— son bombas de crema con chocolate, hechas en casa. La cocinera de Jules es de veras excelente. Lleva casi cuarenta años al servicio de la familia.

Se le notó cierta melancolía en la forma de decirlo, algo que a Léonie le llevó a preguntarse si tal vez Isolde se sentía, igual que le sucediera tiempo atrás a su madre, como una especie de invitada que no es del todo bien recibida en el Domaine de la Cade, en vez de sentirse plenamente la señora de la casa.

—Tú trabajas en los periódicos, ¿no es cierto? —preguntó Isolde a Anatole.

Anatole negó con un gesto.

—No, hace ya algún tiempo que no. La vida de periodista no es para mí: las disputas domésticas, el conflicto en Argelia, la última elección de un miembro en la Academia de Bellas Artes... Me resultaba en el fondo descorazonador tener que pararme a considerar cuestiones que no me interesaban ni lo más mínimo, así que renuncié al puesto. Ahora, aunque de vez en cuando hago alguna reseña para *La Revue Blanche* y *La Revue Contemporaine*, tengo mis propios intereses económicos en un entorno menos comercial.

—Anatole forma parte del comité de edición de una revista para coleccionistas y bibliófilos, amantes de los buenos libros y las ediciones antiguas —dijo Léonie.

Isolde sonrió y concentró su atención en Léonie.

—Debo insistir en que estoy encantada de que pudieras aceptar mi invitación. Me daba miedo que un mes en el campo se te antojara demasiado aburrido al lado de todas las emociones de París.

—También en París es fácil aburrirse —replicó Léonie con todo su encanto—. Muy a menudo me veo obligada a pasar el tiempo en tediosas *soirées,* escuchando a viudas y solteronas que sólo saben quejarse y afirmar que las cosas estaban mucho mejor en tiempos del emperador. ¡Me gusta mucho más leer!

—Léonie es una lectora asidua —sonrió Anatole—. Siempre que puede, tiene la nariz metida en un libro. Aunque las cosas que le gusta leer suelen ser, no sé cómo decirlo, bueno, suelen ser un tanto sensacionalistas. No son lecturas de mi gusto. Relatos góticos, de terror, de fantasmas...

—Tenemos la suerte de contar con una espléndida biblioteca aquí. Mi difunto esposo era un historiador empedernido, y le interesaban otras cosas menos habituales... —Calló como si estuviera tratando de encontrar la palabra adecuada—. Le gustaba estudiar temas más selectos, como si dijéramos. —Volvió a titubear. Léonie la miró con interés, pero Isolde no dijo nada más acerca de esos «temas selectos»—. Hay muchas primeras ediciones y muchos libros raros —siguió diciendo— que estoy segura de que serán de gran interés para ti, Anatole, además de contar con una buena selección de las mejores novelas y de números atrasados de *Le Petit Journal* que quizá te atraigan, Léonie. Os ruego que consideréis la colección como si fuera vuestra.

Faltaba poco para las siete. A la sombra del alto castaño, el sol prácticamente había desaparecido de la terraza y las sombras se extendían por los rincones de césped más alejados. Isolde tocó una campanilla de plata que tenía a su lado, en la mesa.

Marieta apareció de inmediato.

—¿Ha traído Pascal el equipaje de los señores?

—Hace ya un rato, *madama.*

—Bien. Léonie, te he adjudicado la habitación amarilla. Anatole, tú te alojarás en la suite Anjou, en el frente de la casa. Da al norte, pero es pese a todo una habitación muy acogedora.

—No me cabe duda de que estaré muy cómodo —dijo él.

—Como hemos tomado el té con una buena merienda, he pensado que seguramente querríais retiraros pronto después de los rigores del viaje desde París, razón por la cual esta noche no he dispuesto una cena formal. Por favor, llamad al servicio si necesitáis cualquier cosa. Yo tengo por costumbre tomar en el salón una copa, y si acaso algo muy frugal, a las nueve en punto. Si os apetece sumaros, estaré encantada.

—Gracias.

—Sí, gracias —añadió Léonie.

Los tres se pusieron en pie.

—He pensado en dar un paseo por los jardines antes de que anochezca. Fumar un cigarillo —dijo Anatole.

Léonie detectó cierta emoción que brillaba en los ojos todavía grises de Isolde.

—Si no es abusar por mi parte, yo te sugeriría que dejes la exploración del Domaine para mañana por la mañana. Anochecerá ya pronto. No me gustaría tener que mandar una partida en tu busca ya en la primera noche que pasas aquí.

Léonie vio que Anatole contenía la respiración, sin duda sorprendido. Por un instante, nadie dijo nada. Entonces, asombrada, vio que en vez de protestar por esta restricción impuesta a su libertad, Anatole prefirió sonreír como si se tratara de una broma entre los dos, y tomó la mano de Isolde y se la llevó a los labios. Perfectamente correcto, perfectamente cortés.

Y sin embargo...

—Por supuesto, tía. Como desees —dijo Anatole—. Estoy por entero a tu servicio.

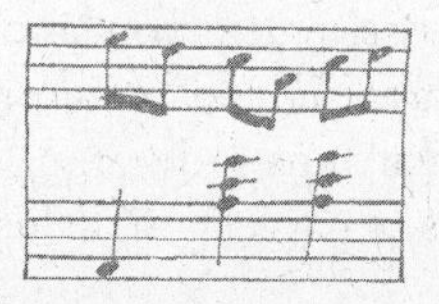

CAPÍTULO 25

∞

Tras despedirse de su hermano y de su tía, Léonie siguió a Marieta por la escalera hasta la primera planta, donde enfilaron por un pasillo que recorría la casa de parte a parte. La criada hizo una pausa para indicarle dónde estaba el retrete y, al lado, un espacioso cuarto de baño, en el centro del cual había una enorme bañera de cobre, antes de continuar hacia su dormitorio.

—La habitación amarilla, *madomaisèla* —dijo Marieta, y se hizo a un lado para permitir que entrase Léonie—. Hay agua caliente en la jofaina. ¿Necesita usted alguna cosa más?

—No, está todo de maravilla, gracias.

La criada hizo una reverencia y se retiró.

Léonie, complacida, miró en derredor la habitación que iba a ser la suya por espacio de las siguientes cuatro semanas. Era un dormitorio perfectamente amueblado y decorado, bello a la par que confortable, con vistas a las extensiones de césped más al sur de la propiedad. La ventana estaba abierta, y desde abajo le llegó el tintineo de la loza y la porcelana, ya que las criadas estaban recogiendo la mesa.

Las paredes estaban cubiertas por un delicado papel pintado con flores púrpuras y rosas, a juego con las cortinas y la colcha, todo lo cual daba una gran impresión de luminosidad, a pesar de la caoba oscura de los muebles. La cama —de largo, la más grande que había visto Léonie en su vida— parecía una falúa egipcia en el Nilo, en medio de la habitación, con un ornamentado cabezal y una moldura, a los pies, de caoba resplandeciente. Al fondo había un amplio armario con unas patas que parecían zarpas y, junto a la cama, una mesilla que tenía una vela en una palmatoria, un vaso y una jarra de agua cubierta con una servilleta de lino para impedir que pudieran caer dentro las moscas. Su costurero también estaba allí, junto con el bloc de papeles de acuarela y el estuche de sus útiles de pintura. El caballete de viaje lo habían dejado apoyado contra el lateral del armario.

Léonie atravesó la habitación camino del armario. Las puertas estaban talladas en el mismo estilo complicado, de reminiscencias egipcias, y tenía dos grandes espejos en los que se reflejaba la totalidad de la habitación que había quedado a su espalda. Todo había sido debidamente desempacado. Abrió la puerta de la derecha, con lo que temblaron las perchas en la barra, para ver sus enaguas, vestidos de tarde, trajes de noche y chaquetas, perfectamente colocados en hileras sucesivas.

En la amplísima cómoda, al otro lado del armario, encontró en los cajones su ropa interior y sus prendas menores, camisolas, corsés, blusas, medias, todas ellas perfectamente dobladas en los profundos cajones, que olían a lavanda recién cortada.

La chimenea se encontraba frente a la puerta, y encima de ella había un espejo con marco de caoba. En el centro del encastre de mármol destacaba un reloj de porcelana de Sevres, muy parecido al que había en la repisa del salón de su casa.

Léonie se quitó el vestido, las medias de algodón, la combinación y el corsé, dejando las prendas sobre el sillón. Con la camisola y la ropa interior, vertió el agua aún humeante de la jarra en la jofaina. Se lavó la cara y las manos, y también las axilas y los senos. Cuando hubo terminado, tomó la bata de cachemir del gancho de recio latón que había detrás de la puerta y se sentó ante la mesa del tocador, delante del alto ventanal central de los tres que tenía la habitación.

Horquilla a horquilla fue liberando su cabello cobrizo e ingobernable, soltándoselo hasta que cayó a la altura de su cintura esbelta, y entonces inclinó el espejo hacia sí para comenzar a cepillárselo con pasadas largas, lentas, hasta tenerlo desenmarañado del todo, como una brazada de seda salvaje que le cayera por la espalda.

Por el rabillo del ojo vio que algo se movía en los jardines, algo que le llamó la atención.

—Anatole —murmuró, pensando que acaso su hermano hubiera decidido hacer caso omiso de la petición de Isolde y que al final no se había contentado con quedarse en la casa.

Y esperó que así fuera.

Alejando de su ánimo todo sentimiento indigno, Léonie colocó el cepillo del pelo sobre la mesa del tocador y se dio la vuelta para situarse ante el ventanal del centro. Los últimos vestigios del día prácticamente se habían despedido ya del cielo. A medida que sus ojos se acostumbraban a la media luz del crepúsculo, se fijó en otro movimiento, esta vez en la linde más lejana de la extensión de césped, muy cerca del alto seto que lo cerraba, más allá del estanque ornamental.

Vio entonces con toda claridad una figura. No llevaba la cabeza cubierta y caminaba con gestos furtivos, dándose la vuelta cada pocos pasos para mirar atrás, como si creyera que lo estaban siguiendo.

¿Un simple espejismo, producto de la luz?

La figura desapareció en las sombras. Léonie se imaginó que oía la campana de una iglesia repicar a lo lejos, en el valle, una única nota, una nota de tristeza, pero cuando aguzó el oído, sólo distinguió los sonidos habituales en el campo al atardecer. El susurro del viento en los árboles, los coros de las aves que trinaban en las copas más frondosas. Luego, el sobrecogedor ulular de un búho que se disponía a cazar en cuanto se hiciera de noche.

Al darse cuenta de que tenía los brazos en carne de gallina, Léonie finalmente cerró la ventana y se retiró. Tras dudar unos momentos, también corrió las cortinas. La figura sin duda tenía que haber sido uno de los hortelanos deseoso de ir a beber algo, o bien un chiquillo osado que se hubiera atrevido a cruzar la propiedad por un atajo prohibido, si bien le pareció encontrar algo desagradable e incluso amenazador en aquella visión. La verdad es que le inquietó haberlo presenciado. Sintió malestar por lo que había visto.

El silencio reinante en la habitación de pronto lo perturbó el ruido seco de unos nudillos que llamaban a la puerta.

—¿Quién es? —exclamó.

—Soy yo —dijo Anatole—. ¿Estás presentable? ¿Puedo entrar?

—Espera, ya voy.

Léonie se ató el lazo de la bata y se alisó el cabello apartándoselo de la cara, sorprendida al ver que le temblaban las manos.

—¿Qué sucede? —le preguntó él cuando le abrió la puerta—. Te noto preocupada.

—Estoy bien —contestó cortantemente.

—¿Estás segura, pequeña? Estás blanca como el papel.

—¿No estarías tú paseando por el césped? —le preguntó de pronto—. Hace unos diez minutos, e incluso menos.

Anatole negó con un gesto.

—Me quedé en la terraza unos minutos después de que tú te retirases, pero sólo el tiempo que me llevó fumar un cigarrillo. ¿Por qué lo dices?

—Es que... —empezó a decir Léonie, pero se paró a pensarlo mejor—. Parecía un hombre bastante alto... En fin, no te preocupes, no tiene importancia.

Él dejó caer las prendas de vestir de ella al suelo y se apoderó del sillón.

—Probablemente haya sido uno los mozos de cuadra —dijo, y cogió un cigarrillo de su pitillera y una caja de cerillas Vestas del bolsillo para colocarlas sobre la mesa.

—No, no fumes aquí —le suplicó Léonie—. Tu tabaco es nocivo.

Él se encogió de hombros e introdujo la mano en el otro bolsillo para sacar un pequeño librito de color azul.

—Te he traído algo para pasar el tiempo si te aburres.

Fue caminando a la otra punta de la habitación, le dio la monografía y volvió a sentarse en el sillón.

—Aquí está —dijo él—. *Diables et esprits maléfiques et phantômes de la Montagne.*

Léonie no le estaba escuchando. Volvió a mirar velozmente hacia la ventana. Se preguntaba si aquello que había visto poco antes seguiría estando allí.

—¿De veras que te encuentras bien? Te noto sumamente pálida.

La voz de Anatole la sacó de su distracción. Léonie miró el delgado volumen que tenía en la mano, como si se preguntase de dónde había podido salir.

—Sí, estoy bien —le espetó para superar el azoramiento que la embargaba—. ¿Y qué clase de libro es éste?

—No tengo ni idea. Tiene una pinta terrible, pero es que parece de los que a ti más te gustan, ¿o no? Lo encontré en la biblioteca, donde estaba criando polvo. Por lo visto, el autor es una de las personas que Isolde tiene intención de invitar a la cena del sábado por la noche, un tal monsieur Audric Baillard. Contiene algunos pasajes sobre el Domaine de la Cade. Por lo que me ha parecido entender, hay toda clase de cuentos sobre diablos, espíritus malignos y fantasmas asociados con esta región, y en particular con esta finca. Y que se remontan al menos a las guerras de religión del siglo XVII. —La miró sonriendo.

Léonie entornó los ojos con evidente suspicacia.

—¿Y qué te ha llevado a tener conmigo este acto de generosidad?

—¿Acaso no puede un hermano, por pura bondad de corazón, tener algún gesto de amabilidad ocasional con su hermana?

—Determinados hermanos sí, desde luego.

Él levantó las manos en señal de rendición.

—Muy bien, como quieras. Pensé que el libro te serviría para no hacer ninguna travesura.

Anatole se agachó cuando Léonie le lanzó un cojín.

—Fallaste —rió—. Ha sido un pésimo lanzamiento. —Recogió la pitillera y las cerillas de la mesa, se puso en pie de un salto y en un visto y no visto se había plantado en dos zancadas en la puerta—. Ya me dirás qué tal te entiendes con monsieur Baillard. Yo creo que deberíamos aceptar la invitación de Isolde para tomar más tarde una copa en el salón, ¿no crees?

—¿No te parece extraño que esta noche no haya cena?

Él enarcó las cejas.

—¿Acaso tienes apetito?

—No, la verdad es que no, pero de todos modos...

Anatole se llevó el dedo a los labios.

—Pues entonces no digas nada. —Abrió la puerta—. Y disfruta con el libro, pequeña. Cuento con que más adelante me hagas un buen resumen.

Y se marchó.

Léonie escuchó su silbido melodioso y el paso firme de sus botas alejarse cada vez más, por el pasillo, camino de su propia habitación.

Entonces le llegó el ruido de otra puerta al cerrarse. Se hizo la paz en la casa.

Léonie recogió el cojín de donde había caído y se tumbó en la cama. Recogió las rodillas, se hizo un ovillo y abrió el libro.

El reloj de la repisa dio la media.

CAPÍTULO 26

PARÍS

Las calles y los bulevares de moda estaban envueltos por una luz espesa, de tonos ocres, crepuscular. Al igual que los *quartiers perdus,* los barrios más desfavorecidos, las callejuelas y el laberinto de viviendas y tenduchas, en los que costaba trabajo respirar con la polución del atardecer.

El mercurio bajó en picado. El aire se enfriaba rápidamente.

Los edificios y las personas, los tranvías y los landós, parecían salir de pronto de las sombras, aparecer y desaparecer como espectros. Los toldos de los cafés en la calle Amsterdam aleteaban con el viento borrascoso, dando sacudidas como caballos atados que tratasen de escapar. En los Grands Boulevards, las ramas de los árboles se mecían con violencia.

Las hojas bailaban o volaban por las aceras del noveno *arrondissement* y por las veredas jalonadas de verdes extensiones de césped en el parque Monceau. No había niñas jugando a la rayuela; los niños estaban todos recogidos en el interior de los edificios de las embajadas. Los cables del telégrafo recién instalados en la oficina de correos comenzaron a vibrar, a cantar, y los tendidos de los tranvías silbaban ocasionalmente.

A las siete y media la niebla dejó paso a la lluvia. Una lluvia fría y gris, como de limaduras de hierro al principio, y luego arreció con fuerza. Los criados cerraron las persianas de las viviendas en todos los pisos con gran estrépito. En el octavo *arrondissement,* las dependientas y los mozos de las oficinas buscaron refugio de la tempestad inminente, pidieron cerveza y absenta y se pelearon por las contadas mesas que aún quedaban libres en el café Wéber, en la calle Royale. Los mendigos y *chiffonniers* carentes de techo en el que guarecerse buscaron cobijo bajo los puentes y los pasos elevados del ferrocarril.

En la calle Berlin, Marguerite Vernier permanecía tendida en la *chaise longue* del salón de su casa. Uno de sus blancos brazos estaba doblado bajo su cabeza, el otro sobre el brazo del diván, los dedos rozando la alfombra como si fuera una muchacha soñadora que tocara con ellos ligeramente el agua a bordo de una embarcación, en pleno verano. Un levísimo contacto. Sólo el tinte azulado de los labios, la moradura que tenía como un collar por debajo del mentón, el brazalete de sangre en la muñeca, delataban el hecho de que no estaba durmiendo.

Como Tosca, como Emma Bovary, como la malhadada heroína de Prosper Mérimée, Carmen, Marguerite seguía bellísima pese a estar muerta. El cuchillo, la hoja teñida de rojo, yacía junto a su mano como si se hubiera desprendido de sus dedos en el instante de morir.

Victor Constant era insensible a su presencia. Para él ya había dejado de existir en el instante en que le arrancó el último trozo de información que precisaba. Le había llevado más tiempo del que supuso en principio.

Salvo el tictac del reloj en la repisa, todo estaba en completo silencio.

Al margen del círculo de luz que proyectaba una sola vela, todo estaba a oscuras.

Constant se abrochó los pantalones, encendió un cigarrillo de tabaco turco y acto seguido tomó asiento a la mesa del comedor, para examinar el diario que su criado había encontrado en la mesilla de noche de Vernier.

—Tráeme un coñac.

Con su propio cuchillo, una navaja Nontron de mango amarillo, Constant cortó el cordel, desdobló el papel ocre, encerado, y sacó un cuaderno de bolsillo, de color azul real. El diario en realidad era una agenda en la que Vernier había registrado sus actividades cotidianas: los salones que había frecuentado, una lista de deudas perfectamente anotadas en doble columna y tachadas cuando las había saldado; la mención de un breve flirteo con los ocultistas durante los primeros y más fríos meses del año, más como tenedor de libros que como acólito; las adquisiciones que había hecho, como un paraguas o una edición limitada de los *Cinq Poèmes* publicados por la librería de Edmond Bailly, en la calle Chaussée d'Antin.

A Constant no le interesaban los tediosos detalles domésticos, de modo que pasó velozmente las hojas, repasándolas más bien por encima, en busca de fechas o referencias que pudieran decirle lo que en realidad deseaba saber.

Buscaba sobre todo algún detalle referente a la historia de amor entre Vernier y la única mujer a la que Constant había amado. Todavía no era capaz de decidirse a pensar en su nombre, y menos aún a decirlo en voz alta. El 31 de octubre del año anterior ella le dijo que sus relaciones debían terminar. A decir verdad, la relación que mantuvieron antes apenas mereció ese nombre. Él había tomado su reticencia como una muestra de modestia, y no la había presionado. Su sorpresa en cambio se transformó en el acto en una rabia incontrolable, y poco le faltó para matarla. En realidad, lo hubiera hecho sin dudarlo, de no ser porque los gritos de ella se oyeron por todo el edificio.

La tuvo que dejar marchar, la tuvo que olvidar. En el fondo, no había sido su intención hacerle daño. La amaba, la adoraba. Pero la traición que ella le infligió fue excesiva para él, no pudo soportarla. Ella le había empujado a hacerlo.

Después de aquella noche optó por desaparecer de París. A lo largo de noviembre y diciembre, Constant pensó en ella sin cesar. Nada más simple. La amaba, mientras que ella, a cambio de su amor, lo había traicionado ignominiosamente. Tanto su cuerpo como su espíritu le ponían delante de los ojos, sin cesar, rencorosos recordatorios del tiempo que habían pasado juntos: su perfume, su gracilidad de movimientos, su manera de sentarse a su lado, lo agradecida que había estado por el amor que él le profesaba. Qué modesta había sido, qué obediente, qué perfecta. En esos momentos, la humillación que le supuso la manera en la que le abandonó volvía sobre él como una ola henchida de ira, desmedida, cada vez más incontrolable, más salvaje.

Para borrar su recuerdo, Constant se refugió en los pasatiempos habituales de un caballero con costumbres urbanas y bolsillos bien surtidos. Fue a los garitos de juego, acudió a los clubes nocturnos, tomó láudano en abundancia para contrarrestar los efectos de las dosis cada vez mayores de mercurio que se veía obligado a administrarse para aliviar los síntomas de su enfermedad, que se agravaba día a día. Pasó por su vida una sucesión de *midinettes,* putas que fugazmente se le parecían a ella, y la suave dulzura de sus carnes pagó el precio de la deslealtad que tuvo ella con él. Era sumamente apuesto. Sabía ser generoso. Sabía cómo encandilarlas, cómo engatusarlas, y las chicas siempre estaban más que dispuestas a plegarse a sus deseos, hasta el momento en que comprendían la depravación a que llegaba en su apetito.

No encontró al final nada que realmente le proporcionara el menor alivio. Nada paliaba del todo la angustia que le producía la traición.

Por espacio de tres meses, Constant sobrevivió sin ella. A finales de enero, sin embargo, las cosas cambiaron de golpe. Al comenzar a derretirse el hielo del Sena, llegó a sus oídos un rumor: no sólo había regresado ella a París, no sólo había enviudado, sino que además, al parecer, tenía un amante. Había entregado sin reservas a otro hombre lo que a él le había impedido disfrutar.

El tormento de Constant era abrumador; su ira, desbordante, imparable. La necesidad de tomarse venganza con ella, o con los dos, se apoderó por completo de su ser. La imaginaba a ella sangrando en sus manos, la imaginaba sufriendo tanto como ella le había hecho sufrir a él. Castigar a esa furcia por su imperdonable perfidia pasó a ser sin que se diera cuenta su único propósito en la vida.

Estaba consumido por los celos.

No le resultó difícil descubrir quién era su rival. El hecho de que el tal Vernier y ella fueran amantes era el primer pensamiento que le venía a la cabeza nada más amanecer, en cuanto salía el sol. Era lo último en que pensaba cuando la luna saludaba la llegada de la noche.

Enero dejó paso a febrero, y Constant inició su campaña de persecución, sus represalias. Comenzó por Vernier, tras haberse propuesto destruir su buena fama. Su táctica fue bien sencilla. Habladurías puestas en bandeja de los plumillas más infectos de los peores periódicos, que iba lanzando una a una. Cartas falsificadas que pasaron de mano en mano, cada cual más innoble. Rumores que introdujo en las redes laberínticas de los grupos clandestinos, de los iniciados y los acólitos y los partidarios del mesmerismo, todo un enjambre que bullía por debajo de la fachada más respetable de París, todos ellos deseosos de recelar de lo primero que se moviera, todos ellos en un constante temor a la traición ajena. Las noticias podridas, los susurros a media luz, la publicación anónima de toda clase de calumnias.

Todo mentira. Verosímil, pero falso.

Sin embargo, ni siquiera su cruzada contra Vernier, por muy bien orquestada que llegara a estar, dio descanso a Constant. Las pesadillas seguían inquietando sus sueños, e incluso sus días estaban repletos de imágenes en las que aparecían los amantes en los brazos el uno del otro, entrelazados. El progreso implacable de su propia enfermedad también le robaba el sueño. Cuando Constant cerraba los ojos, le asaltaban imágenes de pesadilla en la que él mismo aparecía azotado y clavado en una cruz. Tenía constantes visiones en las que su cuerpo era aplastado en el suelo, un Sísifo redivivo y aplastado bajo la propia roca con la que debía cargar, o bien atado de pies y manos, como Prometeo, mientras era ella la que se encorvaba sobre su pecho y le arrancaba las vísceras.

En marzo se solucionó su conflicto, al menos en cierto modo. Ella murió, y con esa muerte halló una especie de liberación. Constant asistió desde cierta distancia al entierro, al momento en que su féretro descendía a la tierra húmeda en el cementerio de Montmartre, con la sensación de que se había quitado una pesada carga de los hombros. Después, con gran satisfacción, contempló cómo se hacía añicos la vida de Vernier, destrozado por el peso de la pena.

La primavera dejó paso al calor de julio y agosto. Durante un tiempo, Constant halló la paz. Llegó septiembre. Un comentario que oyó entonces al azar, un mechón de cabello rubio bajo un sombrero azul en el bulevar Haussmann, murmullos en Montmartre sobre un féretro enterrado seis meses atrás, sólo que un féretro vacío. Constant mandó a dos hombres a interrogar a Vernier precisamente la noche de la revuelta que se declaró en el palacio Garnier, pero tuvieron que suspender el interrogatorio antes de haber averiguado nada que tuviera verdadero valor.

Repasó las páginas del diario una vez más, hasta llegar de nuevo al pasado 16 de septiembre. La página estaba en blanco. Nada. Vernier no había tomado nota de la revuelta en la Ópera, no había hecho referencia a la agresión de la que fue víctima en el callejón Panoramas. La última anotación del diario databa de dos días antes. Constant volvió la hoja y leyó de nuevo. Letras grandes, letras que rezumaban confianza, y una sola palabra.

FIN.

Notó que le invadía una ira helada. Aquella única palabra parecía bailotear en la página delante de sus ojos, parecía mofarse de él casi con saña. Después de todo lo que había tenido que soportar, descubrir que había sido víctima de una añagaza de tal calibre aguzó su amargura de un modo increíble. Fue como si un animal le royera por dentro.

Qué estupidez, haber pensado que con deshonrar a Vernier bastaría para que se le concediese la paz. Constant supo entonces qué era lo que tenía que hacer. Emprendería la caza del hombre y la mujer. Y cuando diera con ellos, los mataría.

El criado le puso un vaso de coñac al alcance de la mano.

—Es posible que el general Du Pont no tarde en llegar... —murmuró, y se acercó a la ventana.

Consciente en esos momentos de que pasaba el tiempo inexorablemente, tomó la hoja de papel marrón en la que estaba envuelto el diario. El hecho de que éste se encontrara en la vivienda lo tenía desconcertado. ¿Por qué no se lo llevó Vernier, si no tenía, según su suponer, la intención de regresar? ¿Por qué se había marchado con tantas prisas? Tal vez fuera, claro está, que no tuviera la intención de estar ausente de París por mucho tiempo.

Constant acabó el vaso de coñac de un trago y lo lanzó a la chimenea. Se partió en mil pedazos afilados y resplandecientes. El criado se encogió instintivamente, pero no se movió. Por un instante, pareció que en el aire vibrase y reverberase la violencia del acto.

Bajo la intranquila mirada del criado, Constant se puso en pie y colocó la silla con toda precisión ante la mesa del comedor. Fue caminando a la repisa y abrió la esfera del reloj de porcelana de Sevres. Movió las manecillas hasta que dieron las ocho en punto. Entonces lo golpeó por detrás contra el canto de mármol, y repitió la operación varias veces, hasta que el mecanismo dejó de funcionar. Agachándose, colocó el reloj boca abajo entre los restos de vidrio del vaso de coñac.

—Abre el champán y trae dos copas.

El hombre cumplió la orden. Constant fue hasta el diván. Agarró de los pelos a Marguerite Vernier y colocó su cabeza entre sus brazos. El olor metálico y dulzón, a matadero, la envolvía por completo. Los pálidos cojines que la rodeaban se habían teñido de carmesí. Un manchurrón de sangre se le había extendido por el pecho, como si fuera la floración exuberante de una flor de invernadero.

Constant vertió un poco de champán en la boca magullada de Marguerite. Apretó el borde de la copa contra sus labios agrietados hasta que resultó visible una tenue mancha de lápiz de labios, y luego llenó la mitad de la copa de champán y la colocó en la mesa, a su lado. Vertió otro poco en la segunda copa y acto seguido colocó la botella, ladeada, en el suelo. Lentamente, el líquido se fue vaciando y formó un reguero de burbujas que corrían por la alfombra.

—Nuestros camaradas, los reptiles del cuarto poder, ¿están ya al tanto de que esta noche podrían encontrarse con algo bien jugoso?

—Sí, monsieur. —Por un momento, la máscara del criado se le deslizó—. La dama... ¿está muerta?

Constant no contestó.

El criado se persignó. Constant se acercó a un aparador y tomó una fotografía enmarcada. Marguerite estaba sentada en el centro, con sus hijos tras ella, las manos de ambos apoyadas en sus exquisitos hombros. Leyó el nombre del estudio y la fecha, octubre de 1890.

La hija aún llevaba suelto el cabello. Una niña aún.

El criado tosió.

—¿Vamos a viajar a Ruán, monsieur?

—¿A Ruán?

Retorció los dedos con nerviosismo, reconociendo la mirada inconfundible en los ojos de su señor.

—Perdone, monsieur, pero ¿no dijo madame Vernier que su hijo y su hija habían viajado a Ruán?

—Ah. Sí, sí, dio muestras de valor..., más iniciativa de lo que supuse, sí. Pero mucho me temo que no sea Ruán su auténtico destino. Es posible que ella en realidad no lo supiera. —Dio la fotografía a su hombre de confianza—. Sal a preguntar por la muchacha. Alguien terminará por hablar. Siempre sucede lo mismo. La gente se acordará de ella. Sonrió con total frialdad—. Ella es quien nos va a conducir a donde quiera que estén Vernier y su furcia.

CAPÍTULO 27

∞

Domaine de la Cade

Léonie dio un chillido. Se incorporó de golpe, con el corazón batiéndole con fuerza en las costillas. La vela se había apagado por sí sola y la habitación estaba envuelta en tinieblas.

Por un momento creyó que se encontraba de nuevo en el salón de la calle Berlin. Entonces bajó los ojos y vio el librito de monsieur Baillard sobre la almohada, a su lado, y comprendió todo.

Un cauchemar.

Una pesadilla de diablos y espectros, de fantasmas y seres con garras afiladas, de antiguas ruinas en las que tejían sus telas las arañas. Los ojos huecos, las cuencas vacías de los espectros.

Léonie se dejó caer apoyándose en el cabezal de madera, a la espera de que el pulso se le normalizase. Imágenes de un sepulcro de piedra bajo un cielo gris, y coronas fúnebres ya marchitas sobre un desgastado blasón. Un escudo de armas familiar, corrompido y deshonrado desde antaño.

Qué sueño tan siniestro.

Esperó a que bajara la frecuencia de sus latidos, pero el martilleo de la sangre en el interior de su cabeza fue si acaso en aumento.

—¿*Madomaisèla* Léonie? *Madama* me envía a preguntarle si necesita alguna cosa.

Aliviada, Léonie reconoció la voz de Marieta.

—*Madomaisèla?*

Léonie se incorporó, se compuso y dio una voz.

—Entra.

Oyó que sacudían puerta.

—Discúlpeme, *madomaisèla,* pero está cerrada por dentro.

Léonie no recordó haber girado la llave. Con agilidad, se calzó las chinelas de seda y corrió a abrirla.

Marieta hizo una reverencia a toda prisa.

—*Madama* Lascombe y *sénher* Vernier me piden que les pregunte si desea reunirse con ellos.

—¿Qué hora es?

—Son casi las nueve y media.

Se ha hecho muy tarde.

Léonie se frotó los ojos para espantar del todo la pesadilla.

—Pues claro, claro. Yo me arreglo. Si puedes decirles por favor que bajo enseguida...

Se puso la ropa interior y encima un vestido de noche sencillo, nada complicado. Se arregló el pelo con unas cuantas horquillas, se echó un poco de agua de colonia detrás de las orejas y en las muñecas y descendió velozmente las escaleras camino del salón.

Tanto Anatole como Isolde se pusieron en pie en cuanto entró ella. Isolde vestía sencillamente un vestido azul turquesa de cuello alto, con medias mangas, adornado con un collar de cuentas de azabache. Estaba deslumbrante.

—Lamento haberos hecho esperar —dijo Léonie para pedir disculpas, besando primero a su tía y luego a su hermano.

—Ya estábamos pensando que no vendrías —dijo Anatole—. ¿Qué te apetece tomar? Estamos bebiendo champán... No, discúlpame, Isolde, nada de champán. ¿Quieres lo mismo o prefieres otra cosa?

—¿Nada de champán?

Isolde sonrió.

—Te está tomando el pelo. Es un *blanquette* de Limoux; no es exactamente champán, sino un vino espumoso de los alrededores, muy semejante. Es más dulce, más ligero, quita mejor la sed. Confieso que le he tomado verdadero aprecio.

—Gracias —dijo Léonie, y aceptó una copa—. He comenzado a leer el librito de monsieur Baillard. Acto seguido oí que Marieta llamaba a la puerta y supe que eran más de las nueve.

Anatole se echó a reír.

—¿Tan aburrido es que te ha entrado el sueño?

Léonie negó con un gesto.

—Más bien todo lo contrario. Era fascinante. Aparece el Domaine de la Cade... o, mejor dicho, el lugar en que se encuentra actualmente la casa y toda la propiedad. Por lo visto, es desde hace mucho tiempo centro de numerosas supersticiones y de leyendas locales. Fantasmas, diablos, espíritus que salen a pasear de noche... Las más corrientes son las historias que hablan de un personaje negro, feroz, a medias demonio, a medias animal, que ronda por la campiña cuando vienen malos tiempos y que se lleva a los niños chicos y al ganado.

Anatole e Isolde se miraron a los ojos sin decir nada.

—Según cuenta monsieur Baillard —siguió explicando Léonie—, ésa es la razón de que sean tantos los lugares de los alrededores que apuntan a esos elementos sobrenaturales del pasado. Narra una historia relativa a un lago que hay en el monte de Tabe, el llamado Estanque del Diablo, que según se dice tiene comunicación directa con el mismísimo infierno. Si uno arroja una piedra, al parecer salen del agua nubes de gases sulfúricos que desencadenan terribles tormentas. Y hay otro cuento que se remonta al verano de 1840, en el que hubo una terrible sequía. Desesperados por lograr que lloviese de la forma que fuera, un molinero del pueblo de Montségur subió al monte de Tabe y lanzó un gato vivo al lago. El animal se debatió y peleó como un demonio, molestando tanto al Diablo en persona que éste hizo que lloviera en los montes de los alrededores durante dos meses seguidos.

Anatole se acomodó en el sillón, pasando el brazo por el respaldo del que tenía al lado. En la chimenea, un buen fuego crepitaba sin cesar.

—¡Qué estupidez! ¡Cuánta superstición! —dijo con afecto—. Casi lamento haber puesto semejante libro en tus manos.

Léonie hizo una mueca.

—Tú búrlate si quieres, que siempre hay una parte de verdad en todas esas historias.

—Bien dicho, Léonie —dijo Isolde—. A mi difunto esposo le interesaban mucho todas las leyendas relacionadas con el Domaine de la Cade. Lo que más le atraía era la historia del periodo visigótico, aunque muchas noches se quedó despierto hasta muy tarde, charlando con monsieur Baillard sobre toda clase de asuntos. El cura del pueblo cercano, Rennes-le-Château, también se les sumaba en ocasiones.

En la mente de Léonie de pronto destelló una repentina imagen, tres hombres apiñados en torno a unos cuantos libros, y se preguntó si no le habría molestado a Isolde el tener que quedarse sola tan a menudo.

—El abad Saunière —asintió Anatole—. Gabignaud nos habló de él en el viaje desde Couiza esta misma tarde.

—Dicho esto, creo que es justo decir que Jules siempre fue muy cauteloso cuando estaba en compañía de monsieur Baillard.

—¿Cauteloso? ¿Cómo es posible?

Isolde hizo un gesto con su mano, blanca y esbelta.

—Oh, tal vez *cauteloso* no sea la palabra más adecuada. Quizá se mostraba más bien reverencial. Pensándolo bien, no estoy muy segura de lo que quiero decir. Tenía un gran respeto por la edad de monsieur Baillard y por su saber, pero también tenía cierto temor ante su erudición desbordante.

Anatole volvió a llenar las copas y tocó la campanilla para pedir otra botella.

—¿Y dices que el tal Baillard es de esta localidad?

Isolde asintió.

—Tiene una vivienda amueblada en Rennes-les-Bains, aunque su domicilio habitual está en otro lugar. Cerca de los Sabarthès, según tengo entendido. Es un hombre sencillamente extraordinario, pero es muy reservado. Es muy circunspecto en lo que se refiere a sus experiencias pasadas, y le interesan asuntos realmente muy variados. Además del folclore y las costumbres locales, también es un gran experto en la herejía de los albigenses. —Se rió por lo bajo—. Desde luego, mi difunto esposo comentó una vez que era posible imaginar que monsieur Baillard hubiera presenciado con sus propios ojos algunas de aquellas batallas de la Edad Media, de tan vívidas como son las descripciones que sabe hacer.

Todos sonrieron.

—No es la mejor época del año, pero tal vez te apetezca visitar algunas de las ruinas de los castillos fronterizos... —dijo Isolde a Léonie—. Si el tiempo no lo impide, claro.

—La verdad es que me encantaría.

—Por supuesto, en la cena del próximo sábado te sentaré al lado de monsieur Baillard para que puedas preguntarle a tus anchas por los diablos, las supersticiones y los mitos de estos montes.

Léonie se estremeció, recordando los cuentos que había leído en la recopilación de monsieur Baillard. También Anatole quedó en silencio. Un ambiente distinto se había apoderado de la sala, colándose en la apacible conversación cuando no estaba nadie atento. Durante un rato, el único sonido fue el tictac de las manecillas doradas del reloj de pie y el crepitar de las llamas en la chimenea.

A Léonie se le fue la mirada hacia los ventanales. Las persianas estaban cerradas para guarecerse de la noche, si bien tuvo plena conciencia de la oscuridad reinante en el exterior. Era como si tuviera una presencia viva, una respiración propia. No era más que el silbido del viento al cambiar de dirección en las esquinas del edificio, si bien a ella le pareció que la propia noche estuviera murmurando, conjurando a los ancestrales espíritus de los bosques.

Miró de reojo a Isolde, tan bella a la suave luz de las velas y tan apacible.

¿Lo percibirá ella también?

Isolde tenía la expresión serena, los rasgos del rostro impasibles. A Léonie le resultó imposible precisar, siquiera por aproximación, qué podía estar pensando. No aleteaba en sus ojos la pena que le hubiera producido la ausencia de su esposo. Y nada hacía pensar que sintiera la menor angustia, el menor nerviosismo ante lo que pudiera haber más allá de los gruesos muros de piedra de la casa.

Léonie contempló el *blanquette* que le quedaba en la copa y lo terminó de un trago.

El reloj dio la media. El ambiente definitivamente había cambiado.

Isolde anunció su intención de escribir las invitaciones para la cena del sábado y se retiró en el estudio. Anatole tomó la botella verde de Benedictine que había en la bandeja y proclamó que se quedaría un rato más fumando un puro.

Léonie besó a su hermano para darle las buenas noches y se retiró. Atravesó el vestíbulo con paso no muy firme, sintiendo los recuerdos del día apiñados en su ánimo. Repasó alborotadamente las cosas que le habían causado placer y las que le habían intrigado. Qué inteligente había sido tía Isolde al adivinar que los bombones preferidos de Anatole eran las Perlas de los Pirineos. Con qué naturalidad se habían comportado los tres casi en todo momento, disfrutando de la mutua compañía.

Pensó en las aventuras que tal vez podría vivir, en cuánto le gustaría explorar la casa a fondo y, si el tiempo no lo impedía, los terrenos de la finca.

Ya tenía la mano en la barandilla de la escalera cuando observó que la tapa del piano se hallaba tentadoramente abierta. Las teclas blancas y las negras resplandecían con recato a la luz titilante de la vela, como si acabaran de sacarles brillo. La belleza de la caoba que la rodeaba parecía emitir un resplandor propio.

Léonie no era una consumada pianista, pero fue incapaz de resistirse a la tentación del teclado inmóvil. Tocó una escala, un arpegio, un acorde. El piano tenía una dulce voz, suave, precisa, como si gozara de un estupendo cuidado y estuviera permanentemente afinado. Dejó que los dedos anduvieran a su antojo por las teclas, tocando unas cuantas notas un tanto tristes, en clave menor: la, mi, do re. Una hebra melódica y solitaria que tuvo un breve eco en el silencio del vestíbulo y luego se difuminó. Entristecida, evocadora, pensativa, plácida al oído.

Léonie pasó los nudillos en una escala de octavas que remató con un adorno, y subió entonces la escalera para ir a acostarse.

Pasaron las horas. Durmió.

La casa fue cayendo, una habitación tras otra, en el silencio. Una por una fueron apagándose las velas. Más allá de las paredes grises, de los terrenos, del césped, del lago y del hayedo, lucía sobre todo ello una blanca luna. Todo estaba en calma.

Y sin embargo...

PARTE IV

Rennes-les-Bains
Octubre de 2007

CAPÍTULO 28

∞

RENNES-LES-BAINS
LUNES, 29 DE OCTUBRE

El avión en que viajaba Meredith aterrizó en el aeropuerto de Blagnac, en Toulouse, con diez minutos de adelanto sobre el horario previsto. A las cuatro y media ya había recogido el coche de alquiler que tenía reservado y salía del aparcamiento. Con deportivas y vaqueros, con un gran bolso que llevaba al hombro, tenía toda la pinta de ser una estudiante.

El tráfico intenso de la hora punta por la carretera de circunvalación parecía enloquecido, casi un videojuego como el *Grand Theft Auto,* sólo que sin armas. Meredith sujetaba el volante con fuerza, nerviosa por los vehículos que surgían por todos los frentes. Accionó el aire acondicionado y clavó los ojos en el parabrisas.

Cuando por fin tomó la autovía, se hizo algo más fluida la circulación. Comenzó a sentirse cómoda con el coche, hasta el punto de encender la radio. Encontró una emisora, Radio Classique, preseleccionada en los mandos, y subió el volumen. Lo de siempre. Bach, Mozart, Puccini, incluso algo de Debussy.

El camino era bastante recto. Puso rumbo hacia Carcasona, desviándose al cabo de unos treinta minutos para tomar una carretera secundaria que pasaría por Mirepoix y Limoux. En Couiza, tomó un desvío a la izquierda, en dirección a Arques, y tras unos diez minutos de carretera bastante tortuosa dobló a la derecha. A las seis, con un sentimiento que era a medias de anticipación y a medias de emoción en estado puro, entraba ya en la localidad en la que había pensado durante tanto tiempo.

Las primeras impresiones que tuvo de Rennes-les-Bains le resultaron halagüeñas. Era mucho más pequeña de lo que había supuesto, y la calle mayor —aunque «mayor» era mucho decir— era estrecha, con anchura apenas suficiente para que se cruzasen dos coches, si bien tenía un encanto innegable. Ni siquiera le molestó que estuviera prácticamente desierta.

Pasó por delante de un feo edificio de piedra y luego junto a unos hermosos jardines con un rótulo metálico a la entrada, en la cancela: JARDIN DE PAUL COURRENT. Y vio un letrero en la pared que indicaba LE PONT DE FER. De pronto, pisó el freno a fondo. El coche se detuvo en seco, justo a tiempo de evitar la colisión contra la parte posterior de un Peugeot azul que estaba detenido en medio de la calzada.

Era el último de una hilera no muy larga. Meredith apagó la radio, apretó el botón para abrir la ventanilla y se asomó para ver mejor. Observó a un grupo de operarios junto a un rótulo amarillo, de carretera, que indicaba: ROUTE BARRÉE.

El conductor del Peugeot bajó del coche y se encaminó hacia los operarios dando gritos.

Meredith decidió esperar, y cuando vio que otros dos conductores también bajaban de sus vehículos hizo lo propio en el momento en que el conductor del Peugeot se daba la vuelta y regresaba hacia su coche. Tendría cincuenta y muchos años, canas en las sienes y algo de exceso de peso, pero que llevaba bien. Atractivo, con el porte y la prestancia de una persona acostumbrada a salirse con la suya. Lo que llamó la atención de Meredith fue su manera de vestir. Muy formal, con chaqueta y pantalón negros, corbata negra también y unos zapatos muy lustrosos.

Lanzó una mirada a la matrícula de su coche. Terminaba en 11. Era un lugareño.

—*Qu'est-ce qui se passe?* —preguntó cuando estuvo a su altura.

—Ha caído un árbol en la calzada —respondió con brusquedad, sin prestarle la menor atención.

A Meredith le fastidió que le respondiera en inglés. No creía tener tan mal acento cuando hablaba en francés.

—Vaya. ¿Y han dicho cuánto van a tardar? —replicó secamente.

—Como poco, media hora —contestó él, y entró en su coche—. Lo cual quiere decir que... quién sabe, a lo mejor hasta tres horas, según se cuenta el tiempo aquí, en el Midi. Podrían incluso tardar hasta mañana.

Se le notaba claramente impaciente por marcharse de allí cuanto antes. Meredith dio un paso adelante y apoyó una mano en la portezuela.

—¿Hay otra manera de cruzar al otro lado?

Esta vez al menos la miró. Ojos azul acero, muy directos.

—Hay que volver a Couiza pasando por los montes, por Rennes-le-Château —dijo él—. A estas horas de la tarde se tarda unos cuarenta minutos. Yo esperaría. De noche es fácil perderse. —Le miró a la mano—. Ahora, si me disculpa usted...

Meredith se puso colorada.

—Gracias por su ayuda —le dijo, y dio un paso atrás. Lo observó retroceder, marcha atrás, hasta aparcar el coche montado en la acera; lo vio salir y echar a caminar por la calle mayor. «No parece el más indicado para llevarse mal con él», se dijo para sus adentros, sin saber del todo por qué estaba tan molesta.

Algunos otros conductores habían resuelto dar la vuelta con una lenta maniobra, para volver por donde habían llegado. Meredith titubeó.

Por brusco que hubiera sido aquel hombre, dedujo que su consejo seguramente era digno de tenerse en cuenta. No tenía ningún sentido perderse por los montes.

Decidió explorar a pie la localidad. Aparcó el coche de alquiler montando también dos ruedas en la acera y lo colocó detrás del Peugeot azul. No estaba segura al cien por cien de que fuera Rennes-les-Bains la localidad de la que eran oriundos sus antepasados, o si tal vez había sido mera casualidad que la fotografía del soldado se hubiera tomado allí en 1914, y no en otro lugar. Lo cierto es que era una de las pocas pistas que podía rastrear.

Alcanzó el bolso del asiento del copiloto —sólo de pensar en dejar el portátil allí, con la posibilidad de que se lo robasen, se le ponían los pelos de punta— y verificó que el bolso del equipaje estuviera en el maletero y bien cerrado. Una vez revisado el coche, dio un corto paseo hasta la entrada principal de la Station Thermale et Climatique.

Había un cartel escrito a mano y clavado en la puerta, en el que se anunciaba que el establecimiento se hallaba cerrado por ser temporada de invierno: del 1 de octubre al 30 de abril de 2008. Meredith se quedó mirando el rótulo. La verdad, había dado por supuesto que permanecería abierto todo el año. No se le había ocurrido llamar por teléfono antes de viajar.

Con las manos en los bolsillos, se quedó un rato allí delante. Las ventanas estaban a oscuras, el edificio aparentemente desierto. Aun cuando tuvo que reconocer que la búsqueda de algún rastro de Lilly Debussy era, en parte al menos, una mera excusa para viajar hasta allí, había albergado serias esperanzas con respecto al balneario. Documentos antiguos, fotografías que se remontasen al cambio de siglo, cuando Rennes-les-Bains todavía era uno de los lugares más de moda en toda la región.

En ese momento, contemplando las puertas cerradas de la Station Thermale, aun cuando existiera alguna prueba de que Lilly había viajado allí a convalecer durante el verano de 1900 —o que incluso hubiera algún indicio de un joven en concreto, de uniforme militar—, comprendió que no iba a encontrarlos.

Quizá fuera posible convencer a alguien en el ayuntamiento de que le permitiera entrar, pero prefirió no creer en esa hipótesis. Enojada consigo misma por no haber pensado las cosas más despacio, Meredith se dio la vuelta y regresó por la misma calle.

Una senda peatonal bajaba por la derecha de los edificios que formaban el balneario, la llamada Allée des Bains de la Reine. La siguió por la vera del río, ajustándose la chaqueta contra el pecho para protegerse de un repentino viento que se acababa de levantar, por delante de una gran piscina que encontró vacía. La terraza desierta estaba en un estado de total descuido.

Los azulejos azules desportillados, el bordillo pintado de rosa y desconchado, las tumbonas de plástico blanco, rotas algunas. Costaba trabajo creer que aquella piscina se usara alguna vez.

Siguió su camino. También la ribera parecía abandonada, ajena a todo rastro de vida humana. Como en aquellas fiestas que no terminaban con el amanecer, en los tiempos del instituto, y seguían a la mañana siguiente como si fuera la noche anterior, en los campos embarrados y llenos de huellas de neumáticos. Había bancos metálicos a cada trecho, sólo que desangelados, desvencijados; había una pérgola metálica y herrumbrosa en forma de corona, con un asiento de madera corrido en forma de herradura. Daba la impresión de que nadie lo hubiera utilizado desde años atrás. Meredith alzó la mirada y vio unos ganchos metálicos, supuso que para instalar alguna clase de toldo.

Por pura fuerza de la costumbre, rebuscó en el bolso y sacó la cámara. Ajustó los parámetros para que no interfiriese la luz mermada y ambarina antes de tomar un par de fotografías, sin estar nada convencida de que fueran a salir. Intentó imaginarse a Lilly sentada en uno de aquellos bancos, con una blusa blanca y una falda negra, el rostro protegido por un sombrero de ala ancha, soñando con Debussy y con París. Intentó imaginar a su soldado en tonos sepia paseando a la orilla del río, tal vez con una muchacha del brazo, pero no fue capaz. Aquel lugar transmitía una sensación errónea. Todo estaba abandonado, todo se había dado por perdido. El mundo había seguido su curso, dejando aquello atrás, olvidado.

Con cierta tristeza, con nostalgia por un pasado imaginado, y sólo a medias, que nunca había llegado a conocer de verdad, Meredith caminó despacio por la orilla. Siguió el meandro que trazaba el curso del río hasta un puente de cemento que salvaba la corriente sin apenas elevación sobre el agua. Vaciló antes de cruzarlo. La otra orilla parecía más asilvestrada, era evidente que se frecuentaba mucho menos.

Era una gran estupidez ir dando vueltas por una localidad que le resultaba extraña, y además hacerlo sola y con un valioso ordenador portátil y una buena cámara en el bolso.

Encima, está anocheciendo.

Pero Meredith tenía la impresión de que algo tiraba de ella. El espíritu intrépido, supuso, o el afán de aventura. Tenía el vivo deseo de conocer a fondo la localidad. Descubrir el verdadero lugar que había sido cuatrocientos años antes, no sólo la calle principal con sus cafés modernos y sus coches. Y si además se diera el caso de que tenía alguna clase de relación personal con la localidad, no quería ni mucho menos pensar que había malgastado el poco tiempo de que disponía para visitarla. Colocándose la cincha del bolso cruzada por el hombro, por encima del pecho, pasó al otro lado del río.

El ambiente, allí, era distinto. De inmediato, Meredith tuvo la impresión de que era un paisaje más inamovible, menos influido por las gentes y las modas. La ladera que bajaba del monte, agreste, escarpada, parecía surgir directamente del suelo, arrancar allí mismo, bajo sus pies. La variedad de los verdes y los marrones, de los tonos cobrizos en los arbustos y en los árboles, adoptaba intensos matices diferenciados con la luz del atardecer. Tendría que haber sido un paisaje atrayente, pero por algún motivo algo no terminaba de ser como debiera, o al menos a ella se lo parecía. Como si fuese bidimensional, como si el auténtico carácter del lugar estuviera oculto bajo una capa exterior de pintura.

A la luz cada vez más escasa del atardecer de octubre, sobre un telón de fondo en el que el cielo se había tornado de color melocotón, Meredith siguió con cuidado su camino entre los brezos y la hierba aplastada a trechos, entre los despojos que barría el viento. Pasó un coche por el puente de la carretera, más arriba, y sus faros lanzaron un breve chorro de luz en la pared grisácea de la roca, allí donde el monte bajaba hasta la puerta misma del pueblo.

El ruido del motor se fue apagando y todo quedó de nuevo en silencio.

Meredith siguió por la senda hasta que ya no fue posible dar un paso más. Cuando se detuvo, se encontró frente a la entrada de un túnel oscuro que se introducía por debajo de la carretera en la montaña misma.

¿Quizá un desagüe de un barranco?

Apoyó la mano en el ladrillo frío de la tapia que lo rodeaba, y se asomó a mirar el interior, percibiendo la humedad del aire inmóvil en el interior del arco de piedra, y un susurro en la piel. Allí el agua corría a mayor velocidad, canalizada en la estrechez del túnel. Blancas motas de espuma salpicaban las paredes de ladrillo a la vez que el río se precipitaba sobre rocas escarpadas.

Había una estrecha cornisa, con la anchura suficiente para que alguien pasara pegado a la pared.

No es buena idea entrar ahí.

A pesar de todo, en contra de su criterio asomó la cabeza y, con la mano derecha apoyada en el lateral oscuro del túnel, de piedra viva, para no perder el equilibrio, dio un paso en la galería subterránea y oscura. Le alcanzó de lleno en la cara el olor a humedad, a musgo, a líquenes. La cornisa estaba resbaladiza, según percibió en cuanto se internó un poco más, sólo un poco más, y otro poco, hasta que la luz crepuscular de la tarde, de color amatista, empezó a ser poco más que una claridad lejana y ya no atinó a distinguir la orilla del río.

Agachando la cabeza para no golpeársela en la pared curva del túnel, Meredith se inclinó y miró más de cerca el agua del río. Unos pececillos negros iban veloces de un lado a otro; unas hilachas verdes, de un alga o una hierba, permanecían aplastadas por la fuerza de la corriente; las ondas de espuma blanca se formaban siempre en los mismos sitios, al entrar las ondas en contacto con las piedras sumergidas y las rocas del fondo.

Arrullada por el ruido constante y el movimiento del agua, Meredith se agachó. No logró concentrar la vista en ningún punto, pero se sintió en paz bajo el puente, en un lugar recóndito, secreto. Allí le resultaba más fácil, sin saber cómo, evocar todo el pasado. Mientras miraba el agua del río, imaginó sin dificultad a los chicos con pantalones bombachos, hasta las rodillas, y a las chicas de cabello rizado, recogido con cintas de satén negro, jugando al escondite allí mismo, debajo del puente viejo. Pudo incluso escuchar el eco de las voces de los adultos que los llamaban desde la otra orilla.

¿Qué demonios...?

Durante un fugaz momento, Meredith creyó discernir el perfil de un rostro que la miraba. Entornó los ojos con la intención de ver mejor. Fue consciente de que el silencio parecía haberse ahondado. El aire estaba de pronto vacío, helado, como si toda posibilidad de vida hubiera sido succionada de golpe. Sintió que se le paraba el corazón, sintió que se aguzaban todos sus sentidos. Todos los nervios de su cuerpo se pusieron alerta.

No es más que mi propio reflejo.

Se dijo que no fuera tan infantil, que no se dejara impresionar por cualquier cosa, y volvió a mirarse en el quebrado espejo del agua.

Esta vez no tuvo duda. Un rostro la miraba desde debajo de la superficie del río. No era un reflejo, aunque Meredith tuvo la sensación de que eran sus propios rasgos los que se ocultaban tras la imagen, si bien correspondían a los de una muchacha de largos cabellos que se mecían a merced de la corriente, una moderna Ofelia. En esos instantes, los ojos bajo el agua parecieron lentamente abrirse y sostener el examen que Meredith les estaba dedicando con una mirada clara y directa. Unas pupilas que parecían de cristal verde, pero que contuvieran al mismo tiempo todos los cambiantes colores del agua.

Meredith dio un grito. Sobresaltada, se irguió y poco le faltó para perder en ese instante el equilibrio, echando al tiempo las manos atrás para rehacerse al contacto con la pared que tenía a la espalda. Se obligó a mirar de nuevo.

Nada.

Allí no había nada. No había reflejo, no había ningún rostro espectral en el agua, sino tan sólo las formas distorsionadas de las rocas y los residuos que la corriente había arrastrado. Nada más que el agua que corría sin cesar por encima de las piedras, bailando al son del río.

Meredith sintió una imperiosa necesidad de salir del túnel cuanto antes. Con algún resbalón, con dificultad y apresuramiento, recorrió paso a paso la cornisa hasta encontrarse de nuevo fuera. Le temblaban las piernas. Se quitó el bolso del hombro, se dejó caer en un montículo de hierba seca, se acuclilló allí mismo. Por encima de ella, en la carretera, dos haces de luz pasaron de largo: otro coche había salido del pueblo.

¿Así había de empezar?

El mayor de los temores de Meredith consistía en que la enfermedad que tanto afligió a su madre biológica un día se manifestase en ella. Espectros, voces, el asedio de cosas de todo tipo, que nadie salvo ella alcanzaría a ver ni a oír.

Respiró hondo y despacio varias veces seguidas, sosegándose en la medida de sus posibilidades.

Pero yo no soy ella.

Meredith se concedió todavía unos minutos más, y sólo después, cuando estuvo algo calmada, se puso en pie. Se sacudió la ropa, limpiándose incluso el fango y las hierbas húmedas que se le hubieran prendido en la suela de las zapatillas; tomó entonces su pesado bolso y desanduvo sus pasos para regresar por el puente peatonal hasta la senda.

Seguía estando agitada, pero sobre todo se sentía enojada consigo mismo por haberse asustado de semejante forma.

Empleó la misma técnica que había aprendido tiempo atrás: tener presentes los buenos recuerdos, apartar de sí los malos. En ese momento, más que el doloroso recuerdo del llanto de Jeannette, oyó en cambio la voz de Mary en su interior. Una madre como ha de ser. Todas las ocasiones en que había llegado a casa embarrada, con los pantalones desgarrados, llena de picaduras y de arañazos. Si Mary estuviera allí mismo, en ese instante, estaría preocupada de que Meredith pudiera haberse internado por terrenos desconocidos y sin compañía de nadie, por haber metido la nariz en donde no la llamaba nadie, como había hecho siempre.

Igual que siempre, igual que siempre.

La arrasó de golpe una nueva oleada de nostalgia y echó de menos el hogar. Por vez primera desde que había viajado a Europa dos semanas antes, Meredith tuvo un sincero deseo de estar acurrucada, sana y salva, con un libro, en su sillón preferido, cubierta por aquella vieja manta de ganchillo que le había hecho Mary cuando tuvo que pasar todo un semestre fuera de casa, en vez de haberse alejado tanto por su cuenta, sola, y en lugar de haber emprendido lo que bien podría ser, al final, una búsqueda a tontas y a locas, en un rincón olvidado de Francia.

Con frío en todo el cuerpo, entristecida, Meredith se limitó a ver qué hora era. Constató que su móvil no tenía cobertura, pero al menos vio la hora. Sólo habían pasado quince minutos desde que dejara el coche. Se sintió apesadumbrada. La carretera casi con toda seguridad seguiría cerrada al tráfico.

En vez de volver a la Allée des Bains de la Reine, permaneció en el paseo que recorría las traseras de las casas al nivel del río. Desde allí alcanzaba a ver el interior de cemento de la piscina vacía, que pendía sobre la senda como si estuviera sujeto por unos postes. La silueta de los edificios originales era más fácil de observar desde allí. A la sombra, vio los ojos brillantes de un gato que entraba y salía de los contrafuertes de la piscina. Desperdicios, papeles volando, botellas de refrescos que el viento había arrastrado de un lado a otro se hallaban amontonados junto a los ladrillos y a la verja de alambre.

Allí, el río trazaba una curva a la derecha. En la otra orilla, Meredith vio un arco en el muro que conducía hacia el valle por debajo de la calle en ese punto sobreelevada, hasta la misma senda que llevaba a la orilla. Se habían encendido las farolas de la calle, y acertó a ver a una mujer de cierta edad, con un bañador de flores y un gorro de baño, que estaba haciendo el muerto en el agua, dentro de un círculo de piedras, la toalla doblada en el paseo. Meredith se estremeció de frío, sintiendo un punto de simpatía por aquella mujer, justo antes de darse cuenta del vapor que emanaba desde la superficie. No lejos de la mujer, un hombre también de cierta edad, con un cuerpo magro y arrugado, se estaba secando en la orilla.

Meredith admiró la valentía de los dos, por más que no fuera precisamente ésa la forma en que más le apeteciera pasar una fresca tarde de octubre. Trató de imaginar los tiempos gloriosos del cambio de siglo, cuando Rennes-les-Bains era un balneario que estaba en todo su apogeo. Las casetas de baño con ruedas, las damas y caballeros con unos trajes de baño anticuados, bajando poco a poco a tomar las aguas termales, con sus criados y enfermeras tras ellos en aquella misma orilla del río.

No lo logró. Como si aquello fuera un teatro después de que cayera el telón y se hubieran apagado las luces incluso en las plateas, Rennes-les-Bains le resultó en esos momentos demasiado despoblado para semejantes desafíos de la imaginación.

Una estrecha escalinata sin barandilla siquiera ascendía hasta un puente peatonal de hierro pintado de azul, que conectaba la margen izquierda con la derecha. Recordó el rótulo que había visto antes: LE PONT DE FER. Era exactamente allí donde había dejado el coche de alquiler. Meredith subió las escaleras oscilantes y regresó a la civilización.

CAPÍTULO 29

∞

Tal y como Meredith había supuesto, la carretera seguía cerrada al tráfico rodado. Su coche de alquiler se encontraba allí donde lo dejó, detrás del Peugeot azul. Sobre la acera, se les habían sumado otros dos vehículos más.

Pasó por delante del jardín de Paul Courrent y siguió por la calle principal caminando hacia las luces, pero dobló a la derecha por una carretera de pendiente muy inclinada, que parecía adentrarse por la falda misma del monte. Conducía a un aparcamiento, que encontró sorprendentemente lleno a tenor de lo desierta que parecía estar la localidad. Leyó el rótulo de información turística, un cartelón de madera, de estilo rústico, en el que se indicaban las caminatas que se podían llevar a cabo y los lugares de interés: L'Homme Mort, La Cabanasse, La Source de la Madeleine y, en una ruta algo más larga, campo a través, al pueblo vecino de Rennes-le-Château.

No llovía, pero había aumentado la humedad del aire. Todo parecía amordazado, matizado, empapado. Meredith siguió adelante, asomándose a diversos callejones que parecían no conducir a ninguna parte, mirando las ventanas iluminadas de las casas, y al cabo volvió hacia la calle mayor. Enfrente se encontró con el ayuntamiento, con la bandera tricolor inerte, sin el menor aleteo, el azul, el blanco y el rojo empapados por al aire del anochecer. Dobló a la izquierda y se encontró en la plaza Deux Rennes.

Meredith permaneció allí un rato, dejándose imbuir del ambiente. Había una pizzería con cierto encanto a la derecha, con unas mesas de madera tosca en la plaza. Sólo dos estaban ocupadas, ambas con sendos grupos de turistas que hablaban en inglés. En una, los hombres charlaban de fútbol y de Steve Reich, mientras las mujeres —una de ellas con un cabello muy negro y muy corto, con mucho estilo; la otra, rubia, con melena lisa, hasta los hombros, y una tercera con el pelo rizado y castaño claro— compartían una botella de vino y comentaban la última novela de Ian Rankin. En la segunda mesa había un grupo de estudiantes que devoraban una pizza y bebían cervezas. Uno de los chicos llevaba una chaqueta de cuero con tachuelas plateadas. A su lado, uno de cabello rubio y rizado hablaba de Cuba con un amigo más moreno, que tenía una botella de Pinot Grigio sin abrir entre las rodillas, y otro chico más joven estaba leyendo. El último miembro del grupo, una chica muy guapa con mechas de tinte rosa en el cabello, formaba un marco con ambas manos, como si encuadrase la escena para tomar una fotografía. Meredith sonrió al pasar de largo, acordándose de sus propios alumnos. La chica se fijó en ella y le devolvió la sonrisa.

En la esquina más alejada de la plaza, Meredith vio un *cloche-mur* con una sola campana sobre los tejados de los edificios colindantes. Decidió que aún le daría tiempo para echar un vistazo a la parroquia.

Se acercó por un trecho adoquinado a la iglesia de Saint-Celse y Saint-Nazaire. Una sola farola iluminaba desde arriba el pórtico sin pretensiones, abierto a los elementos por el norte y por el sur. Había allí dos mesas de aspecto incongruente, dos mesas sin nada más.

El rótulo colgado en el tablón de anuncios de la parroquia, al lado de la puerta, aclaraba que la iglesia abría desde las diez de la mañana hasta el atardecer, excepto los festivos y en días de boda o funeral. Pero cuando probó a abrir se la encontró cerrada, si bien las luces del interior estaban encendidas.

Miró el reloj. Las seis y media. Tal vez acabase de cerrar minutos antes.

Meredith se dio la vuelta. En la pared de enfrente vio grabado en la piedra un listado de nombres, los hombres de Rennes-les-Bains que perdieron la vida en la Primera Guerra Mundial.

À ses glorieux morts.

«¿Fue de veras glorioso morir en una guerra?», se preguntó Meredith, y pensó en su soldado de la fotografía de color sepia. Pensó en su madre biológica, que se adentró en las aguas del lago Michigan con los bolsillos cargados de piedras. ¿Valió la pena el sacrificio?

Dio un paso adelante y leyó el listado alfabético de nombres de principio a fin, a sabiendas de que no tenía sentido contar con que allí pudiera haber un Martin. Era una locura. Por la escasa información que Mary había sido capaz de transmitirle, Meredith sabía que Martin era el apellido de la madre de Louisa, no el de su padre. De hecho, en su certificado de nacimiento decía «PADRE DESCONOCIDO».

Pero Meredith sabía en efecto que sus antepasados habían emigrado de Francia a Estados Unidos en los años posteriores a la Primera Guerra Mundial. Tenía casi total certeza de que el soldado de la fotografía tenía que ser el padre de Louisa.

Tan sólo le faltaba un nombre.

Algo le llamó la atención. BOUSQUET era uno de los apellidos que figuraba en el memorial. Y había dos nombres junto a los cuales aparecía grabada la palabra *disparu.* A Meredith se le encogió el corazón al pensar en sus madres, en sus esposas, en sus amigos, y en que nunca llegaron a saber qué había sido de ellos. Al pie de la placa vio un nombre poco común: SAINT-LOUP.

Junto al listado había una placa de piedra en memoria de Henri Boudet, que había dirigido la parroquia entre 1872 y 1915, y una cruz negra, de metal. Meredith se paró a pensar. Si su soldado desconocido procedía de allí, era posible que Henri Boudet lo hubiera llegado a tratar alguna vez. El pueblo era pequeño, y las fechas coincidían.

Copió todo lo que le pareció oportuno: la primera norma al ponerse a investigar consiste en anotarlo todo, y ésa es también la segunda y la tercera regla, anotarlo todo. Nunca se sabe cuándo algo puede resultar de particular relevancia.

Bajo la cruz vio inscritas las famosas palabras del emperador Constantino: *In hoc signo vinces.* Meredith se había topado con esa cita en infinidad de ocasiones, aunque esta vez desencadenó otro pensamiento. «Con este signo habéis de vencer», murmuró para sus adentros, al tiempo que intentó desentrañar qué era lo que la estaba inquietando, si bien no dio con ninguna razón.

Caminó por el soportal, por delante de la puerta de entrada a la iglesia, y llegó hasta el cementerio contiguo. Allí delante había otro monumento a los caídos en la guerra, los mismos nombres, con uno o dos añadidos o discrepancias en la ortografía, como si haber recordado su sacrificio una sola vez a alguien le hubiera parecido poca cosa.

Generaciones de hombres, padres, hermanos, hijos, todas esas vidas.

Meredith caminó despacio en la sombría luz del crepúsculo por un sendero de gravilla que recorría la iglesia por el lateral. Las tumbas, los túmulos, los ángeles de piedra y las cruces de hierro y de piedra le fueron saliendo al paso. De vez en cuando hacía una pausa para leer alguna inscripción. Algunos apellidos se repetían una y otra vez, generación tras generación: los pertenecientes a las familias de la localidad, recordados en granito y en mármol. Fromilhague y Saunière, Denarnaud y Gabignaud.

En el extremo más alejado del cementerio, cerca ya del río, Meredith se encontró ante un recargado mausoleo con las palabras FAMILLE LASCOMBE-BOUSQUET talladas sobre la reja de metal.

Se agachó y, con los últimos vestigios de luz diurna, leyó los matrimonios y los nacimientos que habían unido a las familias Lascombe y Bousquet en vida, que seguían unidas ahora en la muerte. Guy Lascombe y su esposa habían fallecido en un accidente en octubre de 1864. El último de la estirpe de los Lascombe era un tal Jules, que había muerto en enero de 1891. La última representante de la familia Bousquet, Madeleine Bousquet, había fallecido en 1955.

Meredith se irguió, consciente de que tenía el vello de la nuca erizado. No era sólo por la baraja del tarot que Laura había insistido en que se llevara, no era sólo por la coincidencia del apellido Bousquet, sino que había algo más. Había algo en la fecha, algo que había visto, aunque no le había prestado atención en su momento.

De repente cayó en la cuenta de que 1891 era un año que aparecía con una frecuencia excesiva, poco corriente. Reparó en la fecha en particular debido al significado personal que tenía para ella. Era la datación impresa en su pieza musical. Mentalmente vio una vez más el título y la fecha, la vio con la misma claridad que si la tuviera en la mano.

Pero es que había algo más. Repasó todo lo que tenía en mente, todo lo que había captado desde el segundo en que entró en el cementerio adosado a la iglesia, hasta que por fin lo desentrañó. No era tanto el año, sino el hecho de que la misma fecha se repitiera constantemente.

Con una descarga de adrenalina, se apresuró y regresó a las tumbas, caminando deprisa en zigzag entre unas y otras, verificando las inscripciones, y descubrió que estaba en lo cierto. Su memoria no le había jugado una mala pasada. Sacó el cuaderno y se puso a tomar notas, resuelta a consignar la fecha de la defunción, la misma que se daba en el caso de personas diferentes, tres, hasta un total de cuatro veces.

Todos habían muerto el 31 de octubre de 1891.

A su espalda, la pequeña campana del *cloche-mur* comenzó a repicar. Meredith se volvió en redondo y descubrió las luces encendidas en el interior de la iglesia, y entonces miró hacia arriba y vio que el cielo estaba salpicado de estrellas. También le llegaron las voces, un murmullo bajo, casi un ronroneo. Oyó que se abría entonces la puerta de la parroquia, y que las voces aumentaban de volumen hasta que se cerró de nuevo.

Volvió sobre sus pasos hasta el soportal. Las mesas, de caballete, estaban ahora en pleno uso. Una estaba cubierta de flores, ramos envueltos en papel de celofán, plantas en tiestos de terracota. Una tela gruesa, de fieltro rojo, con un gran libro de condolencias encima, cubría la segunda mesa.

Meredith no se resistió a la tentación de echar un vistazo. Bajo la fecha correspondiente al día aparecía el nombre de una persona y sus fechas de nacimiento y de defunción: SEYMOUR FREDERICK LAWRENCE: 15 DE SEPTIEMBRE DE 1938-24 DE SEPTIEMBRE DE 2007.

Entendió entonces que el funeral estaba a punto de comenzar, aun cuando era relativamente tarde. Como no deseaba que los dolientes pudieran encontrarla allí, avivó el paso para regresar a la plaza Deux Rennes. Había más bullicio en el lugar en esos momentos. Apiñadas por la plaza, tranquilas, pero no del todo calladas, se habían congregado personas de todas las edades. Hombres con chaqueta cruzada, mujeres vestidas en tonos pastel, niños y niñas vestidos de gala. Su madre de adopción habría dicho que iban todos endomingados.

De pie ante la pizzería, pero sin querer dar la impresión de que era una fisgona, Meredith contempló a los asistentes al funeral, que en esos momentos desaparecieron durante unos minutos por el presbiterio junto a la iglesia, para salir después y acudir a la entrada a firmar en el libro de condolencias. Parecía como si todo el pueblo hubiera querido asistir al funeral.

—¿Sabe usted qué es lo que está pasando ahí? —preguntó a la camarera.

—*Funérailles, madame. Un bien-aimé.*

Una mujer delgada, de cabello corto, oscuro, estaba apoyada contra la pared. Permanecía perfectamente quieta, pero movía continuamente los ojos. Cuando levantó la mano para encender un cigarrillo, se le bajaron las mangas de la camisa y Meredith se fijó en que tenía unas cicatrices gruesas, rojas, en ambas muñecas.

Como si se diera cuenta de que alguien la estaba mirando, la mujer volvió la cabeza para mirarla.

—*Un bien-aimé?* —inquirió Meredith, tratando de decir algo oportuno.

—Una persona popular en el pueblo. Muy respetada —respondió la mujer en inglés.

Naturalmente. Era obvio.

—Gracias. —Meredith sonrió azorada—. Lo he dicho sin pensar.

La mujer siguió mirándola unos instantes más y luego volvió la cabeza hacia otro lado.

Comenzó a repicar la campana con más insistencia, con un sonido agudo, un tanto aflautado. La multitud retrocedió para dejar paso a los cuatro hombres que salieron del presbiterio transportando un féretro cerrado. Tras ellos, un joven de luto, de veintimuchos años tal vez, con el cabello castaño. Estaba muy pálido e iba con el mentón rígido, como si realmente le costara trabajo mantener la compostura.

A su lado caminaba un hombre bastante mayor, también de luto. A Meredith se le abrieron los ojos. Era el conductor del Peugeot azul, que en cambio parecía tener un completo control de sus emociones. Sintió un aguijonazo de culpabilidad ante la reacción que había tenido antes.

No era de extrañar que se mostrara tan brusco.

Meredith observó cómo realizaba el féretro el corto trayecto del presbiterio a la iglesia. Los turistas del café de enfrente se pusieron en pie cuando los asistentes al entierro fueron pasando por delante. Los estudiantes dejaron de conversar y permanecieron en silencio, con las manos unidas ante sí, mientras la lenta procesión desaparecía por el soportal.

La puerta de la iglesia se cerró con un ruido seco. Dejó de repicar la campana, propagando tan sólo un eco en el aire del atardecer. En un visto y no visto, en la plaza todo volvió a la normalidad. El ruido de las patas de las sillas al arañar el suelo, el entrechocar de los vasos, las servilletas que caían al suelo, los cigarrillos encendidos.

Meredith se fijó en un coche que atravesaba la calle principal en dirección al sur. Luego pasaron unos cuantos más. Con alivio, dedujo que la carretera ya estaba abierta. Tenía ganas de llegar al hotel.

Se alejó de la franja que cubría la tejavana del edificio y, por último, echó un detenido vistazo a toda la panorámica de la plaza, en vez de fijarse en los detalles. La fotografía del joven soldado, de su antepasado, se había tomado allí. Allí mismo, delante de ella, el lugar exacto y enmarcado entre los edificios que conducían al Pont Vieux, entre una hilera de plátanos y la ladera boscosa, que se veía parcialmente a través de una oquedad entre dos casas.

Meredith buscó en el bolso, sacó el sobre y sostuvo la fotografía en alto.

Coincidía con toda exactitud.

Los rótulos del café y de la pensión en el lado este de la plaza eran nuevos, claro está; por lo demás, la vista era la misma. Era allí mismo donde, en 1914, un joven había posado en pie y había sonreído ante la cámara antes de marchar al frente. Su tatarabuelo, no le cabía la menor duda.

Con renovado entusiasmo ante la tarea que se había propuesto, Meredith volvió a buen paso hasta su coche. Ni siquiera llevaba en el pueblo una hora y ya había encontrado algo. Algo bien tangible, algo muy concreto.

CAPÍTULO 30

∞

Meredith arrancó el motor y se puso al volante, dejando atrás la plaza Deux Rennes y mirando de reojo el punto en el que se había tomado aquella fotografía, como si aún pudiera vislumbrar el perfil de su antepasado, muerto tanto tiempo atrás, allí de pie y sonriéndole entre los árboles.

Pronto dejó atrás las afueras del pueblo y se internó por la carretera oscura. Los árboles adquirieron formas extrañas, cambiantes. Los edificios que ocasionalmente iba dejando atrás, una casa, un cobertizo para el ganado, se perfilaban a la media luz del crepúsculo. Cerró el seguro de la puerta con el codo y oyó el clic del mecanismo, lo cual le infundió tranquilidad.

Conduciendo despacio, siguió con precisión las indicaciones del mapa que había en el folleto. Puso la radio para sentirse menos sola. El silencio que invadía el campo parecía absoluto. A su lado veía la masa de árboles. Por encima, la extensión del cielo en la que ya lucían algunas estrellas espaciadas. No había la menor señal de vida, ni siquiera un zorro o un gato a la luz de los faros.

Meredith encontró la carretera de Sougraigne señalada en las indicaciones y dobló a la izquierda. Se frotó los ojos, de pronto consciente de que estaba demasiado fatigada para conducir de un modo relajado. Los arbustos y los postes del teléfono parecían a punto de mecerse, de vibrar. En un par de ocasiones creyó ver a alguien caminando a orillas de la carretera, iluminado por detrás al darle los faros de lleno, pero cuando llegó a su altura, descubrió que tan sólo era un indicador o un poste.

Se esforzó por mantener la concentración, a pesar de lo cual sus pensamientos emprendían toda clase de caminos erráticos. Tras la locura que había sido el día entero —la lectura del tarot, el trayecto en taxi por París, el viaje hasta allí, toda una montaña rusa de emociones—, se le había agotado la energía. Estaba exhausta. Tan sólo acertaba a pensar en una ducha caliente, un buen rato bajo el agua, una copa de vino y la cena. Luego, un buen sueño reparador.

¡Caramba!

Meredith pisó el freno a fondo. Había alguien justo en medio de la carretera. Una mujer con una larga capa ropa y la capucha puesta sobre la cabeza. Meredith dio un grito y vio el reflejo de su propio rostro, presa del pánico, en el parabrisas. Dio un volantazo, aunque supo que no iba a ser capaz de evitar la colisión. Como si fuera a cámara lenta, notó que los neumáticos perdían agarre en la carretera. Levantó los dos brazos para protegerse la cara antes del impacto. Lo último que llegó a ver fueron los ojos verdes, muy abiertos, que la miraban fijamente.

¡No! ¡No puede ser!

El coche derrapó. Las ruedas traseras se pusieron en un ángulo de noventa grados y poco a poco se deslizaron, de tal manera que el coche invirtió la marcha, hasta detenerse en seco a pocos centímetros de la zanja que había en la cuneta. Le llegó un rugido, casi el redoblar de unos tambores, sin acertar a saber de dónde provenía, algo que martilleó y aplastó sus sentidos. Pasó un instante antes de parcatarse de que era el ruido de su sangre en sus oídos.

Abrió los ojos.

Se quedó durante unos segundos agarrada con todas sus fuerzas al volante, como si le diera miedo soltarlo. Luego, con una fría oleada de terror, se dio cuenta de que era necesario salir. Podía haber atropellado a alguien. Podía haber matado a alguien.

Le costó trabajo dar con la manilla de apertura y salió del coche con las piernas temblorosas. Aterrada ante lo que iba a encontrar, dio la vuelta con cuidado, preparándose para hallar un cuerpo atrapado bajo las ruedas.

Allí no había nada. Sin saber qué pensar, Meredith miró por todas partes, a derecha e izquierda, con ojos de total incredulidad, y dirigió la vista atrás, hacia el trecho por el que había venido, hacia donde apuntaban los faros hasta fundirse en la negrura.

Nada. El bosque estaba en total silencio. Ninguna señal de vida.

—¿Hola? —llamó—. ¿Hay alguien ahí? ¿Se encuentra usted bien? ¿Hola?

Nada, nada más que el eco de su voz que le era devuelto en el silencio de la noche.

Perpleja, se agachó a examinar la parte delantera del coche. No había ninguna marca. Dio la vuelta a todo el vehículo pasando la mano por la carrocería, pero estaba limpio. Ni un rasguño.

Meredith volvió a sentarse al volante. Estaba segura de que había visto a alguien allí delante. Alguien que la miraba en plena oscuridad. No habían sido imaginaciones suyas. ¿O tal vez sí? Miró por el espejo, pero sólo acertó a ver su reflejo espectral, que la miraba a ella. Entonces, en las sombras, apareció la cara de desesperación de su madre biológica.

No puedo estar volviéndome loca.

Se frotó los ojos, se concedió otros dos minutos, arrancó el coche. Aterrada por lo que acababa de pasarle —o por lo que no había llegado a pasarle—, se lo tomó con toda la calma de que fue capaz, dejando la ventanilla abierta para que se le despejara la cabeza. Para despabilarse un poco.

Meredith sintió un profundo alivio cuando vio el rótulo indicador del hotel. Se desvió de la carretera de Sougraigne y enfiló por un camino estrecho y sinuoso, que ascendía por una ladera en pendiente. En poco más de dos minutos llegó a dos pilares de piedra a uno y otro lado del camino, pintados de negro, cuya cancela de hierro se hallaba cerrada. En la tapia vio un rótulo de pizarra gris: HOTEL DOMAINE DE LA CADE.

Accionadas por un sensor, las dos hojas de la cancela se abrieron lentamente para dejarla pasar. Había algo sobrecogedor en aquel silencio, en el clic del mecanismo en la gravilla, y Meredith se estremeció. En derredor, el bosque parecía casi palpitar de vida, respirar por su cuenta. Como si tuviera algo en cierto modo malévolo. Se iba a sentir mucho mejor cuando estuviera dentro.

Los neumáticos crujieron sobre la gravilla mientras avanzaba despacio por una larga avenida jalonada por castaños a uno y otro lado, como si fueran los centinelas de guardia. A ambos lados se prolongaban las extensiones de césped en la negrura de la noche. Por fin trazó una curva y se encontró a la vista del hotel.

Incluso después de todo lo que le había ocurrido a lo largo de la tarde y la noche, la inesperada belleza del lugar la dejó de una pieza. El hotel era un elegante edificio de tres plantas, de paredes encaladas, en gran parte cubiertas por las llamaradas rojas y verdes de la hiedra, que relumbraba a la luz de los faros como si alguien hubiera sacado brillo a las hojas una a una. Con balaustradas en la primera planta y una hilera de ventanas redondas como ojos de buey en el desván, seguramente residencia de la servidumbre en otros tiempos, era una casa de proporciones perfectas, lo cual no dejaba de ser sorprendente teniendo en cuenta, como hizo ella, que parte de la original *maison de maître* había sido destruida en un incendio. Parecía totalmente auténtica.

Meredith encontró un hueco para aparcar a la entrada del hotel y llevó los bolsos al subir las escaleras de piedra, en curva. Se alegró de haber llegado sana y salva, aunque no lograba quitarse del todo la sensación de náusea que tenía en la boca del estómago, los nervios a flor de piel tras lo ocurrido en la carretera.

«No es más que el cansancio», se dijo.

Se sintió mucho mejor en el instante en que se halló en el espacioso y elegante vestíbulo de entrada. El suelo era de cerámica ajedrezada en rojo y negro, y un delicado papel pintado en tonos crema, con flores verdes y amarillas, alegraba las paredes. A la izquierda de la puerta principal, delante de las ventanas, había un par de sofás mullidos, con abundantes cojines, situados uno a cada lado de una chimenea de piedra. En el hueco del hogar destacaba un inmenso despliegue de flores secas. Por todas partes, los espejos y los cristales reflejaban la luz de las arañas de cristal, así como los marcos dorados y los apliques de tulipas en las paredes.

Al frente se encontraba el arranque de una excepcional escalinata, con la barandilla abrillantada, de madera bruñida y resplandeciente al reflejarse en ella la luz difusa de las arañas, a la derecha de la cual estaba el mostrador de recepción, más bien una mesa alta, con patas en forma de zarpa, y no tanto un mostrador al uso. Las paredes estaban adornadas por multitud de fotografías en blanco y negro y tonos sepia. Hombres con uniformes militares, más napoleónicos que de la Primera Guerra Mundial al menos a primera vista, y damas con las mangas abullonadas y las faldas muy anchas, o retratos de familia y escenas de Rennes-les-Bains a principios de siglo. Meredith sonrió. Iba a tener abundantes cosas que comprobar en los próximos días.

Se acercó al mostrador de recepción.

—*Bienvenue, madame.*

—Hola.

—Bienvenida al Domaine de la Cade. ¿Tiene usted reserva?

—Sí, a nombre de Martin. M-A-R-T-I-N.

—¿Es la primera vez que viene a alojarse aquí?

—Así es.

Meredith cumplimentó el impreso de rigor y dio los detalles de su tarjeta de crédito, la tercera que iba a emplear a lo largo del día. Le dieron un plano del hotel y de la finca en que se encontraba, otro de la zona y una llave anticuada, de latón, con una borla roja y un disco en el que figuraba el nombre de su habitación: la Chambre Jaune. Notó un cosquilleo en la nuca, como si alguien se hubiera acercado a ella por detrás y estuviera demasiado próxima. Tuvo conciencia de que alguien respiraba profundamente. Miró por encima del hombro. Allí no había nadie.

—La Habitación Amarilla está en la primera planta, madame Martin.

—¿Disculpe? —Meredith se volvió hacia la recepcionista.

—Digo que su habitación se encuentra en la primera planta. El ascensor está enfrente de la conserjería —siguió diciendo la mujer, e indicó un cartel muy discreto que pasaba desapercibido—. Si lo prefiere, puede tomar las escaleras de la derecha. El restaurante acepta clientes para cenar hasta las nueve y media. ¿Desea que le reserve una mesa?

Meredith miró el reloj. Eran las ocho menos cuarto.

—Sí, muchas gracias. ¿A las ocho y media?

—Muy bien, madame. El bar de la terraza, al cual se llega pasando por la biblioteca, está abierto hasta la medianoche.

—Estupendo. Gracias.

—¿Necesita ayuda con el equipaje?

—No, gracias, estoy bien.

Mirando un instante el vestíbulo, desierto en esos momentos, Meredith subió por las escaleras hasta el impresionante rellano de la primera planta. Al llegar arriba se fijó en que abajo había un piano de media cola escondido en la sombra, debajo de la escalinata. Le pareció un hermoso instrumento, aunque también pensó que era un sitio un tanto extraño para colocar un piano. La tapa estaba cerrada.

Mientras recorría el pasillo, se sonrió al comprobar que todas las habitaciones tenían nombres, y no números: Suite Anjou, Habitación Azul, Blanca de Castilla, Enrique IV.

El hotel parecía deseoso de reforzar sus credenciales históricas.

Su habitación se encontraba prácticamente al fondo. Con el titilar de la anticipación que siempre sentía al llegar a un hotel por vez primera, enredó con la pesada llave hasta que giró en la cerradura, empujó la puerta con la puntera de la zapatilla y accionó el interruptor de la luz.

Esbozó una amplia sonrisa.

Había una amplísima cama de caoba en el centro de la habitación. La cómoda, el armario y las dos mesillas tenían tallas de la misma madera, de un tono rojo oscuro, que hacían juego. Abrió las puertas del armario y se encontró el minibar, el televisor y el mando a distancia, todo ello oculto en el interior. Sobre un escritorio, revistas de papel cuché, la guía del hotel y del servicio de habitaciones, el menú y algunos folletos con información sobre la historia del edificio y de la finca. En una pequeña estantería, encima del escritorio, unos cuantos libros. Meredith examinó los títulos en el lomo: novelas policiacas y clásicos al uso, una guía de una especie de museo del sombrero que había en Espéraza, y un par de libros de historia local.

Cruzó la habitación hasta el ventanal para abrir las persianas y aspirar el olor embriagador de la tierra húmeda envuelta en el aire de la noche. Las extensiones de césped, oscurecidas, se extendían aparentemente en una superficie de varios kilómetros cuadrados. Acertó a vislumbrar a lo lejos un lago, un gran estanque ornamental, y un alto seto que separaba los jardines, la parte más cuidada, de los bosques que la rodeaban. Le agradó comprobar que se encontraba en la parte posterior del hotel, lejos del aparcamiento y del ruido de las puertas de los coches al abrirse y cerrarse, aunque al pie del ventanal había una terraza con mesas y sillas de madera y calefactores de exterior.

Meredith deshizo esta vez el equipaje debidamente, en vez de dejarlo todo en el bolso como había hecho en París, colocando los vaqueros, las camisetas y los jerséis en los cajones, y la ropa más elegante en las perchas. Colocó el cepillo de dientes y el maquillaje en la estantería del cuarto de baño, y probó los jaboncillos y el champú de Molton Brown en la ducha.

Media hora después, sintiéndose mucho mejor consigo misma, se envolvió en una inmensa toalla blanca, enchufó el móvil para cargarlo y se sentó ante su ordenador portátil. Descubrió que no tenía acceso a Internet, de modo que llamó por teléfono a recepción.

—Hola. Aquí la señora Martin, de la Habitación Amarilla. Necesito leer mi correo electrónico, pero tengo problemas para entrar en la red. Me pregunto si podría usted darme la contraseña, o tal vez solucionar el problema desde allí. —Sujetando el teléfono entre la oreja y el hombro, anotó la información que le dio la recepcionista—. De acuerdo, estupendo, muchas gracias. Sí, lo tengo.

Colgó con cierta sorpresa por la coincidencia de la contraseña y la introdujo —CONSTANTINE—, con lo que rápidamente tuvo conexión. Envió a Mary un *e-mail* como hacía todos los días, contándole que había llegado sin contratiempo y que ya había encontrado el lugar en el que se tomó una de las fotografías, y prometiéndole que seguiría en contacto con ella tan pronto tuviera algo nuevo que contarle. Luego verificó su cuenta corriente y vio con gran alivio que el dinero de su editor por fin se le había abonado.

Por fin.

Tenía un par de *e-mails* personales, incluida una invitación a la boda de dos de sus amigos de la universidad en Los Ángeles, que tuvo que declinar, y otra a un concierto que iba a dirigir un viejo amigo, de vuelta a Milwaukee, que aceptó.

Estaba a punto de desconectar cuando pensó que también podía echar un vistazo, por ver si encontraba algo sobre el incendio que se declaró en el Domaine de la Cade en octubre de 1897. No encontró mucho más de lo que ya había averiguado gracias al folleto del hotel.

Luego introdujo el nombre de Lascombe en el buscador.

Esta iniciativa sí le aportó algo de información nueva sobre Jules Lascombe. Parecía haber sido un historiador aficionado, un experto en la época visigótica y en el folclore y las supersticiones de la región. Había llegado a publicar algunos libros y folletos de escasa divulgación, con una editorial local, llamada Bousquet.

Meredith entornó los ojos. Hizo clic en un enlace y la información apareció en pantalla. Familia local muy conocida, además de ser los dueños de los grandes almacenes que había en Rennes-les-Bains y de una importante imprenta y también editorial, eran asimismo primos hermanos de Jules Lascombe, a cuya muerte habían heredado el Domaine de la Cade.

Meredith fue bajando por la página hasta que localizó lo que estaba buscando. Hizo clic y empezó a leer:

> *El Tarot de Bousquet es una baraja poco corriente, que apenas se suele utilizar fuera de Francia. Los ejemplares más antiguos de esta baraja se imprimieron en la imprenta de Bousquet, situada en las afueras de Rennes-les-Bains, en el suroeste de Francia, a finales de la década de 1890.*
>
> *Se dice que se basa en una baraja de mucha mayor antigüedad, que se remonta al siglo* XVII*, si bien estos naipes presentan algunos aspectos únicos, como son la sustitución de las figuras más altas de cada palo —el rey, la reina, el caballo y el paje— por otras llamadas* Maître, Maîtresse, Fils *y* Fille, *que aparecen con ropas e iconografía propias de la época. El artista que plasmó las cartas correspondientes a los arcanos mayores, claramente contemporáneas de la primera baraja impresa, es desconocido.*

A su lado, en la mesa, sonó el teléfono. Meredith se sobresaltó por lo inesperado del timbrazo en el silencio de la habitación. Sin apartar los ojos de la pantalla, Meredith alargó la mano y contestó.

—¿Sí? Sí, soy yo —dijo.

Era del restaurante, donde querían saber si todavía iba a utilizar la mesa que había reservado. Meredith miró el reloj del ordenador portátil y se sorprendió al ver que eran las nueve menos veinte.

—Pues la verdad es que prefiero que me suban algo a la habitación —dijo, pero se le informó de que el servicio de habitaciones finalizaba a las seis.

Meredith no supo qué hacer. No quería dejar sus pesquisas en ese momento, cuando empezaba a tener la impresión de que quizá estaba a punto de llegar a algo, aunque tampoco supiera si podría ser algo de peso, algo que realmente tuviera un significado. Pese a todo, estaba hambrienta. Se había saltado el almuerzo, y con el estómago vacío, lo sabía muy bien, no valía para nada. Las desquiciadas alucinaciones del río y de la carretera eran prueba más que suficiente.

—Bajaré enseguida —dijo.

Guardó la página y los enlaces y desconectó.

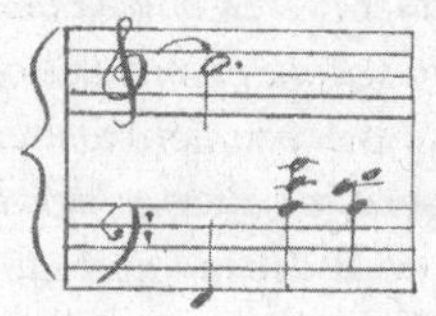

CAPÍTULO 31

Se puede saber qué demonios te pasa? —inquirió Julian Lawrence.

—¿Cómo que qué me pasa? —gritó Hal—. ¿Qué es lo que quieres decir con esa pregunta? Acabo de enterrar a mi padre. Aparte de eso, ¿te crees que me pasa alguna cosa más?

Cerró con toda su fuerza la portezuela del Peugeot y echó a caminar hacia la escalera, quitándose a la vez la corbata y guardándosela en el bolsillo de la chaqueta.

—Baja la voz —le chistó su tío—. Espero que no montemos otra escena, por favor. Por esta noche ya es más que suficiente.

Cerró el coche y siguió a su sobrino a través del aparcamiento y por la entrada principal del hotel.

—¿A qué diablos estás jugando, y más delante de todo el pueblo, eh?

Desde lejos, parecían padre e hijo embarcados en una especie de cena formal, juntos los dos. Vestidos con elegancia, traje negro y zapatos abrillantados. Sólo la expresión de sus rostros y los puños apretados de Hal indicaban el odio que se tenían el uno al otro.

—Eso es todo lo que te importa, ¿no? —le gritó Hal—. Todo lo que realmente te preocupa es tu reputación. Lo que piensen los demás. —Se dio unos golpes con el dedo índice en la cabeza—. ¿Todavía no te ha entrado en la cabeza, en esa cabeza que tienes llena de serrín, que era tu hermano, que era mi padre? Mucho dudo que tengas conciencia de ello.

Lawrence alargó el brazo y puso la mano sobre el hombro de su sobrino.

—Mira, Hal —le dijo en un tono más suave—. Entiendo que estés trastornado. Todos lo entendemos, es lo más natural. Pero ponerse a lanzar acusaciones sin pies ni cabeza no te ayudará a nada. Si acaso, esa actitud sólo empeora las cosas. Hay quien empieza a pensar que tal vez tengan algún fundamento tus alegaciones. —Hal trató de desembarazarse de la mano que lo sujetaba, pero su tío apretó con más fuerza—. Todo el pueblo, la comisaría, el ayuntamiento, todo el mundo te ha mostrado sus condolencias por la pérdida que has sufrido. Y tu padre, creo que eso lo tienes claro, era una persona muy apreciada, pero si insistes...

Hal dio un paso hacia él.

—¿Me estás amenazando? —Sacudió el hombro para soltarse de la mano de su tío—. ¿Es una amenaza?

A Julian Lawrence se le bajaron los párpados sobre los ojos. Desapareció la compasión, la ternura, la afectuosidad del familiar. En su lugar, aparecieron la irritación y algo más.

El desprecio.

—No seas ridículo, por favor —le dijo con frialdad—. Por Dios, ármate de valor y pórtate como un hombre. Tienes veintiocho años, ya no eres un niño mimado en un colegio privado. —Entró en el hotel—. Tómate una copa y que duermas bien —le dijo por encima del hombro—. Ya hablaremos mañana por la mañana.

Hal pasó de largo.

—No hay más que hablar, y tú lo sabes —replicó—. Sabes muy bien lo que pienso. Por mucho que digas, por mucho que hagas, no voy a cambiar de opinión.

Se volvió en redondo y se dirigió al bar. Su tío aguardó unos momentos y lo miró hasta que la puerta de cristal golpeó cerrándose entre los dos.

Entonces se dirigió al mostrador de recepción.

—Buenas noches, Eloise. ¿Todo en orden?

—Está todo muy tranquilo esta noche. —Le sonrió con simpatía—. Qué complicados son siempre los funerales, ¿verdad?

Él puso los ojos en blanco.

—No te puedes hacer ni idea —dijo él. Dejó caer las manos sobre la mesa, entre los dos—. ¿Algún mensaje?

—Sí, sólo uno —respondió ella, y le entregó un sobre blanco—. Pero en la iglesia todo fue como estaba previsto, ¿verdad?

Él asintió sin sonreír.

—Todo lo bien que cabía esperar en estas circunstancias.

Miró el sobre escrito a mano. Una lenta sonrisa se extendió en su rostro. Era la información que llevaba tiempo esperando acerca de una cámara de enterramiento de la época de los visigodos que se había descubierto en Quillan y que Julian tenía la esperanza de que encerrase alguna información de cierta relevancia de cara a sus propias excavaciones en el Domaine de la Cade. El yacimiento de Quillan estaba sellado, no se había publicado ningún inventario.

—¿A qué hora ha llegado esto, Eloise?

—A las ocho en punto, monsieur Lawrence. Lo han traído en mano.

Tamborileó con los dedos sobre el mostrador.

—Excelente. Gracias, Eloise. Que pases una buena noche. Estaré en mi despacho si alguien me necesita.

—De acuerdo —sonrió ella, aunque él ya se había dado la vuelta.

CAPÍTULO 32

∞

A las diez y cuarto Meredith había terminado de cenar. Volvió al vestíbulo de suelo ajedrezado. Aunque se encontraba extenuada, creyó que no tenía mucho sentido acostarse tan temprano. Supo que no podría dormir. Tenía demasiadas cosas en la cabeza.

Miró a la puerta de entrada y luego a la oscuridad que se extendía del otro lado.

¿Tal vez un paseo? Las sendas y avenidas de los jardines estaban bien iluminadas, aunque desiertas, en silencio. Se echó la chaqueta roja de Abercrombie & Fitch, ciñéndosela a su esbelta figura, y desechó la idea. Además, en los últimos dos días no había hecho otra cosa aparte de caminar sin descanso.

Y menos después de lo de antes.

Meredith apartó el pensamiento. Le llegó un murmullo que se colaba por un pasillo, por el cual se accedía al bar de la terraza. Nunca le habían entusiasmado los bares, pero como no quería subir directamente a su habitación y una vez allí tener la tentación de meterse en la cama, el bar se le antojó la mejor opción de las posibles.

Pasando por delante de unas vitrinas llenas de piezas de cerámica y de porcelana, empujó la puerta de cristal y entró. La sala parecía más una biblioteca que un bar. Las paredes estaban cubiertas de arriba abajo por libros protegidos en sucesivas vitrinas. En la esquina había una escalera de mano, de madera muy pulida, con la que era posible alcanzar los anaqueles más altos.

Los sillones de cuero se hallaban agrupados en torno a mesas bajas, redondas, como en un club de campo. El ambiente era cálido y relajado. Dos parejas, un grupo familiar y varios hombres, cada cual por su cuenta.

No vio que hubiera una mesa libre, así que Meredith ocupó un taburete en la barra. Dejó encima la llave y el folleto y tomó la carta de cócteles y vinos.

El camarero le sonrió.

—*Cocktails d'un côté, vins de l'autre.*

Meredith dio la vuelta a la carta y examinó en el reverso los vinos que se servían por copas, y luego dejó la carta en la barra.

—*Quelque chose de la région?* —preguntó—. *Qu'est-ce que vous recommandez?*

—*Blanc, rouge, rosé?*

—*Blanc.*

—Pruebe entonces el Domaine Begude Chardonnay —dijo otra voz.

Sorprendida tanto por el acento inglés como por el hecho de que alguien estuviera hablando con ella, Meredith se dio la vuelta y vio a un individuo sentado dos taburetes más allá. Sobre los dos asientos intermedios había dejado tendida una chaqueta elegante, de muy buen corte, y llevaba una camisa blanca impecable, abierta, así como unos pantalones negros y unos zapatos que parecían reñidos con el aire de derrota que presentaba. Le pendía sobre la frente un grueso flequillo de cabello negro.

—Un viñedo de las proximidades. Cépie, al norte de Limoux. Es muy bueno.

Se volvió y la miró de lleno como si necesitara verificar que le estaba escuchando, y acto seguido volvió a concentrarse en el fondo de su copa de vino tinto.

Qué ojos tan azules.

Meredith se dio cuenta con un sobresalto de que ya lo conocía de antes. Era el mismo individuo al que había visto en la plaza Deux Rennes, caminando detrás del féretro, en cabeza del cortejo fúnebre. De algún modo, saber ese detalle acerca de él la hizo sentirse cohibida. Como si lo hubiera espiado, como si lo hubiera visto en la intimidad sin habérselo propuesto.

Lo miró.

—De acuerdo. —Y se dirigió al camarero—. *S'il vous plaît.*

—*Très bien, madame. Votre chambre?*

Meredith le mostró la llave y miró de nuevo al individuo de la barra.

—Gracias por la recomendación.

—No hay de qué —respondió él.

Meredith cambió de postura sintiéndose incómoda, sin saber si iban a tener o no una conversación. Fue él quien tomó la iniciativa sin que ella tuviera que decir nada, al darse de pronto la vuelta y tenderle la mano por encima del cuero negro y la madera bruñida de la barra.

—Por cierto, yo soy Hal —dijo.

Se estrecharon la mano.

—Meredith. Meredith Martin.

El barman colocó un posavasos de papel delante de ella y una copa que llenó con un vino amarillo intenso. Con total discreción, dejó la nota y un bolígrafo delante de ella.

Con la certeza de que Hal la estaba observando, Meredith dio un sorbo. Ligero, afrutado, con un leve deje a limón, limpio, le recordó los vinos blancos que servía su madre adoptiva en las ocasiones especiales, o cuando iba a casa a pasar un fin de semana.

—Es excelente. Una magnífica elección.

El barman miró hacia Hal.

—*Encore un verre, monsieur?*

Asintió.

—Gracias, Georges. —Se volvió un poco más, de modo que quedó casi frente a ella—. Bueno, Meredith Martin. Entonces eres norteamericana.

En el momento en que lo dijo, clavó los codos en la barra y se pasó los dedos por el cabello rebelde. Meredith se preguntó si no estaría un tanto achispado.

—Perdona, eso que acabo de decir es una ridiculez.

—No pasa nada. —Sonrió ella—. Y además es cierto, lo soy.

—¿Acabas de llegar?

—Hace un par de horas. —Dio otro sorbo de vino y notó el golpe del alcohol en el estómago—. ¿Y tú?

—Mi padre... —Calló. Tenía una acusada expresión de desesperanza—. Mi tío es el dueño del hotel —dijo en cambio. Meredith supuso que el funeral que había presenciado era el del padre de Hal, y lo sintió por él. Esperó hasta notar que él volvía a mirarla—. Perdona —dijo él—. La verdad es que no llevo un gran día que digamos. —Vació la copa y alargó la mano para tomar la que el barman acababa de servirle—. ¿Estás por aquí en viaje de negocios o de placer?

Meredith tuvo la sensación de hallarse atrapada en una obra de teatro de tintes surrealistas. Sabía muy bien por qué estaba él tan trastornado, pero no podía confesarlo. Y Hal por su parte se empeñaba en hablar de menudencias con una desconocida, a menudo diciendo incongruencias. Las pausas entre cada uno de sus comentarios eran demasiado largas; el rumbo de su pensamiento, inconexo.

—Las dos cosas —replicó—. Soy escritora.

—¿Periodista? —dijo él al punto.

—No. Estoy trabajando en un libro. Una biografía de Claude Debussy, el compositor.

Meredith observó que la chispa se apagaba en los ojos de Hal, su mirada se velaba de nuevo. No era la reacción que deseaba provocar.

—El sitio es muy hermoso —dijo ella rápidamente, recorriendo el bar con la mirada—. ¿Tu tío lleva mucho tiempo aquí?

Hal suspiró. Meredith notó que, bajo la camisa blanca, de algodón, tenía los hombros en tensión.

—Mi padre y él compraron la propiedad conjuntamente en el año 2003. Se gastaron una fortuna en la remodelación. —A Meredith no se le ocurrió nada más que decir. Tampoco él se lo estaba poniendo fácil—. Mi padre sólo vino a vivir aquí el pasado mes de mayo. Antes, aparecía ocasionalmente, pero entonces quiso implicarse en la administración, en el día a día del... del... —calló. Meredith notó que se le hacía difícil tragar saliva—. Murió en un accidente de automóvil hace cuatro semanas. —Tragó con dificultad—. Hoy se ha celebrado su funeral.

Aliviada por no tener ya que fingir ignorancia, Meredith extendió la mano y tocó la de Hal sin darse cuenta de que lo había hecho.

—Lo lamento.

Meredith notó que parte de la tensión abandonaba sus hombros. Permanecieron sentados un rato sin más, en silencio, una mano sobre la otra, y suavemente, al cabo, ella retiró los dedos so pretexto de dar un nuevo trago a su copa de vino.

—¿Cuatro semanas? Pues ha pasado mucho tiempo hasta que...

Él la miró de frente.

—No fue sencillo. Hubo que hacerle la autopsia, ese trámite llevó un tiempo. Nos hicieron entrega del cuerpo tan sólo la semana pasada.

Meredith asintió, preguntándose qué podía haber ocurrido. Hal guardó silencio.

—¿Vives aquí? —inquirió, tratando de que la conversación se pusiera de nuevo en marcha.

Hal negó con un gesto.

—No, vivo en Londres. Soy asesor de inversiones, aunque he renunciado al puesto que tenía. —Vaciló—. La verdad es que estaba harto, antes incluso de que sucediera esto. Trabajaba catorce horas al día, siete días a la semana. Ganaba una pasta, desde luego, pero no tenía tiempo para gastármela.

—¿Tienes más familia aquí? Es decir, ¿tienes parientes en esta parte de Francia?

—No, no tengo ningún familiar por estos pagos. Soy inglés de los pies a la cabeza.

Meredith calló un instante.

—Y ahora, ¿qué planes tienes? —Él se encogió de hombros—. ¿Te quedarás en Londres?

—No lo sé —repuso—. La verdad es que no lo creo.

Meredith dio otro sorbo de vino.

—Debussy —soltó Hal de repente, como si sólo en ese momento hubiera comprendido lo que ella había dicho antes—. Me avergüenza reconocerlo, pero no sé absolutamente nada de él.

Meredith sonrió, aliviada al comprobar que al menos él iba a hacer un pequeño esfuerzo.

—No hay motivo para que sepas nada —dijo ella.

—¿Tuvo algo que ver con esta parte de Francia?

Meredith rió.

—Más bien poco —dijo—. En agosto de 1900 Debussy escribió una carta a un amigo, diciéndole que iba a enviar a Lilly, su esposa, a un balneario de montaña, para que convaleciera después de una operación quirúrgica. Si se lee entre líneas, se da uno cuenta de que fue un aborto. Hasta la fecha, nadie ha probado que fuera una cosa u otra. Y si Lilly vino en efecto a este paraje, no permaneció mucho tiempo, porque en octubre había regresado a París.

Hal hizo una mueca.

—Es posible, desde luego. Ahora resulta difícil de imaginar, pero tengo entendido que Rennes-les-Bains era un lugar muy popular en aquel entonces. Venía mucha gente a pasar las vacaciones.

—Desde luego que lo era —dijo Meredith—. Sobre todo entre los parisinos. Y se debía, al menos en parte, a que era un balneario que no se dedicaba al tratamiento de una sola clase de enfermedad. Había balnearios especializados en el tratamiento del reumatismo y otros, como Lamalou, recomendables para quienes tenían sífilis.

Hal enarcó las cejas, pero no pareció dispuesto a entablar esa clase de conversación.

—Pues me parece que es un esfuerzo enorme —dijo al cabo— venir hasta aquí sólo en busca de algo tan improbable como averiguar si Lilly Debussy pasó unas semanas en esta parte del mundo. ¿Es tan importante en el esquema general del libro?

—Si quieres que te sea sincera, no, la verdad es que no —respondió, sorprendida de haberse puesto tan a la defensiva. Fue como si, de pronto, el auténtico motivo por el que había ido a Rennes-les-Bains resultara dolorosamente transparente—. Pero sería una investigación realmente original, sería algo que nadie ha podido explicar. Y ésos son los detalles que pueden inclinar la balanza, las cosas que sirven para que un libro sobresalga por encima de todos los demás. —Hizo una pausa—. Y además es un periodo muy interesante en la vida de Debussy. Lilly Texier sólo tenía veinticuatro años cuando él la conoció. Trabajaba de modelo. Se casaron al año siguiente, en 1899. Debussy dedicó muchas de sus obras a amigos, amantes y colegas, y es innegable que el nombre de Lilly no figura en muchas partituras, ya sean canciones o piezas para piano.

Meredith se dio cuenta de que estaba hablando por hablar, pero se encontraba embebida en su propia historia, que con tanta pasión vivía, y no pudo callarse. Se acercó un poco más hacia él.

—Desde mi punto de vista, Lilly estuvo con Debussy en los años cruciales, los años previos al estreno de la única ópera que compuso, *Pelléas et Mélisande,* en 1902. Fue la época en que su suerte, su reputación, su estatus cambiaron para siempre, y cambiaron a mejor. Lilly estuvo a su lado cuando por fin se consagró. Supongo que eso tiene que explicar algo. —Calló para recobrar el aliento y vio que por vez primera desde que habían empezado a charlar Hal estaba sonriendo—. Perdona —dijo, y cambió de expresión—, me he dejado llevar por el entusiasmo, no era mi intención darte la lata. Es una mala costumbre, me empeño en suponer que todo el mundo tiene el mismo interés que yo en esta historia.

—Creo que es sensacional que vivas algo con tanta pasión —dijo él en voz baja.

Sorprendida por el cambio de tono, Meredith lo miró de pronto y vio sus ojos azules clavados en ella con total firmeza. Con azoramiento, notó que se estaba sonrojando.

—La verdad es que el proceso de investigación me gusta más que la escritura en sí —puntualizó a toda prisa—. La exploración mental, la obsesión por las partituras antiguas, los artículos de prensa y las cartas que una desempolva aquí y allá, tratando de devolverlo todo a la vida, o de dar vida a una simple instantánea del pasado... Todo es cuestión de reconstrucción, de contexto, de saber situarse bajo la piel de un tiempo y de un lugar distintos, aunque con la ventaja de quien lo ve todo desde más adelante.

—Un trabajo detectivesco.

Meredith le lanzó una mirada interrogante, sospechando que en realidad estaba pensando en otra cosa, pero él siguió a lo suyo.

—¿Cuándo esperas terminar?

—Tengo que entregar el manuscrito en abril del año que viene. De momento ya tengo material más que de sobra. Todos los artículos de tipo académico que se han publicado en los *Cahiers Debussy,* además de las *Oeuvres complètes* de Claude Debussy, y tengo anotadas todas las biografías que se han publicado. Además, resulta que Debussy fue un prolífico autor epistolar, que escribía por si fuera poco para un periódico, el *Gil Blas,* y que publicó también unas cuantas reseñas en *La Revue Blanche.* Puedes nombrar cualquier texto suyo, te aseguro que los he leído todos.

Se volvió a sentir culpable al caer en la cuenta de que había vuelto a cometer el mismo error, de que había seguido charlando sin cesar, cuando él estaba pasando por un momento tan delicado. Lo miró de reojo pensando en pedirle disculpas por ser tan insensible, pero algo se lo impidió. La expresión aniñada de su rostro le recordó de improviso a alguien. Se estrujó el cerebro, pero no alcanzó a acertar de quién podía tratarse.

Notó que se apoderaba de ella una ola de cansancio. Miró a Hal, que seguía perdido en sus propios pensamientos, en su estado depresivo. Se notó falta de energía para dar más cuerda a la conversación. Era hora de retirarse.

Bajó del taburete y recogió sus cosas.

Hal pareció despertar dando un respingo.

—Oye, no te irás a marchar ya...

Meredith le sonrió como si pidiera disculpas.

—Ha sido un día muy largo.

—Pues claro que ha sido un día muy largo. —Bajó él también de su taburete—. Mira —le dijo—, ya sé que esto seguramente te parecerá un desastre, no sé, pero a lo mejor, en fin..., si mañana estuvieras por aquí, tal vez podríamos salir o vernos para tomar una copa, ¿te parece?

Meredith pestañeó primero con placer, después con indecisión.

Por una parte, Hal le había gustado. Era apuesto, tenía encanto y, además, necesitaba compañía. Por otra, era preciso que se concentrase al máximo en tratar de averiguar todo lo posible sobre su familia biológica, y eso era algo que necesitaba hacer en privado. No quería que alguien le pisara los talones durante todas sus pesquisas. Y además oyó la voz de Mary en su interior, la oyó avisándola de que no sabía nada de ese chico.

—Claro que... si estás ocupada... —empezó a decir él.

Fue el tono soterrado de decepción que notó en su voz lo que la llevó a decidirse. Además, aparte del tiempo que había pasado con

Laura cuando le echó las cartas, durante la lectura del tarot, y tampoco es que esos minutos, por largos que fueran, supusieran gran cosa, no había mantenido con nadie una conversación de más de un par de frases en varias semanas.

—Claro —se oyó decir—. Sí, ¿por qué no?

Hal sonrió, esta vez como es debido, y se le transformó la cara.

—Estupendo.

—Pero te advierto que pensaba marcharme bastante temprano. A hacer investigaciones.

—Podría acompañarte —le propuso él—. A lo mejor te puedo servir de ayuda, al menos en alguna cosa. No es que me conozca la región como la palma de mi mano, pero he venido unas cuantas veces durante los últimos cinco años.

—Es posible que te resulte aburrido.

Hal se encogió de hombros.

—No me importa el aburrimiento, seguro que no es para tanto. ¿Tienes una lista de los lugares que quieres visitar?

—Había pensado más bien en hacerlo sobre la marcha. —Calló un instante—. En realidad, tenía la esperanza de encontrar algo en los viejos edificios del balneario de Rennes-les-Bains, pero he visto que están cerrados todo el invierno. Había pensado en ir al ayuntamiento por ver si allí alguien me pudiera echar una mano.

A Hal se le nubló el semblante.

—Son unos inútiles —dijo malhumorado—. Hablar con ellos es como darse de cabezazos contra la pared.

—Lo siento —se disculpó ella velozmente—. No era mi intención recordarte...

Hal dio una sacudida brusca con la cabeza.

—No, perdóname tú, es culpa mía. —Suspiró y volvió a sonreírle—. Tengo una sugerencia que hacerte. Teniendo en cuenta el periodo histórico en que te mueves debido a tu interés por Lilly Debussy, es posible que encuentres alguna cosa de utilidad en el museo de Rennes-le-Château. Yo sólo he estado una vez, pero recuerdo que ofrece al visitante... ¿cómo decir? Pues una crónica bastante buena de cómo pudo haber sido la vida en esta zona durante aquellos años.

Meredith sintió que la excitación la embargaba de pronto.

—Suena de maravilla.

—¿Nos vemos en la recepción a las diez? —propuso él.

Meredith titubeó, pero decidió que estaba siendo excesivamente cautelosa.

—De acuerdo —dijo—. A las diez, perfecto.

Se puso en pie, se inclinó hacia él y le dio un veloz beso en la mejilla.

—Buenas noches.

Meredith asintió.

—Hasta mañana.

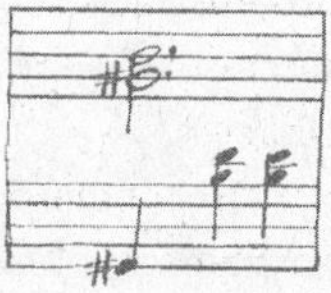

CAPÍTULO 33

∞

De vuelta a su habitación, Meredith se sintió demasiado cansada, a la vez que excitada y casi nerviosa, para irse a dormir. Repasó mentalmente la conversación que acababa de tener con él, recordó todo lo que ella había dicho, todo lo que dijo él. Trató de interpretar lo que había dicho él leyéndolo entre líneas.

Miró detenidamente su reflejo en el espejo mientras se lavaba los dientes, y sintió una pena incontenible por él. Parecía sumamente vulnerable. Escupió la pasta de dientes en el lavabo. Lo más probable era que él no tuviera el menor interés por ella. Lo más probable era que en esos momentos tan sólo hubiera necesitado un poco de compañía.

Se acostó y apagó la luz, con lo que la habitación se envolvió en una oscuridad suave, intensa. Permaneció tumbada mirando al techo, y poco a poco sintió pesadez en las extremidades y se fue deslizando hacia el sueño.

De repente, el mismo rostro que Meredith había visto en el agua y la extraña experiencia que había tenido en la carretera acudieron de golpe a su memoria. Peor aún, vio el rostro torturado y sin embargo hermoso de su madre biológica, que lloraba y suplicaba a voces que la dejaran en paz.

Meredith abrió automáticamente los ojos.

No. De ninguna manera. No pienso permitir que el pasado me invada.

Estaba allí, desde luego, con el fin de averiguar quién era, de indagar datos sobre su familia, para huir de la sombra inconfundible de su madre. Meredith apartó de su conciencia sus recuerdos de la infancia, y en su lugar se centró en las imágenes del tarot a las que llevaba todo el día dando vueltas en la cabeza. El Loco y La Justicia. El Diablo con sus ojos azules, los amantes encadenados, sin esperanza de ninguna clase, a sus pies.

Repasó mentalmente las palabras de Laura, permitiendo que sus pensamientos vagasen de una carta a otra, dejándose de nuevo ganar por el sueño. Notó pesadez en los ojos. Meredith pensó sin darse cuenta en Lilly Debussy, pálida, con una bala alojada en el pecho para toda la eternidad. Debussy fruncía el ceño y fumaba ante el piano que estaba tocando. Pensó en Mary, sentada en el porche de la casa de Chapel Hill, balanceándose en la mecedora a la vez que leía un libro. El soldado en la foto de color sepia, con los plátanos de la plaza Deux Rennes al fondo.

Meredith oyó cerrarse la portezuela de un coche a la entrada del hotel, sintió el crujir de la gravilla bajo unos zapatos y el ulular de un búho que salía de caza y algún ruido extraño en las cañerías del agua caliente.

El hotel pronto estuvo envuelto por el silencio. La noche rodeó con sus negros brazos todo el edificio. Los terrenos del Domaine de la Cade se adormecieron bajo una luna clara.

Pasaron las horas. Medianoche. Las dos, las cuatro.

De repente, Meredith se despertó sobresaltada, con los ojos como platos en medio de la oscuridad. El corazón le daba un vuelco tras otro. Todos los nervios de su cuerpo vibraban en estado de alerta. Todos los músculos, todos los tendones, se le habían tensado como las cuerdas de un violín.

Alguien estaba cantando.

No, no era un canto. Alguien estaba tocando el piano. Y además, muy cerca de ella.

Se sentó en la cama. Hacía frío en la habitación. El mismo frío intenso y penetrante que había sentido debajo del puente. La oscuridad tenía también una particularidad distinta a la de antes, era menos densa, más fragmentada.

Meredith creyó casi ver disolverse las partículas de luz en las tinieblas delante de sus propios ojos. Entraba una brisa por alguna parte aun cuando podría jurar que había cerrado las ventanas, una brisa liviana cuyo roce sentía en los hombros y en el cuello, un roce que no llegaba a tocarla, pero que la oprimía y susurraba.

Hay alguien en la habitación.

Se dijo que eso era imposible. Hubiera oído algún ruido. A pesar de todo, la atenazaba la abrumadora certeza de que había alguien al pie de la cama, alguien que la estaba mirando. Dos ojos que ardían en la oscuridad. Las gotas de sudor resbalaron entre sus omóplatos, entre los pechos.

Tuvo una descarga de adrenalina.

Ahora. Adelante.

Contó hasta tres y, armándose de valor, se volvió velozmente y encendió la luz.

Desaparecieron las tinieblas como si las hubiera espantado. Todos los objetos cotidianos volvieron a su sitio y la saludaron. No había nada fuera de lugar. El armario, la mesa, la ventana, la repisa, el escritorio, todo estaba como debía estar. El espejo, junto a la puerta del cuarto de baño, reflejaba la luz.

Nadie.

Meredith se dejó caer hasta apoyarse en el cabezal de caoba. Tuvo una profunda sensación de alivio. En la mesilla, titilaban los dígitos rojos del despertador. Las cuatro y cuarenta y cinco. No eran unos ojos, era sólo el destello de la luz del despertador, reflejado en el espejo.

Una simple pesadilla, una pesadilla normal y corriente.

Tendría que haber contado con ello después de todas las experiencias que había tenido a lo largo del día.

Meredith retiró el cobertor de una patada para que se le pasara el repentino calor que sentía y permaneció inmóvil un rato, con las manos recogidas sobre el pecho como si fuera una figura yacente en una tumba. Se levantó al cabo. Necesitaba moverse, hacer algún ejercicio físico. No podía permanecer tumbada allí. Tomó una botella de agua mineral en el minibar y se acercó a la ventana, desde donde contempló los jardines en silencio, dormidos a la luz de la luna.

Había cambiado el tiempo y en la terraza, abajo, brillaban los restos de la lluvia. Un cendal de bruma blanca flotaba en la quietud del aire, por encima de las copas de los árboles.

Meredith apretó su mano caliente contra el cristal frío de la ventana, como si de ese modo pudiera espantar los malos pensamientos. No era la primera vez que las dudas que le inspiraba aquello en lo que se estaba introduciendo la acosaban con violencia. ¿Y si no hubiera nada que encontrar? En todo momento, la sola idea de viajar a Rennes-les-Bains armada únicamente con un puñado de viejas fotografías y una partitura de música para piano la había mantenido en marcha.

Pero ahora que por fin estaba allí, ahora que veía con toda claridad que se trataba de un lugar insignificante, la certeza se disipaba casi a cada momento. La idea de rastrear las huellas de su familia biológica allí, sin disponer siquiera de un nombre propio por el cual comenzar la búsqueda, se le antojó sencillamente una locura. Un sueño estúpido, cuyo lugar apropiado no podía ser otro que una película ingenua.

No en la vida misma.

Meredith no tuvo idea del tiempo que pasó allí pensando, estrujándose el cerebro, mirando por la ventana. Sólo cuando se percató de que tenía helados los dedos de los pies se dio la vuelta para mirar el despertador. Se sintió aliviada. Pasaban de las cinco de la mañana. Había transcurrido tiempo suficiente. Quedaban espantados los espectros, ahuyentados los demonios de la noche. El rostro en el agua, la silueta en la carretera, las intimidantes imágenes de las cartas.

Esta vez, cuando se tendió en la cama, en la habitación reinaba la paz. No encontró ojos que la mirasen, no percibió ninguna presencia en la oscuridad. Tan sólo el titilar de los números electrónicos en el despertador. Cerró los ojos.

Su soldado se diluyó hasta convertirse en Debussy, y pasó a ser Hal.

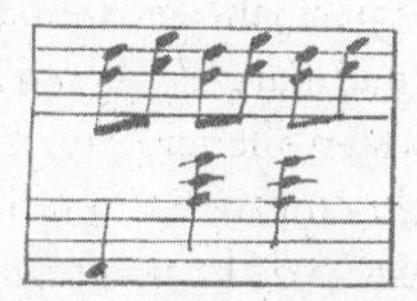

PARTE V

Domaine de la Cade
Septiembre de 1891

CAPÍTULO 34

∞

Lunes, 21 de septiembre

Léonie bostezó y abrió los ojos. Estiró los brazos blancos y esbeltos por encima de la cabeza y se acomodó entonces, incorporándose sobre las generosas almohadas blancas.

A pesar del exceso de *blanquette* de Limoux que había bebido la noche anterior, o tal vez justamente debido a ello, había dormido bien.

La Habitación Amarilla estaba encantadora bajo la luz de la mañana. Pasó un rato en cama, sosegada y distraída, escuchando los extraños sonidos que dividían el hondo silencio de la campiña.

Los cantos con que las aves saludaban el amanecer, el viento en las copas de los árboles. Le resultó de largo mucho más placentero que despertar en casa, con un amanecer grisáceo, parisino, y los sonidos de los chirridos del metal que llegaban desde la estación Saint-Lazare.

A las ocho en punto, Marieta entró con una bandeja y el desayuno. La depositó sobre la mesa, junto a la ventana, y retiró las cortinas, dejando que la estancia se inundase con los primeros rayos refractados de luz solar. A través de las imperfecciones del cristal, Léonie vio que el cielo estaba luminoso, azul, adornado por alguna hilacha de nubes entre blanquecinas y violetas.

—Gracias, Marieta —le dijo—. Ya me arreglo.

—Muy bien. Como quiera, *madomaisèla.*

Léonie retiró el cobertor y plantó los pies en la alfombra, buscando a tientas las chinelas. Tomó la bata de cachemir azul del gancho de la puerta, se roció la cara con el agua de la noche anterior y se sentó ante la mesa, frente a la ventana, disfrutando de la sofisticación de desayunar sola, en su dormitorio. La única vez que lo había hecho en su casa fue cuando Du Pont había ido a visitar a su madre.

Levantó la tapadera de la jarra que contenía el café humeante, con lo que el delicioso aroma del café recién hecho se expandió por la habitación como si fuera el genio recién salido de la lámpara. Junto a la jarra de plata había una jarrita de leche templada, espumosa, un cuenco lleno de azucarillos blancos y unas pinzas de plata. Retiró la servilleta de lino recién planchada y descubrió un plato de pan blanco, de corteza dorada y cálida al tacto, y una tarrina de mantequilla recién hecha. Había tres tarros de mermelada y un cuenco de compota de membrillo y manzana.

Mientras desayunaba, contempló los jardines. Una bruma blanquecina aparecía en suspenso sobre el valle, entre los montes, ocluyendo las copas de los árboles. Las extensiones de césped eran la viva imagen de la paz y del sosiego bajo el sol otoñal, en pleno amanecer, sin el menor indicio del viento amenazante de la noche anterior.

Léonie se vistió con una sencilla falda de lana y una blusa de cuello alto y tomó entonces el libro que Anatole le había llevado la tarde anterior. Tenía deseos de echar un vistazo con sus propios ojos a la biblioteca, investigar los polvorientos anaqueles y los lomos abrillantados. Si alguien le afeara el gesto, aunque no creyó que hubiera motivo para ello, teniendo en cuenta que Isolde les había pedido que tratasen la casa como si fuera la suya propia, siempre podría dar por excusa que había ido a devolver a su sitio el librito de monsieur Baillard.

Abrió la puerta y salió al pasillo. El resto de la casa parecía estar aún dormido. Todo estaba en silencio. No tintineaban las tazas del café, no se oía silbar a Anatole, como solía hacer cuando se aseaba por la mañana; no había el menor indicio de vida. Abajo, se encontró con que el vestíbulo también estaba desierto, aunque más allá de la puerta que comunicaba con la zona de la servidumbre sí oyó voces distantes y el lejano ruido de los cacharros en la cocina.

La biblioteca ocupaba la esquina suroeste de la casa y se accedía a ella por un pequeño pasillo, situado entre el salón y la puerta del estudio. Lo cierto es que a Léonie le sorprendió que Anatole lo hubiera llegado a encontrar. En la tarde del día anterior apenas tuvieron oportunidad de explorar nada.

El pasillo estaba bien iluminado, bien ventilado, y tenía anchura suficiente para que hubiera una pared llena de vitrinas. En la primera había piezas de porcelana de Marsella y de Ruán; en la segunda, una coraza pequeña, antigua, más dos sables, un florete que recordaba al arma preferida de Anatole cuando practicaba la esgrima y un mosquete; en la tercera, algo más pequeña, estaba expuesta una colección de condecoraciones y cintas militares, sobre un fondo de terciopelo azul. No había nada que indicara a quién habían sido otorgadas ni por qué. Léonie supuso que debían de pertenecer a su difunto tío.

Giró el picaporte de la biblioteca y entró. En el acto le invadieron la paz y la tranquilidad que se respiraban en la sala, el olor a cera y a miel, a terciopelo polvoriento, a tinta y a secantes. Era de mayor tamaño que lo que había supuesto y tenía un aire dual, por las ventanas que miraban al sur y las que miraban al oeste. Las cortinas, hechas de brocado azul y oro, pesado, antiguo, caían formando pliegues del techo al suelo.

El ruido de sus tacones se lo tragó una gruesa alfombra ovalada que ocupaba el centro de la estancia y sobre la cual se encontraba una mesa con capacidad suficiente para dar cabida incluso a los volúmenes de mayor tamaño. Había una pluma y un tintero junto a un soporte de cuero, al lado del cual había un secante nuevo.

Léonie decidió comenzar su exploración por el rincón más alejado con respecto a la puerta. Fue pasando la vista a lo largo de cada uno de los anaqueles, leyendo los nombres y los títulos en los lomos, acariciando con los dedos las encuadernaciones en piel, deteniéndose a cada tanto, cuando un volumen en particular le llamaba la atención.

Dio con un bellísimo misal que tenía un elaborado y doble cierre de latón, impreso en Tours, con las guardas en oro y verde, y un delicadísimo y muy fino papel que protegía cada uno de los grabados. En la primera página leyó el nombre de su difunto tío, Jules Lascombe, junto con la fecha de su confirmación.

En el siguiente cuerpo de la biblioteca descubrió una primera edición del *Viaje alrededor de mi habitación,* de Joseph de Maistre. Estaba deslucida y tenía los cantos doblados, al contrario que el inmaculado ejemplar que guardaba Anatole en casa. En otro de los estantes encontró una colección de textos religiosos junto a otros francamente anticlericales, agrupados todos juntos, como si se tratase de que se anularan mutuamente.

En la sección dedicada a la literatura francesa contemporánea, estaban las novelas completas de los Rougon-Macquart, de Zola, así como novelas escogidas de Flaubert, Maupassant y Huysmans; en efecto, eran muchos de los textos que como incentivo intelectual Anatole había querido en vano convencerla de que leyera, incluida una primera edición de *Le rouge et le noir,* de Stendhal. Había unas cuantas obras traducidas, aunque no encontró nada que fuera totalmente de su gusto, con la excepción de las traducciones que hiciera Baudelaire de monsieur Poe. Nada de madame Radcliff, nada de monsieur Le Fanu. Una colección más bien tediosa.

En la esquina más lejana de la biblioteca, Léonie se encontró con una vitrina dedicada a los libros que trataban sobre la historia local, y en donde seguramente Anatole había tenido que encontrar la monografía de monsieur Baillard. Se le aceleró el pulso cuando pasó de la zona principal, cálida y luminosa, a aquel rincón más sombrío. La vitrina albergaba una humedad curiosa, un olor tal vez a musgo que se le quedó prendido en la garganta.

Repasó las hileras escarpadas que formaban los volúmenes hasta dar con la letra B. Allí era evidente que no había un hueco. Extrañada, introdujo con dificultad el delgado volumen en el lugar que creyó que le correspondía. Cumplida la tarea, se volvió hacia la puerta.

Sólo en ese momento reparó en tres o cuatro vitrinas acristaladas en lo alto de la pared, a la derecha de la puerta, destinadas con toda probabilidad a preservar los volúmenes de mayor valor. Una escalera de mano se hallaba sujeta por dos ganchos a un riel de bronce. Léonie se apropió de la escalera con ambas manos y tiró con fuerza. La escalera se quejó con un crujido, pero enseguida cedió. La deslizó por el riel hasta colocarla en el centro y, afianzando los pies, comenzó a subir. La combinación de tafetán susurró y se le quedó prendida entre las piernas.

Se detuvo en el penúltimo peldaño. Sujetándose con las rodillas, escrutó el interior de la vitrina. Estaba oscuro, pero haciendo una pantalla sobre los ojos con ambas manos, para impedir que el reflejo del sol que entraba por los dos altos ventanales y daba en el cristal le deslumbrase, atinó a ver lo suficiente para leer los títulos de los lomos.

El primero era *Dogme et rituel de la haute magie,* de Eliphas Lévi. Junto a éste vio un volumen titulado *Traité méthodique de science occulte.* En el anaquel superior, diversos escritos de Papus, Court de Gébelin, Etteilla y MacGregor Mathers. Nunca había leído a esa clase de escritores, si bien sabía que eran autores ocultistas a los que se consideraba subversivos. Sus nombres aparecían con cierta regularidad en las columnas de los periódicos y las revistas.

Léonie estaba a punto de bajar cuando le llamó la atención un volumen de gran tamaño, sencillo, encuadernado en piel negra, menos vistoso, menos ostentoso que los demás, que estaba colocado del revés. En la cubierta, grabado en letras de pan de oro, bajo el título, aparecía el nombre de su tío. Se titulaba *Les tarots.*

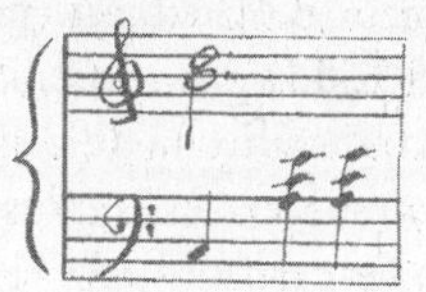

CAPÍTULO 35

París

Para el momento en que un amanecer nublado, brumoso, vacilante, por fin empezó a iluminar las dependencias de la comisaría de policía del octavo *arrondissement,* en la calle Lisbonne, el temple de los que allí se encontraban no estaba precisamente en el mejor momento.

El cadáver de una mujer a la que se identificó como madame Marguerite Vernier había sido descubierto poco después de las ocho de la tarde del domingo 22 de septiembre. La noticia llegó por medio de una llamada telefónica hecha desde una de las nuevas cabinas públicas que se encontraba en la esquina de la calle Berlin con la de Amsterdam. La hizo un periodista de *Le Petit Journal.*

En el transcurso del fin de semana no progresó la investigación. Llegó el momento en que pareció conveniente convocar al prefecto Laboughe, que se encontraba en su residencia, en el campo, para que tomara el mando de las investigaciones.

Con notorio malhumor, el prefecto entró en las dependencias y dejó un montón de periódicos que habían adelantado su edición sobre la mesa del inspector Thouron.

¡Asesinato estilo Carmen! ¡Héroe de guerra detenido! ¡Una disputa entre amantes termina en una muerte a puñaladas!

—¿Se puede saber qué significa todo esto? —preguntó Laboughe con voz de trueno.

Thouron se puso en pie y le saludó respetuosamente con un murmullo, antes de retirar otros papeles de la única silla libre que había en el despacho, atestado de objetos y de mugre, sin poder soslayar la mirada de Laboughe, que parecía taladrarlo. Cuando terminó, el prefecto se quitó el sombrero de copa, de seda, y tomó asiento apoyando ambas manos sobre la empuñadura de su bastón. El respaldo de la silla crujió bajo su impresionante peso, pero no llegó a ceder.

—¿Y bien, Thouron? —inquirió en cuanto el inspector hubo regresado a su asiento—. ¿Cómo es posible que dispongan de tantísimos detalles sobre el caso? ¿O es que uno de sus hombres se ha ido de la lengua?

El inspector Thouron tenía todas las trazas de un hombre que ha visto amanecer sin haber disfrutado de su propia cama. Presentaba unas ojeras pronunciadas, como medias lunas. Tenía el bigote caedizo, y la barba incipiente se le notaba en el mentón y en las mejillas.

—No lo creo, señor —dijo—. Los reporteros ya estaban allí antes de que nosotros llegásemos en la noche de autos.

Laboughe lo miró fijamente, con unos ojos inexpresivos tras las cejas pobladas, blancas.

—¿Alguien les dio el soplo?

—Eso parece.

—¿Y quién pudo ser?

—Nadie suelta prenda. Uno de mis gendarmes escuchó una conversación en la que dos de los pajarracos dieron a entender que al menos en dos de las redacciones de los periódicos se recibió una comunicación aproximadamente a las ocho de la tarde, el martes anterior, en la que se insinuaba que sería todo un acierto enviar de inmediato a un reportero a la calle Berlin.

—¿A la dirección exacta? ¿Al número preciso de la vivienda?

—Tampoco han desvelado esa información, señor, pero yo doy por sentado que sí, que así tuvo que ser.

El prefecto Laboughe apretó ambas manos sobre la empuñadura de marfil de su bastón.

—¿Y el general Du Pont? ¿Niega que Marguerite Vernier fuera su amante?

—No, no lo niega, aunque ha solicitado garantías de que seremos discretos en toda esta investigación.

—¿Y usted se las dio?

—En efecto, señor. El general ha negado con rotundidad que fuera él quien la asesinó. Con la misma explicación que dio a los periodistas: afirma que le fue entregada una nota cuando salía de un concierto a la hora de almorzar, en la que se le comunicó que se aplazaba la cita que tenía con la difunta, prevista para las cinco de la tarde, hasta primera hora de la noche. Tenían previsto viajar al valle del Marne a la mañana siguiente, para pasar diez días en el campo. Todos los criados habían recibido notificación de que se tomaran vacaciones entre tanto. La vivienda estaba sin duda preparada para la ausencia de sus ocupantes.

—¿Sigue teniendo Du Pont esa nota en su poder?

Thouron suspiró.

—Por respeto a la reputación de la dama, o al menos eso es lo que aduce, sostiene que la rompió en pedazos y la tiró al salir de la sala de conciertos. —Thouron clavó ambos codos en la mesa y se pasó los dedos cansinos por el cabello—. Envié a un hombre de inmediato, pero se ve que los encargados de la limpieza en ese *arrondissement* han sido inauditamente celosos.

—¿Hay pruebas de que mantuviera relaciones, digamos, de naturaleza íntima, antes de su fallecimiento?

Thouron asintió.

—¿Y a eso qué dice el general?

—Acusó el golpe que sin duda le supuso esa información, pero mantuvo en todo momento la compostura. No fue él, o eso afirma. Insiste en su versión de los hechos: que cuando llegó la encontró muerta, y que había un montón de periodistas arremolinados a la entrada de la vivienda, en la calle.

—¿Hay testigos de su llegada?

—Tuvo lugar a las ocho. Está por ver que no fuera con anterioridad a la vivienda. Sólo tenemos su palabra de que no estuvo allí.

Laboughe negó con un gesto.

—El general Du Pont —murmuró—. Un hombre muy bien relacionado en las altas instancias... Siempre es una complicación. —Miró a Thouron con gesto inquisitivo—. ¿Cómo entró?

—Posee una llave de la vivienda.

—¿Y los demás miembros del servicio? ¿Y el resto de la familia?

Thouron rebuscó bajo uno de los montones de papeles que se apilaban en su mesa, derribando un tintero. Encontró el sobre de papel ocre que estaba buscando y extrajo de él una sola hoja de papel.

—Además de los criados, allí vive un hijo de la difunta, Anatole Vernier. Soltero, veintiséis años de edad, antes periodista y literato, en la actualidad en el comité de alguna revista dedicada a los libros de coleccionista, ya sabe, lo que llaman *beaux livres.* —Echó un vistazo a sus notas—. Y una hija, Léonie, de diecisiete años de edad, también soltera, que vivía con la madre.

—¿Se les ha informado de la defunción de la madre?

Thouron suspiró.

—No, por desgracia no ha sido posible. Aún no hemos sido capaces de localizarlos.

—¡Al cabo de tres días!

—Se cree que han viajado al campo. Mis hombres han interrogado a los vecinos, pero es poco lo que saben. Lo cual resulta extraño, desde luego.

El prefecto Laboughe frunció el ceño, con lo que sus pobladas cejas blancas se le juntaron en el centro de la frente.

—Vernier... ¿Por qué me resulta familiar ese apellido?

—Podría ser por razones diversas, señor. El padre, Léo Vernier, fue uno de los integrantes de la Comuna. Se le detuvo, se le juzgó, se le condenó a ser deportado. Murió en el calabozo.

Laboughe negó con un gesto.

—No, tiene que ser algo más reciente.

—A lo largo de todo este año, Vernier hijo ha salido en los periódicos en más de una ocasión. Se comentó que se dedicaba al juego, que había contraído deudas, que visitaba los fumaderos de opio y las casas de lenocinio, aunque todo ello dentro de la ley, en clubes privados. Más bien una mera insinuación de inmoralidad, si usted quiere, sin que se llegara a demostrar nada.

—¿Una campaña de difamación?

—Ésa es la impresión que se tiene, sí, señor.

—Es de suponer que anónima, digo yo.

Thouron asintió.

—La Croix parece haber puesto muy en particular el punto de mira en el joven Vernier. Publicó, por ejemplo, la alegación de que se había visto envuelto en un duelo que tuvo lugar en el Campo de Marte, por lo visto como padrino, no como una de las partes implicadas, pero con todo y con eso... Ese periódico publicó la hora, la fecha, los nombres. Vernier pudo demostrar que en ese momento se encontraba en otra parte. Afirmó que no tenía constancia de quién pudiera ser el responsable de las calumnias.

Laboughe se percató del tono con que lo decía.

—¿Y usted no le cree?

El inspector pareció escéptico.

—Los ataques anónimos rara vez son realmente anónimos para quienes los sufren. Por otra parte, el pasado 12 de febrero se vio implicado en un escándalo por robo de un manuscrito de la biblioteca del Arsenal.

Laboughe se dio una palmada en la rodilla.

—Eso es, por eso me resultaba conocido el nombre.

—Gracias a sus actividades comerciales, Vernier era un visitante asiduo, que se había ganado la confianza de la biblioteca. En el mes de febrero, a raíz de un chivatazo anónimo, se descubrió que un texto ocultista, al parecer preciadísimo, no se encontraba donde se suponía que debía estar. —Thouron de nuevo consultó sus notas—. Una obra de un tal Robert Fludd.

—Nunca he oído hablar de él.

—No se pudo achacar nada a Vernier, pero el asunto puso de relieve que las medidas de seguridad en la biblioteca eran totalmente insuficientes, así que un espeso manto de silencio cubrió todo el asunto.

—¿Es Vernier uno de esos aficionados a lo esotérico?

—Parece que no, salvo en lo que respecta a su trabajo como coleccionista de libros raros.

—¿Fue interrogado en su día?

—Vuelvo a decirle que sí. Le repito que fue sencillo por su parte demostrar que no estuvo implicado en ese presunto robo. Y vuelvo a decirle que cuando se le preguntó si había alguna persona que pudiera tener intenciones maliciosas con respecto a él, alguien que pudiera estar difundiendo una calumnia, afirmó que no. No nos quedó más remedio que dejar correr el asunto.

Laboughe calló unos momentos, mientras parecía absorber toda aquella información.

—¿Qué hay de las fuentes de ingresos que tiene Vernier?

—Son irregulares —repuso Thouron—, aunque ni mucho menos insignificantes. Gana en torno a los doce mil francos al año, de fuentes diversas. —Bajó la vista—. Está su puesto en el comité de la revista, que le da en torno a unos seis mil francos al año. Tiene una oficina en la calle Montorgueil. Redondea sus ganancias publicando artículos en otras revistas especializadas, y no cabe duda de que también gana buenos cuartos jugando a la ruleta y a las cartas.

—¿Alguna expectativa de incrementar su patrimonio?

Thouron negó con un gesto

—En calidad de *communard* convicto, los activos de su padre fueron confiscados. Vernier padre era hijo único y sus padres murieron hace mucho tiempo.

—¿Y Marguerite Vernier?

—La estamos investigando. Los vecinos no conocen a ningún pariente cercano, pero ya se verá.

—¿Hace Du Pont alguna aportación a los gastos domésticos de la residencia familiar en la calle Berlin?

Thouron se encogió de hombros.

—Afirma que no, aunque en esta cuestión dudo mucho que sea sincero. Que Vernier sea o no parte de los arreglos que puedan existir es un asunto sobre el que no quisiera yo especular.

Laboughe cambió de postura, con lo que la silla emitió un crujido sonoro a modo de queja.

Thouron aguardó con paciencia a que su superior considerase todos los datos.

—Dijo usted que Vernier no estaba casado —continuó al fin—. ¿Tenía amante?

—Tenía relaciones con una mujer. Murió en el mes de marzo y fue enterrada en el cementerio de Montmartre. Según el historial médico, parece ser que dos semanas antes se sometió a una operación en una clínica, en la Maison Dubois.

Laboughe hizo una mueca de profundo desagrado.

—¿Un aborto?

—Posiblemente, señor. El historial médico en cuestión no se ha encontrado. Según el personal de la clínica, alguien lo ha robado. En la clínica nos confirmaron, sin embargo, que fue Vernier quien corrió con los gastos.

—Y dice usted que fue en marzo —comentó Laboughe—. Así pues, resulta improbable que exista alguna conexión con el asesinato de Marguerite Vernier.

—No, señor —repuso el inspector, y añadió—: Me parece mucho más probable que, si efectivamente Vernier ha sido víctima de una campaña de maledicencias, ambos sucesos estén relacionados entre sí.

Laboughe resopló.

—Vamos, vamos, Thouron. Calumniar a un hombre no es precisamente un acto propio de una persona de honor, pero de ahí a un asesinato...

—Tiene usted razón, mi prefecto, y en circunstancias normales estaría completamente de acuerdo. Pero existe otra cosa que me lleva a preguntarme si no habremos asistido, sin saberlo, a una imparable escalada de mala voluntad.

Laboughe suspiró y se dio cuenta de que el inspector aún no había terminado sus explicaciones. Sacó del bolsillo una pipa de Meerschaum negra, la golpeó contra el canto de la mesa para aflojar el tabaco, encendió un fósforo y aspiró hasta que prendió el interior de la cazoleta. Un aroma agrio, turbio, llenó el pequeño despacho.

—Obviamente, no se puede tener certeza de que esto realmente guarde alguna relación con el asunto que nos ocupa, pero el propio Vernier fue víctima de una agresión que tuvo lugar en el callejón Panoramas a primera hora del pasado 17 de septiembre.

—¿La noche de la revuelta en el palacio Garnier?

—¿Conoce usted el lugar, señor?

—Es un callejón de tiendas y restaurantes elegantes, si no me equivoco. Stern, el grabador, tiene allí su local.

—Exacto, señor. Vernier sufrió a resultas de la agresión una fea herida encima del ojo izquierdo y se llevó unas cuantas magulladuras y quién sabe si alguna costilla rota. Este suceso se denunció, de nuevo anónimamente, a nuestros colegas del décimo *arrondissement*. Ellos, a su vez, nos informaron del incidente por estar al tanto de nuestro interés en el caballero. Cuando se le interrogó, el vigilante nocturno del callejón reconoció estar al corriente de la agresión. De hecho, la llegó a presenciar, pero también confesó que Vernier le había pagado una generosa suma para que no dijera nada al respecto.

—¿Indagaron ustedes ese asunto?

—No, señor. Como Vernier, la víctima, había optado por no denunciar el incidente, poca cosa podíamos hacer nosotros. Si lo señalo, es tan sólo porque creo que refuerza la hipótesis de que tal vez se tratara de un aviso.

—¿Un aviso? ¿De qué?

—De una inminente escalada en las hostilidades —respondió Thouron con paciencia.

—Pero en ese caso, Thouron, ¿por qué está Marguerite Vernier muerta encima de una laja de mármol y no lo está el propio Vernier? Eso no tiene sentido.

El prefecto Laboughe se recostó en su silla y fumó con afán su pipa. Thouron lo miró y aguardó en silencio.

—¿Usted cree que Du Pont es culpable del asesinato? Dígame: ¿sí o no?

—Yo mantengo la mente abierta, señor, hasta que no dispongamos de más información.

—Ya, ya. —Laboughe agitó la mano con evidente impaciencia—. Pero ¿qué le dice su instinto?

—La verdad, señor, yo en el fondo no creo que Du Pont sea el hombre que buscamos. Por supuesto, parece la explicación más lógica a lo ocurrido. Du Pont estaba allí. Sólo tenemos su palabra si queremos fiarnos de que al llegar se encontró muerta a Marguerite Vernier. Había dos copas de champán, pero también había un vaso con restos de alcohol hecho trizas en la chimenea. Son demasiadas las cosas que no acaban de encajar. —Thouron respiró hondo, sin terminar de encontrar las palabras adecuadas—. Para empezar, el soplo. Si de hecho se produjo una riña entre dos amantes, si de hecho se les fue de las manos, ¿quién fue el que se puso en contacto con los periódicos? ¿El propio Du Pont? Yo lo dudo mucho. Los criados no estaban en la casa, les habían dado unos días de vacaciones. Sólo puede tratarse de una tercera parte interesada en...

Laboughe asintió:

—Adelante, siga.

—Además, tenga en cuenta lo curioso que resulta, si le parece, que tanto el hijo como la hija se encontraran fuera de la ciudad y que la vivienda estuviera ya cerrada por un tiempo. —Suspiró—. No lo sé, señor. Hay algo planeado de antemano en todo este asunto.

—¿Usted piensa que a Du Pont le han cargado el mochuelo?

—Creo que es algo que debemos considerar, señor. Si hubiera sido él, ¿por qué se limitó a posponer la cita prevista? No habría tenido ningún problema en que no se le viera por los alrededores de la vivienda.

Laboughe asintió.

—No puedo negar que sería un gran alivio no tener que acusar ante los tribunales a un héroe de guerra, Thouron, máxime a uno con tantas condecoraciones y distinciones como es Du Pont. —Miró a Thouron a los ojos—. No es que esto deba influir en su decisión, inspector. Si lo considera culpable...

—Por supuesto, señor. También a mí me inquietaría tener que acusar a un héroe de la patria.

Laboughe miró a los llamativos titulares de los periódicos.

—Por otra parte, Thouron, no debemos olvidar que ha muerto una mujer.

—No, señor.

—Nuestra prioridad ha de ser localizar a Vernier e informarle del asesinato de su madre. Si antes estuvo reacio a hablar con la policía sobre los diversos incidentes en los que se ha visto enredado a lo largo de todo este año, es posible que esta tragedia le suelte la lengua. —Cambió de postura. Crujió la silla bajo su peso—. Pero dice usted que sigue sin haber ni rastro de él...

Thouron negó con un gesto.

—Sabemos que se marchó de París hace ya cuatro días en compañía de su hermana. Un cochero, uno de los habituales en la calle

Amsterdam, nos ha informado de que recogió a una pareja en la calle Berlin, un hombre y una muchacha cuya descripción concuerda con la de los hermanos Vernier, y según dice los llevó a la estación Saint-Lazare el pasado viernes, poco después de las nueve de la mañana.

—¿Alguien llegó a verlos en el interior de Saint-Lazare?

—No, señor. Los trenes de Saint-Lazare enlazan con los suburbios del oeste. Versalles, Saint-Germain-en-Laye, además de estar, claro está, los trenes que enlazan con los barcos de Caen. Nada. Pero es que podrían haber bajado en cualquier punto del trayecto y podrían haber tomado otra línea. Mis hombres están trabajando en este sentido.

Laboughe miraba embelesado su pipa. Parecía que hubiera perdido todo interés.

—Y supongo que habrá hecho correr la voz entre las autoridades ferroviarias, claro...

—En las estaciones principales y en los nudos de enlace ya se ha dado aviso. Se han puesto carteles por toda la región de Ile-de-France y estamos verificando las listas de pasajeros que hayan cruzado el Canal de la Mancha, en caso de que su intención fuera viajar aún más lejos.

El prefecto se puso trabajosamente en pie, resoplando a causa del esfuerzo. Se guardó la pipa en el bolsillo del gabán, tomó el sombrero de copa y los guantes y se desplazó hacia la puerta como un barco de vapor a toda máquina.

Thouron también se puso en pie.

—Haga una nueva visita a Du Pont —dijo Laboughe—. Es la pista más evidente que tenemos, por no decir que es el mejor candidato a resolver este desgraciado asunto, aunque me inclino a pensar que la lectura que hace usted de la situación es la correcta.

Laboughe salió lentamente de la estancia, golpeando el suelo con la contera del bastón.

—Una cosa más, inspector.

—Diga, prefecto.

—Manténgame informado. De cualquier novedad que se produzca en este caso, quiero que me dé cuenta usted en persona. No deseo enterarme por las páginas de *Le Petit Journal.* No me interesan todas esas habladurías sin fundamento, Thouron. Dejemos esas paparruchas en manos de los periodistas y los escritores de ficción. ¿Me he expresado con claridad?

—Perfectamente, señor.

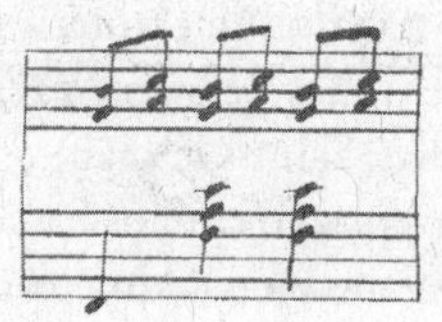

CAPÍTULO 36

∞

Domaine de la Cade

Había una pequeña llave de latón insertada en la cerradura de la vitrina. Estaba herrumbrosa y no cedía, pero Léonie se empeñó en moverla poco a poco y darle holgura hasta que por fin la pudo girar. Abrió la puerta y extrajo aquel intrigante volumen.

Encaramada en el peldaño más alto de madera pulida, Léonie abrió *Les tarots,* y al abrirse las tapas duras se liberó el aroma del polvo y del papel antiguo, de la antigüedad misma. En el interior había un delgado folleto, apenas un libro. Tenía tan sólo ocho páginas con los bordes dentados, como si hubieran sido desvirgadas a cuchillo y no con muchos miramientos. El papel, de color crema y de alto gramaje, delataba una época ya anticuada: no exactamente antigua, aunque tampoco podía ser una publicación reciente. Las palabras del interior estaban escritas a mano, con una letra clara e inclinada.

En la primera página se repetía el nombre de su tío, Jules Lascombe, y el título, *Les tarots,* esta vez con un subtítulo añadido: *Au delà du voile et l'art musical de tirer les cartes.* Debajo figuraba una ilustración, una especie de ocho tumbado de costado, como si fuera una bobina de hilo. Al pie de la página aparecía una fecha, seguramente aquella en que su tío escribió la monografía: 1870.

Después de que mi madre huyera del Domaine de la Cade, pero antes de que llegara Isolde.

La portada estaba protegida por una lámina de papel encerado. Léonie la levantó e involuntariamente se quedó boquiabierta. La ilustración, en blanco y negro, era un grabado de un diablo que miraba con toda su malevolencia desde la página, con ojos lascivos, osados. Aparecía con el cuerpo encorvado, con los hombros vueltos en una postura vulgar, los brazos largos y unas garras en vez de manos, todo lo cual hacía pensar en una mutación travestida de la forma humana.

Léonie miró más a fondo y vio que aquel ser repugnante tenía unos cuernos en la frente, pero tan pequeños que apenas si se percibían. Algo sugería de manera repulsiva que estuviera cubierto de pelo, no de piel, pero lo más desagradable de todo eran las dos figuras claramente humanas, un hombre y una mujer, encadenadas a la base de una tumba sobre la cual estaba de pie el diablo.

Debajo del grabado aparecía un número romano: XV.

Léonie miró a pie de página y no vio que la ilustración se atribuyera a ningún artista, no encontró ninguna información sobre la procedencia o el origen de la obra. Una sola palabra la acompañaba, rotulada en mayúsculas escritas con todo esmero: ASMODEUS.

Como no deseaba entretenerse mucho más, Léonie pasó a la página siguiente. Se encontró con varias líneas de explicaciones, una introducción sobre el tema del que trataba el libro, todas ellas muy apretadas. Pasó por encima de ese texto, aunque algunas palabras le llamaron la atención. El anuncio de que habría diablos y cartas del tarot sumadas a la música le aceleró el pulso y le produjo una deliciosa excitación cercana al horror. Decidió ponerse más cómoda, así que bajó de la escalera saltando los últimos peldaños y se llevó el volumen a la mesa del centro de la biblioteca, donde se saltó los últimos párrafos de la introducción y se lanzó de lleno al meollo de la historia.

Sobre las losas alisadas del interior del sepulcro se encontraba el cuadrado, pintado en negro por mi propia mano con anterioridad, y que ahora parecía despedir una luz tenue y difusa. Dentro del cuadrado estaban las cartas del tarot.

En cada una de las cuatro esquinas del cuadrado, como si fueran los puntos cardinales, la nota correspondiente según el sistema alfabético de notación musical. C, es decir, do, al norte; A, es decir, la, al oeste; D, es decir, re, al sur; por último, E, es decir, mi, al este. Dentro del cuadrado se hallaban colocadas las cartas en las que se iba a insuflar vida, las cartas en virtud de cuyos poderes iba yo a entrar en otra dimensión.

Prendí una lámpara en la pared, que al instante proyectó una pálida luz.

En el acto fue como si el sepulcro se llenase de bruma, y como si esa bruma acuciase al aire puro en todo el ambiente en derredor. También el viento reafirmó su presencia, pues de lo contrario no sabría a qué adscribir las notas que murmuraban en el interior de la cámara de piedra, como si fueran los ecos de un remotísimo pianoforte.

En el ambiente crepuscular, las cartas, o al menos así me lo pareció, cobraron vida propia. Sus formas, liberadas de sus prisiones de pigmento y de sus soportes, cobraron movimiento y volumen y volvieron a caminar una vez más sobre la tierra.

Corría el aire de repente y tuve la impresión de no estar solo. Tuve entonces la certeza de que el sepulcro estaba repleto de seres. Espíritus. No podría asegurar que fueran humanos. Todas las reglas de la naturaleza quedaron de pronto abolidas. Las entidades me rodeaban por entero. Mi propio yo y mis otros yoes, tanto pasados como todavía por venir, se hallaban presentes por igual. Me rozaban los hombros y el cuello, pasaban a escasos centímetros de mi frente, me rodeaban sin tocarme jamás, aunque siempre apiñándose más y más cerca. Me parecía que volasen, que se deslizasen por el aire, así que en todo momento tuve conciencia de sus presencias fugaces. A pesar de todo, parecían poseer peso y masa propios. De manera especial, por encima de mi cabeza parecía incesante el movimiento, acompañado por una cacofonía de susurros, suspiros, siseos y llantos que me obligó a inclinar la cabeza como si tuviera encima un peso insostenible.

Empecé a entender con claridad que su deseo no era otro que negarme el acceso, aun cuando no supiera yo el porqué. Sólo sabía con claridad que debía recuperar mi sitio en el cuadrado, pues de lo contrario me vería en peligro de muerte. Di un paso hacia el cuadrado, momento en el cual descendieron sobre mí, cayendo del aire y acompañados por un furioso vendaval que me impedía avanzar, con chillidos y alaridos que formaban una espeluznante melodía, si es que así puede llamarse, que parecía hallarse al mismo tiempo dentro y fuera de mí. Las vibraciones me llevaron a temer que hasta los muros y la techumbre del edificio pudieran desmoronarse de un momento a otro.

Hice acopio de todas mis fuerzas y me lancé hacia el centro de la estancia, tal como un hombre que se ahoga se abalanza desesperado hacia la orilla. En ese instante, una sola criatura, un diablo distinto, aunque tan invisible como todos sus infernales compañeros, se lanzó sobre mí. Sentí sus garras sobrenaturales en el cuello, sentí las extremidades inferiores, también provistas de garras tremendas, en la espalda, y sentí su aliento de pez sobre mi piel, si bien no me dejó una sola marca.

Me cubrí con los brazos la cabeza para protegerme. Sudaba copiosamente. El corazón empezó a latirme sin ritmo propio, fui consciente de que mi incapacidad iba en aumento. Sin resuello, tembloroso, con todos los músculos en máxima tensión, recurrí a los últimos vestigios de valentía que me pudieran quedar y me obligué, fuera como fuese, a dar un paso más. En ese instante era tan grande la oposición que llegué a sentir que iba a ser llevado en volandas, en vilo. Clavé las uñas en las ranuras de las losas del suelo y, milagrosamente, logré al fin arrastrarme hasta el cuadrado.

En ese instante, se hizo un terrible silencio que empezó a oprimir la estancia con la fuerza de un alarido estremecedor por su poder, por su violencia, y que trajo consigo el hedor del Infierno y de las profundidades del mar. Pensé que la cabeza pudo habérseme rajado de parte a parte debido a la presión. Balbuceando, desacertado, me puse a recitar los nombres de las cartas: El Loco, La Torre, La Fuerza, La Justicia, El Juicio. ¿Estaba acaso invocando los espíritus de las cartas, que de manera manifiesta venían en mi auxilio, o eran ellos los que trataban de impedirme que ganase un sitio en el interior del cuadrado? Mi voz parecía no dar lugar a ningún sonido, parecía que ni siquiera fuese mía, que saliera de fuera de mí, baja al principio, aunque poco a poco fue ganando volumen e intensidad, creciendo en poderío, hasta colmar el sepulcro en sus últimos rincones.

Entonces, cuando ya creía que no podría resistir más, algo se retiró de dentro de mí, de mi presencia, de debajo de mi piel, con un roce ruidoso, como las garras de un animal salvaje que rasparan la superficie de mis huesos. Hubo una nueva avalancha de aire. En el acto, la presión que sentía en el corazón, al borde del ataque, se alivió del todo.

Caí postrado al suelo, prácticamente inconsciente, si bien percibí con toda claridad las notas, esas cuatro notas, las mismas todo el tiempo, que se iban diluyendo, que se desdibujaban, y los susurros y los suspiros de los espíritus, que se iban debilitando, hasta que por fin ya no oí nada más.

Abrí los ojos. Las cartas habían regresado a su estado de adormecimiento. En los muros del ábside, las pinturas estaban inertes. Una sensación de vacío y de paz inundó de súbito todo el sepulcro, y supe que todo había terminado. Se cerraron sobre mí las tinieblas. Desconozco cuánto tiempo permanecí inconsciente.

He anotado la música lo mejor que he sabido.

Las marcas que tengo en las palmas de las manos, los estigmas, no han desaparecido.

A Léonie se le escapó un largo silbido. Volvió la página. No había nada más.

Pasó un rato sentada simplemente, mirando atónita las últimas líneas del folleto. Era un relato extraordinario. El juego en lo oculto entre la música y el lugar había provocado que las imágenes de las cartas cobrasen vida propia; si lo había entendido bien, habían servido para convocar la presencia de quienes habían pasado al más allá.

Au delà du voile... Más allá del velo, según el título que figuraba en el envoltorio.

Y lo escribió mi tío.

En esos instantes, más que ninguna otra cosa, a Léonie le resultó asombroso que pudiera haber un escritor de semejante calidad en la familia y que sin embargo nunca se hubiera dicho nada al respecto.

Y sin embargo...

Léonie hizo una pausa. En la introducción, su tío había afirmado que se trataba de un testimonio verdadero, de un suceso real.

Se recostó en la silla. ¿Qué quiso decir al escribir sobre el poder de «entrar en otra dimensión»? ¿Qué quiso decir cuando habló de «mis otros yoes, tanto pasados como todavía por venir»? Y los espíritus, una vez convocados, ¿se habían retirado de regreso a su lugar de procedencia?

Tenía el vello erizado en la nuca. Léonie se volvió en redondo, mirando por encima del hombro a izquierda y a derecha, con la sensación de que había alguien a su espalda. Lanzó sucesivas miradas a las sombras que se formaban a uno y otro lado de la chimenea, a los rincones polvorientos tras las mesas y las cortinas. ¿Estaban aún presentes los espíritus en la finca? Pensó en la figura que había visto atravesar la parcela de césped la tarde anterior, cuando caía la noche.

¿Una premonición? ¿U otra cosa?

Léonie negó con un gesto, en cierto modo divertida al comprobar que estaba permitiendo que su imaginación se hiciera dueña de ella, y concentró de nuevo su atención en el libro. Si diera por buena la palabra de su tío, si creyera que el relato era real, y no ficción, ¿era de suponer que el sepulcro se encontraba dentro de los terrenos del Domaine de la Cade? Se sintió inclinada a pensar que sí, no sólo porque las notas musicales que se precisaban para invocar a los espíritus —C, D, E, A, según la notación alfabética— se correspondían con las letras que formaban el nombre de la hacienda: Cade.

¿Y existirá todavía?

Léonie apoyó el mentón en una mano. Su pragmatismo pasó a primer plano. Tendría que ser relativamente sencillo averiguar si existía alguna estructura, alguna construcción como la que había descrito su tío, y si estaba dentro de la finca. No sería de extrañar que una finca en el campo, una propiedad de semejantes dimensiones, tuviera su propia capilla o su propio mausoleo dentro de sus terrenos. Su madre nunca le había hablado de semejante cosa, pero lo cierto es que le había hablado muy poco de la finca. Tampoco tía Isolde había dicho nada a ese respecto, pero lo cierto es que no había existido posibilidad de hacer esa clase de comentario en el transcurso de la conversación de la velada anterior y, tal como ella misma había reconocido, su conocimiento de la historia de la finca, que había sido propiedad de la familia de su difunto esposo, era más bien exiguo.

Si está aquí, lo encontraré.

Le llegó un ruido del pasillo de entrada a la biblioteca. Rápidamente escondió el volumen en su regazo. No deseaba que nadie la sorprendiera leyendo un libro como ése. No porque le diera vergüenza, sino porque era una aventura privada, que no deseaba compartir con nadie. Anatole seguramente le tomaría el pelo.

Los pasos se alejaron y Léonie oyó entonces que se cerraba una puerta al otro lado del vestíbulo. Se puso en pie, preguntándose si podría llevarse el libro. No le pareció que su tía pusiera ninguna objeción a que lo tomara en préstamo, y más teniendo en cuenta que le había invitado a considerar la colección de la biblioteca como si fuera suya. Y aunque el volumen, en efecto, estaba en una vitrina cerrada, Léonie tuvo la certeza de que era sobre todo para protegerlo de las insidias del polvo, del tiempo y de la luz del sol, y no porque estuviera prohibido. De lo contrario, ¿por qué estaba la llave puesta como si tal cosa en la cerradura de la vitrina?

Léonie se marchó de la biblioteca llevándose el volumen sustraído.

CAPÍTULO 37

PARÍS

Víctor Constant dobló el periódico y lo dejó en el asiento de al lado.

¡Asesinato estilo Carmen! ¡La policía busca al hijo!

Entrecerró los ojos de puro desprecio.

«Asesinato estilo Carmen»... Bah.

Se sintió ofendido: a pesar de toda la ayuda que les había prestado, los caballeros de la prensa eran un hatajo de botarates y sólo sabían hacer lo más previsible. Imposible que hubiera dos mujeres más disímiles que Marguerite Vernier y la impetuosa heroína de Bizet, enrevesada al menos en lo referente al carácter o al temperamento, si bien aquella ópera parecía haber pasado ya a formar parte de la conciencia del público francés, y en una medida realmente inquietante. Para trazar la comparación bastaba con la presencia de un soldado y un cuchillo: con eso, el cuento ya estaba escrito antes de poner la primera palabra.

En cuestión de pocos días, Du Pont había pasado de ser el principal sospechoso a ser una víctima inocente en las columnas de los periódicos. Al principio, el hecho de que el prefecto no le acusara de haber cometido el asesinato despertó el interés de los periodistas, les animó a echar las redes —literariamente hablando— en un terreno algo más extenso. Ahora, y en buena parte gracias a los empeños del propio Constant, los reporteros habían puesto a Anatole Vernier en su punto de mira. Todavía no era del todo sospechoso, pero el hecho de que todavía estuviera en paradero desconocido resultaba asimismo sospechoso. Se dijo que la policía, al parecer, era incapaz de localizar a Vernier y a su hermana, a los que ni siquiera había sido posible informar de la tragedia. ¿Podía ser tan difícil de localizar un hombre que era en principio inocente?

En efecto, cuanto más negaba el inspector Thouron que el propio Vernier pudiera ser culpable, más virulentos eran los rumores en sentido contrario. El hecho de que Vernier no estuviera en París, su ausencia, pasó a ser una presencia casi irrefutable en la vivienda y en la noche en que se cometió el asesinato.

A Constant no pudo irle mejor con unos periodistas tan perezosos. Bastaba con proporcionarles un cuento bien envuelto, bien empaquetado, para que ellos a su vez lo presentaran sin apenas modificación, si acaso con algún adorno, a sus lectores. Ni siquiera se les pasaba por la cabeza la conveniencia de verificar con total independencia la información que se les había proporcionado, tal como tampoco parecían inclinados a comprobar la veracidad de los hechos que se les hubieran suministrado, al margen de que se hubieran producido o no.

A pesar del odio que tenía por Vernier, Constant se vio obligado a reconocer que el muy idiota había obrado con inteligencia. El propio Constant, con sus bolsillos bien provistos y su tupida red de espías e informadores, no había sido capaz de averiguar adónde podían haberse marchado Vernier y su hermana.

Lanzó por la ventanilla una mirada sin el menor interés cuando el expreso de Marsella traqueteaba con rumbo sur por los alrededores de París. Constant rara vez se había aventurado más allá de la *banlieue.* Le desagradaban los paisajes abiertos, la luz indiscriminada del sol o los cielos grises y apagados, que todo lo igualaban bajo su amplia y desabrida mirada. Le desagradaba la naturaleza. Prefería llevar a cabo sus asuntos en el crepúsculo de las calles iluminadas artificialmente, en la penumbra de las habitaciones escondidas, a la antigua usanza, con la luz de una vela o de un cabo de sebo. Despreciaba el aire puro y los espacios abiertos. Su medio elemental eran los pasillos perfumados de los teatros, llenos de chicas adornadas con plumas y abanicos, y los salones particulares de los clubes privados.

Al final, tan sólo le costó cuarenta y ocho horas desentrañar el laberinto de confusiones con que Vernier había intentado embarullar todo lo relativo a su viaje. Los vecinos, con la ayuda de un par de *sous,* afirmaron no saber nada a ciencia cierta, aunque habían oído, recordado o recogido suficientes fragmentos de información. Desde luego, para Constant fueron suficientes, y así pudo reconstruir el rompecabezas relativo al día en que los hermanos Vernier huyeron de París. El dueño del Le Petit Chablisien, un restaurante no muy lejano de la vivienda de los Vernier, en la misma calle Berlin, reconoció haberles oído hablar sobre la ciudad medieval de Carcasona.

Con un bolso lleno de monedas, el criado de Constant no tuvo mayores dificultades en encontrar al cochero que los había llevado a Saint-Lazare en la mañana del viernes, y luego dio con el segundo fiacre, el que los llevó de allí a la estación de Montparnasse, cosa que, según supo, los gendarmes del octavo *arrondissement* por el momento no habían logrado descubrir.

No era gran cosa, pero en todo caso sí lo suficiente para convencer a Constant de que valdría la pena pagar el billete de tren con rumbo al sur. Si los Vernier aún se encontrasen en Carcasona, la cosa sería sumamente sencilla. Igual daba que estuviera con ella, con la furcia, o sin ella. Desconocía el nombre bajo el cual se pudiera ocultar; tan sólo tenía aquel con el cual fue enterrada, el nombre que estaba inscrito en la lápida del cementerio de Montmartre.

Constant llegaría a Marsella ese mismo día. Su intención era pasar allí el fin de semana. El lunes por la mañana tomaría el tren de la costa, de Marsella a Carcasona, para instalarse allí como si fuera una araña en el centro de su tela, a la espera de que su presa se le pusiera a tiro.

Tarde o temprano, la gente hablaría. Siempre terminaban por hablar. Susurros, murmullos, rumores. La hermana de Vernier era llamativa. Entre la gente del Midi, morenos, de negros cabellos, de ojos oscuros, una piel como la suya, una cara como la suya, unos rizos cobrizos como los suyos, sin duda llamarían la atención.

Era posible que le llevase algún tiempo, pero no tenía prisa, y sabía que acabaría por localizarlos.

Constant tomó el reloj de Vernier, sacándolo del bolsillo con la mano enguantada. Una funda de oro macizo, con un anagrama de platino: distinguida y distintiva, sin duda. Le provocaba un gran placer el simple hecho de poseerla, poseer un objeto que había sido de Vernier.

Ojo por ojo.

Su expresión se endureció al imaginársela a ella sonriendo a Vernier, tal como en otro tiempo le había sonreído a él. Una repentina imagen traspasó con un destello su mente torturada: la vio desnuda ante los ojos de su rival. Y eso no pudo soportarlo.

Para distraerse, Constant introdujo la mano dentro del bolso de cuero con que viajaba, en busca de algo para pasar el rato. Sus dedos rozaron el cuchillo, oculto en una gruesa funda de cuero, con el que había arrebatado la vida a Marguerite Vernier. Sacó el *Viaje subterráneo,* de Nicholas, y *Cielo e infierno,* de Swedenborg, pero ninguno de los dos libros le apeteció en ese momento.

Volvió a elegir. Esta vez tomó la *Quiromancia,* de Robert Fludd.

Otro recuerdo. Iba que ni pintado a su estado anímico.

CAPÍTULO 38

∞

RENNES-LES-BAINS

Léonie apenas había salido de la biblioteca cuando la abordó la criada, Marieta, en el vestíbulo. Se guardó el libro en la espalda.

—*Madomaisèla,* su hermano me manda para informarle de que esta mañana tiene previsto hacer una visita a Rennes-les-Bains y para comunicarle que le agradaría que le acompañase.

Léonie vaciló, aunque sólo fuera un instante. Estaba emocionada con sus planes de explorar el Domaine para iniciar la búsqueda del sepulcro, pero esa expedición podría esperar. Una visita al pueblo en compañía de Anatole, en cambio, no.

—Dile a mi hermano, por favor, que estaré encantada de acompañarle.

—Muy bien, *madomaisèla.* El carruaje estará preparado a las diez y media.

Subiendo las escaleras de dos en dos, Léonie llegó a su habitación y la recorrió con la mirada en busca de un buen sitio donde esconder *Les tarots,* pues no quería suscitar el menor interés entre los criados dejando semejante volumen a la vista de cualquiera. Sus ojos cayeron sobre su costurero. Velozmente abrió la tapa de madreperla y ocultó el libro en el fondo, entre los ovillos de hilo, los retales sueltos, los dedales y los librillos en los que guardaba las agujas.

Cuando bajó al vestíbulo, Léonie no encontró ni rastro de Anatole.

Estuvo paseando por la terraza de la parte trasera de la casa, y se apoyó con ambas manos en la balaustrada, contemplando las extensiones de césped. Las anchas franjas de luz del sol que caían sesgadas, filtradas por un velo de nubes, le dificultaban la visión por los marcados contrastes de sombra y luz. Léonie respiró hondo, absorbiendo la frescura del aire limpio, sin asomo de polución. Qué distinto era todo a París, con sus malos efluvios, el hollín, el olor a hierro caliente, la perpetua manta de neblina que cubría la ciudad...

El hortelano y el muchacho que le ayudaba estaban trabajando en los macizos de flores, sujetando los arbustos de menor tamaño y algunos arbolillos a los rodrigones. Una carretilla de madera estaba llena ya de hojas otoñales rastrilladas, hojas del color del vino. El hombre de mayor edad llevaba una chaqueta corta, marrón, y una gorra, además de un pañuelo rojo anudado al cuello. El muchacho, en realidad un chiquillo de doce o trece años, no se cubría la cabeza y vestía una camisa sin cuellos.

Léonie bajó los escalones. El hortelano se quitó la gorra en cuanto la vio acercarse hacia ellos, una gorra de fieltro castaño, del color de la tierra en otoño, que apretó entre los dedos sucios de tierra.

—Buenos días.

—*Bonjorn, madomaisèla* —murmuró.

—Hace un día muy hermoso.

—Se avecina tormenta.

Léonie miró dubitativa el cielo perfectamente azul, espolvoreado de islas de nubes que flotaban moviéndose con lentitud.

—Pues parece un día en calma, un día apacible.

—Se tomará su tiempo, pero vendrá.

Se inclinó hacia ella y reveló una boca llena de dientes renegridos, torcidos, como una hilera de viejas lápidas.

—Es cosa del diablo esta tormenta. Los mismos signos de siempre. Hubo música en el lago ayer noche.

Tenía el aliento agrio, espeso, y Léonie instintivamente dio un paso atrás, si bien le afectó un poco, a su pesar, la sinceridad que mostró el viejo.

—¿Qué quiere usted decir? —preguntó bruscamente.

El hortelano se santiguó.

—Por estos parajes ronda el diablo, y cada vez que sale del lago Barrenc trae consigo tormentas violentas que se persiguen unas a otras por el campo. El difunto señor quiso llenar de tierra el lago, pero el diablo vino a avisarle a él y a los obreros, a las claras, que si seguían con la obra Rennes-les-Bains quedaría anegada bajo las aguas.

—Eso no son más que absurdas supersticiones. No puedo yo...

—Se llegó a un acuerdo, no seré yo quien diga ni cómo ni por qué, pero lo cierto es que los obreros suspendieron los trabajos. Hubo que dejar el lago en paz. En cambio, ahora, *mas ara,* el orden natural de las cosas ha vuelto a trastocarse. A la vista están todos los signos. El diablo volverá a reclamar lo que se le debe.

—¿El orden natural? —se oyó repetir en un susurro—. ¿Qué quiere usted decir?

—Hace veintiún años —murmuró—, el difunto señor convocó al diablo. Suena la música cuando los espectros salen de la tumba. No seré yo quien diga ni cómo ni por qué. Vino incluso el sacerdote.

Ella frunció el ceño.

—¿El sacerdote? ¿Qué sacerdote?

—¡Léonie!

Con una extraña mezcla de culpa y de alivio, se dio la vuelta en redondo al oír la voz de su hermano. Anatole le hacía señas con el brazo en alto desde la terraza.

—¡Anatole!

—Ya ha llegado el coche —le gritó.

—Vaya con cuidado, no pierda de vista su alma, *madomaisèla* —dijo el hortelano, o más bien lo mascculló—. Cuando viene la tormenta, los espíritus salen a caminar en libertad.

Calculó mentalmente las fechas. Había dicho veintiún años antes, es decir, en 1870. Se estremeció. Volvió a ver esa fecha, el año de publicación, inscrita en la cubierta de *Les tarots.*

Los espíritus salen a caminar en libertad.

Léonie repasó mentalmente las palabras del hortelano, que con tanta precisión concordaban con lo que había leído anteriormente. Abrió la boca para formular otra pregunta, pero el viejo ya se había encasquetado la gorra y puesto a cavar en los macizos para clavar los rodrigones. Vaciló unos instantes, pero se recogió las faldas y echó a correr para subir las escaleras hacia donde su hermano la esperaba. Era intrigante, desde luego. E inquietante. Pero no iba a permitir que nada estropease el rato que pensaba pasar con Anatole.

—Buenos días —le dijo él, y se inclinó para plantarle un beso en la mejilla arrebolada, a la vez que la miraba de arriba abajo—. No sé yo si no sería necesario un poco más de modestia...

Léonie se miró las medias, claramente a la vista, con algunas motas de barro que habían saltado del camino. Sonrió a la vez que se alisaba la falda con las manos.

—Hecho —dijo ella—. Ya me ves más respetable, ¿no?

Anatole negó con un gesto, a medias de frustración, a medias de diversión ante su incorregible hermana.

Volvieron juntos a la casa y subieron al carruaje.

—¿Ya has estado cosiendo? —le preguntó él al fijarse en una hebra de algodón rojo que se le había pegado a la manga—. ¡Qué hacendosa eres!

Léonie cogió el hilo y lo dejó caer.

—No, estuve buscando una cosa en el costurero, eso es todo —respondió, sin ponerse colorada ante una mentira que no había ensayado siquiera.

El cochero hizo chasquear el látigo y el carruaje arrancó por la avenida.

—¿La tía Isolde no ha querido acompañarnos? —preguntó ella levantando la voz para hacerse oír a pesar del ruido de los cascos y el tintineo de los arneses.

—Tenía asuntos pendientes, relacionados con la propiedad, que reclamaban su atención.

—¿Pero la cena del próximo sábado se mantiene?

Anatole se dio una palmada en el bolsillo de la chaqueta.

—Así es. Le he prometido que haremos de mensajeros y que repartiremos las invitaciones.

Durante la noche, el viento había arrancado algunas ramas y multitud de hojas de las hayas de troncos plateados, pero el camino del Domaine de la Cade estaba despejado de todo residuo, y lo recorrieron a buena velocidad. Los caballos iban con orejeras y corrían a buen ritmo a pesar de que los faroles golpeaban contra los costados del coche cada vez que emprendían un descenso.

—¿Oíste los truenos ayer noche? —preguntó Léonie—. Qué extraños me parecieron. El estruendo sordo y seco, y de pronto los estallidos inesperados, y el ulular del viento incesante.

—Parece ser que es habitual que haya tormentas con gran aparato de truenos pero sin lluvia, sobre todo en verano, cuando suelen desencadenarse incluso muy seguidas.

—Sonaba como si el trueno se hallara atrapado en el valle, entre los montes. Como si rodara con enojo, sin poder salir.

Anatole rió.

—Eso puede haber sido el efecto del *blanquette*...

Léonie le sacó la lengua.

—Pues ahora mismo no sufro ningún efecto —dijo con coquetería—. El hortelano me contó que, según se dice, las tormentas se producen cuando los espíritus salen en libertad a caminar. —Frunció el ceño—. ¿O es más bien al contrario? Ahora no estoy segura, la verdad.

Anatole levantó las cejas.

—¿En serio?

Léonie se volvió para dirigirse al cochero que iba en el pescante.

—¿Conoce usted un lugar llamado lago Barrenc? —preguntó levantando la voz para hacerse oír sobre el ruido de las ruedas.

—Oc, madomaisèla.

—¿Queda lejos de aquí?

—Pas luènh. —No, no quedaba lejos—. Para los *toristas* es de visita obligada, pero no me aventuraría yo a subir hasta allí. —Señaló con el látigo una zona densamente arbolada y un claro con tres o cuatro megalitos que sobresalían del terreno como si los hubiera dejado caer allí una mano gigantesca—. Allá arriba está el Sillón del Diablo. Y a una mañana entera de camino, más arriba, el Estanque del Diablo y la Montaña del Cuerno.

Léonie quiso hablar de aquello que le inspiraba temor, con el fin de dominarlo, y lo hizo con plena conciencia. Pese a todo, se volvió a Anatole con una expresión de triunfo.

—Ya lo ves —añadió—. Por todas partes hay rastro de diablos y fantasmas.

Anatole rió.

—Pura superstición, pequeña. Sin duda. Y eso no son rastros, no son pruebas.

El coche los dejó en la plaza Pérou.

Anatole encontró a un chiquillo deseoso de repartir las invitaciones a los huéspedes de Isolde a cambio de un *sou*, y sólo entonces emprendieron su paseo. Comenzaron por la Gran' Rue, en dirección a los Baños Termales. Hicieron un alto y pasaron un rato en la terraza de un pequeño café, en donde Léonie tomó una taza de café fuerte y bien dulce, y Anatole una absenta, también dulce. Damas y caballeros, con sus vestidos y sus gabanes, pasaban de largo en su paseo cotidiano. Una niñera con un cochecito de niño. Unas cuantas niñas con el cabello suelto y adornado con cintas de seda en rojo y azul, un muchachito con bombachos hasta la rodilla, jugando al aro.

Hicieron una visita a la mayor tienda de la localidad, Maison Bousquet, donde se vendían toda clase de artículos, desde hilos y cintas hasta cazuelas y sartenes de cobre, y tanto trampas para animales como redes o escopetas de caza. Anatole entregó a Léonie la lista de provisiones que había confeccionado Isolde para que fueran entregadas el mismo sábado en el Domaine de la Cade, y permitió que fuera ella quien hiciera los encargos.

Se lo pasó en grande.

Admiraron la arquitectura de la localidad. Numerosos edificios de la margen izquierda eran más impresionantes de lo que les había parecido a la llegada; en efecto, muchos tenían más plantas de las que creyeron y estaban construidos de modo que se asentaban en la ladera y hundían sus cimientos en la misma garganta del río. Algunos estaban bien cuidados, aunque fueran modestos. Otros se hallaban quizá en peor estado, con la pintura desconchada, los muros abombados, o mal alineados, como si les pesara el paso del tiempo.

En el meandro que formaba el río, Léonie gozó de una excelente panorámica de las terrazas del balneario y de los balcones de la parte posterior del hotel Reine. Más aún que desde la calle, el establecimiento termal dominaba la vista con su grandeza, con su imponente presencia, sus modernos edificios y piscinas y sus impresionantes ventanales de cristal. Una estrecha escalera de piedra bajaba directamente de las terrazas hasta la orilla del río, donde se veía una hilera de cabinas de baño individuales. Eran buena prueba del progreso, de la ciencia, un moderno santuario para los peregrinos contemporáneos necesitados de atenciones médicas.

Una solitaria enfermera, con una cofia blanca de alas puntiagudas colocada sobre su cabeza como si fuera una enorme ave marina, empujaba con paciencia la *chaise roulante* de un paciente. A orillas del río, al pie de la avenida Reine, una pérgola de hierro forjado en forma de corona proporcionaba una acogedora sombra a resguardo del sol inclemente. En un pequeño quiosco ambulante, con una estrecha ventanilla que daba a la calle, tocada con un pañuelo claro, provista de unos fuertes y morenos brazos, una mujer vendía vasos de sidra por un *sou.* Junto al puestecillo, que era semejante a una caravana, un artilugio de madera servía de prensa para las manzanas, y sus dientes metálicos trituraban la fruta al tiempo que un chiquillo con las manos enrojecidas y una camisa que le quedaba demasiado grande introducía las manzanas, rojas y herrumbrosas, por un embudo.

Anatole se puso en la cola y compró dos vasos de sidra refrescante. Le pareció demasiado dulce. A Léonie, en cambio, le resultó deliciosa, y primero bebió la suya y luego la de su hermano, escupiendo las pepitas de la manzana en su pañuelo.

La orilla derecha, la orilla opuesta, tenía un carácter bien distinto. Allí eran más escasos los edificios, y los pocos que había se aferraban casi con uñas y dientes a la ladera del monte, entre los árboles que crecían en algunos puntos, incluso en la misma orilla. Eran sobre todo viviendas pequeñas y modestas. Allí vivían los artesanos, los criados, los tenderos que dependían de las afecciones y las hipocondrías de la clase media de ciudades como Toulouse, Perpiñán o Burdeos. Léonie vio a los pacientes sentados junto a los manantiales humeantes de agua rica en hierro, el agua de los *bains forts,* a los que se accedía por un túnel cubierto y cerrado al público. Una hilera de enfermeras y criados esperaba con paciencia en la orilla, con las toallas dobladas sobre los brazos, a que salieran las personas que tenían a su cargo.

Cuando hubieron explorado el pueblo entero a plena satisfacción de Léonie, ella anunció que estaba cansada y se quejó de que le apretaban las botas. Regresaron a la plaza Pérou pasando por Correos y la Oficina de Telégrafos.

No había llegado carta ni comunicación de ninguna clase desde París.

Anatole propuso una bonita *brasserie* en el lado sur de la plaza.

—¿Te parece aceptable? —preguntó, señalando la única mesa libre con su bastón—. ¿O tal vez prefieres almorzar dentro?

El viento jugaba amablemente al corre que te pillo entre los edificios, susurrando por los callejones, provocando el aleteo de los toldos. Léonie miró alrededor las hojas doradas, cobrizas y rojizas de los árboles, que trazaban espirales a merced del viento, y contempló los restos de luz del sol en el edificio que cubría la hiedra.

—Fuera estaremos mejor —dijo ella—. Es un sitio encantador. Casi perfecto.

Anatole sonrió.

—Me pregunto si no será éste el viento que aquí llaman *cers* —murmuró sentándose frente a ella—. Creo que viene del noroeste, de los montes, según Isolde, al contrario que el *marin,* que proviene del Mediterráneo. —Sacudió la servilleta—. ¿O ése es el mistral?

Léonie se encogió de hombros.

Anatole pidió el *pâté de la maison* y una fuente de tomates con una *bûche* de queso de cabra de la región, acompañada de almendras y miel, para compartir entre los dos, con un *pichet* de *rosé* de montaña.

Léonie partió un trozo de pan y se lo introdujo en la boca.

—Esta mañana visité la biblioteca —dijo—. Creo que tiene una selección de libros interesantísima. La verdad es que me sorprende que ayer pudiésemos gozar de tu compañía.

A él le brillaron los ojos oscuros.

—¿Qué pretendes decir?

—Sólo que allí hay libros de sobra para tenerte muy ocupado durante mucho tiempo y que, de hecho, me sorprendió que localizaras a la primera el pequeño volumen de monsieur Baillard entre tantos libros. —Entornó los ojos—. ¿Qué me respondes? ¿Entiendes lo que quiero decirte?

—No, nada —respondió Anatole, retorciéndose las guías del bigote.

Al percibir la evasiva, Léonie dejó el tenedor sobre la mesa.

—Aunque... ahora que lo mencionas, confieso que me sorprendió que no dijeras nada sobre la biblioteca cuando viniste a mi habitación ayer noche, antes de cenar.

—¿Que no dijera nada? ¿Sobre qué?

—Caramba, pues sobre la espléndida colección de *beaux livres,* para empezar. —Clavó los ojos en el rostro de su hermano para observar mejor su reacción—. Y sobre los muchos libros de ocultismo que hay allí. Algunos me han parecido ediciones muy especiales.

Anatole no respondió de inmediato.

—Bueno, en más de una ocasión me has acusado de ser un poco cansino cuando hablo de los libros de anticuario —dijo él al final—. No quise aburrirte.

Léonie rió.

—Oh, por lo que más quieras, Anatole. ¿Se puede saber qué te pasa? Sé muy bien, por lo que tú mismo me has contado alguna vez, que muchos de esos libros se consideran poco o nada recomendables. Incluso en París. No es precisamente lo que se esperaba hallar en un sitio como éste. Y que tú no hayas dicho nada es... En fin, es...

Anatole suspiró fumando el cigarrillo.

—¿Y bien? —preguntó ella.

—¿Y bien qué?

—Bueno. De entrada, ¿se puede saber por qué estás tan decidido a no dar la menor muestra de interés? —Respiró hondo antes de seguir—. Y, de paso, ¿por qué tenía nuestro tío una colección tan nutrida de libros de ese... digamos que de ese género?

—Me parece que tratas de criticar a Isolde a toda costa —dijo él, mirándola con evidente ferocidad—. Salta a la vista que ella no te importa nada.

—Si ésa es la impresión que te has formado, te aseguro que te equivocas. Creo de veras que la tía Isolde es encantadora. —Alzó la voz ligeramente para impedir que él la interrumpiese—. No es tanto nuestra tía, sino más bien el ambiente del lugar: eso es lo que me parece inquietante, sobre todo si a eso se añade la presencia de todos esos libros sobre ocultismo que hay en la biblioteca. ¿No recuerdas la repentina reticencia que mostró Isolde ayer cuando hablamos de lo que le interesaba a su difunto esposo? Eso no lo podrás negar.

Anatole suspiró.

—No me fijé. Creo que estás haciendo una montaña a partir de un simple grano de arena. La explicación más evidente, por emplear tus propias palabras, es que el tío Jules tenía gustos más bien católicos o, mejor dicho, liberales. O tal vez sea que haya heredado muchos de los libros que hay en la casa.

—Algunos son muy recientes —dijo ella con terquedad.

Se dio cuenta de que lo estaba provocando y quiso retroceder, pero por algún motivo no acertó a contenerse.

—Y tú se supone que eres la experta en esa clase de publicaciones —dijo él con escepticismo.

Ella se sonrojó ante la frialdad con que lo soltó.

—No, pero es que precisamente de eso se trata, eso es lo que intento decir, porque resulta que tú sí lo eres. De ahí la sorpresa que me causa que no te pareciera oportuno contarme nada sobre la colección de libros.

—Bueno, en cuanto a eso, la verdad es que no lo sé explicar. Tampoco me explico, dicho sea de paso, por qué estás tan resuelta a ver un misterio en todo esto. En efecto, en todo esto. Es algo que realmente se me escapa. No lo entiendo.

Léonie se inclinó sobre la mesa.

—Te digo en serio, Anatole, que hay algo realmente extraño en el Domaine, quieras admitirlo o no. Yo desde luego empiezo a preguntarme si realmente has pisado la biblioteca.

—Ya basta —dijo él, y en su voz resonó claramente el tono de advertencia—. No entiendo qué demonios se te ha metido hoy en la cabeza.

—Me acusas de que deseo proyectar alguna clase de misterio en la casa. Reconozco que tal vez tengas razón. Por la misma, no me negarás que tú pareces resuelto a hacer exactamente lo contrario.

Anatole miró al cielo con manifiesta exasperación.

—¿Tú te estás oyendo hablar? —exclamó—. Isolde nos ha dado la acogida más cálida que se pueda desear, mucho más allá de las obligaciones familiares o de mera amistad. La situación en que se encuentra no es la más fácil, y si surge algún roce, o alguna molestia, sin duda podrá atribuirse al hecho de que ella también es una extraña aquí, pues vive entre criados y arrendados que llevan mucho tiempo en la casa y que seguramente albergan cierto resentimiento ante el hecho de que sea una forastera la que se erija como dueña y señora de la finca. Por lo que acierto a entender, Lascombe con frecuencia estaba ausente, y supongo que la servidumbre y los arrendados estaban habituados a campar a sus anchas sin rendir cuentas a nadie. Los comentarios que haces no son dignos de ti.

Léonie se retrajo como si le hubiera dado una bofetada.

—Yo sólo pretendía...

Anatole se secó las comisuras de los labios y luego arrojó la servilleta sobre la mesa.

—Lo único que quería yo era darte un volumen interesante para que no te aburrieses ayer por la noche —dijo él—, por no desear que te sintieras extraña en una casa desconocida y que echaras de menos la nuestra. Isolde sólo ha tenido muestras de amabilidad contigo, y tú sigues resuelta a encontrar un fallo en cada cosa.

El deseo que pudiera haber tenido Léonie de provocar una discusión se disipó de repente. Ya ni siquiera recordaba por qué había tenido tanto interés en reñir al principio.

—Lamento que mis palabras te hayan ofendido, pero es que... —intentó decir, sólo que ya era demasiado tarde.

—Por más que te diga, parece que hoy no voy a conseguir que dejes de empeñarte en buscarme las cosquillas como una niña pequeña —dijo él con furia—. Así que no creo que vayamos a ganar nada si seguimos con esta conversación. —Agarró el sombrero y el bastón—. Vayámonos. El coche espera.

—No, Anatole, por favor, espera —le suplicó, aunque él ya cruzaba a largas zancadas la plaza.

Léonie, desgarrada entre el arrepentimiento y el resentimiento, no tuvo más opción que seguirle. Más que nada, tuvo ganas de haberse mordido la lengua.

Pero cuando ya dejaban atrás Rennes-les-Bains empezó a sentirse agraviada. La culpa no había sido suya. Bueno, quizá sí lo fuera en primera instancia, pero no dijo nada con mala intención. Anatole había resuelto tomárselo a modo de insulto, cuando ella nunca quiso insultar a nadie. Y por encima de tales excusas, existía otra consideración más insidiosa.

Defiende a Isolde, la prefiere a mí.

Le pareció sumamente extraño, sobre todo por ser tan reciente su relación con ella, fuera o no fuera la anfitriona de ambos. Lo peor de todo es que el pensamiento hizo a Léonie sentirse enferma de celos.

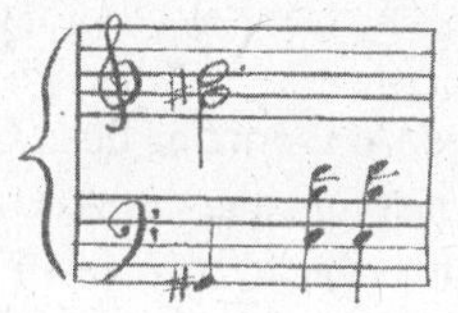

CAPÍTULO 39

∞

El viaje de regreso al Domaine de la Cade fue incómodo. Léonie iba cariacontecida, mohína. Anatole no le prestó la menor atención. Nada más llegar, bajó de un salto del carruaje y desapareció en la casa sin siquiera volverse a mirarla, dejándola sola, ante una tediosa y solitaria tarde que se extendía ante ella.

Malhumorada, subió como un rayo a su habitación, pues no deseaba ver a nadie, y se lanzó boca abajo en la cama. Se quitó los zapatos de cualquier manera, haciéndolos caer al cabo con un agradable ruido contra el suelo, y dejó los pies colgando al borde de la cama, como si viajara en una balsa a merced de la corriente de un río.

—Me aburro.

El reloj de la repisa dio las dos.

Léonie se dedicó a arrancar los hilos sueltos de la colcha recamada, hasta que formó un montón digno del enano Saltarín, a su lado, sobre la misma almohada. Lanzó una mirada de frustración al reloj.

Pasaban dos minutos de las dos en punto. Era como si el tiempo apenas se moviera.

Bajó de la cama y se dirigió al ventanal, levantando la cortina por un lateral con la mano. Las extensiones de césped estaban inundadas de luz, de una luz abundante, dorada. La lluvia de la noche anterior había dejado un mundo pintado de vivos colores, de verdes intensos, de rojos llamativos, de cobre en las ramas.

Por todas partes vio Léonie ramas caídas, pruebas de los daños que había provocado el viento dañino. Pero al mismo tiempo se repiraba una gran serenidad en los jardines.

Tal vez fuese buena idea dar un paseo, explorar un poco la finca.

Detuvo la mirada en el costurero y rebuscó entre los tejidos, los retales, las lentejuelas y los dedales, hasta encontrar el libro.

Naturalmente.

Era la ocasión ideal para emprender la búsqueda del sepulcro. Tal vez incluso tuviera la suerte de encontrar las cartas del tarot. Esta vez, Léonie leyó todo el texto sin saltarse una sola palabra.

Una hora más tarde, abrigada con su nueva chaqueta de estambre, con sus recias botas de paseo y el sombrero echado hacia atrás, Léonie salió sigilosa a la terraza.

No había nadie en los jardines, a pesar de lo cual decidió echar a caminar apretando el paso, pues no tenía ganas de dar explicaciones a nadie. Pasó por el conjunto de rododendros y enebros casi a la carrera, y mantuvo el paso vivo hasta que dejó de estar a la vista desde la casa. Sólo cuando por fin pasó por el arco abierto en el seto, decidió caminar algo más despacio y recuperar el resuello. Estaba sudorosa. Se detuvo y se quitó el sombrero, que le molestaba, disfrutando así de la grata sensación del aire de la tarde en la cabeza descubierta, además de guardarse los guantes en los bolsillos. Se sentía jubilosa sólo por estar tan completamente sola y a sus anchas, sin que nadie la observase, absolutamente dueña de sí misma.

En la linde del bosque, donde terminaba el jardín, hizo un alto: sintió el primer aviso de cautela. Tuvo una palpable sensación de quietud, le llegó el olor de los helechos y de las hojas caídas. Miró por encima del hombro, hacia atrás, hacia el camino por el que había venido, y se detuvo después en la sombra todavía luminosa del bosque. La casa ya no estaba a la vista.

¿Y si luego no encuentro el camino de vuelta?

La luz del sol moteaba los árboles. Léonie miró al cielo. Siempre y cuando no tardara demasiado, siempre y cuando el tiempo aguantara y no se encapotase, podría sencillamente encaminarse hacia la casa, hacia el oeste, guiándose por el sol poniente. Además, el bosque estaba en una finca privada, se hallaba relativamente bien cuidado, se encontraba dentro de los límites de la propiedad. Aquello no era precisamente aventurarse en lo desconocido.

No hay motivo de alarma.

Tras convencerse ella misma de que debía continuar, sintiéndose como si fuera en gran medida la heroína de una aventura de novela barata, Léonie se internó por una senda invadida por la vegetación. Pronto se encontró con una bifurcación. A la izquierda quedaba una senda en la que era patente el aire de total descuido y de quietud absoluta. Los tejos y los laureles parecían estar goteando de pura condensación de los vapores. Los robles casi aterciopelados y los pinos mediterráneos parecían inclinarse bajo el ingrato peso del tiempo y encorvarse con un aire de desolación, de agotamiento. Por comparación con ese sendero, el de la derecha resultaba casi mundano.

Si en la finca existía una capilla tiempo atrás olvidada, con seguridad tenía que estar en lo más profundo del bosque, pensó, pero ¿tan lejos de la casa?

Léonie tomó el sendero de la izquierda, adentrándose en las sombras del bosque.

El camino, desde luego, daba la impresión de no haber sido frecuentado. No había roderas recientes, no había indicio de que por allí hubiera pasado la carretilla del hortelano, ni tampoco de que se hubieran recogido las hojas caídas, ni menos aún de que nadie hubiera transitado recientemente por aquellos parajes.

Léonie se dio cuenta de que había emprendido un ligero ascenso. El sendero se había tornado más agreste, menos despejado. Piedras, terreno desigual, algunas ramas caídas de los arbustos espesos de uno y otro lado. Se sintió encerrada, como si el paisaje de hecho se fuera cerrando poco a poco a su alrededor y mermara o se encogiera. A uno de los lados, por encima del camino, acertó a entrever una quebrada, un barranco cubierto por la densa vegetación baja y las ramas de espinos que florecían en invierno, así como una espesa maraña de bojes y tejos, anudados unos con los otros como un encaje de color negro bajo la media luz. Léonie fue consciente de que aleteaba en su pecho la inquietud. Cada rama, cada raíz, cada floración indicaban descuido, lejanía de todo cultivo por parte del ser humano, abandono. Incluso los animales parecían haber olvidado aquellos parajes sumidos en una total ignorancia. No cantaban las aves, no se percibía el movimiento esquivo de algún conejo, de un ratón o un zorro, camino de sus madrigueras en la maleza.

Al poco tiempo, junto al sendero, percibió un marcado desnivel por el lado derecho. Varias veces tuvo que quitarse Léonie una piedra del calzado y, al arrojarla, la oyó caer en una negrura sin fin, allí cerca. Su aprensión fue en aumento. No hacía falta un gran esfuerzo de la imaginación para concitar allí a los espíritus, espectros o apariciones que tanto el hortelano como monsieur Baillard, en su libro, afirmaban que poblaban aquellas arboledas.

Salió entonces de pronto a una plataforma que parecía excavada en la ladera, abierta por un lado de manera que permitía disfrutar de una espléndida panorámica de los montes aún lejanos. Un puentecillo de piedra salvaba el cauce estrecho de un barranco, donde una franja de tierra de colores ocres se cruzaba con el sendero en ángulo recto, un cauce de escasa profundidad, erosionado por la potencia de las aguas del deshielo en la primavera. Estaba seco.

A lo lejos, por la abertura, llegó a entrever sobre las copas de unos árboles de menor envergadura el mundo entero, que de pronto pareció extenderse ante ella como si fuera un cuadro. Las nubes corrían veloces por un cielo en apariencia inacabable, una bruma de finales de verano, una neblina que flotaba en las hendiduras del valle, en las curvaturas de los montes.

Respiró hondo. Se sintió esplendorosamente lejos de todo vestigio de civilización, del río y de los tejados rojos y grises de las casas de allá abajo, en Rennes-les-Bains, del fino perfil del *cloche-mur* de la pequeña iglesia parroquial y de la silueta del hotel Reine. Cómodamente envuelta por el silencio del bosque, Léonie imaginó el ruido en los cafés y en los bares, el barullo de las cocinas, el campanilleo de los arneses en el coche al pasar por la Gran' Rue, los gritos del cochero cuando el *courrier* llegaba al fin a la plaza Pérou. Y entonces el viento trajo el lejano repicar de las campanas de la iglesia hasta el punto exacto en que se encontraba ella.

Ya eran las tres en punto.

Léonie aguzó el oído hasta que el tenue eco de las campanas se disipó del todo. Su espíritu aventurero mermó con el sonido lejano de las campanas. Pese a ser un sepulcro, empezaba a ser inverosímil que se encontrase tan lejos de la casa y tan aislado. Se acordó de las palabras del hortelano.

«Ponga cuidado, no pierda de vista su alma».

Deseó haber indagado, haber preguntado a quien fuera, pidiendo alguna indicación. Siempre había deseado hacerlo todo por sí sola, odiaba tener que pedir ayuda.

Y ahora he llegado demasiado lejos y no puedo volverme atrás.

Léonie elevó el mentón y siguió caminando con más resolución que nunca, luchando contra la sospecha creciente de que avanzaba en una dirección completamente equivocada. Era el instinto lo que en primer lugar la había llevado a seguir aquella ruta. No tenía mapa, no tenía una sola palabra que le indicara por dónde seguir. Lamentó no haber sido capaz de prever nada, lamentó haber dejado el libro en su habitación, aunque el libro no contuviera ningún mapa. Y tampoco contenía, en la medida en que había llegado a percatarse, ninguna instrucción escrita con respecto al camino que debía tomar. Resolvió leer la introducción debidamente a la siguiente oportunidad que tuviera, por más tediosa que pudiera resultarle.

Se le pasó por la cabeza en ese instante que nadie sabía adónde había ido. Nadie sabía nada de su paradero. Si sufriera una caída, si se perdiera, nadie sabría dónde encontrarla. Se le ocurrió también que tendría que haber dejado algún rastro. Fragmentos de papel o, como Hansel y Gretel en su bosque, unos guijarros blancos para señalar el camino de vuelta a casa.

No hay razón para que te pierdas.

Léonie se adentró más, y aún más, en la maleza. Se halló de pronto en una arboleda espesa, cercada por un círculo de matorrales de enebro en los que afloraban las últimas bayas que maduraban tardías al sol del verano, como si los pájaros nunca hubieran penetrado tan adentro del bosque y jamás las hubieran visto.

Las sombras, sombras distorsionadas, eran ora visibles, ora invisibles. Dentro del espeso y verde manto del bosque la luz se volvía más densa, despojando el mundo aún familiar, y tranquilizador, de todo rasgo reconocible y sustituyéndolo por algo al parecer ignoto, algo mucho más ancestral. Serpenteando entre los árboles, los brezos, los bojes, la arboleda misma, una bruma otoñal comenzaba a adueñarse del terreno, colándose sin una sola palabra de aviso previo, sin anunciarse. Reinaba una quietud impenetrable, una calma que se espesaba a la vez que el aire se iba humedeciendo y embozaba todos los sonidos. Léonie notó que unos dedos helados se cerraban en torno a su cuello como si formasen una bufanda, un embozo, al tiempo que se rizaban en torno a sus piernas, por debajo de la falda, como un gato mimoso.

Entonces, sin advertencia alguna, entrevió allí delante, en medio de los troncos de los árboles, algo que no estaba hecho de madera ni de tierra ni de corteza. Una pequeña capilla de piedra, cuyo tamaño no daría cabida a más de seis u ocho personas a lo sumo, con el techo muy inclinado y una pequeña cruz de piedra sobre el arco de la entrada.

Léonie contuvo la respiración.

Lo he encontrado.

El sepulcro estaba rodeado por un ejército de tejos retorcidos, nudosos, las raíces al aire, contrahechas, como las manos deformes de un anciano, que invadían el sendero. No había una sola huella en el terreno. Las zarzas y los brezos ocupaban hasta el último palmo de terreno.

Orgullosa, y con la anticipación del contento que le produjo el hallazgo, Léonie dio un paso adelante. Se agitaron las hojas, crujieron las ramas bajo sus botas. Otro paso más. Y otro, más cerca, hasta que se encontró ante la puerta. Ladeó la cabeza y miró arriba. Sobre un arco de madera, simétricos, perfectamente centrados, encontró dos versos pintados en letras negras, con antigua caligrafía.

Aïci lo tems s'en
va vers l'Eternitat.

Léonie leyó en voz alta esas palabras una, dos veces, dejando que aquellos sonidos extraños rodasen despacio en su boca. Tomó entonces el lápiz que llevaba en el bolsillo de la falda y las anotó en un papel.

Oyó un ruido a su espalda. ¿Un movimiento de las hojas? ¿Un animal salvaje, un gato montés, tal vez un oso? Luego, un sonido muy distinto, como si una soga se arrastrase sobre la cubierta de un barco. ¿Una serpiente? La poca confianza que tenía en sí misma se esfumó en el acto. Los ojos oscuros del bosque parecían atentos a cada uno de sus movimientos. Las palabras que había leído en el libro volvieron a ella con terrible claridad. Premoniciones, encantamientos, un lugar en el que el velo entre este mundo y el más allá se retiraba y dejaba pasar la luz de través.

Léonie de pronto se sintió reacia a entrar en el sepulcro. Sin embargo, la única alternativa, quedarse allí sola, sin protección de ninguna clase, en aquel calvero sofocante, se le antojó mucho peor. Con la sangre latiéndole a toda velocidad en la cabeza, alargó la mano, agarró la pesada anilla de metal que encontró en la puerta y empujó.

Al principio no pasó nada. Volvió a empujar. Esta vez oyó que algo de metal rechinaba al salir de su sitio y el agudo clic con el que cedió el pasador. Apoyó el hombro contra el maderamen de la puerta, cargando todo el peso de su cuerpo, y empujó con toda su alma.

La puerta, estremecida, se abrió del todo.

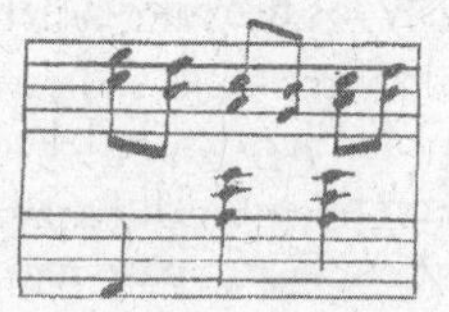

CAPÍTULO 40

∞

Léonie entró en el sepulcro. Una ráfaga de aire helado le salió al paso mezclada con el aroma inconfundible del polvo, de la antigüedad, del recuerdo de un incienso que databa de siglos antes. Y algo más le pareció notar. Arrugó la nariz. Había un difuso olor a pescado, a mar, al salitre del casco de un bote de pesca varado en la orilla.

Apretó las manos a los costados para impedir que temblasen.

Éste es el lugar.

Inmediatamente a la derecha de la entrada, en la pared del oeste, había un confesionario de un metro ochenta de altura por algo más de anchura, y poco más de medio metro de fondo. Era de madera oscura y muy sencillo, elemental incluso, en modo alguno parecido a los confesionarios adornados y labrados que había en la catedral o en las iglesias de París. La reja estaba cerrada. Una sola cortina de color púrpura, algo desvaída, colgaba delante de uno de los reclinatorios. Por el lado opuesto no había cortina.

Inmediatamente a la izquierda se encontraba el *bénitier,* la pila del agua bendita. Asombrada, Léonie dio un paso atrás. La pila era de mármol a vetas rojas y blancas, pero se sustentaba sobre la espalda de una figura diabólica, sonriente. Tenía la piel roja y rugosa, garras en vez de manos y pies, y unos malévolos ojos azules, penetrantes.

Yo te conozco.

La estatua era idéntica al grabado que aparecía en la portada de *Les tarots.* Su gemela.

A pesar del agobio que llevaba a cuestas, el desafío en la mirada y en la sonrisa seguía intacto. Con cuidado, como si la amedrentase la posibilidad de que pudiera cobrar vida, Léonie se acercó paso a paso. Debajo, impresa en un tarjetón amarillento por el paso de los años, encontró la confirmación: ASMODÉE, MAÇON AU TEMPLE DE SALOMON, DÉMON DU COURROUX.

—Asmodeus, constructor del Templo de Salomón, el demonio de la ira —leyó en voz alta. De pie, de puntillas, con un frío cada vez mayor, Léonie escrutó el interior de la pila. El *bénitier* estaba seco, pero había unas letras grabadas en el mármol. Las recorrió con los dedos.

—*Par ce signe tu le vaincras* —murmuró en voz alta. «Por este signo le conquistarás».

Frunció el ceño. ¿A quién podía hacer referencia ese «le»? ¿Al demonio, a Asmodeus en persona?

Tuvo curiosidad por saber qué había sido primero: la ilustración del libro o el *bénitier.* ¿Cuál era la copia y cuál era el original?

Todo lo que sabía era que la fecha que figuraba en el libro era 1870. Inclinándose, viendo su falda de estambre formar dibujos arremolinados en el polvo que cubría las losas del suelo, Léonie examinó la base de la estatua por ver si tenía grabada alguna fecha, alguna marca distintiva. No había nada que indicara ni su antigüedad ni su procedencia.

Aunque tomó nota para indagar más adelante sobre ese asunto —«Tal vez —se dijo— Isolde sepa algo»—, Léonie se puso en pie y miró de frente a la nave. Había tres hileras de bancos muy sencillos, de madera, en el lado sur del sepulcro, mirando al frente, como si fuera un aula de la escuela primaria, aunque en cada uno de ellos no cabrían más de dos personas que profesaran el culto. Ninguna decoración, ninguna moldura de remate, ningún cojín sobre el cual arrodillarse; tan sólo un fino reposapiés de madera que corría a lo largo de cada uno de ellos.

Las paredes del sepulcro estaban encaladas y se desconchaba la mano de cal en muchos puntos. Unas ventanas sencillas, en arco apuntado, sin vidriera, dejaban pasar la luz, pero al tiempo despojaban de calidez el interior. Las estaciones de la Cruz eran pequeñas ilustraciones encajadas en un marco formado por cruces de madera; prácticamente ni siquiera eran pinturas, sino más bien meros medallones improvisados, al menos al ojo poco ejercitado de Léonie.

Léonie comenzó a recorrer muy despacio la nave, como una novia reticente a la hora de llegar al altar, más y más preocupada a medida que se alejaba de la puerta. En un momento dado, creyendo que había alguien tras ella, se giró en redondo.

No había nadie.

A su izquierda, la estrecha nave estaba flanqueada por estatuas de yeso, de santos, a mitad de tamaño del real, que parecían niños maliciosos. Sus ojos parecían seguirla a medida que pasaba por delante de ellos. Se detuvo, bajo cada uno de ellos, a leer los rótulos, pintados en negro sobre carteles de madera: san Antonio, el Ermitaño egipciaco; santa Germaine, con el delantal lleno de flores de los Pirineos; san Roque, tullido, con el cayado. Santos de raigambre seguramente local, dedujo.

La última estatua, la más próxima al altar, era de una mujer esbelta, menuda, que llevaba un vestido rojo hasta la rodilla, y el cabello negro y lacio hasta los hombros. Con ambas manos sostenía una espada, pero no amenazante, ni tampoco como si estuviera a la defensiva, sino más bien como si ella misma fuese la protectora. Debajo encontró una tarjeta con estas palabras: «La Fille des Épées». Léonie frunció el ceño. La Hija de las Espadas. ¿Tal vez pretendía ser una representación de santa Juana de Arco?

Le llegó otro ruido. Miró hacia las altas ventanas. No eran más que las ramas de los castaños que repicaban como si fueran uñas en el cristal. El sonido del sombrío canto de los pájaros.

Al término de la nave, Léonie se detuvo y allí se agachó y examinó el suelo, en busca de la evidencia del cuadrado negro que el autor había descrito y de las cuatro letras —C, A, D, E— que creía que su tío había inscrito en el suelo. No encontró ni el menor rastro de nada, ni siquiera el más leve indicio, pero en cambio halló una inscripción grabada en las losas del suelo.

«Fujhi, poudes; Escapa, non», leyó. Y también lo anotó.

Léonie se enderezó y avanzó hacia el altar. Coincidía a la perfección, en su memoria, con la descripción de *Les tarots:* una simple mesa, ninguno de los símbolos clásicos de la religión, ninguna vela, ninguna cruz de plata, ningún misal, ninguna antífona. Se encontraba en un ábside octogonal, el techo pintado de azul cielo, como la ostentosa cubierta del palacio Garnier. Cada uno de los ocho paneles del ábside estaba cubierto por un papel pintado y decorado a su vez con franjas horizontales de un tinte rosa desvaído, y dividido por un friso de flores de enebro, rojas y blancas, con un detalle repetido de discos o monedas azules. En la intersección de cada panel empapelado había unas molduras de yeso que representaban bastos, o varas, pintados en oro.

Dentro de cada uno había una sola imagen.

Léonie contuvo la respiración, pues de pronto descubrió qué era lo que estaba mirando. Ocho escenas individuales tomadas del tarot, como si cada figura hubiera saltado de su carta correspondiente y se hubiera subido a la pared. Bajo cada una de ellas se encontraba el rótulo que la describía: «Le Mat», El Loco, «Le Pagad», El Mago, «La Prêtresse», La Sacerdotisa, «Les Amoureux», Los Enamorados, «La Force», La Fuerza, «La Justice», La Justicia, «Le Diable», El Diablo, «La Tour», La Torre. Tinta negra y antigua sobre un tarjetón amarillento.

Es igual que en el libro.

Léonie asintió. ¿Qué mejor prueba podía encontrar de que el testimonio de su tío estaba basado en hechos reales? Se acercó un poco más. La cuestión era por qué se se habían elegido esas ocho, entre las setenta y ocho cartas que se detallaban en el libro de su tío: ¿por qué esas ocho en particular? Con la excitación inundándole el pecho, comenzó a copiar los nombres. Enseguida se quedó sin sitio en el trozo de papel que había encontrado en el bolsillo, y miró en derredor por el sepulcro en busca de algo que le sirviera para escribir.

Asomándose por debajo de los pies de piedra del altar, reparó en que allí había una esquina de una hoja de papel. Tiró hasta sacarla. Era una hoja de música para piano, manuscrita en un grueso pergamino amarillento. Claves de agudos y de bajos, tiempo común, sin bemoles ni sostenidos. En el acto le volvió a la memoria el subtítulo del libro de Lascombe.

El arte musical de echar las cartas.

Alisó la partitura e hizo la prueba de tararear los compases iniciales, pero no fue capaz de captar del todo la melodía, si bien era muy sencilla. Había un número limitado de notas que a primera vista le recordaron uno de los tediosos ejercicios para cuatro dedos que había tenido la obligación de ejecutar una y mil veces cuando era niña y recibía clases de piano.

Se le dibujó entonces sin que se diera cuenta una lenta sonrisa en los labios. Comprendió el patrón de la pieza: C, A, D y E según la notación alfabética, es decir, do, la, re, mi según la notación convencional. Las mismas notas se repetían de forma secuencial. Hermoso. Como se afirmaba en el libro, era música para convocar a los espíritus.

Otro pensamiento pasó veloz por su cabeza nada más tener el anterior.

Si la música sigue estando en el sepulcro, ¿por qué no están también las cartas?

Léonie titubeó, y entonces garabateó la palabra *Sepulcro* y el año en curso sobre la parte superior de la partitura, para que constara dónde la había encontrado, y se la guardó en el bolsillo antes de emprender un metódico registro de la capilla de piedra. Introdujo los dedos en cada rincón, en cada grieta polvorienta, en busca de alguna cavidad oculta, pero no encontró nada. No había un solo mueble, una sola oquedad tras la cual pudiera estar escondida una baraja de cartas.

Y si no estaban allí, ¿dónde podían estar?

Se desplazó por detrás del altar. Sus ojos ya se habían acostumbrado a la luz sombría del ambiente, y creyó entonces detectar el perfil de una portezuela escondida dentro de los ocho paneles del ábside. Alargó la mano en busca de alguna alteración en la superficie y encontró, en efecto, una ligera depresión, tal vez el indicio de alguna antigua abertura que hubiera podido prestar algún servicio. Empujó con fuerza, con una mano, pero no sucedió nada. Estaba fijada con toda firmeza. Si allí hubiera existido una puerta, era evidente que ya no se utilizaba.

Léonie se alejó unos pasos con los brazos en jarras. Era reacia a aceptar que las cartas realmente no estuvieran allí, pero lo cierto era que había agotado todos los posibles escondrijos. No se le ocurrió otra opción que volver a consultar el libro una vez más y tratar de hallar en él las respuestas. Ahora que ya conocía el lugar, sin duda sería capaz de leer mejor, de interpretar los significados ocultos del texto.

Si es que en efecto existen.

Léonie volvió a mirar hacia las ventanas. La luz empezaba a menguar. Los rayos de sol filtrados entre los árboles ya no alcanzaban las vidrieras, con lo cual éstas se habían oscurecido. Al igual que antes, creyó que los ojos atentos de las estatuas de yeso se habían vuelto hacia ella y que la vigilaban. A medida que fue en aumento la conciencia que tenía de su presencia, el ambiente en el interior de la tumba pareció ir cambiando, desplazándose.

Le llegó una súbita avalancha de aire. Distinguió una música inequívoca que resonaba en el interior de su cabeza, que parecía llegar de su propio ser. En realidad, la oyó, pero sin llegar a oírla. Entonces percibió una presencia, algo que se encontraba tras ella, que la rodeaba, que pasaba de largo rozándola apenas, sin llegar a tocarla, si bien se le había arrimado mucho: era un movimiento incesante, que se repetía de continuo, acompañado por una silenciosa cacofonía de susurros, suspiros y llantos.

Se le aceleró el pulso.

No son más que imaginaciones mías.

Entonces reparó en un sonido distinto. El corazón le latía con fuerza. Quiso descartarlo, tal como había aislado todos los demás sonidos procedentes de su interior y del exterior, pero se repitió. Algo rascaba en alguna parte. Tal vez eran unos pies arrastrándose. No. Unas uñas o unas garras que arañaban las losas del suelo y que llegaban desde detrás del altar.

Léonie tuvo en ese momento la certeza de que había invadido un espacio en el que no estaba permitida la entrada. Había perturbado el silencio del sepulcro y de los vigilantes que habitaban en aquellos polvorientos corredores de piedra y los custodiaban. Su presencia no era bienvenida. Había observado a fondo las imágenes pintadas en las paredes, había escrutado los ojos de los santos de yeso que se mantenían en vigilia constante en aquel recinto.

Se volvió de improviso en redondo, miró con atención los ojos azules y maliciosos de Asmodeus. Las descripciones de los demonios en el libro volvieron a su memoria con toda su fuerza.

Recordó el terror con que su tío había descrito el modo en que las alas negras, las presencias, cargaron sobre él con todo su peso y prácticamente lo aplastaron.

«Las marcas que tengo en las palmas de las manos, los estigmas, no han desaparecido».

Léonie bajó la vista y vio o creyó ver unas marcas rojas que se extendían sobre las palmas de sus manos frías. Cicatrices en forma de ocho, un ocho tumbado sobre su piel blanca.

Finalmente perdió todo asomo de valentía.

Se recogió las faldas y salió disparada hacia la puerta. La mirada maligna del diablo Asmodeus pareció burlarse de ella cuando pasó de largo, como si con los ojos la siguiera por la nave. Aterrada, cargó con todo el peso de su cuerpo contra la puerta, con lo cual tan sólo consiguió cerrarla con mayor firmeza. Frenética, recordó que se abría hacia dentro. Agarró el picaporte y tiró.

Léonie tuvo en ese momento la certeza de haber oído pasos tras ella. Garras, uñas que arañaban las losas, cada vez más cerca. A la caza de ella. Los diablos del lugar se habían liberado para proteger su santuario, el sepulcro. Escapó de su garganta un sollozo horrorizado en el momento en que por fin salió dando tumbos al bosque ya oscurecido.

La puerta se cerró con violencia tras ella, retumbando y rechinando las bisagras antiguas. Ya no le dio ningún miedo lo que pudiera estar esperándola en la media luz, bajo los árboles centenarios. No iba a ser nada en comparación con los terrores sobrenaturales que había pasado en el interior de la tumba.

Léonie se recogió las faldas y echó a correr, a sabiendas de que aquellos ojos malignos no la habían perdido aún de vista. Dándose cuenta justo a tiempo de que la ancestral mirada de los espíritus y los demonios vigilaba y guardaba su dominio ante cualquier intruso. Se lanzó a la carrera en el frío del crepúsculo, perdiendo el sombrero, tropezando, cayendo a medias, regresando sobre sus pasos por todo el camino, salvando el cauce seco del barranco de un salto, empeñada en dejar atrás cuanto antes el bosque que el anochecer ya atenazaba para llegar a la seguridad de los parterres de césped, de los jardines.

Fujhi, poudes; Escapa, non.

En un instante fugaz creyó haber entendido el significado de aquellas palabras.

CAPÍTULO 41

∞

Léonie llegó helada hasta los huesos a la mansión, y se encontró con que Anatole paseaba de un lado a otro del vestíbulo. No sólo había llamado la atención su ausencia, sino que además había producido una gran consternación.

Isolde la abrazó y la estrechó con fuerza, para retirarse acto seguido sin esperar a más, como si le hubiera avergonzado semejante demostración de afecto. Anatole la abrazó primero y luego la zarandeó. Estaba desgarrado por dentro, sin saber si darle un escarmiento o si mostrar su alivio al ver que no le había ocurrido nada grave. No se dijo nada acerca de la riña que anteriormente la había incitado a abandonar la casa.

—¿Dónde te habías metido? —la interpeló—. ¿Cómo has podido ser tan insensata?

—He ido a pasear por los jardines.

—¡A pasear! ¡Pero si casi es de noche!

—Perdí la noción del tiempo.

Anatole siguió disparando a quemarropa una pregunta tras otra. ¿Había visto a alguien? ¿Había llegado a salir de los límites del Domaine? ¿Había visto u oído algo que se saliera de lo habitual? Ante semejante interrogatorio, tan insistente, aflojó de inmediato el miedo que se había apoderado de ella en el sepulcro y mermó la fuerza con que la había atenazado. Léonie se armó de valor y comenzó a defenderse, pues la determinación que parecía poner su hermano en dar tanta importancia al incidente la animó a quitarle peso al asunto.

—No soy una niña —le espetó, completamente irritada por la forma en que él la estaba tratando—. Soy perfectamente capaz de cuidar de mí misma.

—¡No, no lo eres! —gritó él—. No tienes más que diecisiete años.

Léonie sacudió los rizos de su melena cobriza.

—¡Hablas como si te diera miedo que pudieran secuestrarme!

—No seas ridícula —replicó él, aunque Léonie interceptó una curiosa mirada que en ese instante cruzaron él e Isolde.

Entornó los ojos.

—¿Qué? —preguntó muy despacio—. ¿Qué es lo que te ha pasado, si se puede saber, para que tu reacción sea tan desmedida? ¿Qué es lo que no me estás diciendo a las claras?

Anatole fue a contestar, pero cerró la boca y dejó que fuera Isolde quien interviniese.

—Lamento que nuestra preocupación te parezca excesiva. Como es natural, tienes entera libertad para caminar por donde te plazca. Lo que sucede es que hemos tenido noticia de que algunos animales salvajes bajan hasta el valle con el atardecer. Se han visto gatos monteses, posiblemente lobos también, a no mucha distancia de Rennes-les-Bains.

Léonie estaba a punto de desafiarla y poner en duda esa explicación cuando el recuerdo del ruido de unas garras en las losas del sepulcro acudió bruscamente a ella. Se estremeció. No podría haber dicho a ciencia cierta qué fue lo que convirtió la aventura en otra cosa completamente distinta ni cómo sucedió tan súbitamente. Sólo tenía claro que en el instante en que echó a correr tuvo la certeza de que su vida corría peligro. Pero no podría haber precisado qué era ese peligro.

—Ya lo ves, ahora te has sentido indispuesta —resopló Anatole.

—Anatole, ya basta —dijo Isolde con sosiego, tocándole levemente en el brazo.

Con gran asombro por parte de Léonie, él guardó silencio.

Con una exhalación de disgusto, se volvió en redondo y le dio la espalda, colocándose con los brazos en jarras.

—Además, hemos tenido noticia de que viene un temporal de los montes —dijo Isolde—. Teníamos miedo de que pudiera sorprenderte la tormenta.

Su comentario lo interrumpió el estruendoso retumbar de un trueno al propagarse. Los tres miraron a los ventanales. Nubes cargadas, dañinas, asomaban en masa por la cima de los montes. Una blanca bruma, como el humo de una hoguera, permanecía en suspenso entre los cerros, a media distancia.

Otro trueno, más cercano, hizo vibrar los cristales.

—Vamos —dijo Isolde, y tomó a Léonie por el brazo—. Indicaré a la criada que te prepare un baño bien caliente, y luego podemos cenar y encender la chimenea del salón. Y tal vez jugar a las cartas, ¿sí? *Bézique* o veintiuno, lo que tú prefieras.

Léonie sintió la punzada de un recuerdo. Se miró las palmas de las manos, que tenía blancas de frío. En ellas no había nada. No quedaba ninguna marca roja grabada en la piel.

Se dejó conducir a su habitación.

Tuvo que pasar algún tiempo hasta que la campana llamándola a la cena repicó y Léonie se vio reflejada en el espejo.

Se deslizó en el taburete, delante del tocador, y se miró con ojos serios. Aunque brillantes, descubrió que tenía una luminosidad febril en los ojos. Vio con toda claridad el recuerdo del miedo grabado en su piel, y se preguntó si a Isolde o a Anatole no les resultaría igualmente evidente.

Léonie vaciló, pues no estaba deseosa de empeorar su estado de inquietud, pero finalmente se levantó y recogió *Les tarots* de su costurero. Con dedos cautelosos, fue pasando las páginas hasta hallar por fin el pasaje que deseaba releer.

> *Corría el aire de repente y tuve la impresión de no estar solo. Tuve entonces la certeza de que el sepulcro estaba repleto de seres. Espíritus. No podría asegurar que fueran humanos. Todas las reglas de la naturaleza quedaron de pronto abolidas. Los entes me rodeaban por entero. Mi propio yo y mis otros yoes, tanto pasados como todavía por venir... Me parecía que volasen, que se deslizasen por el aire, así que en todo momen-*

to tuve conciencia de sus presencias fugaces... De manera especial por encima de mi cabeza parecía incesante el movimiento, acompañado por una cacofonía de susurros, suspiros, siseos y llantos.

Léonie cerró el libro.

Se ajustaba con tremenda exactitud a su experiencia. La duda que le entró en ese momento era la siguiente: ¿se habían alojado aquellas palabras en lo más profundo de su inconsciente, y de ese modo habían dirigido sus emociones y sus reacciones? ¿O tal vez había experimentado con total independencia algo distinto de lo que en su día vio y vivió su tío? Aún se le ocurrió otra cosa.

¿Y es de veras posible que Isolde no sepa nada de todo esto?

Tanto su madre como Isolde habían percibido la presencia de algún elemento perturbador en el aire que se respiraba en el lugar, de esto a Léonie no le cabía la menor duda. Cada una de ellas a su manera, en efecto muy diferente, aludió a determinado ambiente, insinuó una sensación de inquietud, aunque era muy cierto que ninguna había sido explícita en sus referencias. Léonie apretó una mano contra la otra y formó un triángulo con los dedos mientras se esforzaba en pensar. También ella lo había sentido aquella primera tarde, cuando llegó con Anatole al Domaine de la Cade.

Sin dejar de dar vueltas mentalmente a la cuestión, devolvió el libro al lugar en que lo tenía escondido, deslizó la partitura de música para piano entre las guardas y se dio prisa en bajar la escalera para reunirse con los demás. Ahora que sus temores se habían diluido, se sentía sobre todo intrigada y resuelta a descubrir algo más. Eran muchas las cuestiones que deseaba formularle a Isolde, y no sólo sobre lo que pudiera saber de las actividades de su marido antes de que contrajeran matrimonio. Tal vez podría incluso escribir a mamá para preguntarle si hubo en su niñez algún incidente en concreto que le hubiera producido alarma. Y es que sin saber qué era lo que le inspiraba tanta certeza, Léonie estaba absolutamente segura de que el lugar en sí encerraba algo terrorífico, ya fuera en el bosque, en el lago o en los árboles centenarios.

Al cerrar, nada más salir, la puerta de su dormitorio, Léonie se dio cuenta de que no podría contar nada de su expedición por miedo a que se le prohibiera entonces regresar al sepulcro. Al menos por el momento, su aventura tenía que permanecer en secreto.

La noche cayó lentamente sobre el Domaine de la Cade y trajo consigo la sensación de la espera, de la vigilia, de la anticipación.

La cena transcurrió de manera agradable, con el rumor de los truenos desconsolados a lo lejos. No se dijo nada de la escapada de Léonie por los terrenos de la finca. Al contrario, hablaron de Rennes-les-Bains y de las poblaciones de los alrededores, de los preparativos para la cena del sábado, de los invitados cuya asistencia estaba prevista, de lo mucho que quedaba por hacer y del disfrute que sin duda les proporcionaría.

Una conversación plácida, ordinaria, doméstica.

Después de la cena se retiraron al salón, y una vez allí pareció cambiar el estado de ánimo de todos ellos. Las tinieblas, al otro lado de los muros, parecían respirar con vida propia. Fue al fin un alivio que se desatara la tormenta. El cielo mismo comenzó a estremecerse, a emitir gruñidos. Los relámpagos, de intensa luminosidad, quebrados, alargados, desgarraron con su fina hoja de plata las negras nubes. Rodaron los truenos, se propagaron retumbando, rebotaron en rocas y ramas, extendiendo su eco por el valle.

El viento, momentáneamente aquietado, como si se aprestara a soplar con fuerza redoblada, sin previo aviso golpeó la casa con todo su ímpetu, trayendo consigo las primeras rachas de la lluvia que durante toda la noche había amenazado con descargar. Las ráfagas traían pedrisco que azotó las ventanas, hasta parecerles a los que se habían guarecido en la mansión que una avalancha de agua caía formando una catarata sobre la fachada del edificio, como las olas que rompen en la orilla del mar.

De vez en cuando Léonie creyó que llegaba a sus oídos una música. Las notas escritas en la partitura, oculta en su dormitorio, se hallaban en manos del viento, que era el que las ejecutaba. Así recordó, con un estremecimiento, que el viejo hortelano había avisado que sucedería.

Casi en ningún momento parecieron Anatole, Isolde y Léonie prestar mayor atención a la tempestad que arreciaba al otro lado de los muros. Un buen fuego crepitaba y rugía a ratos en la chimenea.

Todas las lámparas estaban encendidas y los criados habían traído velas adicionales. Se encontraban tan cómodos como realmente podían estar, si bien Léonie no dejó de temer que los muros se hundieran, que cediesen bajo las arremetidas de la tormenta.

En el vestíbulo se abrió una puerta por efecto del viento y hubo que ir rápidamente a afianzarla para que no batiera. Léonie oyó que los criados se movían por toda la casa, comprobando que todas las ventanas estuvieran bien cerradas. Como existía el peligro de que el fino cristal de los ventanales más antiguos pudiera hacerse añicos, se habían corrido todas las cortinas. En los pasillos de las plantas superiores oyeron pasos y el tintineo de los cubos y pozales que habían colocado a cada trecho los criados para recoger el agua que se pudiera filtrar por las goteras, que aparecían tal y como Isolde ya les avisó, debido a algunas tejas sueltas.

Confinados al salón, los tres se hallaban sentados, o bien paseaban un poco o charlaban. Bebieron algo de vino. Trataron de pasar el tiempo con los entretenimientos habituales en una velada hogareña. Anatole atizaba la chimenea y añadía algún tronco, cuando no volvía a servirles vino en sus copas. Isolde se retorcía los dedos largos y pálidos con las manos en el regazo. En una ocasión, Léonie retiró un poco la cortina y miró la negrura del exterior. Poca cosa pudo ver entre las rendijas de las persianas, que no encajaban del todo bien, más allá de las siluetas de los árboles en los jardines, iluminadas un instante por el resplandor de un relámpago, removidas, meneadas, agitadas como caballos sin domar sujetos por una cuerda. Le pareció como si el propio bosque clamara pidiendo ayuda, con el crujir de los árboles centenarios, sus restallidos, su aguante.

A las diez en punto Léonie propuso que jugasen una partida de *bézique.* Isolde y ella se sentaron ante la mesa de cartas. Anatole permaneció en pie, con el brazo apoyado en la repisa, fumando un cigarrillo y sujetando una copa de coñac en la otra mano.

Apenas dijeron nada. Cada uno de ellos, al tiempo que fingía ser ajeno a la tormenta, en realidad aguzaba el oído afanándose por percibir los sutiles cambios del viento y la lluvia, todo lo que pudiera indicar que lo peor ya había pasado. Léonie se fijó en que Isolde estaba muy pálida, como si aún rondase una amenaza más y la tormenta acarrease una advertencia adicional. A medida que fue pasando el tiempo, tan despacio, a Léonie le dio la impresión de que Isolde se esforzaba a duras penas por mantener la compostura. Se le iba la mano a menudo hacia el estómago, como si tuviera molestias o un dolor producido por alguna enfermedad. Si no, con los dedos daba tirones la tela de su falda, los cantos de las cartas con las que estaban jugando, y alisaba insistentemente el tapete verde.

Un trueno repentino retumbó justo encima de sus cabezas. Los ojos grises de Isolde se abrieron con un gesto despavorido. En un visto y no visto, Anatole se plantó a su lado. Léonie sintió un aguijonazo de celos. Se sintió excluida, como si se hubieran olvidado los dos de que estaba allí.

—No te preocupes, estamos seguros —murmuró.

—Según explica monsieur Baillard —interrumpió Léonie—, cuenta la leyenda local que las tormentas las desata el diablo cuando el mundo se ha descoyuntado. Cuando se altera el orden natural de las cosas. El hortelano dijo eso mismo esta mañana. Dijo que ayer noche se oyó música en el lago, lo cual...

—Léonie, ¡ya basta! —dijo Anatole en tono imperioso—. Todos esos cuentos chinos, todos esos demonios y sucesos diabólicos, todas esas maldiciones y amenazas no son más que patrañas que se inventan para asustar a los niños chicos.

Isolde lanzó otra mirada hacia la ventana.

—¿Cuánto va a durar esto? No creo que pueda soportarlo mucho más.

Anatole, fugazmente, le apoyó la mano en su hombro y la retiró enseguida, pero no sin que Léonie se fijara en el gesto.

Su deseo es cuidarla, protegerla...

Apartó de sí ese pensamiento celoso.

—La tormenta no tardará en amainar —dijo Anatole—. No es más que el viento.

—No es el viento. Tengo la sensación de que algo... algo terrible va a suceder —susurró Isolde—. Siento que ya llega, que se acerca a nosotros.

—Isolde, querida —dijo Anatole bajando la voz.

Léonie entornó los ojos.

—¿Que ya viene? —repitió—. ¿Quién? ¿Quién viene?

Ninguno de los dos le prestó atención.

Otra racha de viento sacudió las persianas. Se rasgó el cielo.

—Tengo la seguridad de que esta mansión tan digna, tan antañona, tan sólida, las ha tenido que ver mucho peores que ésta —dijo Anatole tratando de inyectar una nota de ligereza y despreocupación en su tono de voz—. Desde luego, me jugaría cualquier cosa a que seguirá en pie muchos años después de que nosotros estemos muertos y enterrados. No hay nada que temer.

En los ojos de Isolde destelló una luz febril. Léonie comprendió que las palabras de Anatole habían tenido el efecto opuesto al deseado. No la habían apaciguado: habían aumentado su intranquilidad.

Muertos y enterrados.

En una fracción de segundo, Léonie creyó ver la mueca del demonio Asmodeus asomada y mirándola desde las llamas que ardían en la chimenea. Se sobresaltó a su pesar.

A punto estuvo de confesarle entonces a Anatole la verdad de lo que había ocurrido a lo largo de la tarde. Lo que había visto y lo que había oído. Pero cuando se volvió hacia él, descubrió que miraba a Isolde con tanta solicitud, con tanta ternura, que se sintió casi avergonzada de haber presenciado ese gesto.

Cerró la boca y no dijo nada.

El viento no aflojó. Tampoco le dejó descanso su imaginación soliviantada e inquieta.

CAPÍTULO 42

∞

Sábado, 26 de septiembre

Cuando Léonie despertó a la mañana siguiente, le sorprendió hallarse en la *chaise longue* del salón del Domaine de la Cade y no en su dormitorio.

Los rayos de luz dorada, matinal, entraban sesgados por las rendijas de las persianas. Se había apagado el fuego en la chimenea. Las cartas de la baraja y las copas vacías seguían en la mesa, abandonadas, allí donde quedaron la noche anterior.

Léonie permaneció un rato sentada, escuchando el silencio. Tras el batir y el martillear del viento y la lluvia, en esos momentos todo estaba en calma. La vieja mansión ya no emitía ningún crujido, ningún gemido. La tormenta había amainado definitivamente.

Sonrió. Los terrores de la noche anterior, todos los pensamientos que la llevaron a concentrarse en los espectros, en los diablos, parecían realmente absurdos con la luz benigna de la mañana. Pronto, el hambre la empujó a abandonar el refugio del sofá. Se acercó de puntillas a la puerta y salió al vestíbulo. Allí, el aire estaba mucho más frío y el olor de la humedad lo impregnaba todo, si bien se palpaba en el aire una frescura que no se percibía el día anterior. Atravesó la puerta que comunicaba la casa con la zona de los criados, y le llegó el frío de las baldosas a través de las finas suelas de sus chinelas, hasta encontrarse en un largo pasillo de losas de piedra. Al fondo, pasada una segunda puerta, oyó voces, el entrechocar de los utensilios de cocina, y también silbar a alguien.

Léonie entró en la cocina. Era más pequeña de lo que había supuesto, una agradable sala cuadrada con paredes enceradas y vigas negras en el techo, de las cuales colgaba una gran variedad de cacerolas y pucheros de cobre y otros utensilios. Sobre la encimera negra del fogón, encastrado en una chimenea de tal tamaño que daba acogida a un banco de piedra a cada lado, hervía una cacerola al fuego.

La cocinera sujetaba el mango de madera en la mano. Se volvió hacia la inesperada visita. Se oyó el roce de las patas de las sillas en las losas de piedra cuando el resto de los criados, que desayunaban en una mesa rústica en el centro de la sala, se pusieron en pie al unísono.

—Por favor, no se levanten —dijo Léonie rápidamente, cohibida por haberse inmiscuido donde no debiera—. Sólo quería saber si puedo tomar un poco de café. Y un poco de pan.

La cocinera asintió.

—Le prepararé una bandeja ahora mismo, *madomaisèla.* ¿Se la llevo a la sala del desayuno?

—Sí, gracias. ¿No ha bajado nadie más? —preguntó.

—No, *madomaisèla.* Es usted la primera.

Lo dijo en un tono cortés, aunque claramente deseosa de que se marchase cuanto antes.

Pero Léonie todavía se quedó unos momentos.

—¿Ha provocado algún daño la tormenta?

—Nada que no tenga remedio —contestó la cocinera.

—¿Ninguna inundación? —preguntó, preocupada de que tal vez la cena de gala prevista para el sábado, aunque aún faltasen unos días, tuviera que aplazarse en caso de que el camino del pueblo se hubiera tenido que cortar.

—No, no se ha sabido de nada grave en Rennes-les-Bains. Una de las muchachas ha oído que hubo un corrimiento de tierras en Alet-les-Bains. El coche del correo tuvo un accidente y ha tenido que detenerse en Limoux. —La cocinera se secó las manos en el delantal—. Si no desea nada más, *madomaisèla,* quizá pueda disculparme. Tengo mucho que preparar para esta noche.

A Léonie no le quedó más remedio que retirarse.

—Claro, claro.

Al marcharse de la cocina, el reloj dio las siete. Miró por las ventanas y vio un cielo rosado tras las nubes blancas. En la finca habían comenzado los trabajos para recoger las hojas caídas y las ramas que se hubieran desprendido de los árboles.

Los días siguientes pasaron en paz.

Léonie anduvo a su antojo por la casa y por la finca. Desayunó en su habitación y gozó de entera libertad para pasar la mañana como le viniera en gana. A menudo no veía a su hermano y a Isolde hasta la hora del almuerzo. Por la tarde, paseaba con Isolde por los jardines si el tiempo no lo impedía, o bien exploraba la mansión. Su tía siguió mostrándose siempre atenta, amable, hospitalaria; tenía el ingenio vivo, y a veces resultaba divertida. Tocaron algunos duetos de Rubinstein al piano, con torpeza, con más disfrute que destreza, y se entretuvieron con diversos juegos de mesa por las noches.

Léonie leyó y pintó un paisaje con el edificio al fondo, acomodada en el pequeño promontorio desde el que se dominaba el lago.

Tuvo muy presentes el libro de su tío y la partitura que había tomado del sepulcro, pero no volvió a tocarlos. Y en sus paseos por la finca Léonie se abstuvo intencionadamente de permitir que sus pasos la llevaran hacia el sendero ahogado por la vegetación, en el corazón del bosque, que conducía a la capilla abandonada.

El día previsto para la cena de gala amaneció despejado y luminoso.

Para cuando Léonie terminó de desayunar, la primera de las carretas de reparto de Rennes-les-Bains ya traqueteaba por la avenida de entrada al Domaine de la Cade. El chico del reparto bajó de un salto y descargó dos grandes bloques de hielo. Al poco llegó otra carreta con las viandas, los quesos, la leche fresca y la crema.

En todas las habitaciones de la casa, o al menos así se lo pareció a Léonie, los criados quitaban el polvo a los muebles, sacaban brillo y doblaban primorosamente la ropa de casa, además de pasar revista a los ceniceros limpios y la cristalería ante los ojos de la minuciosa ama de llaves.

A las nueve en punto apareció Isolde, recién salida de su habitación, y se llevó a Léonie a los jardines. Armadas con un par de tijeras de podar y unas gruesas botas de goma para guarecerse de la humedad de los senderos, cortaron flores para los centros de mesa cuando el rocío aún las empapaba.

Cuando regresaron a la casa, a las diez, habían llenado cuatro cestos de flores de todo tipo. Les esperaba el café humeante en la sala del desayuno, y Anatole, de un humor excelente, les sonrió desde detrás de un periódico.

A las once, Léonie terminó de redactar la última de las tarjetas con los nombres de los invitados, siguiendo las instrucciones que le había dado Isolde. Logró arrancar una promesa a su tía: que cuando estuviera lista la mesa, podría colocar ella las tarjetas como mejor le pareciera.

A mediodía ya estaba todo hecho. Después de un almuerzo ligero, Isolde anunció su intención de subir a su habitación a descansar durante unas horas. Anatole se ausentó para atender su correspondencia. A Léonie no le quedó más remedio que retirarse también.

En su habitación miró el costurero, donde dormía el libro de *Les tarots* bajo los carretes de algodón rojo e hilo azul, pero aunque hubieran pasado ya cinco días desde su expedición al sepulcro, seguía siendo reacia a alterar su estado de ánimo dejándose atrapar otra vez por los misterios que contenía la obra. Además, Léonie era muy consciente de que esa tarde no encontraría la concentración necesaria para dedicarse a leer. Estaba demasiado inquieta, era exagerado su estado de anticipación.

Se le fueron en cambio los ojos a su estuche de colores, a los pinceles y al bloc de papel, que estaban en el suelo. Se incorporó y tuvo un repentino sentimiento de amor por su madre. Le pareció que la tarde sería la ocasión ideal para aprovechar el tiempo y pintarle algo que le sirviera de recuerdo. Un regalo que le haría cuando regresara a la ciudad a finales de octubre.

Algo que tal vez eclipse sus desdichados recuerdos de la infancia que pasó en el Domaine de la Cade.

Léonie tocó la campanilla para llamar a la criada y le indicó que le trajera un cuenco de agua para los pinceles y un lienzo de algodón grueso para cubrir la mesa. Sacó entonces la paleta y los tubos de pintura y comenzó a aplicar gotas de color carmesí, ocre, azul turmalina, amarillo y verde musgo, con un poco de carboncillo de ébano para trazar los contornos. Del bloc sacó una sola hoja de color crema y de alto gramaje.

Estuvo un rato sentada, a la espera de que le llegase la inspiración. Sin tener una idea muy clara de lo que iba a ponerse a pintar, comenzó a trazar el contorno de una silueta, con trazos muy finos, negros. Mientras rozaba el papel, su mente se hallaba absolutamente concentrada en las emociones que sin duda estaba por vivir cuando comenzase la velada. El cuadro fue tomando forma sin que ella aportase conscientemente nada de su parte. Se preguntó qué impresión podría causarle la sociedad de Rennes-les-Bains. Todos los invitados habían aceptado la invitación de Isolde. Léonie se imaginó siendo objeto de la admiración y los comentarios de los recién llegados, se imaginó primero con el vestido azul, luego con el rojo y finalmente con el verde que había comprado en La Samaritaine. Vio sus brazos esbeltos cubiertos con diversos guantes de noche, mostrándose en su interior partidaria del corte de unos, de la largura de otros. Se imaginó su cabello cobrizo bien sujeto con las peinetas de madreperla o las horquillas de plata que más favoreciesen al tono de su tez. Jugueteó mentalmente con una amplia gama de gargantillas, pendientes y pulseras como complemento.

A medida que se alargaban las sombras, mientras pasaba el tiempo embebida en pensamientos agradables, pincelada a pincelada fueron espesándose los colores en la hoja de papel grueso y la imagen fue cobrando vida.

Sólo cuando Marieta regresó para recoger la habitación, una vez que se hubo marchado, se hizo Léonie una idea más clara de lo que había pintado. Lo que vio le causó asombro. Sin habérselo propuesto en ningún momento, había plasmado una de las figuras de los retablos del tarot que vio en el sepulcro: La Fuerza. La única diferencia radicaba en que a la muchacha le había puesto el cabello largo y cobrizo y un vestido matinal que recordaba uno de los que en esos momentos se hallaban colgados en su armario de la calle Berlin.

Había compuesto un autorretrato, aunque no era del todo ella.

Dividida entre el orgullo que le produjo la calidad de su trabajo y la intrigante elección del tema, Léonie sostuvo el autorretrato para que le diera mejor la luz. Por norma general, todos sus personajes resultaban bastante semejantes entre sí, y apenas guardaban una relación clara con el tema que hubiera intentado pintar. En esta ocasión, en cambio, el parecido era notable.

¿La Fuerza?

¿Era así como se veía a ella misma? Léonie nunca lo hubiera dicho. Examinó la imagen unos momentos más, pero al tener conciencia de que la tarde estaba próxima a terminar, se vio obligada a sujetar el retrato tras el reloj de la repisa y a quitárselo de la cabeza.

Marieta llamó a la puerta a las siete en punto.

—*¿Madomaisèla?* —dijo, y asomó la cabeza por la puerta entreabierta—. Me envía *madama* Isolde para que la ayude a vestirse. ¿Tiene ya decidido qué se va a poner?

Léonie asintió como si nunca lo hubiese dudado.

—El vestido verde de escote cuadrado. Y la *sous-jupe* con el fruncido a la inglesa.

—Muy bien, *madomaisèla.*

Marieta tomó las prendas que le había indicado, las transportó con los brazos extendidos y las colocó con gran esmero sobre la cama. Entonces, con gran maestría, ayudó a Léonie a ponerse el corsé sobre la blusa y la ropa interior, atándole los lazos y apretándoselos al máximo en la espalda y abrochando los ganchos en los ojales de delante. Léonie se volvió a izquierda y derecha para verse reflejada en el espejo y sonrió.

La criada se subió a la silla y pasó primero las enaguas y luego el vestido por encima de la cabeza de Léonie. Notó la frialdad de la seda verde al tacto con la piel en el momento en que cayó formando pliegues centelleantes como el agua al sentir el roce de la luz del sol.

Marieta bajó de un salto y se ocupó de los cierres, y entonces se acuclilló para terminar de arreglar el dobladillo, mientras Léonie se ajustaba mejor las mangas.

—¿Cómo desea que la peine, *madomaisèla?*

Léonie regresó al tocador. Ladeó la cabeza, se sujetó un grueso puñado de cabello por encima de los rizos que le caían a los lados cayendo en cascada y se lo dejó encima de la cabeza.

—Así.

Dejó caer el cabello y se acercó hacia donde estaba una pequeña funda rígida, de cuero marrón. Un joyero.

—Tengo unas peinetas de carey con incrustaciones de perlas que van a juego con unos pendientes y un colgante que me quiero poner.

Marieta trabajó deprisa, pero con esmero. Prendió el cierre de platino en forma de hoja para colocar el collar de perlas en torno al cuello de Léonie, y se alejó dos pasos para admirar su trabajo.

Léonie se miró detenidamente en el espejo, inclinándolo un poco para gozar de una imagen más completa. Sonrió, encantada con lo que vieron sus ojos: no era ni demasiado sencillo ni demasiado extravagante para ser una cena privada. Los adornos le sentaban bien tanto a su coloración natural como a su figura. Tenía los ojos luminosos, brillantes incluso, y una tez magnífica, ni demasiado pálida ni excesivamente bronceada.

Desde la planta baja llegó el brioso repicar de una campana. Entonces oyó la puerta principal, que se abría para recibir a los primeros invitados.

Las dos muchachas se miraron a los ojos.

—¿Qué guantes desea? ¿Los verdes o los blancos?

—Los verdes que llevan unos abalorios en el borde —dijo Léonie—. Hay un abanico de un color muy semejante en una de esas sombrereras, encima del armario.

Cuando estuvo lista, Léonie tomó su bolso de señora del cajón superior y deslizó los pies en unas chinelas de seda verdes.

—Parece usted el personaje de un cuadro, *madomaisèla* —suspiró Marieta—. Bellísima.

Una andanada de ruido la alcanzó nada más salir de su habitación y la hizo detenerse en seco en el pasillo. Léonie se asomó por la balaustrada al vestíbulo de abajo. Los criados se habían vestido con libreas alquiladas para la noche y se les veía muy elegantes. Realzaban la ocasión, sin duda. Adoptó la sonrisa más deslumbrante que pudo, se aseguró de que el vestido estuviera perfecto, y con mariposas en la boca del estómago bajó la escalinata para sumarse a la fiesta.

A la entrada del salón, Pascal la anunció con su voz potente y clara, y acto seguido estropeó en parte el efecto conseguido al dedicarle un guiño, sin duda para darle ánimos, al tiempo que ella hacía su entrada.

Isolde se encontraba ante la chimenea, charlando con una mujer joven y de aspecto enfermizo, al menos por su tez. Con la mirada, indicó a Léonie que se le acercase.

—Mademoiselle Denarnaud, permítame presentarle a mi sobrina, Léonie Vernier, hija de la hermana de mi difunto esposo.

—Encantada, señorita —saludó Léonie con encanto.

En el transcurso de la breve conversación que siguió entre ellas, tuvo conocimiento de que mademoiselle Denarnaud era la hermana soltera del caballero que había echado una mano a Léonie con su equipaje cuando bajó del tren en Couiza, el día de su llegada. El señor Denarnaud alzó la mano y la saludó desde lejos al ver que Léonie lo observaba desde el otro extremo del salón. Una prima lejana de ambos, según le explicaron, trabajaba como ama de llaves del párroco de Rennes-le-Château. «Otra familia con muchas ramificaciones», pensó Léonie a la vez que saludaba a unos y a otros, al recordar que Isolde dos noches antes, durante la cena, apuntó que el abad Saunière tenía nada menos que diez hermanos.

Sus intentos por trabar conversación fueron recibidos con una mirada gélida. Aunque seguramente no fuera mayor que la propia Isolde, mademoiselle Denarnaud llevaba un vestido de gruesos brocados, de matrona, que habría sido apropiado para una mujer que le doblase la edad, y un polisón horrorosamente anticuado, de un modelo que no se había visto en París desde bastantes años antes. El contraste entre ella y su anfitriona no pudo resultar más evidente. Isolde se había peinado el cabello dejando caer sus tirabuzones de rizos rubios, y lo llevaba sujeto sobre la cabeza con unos minúsculos pasadores de perlas. Su vestido, de tafetán dorado y seda en tono marfil, a ojos de Léonie tan espléndido que bien podría haber salido de la última colección presentada por Charles Worth, estaba bordado con hilos de cristal de tonos metálicos. Llevaba una gargantilla del mismo tejido, con un broche de perlas en el centro. Al tiempo que hablaba, su vestido captaba los destellos de la luz y resplandecía como si fuera una constelación.

Con gran alivio, Léonie descubrió a Anatole de pie ante los ventanales, fumando y charlando con el doctor Gabignaud. Se disculpó y se deslizó a lo largo de la sala para sumarse a los caballeros. Los aromas a jabón de sándalo, a aceite para el cabello, a la chaqueta de gala recién planchada, la saludaron en cuanto se acercó a ellos.

A Anatole se le iluminó el rostro nada más verla.

—¡Léonie! —Le pasó un brazo por la cintura y la estrechó contra él—. Permíteme que te diga que estás... estás encantadora. Qué bien te sienta ese verde. —Dio un paso atrás para permitir que el médico tomara parte en la conversación—. Gabignaud, ¿recuerda usted a mi hermana?

—Desde luego que sí. —El médico hizo una envarada reverencia—. Mademoiselle Vernier... Permítame añadir mis cumplidos a los de su hermano.

Léonie se puso colorada de un modo delicioso.

—Qué espléndida reunión —dijo ella.

Anatole le recordó el nombre del resto de los invitados.

—Recordarás también a *maître* Fromilhague, naturalmente. Y a Denarnaud y a su hermana, que es quien le hace las veces de ama de llaves...

Léonie asintió.

—Tía Isolde me los ha presentado.

—Y aquél es Bérenger Saunière, el sacerdote de la parroquia de Rennes-le-Château, amigo de nuestro difunto tío.

Señaló a un hombre alto y musculoso, de frente prominente y rasgos muy marcados, todo lo cual no casaba del todo bien con su larga sotana negra.

—Parece un hombre encantador —siguió diciendo Anatole—, aunque no sea un hombre precisamente dado a las trivialidades. —Señaló con un gesto al médico—. Le han interesado más las investigaciones médicas de Gabignaud que las menudencias que haya podido contarle yo.

Gabignaud sonrió, reconociendo que era cierto.

—Saunière es un hombre sumamente bien informado, conoce a fondo toda clase de cosas. Tiene auténtico afán de conocimiento. Y siempre hace preguntas, se lo aseguro.

Léonie miró al sacerdote unos momentos más, y siguió recorriendo con los ojos a los invitados.

—¿Y la dama que está con él?

—Madame Bousquet, pariente lejana de nuestro difunto tío. —Anatole bajó la voz—. Si Lascombe no se hubiera casado, habría heredado ella el Domaine de la Cade.

—¿Y pese a todo ha aceptado la invitación?

Él asintió.

—No es que madame Bousquet e Isolde se relacionen como si fueran hermanas, pero al menos tienen un trato civilizado. Se reciben a menudo en una y otra casa. De hecho, Isolde siente verdadera admiración por ella.

Sólo en ese momento reparó Léonie en un hombre muy alto y muy delgado que se encontraba un poco más allá del reducido grupo. Se volvió ligeramente para observarlo mejor. Iba vestido de una forma poco habitual, con un traje claro, y no con el negro de rigor en una ocasión de gala, además de ostentar un pañuelo amarillo en el bolsillo de la chaqueta. También el chaleco era amarillo.

Tenía el rostro muy arrugado, la piel casi traslúcida de pura vejez, a pesar de lo cual a Léonie no le pareció que tuviera una edad demasiado avanzada. Sí que notó en él lo que le pareció una tristeza subyacente en cada uno de sus gestos. Como si fuera un hombre que hubiera sufrido mucho, que hubiera visto demasiado.

Anatole se volvió a ver qué o quién había llamado de esa forma la atención de su hermana. Se inclinó para hablarle al oído.

—Ah, ese que ves ahí es el visitante más célebre de todo Rennes-les-Bains, Audric Baillard, autor del extraño librito que tanto te entusiasmó. —Sonrió—. A lo que se ve, todo un excéntrico. Gabignaud me ha contado que siempre viste de una manera singular, al margen de la ocasión de que se trate. Siempre un traje claro, siempre una corbata amarilla.

Léonie se volvió hacia el médico.

—¿Y a qué se debe esa manía? —preguntó en voz muy baja.

Gabignaud sonrió y se encogió de hombros.

—Creo que lo hace en recuerdo de los amigos que perdió, mademoiselle Vernier. De los camaradas que cayeron, no estoy muy seguro, la verdad.

—Ya se lo preguntarás tú misma, pequeña, durante la cena —dijo Anatole.

La conversación continuó hasta que el sonido del gong llamó a los comensales a la mesa.

Isolde, escoltada por *maître* Fromilhague, condujo a sus invitados desde el salón, atravesando el vestíbulo, hacia el comedor. Anatole acompañó a madame Bousquet. Léonie, tomada del brazo del charlatán monsieur Denarnaud, no perdió de vista a monsieur Baillard. El abad Saunière y el doctor Gabignaud formaban la retaguardia, con mademoiselle Denarnaud entre ambos.

Pascal, realmente esplendido con su librea alquilada, roja y oro, abrió las puertas de par en par al acercarse el grupo. Se propagó de inmediato un murmullo de grato reconocimiento. La propia Léonie, que ya había visto el comedor en las sucesivas etapas de los preparativos a lo largo de toda la mañana, se quedó deslumbrada ante la transformación. La espléndida araña de cristal estaba encendida, con tres círculos sucesivos de velas de cera blanca. La gran mesa ovalada se hallaba decorada con gran profusión de lirios blancos e iluminada por tres candelabros de plata. En el aparador estaban las fuentes y las soperas de plata, con tapaderas como cúpulas, resplandecientes como la armadura de un caballero andante. La luz de las velas propagaba las sombras que bailaban por las paredes, sobre los retratos de las generaciones anteriores de la familia Lascombe, todos ellos decorando las paredes.

La proporción de cuatro damas para seis caballeros daba a la mesa una disposición ligeramente desigual. Isolde ocupó una cabecera, con monsieur Baillard en la opuesta. Anatole se sentó a la izquierda de Isolde, con *maître* Fromilhague a su derecha. Al lado de Fromilhague se encontraba mademoiselle Denarnaud, y junto a ella, el doctor Gabignaud. Léonie era la siguiente, con Audric Baillard a su derecha. Sonrió con timidez cuando el criado le retiró la silla y tomó asiento. Al otro extremo de la mesa, Anatole tuvo el placer de sentarse junto a madame Bousquet, al lado de la cual estaban Charles Denarnaud y el abad Saunière.

Los criados sirvieron con generosidad el ya conocido *blanquette* de Limoux, en unas copas sin dibujos, abiertas, amplias. Fromilhague concentró sus atenciones en su anfitriona, olvidándose por completo de la hermana de Denarnaud, cosa que a Léonie le resultó un tanto descortés, si bien no lo culpó enteramente por ello. En el transcurso de su breve conversación, le había parecido una mujer sumamente aburrida.

Al cabo de una serie de frases formales que intercambió con madame Bousquet, Léonie oyó a Anatole lanzado ya de lleno en una animada conversación con *maître* Fromilhague, una conversación sobre literatura. Fromilhague era un hombre de opiniones contundentes y manifestó su rechazo frontal a la última novela de monsieur Zola, *L'argent*, que tachó de aburrida e inmoral. Condenó a otros asiduos y antiguos compañeros de Zola, como Guy de Maupassant, del cual se rumoreaba que, tras haber intentado quitarse la vida, se encontraba ingresado en el sanatorio del doctor Blanche, en París. En vano intentó Anatole darle a entender que la vida de un hombre y su obra literaria bien merecían un juicio aparte, sin que una influyera en la otra.

—La inmoralidad en la vida rebaja el arte a la altura del barro —respondió Fromilhague con terquedad.

Muy pronto, casi todos los comensales se habían enzarzado en el debate.

—Está usted muy callada, *madomaisèla* Léonie —oyó una voz cerca de su oído—. ¿Acaso no le interesa a usted la literatura?

Se volvió hacia Audric Baillard.

—Me entusiasma leer —dijo ella—, pero con una compañía como ésta encuentro que es muy difícil hacer saber a los demás las opiniones que una tenga.

Él sonrió.

—Ah, desde luego.

—Y confieso —siguió diciendo, sonrojándose un poco— que gran parte de la literatura contemporánea me resulta absolutamente tediosa. Página tras página no encuentra una más que conceptos, expresiones exquisitas, ideas muy inteligentes, de acuerdo, ¡pero nunca pasa nada!

Una sonrisa destelló en los ojos de él.

—¿Son los cuentos los que le incitan la imaginación?

Léonie sonrió.

—Mi hermano Anatole siempre me ha dicho que tengo un gusto que deja mucho que desear, y supongo que en el fondo tiene razón. La novela más apasionante que he leído es *El castillo de Otranto,* pero también soy una gran admiradora de los cuentos de fantasmas de Amelia B. Edwards y de cualquiera de los que haya escrito monsieur Poe.

—Tenía talento. Un hombre atormentado, desde luego, pero genial cuando se trata de captar el lado oscuro de la naturaleza humana, ¿no le parece?

Léonie sintió un aguijonazo de placer. Había tenido que soportar demasiadas *soirées* en París, a cada cual más tediosa, en las que la mayoría de los invitados nunca le hicieron ningún caso, además de que no tenían nada interesante que decir y estaban convencidos de que sus propias opiniones no valían la pena. Monsieur Baillard parecía muy distinto.

—Desde luego —señaló—, completamente de acuerdo. Mi preferido, entre los cuentos de monsieur Poe, aunque debo confesar que me produce pesadillas cada vez que lo leo, es «El corazón delator». Un asesino enloquece al oír los latidos del corazón del hombre que ha asesinado y que ha escondido debajo de la tarima. ¡Es brillante!

—La culpa es una emoción poderosa —dijo él sin alterarse.

Léonie lo miró con atención durante unos momentos esperando a que se explicara mejor, pero él se limitó a sonreír.

—¿Me permite que sea un poco impertinente y que le haga una pregunta, monsieur Baillard?

—Por supuesto.

—Viste usted... Bueno —calló, indecisa, pues no deseaba ofenderle.

Baillard sonrió.

—¿De manera poco convencional? ¿Lejos de los uniformes de costumbre?

—¿Uniformes?

—Al menos, el uniforme que hoy en día gasta un caballero a la hora de la cena —dijo él con ojos centelleantes.

Léonie suspiró aliviada.

—Sí, eso es. Aunque no es exactamente eso, sino el hecho de que, como ha dicho mi hermano, tiene usted fama de llevar siempre algo amarillo.

—En memoria de los camaradas que cayeron —repuso. A Audric Baillard pareció que se le nublase el rostro—. Ésa es la razón.

—¿Combatió usted en Sedán? —le preguntó, y entonces vaciló un instante—. Mi padre luchó por la Comuna. Yo no llegué a conocerlo. Fue deportado a las colonias, y...

Por un instante, Audric Baillard había puesto su mano sobre la suya. Ella percibió su piel, fina como el papel, a través del tejido de sus guantes, y sintió la levedad de su tacto. Léonie no supo exactamente qué se había apoderado de ella en ese instante, y tan sólo supo que una angustia que nunca había sido consciente de sentir encontró una repentina expresión por medio de las palabras.

—¿Siempre es correcto luchar por aquello en lo que uno cree, monsieur Baillard? —inquirió en voz baja—. A menudo me lo he preguntado. ¿Aun cuando el coste para quienes nos rodean sea tan grande?

Él le estrechó los dedos.

—Siempre —dijo él con voz queda—. Y recordar a los que hayan caído en la lucha.

Momentáneamente, el ruido de las conversaciones y de los cubiertos pareció alejarse de ella. Las voces, las risas, el chinchín de la cristalería y de la plata. Léonie lo miró directamente y notó que su mirada, sus propios pensamientos, parecían ser absorbidos por la sabiduría y la experiencia que refulgía en sus ojos claros, sosegados.

Entonces volvió a sonreírle. Se le arrugaron los ojos y se quebró ese instante de intimidad.

—Los buenos cristianos en los comienzos, así como los cátaros creyentes, estaban obligados a llevar una cruz amarilla prendida en sus vestimentas para significarse. —Con los dedos rozó el pañuelo amarillo girasol que llevaba en el bolsillo—. Yo lo llevo a modo de recuerdo.

Léonie ladeó la cabeza.

—Es profundo lo que usted siente por ellos, monsieur Baillard —dijo ella, y sonrió.

—Quienes se han marchado antes que nosotros no necesariamente han desaparecido, *madomaisèla* Vernier. —Se dio unos golpecitos en el corazón—. Es aquí donde siguen vivos. —Sonrió—. Usted no conoció a su padre, según dice, pero él pervive en usted. ¿No es así?

Con gran asombro, Léonie sintió que las lágrimas le desbordaban los ojos. Asintió, incapaz de controlar lo que pudiera decir. Fue en cierto sentido un alivio que el doctor Gabignaud le formulase una pregunta que se vio obligada a responder.

CAPÍTULO 43

∞

Los platos fueron sirviéndose uno tras otro en la mesa. La trucha recién pescada, rosácea, se desprendía de la espina como si fuera mantequilla, y a la trucha siguieron unas minúsculas costillas de cordero sobre un lecho de espárragos tardíos. A los caballeros se les sirvió un potente vino de Corbières, un tinto de los alrededores, sacado de la bodega de Jules Lascombe, excelentemente surtida. Para las damas se eligió un vino blanco, semidulce, de Tarascón, aromático, con cuerpo, algo oscuro, del color de una piel de cebolla caramelizada.

Enseguida se acaloraron las conversaciones, las opiniones que manifestaron unos y otros, surgieron discusiones encendidas, de religión o de política, del norte y del sur, de la ciudad y del campo, y al calor de las discusiones aumentó la temperatura reinante. Léonie miró de reojo a su hermano en varias ocasiones. Anatole se encontraba en su elemento. Sus ojos castaños centelleaban, relucía su cabello negro, y ella vio a las claras que se mostraba tan encantador con madame Bousquet que con la propia Isolde. Al mismo tiempo, no dejó de reparar en que tenía unas marcadas ojeras. Y a la luz danzante de las velas, la cicatriz de encima de la ceja destacaba de una manera llamativa.

A Léonie le llevó poco tiempo recuperarse de las intensas emociones que habían despertado en ella su conversación con Audric Baillard. Poco a poco dejó de sentirse cohibida e incluso azorada por haberse expuesto de un modo tan abierto, y tan inesperado, y esas sensaciones fueron dejando paso a la curiosidad que le produjo la razón de que lo hubiera hecho. Tras haber recuperado la compostura, se impacientó ante el deseo irreprimible de reanudar la conversación con él, pero monsieur Baillard se encontraba enzarzado en un profundo debate con el párroco, con Bérenger Saunière. A su otro lado, el doctor Gabignaud parecía resuelto a llenar cada instante que pasara con su palabrería.

Sólo a la llegada de los postres se le presentó la ocasión de reavivar la llama.

—Tía Isolde dice que es usted todo un experto en muchos campos, monsieur Baillard. En los albigenses, en la historia de los visigodos, en los jeroglíficos de los egipcios. La primera noche que pasé en esta casa tuve ocasión de leer su monografía, *Diables et esprits maléfiques et phantômes de la montagne.* Hay un ejemplar aquí, en la biblioteca.

Él sonrió, y ella tuvo la sensación de que también él regresaba con agrado a su conversación aplazada.

—Yo mismo se lo regalé a Jules Lascombe.

—Tuvo que llevarle mucho tiempo reunir tantas historias en un solo volumen —siguió diciendo.

—No, no fue tanto —contestó él a la ligera—. Es cuestión tan sólo de escuchar al paisaje y al paisanaje, a las gentes que habitan estas tierras. Esas historias que usted dice, y que a menudo quedan registradas en forma de mitos o leyendas, que hablan de espíritus, demonios y criaturas extraordinarias, se hallan tan entretejidas en el carácter mismo de la región como los roquedales, los montes o los lagos.

—Claro, así es —dijo ella—. ¿Pero no le parece que al mismo tiempo hay misterios que no se pueden explicar?

—*Oc, madomaisèla, ieu tanben.* También yo creo que a veces no hay explicación.

A Léonie se le abrieron los ojos como platos.

—¿Usted habla el occitano?

—Es mi lengua materna.

—¿Usted no es francés?

Sonrió abiertamente

—No, por supuesto que no.

—Tía Isolde querría que los criados hablasen francés en la casa, pero recurren al occitano tan a menudo que ya ha dado la batalla por perdida. Ya ni siquiera les regaña...

—El occitano es la lengua de estas tierras. Del Aude, de Ariège, de Corbières, de Razès... y de más allá incluso, de parte de España y del Piamonte. Es la lengua de la poesía, de los cuentos, del folclore.

—Entonces, ¿usted es nativo de esta región, monsieur Baillard?

—*Pas luènh* —respondió, pasando a la ligera sobre su pregunta.

Comprendió de repente que él le podría traducir las palabras que había visto inscritas sobre la puerta del sepulcro, y acto seguido tuvo el vívido recuerdo del ruido de las garras sobre las losas, como si un animal atrapado arañase. Sintió un estremecimiento.

—Pero... ¿son ciertas esas historias, monsieur Baillard? —le preguntó—. Las que hablan de espíritus malignos, fantasmas y demonios. ¿Son ciertas?

—¿*Vertat*? —dijo, y con sus pálidos ojos miró intensamente a los suyos durante unos segundos más de lo que habría sido necesario—. ¿Y quién podría asegurarlo, *madomaisèla*? Hay quienes creen que el velo que separa una dimensión de otra es tan fino, tan transparente, por así decir, que casi resultaría invisible e impalpable. Otros en cambio insistirán en que todo eso es imposible, en que sólo las leyes científicas dictan aquello que podemos o no podemos creer. —Hizo una pausa—. Yo, por mi parte, sólo puedo decirle que las actitudes cambian con el tiempo. Lo que en un siglo se tiene por verdad irrebatible, en otro se considerará una herejía.

—Monsieur Baillard —continuó Léonie al punto—, cuando estuve leyendo su libro, no pude por menos que preguntarme si las leyendas se pliegan siempre al paisaje, a la naturaleza que nos rodea. ¿Recibieron su nombre el Sillón del Diablo o el Estanque del Diablo de los cuentos que se contaban por estos pagos o acaso surgieron esos cuentos para dar entidad a esos lugares?

Él asintió y sonrió.

—Ésa es una pregunta muy perspicaz, *madomaisèla.*

Baillard hablaba con tono quedo, y sin embargo Léonie tuvo la sensación de que todos los demás sonidos se apagaban en presencia de aquella voz clara e intemporal.

—Lo que nosotros llamamos civilización no es más que la forma que tiene el hombre de intentar imponer sus valores sobre el mundo de la naturaleza. Los libros, la música, la pintura, todas esas creaciones artificiosas que han ocupado a los demás invitados en esta velada no son sino empeños por captar el alma de cuanto vemos a nuestro alrededor. No es más que una forma de tratar de extraer un sentido, de ordenar nuestras experiencias humanas y darles la forma de algo manejable, algo que podamos controlar.

Léonie lo miró atentamente unos instantes.

—Pero los fantasmas, monsieur Baillard, y los demonios... —dijo muy despacio—. ¿Usted cree en los fantasmas?

—*Benleu* —respondió él con su voz, al tiempo suave y contundente—. Tal vez.

Se giró hacia los ventanales, como si buscara a alguien que estuviera en ese momento del otro lado, y se volvió hacia Léonie.

—Esto es todo lo que pienso decir. En dos ocasiones, con anterioridad, el diablo que ronda por este lugar ha sido convocado. En dos ocasiones ha sido derrotado. —Miró a su derecha—. Recientemente, con la ayuda de nuestro amigo, ese de allí. —Hizo una pausa—. Yo no querría de ninguna manera volver a pasar por tiempos semejantes, a menos que no quede otra alternativa.

Léonie siguió su mirada.

—¿El abad Saunière?

Él no dio indicio de haberla oído.

—Estos montes, estos valles, estas piedras..., y el espíritu que les dio la vida, existían desde mucho antes de que aquí viniera nadie a tratar de captar la esencia de las cosas más antiguas por medio del lenguaje. Son nuestros temores los que se reflejan en esos nombres a los que usted hace referencia.

Léonie se paró a pensar en lo que le había dicho.

—Pues no estoy muy segura de que haya dado respuesta a mi pregunta, monsieur Baillard.

Él puso las manos sobre la mesa. Léonie observó las venas azuladas y las huellas de la edad sobre su piel muy blanca.

—Hay un espíritu que vive en todas las cosas. Aquí estamos, sentados cómodamente en una mansión que tiene varios cientos de años de antigüedad. Se trata de una estirpe establecida, cabría incluso decir que antigua, a juzgar por los criterios más modernos. Pero se encuentra en un lugar que tiene una antigüedad aún mayor, una antigüedad de milenios y milenios. Nuestra influencia en el universo no es más que un susurro. Su carácter esencial, sus cualidades de luz y de tinieblas, quedaron definidos milenios antes de que un hombre quisiera dejar su huella sobre el paisaje. Los fantasmas de quienes han vivido antes que nosotros están a nuestro alrededor, están absorbidos por el patrón que dibuja, por la música que respira, si lo prefiere usted, por el mundo.

Léonie se notó de súbito febril. Se llevó la mano a la frente. Con sorpresa, se la notó humeda, fría. La sala daba vueltas, giraba a su alrededor, se desplazaba de lado. Las velas, las voces, las manchas desdibujadas de las criadas que iban de un lado a otro, todo iba difuminándose poco a poco.

Intentó concentrar sus pensamientos en aquello que la tenía ocupada, y dio otro sorbo de vino para apaciguar los nervios.

—La música —dijo, aunque su propia voz a ella le sonó como si llegara desde muy lejos—. ¿Puede explicarme mejor eso de la música, monsieur Baillard?

Vio la expresión que se pintaba en el rostro del caballero, y por un instante creyó que de alguna manera había acertado a comprender la pregunta no formulada que subyacía a sus palabras.

¿A qué se debe que, cuando duermo, cuando entro en el bosque, oiga música en el viento?

—La música es una forma artística que entraña tanto la organización de los sonidos como del silencio, *madomaisèla* Léonie. Hoy la consideramos poco más que un entretenimiento, una diversión, un pasatiempo si quiere, pero en el fondo es mucho más. Piense en cambio en el saber, e imagine que se expresara en términos tonales, es decir, en una melodía, en una armonía, o en términos de ritmo, es decir, de tempo, de metro, e incluso en términos de la calidad del sonido, el timbre, la dinámica, la textura sonora. Dicho de manera muy sencilla, la música no es sino una respuesta personal a la vibración.

Ella asintió.

—Tengo entendido que en determinadas situaciones puede proporcionar un vínculo entre este mundo y el más allá. De modo que una persona pueda pasar de una dimensión a otra. ¿Le parece que puede haber algo de verdad en semejantes afirmaciones, monsieur Baillard?

—No existe ningún patrón que la mente humana pueda inventar y que no exista con anterioridad dentro de los límites de la naturaleza —precisó él—. Todo lo que hacemos, lo que escribimos, lo que anotamos, no es más que un eco de las costuras más profundas del universo. La música es el mundo invisible, pero hecho visible por medio del sonido.

Léonie sintió que le daba un vuelco el corazón. Se estaban aproximando al fondo del asunto que de veras le importaba. Tenía que ser valiente. En todo momento, lo supo entonces, había ido avanzando hacia ese instante, hacia el punto en el cual habría de decirle irremisiblemente que había encontrado el sepulcro oculto en el bosque, y que había llegado hasta allí guiada por la promesa de los arcanos secretos que contenía su libro. Un hombre como Audric Baillard lo entendería sin duda. Y sabría decirle lo que tanto ansiaba saber.

Léonie respiró hondo.

—¿Está usted familiarizado con el juego del tarot, monsieur Baillard?

No se le alteró la expresión del rostro, pero sí miró con mayor agudeza.

En efecto, casi como si se estuviera esperando esa pregunta.

—Dígame una cosa, *madomaisèla* —indagó él por fin—. ¿Su pregunta guarda relación con las cuestiones sobre las que hemos hablado anteriormente? ¿O no tiene nada que ver?

—Ambas cosas. —Léonie notó que se le ponían las mejillas coloradas—. Aunque lo cierto es que se lo pregunto porque... porque encontré un libro en la biblioteca. Estaba escrito de una manera muy anticuada, las propias palabras que se empleaban en él resultaban un tanto oscuras, y sin embargo había algo... —Hizo una pausa—. No estoy muy segura de haber adivinado el verdadero sentido que encierran.

—Siga, se lo ruego.

—Ese texto, que afirma ser un testimonio real, estaba... —calló, sin saber si realmente debía revelarle o no la autoría del texto.

Monsieur Baillard se ocupó de terminar el pensamiento que ella no había conseguido rematar.

—Escrito por su difunto señor tío —dijo él, sonriendo ante la cara de sorpresa que ella no pudo disimular—. Sé muy bien a qué libro se refiere.

—¿Lo ha leído?

Él asintió.

Léonie respiró aliviada.

—El autor, es decir, mi tío, hablaba de la música entretejida en la tela del mundo corpóreo. Nombraba ciertas notas musicales que, según dice, podrían servir para invocar a los espíritus. Y hablaba de que las cartas estaban asociadas tanto con la música como con el lugar en sí, de unas imágenes capaces de cobrar vida sólo durante el transcurso de esta... de esta comunicación entre ambos mundos. —Calló un momento—. Se mencionaba además una tumba que se encuentra dentro de las lindes de esta propiedad, y un suceso que una vez tuvo lugar en dicha tumba. —Levantó la cabeza—. ¿Tiene usted conocimiento de que eso haya sucedido alguna vez, monsieur Baillard?

La miró con ojos serios.

—Así es. Sí, así es.

Antes de embarcarse en esa conversación, su intención había sido ocultarle a él la realidad de la expedición que había hecho, pero bajo la sabiduría de sus ojos, que parecían escrutarla a fondo, se dio cuenta de que no iba a poder, y seguramente tampoco iba a querer disimular.

—Yo... yo la encontré —dijo ella—. Se encuentra en un paraje muy elevado, en el bosque, al este.

Léonie volvió el rostro, completamente arrebolado, hacia las ventanas abiertas. Ansió de pronto verse lejos de allí, al aire libre, lejos de las velas, de la conversación, del aire estancado del comedor, del calor reinante. Y entonces tuvo un estremecimiento, como si una sombra se hubiera colado tras ella.

—Yo también conozco ese lugar —dijo él. Calló, aguardó y añadió entonces—: Y algo me hace pensar que hay una pregunta que desea usted hacerme.

Léonie se volvió de nuevo de cara hacia él.

—Había una inscripción en el arco de entrada de la puerta del sepulcro.

La recitó lo mejor que supo; las palabras, ajenas a ella, le sonaron torpes en sus labios.

—«Aïci lo tems s'en va vers l'Eternitat».

Sonrió.

—Tiene usted una buena memoria, *madomaisèla.*

—¿Qué significa?

—El texto está ligeramente corrompido, pero en esencia significa esto: «Aquí, en este lugar, el tiempo se desplaza hacia la eternidad».

Por un instante se encontraron los ojos de ambos. Los de ella, vítreos, centelleantes como el champán que había bebido; los de él, firmes, tranquilos, sabios. Y le sonrió.

—Me recuerda usted muchísimo, *madomaisèla* Léonie, a una muchacha que conocí hace tiempo.

—¿Y qué fue de ella? —preguntó Léonie, momentáneamente distraída.

Él no dijo nada. Ella se dio cuenta de que estaba rememorando.

—Ah, ésa es una historia completamente distinta —continuó él con dulzura—. Es una historia que aún no está lista para que se cuente.

Léonie lo vio retraerse, envolverse en sus recuerdos. Su piel de pronto pareció transparente, las arrugas de su rostro fino, ahondarse, como si estuvieran labradas en piedra.

—Me estaba usted contando que encontró el sepulcro —dijo él—. ¿Llegó a entrar?

Léonie volvió mentalmente a aquella tarde.

—Sí.

—Así que también habrá leído la inscripción que hay en el suelo: «Fujhi, poudes; Escapa, non». ¿Y ahora ha descubierto que esas palabras la obsesionan?

A Léonie se le abrieron los ojos como platos.

—Sí, pero... ¿cómo es posible que lo sepa usted? Ni siquiera sé cuál es su significado, y sólo sé que se repiten sin fin en mis pensamientos.

Él hizo una pausa, y añadió entonces:

—Dígame, *madomaisèla:* ¿qué es lo que cree que encontró allí, en el interior del sepulcro?

—El lugar por el que rondan los espectros —se oyó decir sin haber querido decirlo, y supo que era verdad.

Baillard permaneció en silencio durante lo que pareció una eternidad.

—Antes me preguntó usted si creo en los espectros, en los fantasmas, da igual cómo se quieran llamar, *madomaisèla* —dijo al cabo—. Lo cierto es que hay espectros de muchos tipos distintos. Los que no hallan descanso porque han obrado mal, y que por tanto se ven obligados a buscar el perdón o la atrición o la expiación de sus pecados. También están aquellos a los que se ha causado un gran daño y que están condenados a caminar, a rondar, hasta que encuentren a un agente de la justicia que pueda defender su causa. —La miró—. ¿Buscó usted las cartas, *madomaisèla* Léonie?

Ella asintió y lamentó instantáneamente haberlo hecho, pues ese gesto bastó para que la sala comenzase a dar vueltas a su alrededor.

—Pero no las encontré. —Calló. De pronto se sintió fatal. Se le había revuelto el estómago como si estuviera a bordo de un barco con mar gruesa—. Todo lo que hallé fue una hoja de música, una partitura para piano.

Su voz sonó apagada, ahogada, esponjosa, como si estuviera hablando debajo del agua.

—¿La retiró de allí?

Léonie revivió el instante en que se metió en el bolsillo de la chaqueta de estambre la partitura, una vez escrito lo que escribió en el encabezamiento, a la vez que recorría la nave del sepulcro, y se vio salir de nuevo a la luz crepuscular del bosque. Y luego se volvió a ver en el acto de guardar la hoja entre las páginas de *Les tarots.*

—Sí —repuso, pero se le atragantó la palabra—. La tomé.

—Léonie, escúcheme bien. Usted es una mujer que tiene firmeza y mucha valentía. *Força e vertu,* buenas cualidades las dos cuando se emplean con sabiduría. Usted sabe cómo amar a los demás, y sabe hacerlo bien. —Miró al otro extremo de la mesa, donde estaba Anatole, y le brillaron los ojos, y miró a Isolde antes de dirigirse de nuevo a Léonie—. Temo que le aguarden grandes pruebas que deberá superar. Su amor, de hecho, será puesto a prueba. Se requerirá de usted que pase a la acción. Son los vivos los que tendrán necesidad de que les preste servicio, no los muertos. No regrese al sepulcro hasta que... y sólo si resulta absolutamente necesario que lo haga.

—Pero es que yo...

—Mi consejo, *madomaisèla,* es que devuelva *Les tarots* a la biblioteca. Olvide todo lo que ha leído. Es en múltiples sentidos un libro maravilloso, un libro que verdaderamente seduce, aunque ahora es preciso que se quite todo eso de la cabeza.

—Monsieur Baillard, verá, yo...

—Dijo usted que tal vez no haya entendido bien lo que dice el libro. —Hizo una pausa—. No es el caso, Léonie. Lo ha entendido usted muy bien.

Se sobresaltó al oírle llamar por su nombre, pero dijo lo que de todos modos iba a decir.

—Entonces, ¿es cierto? ¿Es verdad que las cartas sirven para invocar a los espíritus de los muertos?

Él no le contestó directamente.

—Si se reproduce el patrón exacto de sonido, de imagen y de lugar, eso es algo que, en efecto, puede suceder.

A ella le daba vueltas la cabeza. Deseaba hacerle un millar de preguntas, pero no hallaba las palabras precisas para formular la primera.

—Léonie —siguió él, y así la atrajo de nuevo hacia él—. Ahórrese la fuerza que tenga, guárdela para los vivos. Para su hermano. Para la esposa y el hijo de su hermano. Son ellos quienes la van a necesitar a usted.

¿Esposa? ¿Hijo?

La confianza que había depositado en monsieur Baillard se fue instantáneamente al garete.

—No, comete usted un error. Anatole no tiene...

En ese momento, oyó la voz de Isolde desde el otro extremo de la mesa.

—Señoras, por favor.

En el comedor de inmediato resonaron las sillas al deslizarse en el suelo de madera pulida, según los invitados iban levantándose de la mesa.

Léonie se puso en pie con dificultad. Los pliegues de su vestido de seda verde caían hasta el suelo, como si fueran de agua.

—No le entiendo, monsieur Baillard. Creí que sí, pero ahora me doy cuenta de que estaba equivocada. Confundida. —Calló unos momentos, y sólo entonces se dio cuenta de que estaba sumamente embriagada. El esfuerzo que le supuso el mero hecho de permanecer en pie le resultó de pronto abrumador. Alargó la mano para afianzarse en el respaldo de la silla.

—¿Y seguirá usted mi consejo?

—Haré todo lo que pueda, se lo aseguro —dijo ella con una sonrisa torcida. Sus pensamientos trazaban círculos sucesivos. Ya no recordaba qué palabras se habían pronunciado en voz alta, qué otras habían resonado solamente en el interior de su cabeza, en medio del desorden en que se encontraba.

—*Ben, ben.* Me tranquiliza saberlo de sus propios labios. Aunque... —de nuevo hizo una pausa, como si estuviera indeciso o no supiera si debía o no seguir hablando—. Si llega un momento en que tenga usted necesidad de que actúen las cartas, *madomaisèla,* entonces más le vale tener esto muy presente. Puede recurrir a mí. Llámeme. Y yo la ayudaré.

Asintió, y de nuevo toda la sala dio vueltas a grandísima velocidad.

—Monsieur Baillard —dijo ella—, aún no me ha dicho qué significa la segunda inscripción. La que hay en el suelo.

—¿«Fujhi, poudes; Escapa, non»?

—Esas palabras, exactamente.

Se le nubló la mirada.

—«Podrás huir, pero no escapar».

PARTE VI

Domaine de la Cade
Octubre de 2007

CAPÍTULO 44

∞

MARTES, 30 DE OCTUBRE

Meredith despertó a la mañana siguiente con la cabeza como un bombo tras haber dormido francamente mal. La combinación del vino con el susurro del viento en los árboles y sus enloquecidos sueños le había impedido descansar. No tenía ninguna gana de pensar en la noche. Espectros, visiones... Lo que pudiera significar todo ello.

Era necesario que siguiera estando concentrada. Había ido allí para cumplir un cometido: eso era todo lo que realmente debía preocuparle.

Meredith se plantó debajo del chorro de la ducha hasta que se enfrió el agua, se tomó un par de paracetamoles y luego bebió una botella de agua. Se secó el pelo con la toalla, se puso unos vaqueros cómodos y un jersey rojo, y bajó a desayunar. Un plato descomunal de huevos revueltos, beicon y pan, acompañado con cuatro tazas de buen café francés, fuerte y dulce al mismo tiempo, y volvió a sentirse como un ser humano.

Comprobó que llevaba en el bolso todo lo necesario —teléfono, cámara, cuaderno, bolígrafo, gafas de sol y un mapa de la región— y acudió al vestíbulo a reunirse con Hal. Se encontró con una larga cola ante el mostrador de recepción. Una pareja de españoles se quejaban por tener demasiadas pocas toallas en su habitación; un hombre de negocios, francés, ponía en duda los cargos adicionales que se había encontrado en la cuenta; junto al puesto del conserje, una montaña de equipaje esperaba a ser transportada hasta el autobús de un grupo de ingleses que seguían viaje a Andorra.

La mujer que estaba en el mostrador parecía a punto de perder los nervios. Y no había ni rastro de Hal.

Meredith estaba preparada para afrontar la posibilidad de que no se presentase. A la fría luz del día, sin esa valentía que proporciona el alcohol, podría haber lamentado aquel impulso que le llevó a proponer a una desconocida que salieran juntos. Al mismo tiempo, en cierto modo tenía la esperanza de que acudiera a la cita. No era nada del otro mundo; era más bien un asunto en clave menor, y no le causaría una terrible decepción que le diera plantón; al mismo tiempo, notaba las mariposas en la boca del estómago.

Se entretuvo mirando las fotografías y los cuadros colgados de las paredes en el vestíbulo. Eran cuadros al óleo normales y corrientes, de los que suelen verse en cualquier hotel de campo. Paisajes rurales, torres envueltas por la bruma, pastores y rebaños, montes, nada que realmente le llamara la atención. Las fotografías eran mucho más interesantes, claramente elegidas para reforzar el ambiente finisecular que se palpaba en el hotel. Eran retratos enmarcados en tonos sepia, castaños y grises. Mujeres con una expresión de enorme seriedad, las cinturas muy ceñidas, las faldas voluminosas, el cabello recogido en lo alto de la cabeza. Hombres de barba y bigote poblados, en poses sumamente formales, muy erguidos, bien plantados, mirando atentamente a la cámara.

Meredith recorrió despacio las paredes con la mirada, tratando de hacerse más bien una impresión general, sin reparar en los detalles específicos de cada instantánea, hasta que dio con un retrato casi del todo escondido en la curva de la escalera, justo encima del piano que ya había visto la noche anterior. Era una composición formal en sepia y blanco, cuyo marco, de madera negra, tenía las esquinas desportilladas.

Era la plaza de Rennes-les-Bains. Se acercó un paso más. En el centro de la fotografía, en una adornada silla de metal, aparecía sentado un hombre de bigote negro, el cabello negro también y peinado hacia atrás, con el sombrero de copa y el bastón en equilibrio entre las rodillas. Tras él, a su izquierda, aparecía una mujer hermosa, etérea, esbelta y elegante, con una chaqueta oscura de buen corte y una falda larga. El velo negro a media altura que le cubría la cara lo tenía del todo levantado y sujeto en el ala del sombrero, por lo que se le veía el cabello claro, recogido en un moño muy alambicado. Sus dedos delgados, envueltos en seda negra, descansaban posados levemente sobre el hombro del caballero. Al otro lado aparecía una muchacha, una mujer todavía joven, con el cabello rizado y recogido bajo un sombrero de fieltro, vestida con una chaqueta de cazadora, con botones de latón y borde oscuro de terciopelo.

Meredith entornó los ojos. Había algo en la mirada directa y osada de la muchacha, algo que la atrajo, y que desencadenó un eco en su memoria. ¿Una sombra de otra fotografía semejante? ¿Un cuadro? ¿Las cartas quizá? Apartó el pesado taburete del piano a un lado y se inclinó para examinar la foto con más detalle a la vez que se estrujaba el cerebro, aunque su memoria, con terquedad, se negó a dar ningún resultado. La muchacha era de una belleza deslumbrante, tenía un cabello cobrizo y hermosísimo, abundante, el mentón firme y unos ojos capaces de mirar realmente al corazón de la cámara.

Meredith volvió a mirar al hombre del centro. Percibió un evidente parecido de familia. ¿Tal vez un hermano y su hermana? Tenían las mismas pestañas largas, la misma concentración en la mirada resuelta, la misma inclinación de la cabeza. La otra mujer parecía en cierto modo mucho menos definida. Su tez, su cabello pálido, ese leve aire de no tener nada que ver con todo aquello. Pese a la proximidad física que tenía con los demás, parecía de alguna manera falta de sustancia. Como si estuviera allí, pero no estuviera allí del todo. Como si, en ese preciso instante, pudiera desaparecer sin que nadie la viera. «Como la Mélisande de Debussy», pensó Meredith, daba toda la impresión de sugerir que pertenecía a otro momento y a otro lugar, y parecía a un tiempo afectuosa y distante.

Meredith tuvo la sensación de que algo se cerraba en su corazón. Era la misma expresión que recordaba haber visto cuando, de pequeña, miraba a los ojos a su madre biológica.

A veces, su madre tenía un rostro melancólico, aunque afable. Otras veces estaba desfigurado por la ira. Pero siempre, en los días buenos y en los malos, mostraba ese mismo aire de distracción, de tener la cabeza en otro sitio, de no concentrarse o de concentrarse quizá en otro lugar, no allí en donde estaba, como si estuviera pendiente de personas que nadie, salvo ella, podía ver, y de palabras que nadie, salvo ella, acertaba a oír.

Basta ya de todo esto.

Resuelta a no dejarse vencer por los malos recuerdos, Meredith alargó la mano y descolgó la fotografía de la pared, luego la escrutó como si buscara alguna confirmación de que aquello era Rennes-les-Bains, o alguna fecha, o alguna señal que la identificase.

El papel encerado, marrón, se estaba despegando del marco, pero las palabras impresas al dorso, con mayúsculas, aún se leían con toda claridad. RENNES-LES-BAINS, OCTUBRE DE 1891, y acto seguido el nombre del estudio donde se había revelado la foto, ÉDITIONS BOUSQUET. La curiosidad desplazó de su mente cualquier emoción incómoda.

Debajo aparecían tres nombres: MADEMOISELLE LÉONIE VERNIER, MONSIEUR ANATOLE VERNIER, MADAME ISOLDE LASCOMBE.

Meredith sintió que se le erizaba el vello de la nuca, y recordó la tumba que había visto en el extremo del cementerio de Rennes-les-Bains: FAMILLE LASCOMBE-BOUSQUET. En la fotografía que había descolgado de la pared esos dos apellidos volvían a aparecer unidos.

Tuvo la certeza de que los dos jóvenes eran los Vernier, hermano y hermana, con seguridad, más que marido y mujer, habida cuenta de las similitudes físicas existentes entre los dos. La otra mujer, de mayor edad, tenía el aire de alguien que hubiera vivido más y hubiera visto más cosas. Como si hubiera llevado una existencia menos protegida. Allí de pie, perdida en las sombras blancas y negras del pasado, se dio cuenta de que a los Vernier ya los había visto con anterioridad.

Una instantánea de un momento en París, mientras pagaba la cuenta en Le Petit Chablisien, en una de las calles en las que había vivido Debussy. El compositor miraba desde el marco, con su rostro saturnal e insatisfecho. A su lado, entre sus vecinos, en la misma pared del restaurante, había visto a ese mismo hombre, a esa misma muchacha, tan llamativa, aunque acompañados por una mujer diferente.

Meredith se castigó mentalmente por no haber prestado más atención en aquel momento. Por un instante pensó incluso en llamar al restaurante para preguntar si disponían de más información acerca del retrato de familia que tan ostentosamente tenían colgado en la pared. Sólo de pensar en tener que mantener esa clase de conversación en francés y por teléfono, desestimó la idea.

Meredith siguió mirando a fondo la fotografía. Mentalmente, era como si el otro retrato titilase detrás de éste, como si se superpusiera, las sombras de aquella muchacha y de aquel muchacho, de las personas que habían sido y que eran en el otro. Por un instante supo, o creyó saber, que las historias que había estado rastreando pudieran estar entrelazadas, aunque no entendía cómo, y menos aún, por el momento, por qué.

Colgó el marco en la pared, aunque pensó que más adelante podría llevárselo prestado y subir a su habitación para compararlo con las cartas del tarot. Al colocar de nuevo en su sitio el pesado taburete del piano, se dio cuenta de que la tapa estaba levantada. Las teclas de marfil se veían amarillentas, con los bordes ligeramente mellados, como los dientes de un anciano. «De finales del siglo XIX», calculó. Un Bluthner de media cola. Pulsó un do de la escala intermedia. La nota se propagó con claridad, sonora en un espacio a fin de cuentas privado. Miró en derredor sintiéndose culpable, pero nadie le estaba prestando la menor atención. Todos se hallaban demasiado inmersos en sus propios asuntos. Aún de pie, como si el hecho de sentarse hubiera sido comprometerse con algo, Meredith tocó la escala de la menor. En las teclas de la mano izquierda el afinamiento dejaba algo que desear, un tanto grave en dos de las octavas. Probó el arpegio con la derecha.

El frío de las teclas en las yemas de los dedos le agradó.

Fue como si estuviera donde tenía que estar.

El taburete era de caoba oscura, con las patas talladas y un cojín mullido, de terciopelo rojo, sujeto por una hilera de tachuelas de latón. Para Meredith, fisgar en las colecciones musicales de otras personas era algo tan interesante como pasar los dedos por los lomos de los libros de un amigo, aprovechando que éste hubiera salido un momento de la habitación. Las bisagras de latón crujieron cuando abrió la tapa, liberando el inequívoco aroma a madera, a música, a mina de lápiz de plomo.

Encontró en el interior del taburete una pila bien ordenada de libros y de hojas de música sueltas. Meredith la repasó despacio, sonriendo cuando encontró las partituras de Debussy para el *Clair de lune* y *La cathédrale engloutie,* en sus inconfundibles fundas amarillas, muy claras, de las ediciones de Durand. Las colecciones de sobra conocidas, las sonatas de Beethoven y de Mozart, así como *El clavecín bien temperado,* de Bach, volúmenes primero y segundo. Clásicos europeos, ejercicios, una breve partitura de música para piano, un par de vistosas melodías de Offenbach, de *La vie parisienne* y *Gigi.*

—Adelante, no te prives —dijo una voz a su espalda—. No me importa si tengo que esperar.

—¡Hal!

Dejó que se cerrase la tapa del taburete con un gesto de culpabilidad, y se volvió para encontrarse con un rostro sonriente. Tenía mejor aspecto que la noche anterior: estaba incluso guapo. Las arrugas de preocupación, de tristeza y desamparo habían desaparecido de sus ojos y no estaba tan pálido.

—Pareces sorprendida —dijo él—. ¿O acaso pensabas que te iba a dar plantón?

—No, no. Ni mucho menos —calló y sonrió—. Bueno, sí, a lo mejor sí lo he pensado. Sí, se me ha pasado por la cabeza la posibilidad.

Él extendió los brazos.

—Pues ya lo ves, aquí me tienes: presentable y listo para empezar.

Permanecieron los dos un tanto incómodos hasta que Hal se apoyó en el taburete del piano y la besó en la mejilla.

—Perdona la tardanza —y señaló el piano—. ¿Estás segura de que no quieres...?

—Segurísima —le interrumpió Meredith—. A lo mejor, más tarde... Bueno, pues en marcha.

Atravesaron juntos las baldosas ajedrezadas del vestíbulo, Meredith demasiado consciente de la distancia que mediaba entre ellos, y pendiente del olor a jabón y a *aftershave* que desprendía él.

—¿Sabes al menos por dónde quieres empezar a buscarla?

—¿A quién? —preguntó ella al punto.

—A Lilly Debussy —contestó él, con aire de estar sinceramente sorprendido—. Oye, perdona, pero... ¿no es eso lo que dijiste que deseabas hacer esta mañana, es decir, un poco de investigación?

Ella se sonrojó.

—Sí, desde luego. Por supuesto.

Meredith experimentó de repente un gran alivio, seguido de cierta vergüenza. No deseaba explicar la otra razón que le había llevado a estar en Rennes-les-Bains, la verdadera razón, más bien, pues le parecía demasiado personal. Sin embargo, era evidente que él no tenía ni idea de lo que estaba pensando ella en el momento en que llegó. Leer los pensamientos ajenos no era su especialidad.

—Pues allá vamos: tras los pasos de la primera esposa de Debussy —dijo ella al punto—. Si Lilly estuvo alguna vez aquí, estoy resuelta a averiguarlo. El cómo y el porqué.

Hal sonrió.

—¿Vamos en mi coche? Será un placer llevarte a donde quieras ir.

Meredith se lo pensó. De ese modo tendría más libertad para tomar notas y para mirar las cosas con detenimiento, así como para consultar el mapa.

—Claro, es una gran idea.

Pero según salían por la puerta del hotel y bajaban las escaleras, Meredith tuvo conciencia de los ojos de la muchacha de la fotografía, como si la mirase por la espalda. Tal vez fueran los mismos ojos verdes que figuraban en su carta del tarot, en la que tenía en su habitación.

La Fuerza.

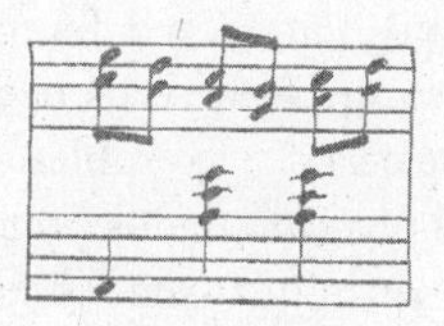

CAPÍTULO 45

∞

La avenida de entrada al hotel y los terrenos de la finca tenían un aspecto muy distinto a plena luz del día.

El sol de octubre inundaba los jardines y lo bruñía todo con una luz intensa y dorada. Meredith captó el olor de las hogueras de leña húmeda y el perfume del otoño a la vez que veía por la ventana entreabierta cómo el sol arrancaba brillos a las hojas mojadas. Poco más adelante, una luz más moteada se proyectaba sobre los arbustos, de un verde tan oscuro como el del alto seto del fondo. Todo se hallaba perfilado como si fuera en oro y plata.

—Voy a tomar el camino campo a través para llegar a Rennes-le-Château. Es mucho más rápido que la ruta que pasa por Couiza.

La estrecha carretera era una sucesión de curvas pronunciadas que parecían doblarse sobre sí mismas a medida que ascendían por unas laderas arboladas. El verde de la vegetación iba adquiriendo todos los tonos, e igual que el marrón daba todos los matices posibles, también parecía estar presente toda la gama de los carmesíes, los cobres, los oros y los ocres, y los robles estaban de un amarillo intenso, sin descontar el plateado de los avellanos y los álamos. En tierra, bajo los pinos, se veían unas piñas enormes, como si alguien las hubiera dejado allí para marcar la senda.

Tras una última curva en la carretera, de pronto salieron del bosque y se encontraron en la amplitud de los páramos y los pastos.

Meredith notó que su corazón se expandía ante la anchura de la panorámica que se abría ante ella.

—Qué maravilla. Es de una belleza asombrosa.

—Me he acordado de algo que creo que te va a interesar de verdad —dijo Hal. Ella percibió que lo decía con una gran sonrisa—. Cuando le dije a mi tío que esta mañana iba a salir, y además le expliqué el porqué, me recordó que hay quien dice que en efecto existe una estrecha conexión entre Debussy y Rennes-le-Château. La verdad es que estuvo más solícito que nunca.

Meredith se volvió para mirarlo de frente.

—¿Estás de broma?

—¿Puedo dar por hecho que conoces ya los datos elementales de todos estos parajes?

Ella negó con un gesto.

—No, no lo creo...

—Estamos en el pueblo que desencadenó todas las historias que se han contado sobre la Santa Sangre y el Santo Grial, ¿de acuerdo? ¿Conoces *El código Da Vinci*? ¿El legado de los templarios? ¿Te suena algo de todo eso? ¿Si hablo de la descendencia consanguínea de Cristo, sabes a qué me refiero? Todo eso ha nacido aquí en gran medida...

Meredith hizo una mueca.

—Lo lamento. A mí me va mucho más todo lo que sea... no ficción, es decir, biografía, historia, teoría, ya sabes, esas cosas. La verdad.

Hal rió.

—Entendido. Pues allá va un breve resumen. La historia cuenta que María Magdalena estuvo en realidad casada con Jesucristo, y que además tuvo hijos con él. Después de la crucifixión, ella se dio a la fuga y al parecer llegó, según algunos, a Francia. Marsella y muchos otros puntos de la costa del Mediterráneo afirman ser el lugar exacto en que desembarcó en su huida. Bien. Demos un salto de casi mil novecientos años, hasta 1891, que es cuando presuntamente el sacerdote de Rennes-le-Château, Bérenger Saunière, encontró una serie de pergaminos en los que se demuestra que este linaje descendiente de Cristo existió de veras y se remonta desde la actualidad hasta el siglo I después de Cristo.

Meredith se quedó helada.

—¿Has dicho 1891?

Hal asintió.

—Correcto. Ése es el año en que Saunière acometió un fenomenal proyecto de restauración que iba a durar muchos años. Empezó por la iglesia, pero siguió por los jardines, el cementerio, la casa, todo. —Calló. Meredith notó que la miraba de reojo—. Oye, ¿sucede algo? —preguntó—. ¿Te encuentras bien?

Ella bajó la mirada y se encontró con que había cerrado los puños y los apretaba con fuerza casi a su pesar.

—Claro —dijo ella enseguida—. Perdona. Continúa.

—Los pergaminos en los que se demuestra ese linaje se encontraban al parecer ocultos dentro de una columna visigótica, periodo al que se remonta la historia. La mayoría de los lugareños piensa que todo fue una añagaza de principio a fin. Los datos históricos de la época de Saunière no hacen mención de ningún gran misterio asociado a Rennes-le-Château, salvo, y es curioso, un tremendo incremento de todos los bienes materiales que rodeaban al tal Saunière.

—¿Quieres decir que se hizo rico?

Hal asintió.

—La jerarquía eclesiástica lo acusó de simonía, es decir, de vender misas a cambio de dinero. Sus parroquianos fueron más caritativos a la hora de acusarle. Creyeron que había descubierto una porción importante del tesoro de los visigodos y no se lo echaron en cara, sobre todo teniendo en cuenta que gran parte de sus ganancias las dedicó a la iglesia y a los parroquianos.

—¿Cuándo murió Saunière? —preguntó ella, recordando las fechas que figuraban en el memorial en honor de Henri Boudet, en la iglesia de Rennes-les-Bains.

Hal la miró con sus ojos azules.

—En 1917 —dijo—, y se lo dejó todo a su ama de llaves, Marie Denarnaud. Hasta finales de los años setenta del pasado siglo no salieron a la luz todas las teorías sobre la conspiración religiosa.

También tomó buena nota de esa información. El nombre de Denarnaud había aparecido varias veces en el cementerio.

—¿Qué piensa tu tío de todas esas historias?

A Hal se le nubló el semblante.

—Que siempre es bueno para el negocio —dijo él, y guardó silencio.

Como era evidente que no existía ni pizca de aprecio entre su tío y él, Meredith se preguntó por qué razón permanecía Hal en la región después de haberse celebrado el funeral. Le bastó con mirarle a la cara para sospechar que no le agradaría la pregunta, de modo que lo dejó pasar.

—¿Y Debussy? —preguntó al final.

Hal pareció poner sus pensamientos en orden.

—Perdona, tienes razón. Se supone que existía una sociedad secreta cuyos miembros actuaban como guardianes de los pergaminos y de todo aquello que Saunière pudo haber encontrado, o quizá no, en la columna visigótica. Es una organización que presuntamente tuvo miembros e incluso dirigentes muy famosos, figuras emblemáticas si quieres. Por ejemplo, Newton. O Leonardo da Vinci. Y el propio Debussy.

Meredith se quedó tan perpleja que sólo supo echarse a reír.

—Lo sé, lo sé —dijo Hal, y esbozó una generosa sonrisa—, pero piensa que me limito a contarte la historia tal como me la contó mi tío.

—Es una locura, no tiene ni pies ni cabeza. Debussy vivió por y para su música. Y no era una persona muy sociable que digamos. Le gustaba la privacidad, fue siempre muy leal a un reducido grupo de amigos. Pensar que fuera miembro de una sociedad secreta... ¡Es una locura, te lo aseguro! —Se secó el ojo con la manga—. ¿Qué pruebas existen para respaldar una teoría tan extravagante?

Hal se encogió de hombros.

—Saunière recibió a muchos parisinos de notoriedad en Rennes-le-Château en los años del cambio de siglo, y eso también alimentó las teorías de la conspiración. Jefes de Estado, cantantes... Una persona llamada Emma Calvé. ¿Te suena de algo?

Meredith se paró a pensar.

—Era una soprano francesa, más o menos de esa época, pero estoy bastante segura de que nunca interpretó un papel importante en ninguna obra de Debussy. —Sacó el cuaderno y anotó el nombre—. Lo comprobaré.

—¿Tú crees que podría encajar?

—Cualquier teoría se puede confeccionar de manera que encaje. Basta con que te lo propongas en serio. Pero no por eso será verdad.

—Habló la erudita.

Meredith notó el tono de sorna en su voz y le agradó.

—No, lo dice una persona que se ha pasado media vida en una biblioteca. La vida real nunca es así de sencilla. Suele ser una maraña. Las cosas se superponen, los hechos se contradicen. Encuentras una prueba y crees que todo va sobre ruedas, que lo has clavado. Acto seguido, sin querer, te encuentras con otra cosa que lo pone todo del revés.

Siguieron viaje en silencio, pero relajados, contentos, encerrados cada uno en sus propios pensamientos.

Atravesaron una granja con grandes terrenos y salvaron una loma. Meredith reparó en que, del otro lado, el paisaje era un tanto distinto, menos verde, más rocoso, con peñascos como dientes que parecían salir de la tierra, de un tono rojizo, como si una serie de violentos terremotos hubieran empujado a la superficie el mundo oculto del interior. El terreno presentaba cicatrices, heridas en la piel de la tierra. Era un entorno menos acogedor, más imponente.

—Una se da cuenta —dijo ella al rato— de lo poco que, en lo esencial, ha cambiado el paisaje. Basta con despejar los coches y los edificios de la ecuación y te encuentras con los montes, los desfiladeros, los valles que llevan ahí, exactamente así, desde hace decenas de miles de años.

Notó que aumentaba su atención. Tuvo una intensa conciencia de la suavidad con que ascendía y descendía la respiración de él en aquel espacio tan reducido.

—Ayer por la noche no pude darme cuenta. Todo parecía demasiado pequeño, demasiado insignificante, para haber sido el centro de nada. Ahora, en cambio... —Meredith no siguió—. Aquí arriba, la mera escala de las cosas es completamente distinta. Aquí parece más verosímil, sin duda, que Saunière pudiera haber encontrado algo de verdadero valor. —Calló un instante—. No digo que lo encontrase, ni tampoco lo niego. Sólo afirmo que da cierto fundamento a la teoría.

—Rhedae, nombre antiguo de Rennes-le-Château, se encontraba en pleno centro del imperio visigodo del sur. Siglos V, VI y VII —dijo él, y la miró de reojo antes de volver a concentrarse en la carretera—. Pero... desde tu punto de vista profesional —continuó—, ¿no te parece que es demasiado tiempo para que algo haya permanecido sin descubrirse? Si hubiera algo genuino por encontrar, ya fuera visigótico, ya fuera incluso anterior, digamos que de la época de los romanos, ¿no te parece que lo lógico es que hubiera salido a la luz mucho antes de 1891?

—No, no necesariamente —replicó ella—. Piensa en los rollos del mar Muerto. A veces es sorprendente cómo unas cosas aparecen y otras permanecen ocultas durante miles de años. Según la guía, quedan unos restos de una torre vigía de los visigodos en la cercana aldea de Fa, y hay cruces visigodas en el cementerio de Cassaignes, y ambas han sido descubiertas muy recientemente.

—¿Cruces? —dijo Hal—. ¿Seguro que eran cristianos? Yo no estaría tan seguro, o al menos no me parece que sea del todo así.

Meredith asintió.

—Sí, es extraño, ¿eh? Lo más interesante es que era costumbre de los visigodos enterrar a sus reyes y a sus nobles con sus tesoros, en tumbas ocultas, y no en un cementerio cercano al edificio de una iglesia. Espadas, hebillas, joyas, fíbulas, copas, cruces, lo que quieras. Lógicamente, esto trajo consigo los mismos problemas que en el Antiguo Egipto.

—Es decir, que era necesario inventar una forma de disuadir a los posibles ladrones y profanadores.

—Exacto. Por eso los visigodos idearon una forma de construir cámaras secretas por debajo del lecho del río. La técnica consistía en represar el río y desviar su curso provisionalmente, mientras se procedía a excavar y preparar lo que iba a ser una cámara funeraria. Cuando el rey, o el guerrero, o quien fuera, se hallaba a salvo con todo su tesoro, se procedía al sellado de la cámara, que se camuflaba con barro, arena, gravilla o lo que fuera, y se demolía la presa. El caudal del río volvía a fluir por donde siempre y el rey y su tesoro quedaban escondidos para toda la eternidad.

Meredith se volvió hacia Hal, pero se dio cuenta de que había vuelto a retraerse. Tuvo la sensación de que sus palabras habían desencadenado algunos pensamientos en torno a otra cosa distinta. No supo en qué podía consistir. Incluso teniendo en cuenta todo lo que había tenido que sufrir en las últimas semanas, y en particular el día anterior, parecía capaz de pasar de ser abierto y relajado a parecer, en sólo un instante, alguien que lleva sobre los hombros el peso del mundo.

¿O tal vez es que le gustaría estar en otra parte?

Meredith siguió mirando al frente por el parabrisas. Si tenía ganas de confiar en ella, lo haría: no tenía ningún sentido acuciarle.

Siguieron ascendiendo por la carretera hasta que Hal trazó una última curva de ciento ochenta grados.

—Hemos llegado —dijo él.

CAPÍTULO 46

∞

Rennes-le-Château

Meredith entornó los ojos para ver mejor a través del parabrisas a la vez que Hal arrimaba el coche a la cuneta después de haber trazado la última curva de la carretera.

Situada en lo alto de una vertiginosa ladera, por encima de donde se encontraban, había un conjunto de casas y edificios de otro tipo. Un rótulo de madera pintado daba la bienvenida a Rennes-le-Château.

Son site, ses mystères.

Unas flores blancas y otras de color púrpura asomaban por encima de un seto, en la misma orilla de la carretera. Había otras flores enormes, que parecían jacintos de un tamaño exagerado.

—En primavera está todo salpicado de amapolas —señaló Hal siguiendo la línea hacia la que miraba ella—. Es algo digno de verse.

Dos minutos después aparcaron en un solar polvoriento con vistas a todo el tramo sur de la Haute Vallée, y salieron del coche.

Meredith contempló el paisaje de las montañas y los valles abajo, y se volvió entonces a mirar el pueblo.

Inmediatamente tras ellos había una torre circular, un depósito de agua que se encontraba en el centro del polvoriento aparcamiento. Un reloj de sol cuadrado, pintado en la curva que miraba al sur, señalaba los solsticios de invierno y de verano.

En lo alto tenía una inscrición. Ella hizo pantalla con la mano para leerla mejor.

Aïci lo tems s'en
va vers l'Eternitat.

Meredith tomó una fotografía.

En uno de los bordes del aparcamiento había un mapa montado sobre un tablero enmarcado. Hal saltó al murete y comenzó a indicarle diversos puntos, poniendo nombre a lo que ella estaba viendo: las cumbres de Bugarach, Soularac y Bézu, el pueblo de Quillan hacia el sur, Espéraza al suroeste, Arques y Rennes-les-Bains al este.

Meredith respiró hondo. El cielo inabarcable, el perfil de las cumbres más allá, el perfil aserrado que formaban en primer plano las copas de los abetos, las flores de montaña que nacían junto a la carretera, la torre a cierta distancia... Era sobrecogedor; recordaba mucho al paisaje que había visto en la carta de «la Fille d'Épées». Las cartas podrían muy bien haberse pintado pensando en ese paisaje.

—Aquí dice —leyó Hal, y le hizo una seña para que se acercase a él— que en un día despejado de verano es posible ver nada menos que veintidós pueblos desde este punto.

Sonrió, bajó de un salto y señaló un sendero de gravilla que se alejaba desde el aparcamiento.

—Si mal no recuerdo, la iglesia y el museo están por allí.

—¿Qué es aquello? —preguntó Meredith, mirando una torre no muy alta, de aspecto sólido, almenada, que dominaba todo el valle.

—La torre Magdala —respondió, siguiendo la dirección de su mirada—. Saunière construyó el belvedere, el mirador de piedra que hay en el flanco sur de sus jardines y que tiene unas vistas realmente increíbles. Lo hizo justo al final del plan de reconstrucción, en 1898 o 1899. La torre estaba destinada a albergar su biblioteca.

—Pero su colección original ya no se encuentra en ella, ¿verdad?

—Lo dudo mucho —dijo él—. Sospecho que han hecho lo mismo que hizo mi padre en el Domaine de la Cade, es decir, poner unos cuantos volúmenes de imitación más que nada para dar ambiente. Me acuerdo que me llamó y estaba encantado cuando logró comprar todo un cargamento de libros de viejo en un *vide-grenier* de Quillan. —Meredith frunció el ceño—. Una venta de segunda mano —explicó Hal.

—Entiendo —sonrió ella—. Entonces, ¿eso quiere decir que tu padre estuvo bastante involucrado en el día a día del hotel? ¿Vivía allí mismo?

De nuevo, a Hal se le nubló el semblante de una forma llamativa.

—Mi padre era quien tenía el dinero. Venía de vez en cuando desde Inglaterra. Todo esto fue siempre un proyecto de mi tío. Él encontró el lugar, él convenció a mi padre para que adelantase el dinero, él supervisó las obras de remodelación, él tomó todas las decisiones. —Hizo una pausa—. Hasta este año, claro está. Mi padre se jubiló y cambiaron las cosas. Lo cierto es que cambiaron a mejor. Empezó a relajarse, aprendió a disfrutar de las cosas. Vino unas cuantas veces en enero y febrero y decidió finalmente instalarse aquí en mayo.

—¿Y eso cómo le sentó a tu tío?

Hal se metió las manos en los bolsillos y bajó la vista al suelo.

—No estoy muy seguro.

—¿Tuvo siempre la intención de marcharse a Francia cuando se jubilara?

—La verdad es que no lo sé —contestó él. Meredith percibió una mezcla de amargura y de confusión en su voz, y sintió una repentina simpatía por él.

—Quieres tratar de saber con precisión cómo fueron los últimos meses de tu padre —le dijo con dulzura, pues lo entendía perfectamente.

Hal levantó la cabeza.

—Exacto. No es que tuviéramos una gran proximidad el uno con el otro, claro. Mi madre murió cuando yo tenía ocho años y él me mandó a un internado. Incluso cuando pasaba las vacaciones en casa, mi padre trabajaba a todas horas. Yo ni siquiera diría que llegáramos a conocernos el uno al otro. —Calló unos instantes—, pero en estos últimos dos años sí empezamos a vernos con más frecuencia. Tengo la sensación de que es algo que le debo.

Al percibir que Hal tenía una clara necesidad de ir a su propio paso, Meredith no le apremió para que explicara qué había querido decir con eso. En cambio, optó por hacerle una pregunta perfectamente inocua.

—¿A qué clase de negocio se dedicaba... antes de jubilarse?

—Banca. Inversiones. Igual que yo. Con una singular falta de imaginación, seguí sus pasos e incluso empecé a trabajar para la misma empresa que él en cuanto terminé mis estudios en la universidad.

—¿Otra de las razones para abandonar tu trabajo? —le preguntó ella—. ¿Vas a heredar la parte que tenía tu padre en el Domaine de la Cade?

—Eso más que una razón ha sido una excusa. —Hizo una pausa—. Mi tío pretende comprarme mi parte. No lo ha dicho con esas palabras, pero es lo que sin duda le gustaría. Yo en cambio tiendo a pensar que a mi padre quizá le habría gustado que yo me implicara, que siguiera exactamente en el punto en que él lo dejó.

—¿Nunca lo hablaste con él?

—No. No parecía que tuviéramos ninguna prisa, claro. —Se volvió hacia Meredith—. No sé si me explico...

Ella asintió.

Habían ido caminando despacio mientras charlaban, y ahora se encontraban ante una elegante villa que daba directamente a una calle estrecha. Enfrente había un jardín muy cuidado, muy hermoso, con un amplio estanque de piedra y un café al fondo. Las persianas de madera estaban cerradas.

—La primera vez que vine aquí fue con mi padre —dijo Hal—, hace unos dieciséis o diecisiete años. Fue mucho antes de que mi tío y él pensaran en montar un negocio juntos.

Meredith sonrió para sus adentros, y entendió por qué sabía Hal tantas cosas de Rennes-le-Château cuando en cambio apenas conocía nada del resto de la región. El lugar era especial para él debido al lazo de unión que tenía con su padre.

—Ahora está todo reconstruido, de arriba abajo, pero en aquel entonces estaba completamente abandonado. La iglesia se abría tan sólo durante un par de horas al día y la vigilaba una aterradora guardiana que vestía toda de negro y que a mí me daba unos sustos de muerte. Villa Béthania, esa de ahí —señaló una impresionante mansión junto a la cual se encontraban—, la construyó Saunière para alojar a sus invitados, no para tenerla como residencia. Cuando vine con mi padre, estaba abierta al público, pero por pura casualidad. Uno entraba en una de las habitaciones y se encontraba con una figura de cera que representaba a Saunière sentado en la cama.

Meredith hizo una mueca.

—Suena espeluznante.

—Todos los papeles y los documentos estaban metidos en vitrinas que no tenían llave, expuestos a la humedad, en las habitaciones sin calefacción que hay debajo del belvedere.

Meredith sonrió.

—La pesadilla de un archivero —dijo.

Él indicó con un gesto la verja que separaba el sendero de los jardines.

—Ahora, como bien se ve, el lugar se ha convertido en una gran atracción para el turismo. El propio cementerio, donde está enterrado Saunière junto a su ama de llaves, se cerró al público en diciembre de 2004, cuando empezó la moda de *El código Da Vinci* y el número de visitantes que venían a Rennes-le-Château literalmente se disparó. Está por aquí, ven.

Caminaron en silencio hasta llegar a unos altos portones de metal que protegían el camposanto.

Meredith ladeó la cabeza para leer una inscripción de cerámica que colgaba por el otro lado de la verja cerrada.

—*Memento homo quia pulvis es et in pulverem reverteris.*

—¿Traducido? —preguntó Hal.

—Polvo al polvo —dijo ella. Tuvo un estremecimiento. Algo había en aquel lugar que le producía una sensación incómoda. Algo tristón en el aire, la sensación de vigilancia pese a estar las calles desiertas. Sacó el cuaderno y copió la inscripción en latín.

—¿Tú lo apuntas todo?

—Desde luego. Son gajes del oficio, me parece.

Le sonrió y captó la sonrisa con que él quiso contestar.

Meredith se alegró de dejar atrás el cementerio. Siguió a Hal cuando éste pasó por delante de un calvario de piedra, y luego cuando dobló por otro estrecho sendero para salir a una pequeña estatua dedicada a Nuestra Señora de Lourdes, que se hallaba protegida por una verja de hierro forjado.

En la base del adornado pilar de piedra se leían las palabras PÉNITENCE, PÉNITENCE y MISSION, 1891.

Meredith se quedó mirando. Era como si empezara a ser imposible escapar de ello. La misma fecha salía a relucir una y otra vez.

—Al parecer, ésta es la auténtica columna visigótica dentro de la cual aparecieron los pergaminos —dijo Hal.

—¿Está hueca?

Él se encogió de hombros.

—No lo sé.

—Es una locura que la hayan dejado ahí a la intemperie —añadió Meredith—. Si éste lugar es una especie de imán para los partidarios de la teoría de la conspiración y para los buscadores de tesoros, lo lógico sería que a las autoridades les preocupara la posibilidad de que alguien se la pudiera llevar.

Meredith miró con atención los ojos benévolos y los labios silenciosos de la estatua colocada encima de la columna. Mientras observaba sus rasgos de piedra, al principio de manera imperceptible, luego con más profundidad y más insistencia, vio que aparecían en la superficie marcas producidas por arañazos, rasguños. Eran incisiones que parecían haberse producido al arañar alguien la superficie con un cincel.

¿Qué demonios...?

Sin fiarse de la evidencia que tenía ante sus propios ojos, alargó la mano y tocó la piedra, acariciándola.

—¿Meredith? —dijo Hal.

La superficie estaba lisa. Rápidamente retiró los dedos como si le hubiesen quemado. Nada. Se miró las palmas de las manos como si contase con ver alguna clase de huella, pero todo parecía absolutamente normal.

—¿Te pasa algo? —preguntó él.

No, nada, sólo que veo visiones.

—Estoy bien —dijo ella con firmeza—. Es sólo que... —Levantó los ojos—. El sol pega con fuerza, la verdad.

Hal pareció preocupado, y Meredith se dio cuenta de que le agradaba que así fuera.

—En fin, ¿y qué fue de los pergaminos que encontró Saunière?

—Presuntamente se los llevó a París para verificar si eran auténticos.

Ella frunció el ceño.

—No tiene sentido. ¿Por qué iba a llevárselos a París? Lo lógico, siendo un sacerdote católico, habría sido llevarlos al Vaticano.

Él se rió.

—¡Ahora ya se ve que no sueles leer ficción!

—Aunque si juego a ser por un momento el abogado del diablo —siguió diciendo, razonando en voz alta—, lo lógico sería pensar que no se fiaba de la Iglesia, tal vez temeroso de que destruyesen los documentos.

Hal asintió.

—Ésa es la teoría más popular. Mi padre también hizo hincapié en que si un sacerdote, un párroco de un lejano rincón de Francia, realmente hubiera dado con un secreto asombroso, como habría sido un documento que demostrase la veracidad de un matrimonio que se remontaba al siglo I de nuestra era, y un matrimonio del que además, y contra todo pronóstico, quedó descendencia, lo más sencillo habría sido que la Iglesia se deshiciera de él discretamente, en vez de tomarse la molestia de tener que acallarlo a base de dinero.

—Está bien pensado.

Hal hizo una pausa.

—Él sostenía en realidad una teoría completamente distinta.

Meredith se volvió para mirarlo a la cara, al notar en ese momento un tono curioso en su voz.

—¿Y cuál era?

—Que la totalidad de la saga de Rennes-le-Château era un mero encubrimiento, una añagaza, un intento por desviar la atención de una serie de acontecimientos que se estaban produciendo al mismo tiempo en Rennes-les-Bains.

Meredith se sintió como si se hubiera llevado un puntapié en la boca del estómago.

—¿Estás de broma?

—Saunière era un conocido amigo de la familia entonces propietaria del Domaine de la Cade. Hubo en aquella época una serie de muertes en toda la region que nadie supo explicar; por lo visto, una especie de lobo, o un gato montés seguramente, fue el causante de las mismas, pero los rumores que se fueron difundiendo por allí apuntaban a que había una especie de diablo que merodeaba por el campo.

Las huellas de unas garras.

—Aunque nunca se llegó a demostrar cuál fue la causa del incendio que destruyó gran parte de la mansión original en 1897, existen indicios de peso que apuntan a que el fuego fue provocado con la intención de que dejara de merodear por la zona aquel diablo, el cual se pensaba que estaba acogido en los terrenos del Domaine de la Cade. Hubo también algo que tenía que ver por lo visto con una baraja de cartas del tarot, también relacionada con el Domaine. Por lo visto, en esto también estuvo implicado Saunière.

El Tarot de Bousquet.

—Todo lo que sé con certeza es que mi tío y mi padre riñeron por ese motivo —dijo Hal.

Meredith tuvo dificultad en hablar sin que se le quebrase la voz.

—¿Riñeron?

—A finales de abril, poco antes de que mi padre tomase la decision de venir a vivir aquí. Yo estaba viviendo con él en su piso, en Londres, y entré en la habitación y escuché parte de la conversación. De la discusión, mejor dicho. Tampoco es que llegara a oír gran cosa: algo así como que el interior de la iglesia de Saunière era la copia de una tumba de una época anterior.

—¿No preguntaste a tu padre qué quiso decir con eso?

—Él no quiso hablar más del asunto. Todo lo que contó es que había tenido conocimiento de que existía un mausoleo familiar dentro de los terrenos del Domaine de la Cade, un sepulcro en realidad, que fue destruido al mismo tiempo que se incendió la casa. Todo lo que quedan son unas cuantas piedras, ruinas.

Por un instante, Meredith tuvo la tentación de confiar en Hal, de hablarle de la lectura del tarot que había tenido lugar en París, de su pesadilla de la noche anterior, de las cartas que en ese mismo instante se encontraban en el armario de su habitación y de la verdadera razón por la que había viajado a Rennes-les-Bains. Pero algo se lo impidió. Hal estaba luchando en ese momento con sus propios demonios. Frunció el ceño, recordando de pronto el aplazamiento de cuatro semanas entre el accidente y el funeral.

—¿Qué es lo que le ocurrió exactamente a tu padre, Hal? —le preguntó, y se calló de pronto, pensando que había ido demasiado lejos, demasiado deprisa—. Disculpa, lo lamento. Es una presunción por mi parte el...

Hal trazó un dibujo con el zapato en el suelo.

—No, no pasa nada. Su coche se salió de la carretera en la curva que hay a la entrada de Rennes-les-Bains. Cayó al río —lo dijo en un tono apagado, como si tratase intencionadamente de impedir que su voz transmitiera ninguna emoción—. La policía no supo entender cómo pudo ocurrir. Era una noche despejada. No llovía ni nada por el estilo. Lo peor de todo fue que... —Calló.

—Oye, no tienes por qué contármelo si te resulta difícil —dijo ella con dulzura, y le puso la mano en la base de la espalda.

—Sucedió de madrugada, de modo que el coche no fue descubierto hasta horas más tarde. Había intentado salir de allí, la puerta estaba abierta a medias. Pero los animales dieron con él antes que nadie. Tenía arañazos y zarpazos en la cara y en todo el cuerpo.

—Lo siento —dijo ella.

—Nadie supo explicar a ciencia cierta qué clase de animal pudo ser el que lo atacó —dijo él, y se le torció el gesto sólo de pensarlo—. Se habló de alguna clase de gato montés, pero...

Meredith volvió a mirar la estatua del camino, tratando de no hacer ninguna asociación entre un trágico accidente que tuvo lugar en 2007 con las supersticiones antiquísimas que parecían rondar de continuo por la región. Pero resultaba difícil pasar por alto las más que probables conexiones.

Todos los sistemas de adivinación, como la música misma, funcionan por medio de patrones.

—Lo que pasa es que yo realmente podría aceptar que se trató de un accidente. Pero dijeron que había bebido, Meredith. Y eso es algo que yo sé perfectamente que él no habría hecho nunca. —Bajó su tono de voz—. Nunca. Si supiera a ciencia cierta qué sucedió, al margen de lo que hubiera ocurrido, todo estaría en orden. O no estaría en orden, pero lo que quiero decir es que podría hacerle frente. Lo malo es no saber. Para empezar, ¿por qué estaba en ese tramo del camino a esas horas? Eso es lo que quiero saber. Necesito saberlo.

Meredith recordó el rostro de su madre biológica, la vio arrasada por las lágrimas, y pensó en la sangre que tenía bajo las uñas. Pensó en las fotografías en tonos sepia, en la partitura que siempre llevaba consigo, en la hendidura, en el vacío interior que la había llevado poco a poco a aquel rincón olvidado de Francia.

—Lo que no soporto es no saber —insistió—. ¿Me entiendes?

Ella lo había rodeado con los brazos y lo había estrechado contra su pecho. Él respondió abrazándola a su vez y acercándola hacia sí. Meredith se sentía perfectamente encajada bajo sus anchas espaldas. Volvió a percibir el olor a jabón y a *aftershave* y sintió el cosquilleo que le producía la suave lana de su jersey en la nariz. Notó su calor, notó su ira, notó su rabia, y luego la desesperación subyacente en los dos.

—Sí —dijo en voz baja—. Te entiendo.

CAPÍTULO 47

DOMAINE DE LA CADE

Julian Lawrence esperó hasta que las camareras terminaron de hacer la primera planta antes de salir de su estudio. El viaje a Rennes-le-Château, más la vuelta, les costaría como mínimo dos horas. Tenía tiempo de sobra.

Cuando Hal le dijo que iba a pasar la mañana fuera, y además con una chica, la primera reacción de Julian fue de alivio. Llegaron a charlar un par de minutos sin que Hal se marchara hecho un basilisco. Tal vez todo aquello fuera un indicio de que su sobrino iba a terminar por aceptar lo que había ocurrido sin darle más vueltas e iba a seguir adelante con su vida. Que iba a dejar en paz todas sus dudas.

Tal como estaban las cosas había algunos cabos sueltos, desde luego. Julian dio a entender que estaba deseoso de comprarle a su sobrino la parte que había heredado en el negocio del Domaine de la Cade, pero prefirió no apretarle las tuercas. Había contado con que tendría que esperar hasta después del funeral, pero se dio cuenta de que ya empezaba a impacientarse.

Hal entonces comentó de pasada que la chica en cuestión era una escritora, y a Julian le resultó extraño. Teniendo en cuenta el comportamiento de Hal a lo largo de las tres semanas anteriores, no pudo descartar la posibilidad de que el muchacho hubiera intentado hacerse con una periodista interesada en la historia del accidente que había sufrido su padre, sólo por ver qué salía de todo ello.

Julian había echado un vistazo al registro del hotel y descubrió que era norteamericana, Meredith Martin, y que tenía reserva hecha hasta el viernes. No sabía si tal vez conocía a Hal de antes o si su sobrino simplemente había sabido sacar partido del hecho de encontrarse a alguien que posiblemente quisiera prestar oídos a su lamentable historia. Fuera como fuese, no podía permitirse el lujo de que Hal siguiera removiendo el asunto y causando problemas. No estaba dispuesto a que el negocio saliera perjudicado por los rumores y las insinuaciones.

Julian subió por las escaleras de la parte posterior y atravesó el pasillo. Con la llave maestra, entró en la habitación de Meredith Martin. Tomó un par de fotos Polaroid para tener la certeza de que iba a dejar toda la habitación exactamente como la hubiera encontrado, y acto seguido comenzó su registro por la mesilla. Rápidamente examinó los cajones, pero no encontró nada de interés al margen de dos billetes de avión, uno de Toulouse a París-Orly el viernes por la tarde, otro para regresar a Estados Unidos el 5 de noviembre.

Se desplazó hasta el escritorio. Tenía el ordenador portátil enchufado. Abrió la tapa y lo puso en marcha. El sistema operativo no estaba protegido por una contraseña, y había utilizado el sistema inalámbrico del hotel.

En diez minutos, Julian leyó todos sus correos —tediosos, domésticos, irrelevantes—, repasó las últimas páginas web que había visitado y echó un vistazo a algunos de los archivos. En todo ello, nada le indicó que pudiera ser una periodista a la caza de un buen artículo. Eran sobre todo notas sobre su investigación en Inglaterra, y apuntes muy básicos, direcciones, fechas, horas, relativos a los cuatro días que había pasado en París.

Acto seguido, Julian revisó sus archivos de imágenes, y los repasó en orden cronológico. Los primeros eran fotos tomadas en Londres. Había una carpeta con fotos de París, escenas callejeras, monumentos, hasta el rótulo con el horario de apertura del parque Monceau.

La última carpeta correspondía a Rennes-les-Bains. La abrió y comenzó a examinar las imágenes; las sospechas que había albergado sobre la señora Martin fueron en aumento con cada clic del ratón. Había varias fotografías del río a la entrada de la localidad, por el norte, y en especial dos del puente de la carretera y del túnel, exactamente en el lugar en el que el coche de su hermano Seymour se había salido de la carretera.

Había otras fotografías del cementerio, en la parte posterior de la iglesia. Una, tomada desde el soportal con vistas a la plaza Deux Rennes, le permitió identificar con toda exactitud desde dónde estaba tomada. Unió ambas manos detrás de la cabeza. Llegó a ver en la esquina inferior derecha parte del mantel sobre el cual había descansado el libro de condolencias.

Frunció el ceño. Meredith Martin había estado en Rennes-les-Bains la noche anterior, tomando fotografías del funeral y de la localidad.

¿Por qué?

Mientras Julian copiaba la carpeta de imágenes en su lápiz de memoria externa, trató de idear qué explicación inocente podía haber de todo aquello, pero no dio con nada convincente.

Salió del programa y cerró el ordenador dejándolo todo tal como lo había encontrado, y acto seguido pasó al armario. Tomó otras dos fotos Polaroid y recorrió metódicamente todos los bolsillos, las camisetas bien dobladas, los zapatos. En el fondo del armario, bajo unas botas y un par de zapatos de tacón de LK Bennett, había una bolsa de viaje de tela blanda.

Agachándose, Julian abrió la cremallera y miró el interior del compartimento principal. Estaba vacío, quitando unos calcetines y un collar de cuentas que se había quedado enganchado a la tela áspera del forro. Introdujo los dedos en todos los rincones, pero no encontró nada. Acto seguido revisó los bolsillos externos. Dos compartimentos grandes a ambos extremos, los dos vacíos, y otros tres más pequeños en un lateral. Tomó el bolso, le dio la vuelta, lo zarandeó. Le parecía demasiado pesado. Dio la vuelta de nuevo al bolso y tiró de la base de cartón. Con el sonido de un desgarro, se desprendió un Velcro y el forro reveló la existencia de otro compartimento más. Introdujo la mano en el interior y sacó un paquete cuadrado, de seda negra. Con el índice y el pulgar desdobló las cuatro esquinas.

A Julian casi se le cayeron las cartas. La cara de La Justicia lo estaba mirando.

Durante medio segundo creyó que estaba viendo visiones, y entonces, más tranquilo, cayó en la cuenta de que sólo era otra reproducción. Las desplegó formando un abanico para asegurarse de que así era, y cortó dos veces la baraja.

Estaban impresas, laminadas: no era el Tarot de Bousquet original. En el fondo era una estupidez por su parte haber pensado que pudiera serlo.

Se puso en pie, apretó la baraja con la mano y aún examinó las cartas otra vez, más deprisa, por si acaso aquella baraja tuviera algo único, algo distinto de las otras reproducciones que había visto. No encontró nada llamativo. Parecía la misma clase de reproducción que tenía él abajo, en su estudio, en la caja fuerte. No contenía palabras adicionales, no detectó la menor variación en las imágenes.

Julian se concentró. Ese descubrimiento podía suponer que todo cambiase por completo, podía trastocar las cosas, sobre todo al producirse inmediatamente después de haber recibido la información del enterramiento visigótico de Quillan. Además de los objetos al uso en una tumba, se había encontrado una placa en la que se confirmaba la existencia de otros yacimientos en los alrededores del Domaine de la Cade. Esa mañana no había logrado aún ponerse en contacto con su informante.

Sin embargo, lo más inmediato era averiguar por qué Meredith Martin estaba en posesión de una reproducción de la baraja de Bousquet. Y además la tenía escondida en el fondo secreto de su bolso de viaje. No podía ser mera coincidencia. Lógicamente, como mínimo estaba al corriente de la existencia de la baraja original, de la relación que aquellas cartas tenían con el Domaine de la Cade. Si no, ¿qué otra explicación podía haber? ¿Y si Seymour le hubiera comunicado a Hal más cosas de lo que Julian hasta ese momento había supuesto? ¿Y si fuese Hal quien la había invitado a ir allí, aunque no con la intención de investigar las circunstancias del accidente de automóvil, al contrario de lo que todo parecía indicar, sino por algo relacionado con las cartas?

Necesitaba una copa. Estaba sudoroso, le transpiraban tanto el cuello como las axilas, debido al sobresalto que le supuso creer, aunque hubiera sido sólo un segundo, que se hallaba por fin en poder de las cartas originales. Demasiadas veces había imaginado cómo viviría ese instante.

Julian envolvió la falsa baraja en el trozo de seda negra, devolvió el paquete al bolso y lo colocó en el fondo del armario. Miró alrededor, escrutando la habitación una última vez. Todo parecía estar tal como se lo había encontrado. Si algo hubiera quedado fuera de su sitio, la señora Martin lo atribuiría a las camareras del hotel.

Salió al pasillo y caminó a paso veloz hacia las escaleras de servicio. Toda la operación, de principio a fin, había durado menos de veinticinco minutos.

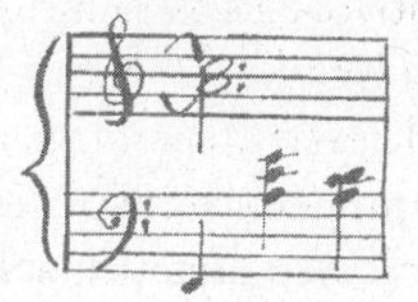

CAPÍTULO 48

∞

Rennes-le-Château

Hal fue quien primero rompió el embrujo. En sus ojos azules brillaba el deseo de anticiparse, tal vez también la huella de la sorpresa. Estaba ligeramente colorado.

Meredith también dio un paso atrás. La fuerza de la mutua atracción, una atracción animal, una vez que se volatilizó la emoción del instante, los dejó a los dos sin saber muy bien qué hacer.

—En fin —dijo él, y se metió las manos en los bolsillos.

Meredith sonrió.

—En fin...

Hal se volvió hacia el portón de madera que formaba un ángulo recto con el sendero y empujó con fuerza. Frunció el ceño, probó suerte de nuevo. Meredith oyó que en el interior traqueteaba el cerrojo.

—Está cerrado —dijo él—. Es increíble, pero el museo está cerrado. Lo lamento. Tendría que haber llamado antes de venir.

Se miraron el uno al otro. Y los dos se echaron a reír a la vez.

—El balneario de Rennes-les-Bains también estaba cerrado —dijo ella—. Hasta el 13 de abril.

A él le había caído sobre la frente la misma onda de cabello rebelde. Poco faltó para que los dedos de Meredith actuasen por su cuenta y riesgo para retirárselo de la cara, pero supo mantener las manos bien pegadas a los costados.

—Por lo menos podemos visitar la iglesia —dijo él.

Meredith se le acercó, sumamente consciente de su presencia física. Era como si llenase él solo la totalidad del sendero.

Le señaló un frontón triangular sobre la puerta.

—Esa inscripción, TERRIBILIS EST LOCUS ISTE, es otra de las razones que avalan todas esas teorías de la conspiración que circundan Rennes-le-Château. Otro de los motivos de que hayan prosperado —dijo, y carraspeó—. Lo cierto es que esa frase en realidad se traduce por «Este lugar inspira reverencia». *Terribilis* tiene el sentido que se le atribuía en el Antiguo Testamento, que nada tiene que ver con el sentido moderno de la palabra *terrible,* pero ya te imaginarás qué interpretación se le ha dado, naturalmente.

Meredith miró la inscripción, aunque fue otra, legible sólo en parte, y en el vértice superior del triángulo, la que le llamó realmente la atención. IN HOC SIGNO VINCES. Otra vez Constantino, el emperador cristiano de Bizancio. La misma inscripción que vio en el mausoleo de Henri Boudet, en Rennes-les-Bains. Se imaginó el momento en que Laura comenzó la lectura de las cartas una vez que se fueron colocando sobre la mesa. El Emperador era uno de los arcanos mayores, seguido por El Mago y La Sacerdotisa, que salieron al principio. Y ese nombre era la contraseña que había tecleado para tener acceso a Internet...

—¿A quién se le ocurrió la contraseña de acceso a la red inalámbrica del hotel? —preguntó de improviso.

A Hal pareció tomarle por sorpresa semejante incongruencia, pero pese a todo respondió.

—A mi tío —dijo sin vacilar—. A mi padre no le gustaban los ordenadores. —Le tendió la mano—. ¿Vamos?

Lo primero que sorprendió a Meredith, nada más entrar en la iglesia, fue lo pequeña que era, como si se hubiera construido a una escala tres cuartas partes menor de lo habitual. Todas las perspectivas parecían contener algún error.

A la derecha, en la pared, había indicaciones escritas en francés, y algunas en un inglés bastante macarrónico. Una música coral enlatada, un mediocre canto eclesiástico, se filtraba por unos altavoces plateados que estaban suspendidos en las esquinas.

—Han querido sanear a fondo el recinto —dijo Hal en voz baja—. Para contrarrestar todos los rumores que apuntan a la existencia de un tesoro misterioso y a unas cuantas sociedades secretas, han tratado de inyectar un mensaje claramente católico en todo lo que se ve. Mira esto, por ejemplo —dio un golpecito en uno de los rótulos—. Mira. *Dans cette église, le trésor c'est vous.* En esta iglesia, el tesoro eres tú.

Meredith sin embargo estaba examinando el receptáculo del agua bendita que había junto a la puerta, a la izquierda. El *bénitier* estaba sostenido sobre los hombros de una estatua del diablo que no levantaba más de un metro veinte de altura. El rostro malévolo y enrojecido, el cuerpo torsionado, los inquietantes, penetrantes ojos azules. Era un demonio que había visto con anterioridad. Al menos, una representación suya. Sobre la mesa, en París, cuando Laura le mostró los arcanos mayores al comienzo de la lectura.

El Diablo. Carta XV del Tarot de Bousquet.

—Asmodeus —dijo Hal—. El tradicional guardian del tesoro, el que custodia los secretos y el que construyó el Templo de Salomón.

Meredith tocó al demonio, que le resultó frío y polvoriento en las yemas de los dedos. Miró sus manos retorcidas, garras o zarpas más bien, y no pudo evitar mirar también a través de la puerta abierta a la estatua de Nuestra Señora de Lourdes, inmóvil sobre la columna.

Las huellas de unas garras.

Dio una ligera sacudida con la cabeza y elevó la mirada hacia el friso. Un retablo con cuatro ángeles, cada uno de los cuales señalaba uno de los cuatro extremos de una cruz, y una vez más las palabras de Constantino, aunque esta vez en francés.

Los colores estaban desvaídos y la pintura, desconchada, como si los ángeles librasen una batalla perdida de antemano.

En la base, dos basiliscos enmarcaban un recuadro en el que aparecían las letras BS.

—Las iniciales podrían ser las de Bérenger Saunière —dijo Hal—. O también las de Boudet y Saunière, o bien las de La Blanque y Le Salz, dos ríos de los alrededores que desembocan en un estanque cercano, que lleva por nombre popular *le bénitier.*

—¿Los dos sacerdotes se conocían bien? —preguntó.

—Parece ser que sí. Boudet era el mentor del joven Saunière. En los primeros años que ejerció Boudet, cuando pasó algunos meses en la cercana parroquia de Durban, también se hizo amigo de un tercer sacerdote, Antoine Gélis, que posteriormente se hizo cargo de la parroquia de Coustaussa.

—Ayer pasé por allí —dijo Meredith—. Me pareció que estaba en ruinas.

—El castillo lo está. El pueblo está deshabitado, aunque es muy pequeño. Tan sólo un puñado de casas. Ahora que lo pienso, acabo de recordar que Gélis murió en circunstancias un tanto extrañas. Fue asesinado en la Noche de Difuntos de 1897.

—¿Nunca se averiguó quién fue el responsable?

—No lo creo, no. —Hal hizo un alto delante de otra estatua de yeso—. San Antonio, el Ermitaño —dijo—. Famoso santo egipcio del siglo III o IV.

Esta información alejó del pensamiento de Meredith todo lo relativo a Gélis.

El Ermitaño. Otra carta de los arcanos mayores.

Las pruebas que indicaban la altísima probabilidad de que el Tarot de Bousquet se hubiera pintado en aquella región empezaban a ser abrumadoras. La pequeña iglesia de Santa María Magdalena era testimonio de ello. Lo único que Meredith no tenía nada claro era el modo en que el Domaine de la Cade pudiera encajar con todo lo demás.

¿Y cómo se relaciona todo esto con mi familia, si es que hay alguna relación?

Meredith se obligó a concentrarse en lo que tenía delante de sí. No tenía el menor sentido ponerse a embarullarlo todo tratando de encontrar relaciones improbables. ¿Y si el padre de Hal hubiera acertado al sugerir que todo lo relativo a Rennes-le-Château era mera invención destinada precisamente a desviar la atención del pueblo hermanado, y situado más abajo, en el valle? No dejaba de tener su lógica, aunque Meredith necesitaba averiguar más cosas antes de llegar a alguna clase de conclusión.

—¿Has visto ya suficiente? —preguntó Hal—. ¿O prefieres que sigamos paseando por ahí?

Sin dejar de pensar, Meredith negó con un gesto.

—Me doy por contenta.

No hablaron gran cosa por el camino de vuelta al coche. La gravilla del sendero crujía ruidosamente bajo sus pies, como si fuera nieve muy comprimida. Había refrescado desde que estuvieron dentro de la iglesia, y en el aire se percibía el olor de las hogueras hechas con leña húmeda.

Hal abrió el coche y se volvió a mirarla por encima del hombro.

—En los años cincuenta del siglo pasado aparecieron tres cadáveres en el terreno de Villa Béthania —le dijo—. Varones los tres, entre los treinta y los cuarenta años de edad, todos ellos muertos a resultas de un disparo, aunque uno de los cuerpos al menos había quedado gravemente desfigurado por los animales salvajes. La versión oficial es que habían muerto durante la guerra. Los nazis ocuparon esta parte de Francia y la Resistencia fue muy activa en estos parajes. Pero la creencia de los lugareños es que los cuerpos tenían bastante más antigüedad y que estaban además relacionados con el incendio que se declaró en el Domaine de la Cade, y muy probablemente también con el asesinato del sacerdote Gélis, que se produjo en Coustaussa.

Meredith miró a Hal por encima del coche.

—¿Fue un incendio intencionado?

Hal se encogió de hombros.

—La historia local no es demasiado clara a ese respecto, pero el consenso general es que sí, que fue provocado intencionadamente.

—Pero si esos tres hombres estuvieron involucrados, ya fuera en el incendio o en el asesinato, ¿quién los mató?

Sonó el móvil de Hal, cortante y repentino en el terso aire del otoño. Abrió la tapa y miró el número. Se le aguzó la mirada.

—Perdona, pero tengo que contestar esta llamada —dijo, tapando el micrófono—. Lo siento.

En su interior, a Meredith se le escapó un gemido de pura frustración, pero no pudo hacer nada para remediarlo.

—Claro, adelante —dijo—. No te preocupes por mí.

Subió al interior del coche y vio que Hal se alejaba hacia una zona poblada por abetos, cerca de la torre Magdala, para hablar a sus anchas.

No existen las coincidencias. Todo sucede por una razón.

Se apoyó en el reposacabezas y repasó todo lo que había ido aconteciendo, toda la secuencia de sucesos, desde el momento en que bajó del tren en la estación del Norte. No, empezó después. A partir del momento en que puso el pie en los peldaños pintados de colores que conducían a la habitación de Laura, a partir del momento en que comenzó a subir la escalera.

Meredith sacó el cuaderno del bolso y repasó sus notas en busca de alguna respuesta. La auténtica pregunta era bien simple en el fondo: ¿cuál era la historia que trataba de rastrear, cuál era el eco? Se encontraba en Rennes-les-Bains resuelta a encontrar el rastro de su propia historia familiar. ¿Acaso las cartas guardaban alguna relación con todo ello? ¿O se trataba más bien de una historia completamente distinta, sin ninguna relación? En ese caso, tenía todas las trazas de ser una historia de indudable interés académico, pero que no tenía nada que ver con ella.

¿Qué era lo que había dicho Laura? Meredith repasó sus notas hasta dar con ello.

«La línea temporal aparece confusa. Es como si la secuencia diera saltos adelante y atrás, como si hubiera algo borroso en los acontecimientos, como si las cosas se escurriesen entre el pasado y el presente».

Miró por la ventanilla a Hal, que ya regresaba hacia el coche con el móvil en una mano, aunque ya había terminado la conversación. Llevaba la otra en el bolsillo.

¿Y él? ¿Cómo encaja en todo esto?

Meredith sonrió.

—Hola —le dijo cuando él abrió la puerta—. ¿Todo en orden?

Entró en el coche.

—Lo siento, Meredith. Te iba a proponer que fuésemos a almorzar juntos, pero ha surgido algo de lo que tengo que ocuparme antes.

—A juzgar por la cara que tienes, ¿una buena noticia? —preguntó ella.

—La comisaría de policía que lleva el caso, en Couiza, por fin ha dado su permiso para que examine yo el expediente del accidente de mi padre. Llevo semanas dándome de cabezazos contra una pared, así que sí, es un paso adelante.

—Me alegro, Hal —dijo con la esperanza de que realmente fuera una buena noticia, y de que las esperanzas que él parecía tener no carecieran de fundamento.

—Así que... te puedo dejar en el hotel —siguió diciendo— o puedes, si quieres, venir conmigo. Ya encontraremos algún sitio donde comer algo más tarde. El único problema es que realmente no sé cuánto tiempo me puede llevar. Aquí no suelen ser muy rápidos con estas cosas, la verdad.

Meredith tuvo por un instante la tentación de acompañarle, más que nada por prestarle apoyo moral, pero su vertiente más sensata le dio a entender que aquello era algo que él necesitaba resolver por su cuenta. Al mismo tiempo, tenía la necesidad de concentrarse durante un rato en sus propios asuntos, para lo cual era preciso que no se dejara absorber por los problemas de Hal.

—Yo diría que te puede llevar un buen rato —le dijo—. Si no te importa dejarme en el hotel cuando te pille de camino, me parece que será lo mejor.

Agradeció ver que a Hal le cambió la expresión un instante.

—Probablemente lo mejor sea que vaya solo, ya que a fin de cuentas es un favor que me hacen.

—Justo lo que he pensado yo —concluyó ella, y le rozó brevemente la mano.

Hal arrancó el coche y metió marcha atrás.

—¿Y más tarde? —dijo a la vez que enfilaba por la estrecha calle para salir de Rennes-le-Château—. Podríamos vernos para tomar una copa o para cenar, incluso... si no tienes otros planes.

—Estupendo —sonrió, y mantuvo la calma—. Sí, una cena estaría bien.

CAPÍTULO 49

Domaine de la Cade

Julian Lawrence se encontraba de pie ante la ventana de su estudio cuando apareció el coche de su sobrino por la avenida de entrada. Concentró su atención en la mujer a la que acababa de ver salir, y de la que se estaba despidiendo. Supuso que debía de ser la norteamericana.

Asintió como si de ese modo diera aprobación a lo que estaba viendo. Tenía una espléndida figura, atlética, pero menuda, y el cabello ondulado, oscuro, hasta los hombros. No tendría por qué ser una tortura pasar un rato en compañía de ella.

Entonces se dio la vuelta y la pudo ver de frente.

Julian entornó los ojos. La había reconocido, aunque no supo ubicarla en el acto. Exploró su memoria hasta que se acordó de ella. Aquella chica con aires de superioridad, aquellla fulana que había visto anoche en Rennes-les-Bains, al encontrarse con la carretera cortada. Con marcado acento norteamericano.

Lo atravesó otro luminoso destello de paranoia. Si la señora Martin estaba trabajando codo a codo con Hal, y si le había comentado que lo vio conduciendo por la localidad, su sobrino tendría motivos para preguntarle dónde había estado. Tal vez entonces se diera cuenta de que la excusa que le había dado Julian por llegar tarde no casaba con esa otra información. Y que no se sostenía.

Vació el vaso de un trago y tomó de repente una decisión. Cruzó el estudio en tres zancadas, tomó la chaqueta del gancho de la puerta y salió resuelto a interceptarla en el vestíbulo.

En el trayecto de vuelta desde Rennes-le-Château, Meredith fue teniendo una clara sensación de anticipación. Hasta ese momento, el obsequio de Laura le había resultado una pesada carga. De pronto, empezó a pensar que las cartas estaban repletas de posibilidades que le intrigaban.

Aguardó hasta que el coche de Hal desapareció del todo, y entonces se dio la vuelta para subir las escaleras de la puerta principal del hotel. Estaba nerviosa, pero también excitada. Las mismas sensaciones contradictorias que había experimentado mientras estuvo sentada con Laura habían vuelto a ella, tal vez incluso aumentadas. La esperanza frente al escepticismo, la punzada de excitación que le causaba la investigación frente al temor de que si bien estaba tratando de sumar dos y dos, era probable que el resultado fuera cinco.

—¿Señora Martin?

Sorprendida, Meredith se volvió hacia el punto del que le llegó la voz y se encontró con el tío de Hal, que avanzaba hacia ella a grandes zancadas atravesando el vestíbulo. Se puso en tensión, con la esperanza de que después del malhumorado diálogo que habían tenido la noche anterior en Rennes-les-Bains no la reconociera, pero se lo encontró sonriente y afable.

—¿Señora Martin? —volvió a decir, y le tendió la mano—. Soy Julian Lawrence. Quería darle la bienvenida al Domaine de la Cade —le dijo con una voz atractiva, cálida.

—Gracias.

Se estrecharon la mano.

—Asimismo —añadió, y se encogió de hombros—, quería pedirle disculpas si ayer me mostré demasiado brusco cuando nos encontramos en el pueblo. De haber sabido que era usted una amiga de mi sobrino, me habría presentado debidamente.

—Vaya, pensé que no se acordaría de mí, señor Lawrence. Me temo que yo fui bastante descortés.

—No, ni lo más mínimo. Seguramente Hal le habrá dicho que ayer fue un día difícil para todos nosotros. No sirve de excusa, desde luego, pero de todos modos...

Dejó en suspenso la disculpa que parecía a punto de pedirle. Meredith reparó en que tenía la misma costumbre de Hal, mirar a una persona de frente, sin parpadear, sin que le flaquease la mirada, como si de hecho borrase todo lo demás. Y si bien era unos treinta años mayor, tenía la misma clase de carisma, una extraña forma de ocupar un gran espacio. Se preguntó si el padre de Hal habría sido igual.

—Claro —dijo ella—. Lamento mucho la pérdida que han sufrido, señor Lawrence.

—Llámeme Julian, por favor. Y gracias. Sí, fue terrible. —Calló unos instantes—. Hablando de mi sobrino, señora Martin, supongo que no sabrá adónde ha ido. Tenía la impresión de que esta mañana viajaban juntos a Rennes-le-Château, pero contaba con que él estuviera aquí esta tarde. Tenía la esperanza de poder hablar con él.

—Fuimos allí, pero es que recibió una llamada de la comisaría de policía, así que me ha dejado aquí antes de ir a resolver algún asunto. Me parece que dijo que iba a Couiza.

Percibió que aumentaba el interés de Julian aun cuando no se modificara la expresión con que la estaba mirando. Meredith inmediatamente lamentó haberle transmitido esa información.

—¿Qué clase de asunto? —preguntó.

—Pues... no estoy del todo segura —dijo deprisa.

—Lástima. Tenía la esperanza de poder hablar con él. —Se encogió de hombros—. En fin, no es urgente, puede esperar. —Volvió a sonreír, aunque esta vez la sonrisa no se pintara en sus ojos—. Confío en que esté disfrutando de su estancia. ¿Tiene todo lo que necesita?

—Todo está de maravilla. —Miró a las escaleras.

—Discúlpeme —dijo él—. Ya veo que la estoy reteniendo.

—Es que tengo cosas que hacer...

Julian asintió.

—Ah, cierto. Hal comentó que es usted escritora. ¿Ha venido a trabajar aquí en algún encargo?

Meredith se quedó clavada en el sitio. A medias hipnotizada, a medias atrapada.

—No, la verdad es que no —respondió—. Tan sólo espero hacer un poco de investigación.

—¡No me diga! —Le tendió la mano—. En ese caso, no la retendré ni un minuto más.

Como no quiso pecar de descortesía, Meredith estrechó su mano. Esta vez, el tacto de su piel la hizo sentirse incómoda. De un modo inexplicable le resultó demasiado personal.

—Si ve usted a mi sobrino antes de que dé yo con él —le dijo estrechándole los dedos más de lo debido—, le ruego que le haga saber que lo estoy buscando. ¿Lo hará?

Meredith asintió.

—Descuide.

Entonces le permitió marchar. Él se volvió y atravesó el vestíbulo sin volverse a mirarla.

El mensaje fue bien claro. Derrochaba confianza y seguridad en sí mismo, control de la situación.

Meredith dejó que escapara de sus labios un largo suspiro, preguntándose qué era lo que había pasado exactamente. Se quedó mirando el espacio ya vacío que había ocupado Julian. Entonces, enojada consigo misma por haber permitido que volviera a abordarla a su manera, se repuso y decidió no pensar más en ello.

Miró en derredor. La persona que atendía en recepción estaba mirando en dirección contraria, resolviendo una duda de un cliente. A juzgar por el ruido que llegaba del restaurante, Meredith dedujo que la mayoría de los huéspedes estaban en esos momentos almorzando en el comedor. Un momento perfecto para lo que tenía en mente.

Atravesó velozmente las baldosas ajedrezadas en rojo y negro, se agachó junto al piano y tomó la fotografía de Anatole y Léonie Vernier con Isolde Lascombe que estaba colgada de la pared. Se la deslizó bajo la chaqueta y se dio la vuelta para subir las escaleras corriendo, de dos en dos.

Sólo cuando estuvo de nuevo en su habitación, con la puerta bien cerrada, recuperó su respiración el ritmo normal. Hizo una pausa, nada más que un momento; entornó los ojos y miró en derredor por la habitación.

Había en el ambiente algo raro, algo que le pareció distinto. Un olor ajeno, muy sutil, pero que estaba allí sin ninguna duda. Se rodeó con ambos brazos recordando su pesadilla. Y dio una brusca sacudida con la cabeza. Las camareras habían estado allí para hacer la cama y adecentar la habitación. Por otra parte, pensó al adentrarse en la habitación, la sensación que percibía no se parecía en nada a la que tuvo de noche.

«Mejor dicho, a la que soñé», se dijo para corregirse.

No había sido más que un sueño.

Entonces había tenido la inequívoca sensación de que había alguien en la habitación, alguien que estaba con ella. Una presencia, una extraña frialdad en el aire. Ahora, en cambio, sólo era...

Meredith se encogió de hombros. Cera para la tarima o algún producto de limpieza, eso tenía que ser. Tampoco era tan intenso. No, no era para tanto. Pero no logró evitar arrugar la nariz. Era como el olor del mar que se estanca en la orilla.

CAPÍTULO 50

∞

Meredith fue derecha al armario y rescató la baraja del tarot, desdoblando las cuatro esquinas del envoltorio de seda como si las cartas fueran de cristal.

La inquietante imagen de La Torre era la primera, con el fondo melancólico, entre verde y castaño, y los árboles mucho más vívidos allí, en aquella tarde nublada, de lo que le había parecido en París. Se quedó quieta un instante, segura de que La Justicia era la que estaba la primera del mazo cuando Laura le obligó a aceptar las cartas, y terminó por encogerse de hombros.

Despejó un espacio en el escritorio, puso las cartas boca abajo y sacó entonces su cuaderno del bolso, diciéndose que habría sido buena idea haber dedicado algo de tiempo la noche anterior para pasar las notas manuscritas al ordenador y poder leerlas en pantalla. Meredith se paró a pensar unos instantes, tratando de precisar si realmente valdría la pena desplegar las diez cartas que habían salido en la lectura, ayer mismo, con la esperanza de que, con la paz y la quietud de sus pensamientos, recogida en su habitación, pudiera ver algo más en ellas. Llegó a la conclusión de que no sería buena idea. Le interesaba menos la lectura del tarot por sí misma que los datos históricos que poco a poco iba reuniendo con respecto al Tarot de Bousquet, y con respecto al modo en que las cartas pudieran encajar con la historia del Domaine de la Cade, de los Vernier y de la familia Lascombe.

Meredith repasó toda la baraja hasta que localizó los veintidós arcanos mayores. Dejando a un lado el resto de las cartas, los dispuso en tres filas, una encima de la otra, colocando al Loco al margen, encima de todas ellas, tal como había visto que hacía Laura. Las cartas tenían un tacto diferente, o eso le pareció. El día anterior la habían puesto nerviosa. Como si por el mero hecho de tocarlas se estuviera comprometiendo con algo y no supiera del todo con qué. En esos momentos, en cambio, le parecieron, pese a saber que era una estupidez, que eran sus amigas.

Sacó de debajo de la chaqueta la fotografía enmarcada y la colocó sobre el escritorio, delante de ella, para ponerse a estudiar más a fondo las figuras en blanco y negro que parecían realmente congeladas en un tiempo remoto. Bajó entonces los ojos para concentrarse en las vistosas imágenes de las cartas, en todo su colorido.

Por un instante, su atención se centró en El Mago, con sus ojos muy azules y su cabello negro y espeso, con todos los símbolos del tarot dispuestos a su alrededor. Era una imagen atractiva, sin duda, pero ¿era un hombre digno de confianza?

Volvió a sentir entonces un cosquilleo en la nuca, un leve escalofrío que le fue bajando por la columna a la vez que se le ocurría una nueva idea. Dejó El Mago a un lado. Tomó en cambio la carta I, El Loco, y la colocó junto a la fotografía enmarcada.

En ese momento, al tenerlos uno junto al otro, no le cupo la menor duda de que el hombre era «Monsieur Vernier», y lo era como si hubiera cobrado vida nueva. El mismo aire de total despreocupación, la delgadez, el bigote negro.

Luego, la carta II, La Sacerdotisa. Recordaba la etérea y pálida estampa de «Madame Lascombe», con sus rasgos desdibujados, aunque llevaba un vestido de noche, un vestido escotado, y no la ropa formal que vestía la dama en la fotografía. Meredith volvió a mirar y vio las dos figuras pintadas juntas, unidas, los amantes, encadenados a los pies del Diablo.

Por último, la carta VIII, La Fuerza: era «Mademoiselle Léonie Vernier». Meredith se dio cuenta de que sonreía incluso a su pesar. Sentía una especialísima conexión con aquella carta, casi como si conociera a la muchacha. En cierto modo, dedujo, debía de ser porque Léonie le recordaba a la imagen que ella tenía de Lilly Debussy. Léonie era más joven, pero en ambas era patente la misma inocencia, los mismos ojos muy abiertos, la misma melena de tonos cobrizos, aunque en la carta la llevara suelta, caída sobre los hombros, y en la foto tuviera el cabello sujeto de una manera más formal. Por encima de todo destacaba aquella misma manera directa de mirar a la cámara, aquella franqueza. Un brillo en los ojos que, le pareció, denotaba una extraña capacidad de comprensión que ondeaba en esos momentos por debajo del umbral de su conciencia, pero que desapareció antes de que pudiera atraparlo.

Concentró su atención en el resto de las cartas de los arcanos mayores que habían ido apareciendo a lo largo del día: El Diablo, La Torre, El Ermitaño, El Emperador. Las fue estudiando una por una, pero tuvo la clara sensación de que la alejaban del lugar en el que deseaba estar, de que no le servían para acercarse.

Meredith se recostó en la silla. El asiento crujió. Entrelazó las manos por detrás de la cabeza y cerró los ojos.

¿Qué es lo que no consigo ver?

Dejó que sus pensamientos vagaran y regresaran a la lectura del tarot. Permitió que las palabras de Laura volvieran a fluir sobre ella, no en un orden predeterminado, sino dejando que surgieran tal vez algunos patrones que acertase a detectar.

Octavas. Todos los ochos de la baraja.

El ocho era el número de la compleción, del resultado redondo, del éxito final. Había además un mensaje implícito que apuntaba a ciertas interferencias, obstáculos, conflictos. Tanto La Fuerza como La Justicia, en las barajas más antiguas, portaban el número ocho. Tanto La Justicia como El Mago ostentaban el símbolo del infinito, un ocho tumbado de costado.

La música entrelazaba todas las cosas unas con otras. Su trasfondo familiar, el Tarot de Bousquet, los Vernier, la lectura hecha en París, la página de música para piano que había recibido en herencia. Alcanzó su cuaderno y repasó las hojas hasta encontrar el nombre que estaba buscando, el del cartomántico norteamericano que había vinculado el tarot con la música. Encendió el ordenador portátil y se puso a tamborilear con los dedos, impaciente, mientras encontraba una vía de conexión. Por fin, la ventana del buscador se encendió en el centro de la pantalla. Meredith tecleó PAUL FOSTER CASE. Momentos después apareció un listado de páginas web.

Acudió en primera instancia a la entrada correspondiente de la Wikipedia, que era bastante extensa y muy clara. Un norteamericano llamado Paul Foster Case se había interesado por las cartas del tarot, efectivamente, a comienzos de la primera década del siglo XX, mientras se ganaba la vida tocando el piano y el órgano en los barcos de vapor del Misisipi y en números de vodevil. Treinta años después, en Los Ángeles, creó una organización con la que quiso promocionar su propio sistema de lectura del tarot. Se llamó Builders of the Adytum, «Constructores del Adytum», y era conocida por las siglas BOTA. Uno de los rasgos más peculiares de BOTA consistía en que Case logró a través de la organización una notable repercusión pública, en manifiesto contraste con la mayoría de los sistemas esotéricos de su tiempo, que confiaban en un secretismo absoluto, en la idea de cultivar sólo una élite muy reducida. También era de tipo interactivo. Al contrario que otras barajas, las que se empleaban en BOTA eran cartas en blanco y negro, con la idea de que cada uno de los individuos que las usaran las colorease a su manera, dándoles así un sello distintivo. Este detalle, así como la filosofía de la organización, sirvió para que el tarot entrase de lleno en toda la ciudadanía estadounidense.

Otra de las innovaciones de Case consistió en su asociación de las notas musicales con determinados arcanos mayores. Todos ellos, con la excepción de la carta XX, El Sol, y la IX, El Ermitaño —como si sólo esas dos imágenes se hallasen al margen de la norma general—, quedaron vinculados a una nota específica.

Meredith contempló la ilustración de un teclado en el que una serie de flechas mostraban las correspondencias con cada una de las cartas.

La Torre, El Juicio y El Emperador eran cartas asignadas a la nota do, o «C» según la notación alfabética; El Diablo estaba ligado con la nota la, es decir, «A»; re, o «D», se relacionaba con Los Enamorados y La Fuerza; El Mago y El Loco, la carta sin número, correspondían con mi, o «E».

C-A-D-E. Domaine de la Cade.

Se quedó embelesada mirando la pantalla, como si tuviera la inquietante sensación de que ésta quería jugarle una mala pasada.

C-A-D-E, todas ellas notas blancas, todas ellas relacionadas con determinadas cartas de los arcanos mayores que ya habían aparecido.

Más que eso, Meredith encontró otra conexión y se dio cuenta de que en todo momento la había tenido delante de las narices. Alcanzó su talismán, la hoja de música para piano que había heredado: *Sepulcro, 1891.* Se sabía la pieza de memoria, los cuarenta y cinco compases, el cambio de tempo en la sección central, propia de un estilo y de un carácter musical que hacía pensar en un jardín decimonónico, en unas niñas o unas jóvenes con vestidos blancos.

Ecos de Debussy, de Satie y de Dukas.

Y estaba construida en torno a las notas A, C, D y E.

Por un instante Meredith olvidó lo que estaba haciendo e imaginó sus propios dedos volando por el teclado. En ese momento no existió para ella otra cosa que la música. A, C, D y E. El arpegio final, dividido, y el último acorde que se perdía en el silencio.

Se recostó en la silla. Todo parecía encajar, desde luego.

Pero... ¿qué demonios significa, si es que significa algo?

En tan sólo un instante Meredith se encontró de nuevo en Milwaukee, en las clases de música avanzada que impartía Miss Bridge en el instituto, repitiendo el mismo mantra una y otra vez. Una sonrisa afloró en sus labios. «Una octava se compone de hasta doce tonos cromáticos». A punto estuvo de oír con toda claridad la voz de su profesora en su interior. «El semitono y el tono son los ladrillos con los que se edifica la escala diatónica. La escala diatónica consta de ocho tonos; la escala pentatónica, de cinco. El primero, el tercero y el quinto de los tonos de la escala diatónica son los ladrillos de construcción o los acordes raíz, la fórmula de la perfección, de la belleza».

Meredith dejó que siguieran acudiendo a ella los recuerdos, que fueran éstos quienes guiasen a los pensamientos. La música y las matemáticas, en busca de las conexiones, no de las coincidencias. Tecleó FIBONACCI en el buscador. Vio cómo aparecían nuevas palabras delante de ella. En 1202, Leonardo de Pisa, conocido con el nombre de Fibonacci, desarrolló una teoría matemática de acuerdo con la cual los números formaban una secuencia. Tras dos valores iniciales, cada número es la suma de los dos que le preceden.

0, 1, 1, 2, 3, 5, 8, 13, 21, 34, 55, 89, 144, 233, 377.

Las relaciones entre los pares de números consecutivos se aproximan a la divina proporción, al número áureo.

En el terreno de la música, el principio de Fibonacci se había empleado en ocasiones para precisar el afinamiento de los instrumentos. Los números de Fibonacci también aparecían en la naturaleza; por ejemplo, en la ramificación de los árboles, en la curvatura de las olas, en disposiciones como las de los piñones en una piña. En los girasoles, por ejemplo, siempre hay ochenta y nueve semillas. Meredith sonrió.

Ahora me acuerdo.

Debussy había coqueteado con la secuencia de Fibonacci en su gran poema tonal para orquesta titulado *La mer.* Era una de las maravillosas contradicciones de Debussy: aunque se le consideraba un compositor ante todo preocupado por los estados de ánimo, por el color, algunas de sus obras más populares estaban en realidad construidas sobre un modelo matemático. Mejor dicho, era posible dividirlas en secciones que eran un claro reflejo de la proporción áurea, a menudo por medio del empleo de los números de la secuencia de Fibonacci. Así, en *La mer,* el primer movimiento constaba de 55 compases, un número de Fibonacci, subdividido a su vez en cinco secciones, de 21, 8, 8, 5 y 13 compases. Todos ellos también eran números de Fibonacci.

Meredith se obligó a frenar un poco, a poner en orden sus pensamientos.

Volvió a la página que trataba sobre Paul Foster Case. Tres de las cuatro notas ligadas al nombre del Domaine —C, A y E— eran números de Fibonacci: El Loco era el 0, El Mago era el I, La Fuerza, el VIII.

Sólo la D, la carta VI, Los Enamorados, no se correspondía con un número de la serie de Fibonacci.

Meredith se pasó los dedos por la negra melena. ¿Significaba eso que no lo había captado del todo bien? ¿O tal vez se trataba de la conocida excepción que confirma la regla?

Tamborileó con los dedos sobre la mesa mientras trataba de darle una interpretación. Los Enamorados, al contrario de lo que había pensado, sí encajaban en la secuencia de Fibonacci, aunque para ello había que tomarlos individualmente, y no como una pareja: El Loco era el cero, La Sacerdotisa era la carta II. Y el cero y el dos eran números de la serie de Fibonacci, por más que el seis no lo fuera.

Con todo y con eso...

Incluso si tales conexiones fueran válidas, ¿cómo era posible que existiera un vínculo entre el Tarot de Bousquet, el Domaine de la Cade y Paul Foster Case? Las fechas no coincidían.

Case había creado su organización, BOTA, en los años treinta del siglo XX, y lo había hecho en Estados Unidos, no en Europa. La baraja de Bousquet databa de la década de 1890, y las cartas de los arcanos menores eran posiblemente anteriores. Era sencillamente imposible que se basaran en el sistema ideado por Case.

¿Y si le doy la vuelta?

¿Y si Case hubiera tenido conocimiento de la relación existente entre el tarot y la música, y entonces hubiera aplicado esa relación en su propio sistema? ¿Y si hubiera tenido conocimiento del Tarot de Bousquet? ¿Y si hubiera oído hablar del Domaine de la Cade o hubiera llegado a visitar la finca? ¿Era tal vez posible que las ideas hubieran pasado no de Estados Unidos a Francia, sino exactamente a la inversa?

Meredith sacó de su bolso su muy estropeado sobre de tamaño A5 y extrajo la fotografía del joven con uniforme de soldado. ¿Cómo había podido estar tan ciega? Había entendido que la figura de El Loco se correspondía con Anatole Vernier, pero no había tomado en consideración el parecido, en ese momento evidente, que existía entre Vernier y el soldado de su foto. ¿Y el aire de familia que también guardaba con Léonie? Tenía las mismas pestañas oscuras, la frente alta, la misma actitud al mirar de frente a la lente de la cámara, con absoluta franqueza.

Volvió a mirar el retrato. Las fechas encajaban. El chico del uniforme de soldado podía ser un hermano menor, o un primo. Podía incluso ser un hijo.

Y, pasando a través de él, al cabo de varias generaciones, llegar hasta ella.

Meredith se sintió como si acabara de quitarse un gran peso que le oprimiera el pecho. El peso del desconocimiento, como había dicho Hal, que empezaba a vencerse sobre sí mismo y se desmoronaba a medida que ella se acercaba poco a poco a la verdad. En ese instante, oyó una voz pidiendo cautela en su interior, advirtiéndola de que no cometiera el error de ver lo que deseaba ver, en vez de lo que tenía delante de sus propios ojos.

Verifícalo. Tienes los datos ahí delante. Pruébalo.

Volaron sus dedos sobre el teclado presa del afán de averiguarlo todo cuanto antes, o de averiguar lo que fuera, pero sin esperar más. Meredith tecleó la palabra VERNIER en el buscador.

No obtuvo nada. Se quedó atónita de incredulidad mirando la pantalla.

Tiene que haber algo, digo yo...

Volvió a probar, añadiendo esta vez Bousquet y Rennes-les-Bains. En esta ocasión encontró unas cuantas páginas web en las que se vendían cartas del tarot, y un par de párrafos de explicación sobre la baraja de Bousquet, pero nada más de lo que ya sabía.

Meredith se recostó en la silla. La manera más evidente de avanzar consistía en chequear los sitios web dedicados a las búsqedas de familiares, al menos los que estuvieran radicados en aquella región de Francia, y ver si de ese modo podía remontarse en el pasado, aunque ciertamente le iba a llevar bastante tiempo. Sin embargo, aunque fuera palmo a palmo, iba avanzando. Tal vez Mary pudiera echarle una mano desde la otra orilla del Atlántico.

Con impaciencia, Meredith envió un *e-mail* a Mary pidiéndole que verificase las páginas especializadas en la historia local de Milwaukee y los censos electorales, por si apareciera en alguna parte el apellido Vernier, aunque lo hizo con plena conciencia de que si el soldado era hijo de Léonie, y no de Anatole, muy probablemente todavía desconocía el apellido correcto. Se le ocurrió añadir el apellido Lascombe, por si acaso, y firmó el correo despidiéndose de su madre de adopción con afecto.

Sonó el teléfono que tenía al lado.

Por un instante se quedó mirándolo como si no entendiera lo que estaba oyendo. El ruido del presente ahuyentó de golpe el pasado.

Volvió a sonar. Descolgó el receptor.

—¿Hola?

—¿Meredith? Soy Hal.

Se dio cuenta en el acto de que la cosa no había ido del todo bien.

—¿Estás bien?

—Sólo quería que supieras que ya he vuelto.

—¿Y qué tal ha ido?

Una pausa.

—Te lo cuento cuando nos veamos. Te espero en el bar. No quisiera interrumpir tu trabajo.

Meredith miró de reojo la hora y se sorprendió de que ya fuesen las seis y cuarto. Observó el caos que habían formado las cartas, las páginas web que tenía abiertas, las fotografías esparcidas por el escritorio, prueba del trabajo que le había absorbido toda la tarde. Tenía la cabeza a punto de estallar. Había encontrado bastantes cosas, aunque aún se sentía como si siguiera sumida en la más completa oscuridad.

No quiso parar, aunque reconoció que su cerebro estaba al borde del colapso. Todas aquellas noches mientras estudiaba en el instituto, cuando Mary entraba en su habitación, le plantaba un beso en la cabeza y le decía que era hora de tomarse un respiro. Le repetía entonces que todo lo vería con mayor claridad después de una noche de descanso, después de un sueño reparador.

Meredith sonrió. Mary, por lo general, o más bien siempre, tenía razón.

No iba a sacar mucho más en claro esa noche. Además, Hal había hablado como si de nuevo agradeciera un poco de compañía. Mary daría su aprobación a esa idea: anteponer el cuidado de los vivos a la atención a los muertos.

—La verdad es que es un buen momento para dejarlo.

—¿De veras?

El alivio que se le notó en la voz bastó para que Meredith sonriese.

—De veras —dijo ella.

—¿Seguro que no vas a interrumpir nada importante?

—Segurísimo —dijo—. Termino ahora mismo y bajo en diez minutos.

Meredith se puso una camisa blanca limpia, que seguía bien planchada, y su falda negra preferida, que no era excesivamente formal, y pasó por el baño. Se empolvó ligeramente las mejillas, se dio un par de brochazos de maquillaje, se puso un poco de carmín en los labios, se cepilló el cabello y se lo sujetó en un moño.

Estaba calzándose las botas, lista para bajar, cuando el ordenador portátil emitió una señal sonora. Había recibido un correo.

Meredith fue a la bandeja de entrada y abrió el *e-mail* de Mary.

No eran más que dos líneas, pero el mensje contenía un nombre, fechas, una dirección y la promesa de que volvería a escribirle en cuanto averiguase algo más que valiera la pena.

Se le dibujó una sonrisa en el rostro.

He dado en el clavo.

Meredith tomó la fotografía, que había dejado de ser la de un soldado desconocido. Aún quedaba mucho por averiguar, pero estaba en el buen camino. La insertó en el marco de la fotografía grande, por ser el lugar que le correspondía de forma natural. La familia reunida. Su familia.

Aún de pie, se inclinó y escribió la respuesta.

«Eres asombrosa, increíble —tecleó—. Más información será recibida con agradecimiento. ¡Te quiero!».

Meredith apretó la tecla de ENVIAR. Sin dejar de sonreír, bajó en busca de Hal.

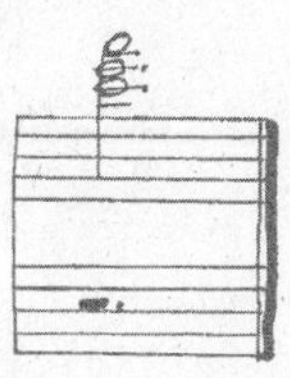

PARTE VII

Carcasona
Septiembre-octubre de 1891

CAPÍTULO 51

∞

DOMINGO, 27 DE SEPTIEMBRE DE 1891

A la mañana siguiente, tras la cena del sábado, Léonie, Anatole e Isolde se despertaron tarde.

La velada había sido un gran éxito. En eso, todos estuvieron de acuerdo. Las amplias estancias y los pasillos del Domaine de la Cade, tanto tiempo callados, apagados, habían vuelto a la vida. Los criados silbaban al recorrer los pasillos. Pascal sonrió al acometer sus tareas de costumbre. Iba dando brincos por el vestíbulo, con una amplia sonrisa que le iluminaba la cara.

Sólo Léonie se encontraba relativamente mal. Tenía un persistente dolor de cabeza y escalofríos ocasionales, producto de la desacostumbrada cantidad de vino que había ingerido mientras escuchaba las confidencias de monsieur Baillard.

Pasó buena parte de la mañana tendida en la *chaise longue* con una compresa fría en la frente. Cuando por fin se encontró restablecida y con ánimo de comer algo, tomó una tostada y un consomé de carne por todo almuerzo, pero siguió presa de esa clase de malestar tan habitual tras la vivencia de un acontecimiento de gran magnitud. Después de que la cena hubiera ocupado sus pensamientos durante tanto tiempo, tuvo la impresión de que ya no había nada que realmente pudiera apetecerle.

Entretanto, vio a Isolde ir de una sala a otra con su sosiego de costumbre, sin ninguna prisa, aunque daba la impresión de haberse quitado un peso de encima. Por el aspecto radiante de su rostro era posible pensar que quizá por vez primera se sentía como si fuese realmente la señora de la mansión. Daba la impresión de haberse adueñado de la casa, en vez de que, como antes, la casa fuera dueña de ella. También Anatole silbaba al pasar del vestíbulo a la biblioteca, del salón a la terraza, como si fuera un hombre que tuviera el mundo a sus pies.

Más avanzada la tarde, Léonie aceptó la invitación de Isolde para salir a pasear por los jardines. Tenía necesidad de que se le despejara la cabeza y, como ya se encontraba algo mejor, se alegró de la oportunidad que se le ofrecía para estirar las piernas. El aire estaba en calma y la tarde era incluso cálida, sentía el suave sol sobre las mejillas. Rápidamente se dio cuenta de que su ánimo se había restablecido del todo.

Charlaron amigablemente sobre los temas de costumbre, a la vez que Isolde guiaba a Léonie hacia el lago. Música, libros, las últimas novedades de la moda.

—Bueno —dijo Isolde—. ¿Y ahora en qué vamos a ocupar tu tiempo mientras sigas estando aquí? Me dice Anatole que te interesan la historia y la arqueología locales, ¿es cierto? Se pueden hacer algunas magníficas excursiones. Por ejemplo, a las ruinas del castillo de Coustaussa.

—Me encantaría.

—Y también te gusta leer, como es lógico. Anatole dice que tienes verdadera afición por los libros, tal como otras mujeres pueden tenerla por las joyas y las prendas de vestir.

Léonie se sonrojó.

—Él piensa que leo demasiado, pero es porque él no lee lo suficiente. Sabe todo sobre los libros en cuanto objetos, pero no sabe nada de las historias que contienen sus páginas.

Isolde rió.

—Y ésa debe de ser la razón por la cual tuvo que repetir sus exámenes de bachillerato, claro.

Léonie lanzó una mirada de extrañeza a Isolde.

—¿Él te ha contado eso? —preguntó.

—No, claro que no —dijo ella al punto—. ¿Qué hombre iba a alardear de sus fracasos?

—Entonces...

—A pesar de la falta de relación íntima que hubo entre mi difunto esposo y tu madre, a Jules le gustaba estar al tanto de todo lo relativo a la educación y crianza de su sobrino.

Léonie miró a su tía con renovado interés. Su madre había sido muy clara al afirmar que la comunicación que hubo entre ella y su hermanastro había sido siempre mínima. A punto estaba de presionar un poco más a Isolde en este sentido, pero su tía ya había retomado la conversación, y se perdió la oportunidad.

—No sé si te he dicho que últimamente he formalizado una suscripción con la Société Musicale La Lyre de Carcasona, aunque por el momento no he tenido ocasión de asistir a ninguno de los conciertos. Me hago cargo de que es posible que todo esto se te haga un tanto tedioso, al verte aquí arrinconada en el campo, lejos de cualquier entretenimiento.

—Estoy sumamente contenta —dijo Léonie.

Isolde sonrió con aprecio.

—De todos modos, en las próximas semanas tendré que hacer un viaje a Carcasona, por eso he pensado que podíamos hacer juntas una excursión. Y pasar unos cuantos días en la ciudad. ¿Qué te parece?

A Léonie se le abrieron los ojos de puro deleite.

—Eso sería espléndido, tía. ¿Cuándo vamos?

—Estoy esperando a recibir una carta de los abogados de mi difunto esposo. Hay un asunto en litigio. Tan pronto reciba noticia de ellos, podremos empezar a preparar el viaje.

—¿Anatole también?

—Pues claro —contestó Isolde con una sonrisa—. Él me ha dicho que te gustaría ver cómo ha quedado restaurada la Cité medieval. Dicen que apenas parece que haya cambiado nada de como era en el siglo XIII. Es digno de verse todo lo que han logrado. Hasta hace poco más de cincuenta años, todo estaba completamente en ruinas. Gracias al trabajo de monsieur Viollet-le-Duc, y de los que han seguido adelante con sus trabajos, los barrios que estaban más deteriorados se encuentran en espléndidas condiciones. Hoy ya no supone un peligro hacer una visita turística.

Habían llegado al final del camino. Salieron rumbo al lago, enfilando hacia un pequeño promontorio arbolado desde el que se gozaba de una espléndida panorámica de la extensión de agua.

—Y ahora que ya nos vamos conociendo mejor, ¿te importaría si te hago una pregunta de carácter un tanto personal? —preguntó Isolde.

—No, claro que no —dijo Léonie con cautela—, aunque supongo que dependería de la naturaleza de la pregunta, claro está.

Isolde rió.

—Solamente me preguntaba si tienes un admirador...

Léonie se puso colorada.

—Yo...

—Disculpa, tal vez esperaba demasiado de nuestra amistad.

—No, no —dijo velozmente Léonie, que no deseaba parecer ni mojigata ni ingenua, aun cuando todas sus percepciones sobre el amor romántico estuvieran sacadas de las páginas de los libros—. No, ni mucho menos. Lo que pasa es que... me has tomado por sorpresa.

Isolde se volvió hacia ella.

—En tal caso, ¿hay alguien?

Léonie, con gran sorpresa por su parte, experimentó un momentáneo destello de arrepentimiento por el hecho de que, efectivamente, no hubiera nadie así en su vida. Lo había soñado, cómo no, aunque con personajes que había ido conociendo en las páginas de los libros, o con héroes a los que había visto en un escenario y oído cantar a propósito del amor o del honor. Nunca, hasta ese momento, se habían materializado sus fantasías más secretas en una persona viva, de carne y hueso.

—Esas cosas no me interesan —dijo con firmeza—. A mi entender, el matrimonio es una forma de servidumbre.

Isolde disimuló una sonrisa.

—Es posible que antaño lo fuera, pero ¿de veras lo crees, en estos tiempos modernos? Eres joven. Todas las chicas jóvenes sueñan con el amor.

—Yo no. He visto a mi madre...

Calló, pues se había acordado de las escenas, de las lágrimas, de los días en que no hubo dinero para poner algo de comer en la mesa, de la procesión de hombres que habían ido pasando por su vida y habían terminado por desaparecer.

La serena expresión de Isolde se tornó de súbito sombría.

—Marguerite ha pasado por muy difíciles situaciones. Ha hecho todo cuanto ha podido por lograr que la vida os fuera llevadera e incluso cómoda a Anatole y a ti. Deberías tratar de no juzgarla con demasiada dureza.

A Léonie se le encrespó el ánimo.

—Yo no juzgo —afirmó cortante, recelosa por la reconvención—. Yo... Lo único que pasa es que no deseo tener una vida como la suya.

—El amor, el amor verdadero, es un tesoro muy preciado —siguió diciendo Isolde—. Es doloroso, puede ser incómodo, nos convierte a todos en unos imbéciles, pero es lo que da auténtico sentido a la vida, es lo que da color a la existencia. —Calló un instante—. El amor es lo único que eleva nuestras experiencias comunes a la altura de lo extraordinario.

Léonie la miró de reojo, y luego bajó la vista a los pies.

—No es sólo mi madre la que me ha llevado a dar la espalda al amor —dijo con recogimiento—. También he presenciado qué grandes han sido los sufrimientos de Anatole, y todo por amor. Yo incluso diría que eso... afecta mucho a mi manera de ver las cosas. —Isolde se dio la vuelta. Léonie notó toda la fuerza de sus ojos grises sobre su persona, y se dio cuenta de que no podría mirarla a los ojos—. Hubo una joven a la que él tuvo un grandísimo cariño. La amaba de verdad —siguió diciendo en voz baja—. Pero murió. Murió el pasado mes de marzo. Desconozco las circunstancias exactas de su fallecimiento. Sólo sé que fueron circunstancias tristes e inquietantes. —Tragó saliva y miró a su tía, pero al punto apartó la mirada—. Por espacio de muchos meses, después de ese suceso, temimos por él. Estaba desesperado, con los nervios hechos pedazos, tanto que se refugió en toda clase de maldades..., en malos hábitos, mejor dicho. Pasaba la noche entera fuera de casa, y...

En un gesto veloz, Isolde estrechó el brazo de Léonie contra su costado.

—Un caballero de su constitución es capaz de llevar una vida con distracciones que a nosotras podrían parecernos perniciosas. No deberías tomar esa clase de cosas por indicio de que exista una enfermedad del alma más profunda.

—Tú no lo viste —exclamó con fiereza—. Era un hombre perdido del todo, extraviado incluso para él mismo.

Y, desde luego, para mí.

—El afecto que tienes por tu hermano te honra, Léonie —dijo Isolde—, pero es posible que por fin haya llegado la hora en que no debas preocuparte tanto por él. Sea cual fuere la situación de estos meses pasados, ahora parece que está tranquilo y que tiene buen ánimo. ¿No estás de acuerdo?

A regañadientes, asintió.

—Reconozco que ha mejorado mucho desde la primavera.

—Eso es. Por eso, ha llegado el momento de que pienses más en tus necesidades y menos en las suyas. Aceptaste mi invitación porque eras tú, y solo tú, la que estaba necesitada de tomarse un descanso. ¿No es cierto? —Léonie asintió—. Y ahora que estás aquí, deberías pensar un poco más en ti misma. Anatole está en buenas manos.

Léonie recordó la precipitada huida de París, pensó en que ella le había prometido ayudarle, en la sensación permanente de amenaza, en la cicatriz que tenía Anatole sobre la ceja, recordatorio del peligro que había pasado, y en ese instante se sintió como si se hubiera quitado un peso de encima.

—Está en buenas manos —repitió Isolde con firmeza—. Igual que tú.

Se encontraban en la otra orilla del lago. El agua estaba en calma, verde, y el paraje quedaba aislado, si bien se encontraba a la vista de la casa. Los únicos sonidos que oían eran el crujir de las ramas bajo sus pies o la ocasional carrera de un conejo que escapaba en la maleza. Muy por encima de las copas de los árboles se oían, a lo lejos, los graznidos de los cuervos.

Isolde condujo a Léonie a un banco curvo, de piedra, situado en la elevación del terreno, en forma de luna creciente, cuyos bordes estaban suavizados por el paso del tiempo. Se sentó y dio una palmada en el asiento, invitando a Léonie a acompañarla.

—En los días inmediatamente posteriores a la muerte de mi esposo —dijo—, a menudo venía precisamente aquí. Es un lugar que me resulta muy apropiado para el descanso.

The Seattle Public Library

South Park Branch

Visit us on the Web: www.spl.org

06/14/11

xxxxxxxxx9657

Historia de un Ã-dolo
0010057258195 Date Due: 07/05/11
#Check out successful.
CD/CDROM

Campirano de corazÃ³n
0010064271660 Date Due: 07/05/11
#Check out successful.
CD/CDROM

Sepulcro /
0010071947633 Date Due: 07/05/11
#Check out successful.
book

TOTAL ITEMS: 3

Renewals: 206-386-4190
TeleCirc: 206-386-9015 / 24 hou[illegible] day
Online: myaccount.spl.o[illegible]

Se soltó las horquillas con las que llevaba sujeto el sombrero de ala ancha y lo colocó en el asiento, a su lado. Léonie hizo lo mismo, y se quitó también los guantes. Miró de reojo a su tía. Sus cabellos dorados, incluso en la penumbra que se formaba a la sombra de los árboles, parecían resplandecer mientras permanecía sentada, muy derecha, las manos en el regazo, las botas asomando por debajo de la falda de algodón azul claro.

—¿Y no fue... no fue demasiado solitario? —preguntó Léonie—. Quiero decir, pasar aquí tanto tiempo sola...

Isolde asintió.

—Estuvimos casados sólo unos cuantos años. Jules era un hombre de hábitos sólidos, de costumbres fijas, y durante la mayor parte del tiempo no residimos aquí. Al menos, yo no viví aquí.

—Pero... ¿ahora eres feliz en esta casa?

—Me he acostumbrado —respondió en voz baja.

Toda la curiosidad que Léonie había sentido previamente acerca de su tía, que se había ido desdibujando un tanto, o pasando a segundo plano con las emociones y los preparativos de la cena de gala, retornó a ella de pronto. Se le agolpó en la mente un millar de preguntas que quiso hacerle de pronto. Y no era precisamente la menos crucial el porqué, si Isolde no se sentía del todo cómoda en el Domaine de la Cade, de que prefiriera seguir viviendo allí.

—¿Echas mucho de menos al tío Jules?

Encima de ellas, las hojas se mecían con el viento, susurrando, murmurando, escuchando con descaro su conversación. Isolde suspiró.

—Era un hombre sumamente considerado —replicó con tacto—. Y fue un marido amable y generoso.

Léonie entornó los ojos.

—Pero lo que antes dijiste sobre el amor...

—No siempre es posible que una se case con la persona a la que ama —la interrumpió—. Las circunstancias, la oportunidad, la necesidad... Son cosas que tienen su peso.

Léonie insistió.

—Me pregunto cómo os conocisteis... Yo tenía la impresión de que mi tío rara vez salía del Domaine de la Cade, así que...

—Es cierto que a Jules no le gustaba viajar, marchar lejos de casa. Aquí disponía de cuanto podía apetecer. Era un hombre muy ocupado con sus libros, y se tomaba muy en serio sus responsabilidades para con la finca. De todos modos, tenía por costumbre viajar una vez al año a París, tal como había hecho cuando aún vivía su padre.

—Y durante una de esas visitas suyas a París supongo que os presentaron...

—Así fue —dijo ella.

A Léonie le llamó la atención no lo que había dicho Isolde, sino su forma de actuar. Su tía se había llevado la mano al cuello en un gesto furtivo; ese día lo llevaba cubierto por una blusa de cuello alto, a pesar del buen tiempo reinante. Léonie se dio cuenta de que era un gesto sumamente habitual en ella. Asimismo, Isolde se había puesto muy pálida, como si hubiera recordado algo desagradable, que sin duda habría preferido olvidar.

—Entonces, ¿no le echas mucho en falta? —insistió Léonie.

Isolde esbozó una de sus lentas y enigmáticas sonrisas.

Esta vez, a Léonie no le cupo ninguna duda. El hombre del que Isolde había hablado con tanto anhelo, con tanta ternura, no era el hombre con el que estuvo casada.

Léonie la miró de reojo, tratando de armarse de valor para proseguir la conversación, empeñada en que no decayera. Estaba ansiosa por saber algo más, pero al mismo tiempo no quiso parecer una impertinente. A pesar de todas las confidencias que Isolde parecía haber compartido con ella, lo cierto es que había explicado muy poco de su verdadera historia, y en particular apenas había dicho nada sobre su noviazgo y su matrimonio. Y Léonie tuvo la sospecha, varias veces a lo largo de la conversación, de que Isolde estaba a punto de plantear algo muy distinto, algo que todavía no se había comentado entre ellas dos, aunque no tenía ni idea de qué pudiera ser aquello que parecía a punto de aflorar entre ambas.

—¿Volvemos a la casa? —dijo Isolde, e interrumpió sus reflexiones—. Anatole se estará preguntando dónde nos hemos metido.

Se puso en pie. Léonie recogió su sombrero y sus guantes e hizo lo propio.

—Entonces, tía Isolde, ¿tú crees que seguirás viviendo aquí? —le preguntó cuando bajaban del promontorio y se encaminaban hacia el sendero de regreso a la casa.

Isolde aguardó unos momentos antes de responder.

—Ya veremos —dijo—. A pesar de toda su belleza, y es indudable que la tiene, éste es un lugar inquietante.

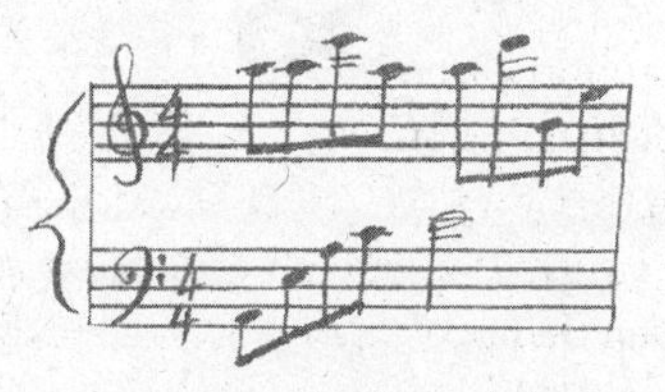

CAPÍTULO 52

∞

CARCASONA
LUNES, 28 DE SEPTIEMBRE

El mozo de cuerda abrió la puerta del compartimento de primera clase y Victor Constant bajó al andén de la estación de Carcasona.

Un, deux, trois, loup. Como un juego de niños, como el lobo que sale en busca de los que se han escondido. Y el que no se ha escondido, tiempo ha tenido...

El viento soplaba con fiereza. Según el mozo de cuerda, la previsión era que en la región se produjeran en los próximos días las peores tormentas otoñales que se habían visto en muchos años. Otras informaciones meteorológicas anunciaban una tormenta aún más devastadora que la anterior, y se daba por supuesto que azotaría Carcasona mediada la semana siguiente.

Constant miró en derredor. Por encima de las vías del tren, del otro lado, los árboles se mecían, se agitaban como si fueran caballos salvajes. El cielo estaba gris como el acero. Las nubes amenazantes surcaban el cielo a gran velocidad por encima de los edificios.

—Así pues, ésta no es más que la obertura —dijo, y sonrió ante su propia broma.

Miró al otro lado del andén, donde su criado había desembarcado con el equipaje. En silencio, salieron a la explanada y Constant aguardó a que su criado se hubiera procurado un coche de punto. Observó con escaso interés a los barqueros del Canal du Midi, que en esos momentos aseguraban sus *péniches* con dobles amarres, sujetándolas incluso a los troncos de los tilos que jalonaban la orilla. El agua azotaba en oleadas convulsas las dos orillas. En el quiosco de prensa de la explanada vio que el titular de la *Dépêche de Toulouse,* el periódico regional, predecía una tormenta muy importante para esa misma noche, aunque aún habrían de sucederse precipitaciones de mayor envergadura.

Constant alquiló unas habitaciones adecuadas a su estatus en una calle estrecha, en la Bastide Saint-Louis, una zona construida en el siglo XIX. Dejó entonces que su criado iniciara al tedioso proceso de visitar todas las pensiones, todos los hoteles, todas las casas en las que había habitaciones de alquiler, mostrando a diestro y siniestro el retrato de Marguerite, de Anatole y de Léonie Vernier, que había robado en la vivienda de la calle Berlin, y de inmediato emprendió una visita a pie a la ciudad antigua, la ciudadela medieval que se encontraba en la otra orilla del río Aude.

A pesar del odio que sentía por Vernier, Constant no podía dejar de admirar la habilidad con la que había borrado sus huellas. Al mismo tiempo, tenía la esperanza de que el aparente éxito de Vernier en su calculada desaparición terminara por llevarle a cometer un acto de arrogancia, una simple imprudencia. Constant había pagado una bonita cantidad al conserje de la calle Berlin para que interceptara toda comunicación dirigida a la vivienda desde Carcasona, confiando en el hecho de que, debido a la necesidad que tenía Vernier de permanecer en paradero desconocido, aún no se hubiera enterado de la muerte de su madre.

Sólo pensar en cómo se iba tensando su red en París, por más que el propio Vernier siguiera ignorándolo, le procuraba a Constant un placer inmenso.

Constant cruzó a la otra orilla del río por el Pont Vieux. Mucho más abajo, el Aude se arremolinaba en las orillas encharcadas y ganaba velocidad al correr sobre las rocas planas y los cañaverales. El nivel del río había subido considerablemente. Se ajustó los guantes en un intento por aliviar la desazón que le producían las ampollas que tenía en carne viva entre el índice y el corazón de la mano izquierda.

Carcasona había cambiado muchísimo desde la última vez que Constant había visitado la ciudad. A pesar de la inclemencia del tiempo, había hombres con carteles colgados a la espalda y también por el pecho que repartían panfletos turísticos prácticamente en todas las esquinas. Rechazó el panfleto llamativo que uno de ellos quiso ponerle en las manos, paseando sus ojos implacables por encima de los anuncios de los jabones de Marsella y de La Micheline, un afamado licor de la localidad, y otros más de bicicletas y de pensiones. Terminó por aceptar uno. El texto en sí era una mezcla de elogio y propaganda de la propia ciudad, de historia embellecida. Constant arrugó el papel barato en el puño enguantado y lo arrojó al suelo.

Constant odiaba Carcasona y tenía motivos de peso para ello. Treinta años atrás, su tío lo había llevado a los arrabales de la Cité. Había recorrido a pie las ruinas, observado a los desastrados *citadins* que vivían dentro de aquellas murallas desmoronadas. Más avanzado el mismo día, ahíto de licor de ciruelas y de opio, en una habitación adamascada, encima de un bar de la plaza de Armas, había tenido su primera experiencia con una prostituta por cortesía de su tío.

Ese mismo tío carnal se encontraba ahora internado en Lamalou-les-Bains, infectado por una *connasse* u otra, sifilítico y demente, convencido de que el cerebro le estaba siendo succionado de continuo a través de la nariz. Constant no fue a visitarle. No tenía el menor deseo de ver qué efectos podía llegar a causar la enfermedad, con el tiempo, también en él.

Fue la primera persona a la que mató Constant. No fue un acto intencionado, y el incidente le asombró. No sólo porque le hubiese quitado la vida, sino también por lo fácil que le había resultado hacerlo. Recordó la mano en el cuello y la emoción que sintió al ver reflejado el terror en los ojos de la muchacha cuando se dio cuenta de que la violencia con que copularon había sido tan sólo la predecesora de una posesión más absoluta.

De no haber sido por los bolsillos bien provistos de su tío, y por sus relaciones en el ayuntamiento, Constant no habría tenido más remedio que enfrentarse a la vida del galeote o la muerte en la guillotina. Según fueron las cosas, lo dejaron escapar con prontitud y sin ceremonias.

La experiencia le enseñó mucho, y no sólo que el dinero servía para rescribir la historia, para enmendar el final de cualquier suceso. Cuando el oro estaba implicado en algo, no existía eso que se llama «realidad» incontestable. Constant había aprendido bien la lección. Había pasado una vida entera supeditando a sus intereses tanto a sus amigos como a sus enemigos, por medio de una combinación de obligaciones, deudas y, si fallaban estas estrategias, con las cadenas del miedo. Sólo al cabo de algunos años entendió que todas las lecciones entrañaban un coste. La muchacha, al fin y al cabo, se cobró su venganza. Fue ella quien le contagió la enfermedad que lenta y dolorosamente iba arrancando la vida a su tío. La muchacha ya no estaba a su alcance, pues llevaba muchos años bajo tierra, pero en vez de a ella había castigado a muchos otros.

Al bajar por el otro lado del puente, pensó de nuevo en el placer que le había causado la muerte de Marguerite Vernier. Sintió que le invadía un calor repentino. Al menos durante un instante fugaz logró borrar de un plumazo el recuerdo de la humillación que había padecido a manos de su hijo. La traición. Lo cierto es que a pesar de ser muchas las que habían pasado a mejor vida bajo sus manos depravadas, la experiencia del asesinato era más placentera cuando se trataba de una mujer hermosa. En esos casos, realmente valía la pena.

Estimulado en mayor medida de lo que hubiera deseado por el recuerdo de aquellas horas en la calle Berlin con Marguerite, Constant se aflojó el cuello. Volvió a percibir el olor embriagador, la mezcla de la sangre y el miedo, el perfume inequívoco de tales situaciones. Apretó los puños al recordar la deliciosa sensación que le produjo su resistencia, el modo en que se tensó su piel reacia a ceder.

Respirando deprisa, Constant recorrió los toscos adoquines de la calle Trivalle y aguardó unos instantes hasta que volvió a ser dueño de sí mismo. Lanzó una mirada despectiva al panorama que le rodeaba. Los cientos, los millares de francos gastados en la restauración de la ciudadela del siglo XIII no parecían haber afectado realmente las vidas de las personas que residían en el barrio de Trivalle. Seguía siendo una zona urbana empobrecida y ruinosa, tal como lo era treinta años atrás. Los niños, semidesnudos y descalzos, permanecían sentados en los umbrales. Las paredes de ladrillo y de piedra se combaban hacia fuera, como si las venciera el peso insufrible del tiempo. Una mendiga envuelta en unas mantas sucias, los ojos inertes, ciega, extendió una mano sucia cuando él pasó de largo sin prestar la menor atención.

Atravesó la plaza Saint-Gimer por delante de la iglesia nueva, y fea, construida por monsieur Viollet-le-Duc. Una jauría de perros y de niños le tiraban de las perneras de los pantalones, le pedían una moneda, le ofrecían sus servicios como guías o recaderos. Tampoco les hizo ningún caso, hasta que uno se aventuró a acercarse demasiado. Constant le asestó un golpe con la empuñadura metálica del bastón, produciéndole una herida en la mejilla que sangró de inmediato. La banda de niños retrocedió.

Llegó a una angosta calle sin salida por la izquierda, poco más que una calleja, que conducía a la base de las murallas de la Cité. Avanzó con cuidado por la callejuela, sucia y resbaladiza. La superficie estaba cubierta por una capa de barro de color pardo. Despojos y desechos de los más pobres cubrían en gran parte la calle. Envoltorios de papel, excrementos de animales, verduras podridas, demasiado podridas para que llegaran a comérselas los perros abandonados. Tuvo la impresión de que lo miraban unos ojos oscuros e invisibles tras las rendijas de las persianas.

Se detuvo ante una casa minúscula, a la sombra de los baluartes, y llamó a la puerta con la empuñadura del bastón. Para dar con el paradero de Vernier y de su furcia, Constant tenía necesidad de recurrir a los servicios del hombre que vivía allí. Sabía ser paciente. Estaba dispuesto a esperar todo el tiempo que fuera preciso, una vez que tuviera la total seguridad de que los Vernier se encontraban en los alrededores.

Se levantó una trampilla de madera.

Dos ojos inyectados en sangre se abrieron primero como platos, por efecto de la sorpresa y luego por el miedo. La trampilla se cerró. Tras correr un cerrojo, tras rechinar una llave en la cerradura, se abrió la puerta.

Constant entró en el interior.

CAPÍTULO 53

DOMAINE DE LA CADE

Septiembre, cambiante y borrascoso, dejó paso a un octubre de tiempo más apacible.

Sólo habían pasado dos semanas desde que Léonie partiera de París, pero ya le resultaba difícil recordar las pautas con arreglo a las cuales habían transcurrido sus días en casa. Para su sorpresa, entendió que no echaba de menos una sola cosa de su vida anterior. Ni el paisaje, ni las calles, ni la compañía de su madre o del resto del vecindario.

Tanto Isolde como Anatole parecían haber experimentado también una especie de transformación desde la noche de la cena de gala. Los ojos de Isolde ya no los velaba la angustia, y aunque se cansaba con facilidad y por las mañanas a menudo permanecía en su habitación, su tez era radiante. Tras el innegable éxito social de la reunión, y con el genuino agradecimiento de las cartas por la invitación, resultó evidente que Rennes-les-Bains estaba perfectamente preparado para dar la bienvenida a la viuda de Jules Lascombe en el seno de la buena sociedad.

Durante estas dos apacibles semanas, Léonie pasó todo el tiempo que pudo al aire libre, explorando palmo a palmo la finca, aunque evitó internarse por el sendero abandonado que conducía al sepulcro. La combinación del sol con las primeras lluvias del otoño había pintado el mundo de vívidos colores. Los rojos intensos, los verdes oscuros, el envés dorado de las ramas y las hojas, el carmesí de los álamos cobrizos y el amarillo yema de la retama tardía. El canto de los pájaros, el ladrido de un perro solitario que llegaba desde el valle, el rumor de la maleza cuando un conejo se escabullía en busca de un refugio, las suelas de sus botas al desplazar los guijarros y las ramas, el coro de cigarras que vibraban en los árboles; el Domaine de la Cade era sencillamente espectacular. A medida que el tiempo iba poniendo distancia con respecto a las sombras que había percibido aquella primera tarde, y al frío helador del sepulcro, Léonie empezó a sentirse en la finca como si realmente estuviera en su casa. Empezó a resultarle incomprensible que su madre, de niña, hubiera sentido algo inquietante tanto en la finca como en la mansión, algo que la había llevado ser desdichada. Al menos, eso se dijo Léonie. Era un lugar en el que reinaba la tranquilidad.

Sus días se fueron adaptando a una cómoda rutina.

Casi todas las mañanas dedicaba un rato a pintar. Había querido embarcarse en una serie de paisajes de tema nada exigente, más bien tradicional, el carácter cambiante de la campiña en otoño. Pero a raíz del éxito inesperado que tuvo la tarde de la cena de gala gracias a su autorretrato, sin haber tomado en ningún momento la decisión consciente de hacerlo, se embarcó sin darse cuenta en una serie de reproducciones, hechas de memoria, de los otros siete retablos que vio en el sepulcro. Más que un regalo para su madre, tuvo entonces la idea de que esa serie de cuadros podrían ser un bonito recuerdo para Anatole, un recuerdo de su estancia en el sur. Estando en su casa, en París, en las galerías y los museos, en las grandes avenidas, en aquellos jardines tan cuidados, los encantos de la naturaleza hasta entonces no la habían conmovido. Allí, en cambio, Léonie descubrió que poseía una clara afinidad con los árboles, con las vistas que disfrutaba desde su ventana. E introdujo poco a poco el paisaje del Domaine de la Cade en cada una de las ilustraciones que fue pintando.

Algunos de los retablos acudieron con más presteza que otros a su memoria y a su pincel. La imagen de El Loco adquirió los rasgos de Anatole, la expresión de su rostro, su figura, su tono de piel.

La Sacerdotisa encontró la elegancia y el encanto que Léonie relacionaba con Isolde.

No intentó reproducir a El Diablo.

Después del almuerzo, casi todos los días Léonie se sentaba a leer en su habitación, o bien salía a pasear con Isolde por los jardines. Su tía se mostraba discreta y circunspecta en todo lo relativo a las circunstancias de su matrimonio, aunque Léonie a pesar de todo se las ingenió para hacerse con datos, con información suficiente para hilvanar una historia bastante completa, o en todo caso satisfactoria.

Isolde se había criado en los suburbios de París, al cuidado de una tía ya anciana, una mujer fría y amargada para la cual ella apenas pasó de ser una damisela de compañía a la que no se pagaba por sus servicios. Liberada a raíz del fallecimiento de su tía, y al verse con muy escasos medios de subsistencia, tuvo la fortuna de abrirse paso en la ciudad cuando ya tenía veintiún años, edad a la que pasó a trabajar en la casa de un financiero y de su esposa. Ésta era una conocida de la anciana tía de Isolde; había quedado ciega años antes y requería de constante ayuda. Los deberes de Isolde no fueron excesivos. Tomaba al dictado las cartas de la señora y redactaba su correspondencia, le leía en voz alta los periódicos y las últimas novelas salidas en el mercado, además de acompañar a la señora a los conciertos y a la ópera. Por la calidez con que le habló Isolde de aquellos años, Léonie comprendió que había llegado a tener verdadero aprecio por el financiero y su señora. A través de ellos adquirió una buena cultura, tuvo relaciones sociales, aprendió las labores de una buena costurera. Isolde no fue muy explícita a la hora de aclarar las razones por las que la habían despedido, aunque Léonie dedujo que había tenido mucho que ver en ello la conducta inapropiada del hijo del financiero.

Sobre todo lo tocante a su matrimonio, Isolde se mostró más reservada. Estaba claro, sin embargo, que la necesidad y la oportunidad tuvieron un papel importante cuando ella aceptó la propuesta matrimonial que le hizo Jules Lascombe, tanto o más que el amor. Fue más un asunto de negocios que de romanticismo.

Léonie se enteró también de que en la década de 1870 habían tenido lugar en la región una serie de incidentes que habían causado una gran inquietud en Rennes-les-Bains, y que por alguna oscura razón, o que ella al menos no acertó a comprender, dichos incidentes afectaron al Domaine de la Cade. Isolde no aclaró los detalles específicos de todo aquello, aunque al parecer hubo una serie de ataques de los que fue víctima el ganado, ataques llevados a cabo por algún animal salvaje, y se rumoreó que también algunos niños fueron objeto de agresiones brutales. Hubo asimismo acusaciones de que habían tenido lugar ceremonias depravadas o al menos inapropiadas en la capilla desacralizada que se encontraba en el bosque, dentro de las lindes de la propiedad.

Al enterarse de esto, a Léonie le fue difícil ocultar sus sentimientos más íntimos. Se quedó lívida y acto seguido se puso colorada al recordar los comentarios de monsieur Baillard, cuando le contó que el abad Saunière había sido convocado para que tratara de aquietar a los espíritus del lugar. Léonie quiso saber algo más, pero en el fondo se trataba de una historia que Isolde conocía sólo de segunda mano, algo de lo que tuvo noticia mucho después de que sucediera, de modo que no pudo o no quiso contárselo con más detalle.

En otra conversación, Isolde habló a su sobrina de que a Jules Lascombe se le consideraba en la localidad una especie de ermitaño. Sólo desde la muerte de su madrastra y desde que su hermanastra se marchara, vivía contento, en absoluta soledad. Según le explicó Isolde, no tenía el menor deseo de contar con compañía de ninguna clase, y menos aún con una esposa. Sin embargo, en Rennes-les-Bains era cada vez mayor la desconfianza que inspiraba su condición de soltero impenitente, por lo que Lascombe empezó a suscitar toda clase de suspicacias. En el pueblo se preguntaban, y lo hacían incluso a voces, por qué había huido su hermana de la finca años antes. Si realmente se había tratado de una huida, dicho sea de paso.

Según le explicó Isolde, la lluvia de chascarrillos e insinuaciones fue en aumento, y llegó a arreciar de tal manera que Lascombe se vio obligado a pasar a la acción. En el verano de 1885 el nuevo sacerdote de la parroquia de Rennes-le-Château, Bérenger Saunière, sugirió a Lascombe que la presencia de una mujer en el Domaine de la Cade serviría seguramente para aquietar al vecindario.

Un amigo de ambos hizo que Isolde y Lascombe se conocieran en París. Lascombe dejó bien claro que le resultaría aceptable, que le resultaría incluso agradable, que su joven esposa pasara la mayor parte del año en la ciudad; él se ocuparía de todos sus gastos, con la condición de que se personara en Rennes-les-Bains siempre que él se lo exigiera. A Léonie se le pasó por la cabeza una elemental pregunta, aunque no tuvo la osadía de formularla. ¿Había llegado el matrimonio a consumarse?

La historia estaba teñida de pragmatismo y no tenía el menor ribete romántico. Y aunque sirvió de respuesta a muchas de las preguntas que Léonie deseaba formular sobre la naturaleza del matrimonio que había unido a su tía con su tío, no terminaba de explicar a quién se pudo referir Isolde cuando le habló con tanta ternura, e incluso con vehemencia, en aquel primer paseo que dieron juntas, y le expuso su opinión sobre el amor. En aquella ocasión insinuó que existía una gran pasión, que podría estar sacada de las páginas de una novela. Dejó entrever tentadores retazos de experiencias que Léonie por su parte sólo podría haber soñado.

A lo largo de aquellas dos primeras semanas de octubre, tan apacibles, las tormentas anunciadas en las previsiones climatológicas no llegaron a materializarse. Brilló el sol con intensidad, aunque no apretó demasiado el calor. Soplaba una brisa templada, moderada, que no alteró la tranquilidad de aquellos días. Fue una temporada de gozo, en la que apenas nada trastornó la cotidianidad de la vida doméstica, contenida en sí misma, que iban construyendo y disfrutando los habitantes del Domaine de la Cade.

La única sombra que empañaba el horizonte era la falta de noticias sobre su madre. Marguerite nunca había sido muy constante a la hora de escribir cartas, por no decir que pecaba de indolencia en este sentido, pero no haber recibido comunicación alguna por su parte era, si no inquietante, cuando menos sorprendente. Anatole trató de tranquilizar a Léonie asegurándole que la explicación más lógica era que alguna carta suya se hubiera extraviado en el coche del correo que sufrió un accidente la noche de la tormenta. El jefe de la oficina de correos le había dicho que toda una saca llena de cartas, paquetes y telegramas se había perdido, al caer debido al impacto del accidente a las aguas del río Salz, con lo que se la llevó la corriente del río desbordado.

A instancias de Léonie, que fue sumamente insistente, Anatole accedió de mala gana a ser él quien escribiera. Envió la carta a la vivienda de la calle Berlin, pensando que tal vez Du Pont hubiera tenido que regresar a París, con lo que Marguerite estaría en casa y podría recibir la carta en mano.

Mientras Léonie lo miraba, Anatole colocó el sello de lacre en el sobre y lo dio al criado para que a su vez lo llevase a la oficina de correos de Rennes-les-Bains, y en ese momento tuvo ella un sentimiento de temor que la abrumó de manera incomprensible. A punto estuvo de extender la mano para impedirle que hiciera entrega de la carta, pero se contuvo. Era una tontería. No podía pensar de veras que los acreedores de Anatole siguieran empeñados en perseguirle.

¿Qué perjuicio puede desprenderse del hecho de enviar una carta?

Al término de la segunda semana de octubre, cuando se llenó el aire del olor de las hogueras del otoño y del perfume de las hojas caídas, Léonie sugirió a Isolde que tal vez pudieran hacer una visita a monsieur Baillard. O bien invitarle de nuevo al Domaine de la Cade. Se llevó un chasco. Isolde le informó de que había tenido conocimiento de que monsieur Baillard inesperadamente había abandonado el domicilio que tenía en Rennes-les-Bains, y que no se esperaba que regresara antes de la víspera de la fiesta de Todos los Santos.

—¿Y adónde ha ido?

Isolde negó con un gesto.

—Nadie lo sabe con certeza. Se cree que a los montes, pero nadie está seguro.

Léonie seguía deseosa de ir a Rennes-les-Bains. Aunque Isolde y Anatole no parecían dispuestos, finalmente cedieron y se pusieron de acuerdo para visitar la localidad el viernes 16 de octubre.

Pasaron una agradable mañana en el pueblo. Se encontraron casualmente con Charles Denarnaud y tomaron café con él en la terraza del hotel Reine. A pesar de su bonhomía y su cordialidad, Léonie no logró tomarle verdadero aprecio, y por la reserva con que se condujo su tía se dio cuenta de que Isolde tenía sentimientos muy similares a los suyos.

—No me inspira ninguna confianza —susurró Léonie—. Hay algo de hipocresía en su manera de comportarse.

Isolde no respondió a las claras, pero levantó las cejas de una manera tal que confirmó las aprensiones de Léonie, o al menos le indicó que las compartía. Léonie sintió alivio cuando Anatole se puso en pie para despedirse.

—Entonces, Vernier, ¿vendrá conmigo a cazar alguna de estas mañanas de otoño? —inquirió Denarnaud, y estrechó la mano de Anatole—. Abundan los jabalíes en esta época del año. Y también hay urogallos y palomas torcaces.

Los ojos castaños de Anatole se animaron visiblemente ante la propuesta.

—Sería un placer, Denarnaud, aunque le advierto que mi entusiasmo es mayor que mi puntería. Además, me avergüenza confesarlo, pero no estoy preparado. No tengo armas.

Denarnaud le dio una palmada en la espalda.

—De las armas y las municiones me ocupo yo si usted costea el desayuno.

Anatole sonrió.

—Trato hecho —contestó, y a pesar de la antipatía que le suscitaba aquel individuo, a Léonie le agradó el aire de placer que la promesa de una excursión había dejado en el rostro de su hermano.

—Señoras —dijo Denarnaud, quitándose el sombrero—. Vernier. Quedamos, pues, para el lunes próximo. Le enviaré todo lo que necesite a la finca con la debida antelación, siempre y cuando a usted le parezca bien, madame Lascombe.

Isolde asintió.

—Por supuesto.

Mientras paseaban por el pueblo, Léonie no pudo dejar de darse cuenta de que Isolde despertaba cierto interés entre los lugareños. No es que hubiera hostilidad, ni tampoco suspicacia en el escrutinio al que estaba sujeta, pero sí una gran atención. Isolde vestía con tonos sombríos y llevaba medio velo bajado sobre la cara al caminar por la calle. Sorprendió a Léonie que nueve meses después de la defunción de su esposo se la siguiera considerando en la localidad como la viuda de Jules Lascombe. En París, el periodo que duraba el luto era mucho más breve. Aquí, claramente era de rigor observar el luto durante mucho más tiempo.

El momento culminante de la visita, para Léonie, se debió sin embargo a la presencia de un fotógrafo ambulante en la plaza Pérou. Tenía la cabeza oculta bajo una tela negra y gruesa, y el aparato, voluminoso, descansaba sobre las patas inestables de un trípode con remates de metal. Era de un estudio de Toulouse. Se encontraba de gira, con la idea de registrar cómo eran las vidas en las aldeas y los pueblos de la Haute Vallée y dejar así constancia para la posteridad. Por eso había visitado Rennes-le-Château, Couiza y Coustaussa. Después de Rennes-les-Bains, su intención era seguir por Espéraza y Quillan.

—¿Podemos? Será un bonito recuerdo del tiempo que hemos pasado aquí. —Léonie tiró de la manga de Anatole—. Anda, por favor... Un regalo para mamá.

Con gran sorpresa, se dio cuenta de que las lágrimas le habían asomado a los ojos. Por vez primera desde que Anatole echó la carta al correo, Léonie se puso realmente sentimental al pensar en su madre, echándola seguramente de menos.

Tal vez al percatarse de sus emociones, Anatole se rindió. Tomó asiento en una silla metálica, de patas desiguales, que cojeaba sobre los adoquines, y sujetó el bastón entre las rodillas a la vez que dejaba el sombrero en su regazo. Isolde, elegantísima con su chaqueta y su falda oscuras, se situó tras él, a su izquierda, y le puso sobre el hombro los finos dedos envueltos en guantes de seda negra. Léonie, muy hermosa con su chaqueta de paseo, rojiza, con botones dorados y borde de terciopelo negro, permaneció a la derecha sonriendo directamente a la cámara.

—Perfecto —dijo Léonie cuando el fotógrafo dio por buena la foto—. Ahora podremos recordar siempre este día.

Antes de marcharse de Rennes-les-Bains, Anatole realizó su consabida peregrinación a la oficina de correos, mientras Léonie, deseosa de convencerse del todo de que Audric Baillard realmente no se encontraba en su modesto alojamiento, decidió ir a verlo a su domicilio. Aún llevaba en el bolsillo la hoja de música que había tomado del sepulcro, y estaba resuelta a mostrársela. Además, deseaba confesarle que había comenzado a plasmar de memoria sobre el papel los retablos que vio en las paredes del ábside.

Y preguntarle por los rumores que al parecer corrían sobre el Domaine de la Cade.

Isolde aguardó con paciencia a que Léonie llamase a la puerta pintada de azul, como si realmente pudiera lograr que monsieur Baillard hiciera acto de presencia por expreso deseo. Las contraventanas estaban cerradas, y las flores de las macetas del exterior ya se encontraban cubiertas con trozos de fieltro, adelantándose a las heladas del otoño que tal vez pronto llegaran.

El edificio tenía un aire de hibernación, como si no contase con que nadie regresara allí en bastante tiempo.

Volvió a llamar.

Mientras contemplaba la casa cerrada a cal y canto, regresó con especial intensidad a su memoria la poderosa advertencia que le hizo monsieur Baillard para que no volviera al sepulcro, para que no buscara las cartas. Aunque sólo hubiera pasado una única velada en su compañía, tenía depositada en él una confianza absoluta, una confianza ciega. Habían transcurrido dos semanas desde la cena de gala. Viéndose allí de pie, a la espera, ante una puerta que no iba a abrirse, comprendió cuánto deseaba realmente que él supiera que había sido obediente a sus consejos.

Casi por completo.

No había vuelto a internarse por el bosque. No había dado un solo paso que la llevara a saber algo más. Era cierto que aún no había devuelto el libro de su tío a la biblioteca, pero tampoco había retomado su lectura. De hecho, apenas lo había vuelto a abrir desde que hizo aquella primera visita al sepulcro.

En ese momento, aunque le frustrase que monsieur Baillard estuviera en efecto ausente del pueblo, la visita sin embargo la fortaleció en su resolución de seguir al pie de la letra su consejo. Se le ocurrió, y lo vio con toda claridad, que seguramente no sería sensato obrar de otro modo. Léonie se dio la vuelta y tomó a Isolde por el brazo.

Cuando regresaron al Domaine de la Cade poco más de media hora más tarde, Léonie fue corriendo al rincón de debajo de la escalera y colocó la partitura en el atril del piano, bajo un ejemplar de *El clavecín bien temperado,* de Bach, carcomido por la polilla. Le pació que era significativo que a pesar de todo el tiempo transcurrido desde que la hoja de música se hallaba en su poder ni siquiera se hubiera propuesto interpretarla.

Esa noche, cuando Léonie apagó de un soplido la vela en su dormitorio, por vez primera lamentó no haber devuelto *Les tarots* a la biblioteca. Fue muy sensible a la presencia del libro de su tío en su habitación, por más que se hallara escondido bajo los carretes de hilo, los retales, las cintas. Se intercalaban en su pensamiento imágenes que la remitían a los diablos, niños secuestrados mientras dormían, huellas en el suelo y en las piedras, indicadoras de algún mal, de algo perverso, desencadenado de pronto. En medio de la larga noche despertó sobresaltada con la visión de los ocho retablos del tarot apiñados a su alrededor. Encendió una vela y puso a los espectros en fuga. No iba a permitir que la arrastrasen de nuevo allá.

Y es que Léonie comprendió entonces perfectamente la naturaleza del aviso que le dio Audric Baillard. Los espíritus del lugar estuvieron a punto de reclamarla y llevársela. No iba a darles nunca más semejante oportunidad.

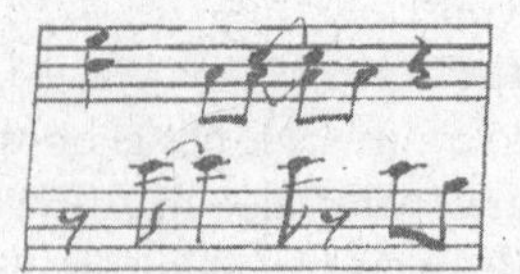

CAPÍTULO 54

La bonanza de la climatología se prolongó hasta el martes 20 de octubre.

Un cielo plomizo se asentaba directamente sobre el horizonte. Una bruma húmeda y espesa envolvía el Domaine con sus dedos heladores. Los árboles no eran sino siluetas. La superficie del lago se había picado. Las matas de rododendros y de enebro se estremecían a merced de un viento racheado del suroeste.

Léonie se alegró de que Anatole hubiera salido a cazar con Charles Denarnaud el día anterior, antes de que comenzasen las lluvias. Salió de la casa con una funda de cuero, un *etui à fusil* colgado al hombro, en el cual llevaba la escopeta prestada, con las hebillas relucientes al sol. Regresó cuando ya iba avanzada la tarde, con un manojo de palomas torcaces, la cara curtida por el sol y los ojos encendidos por la pasión de la caza.

Mientras miraba por el ventanal, pensó en cuán poco placentera habría resultado la experiencia si hubiese tenido lugar en el día de hoy.

Tras el desayuno, Léonie se quedó en el salón y se acurrucó en la *chaise longue* con los cuentos completos de madame Oliphant, momento en que llegó el correo del pueblo. Aguzó el oído para captar algo de lo que se dijera cuando se abriera la puerta, y pudo escuchar los murmullos, los saludos y luego los pasos cortos de la criada al atravesar las baldosas del vestíbulo camino del estudio.

Para Isolde, se acercaba una época del año particularmente ajetreada en la finca. El día de San Martín, el 11 de noviembre, era la fecha fijada para cuadrar las cuentas anuales, y en algunos terrenos arrendados llegaba también el momento del desahucio si no se abonaba la renta. Isolde explicó a Léonie que era el día en que los arrendatarios tenían que pagar la renta del año entrante; ella, en su condición de dueña y señora de la finca, estaba resuelta a cumplir con su misión lo mejor que pudiera. Era más que nada cuestión de escuchar atentamente al gerente de la finca y de actuar de acuerdo con sus consejos, y no tanto de tomar decisiones por su cuenta, si bien todos aquellos asuntos tan engorrosos la habían tenido enclaustrada en su estudio durante las dos mañanas anteriores.

Léonie bajó la vista y siguió concentrada en su libro, inmersa en la lectura.

Pocos minutos después, oyó que alguien levantaba la voz y que la campana del estudio sonaba con fuerza, lo cual no era corriente. Desconcertada, Léonie dejó el libro y, descalza, cubierta sólo con las medias, atravesó la sala y abrió un poco la puerta. Llegó a tiempo de ver que Anatole bajaba de dos en dos las escaleras y desaparecía en el interior del estudio.

—¡Anatole! —le gritó—. ¿Hay alguna noticia de París?

Le resultó evidente que no le había oído, pues cerró de un portazo nada más entrar.

Qué extraordinario.

Léonie aguardó unos momentos, asomándose de nuevo a la puerta sin disimular su curiosidad, con la esperanza de entrever a su hermano, si bien no sucedió nada más, y muy pronto se cansó de mantenerse a la espera, escuchando, con lo cual regresó a su asiento. Pasaron cinco minutos, y luego diez. Léonie siguió leyendo, si bien su atención estaba ya en otra parte. Pasó un cuarto de hora.

A las once en punto Marieta le llevó una bandeja de café a la sala y la colocó en la mesa. Había, como de costumbre, tres tazas.

—¿Mi tía y mi hermano tienen previsto tomar el café conmigo?

—Nadie me ha dado orden en sentido contrario, *madomaisèla.*

En ese instante, Anatole e Isolde aparecieron juntos en el umbral de la sala.

—Buenos días, pequeña —dijo él. Sus ojos castaños brillaban de una manera especial.

—He oído el ruido hace un rato —dijo Léonie, y se puso en pie de un salto—. Pensé que tal vez hubieras recibido noticias de París.

La expresión de su hermano se alteró un instante.

—No, lo lamento. Ninguna novedad de mamá.

—Entonces... ¿qué ha ocurrido? —preguntó, y cayó en la cuenta de que también Isolde se encontraba alterada. Estaba más sonrojada o más acalorada que de costumbre, y le relucían los ojos grises.

Cruzó la estancia y apretó la mano de Léonie cuando estuvo a su lado.

—Acabo de recibir la carta de Carcasona que estaba esperando.

Anatole había ocupado su sitio frente al fuego encendido en la chimenea, con las manos unidas a la espalda.

—Creo que Isolde ha debido de prometerte que te llevará a un concierto...

—¡Así que por fin vamos! —Léonie se puso en pie de un brinco y besó a su tía—. Es maravilloso.

Anatole rió.

—Teníamos la esperanza de que te agradara la noticia. No es la mejor época del año para hacer ese viaje, por descontado, pero estamos a merced de las circunstancias.

—¿Y cuándo nos vamos? —preguntó Léonie, y miró alternativamente al uno y a la otra.

—Emprenderemos viaje este mismo jueves por la mañana. Isolde ha telegrafiado para informar a sus abogados de que llegará a las dos en punto de la tarde. —Hizo una pausa e intercambió una mirada con Isolde. Léonie la captó perfectamente.

Hay algo más, hay algo que desea decirme.

Los nervios volvieron a aletear en su pecho.

—A decir verdad, Léonie, hay otra cosa más que queríamos comentarte los dos. Isolde ha tenido la generosidad de sugerir que prolonguemos nuestra estancia aquí, tal vez hasta Año Nuevo. ¿Qué dirías a esa propuesta?

Léonie se quedó perpleja mirando a Anatole. En un primer momento, no supo qué pensar realmente ante tal sugerencia. ¿No era acaso probable que los placeres del campo se atenuaran si prolongaban su estancia?

—Pero... pero... ¿y tu trabajo? ¿Pueden prescindir de ti en la revista durante tanto tiempo? ¿No es preciso que vigiles de cerca tus intereses?

—Ah, yo diría que en la revista se las pueden apañar sin mí durante estos meses —contestó a la ligera. Aceptó la taza de café que le tendía Isolde.

—¿Y mamá? —objetó Léonie, sintiendo de pronto congoja al pensar en su hermosa madre, sentada en la sala de estar de la calle Berlin sin que nadie le hiciera compañía.

—Si a Du Pont no le importase prescindir de ella, habíamos pensado tal vez en la posibilidad de invitarle a que venga con nosotros.

Léonie miró intensamente a Anatole.

Ni siquiera él puede creer que mi madre esté dispuesta a marcharse de París. Y menos aún que quiera volver a pasar un tiempo aquí.

—No creo que sea ése el deseo del general Du Pont —dijo Léonie a modo de excusa, segura de que ante semejante invitación su única respuesta podría ser una atenta pero firme negativa.

—¿O tal vez es que te aburre mi compañía y ya no deseas permanecer más tiempo aquí? —quiso saber Anatole, y atravesó la estancia y le pasó el brazo por los hombros—. ¿Te inquieta acaso la idea de pasar unas cuantas semanas más aquí confinada con tu hermano?

Se dilató ese momento de duda, cuajado de tensiones y expectativas, y Léonie al final rió con nerviosismo.

—¡Eres un tonto, Anatole! Pues claro que me encantaría quedarme más tiempo. No se me ocurre nada que pudiera gustarme más, te lo aseguro, pero la verdad...

—¿Pero? —dijo Anatole al punto.

Se le borró la sonrisa de los labios.

—La verdad es que me gustaría saber algo de mamá.

Anatole dejó la taza de café y encendió un cigarrillo.

—Y a mí también —corroboró él con calma—. Estoy seguro de que está disfrutando mucho, tanto que no ha tenido oportunidad de escribirnos. Y, como es natural, hay que dejar que pase algún tiempo para que mi carta le sea reenviada al valle del Marne.

Ella entornó los ojos.

—¿No habías dicho, según me pareció entender, que seguramente había regresado a París?

—Sólo sugerí esa posibilidad —dijo él con dulzura. Y su expresión volvió a iluminarse—. Pero... ¿no te alegra la idea de hacer el viaje a Carcasona?

—Desde luego que sí.

Él asintió.

—Bien. Tomaremos en Couiza el tren de la mañana. El *courrier publique* sale de la plaza Pérou a las cinco en punto.

—¿Cuánto tiempo nos vamos a quedar allí?

—Dos días, tal vez tres.

En la cara de Léonie quedó reflejada su decepción.

—Pero si eso apenas es nada...

—Yo creo que será suficiente —sonrió su hermano.

Esta vez, a Léonie no se le escapó la mirada de intimidad que hubo entre Isolde y él.

CAPÍTULO 55

MIÉRCOLES 21 DE OCTUBRE

Los amantes yacían entre las sábanas, iluminados sus rostros solamente por el parpadeo de una única vela.

—Deberías volver a tu habitación —dijo ella—. Se está haciendo tarde.

Anatole cruzó las manos bajo la nuca, en un gesto que delató con toda claridad su determinación de quedarse un rato más.

—Desde luego. Ya se han acostado todos.

Isolde sonrió.

—Nunca creí que pudiera llegar a ser tan feliz como lo soy ahora —dijo en voz baja—. Que fuésemos a estar juntos aquí. —Pero la sonrisa abandonó sus labios. Se llevó la mano automáticamente al hueco que se le formaba en la base de cuello—. Temo que no vaya a durar.

Anatole se inclinó y la besó en la piel quemada. Incluso en ese instante notó el deseo que tuvo ella de alejarse del tacto de sus labios. La cicatriz en la base del cuello, en el hueco, era un constante recordatorio de su breve y violenta relación con Victor Constant.

Llevaban pocos meses de relación, después de la muerte de su esposo, cuando Isolde por vez primera permitió que Anatole la viese desnuda, sin el cuello alto que solía llevar, sin una bufanda, una pañoleta, un collar ancho que ocultase aquella cicatriz fea y enrojecida que tenía en el cuello. Semanas más tarde logró él, tras mucha persuasión, que ella le contase cómo había sufrido semejante herida.

Él había creído, erróneamente, que hablar del pasado posiblemente a ella le sirviera de ayuda, que contribuyera a que ella se adueñara de sus recuerdos. No había sido así. Por si fuera poco, había alterado notablemente su paz de espíritu. Con todo y con eso, a los nueve meses de su primer encuentro, cuando la letanía de los castigos físicos que había tenido que padecer Isolde a manos de Constant ya le era a él sobradamente conocida, Anatole se encogió de espanto al recordar la parsimonia, la voz inexpresiva con que ella le contó que, en un ataque de celos, Constant había empleado unas tenazas para sujetar el sello que llevaba a modo de anillo, y que previamente había calentado entre las ascuas de la chimenea hasta ponerlo casi al rojo, y presionar el metal ardiente contra su cuello hasta que ella perdió el conocimiento a causa del dolor. La había marcado. Tan vívido era el recuerdo que ella conservaba que Anatole prácticamente llegó a percibir el olor enfermizo y dulzón de su carne quemada.

La relación que había tenido Isolde con Constant duró tan sólo unas semanas. Las fracturas en los dedos se habían curado, las magulladuras habían desaparecido; sólo esa cicatriz persistía en su piel como recuerdo físico de los daños que le había infligido Constant durante poco más de treinta días. En cambio, los daños psicológicos habían sido mucho más duraderos. A Anatole le dolía en lo más profundo que, a pesar de su belleza, de la gracilidad de su carácter, de su elegancia, Isolde fuera además una mujer tan temerosa, tan carente de autoestima, tan aterrada.

—Durará, te lo aseguro —dijo Anatole con toda convicción.

Dejó que su mano bajase un trecho, que recorriese su hueso adorable, su silueta, ya tan conocida, hasta posarse sobre la piel blanca de la franja superior de los muslos.

—Todo está en orden. Ya tenemos la licencia. Mañana nos reuniremos con los abogados de Lascombe en Carcasona. Cuando sepamos cuál es el terreno que pisas realmente con respecto a esta casa, podremos llevar a cabo nuestras disposiciones finales. —Chasqueó los dedos—. Así de fácil, ya lo verás.

Alargó la mano hacia la mesilla, los músculos visiblemente en tensión bajo la piel desnuda. Tomó la pitillera y las cerillas y prendió dos cigarrillos, para pasarle uno a Isolde.

—Habrá personas que se nieguen a recibirnos —replicó ella—. Madame Bousquet, *maître* Fromilhague.

—Seguro que sí —dijo él, y se encogió de hombros—. Pero... ¿tanto te importa en qué opinión nos puedan tener?

Isolde no respondió a su pregunta.

—Madame Bousquet tiene motivos para considerarse agraviada. Si Jules no hubiera tomado la decisión de casarse, es ella quien habría heredado la casa y los terrenos. Es posible, además, que ponga en tela de juicio la validez del testamento.

Anatole negó con un gesto.

—El instinto me dice que si ésa hubiera sido realmente su intención, lo habría hecho cuando falleció Lascombe y se hizo público el testamento, sin esperar un día más. Esperemos a ver qué dice el codicilo antes de preocuparnos más de la cuenta por lo que ahora sólo son temores imaginarios. —Inhaló otra bocanada de humo—. Reconozco que, en efecto, *maître* Fromilhague muy probablemente deplorará la premura de nuestro matrimonio. Es posible que ponga algún reparo aun cuando no existe lazo de sangre entre nosotros, si bien, y en el fondo, ¿qué puede importarle a él? —Se encogió de hombros—. Ya entrará en razón cuando llegue el momento. A fin de cuentas, Fromilhague es un hombre de carácter pragmático. No querrá romper sus lazos con la finca.

Isolde asintió, aunque Anatole sospechó que fue más bien por que deseaba creerle, y no porque realmente la hubiera conseguido convencer.

—¿Y tú sigues siendo de la opinion de que deberíamos vivir aquí? ¿No nos convendría más escondernos en el anonimato de París?

Anatole recordó lo intranquila que llegaba a sentirse Isolde cuando regresaba a la ciudad. Allí no era más que una sombra de sí misma. Cada olor, cada sonido, cada cosa que viera, o que ni siquiera llegase a ver, parecían causarle un dolor intenso, y le recordaban vivamente su breve relación con Constant. Él no era capaz de vivir así. Y mucho dudaba que ella pudiera.

—Sí; si es posible, creo que debemos vivir aquí. —Calló, y puso la mano suavemente sobre su vientre ligeramente hinchado.

—Sobre todo si lo que tú sospechas resulta ser cierto. —La miró a los ojos con una mirada centelleante de orgullo—. Todavía no consigo creer que voy a ser padre.

—Aún es pronto —dijo ella con dulzura—. Muy pronto. Aunque yo no creo que esté equivocada, te lo aseguro.

Ella puso la mano encima de la de él y los dos callaron un momento.

—¿No temes que cuando llegue marzo seamos castigados por nuestra perversidad? —le dijo con un hilillo de voz. —Anatole frunció el ceño, pues no entendió a qué se refería ella—. La clínica. Fingir que me vi obligada a... interrumpir un embarazo.

—Ni mucho menos —dijo él con toda firmeza.

Ella volvió a callar.

—Me tienes que dar tu palabra de que tu decisión de no regresar a la capital no guarda ninguna relación con Victor —dijo ella al fin—. París es tu ciudad, Anatole; es tu casa. ¿De veras deseas renunciar a ella para siempre?

Anatole apagó el cigarrillo, y entonces se introdujo los dedos entre los cabellos negros, espesos.

—Esto es algo de lo que ya hemos hablado demasiadas veces. Pero si de veras te da tranquilidad que lo repita, te diré siempre que quieras que sí: te doy mi palabra de que lo he sopesado despacio, y de que tengo la absoluta convicción de que el Domaine de la Cade es el lugar de residencia más apropiado para nosotros. —Se dibujó una cruz sobre el pecho desnudo—. No tiene nada que ver con Constant. Nada que ver con París. Aquí podemos vivir con sencillez, en paz, bien establecidos.

—¿Y Léonie?

—Espero que, llegado el momento, resuelva vivir con nosotros. De veras lo espero y lo deseo.

Isolde guardó silencio. Anatole sintió que todo su cuerpo se ponía en tensión, completamente quieto, preparado para darse a la huida.

—¿Por qué permites que siga teniendo tanto poder sobre ti?

Ella bajó los ojos de inmediato, y él enseguida se arrepintió de haber dicho lo que pensaba sin esperar a más. Sabía muy bien que Isolde estaba al tanto de lo mucho que a él le frustraba que Constant siguiera ocupando tan a menudo sus pensamientos. Nada más comenzar su relación, él le había hecho ver el malestar que sentía debido al temor que a ella le inspiraba Constant. Era como si él no fuera hombre suficiente para ahuyentar todos los espectros de su pasado. Y permitió que se hiciera evidente esa irritación.

A resultas de ello, sabía que ella había tomado la resolución de callar. No era que sus recuerdos de los sufrimientos que había tenido que soportar la turbaran menos que antes. Cada vez que recordaba los huesos rotos, la piel desgarrada, se daba cuenta de que ese recuerdo iba a tardar mucho más en sanar que las huellas físicas del maltrato. Pero lo que él todavía no alcanzaba a comprender era por qué ella se seguía sintiendo tan avergonzada. En más de una ocasión trató de explicarle cuán humillada se sentía debido a los abusos que había sufrido. Qué deshonrada se sentía por sus propias emociones, qué mancillada se encontraba al pensar que se había dejado llevar a engaño de semejante forma, al darse cuenta de que llegó a creer, aunque no supiera cómo, que podía enamorarse de un hombre como él.

En sus peores momentos, Anatole temía que Isolde, de hecho, creyera que había perdido todo su derecho a la felicidad futura sólo por un pasajero error de juicio. Y le entristecía que, a pesar de lo mucho que se empeñaba en tranquilizarla, a pesar de las extraordinarias medidas que habían tomado para escapar del acoso de Constant, llegando al extremo de montar aquella pantomima en el cementerio de Montmartre, todavía no se sintiera segura del todo.

—Si Constant aún estuviera buscándonos —dijo él con un punto de vehemencia—, ya lo sabríamos a estas alturas. Pocos o ningún intento hizo por disimular sus malévolas intenciones a comienzos de año, Isolde. ¿Llegó de hecho a conocer cuál es tu verdadero nombre?

—No, nunca llegó a saberlo. Nos conocimos en la casa de un amigo común, en la que bastaba con los nombres de pila.

—¿Llegó a saber que estabas casada?

Ella asintió.

—Sabía que yo tenía un marido en el campo, y que dentro de los límites habituales de lo que se entiende por respetabilidad, era tolerante con mi necesidad de cierta independencia, siempre y cuando obrase yo con la debida discreción. No es esto algo de lo que llegásemos a hablar nunca. Cuando le dije que me marchaba, sólo mencioné la necesidad de estar con mi esposo.

Tuvo un estremecimiento, y Anatole se dio cuenta de que estaba pensando en aquella noche en la que poco faltó para que él la asesinara.

—Constant no llegó a conocer a Lascombe —aseguró él con contundencia—. ¿No es así?

—Sí. Nunca llegó a conocer a Jules.

—Y tampoco supo nunca de otro domicilio, de otra dirección, de otra conexión contigo, que no fuera el apartamento de la calle Feydeau. ¿Correcto?

—No. —Calló un momento—. Al menos, de mis labios nunca llegó a saberlo.

—Bien, pues en tal caso... —dijo Anatole, como si así quedara demostrado su argumento—. Han pasado ya seis meses desde el entierro, ¿de acuerdo? Y no ha ocurrido nada, nada, que haya alterado nuestra tranquilidad.

—Salvo la agresión de que fuiste objeto en el callejón Panoramas.

Él frunció el ceño.

—Eso no tuvo nada que ver con Constant —repuso de inmediato.

—Pero si sólo te quitaron el reloj de tu padre —protestó ella—. ¿Qué ladrón iba a dejarte así, con los bolsillos llenos de francos?

—Tuve la mala suerte de estar en el lugar erróneo y en el peor momento —dijo él—. Eso fue todo. —Se inclinó hacia ella y le acarició la mejilla con el dorso de la mano—. Desde que llegamos al Domaine de la Cade, no he hecho otra cosa que tener los ojos y los oídos bien abiertos, Isolde. No he oído nada, no he visto nada que me llamase la atención. No ha ocurrido nada que pudiera causarnos siquiera un momento de inquietud. Nadie ha preguntado nada raro en el pueblo. No se ha tenido constancia de que ningún desconocido rondase por la finca.

Isolde le interrumpió.

—¿No te inquieta que no hayamos tenido noticias de Marguerite?

A él se le acentuaron las arrugas de la frente.

—Debo reconocer que sí. No estuve en principio dispuesto a escribirle, o más bien me sentía muy reacio debido a todos los esfuerzos que habíamos hecho para borrar nuestras huellas, cualquier indicio de nuestro paradero. Sólo puedo suponer que si no hay noticias es porque está con Du Pont y porque así se pliega seguramente a sus deseos, cosa que sin duda le hace feliz.

Isolde sonrió ante el desagrado que él no supo disimular.

—Su único delito es amar a tu madre —le recriminó ella con amabilidad.

—En tal caso, ¿por qué no se casa con ella? —dijo de un modo más cortante de lo que hubiese deseado.

—No es libre de hacer lo que le plazca —dijo ella con dulzura—, e incluso si lo fuera, resulta que ella es la viuda de un *communard*. Él no es un hombre capaz de saltarse despreocupadamente las convenciones.

Anatole asintió, y suspiró.

—Lo cierto, lisa y llanamente, es que él le roba a ella mucho tiempo, y a pesar de la antipatía que le tengo, puedo asegurarte que me preocuparía mucho menos si mi madre estuviera en compañía de ese hombre, y en el valle del Marne, que si de hecho se encontrara sola en París.

Isolde tomó el *peignoir* de la silla, junto a la cama, y se lo echó por encima de los hombros.

Destelló en sus ojos un brillo de preocupación.

—¿Tienes frío?

—Un poco.

—¿Quieres que te traiga algo?

Isolde le puso la mano en el antebrazo.

—No, estoy bien.

—Pero en tu estado deberías...

—No estoy enferma, Anatole —dijo en broma—. Mi estado, como dices tú, es completamente natural. Por favor, no te preocupes tanto por mí. —La sonrisa desapareció de sus labios—. En cambio, en todo lo que se refiere a la familia sigo opinando que deberíamos comunicar a Léonie cuál es la verdadera razón de nuestra próxima visita a Carcasona. Es preciso decirle qué intenciones tenemos.

Anatole se pasó los dedos por el cabello.

—Es mejor que no lo sepa hasta que ya sea un hecho.

Encendió otro cigarrillo. El humo flotó en hilillos blancos ascendiendo hacia el techo, como si escribiese en el aire.

—¿De veras crees, Anatole, que Léonie te perdonará el haberla tenido tan completamente al margen? —Isolde calló un instante—. ¿De veras crees, mejor dicho, que va a perdonarnos?

—Tú le tienes cariño, ¿verdad? —dijo él—. No sabes cuánto me alegro.

—Por eso mismo me molesta que sigamos engañándola.

Anatole dio una profunda calada a su cigarrillo.

—Entenderá a su debido tiempo que nos haya parecido una carga excesiva la idea de involucrarla en nuestros planes de antemano; entenderá que hayamos querido evitárselo.

—Yo pienso exactamente lo contrario. Creo que Léonie sería capaz de hacer por ti cualquier cosa, de aceptar todo lo que tú quisieras confiarle. Sin embargo... —Se encogió de hombros—. Si se siente relegada, si de hecho, y con razón, llega a pensar que no confiamos en ella, mucho me temo que su cólera la lleve a comportarse de una manera que tanto ella como nosotros podríamos lamentar.

—¿Qué pretendes decir?

Ella le tomó de la mano.

—Ya no es una niña chica, Anatole, ya no lo es.

—Sólo tiene diecisiete años —protestó él.

—Y ya está celosa de las atenciones que tú me prestas —dijo ella en voz baja.

—Tonterías.

—¿Cómo crees que se sentirá cuando descubra que nosotros, o que tú, mejor dicho, la has tenido engañada?

—No son engaños —dijo él con aplomo—. Se trata sólo de ser discretos. Cuantas menos personas sepan qué intenciones tenemos, mejor para todos.

Puso la mano sobre el vientre de Isolde, dejando bien claro que daba por terminada la conversación.

—Pronto, amor mío, pronto habrá terminado todo.

La tomó por la cabeza con la otra mano y la atrajo hacia sí para besarla en los labios. Entonces, muy despacio, deslizó su *peignoir* de sus hombros, revelando sus senos generosos, henchidos. Isolde cerró los ojos.

—Pronto —murmuró con los labios pegados a su piel lechosa—, pronto saldrá todo a la luz. Podremos entonces dar comienzo a un nuevo capítulo en nuestras vidas.

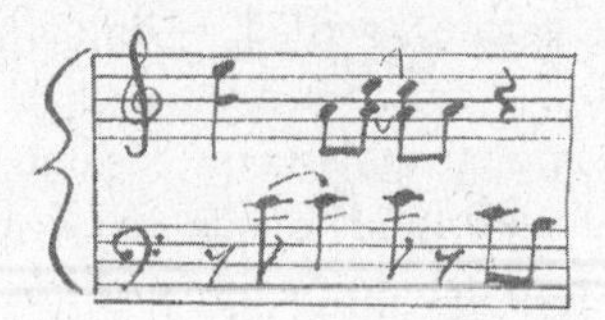

CAPÍTULO 56

∞

Carcasona
Jueves, 22 de octubre

A las cuatro y media, el coche arrancó en la amplia avenida del Domaine de la Cade con Anatole, Léonie e Isolde a bordo. Marieta iba en el pescante con Pascal, que llevaba las riendas, con una sola manta sobre las rodillas de ambos.

Era un coche cerrado. La capota de cuero resquebrajado aquí y allá no les protegía del frío y el relente de las horas previas al amanecer. Léonie iba envuelta en su largo abrigo negro, la capucha echada sobre la cabeza, cálidamente recostada entre su hermano y su tía. Detectó el olor a moho y a alcanfor de las pieles, utilizadas por vez primera en todo el otoño, que la cubrían desde el mentón hasta la punta de los pies.

A ojos de Léonie, la luz azulada del alba y el frío intenso en el coche no hacían sino resaltar aún más la sensación de aventura que tenía. Lo romántico que le resultó emprender viaje antes de que amaneciera, la perspectiva de pasar dos días en Carcasona y explorar a fondo la ciudad medieval, asistir a un concierto, almorzar y cenar en restaurantes...

Los faroles del coche chocaban violentamente contra los laterales a medida que avanzaban a buen paso hacia el camino de Sougraigne, dos puntos de luz mínima en medio de la oscuridad reinante. Isolde reconoció que había dormido mal y que por eso se sentía algo mareada. Apenas dijo nada. Anatole también guardó silencio en ese tramo del trayecto.

Léonie estaba completamente despierta. Percibía intensamente el olor matinal de la tierra húmeda, pesada, y los aromas entreverados de los ciclámenes y los tejos, de las moreras y los castaños de Indias. Aún era demasiado temprano para que cantase la alondra o zurease la paloma, y en cambio oyó el ulular de algún búho que volvía al nido después de su noche de caza.

A pesar de haber emprendido viaje tan temprano, el tiempo borrascoso hizo que el tren llegase con más de una hora de retraso a Carcasona.

Léonie e Isolde aguardaron un rato mientras Anatole se encargaba de buscar un coche de punto. Sin embargo, al poco rato atravesaban el puente Marengo a toda velocidad, con destino a un hotel en un barrio al norte de la Bastide Saint-Louis que les había recomendado el doctor Gabignaud.

Situado en la calle Port, en la esquina de una bocacalle tranquila, cerca de la iglesia Saint-Vincent, era un establecimiento modesto y, sin embargo, confortable. Un semicírculo formado por tres escalones de piedra daba acceso desde la acera a la entrada, una puerta pintada de negro y enmarcada en piedra tallada. La acera se hallaba elevada sobre los adoquines de la calle. Pegados a la pared, y en tiestos de terracota, como centinelas de guardia, había dos arbolillos. Las plantas colocadas en los alféizares de las ventanas proyectaban sombras verdes y blancas sobre las persianas recién pintadas. En el lateral, un rótulo anunciaba HÔTEL ET RESTAURANT en grandes letras mayúsculas.

Anatole se ocupó de todas las formalidades y cuidó de que los equipajes fueran trasladados a las habitaciones. Tomaron una suite en la primera planta para Isolde, Léonie y la criada, y una individual para él en el mismo pasillo, algo más adelante.

Tuvieron un almuerzo ligero en la *brasserie* del hotel y acordaron reunirse en el hotel a las cinco y media para cenar temprano antes de ir al concierto. La cita que tenía Isolde con los abogados de su difunto esposo era a las dos en punto en una calle llamada Carrière Mage. Anatole se ofreció a acompañarla. Cuando se fueron, obligaron a Léonie a prometer que no iría a ninguna parte sin la compañía de Marieta, y también que de ninguna manera se aventuraría sola por la otra margen del río, más allá de los límites de la Bastide.

Había vuelto a llover. Léonie se entretuvo charlando con otra huésped que estaba alojada en el hotel, una viuda de cierta edad, madame Sanchez, que llevaba años visitando Carcasona. Le explicó que la parte baja de la ciudad, la llamada Basse Ville, según dijo, estaba construida siguiendo una trama reticular, al estilo de las modernas ciudades de Estados Unidos, es decir, como eran las poblaciones de los romanos, con dos ejes perpendiculares que se cruzaban en una plaza. Sirviéndose del lápiz de Léonie, madame Sanchez le marcó el hotel y la plaza central de la ciudad en el plano de la ciudad que le habían facilitado en recepción. También le avisó de que eran muchos los nombres de calles que habían cambiado.

—Los santos han cedido ante los generales —dijo meneando la cabeza—. Así las cosas, ahora escuchamos a la banda de música en la plaza Gambetta, y no, como antes, en la plaza Sainte-Cécile. Le puedo dar fe de que la música suena exactamente igual.

Al darse cuenta de que parecía escampar, y por estar impaciente de iniciar su excursión, Léonie se disculpó y aseguró a madame Sanchez que sabría ingeniárselas perfectamente, para acto seguido darse prisa con los preparativos para emprender la marcha cuanto antes.

Mientras Marieta se desvivía por mantenerse a su paso, y ella andaba más bien ligera, se encaminó hacia la plaza mayor, la Place aux Herbes, guiada por los gritos de los vendedores ambulantes y los comerciantes que tenían puesto fijo, por el traqueteo de los carros y el tintineo de los arneses que se oían por toda la angosta calle que habían tomado. A medida que se fue acercando, se dio cuenta de que muchos de los puestos se hallaban ya a punto de ser desmantelados. A pesar de todo, era delicioso el olor a castañas asadas y a pan recién horneado. De unos contenedores de metal, calientes, que colgaban de la trasera de un carro de madera, un comerciante servía cuencos de ponche con sabor a azúcar y canela.

La Place aux Herbes era una plaza sin pretensiones pero bellamente proporcionada, cercada por edificios de seis plantas en sus cuatro esquinas, y con estrechas callejuelas y pasajes que las comunicaban. El centro lo dominaba una ornamentada fuente del siglo XVIII dedicada a Neptuno. Por debajo del ala del sombrero, Léonie leyó el rótulo, como cualquier turista que se preciara, si bien la obra le pareció vulgar, poco interesante.

Las ramas de los plátanos que le daban sombra, con los troncos de corteza multicolor, empezaban a perder sus hojas, y los que quedaban estaban pintados en tonos cobrizos, verdes claros, oro. Por todas partes se veían los paraguas y los parasoles de colores intensos, que guarecían del viento y de la lluvia que aún amenazaba caer sobre los cestos aún repletos de verduras y de fruta fresca, de hortalizas y flores de otoño. En otras *corbeilles* de mimbre más recio, las mujeres con pañoletas negras en la cabeza vendían el pan y el queso de cabra.

Para sorpresa de Léonie, y para su deleite, casi la totalidad de la fachada de uno de los laterales de la plaza la ocupaban unos grandes almacenes. El nombre, en mayúsculas muy visibles, estaba sujeto mediante alambres a los balcones de hierro forjado: PARIS CARCASSONNE. Aunque sólo era la una y media, las bandejas de mercancía rebajada —*solde d'articles, réclame absolûment sacrifié*— estaban expuestas sobre una sucesión de mesas de caballete a la entrada de la tienda. De los toldos, en ganchos de metal, colgaban escopetas, vestidos de *prêt-à-porter,* cestos, toda suerte de objetos y utensilios domésticos, e incluso hornos y hornillos para la cocina.

Podría comprarle algo de equipamiento a Anatole.

El pensamiento le sobrevino y desapareció en el acto. Tenía muy poco dinero y allí era imposible que le vendieran nada a crédito. Además, ni siquiera sabría muy bien por dónde empezar. Así las cosas, decidió pasear y deleitarse en el mercado. Allí, o al menos así se lo pareció, las mujeres y los contados hombres que vendían sus productos sonreían con un rostro ante todo franco. Tomó entre las manos las verduras, frotó con los dedos las hierbas aromáticas, aspiró el aroma de las flores de tallo alto, todo ello de un modo que jamás habría llegado a soñar hacerlo en París.

Cuando satisfizo su curiosidad y vio toda la Place aux Herbes, decidió aventurarse por las callejuelas que circundaban la plaza. Caminó hacia el oeste y se encontró en la Carrière Mage, la calle en que tenían su bufete los abogados de Isolde. En la parte alta de la calle había sobre todo oficinas y *ateliers de couturières.* Se detuvo un instante delante de Tissus Cathala. Por la puerta de cristal llegó a ver las telas de todos los colores imaginables, así como toda clase de tejidos estampados y útiles de costura. En las persianas de madera, a uno y otro lado de la entrada, había clavados sendos dibujos de *les modes masculine et féminine,* sujetos con chinchetas, que exponían desde trajes de día para caballeros hasta vestidos para señora, para tomar el té, y capas de distinto corte.

Léonie se entretuvo examinando los patrones de costura y mirando a ratos por la calle, hacia el despacho de los abogados, pensando que tal vez llegaría a ver a Isolde y Anatole cuando salieran. Pero fueron pasando los minutos sin que hubiera rastro de ellos dos, y las tiendas que había más abajo le llamaron la atención.

Con Marieta siguiéndola como su sombra, se encaminó al este en dirección al río. Se detuvo para mirar los escaparates de varios establecimientos que se dedicaban al comercio de antigüedades. Había una librería cuyos escaparates estaban llenos de anaqueles oscuros, de volúmenes con el lomo rojo o verde, encuadernados en piel. En el número 75 había una *épicerie fine,* de donde le llegó el olor incitante de un café recién molido y tostado, fuerte y amargo. Por un instante se quedó en la acera mirando por los tres altos ventanales. En el interior, los estantes de madera y de cristal eran todo un muestrario de diversos granos de café, de trastos diversos, de cacharros para el hornillo y para el fuego.

El rótulo que se leía sobre la puerta decía «Élie Huc». En el interior, los embutidos secos colgaban del techo a un lado del mostrador. Al otro, manojos de tomillo, de salvia, de romero, y una mesa cubierta de platos y tarros llenos de cerezas y ciruelas dulces, en conserva.

Léonie decidió comprar algo para Isolde, un regalo para agradecerle que se hubiera ocupado de todo lo necesario para hacer ese anhelado viaje a Carcasona. Entró en la cueva de Aladino y dejó que Marieta la esperase retorciéndose las manos con ansiedad en la acera.

Regresó a los diez minutos con una bolsa de papel blanco en la que llevaba un excelente café de Arabia y un tarro alto de fruta glaseada.

Empezaba a aburrirle la mirada inexpresiva de Marieta, su presencia constante, como un perro.

¿Me atreveré?

Léonie tuvo una chispa de malicia, ante la traviesa idea que se le acababa de ocurrir de pronto y sin previo aviso. Anatole a buen seguro la iba a regañar duramente. Pero tampoco era indispensable que se enterase, al menos si se daba prisa, y con tal de que Marieta supiera guardarle el secreto. Léonie miró a uno y otro lado de la calle. Vio algunas mujeres de su misma clase social que caminaban sin compañía, seguramente para tomar el fresco. Tuvo que reconocer que no era lo normal, pero había unas cuantas, sin duda. Y ninguna parecía prestar la menor atención. Anatole era demasiado fastidioso en algunas cosas.

En un ambiente como éste, no necesito un perro guardián.

—No tengo ganas de cargar con estos paquetes —le dijo a Marieta, y le encasquetó ambos bultos a la vez mientras hacía como que miraba el cielo—. Temo que se ponga a llover otra vez —añadió—. Lo mejor sería que tú te llevases los paquetes al hotel y que volvieras con un paraguas. Te esperaré aquí mismo.

La preocupación fue patente en los ojos de Marieta.

—Pero si el *sénher* Vernier insistió en que no me separase de usted...

—Es un recado que no te llevará más de diez minutos —dijo Léonie con firmeza—. Estarás de vuelta sin que él se entere nunca de que te has ido. —Dio una palmada en el paquete blanco—. El café es un regalo para mi tía, y no me gustaría que se estropease. Cuando vuelvas, no olvides traer un paraguas. Así estaremos más tranquilas y protegidas de la lluvia en caso de necesitarlo. —E hizo hincapié en el punto fundamental de su argumento—. A mi hermano no le agradaría que pillara un resfriado.

Marieta titubeó, mirando ambos paquetes.

—Vamos, date prisa —dijo Léonie con impaciencia—. Te esperaré aquí mismo.

Dubitativa, y mirando atrás a la vez que echaba a caminar, la criada apretó el paso para subir por la Carrière Mage, mirando repetidas veces por encima del hombro para asegurarse de que su joven señora no se había volatilizado.

Léonie sonrió, encantada con lo inofensivo del subterfugio al que había recurrido. No tenía la intención de olvidar las instrucciones de Anatole y salir del barrio de la Bastide. Por el contrario, tenía la sensación de que, con la conciencia bien limpia, podría acercarse hasta el río y echar al menos un vistazo a la ciudadela medieval desde la margen derecha del Aude.

Tenía verdadero interés por ver la Cité de la que le había hablado Isolde, y por la que monsieur Baillard sentía tan gran afecto. Sacó el plano del bolsillo y lo estudió.

No puede quedar tan lejos.

Si Marieta, por pura cuestión de mala suerte, estuviera de vuelta antes que ella, Léonie siempre podría explicarle con toda tranquilidad que había resuelto buscar por su cuenta el despacho de abogados con el fin de poder regresar con Isolde y Anatole, y que por esa razón se había separado de la criada.

Satisfecha con su plan, cruzó la calle Pelisserie con la cabeza bien alta. Se sentía independiente, aventurera, moderna, y le agradó esa sensación. Pasó por los soportales con columnas de mármol del ayuntamiento, en cuyo mástil ondeaba una impecable tricolor, y avanzó en dirección a lo que, por el plano, había creído que eran las ruinas del antiguo *monastère des Clarisses.* En lo alto de la única torre que quedaba en pie, una cúpula decorativa cubría una campana solitaria.

Léonie salió de la trama reticular de calles bulliciosas y se internó en la tranquilida de la plaza Gambetta, con sus árboles ordenados. Vio una placa conmemorativa de un arquitecto de Carcasona, Léopold Petit, que había diseñado y supervisado la construcción de los jardines. Había un estanque en el centro de la plaza, con un solo surtidor que, desde debajo de la superficie, expelía el agua, que alcanzaba una altura considerable, con lo que se creaba una curiosa neblina en derredor. Un quiosco de música de estilo japonés se hallaba rodeado de sillas de tijera pintadas de blanco. El desorden de las sillas, los restos de los envoltorios de helado, de papeles encerados, de colillas de puros, le hicieron pensar que el concierto al aire libre había terminado bastante antes. El suelo estaba cubierto de panfletos en los que se anunciaba un concierto, con huellas de barro en los blancos papeles. Léonie se agachó y cogió uno.

Dejando atrás el espacioso verdor de la plaza Gambetta, dobló a la derecha por una sombría calle adoquinada que recorría uno de los laterales del hospital y prometía alcanzar un punto desde el cual se debía de gozar de una vista panorámica al pie del Pont Vieux.

En lo alto de la fuente, en un cruce de tres calles, vio una figura de bronce. Léonie frotó la placa para leer la inscripción. Se trataba, indistintamente, de La Samaritaine, o Flora, e incluso Pomona. Por encima de la heroína clásica, como si la escoltase, aparecía un santo cristiano, san Vicente de Paúl, que contemplaba todo el paisaje desde el Hôpital des Malades, ya a la entrada del puente. Su benigna y pétrea mirada, sus brazos abiertos, parecían concentrarse en la capilla, en su arco de piedra a la entrada, en el rosetón que tenía encima.

Todo delataba beneficencia, dinero, riqueza.

Léonie desembocó en el cruce y desde allí tuvo su primera visión de la Cité, la ciudadela medieval encaramada en un cerro, en la margen opuesta del río. Contuvo la respiración. Le pareció un conjunto magnífico, pero también de escala humana, incluso más de lo que se había imaginado. Había visto las postales de la Cité, con las famosas palabras de Gustave Nadaud a modo de emblema: «Il ne faut pas mourir sans avoir vu Carcassonne». No hay que morirse sin haber visto Carcasona. Pero siempre había pensado que era poco más que un lema publicitario. Ahora que estaba allí, se dio cuenta de que estaba en lo cierto.

Léonie vio que el río bajaba muy alto. De hecho, en algunos tramos rebosaba la orilla y encharcaba los prados, además de lamer los cimientos de la capilla de San Vicente de Paúl y los edificios del hospital.

No tenía ninguna intención de seguir desobedeciendo a Anatole, a pesar de lo cual comenzó a ascender por la pendiente suave del puente de piedra, que salvaba el río con una serie de arcos.

Unos cuantos pasos más y me doy la vuelta para regresar.

La otra orilla era muy arbolada. Entre las copas de los árboles, entre las ramas, Léonie vio los molinos de agua, los tejados planos de las destilerías y de las fábricas de productos textiles, con sus *filatures mécaniques.* Era sorprendentemente rural, pensó; era como un residuo de un mundo más antiguo que el suyo.

Alzó los ojos para ver a un torturado Jesucristo de piedra, clavado en la cruz en el *bec* central del puente, un nicho abierto en el murete, en el que los viajeros podían sentarse un rato a descansar o a guarecerse del paso de los carruajes o las carretas.

Dio un paso más, y sin siquiera haber tomado la decisión conscientemente, pasó de la seguridad que tenía garantizada en la Bastide al romántico ambiente de la Cité.

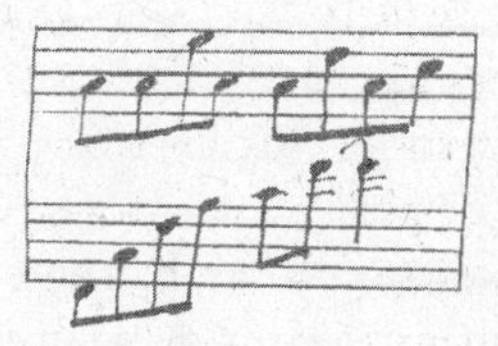

CAPÍTULO 57

∞

Anatole e Isolde se encontraban ante el altar.

Una hora antes quedaron debidamente firmados todos los papeles. Las condiciones impuestas por el testamento de Jules Lascombe, después de todos los retrasos del verano, finalmente se cumplían a plena satisfacción.

Lascombe había dejado la finca en herencia a su viuda, y se la había dejado de por vida. En un inesperadísimo golpe de fortuna, dejó escrita su voluntad de que, en el supuesto de que volviera a casarse, la finca y todas sus propiedades pasaran a manos de su hermanastra, Marguerite Vernier, de soltera, Lascombe.

Cuando el abogado leyó los términos del codicilo con voz seca y rasposa, Anatole tardó unos momentos en darse cuenta de que era él a quien hacía referencia el documento. Tuvo que realizar un verdadero esfuerzo para no echarse a reír a carcajadas. El Domaine de la Cade, de una forma o de otra, les pertenecía a ellos dos.

Pasada media hora se encontraban en la pequeña capilla de los jesuitas, y el sacerdote ya pronunciaba las palabras finales de la breve ceremonia por la cual se habían unido en calidad de marido y mujer. Anatole extendió la mano y tomó las de Isolde entre las suyas.

—Madame Vernier, por fin —susurró—. Corazón mío.

Los testigos, elegidos en la calle, al azar, sonrieron al presenciar tan abiertas señales de afecto, aunque les pareciera una pena que la boda hubiera sido tan modesta.

Anatole e Isolde salieron a la calle con el repicar de las campanas. Oyeron también los truenos. Deseosos de pasar la primera hora de su vida conyugal a solas, y tranquilos de que Léonie y Marieta estuvieran cómodamente instaladas en el hotel, esperando su regreso, recorrieron casi a la carrera la calle encharcada hasta hallar el primer establecimiento apropiado.

Anatole encargó una botella de Cristal, el champán más caro de la carta. Se intercambiaron regalos. Anatole le dio a Isolde un camafeo de plata con un retrato en miniatura de ella por un lado y de él por el otro. Ella le obsequió un espléndido reloj de oro con sus iniciales grabadas en la funda, para compensar la pérdida del que le fue robado durante la agresión sufrida en el callejón Panoramas.

Durante una hora bebieron y charlaron, felices los dos de estar en compañía y gozar del afecto del otro, a la vez que los primeros goterones de lluvia iban golpeando con fuerza los ventanales del café.

CAPÍTULO 58

∞

Léonie tuvo una punzada de inquietud al descender por el lado opuesto del puente. Ya no podía en esas circunstancias fingir que no estaba desobedeciendo las instrucciones que expresamente le había dado Anatole. Apartó la idea de sus pensamientos y se volvió a mirar por encima del hombro, y observó que las negras nubes de tormenta se concentraban sobre la Bastide.

En ese instante se dijo que sería sin duda más sensato permanecer en la otra margen del río, lejos de lo más adverso de la climatología. En efecto, no era aconsejable regresar, al menos por el momento, a la Basse Ville. Además, una aventurera, una exploradora, nunca renunciaría a su empeño solamente porque su hermano le hubiera dicho que no debía acometerlo.

El barrio de Trivalle era más inquietante, más pobre de lo que había imaginado. Vio a algunos chiquillos sucios y descalzos. A un lado del camino, un mendigo ciego, con los ojos vidriosos, yertos, envuelto en una tela que no se distinguía del color de las aceras húmedas. Con las manos renegridas por la suciedad y la miseria, tendió una taza de peltre en el momento en que ella pasó por delante. Dejó caer una moneda en el recipiente y siguió su camino con cautela por un trecho adoquinado, flanqueado por edificios de tres plantas, construcciones muy simples. Las persianas estaban despintadas, en un estado de visible abandono.

Léonie arrugó la nariz. La calle hedía a hacinamiento, a dejadez.

La cosa mejorará cuando llegue a la Cité.

El camino ascendía en una suave pendiente. Se encontró pronto lejos de los edificios y al aire libre, al comienzo de un trecho de vegetación que ascendía hasta los baluartes de la Cité. A su izquierda, en lo alto de una escalinata medio desmoronada, de peldaños de piedra, vio un recio portón de madera encastrado en una muralla centenaria, gris. Un cartel destartalado, desgastado por el tiempo, le anunció que era el convento de los Capuchinos.

O lo había sido en su día.

Ni Léonie ni Anatole se habían educado a la sombra represora de la Iglesia. Su madre era un espíritu libre ante todo, y las inclinaciones republicanas de su padre llevaron a Léo Vernier, tal como le explicó Anatole una vez, a considerar a los clérigos como verdaderos enemigos del establecimiento de una auténtica república, tanto o más que los residuos enquistados de la aristocracia. No obstante, la imaginación y el romanticismo de Léonie la llevaban a lamentar la intransigencia de la política y del progreso, que exigía que toda la belleza fuera sacrificada por una cuestión de principios. La arquitectura la conmovía aun cuando las palabras cuyos ecos se pudieran percibir en el interior del convento en el fondo le desagradasen.

Con ese ánimo reflexivo, Léonie siguió avanzando ante una espléndida muestra arquitectónica, la Maison de Montmorency, un edificio del siglo XVI con vigas de madera vistas desde el exterior y ventanas geminadas, cuyas vidrieras acristaladas en forma de rombos despedían destellos de luz en prismas azules, rosas y amarillos, a pesar de lo sombrío que se estaba poniendo el cielo.

Al llegar a lo alto de la calle Trivalle, dobló a la derecha. Al frente vio las torres altas y finas, de color arena, de la Porte Narbonnaise, la entrada principal de acceso a la Cité. El corazón le dio un vuelco ante la emoción que le produjeron las murallas en forma de doble anillo, jalonadas por las torretas, algunas de techo rojo, otras de pizarra gris, siluetеadas todas ellas en el cielo plomizo.

Sujetándose las faldas con una mano, para que el ascenso le resultara más fácil, avanzó con energía redoblada. Al acercarse, vio los remates de las lápidas grises, con ángeles y cruces monumentales, por encima de las altas tapias de un cementerio.

Más allá se extendían los prados y los paseos.

Léonie se detuvo un momento a recuperar el aliento. La entrada a la ciudadela consistía en un puente adoquinado que salvaba un foso, ancho y plano, en el fondo del cual crecía la hierba. En la enfiladura del puente había una pequeña aduana o un puesto de vigía. Un hombre con un baqueteado sombrero de copa y bigote a la antigua usanza se encontraba con las manos en los bolsillos, alerta, pendiente de reclamar el pago correspondiente a los cocheros que introdujeran mercancías o a los comerciantes que transportaran barriles de cerveza con destino a la Cité y a muchos otros tratantes.

Encaramado en el ancho y no muy alto pretil de piedra se encontraba un hombre en compañía de dos soldados. Vestía un viejo capote de estilo napoleónico y fumaba una pipa de tallo largo, tan negra como sus propios dientes. Los tres hombres reían. Por un instante, Léonie se imaginó que abría los ojos más de la cuenta en el momento en que reparó en ella. La miró a los ojos un momento, una mirada cuando menos impertinente, antes de apartar los ojos y mirar a otra parte. Intranquila por esa atención, pasó de largo a toda prisa.

Al dejar atrás el puente, el viento del noroeste le dio de lleno con toda su fuerza. Se vio obligada a sujetarse el sombrero con una mano y con la otra afianzar las faldas que se le arremolinaban, para que no le impidieran caminar al enredársele en las piernas. Tuvo que empeñar toda su fuerza en avanzar paso a paso, los ojos entrecerrados para protegerse del polvo que el viento le arrojaba a la cara.

Dejó atrás el puente y entró propiamente en la Cité, donde se vio inmediatamente guarecida del viento. Hizo una pausa para recomponerse mejor la ropa y, poniendo cuidado para no mojarse las botas en el arroyo que bajaba hacia el desagüe por el centro del trecho adoquinado, se acercó hasta el espacio abierto del interior, entre los baluartes externos y las murallas que defendían las fortificaciones del interior. Había una bomba de agua, cuyo brazo metálico accionaban dos chiquillos, que escupía a borbotones el agua en un cubo de metal. A derecha a izquierda vio los restos de las humildes casuchas, recientemente demolidas para sanear la ciudadela. A la altura de los pisos más altos, suspendido casi en el aire, se veía un fogón, renegrido por el hollín, abandonado allí donde hubo viviendas años antes.

Arrepentida de no haber guardado la guía en el bolsillo antes de salir del hotel y de llevar tan sólo el plano de la Bastide, Léonie tuvo que preguntar por el camino, y se le informó de que para llegar al castillo sólo tenía que seguir todo derecho, hasta alcanzar las murallas del lado oeste de la fortificación. Según siguió caminando, le invadieron las dudas. Luego de la grandeza indudable del exterior y de los espacios de las *hautes lices* que barría el viento, el espacio comprendido entre la muralla exterior y la fortificación interior le resultó más oscuro, más siniestro de lo que había esperado. Además, la suciedad era omnipresente. Un fango de color pardo cubría casi del todo los resbaladizos adoquines. Despojos, residuos de todo tipo atoraban los desagües, sacudidos en esos momentos por el viento que ululaba entre los edificios, muy pegados unos a otros.

Léonie continuó por una calle estrecha, siguiendo la indicación de un rótulo pintado a mano que señalaba la dirección hacia el Château Comtal, donde estaba acuartelada la guarnición. También le decepcionó. Había sido en su día la casa solariega de la dinastía Trencavel, señores de la Cité muchos siglos atrás. Léonie se había imaginado un castillo de cuento de hadas, como los que hubo en las orillas del Ródano o había aún en las del Loira. Se había imaginado patios y salones de gran tamaño, llenos de recuerdos de damas con vestidos de cola, de caballeros que emprendían viaje para participar en la batalla.

El Château Comtal parecía más bien lo que era, un sencillo edificio de uso militar, consagrado a la eficacia, a la disciplina diaria y, por tanto, aburrido. La torre de Vade, a la sombra de los muros, había pasado a ser un polvorín. Un solo centinela montaba guardia, hurgándose en los dientes con un palillo. Todo lo cubría un evidente manto de abandono, como si fuera un edificio tolerado, pero que nunca hubiera contentado a nadie.

Léonie escrutó un rato los alrededores protegida por el ala ancha de su sombrero, tratando de encontrar algún detalle de romanticismo en el sencillo puente, en la entrada funcional y estrecha del propio castillo, pero no hubo nada que le llamara la atención. Cuando se volvió, se le ocurrió que todo intento por rejuvenecer la Cité y darle la categoría de lugar de visita obligada para los turistas estaba condenado al fracaso. No pudo imaginar aquellas calles repletas de visitantes. Todo resultaba demasiado tedioso, carente del encanto necesario para ser del gusto de los visitantes contemporáneos. Las murallas recientemente reparadas, los sillares tallados a máquina, sólo subrayaban el estado ruinoso del entorno.

Tan sólo pudo albergar a duras penas la esperanza de que cuando terminasen las obras de restauración cambiase de veras el ambiente. Que los nuevos restaurantes, tiendas, tal vez incluso un hotel, insuflasen nueva vida en aquellas calles barridas por el viento. Léonie se paseó por los callejones. Algunos transeúntes más, damas con las manos protegidas por embozos de piel, caballeros provistos de bastón, con sombrero de copa, se daban unos a otros las buenas tardes.

El viento soplaba allí con más fuerza, y Léonie se vio obligada a sacar el pañuelo del bolso y a ponérselo sobre la boca y la nariz para protegerse de las rachas más fuertes de viento húmedo. Avanzó por un punto en el que la calle se estrechaba de manera especial y se encontró, al salir del otro lado, de pie ante un antiguo crucero de piedra, con vistas a unos huertos dispuestos en terrazas por la ladera, con algunas viñas, corrales llenos de gallinas, cobertizos para los conejos. Abajo, un grupo de casas pequeñas, apiñadas.

Desde aquel mirador improvisado acertó a ver con claridad lo crecido que bajaba el río. Una masa tumultuosa de aguas negras, que pasaba a raudales por los molinos y movía las aspas con auténtico afán. Más allá se extendía la Bastide ante sus ojos. Distinguió la torre esbelta de la catedral de Saint-Michel y el alto campanario de la iglesia de Saint-Vincent, tan cerca de su hotel. Léonie sintió una punzada de ansiedad. Contempló el cielo amenazante y cada vez más negro y se dio cuenta de que lo más aconsejable era regresar cuanto antes a la Bastide. Pensó que podría quedarse aislada en esa margen del río, atrapada, si realmente ascendiera el nivel del agua. La Basse Ville le pareció de pronto que se encontraba a una distancia considerable. La historia que había inventado para explicarle a Anatole, en la que ella terminaba por desorientarse y perderse en las estrechas calles de la Bastide, no serviría de nada si una inundación le impidiera regresar.

Un repentino movimiento sobre su cabeza la llevó a levantar los ojos al cielo. Una bandada de cuervos negros sobre el cielo grisáceo volaba sobre las torretas y las almenas batallando con el viento. Léonie decidió apresurarse. La primera gota de lluvia le alcanzó en la mejilla. Y luego otra y otra más, cada vez más seguidas, más gruesas, más frías. Empezó a caer la lluvia a manta y se oyó un único y repentino trueno. De pronto, a su alrededor, todo quedó anegado por el agua.

La tormenta, que durante tanto tiempo había sido sólo una amenaza, había llegado con toda su crudeza.

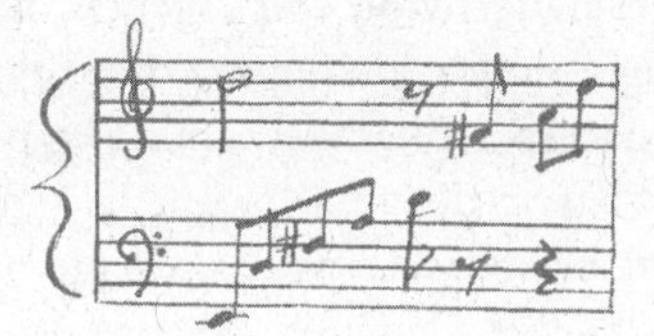

CAPÍTULO 59

∞

Léonie miró en derredor, con urgencia, tratando de encontrar un lugar donde guarecerse, pero no halló nada. Sorprendida por el aguacero a mitad del camino en pendiente que unía la ciudadela con el barrio de la Barbacane, vio que no había ni árboles, ni edificios ni viviendas. Cansadas, sus piernas protestaron ante la idea de volver a subir a la Cité.

No tenía más remedio que continuar bajando.

Y bajó dando tumbos por la calzada, sujetándose las faldas por encima de los tobillos para que no se le empapasen debido al agua que bajaba en cascada sobre los adoquines. El viento la golpeaba en los oídos, la aturdía, le lanzaba la lluvia a rachas incluso por debajo del sombrero, y le hacía aletear el abrigo, que se le enredaba en las piernas.

No vio a dos hombres que la miraban junto al crucero de piedra que había en lo alto de la rampa. Uno iba bien vestido, resultaba incluso imponente, tenía estilo y era sin lugar a dudas una persona con posibles, e incluso de elevado estatus. El otro era bajo, moreno, e iba envuelto en un grueso capote napoleónico. Cruzaron algunas palabras. Brillaron las monedas al pasar de una mano enguantada a las sucias palmas de las manos del viejo soldado, y los dos hombres se separaron. El soldado desapareció en la Cité.

El caballero siguió a Léonie en su camino descendente.

Para cuando llegó Léonie a la plaza Saint-Gimer, estaba literalmente empapada. A falta de cualquier restaurante o café o centro público, no tuvo otra opción que guarecerse en la propia iglesia. Se apresuró al subir los peldaños de la escalera, moderna y sin encanto, y atravesó la cancela de metal entreabierta en la verja.

Léonie empujó la puerta de madera y entró. Aunque lucían las velas en el altar y en las capillas laterales, sintió temblores, pues hacía más frío dentro que fuera. Dio varios pisotones seguidos para sacudirse toda la lluvia que pudo, y le llegó el perfume de la piedra mojada y del incienso. Titubeó, pues se dio cuenta de que podría tener que quedarse en la iglesia de Saint-Gimer durante un buen rato, si bien resolvió que evitar un resfriado era más importante que su apariencia, y se quitó los guantes y el sombrero empapado.

Según fueron sus ojos acostumbrándose a la penumbra, Léonie cayó en la cuenta de que otras personas se habían visto también empujadas a buscar cobijo de la tormenta en la iglesia.

Formaban una extraña congregación. En la nave central y en las capillas laterales la gente paseaba despacio. Un caballero con sombrero de copa y un recio abrigo, con una dama cogida de su brazo, permanecía sentado y muy erguido, al igual que ella, en uno de los bancos, como si a ambos les desagradara el olor de allí dentro. Los residentes del barrio, muchos de ellos descalzos e inadecuadamente vestidos para la estación otoñal, se habían sentado en cuclillas sobre las losas del suelo. Había incluso un pollino y una mujer con dos gallinas, una debajo de cada brazo.

—Extraordinario panorama —oyó que le decía una voz casi al oído—. Pero hay que tener en cuenta que refugiarse en sagrado está permitido a todo el que lo solicite.

Sobresaltada al darse cuenta de que la estaba interpelando directamente a ella, Léonie se volvió en redondo y vio a un caballero que se encontraba a su lado. El sombrero de copa gris y el gabán gris del mismo tono eran distintivos de su clase, al igual que la empuñadura de plata del bastón y la contera o los guantes de cabritilla. La tradicional elegancia de su atuendo daba a sus ojos azules un aspecto más sobrecogedor.

Por un momento Léonie creyó haberlo visto antes.

Y entonces comprendió por qué. Aunque más ancho de hombros y más entrado en carnes, tenía cierto parecido de tez y de rasgos con su hermano. Había en él algo más, algo en su mirada directa, ladina, que causó un inesperado tumulto en el pecho de Léonie. El corazón empezó a latirle con fuerza y notó de repente un extraño calor bajo la ropa empapada.

—Yo... —se sonrojó, con un encanto especial, y bajó los ojos mirando al suelo.

—Perdóneme, no era mi intención ofenderla —dijo él—. En circunstancias normales jamás, naturalmente, habría interpelado yo a una dama sin mediar la presentación de rigor. Ni siquiera en un sitio como éste. —Sonrió—. Pero éstas son circunstancias un tanto insólitas, ¿no le parece?

Su cortesía la sosegó.

Léonie alzó los ojos.

—Sí —reconoció—, la verdad es que lo son.

—Así pues, aquí estamos, compañeros de viaje en busca de un refugio que nos guarezca de la tormenta. Me pareció que tal vez las normas de etiqueta al uso podrían quedar en suspenso. —Se tocó el ala del sombrero y dejó al descubierto una frente amplia, un cabello castaño y reluciente, cortado con toda precisión, que le caía hasta el cuello duro de la camisa—. Así pues, ¿podemos considerarnos amigos mientras dure el chubasco? ¿No le ofendo si le hago esta petición?

Léonie negó con un gesto.

—Ni mucho menos —dijo ella con claridad—. Además, quizá tengamos que pasar aquí un buen rato. —Lamentó que a sus oídos sonase su voz demasiado tensa, demasiado aguda para ser del todo agradable. El desconocido, sin embargo, le sonreía, y no pareció reparar en el detalle.

—Es posible. —Miró en derredor—. Pero por observar el debido decoro, tal vez me permita usted la osadía de presentarme, y de ese modo dejaremos de ser dos desconocidos. Así, la persona a quien haya recomendado su cuidado no tendrá por qué preocuparse.

—Oh, yo estoy... —Léonie calló de pronto. Quizá no fuera prudente revelar que se encontraba sola—. Me encantaría aceptar su presentación, señor.

Con media reverencia, extrajo una tarjeta de visita del bolsillo.

—Victor Constant, mademoiselle.

Léonie aceptó la tarjeta de visita, elegantemente grabada, con una repentina excitación, que sin embargo quiso disimular estudiando detenidamente el nombre que figuraba en el rectángulo de buena cartulina. Trató de idear algo entretenido que decirle. También, se dijo, ojalá no se hubiera quitado los guantes. Bajo aquella mirada de tonalidad turquesa se sentía casi desnuda.

—Y... ¿me permite la impertinencia de preguntarle su nombre?

Escapó de sus labios una risa cristalina.

—Naturalmente. Qué estúpida soy. Lamento no..., lamento haber olvidado mis tarjetas de visita —mintió sin preguntarse el porqué—. Soy Léonie Vernier.

Constant tomó su mano y se la llevó a los labios.

—*Enchanté.*

Léonie notó una sacudida con el roce de los labios en su piel. Se oyó contener la respiración, notó el sonrojo en las mejillas y le cohibió el hecho de tener una reacción tan evidente, de modo que retiró los dedos.

Galante, él fingió no haberse dado cuenta. A Léonie le gustó ese detalle.

—¿Por qué da usted por sentado que me hallo al cuidado de alguien? —dijo cuando por fin se fió de sí misma y creyó que era capaz hablar sin atropellarse—. Podría acompañarme mi marido.

—Desde luego que podría —dijo él—, pero debo decirle que mucho dudo que haya un marido tan falto de caballerosidad que pueda dejar sola a una joven esposa tan bella como es usted. —Miró en derredor por toda la iglesia—. Y en semejante compañía.

Los dos recorrieron con los ojos el lamentable grupo de personas que se hallaban con ellos en la nave.

Léonie notó un aguijonazo de placer con el cumplido, pero disimuló su sonrisa.

—Mi marido podría haber ido simplemente en busca de ayuda.

—No hay hombre que sea tan tonto —dijo él, y hubo algo apasionado, algo casi brutal en su manera de decirlo, algo que causó en Léonie un vuelco en el corazón.

Él le miró la mano desnuda, en la que no vio una alianza de matrimonio.

—Bueno, debo reconocer que es usted muy perspicaz, monsieur Constant —replicó ella—. Y en efecto acierta al suponer que no tengo marido.

—¿Qué marido querría separarse de tal esposa, así fuera un solo instante?

Ella ladeó la cabeza.

—Y es que usted, por supuesto, no trata a su esposa de esa forma —dijo ella, y esas palabras tan osadas se le escaparon de la boca antes de que pudiera pensar en refrenarse.

—Por desgracia, no estoy casado —dijo él sonriendo lentamente—. Sólo quise decir que si tuviera yo la fortuna de gozar de tan preciada posesión, pondría todo el cuidado en ella.

Los ojos de ambos, verdes y azules, cruzaron sus miradas. Para encubrir la desbordante emoción que estaba cxperimentando, Léonie rió, y provocó que varios de los ciudadanos recogidos en el santuario en Saint-Gimer se volvieran a mirarla.

Constant se llevó el índice a los labios.

—Chisst —dijo, acercándose un poco más—. Nuestra conversación, sin duda, aquí no se sabe apreciar.

Bajó la voz un poco más, de modo que ella tuvo que acercarse, y lo hizo con gusto. De hecho, se hallaban tan cerca que prácticamente se estaban rozando. Léonie percibió el calor de él a su lado, y lo notó como si todo su costado se hallara ante un fuego de chimenea. Recordó lo que Isolde le había dicho del amor cuando estaban sentadas en el promontorio desde el que se dominaba el lago, y por vez primera tuvo un atisbo de lo que podría ser ese sentimiento.

—¿Puedo contarle un secreto? —le preguntó él.

—Por supuesto.

—Creo que sé qué le ha traído a este lugar, mademoiselle Vernier.

Léonie levantó las cejas.

—¿De veras?

—Tiene usted todo el aire de una damisela que se embarca en una aventura solitaria. Entró sola en la iglesia, empapada después del aguacero, lo cual me lleva a pensar que no le acompaña una criada, porque de lo contrario habría llevado un paraguas. Y sus ojos, que son como las esmeraldas, relumbran con la emoción del momento.

Un estallido de palabras iracundas, en voz alta, llegó de una familia española que estaba cerca de ellos, llamando la atención de Constant. Léonie no se sentía del todo ella misma, pero reparó en el peligro de sus sensaciones. Y que, llevada por la intensidad del momento, llegara a decir cosas que más adelante quisiera no haber dicho.

—Hay muchos trabajadores españoles en este barrio —comentó Constant como si acabara de percibir su incomodidad—. Hasta que comenzaron las obras de renovación de la fortaleza medieval, en 1847, la Cité era el centro de la industria textil de la ciudad.

Ella aún estaba dando vueltas al cumplido que él le había hecho. «Sus ojos relumbran como esmeraldas».

—Es usted un hombre bien informado, monsieur Constant —dijo ella, tratando de mantener la concentración—. ¿Se dedica acaso a los trabajos de restauración? ¿Es tal vez arquitecto?

Imaginó que sus ojos azules destellaban de placer.

—Me adula usted, mademoiselle Vernier, pero no. No, no soy nada célebre. Mi interés tan sólo es el de un aficionado.

—Entiendo.

Léonie comprendió que no se le iba a ocurrir nada ocurrente que decirle. Ansiosa por mantener viva la conversación, trató de encontrar un tema que a él pudiera interesarle. Deseaba que él la considerase ingeniosa, inteligente, encantadora. Por fortuna, Victor Constant siguió adelante sin su ayuda.

—Ha existido una iglesia consagrada a Saint-Gimer cerca de este lugar desde finales del siglo XI. Este edificio en el que nos encontramos se consagró en 1859, después de que resultara evidente que el edificio original se hallaba tan deteriorado que lo más aconsejable sería construir una iglesia nueva en vez de iniciar la restauración.

—Entiendo —dijo ella, y torció el gesto.

Qué tonterías digo. Qué estúpida soy.

—La iglesia se comenzó a construir bajo los auspicios de monsieur Viollet-le-Duc —siguió explicando Constant—, aunque la construcción en sí muy pronto quedó en manos de un arquitecto de la ciudad, monsieur Cals, para que completase el trabajo según sus planos.

Le colocó entonces las manos sobre los hombros y le hizo darse la vuelta de modo que quedara de frente a la nave central. Léonie contuvo la respiración al notar un repentino e intenso calor en todo el cuerpo.

—El altar, el púlpito, las capillas y la reja son obra de Viollet-le-Duc —precisó él—. Muy típicas. Una mezcla de estilos, del norte y del sur. Trajeron muchos de los objetos decorativos del edificio original. Y aunque para mi gusto es un tanto moderna, resulta sin embargo un lugar con carácter. ¿No está de acuerdo, mademoiselle Vernier?

Léonie notó que sus manos abandonaban entonces sus hombros, rozándole la zona inferior de la espalda con el movimiento. Sólo pudo asentir. No se atrevió a decir palabra.

Una mujer sentada en el suelo, en uno de los pasillos laterales, a la sombra de un relicario iluminado por las velas, en la pared, se puso a cantar una nana para dormir al niño inquieto que tenía en los brazos.

Agradecida por la distracción, Léonie se volvió a mirarla.

Aquèla Trivala
Ah qu'un polit quartier
Es plen de gitanòs.

La letra llegó flotando por la iglesia hasta la nave en la que se encontraban Léonie y Victor.

—Tienen un gran encanto las cosas más sencillas —dijo él.

—Ésa es la lengua de los occitanos —añadió ella, deseosa de impresionarle—. En casa, las criadas la hablan cuando creen que nadie las escucha.

Se dio cuenta de que se aguzaba la atención que él le estaba prestando.

—¿En casa? —preguntó—. Perdóneme, pero por su manera de vestir y por su porte di por supuesto que se encontraba usted de paso, de viaje por esta región. La había tomado por una verdadera parisién.

Léonie sonrió ante el cumplido.

—Una vez más, monsieur Constant, su perspicacia le avala. Mi hermano y yo somos, ciertamente, sólo visitantes del Languedoc. Vivimos en el octavo *arrondissement,* no muy lejos de la estación Saint-Lazare. ¿Conoce usted el barrio?

—Sólo por los cuadros de monsieur Monet, lamento confesarlo.

—Desde las ventanas de nuestro salón se alcanza a ver la plaza Europe —dijo ella—. Si conociera la zona, podría ubicar nuestro domicilio a la perfección.

Él se encogió de hombros.

—En cuyo caso, si no es una pregunta demasiado impertinente, mademoiselle Vernier, ¿qué es lo que le trae por el Languedoc? Ya está muy avanzada la temporada para viajar.

—Estamos pasando un mes en casa de una familiar. Una tía.

Él hizo una mueca.

—Mis condolencias —dijo.

Pasó un instante hasta que Léonie comprendió que estaba bromeando.

—Oh —rió—, Isolde no es de esa clase de tías que usted se figura. No, no, nada de alcanfor y agua de colonia. Es bella y joven, y también es de París, eso de entrada. —Vio un destello en sus ojos, y no supo el porqué. Satisfacción tal vez, deleite incluso. Se sonrojó por el gusto, satisfecha de que él obviamente estuviera disfrutando con el flirteo tanto como ella misma.

Es completamente inofensivo.

Constant se llevó la mano al corazón e inclinó la cabeza.

—Me corrijo y retiro lo dicho —dijo.

—Le perdono —repuso ella con todo su encanto.

—Y esa tía suya —dijo él—, esa bella y encantadora Isolde, que es de París, ¿reside actualmente en Carcasona?

Léonie negó con un gesto.

—No. Sólo estamos pasando unos días en la ciudad. Mi tía tiene asuntos de negocios de los que ocuparse, cosas relacionadas con la finca de su difunto esposo. Esta noche vamos a un concierto.

Él asintió.

—Carcasona es una ciudad que tiene verdadero encanto. Ha mejorado mucho en estos últimos diez años. Hoy cuenta con muchos restaurantes excelentes, y tiendas, y hoteles. —Calló unos instantes—. ¿O acaso tienen ya alojamiento?

Léonie rió.

—Sólo vamos a pasar aquí unos días, monsieur Constant. El hotel Saint-Vincent es perfecto para nuestras necesidades.

Se abrió la puerta de la iglesia y entró una racha de aire frío, al tiempo que nuevos transeúntes se refugiaron de la lluvia. Léonie tembló al notar las faldas mojadas y pegadas a las piernas. Tenía frío.

—¿La tormenta le inquieta? —preguntó él con rapidez.

—No, no. Ni mucho menos —respondió, aunque le agradó su solicitud—. La finca de mi tía está en el monte. En las últimas dos semanas hemos visto rayos y truenos mucho peores que éstos, se lo aseguro.

—¿Así que se halla usted a cierta distancia de Carcasona?

—Estamos alojados al sur de Limoux, en la Haute Vallée. No muy lejos de la localidad balneario de Rennes-les-Bains. —Le sonrió—. ¿La conoce usted?

—Lamento decir que no —repuso—. Aunque debo añadir que la región de repente presenta para mí un interés considerable. Tal vez me anime a hacer una visita en un futuro no muy lejano.

Léonie se puso colorada ante el galante cumplido que le hizo.

—Está bastante aislada de todo, pero el campo en los alrededores es magnífico.

—¿Hay mucho ambiente de sociedad en Rennes-les-Bains?

Ella se echó a reír.

—No, pero estamos encantados con la vida tranquila. Mi hermano lleva una vida muy ajetreada en la ciudad. Hemos venido a descansar.

—Bueno, confío que el Midi goce del placer de su compañía durante algún tiempo aún —le dijo él con ternura.

Léonie notó que se le paraba el corazón.

La familia española, que seguía enzarzada en su discusión, se puso en pie de pronto. Léonie se volvió. Las puertas principales de la iglesia se encontraban abiertas.

—Parece que ya escampa, mademoiselle Vernier —dijo Constant—. Una lástima.

La última palabra la dijo con voz tan queda que Léonie le miró de reojo, extrañada de que una declaración de intereses tan manifiesta hubiera salido de sus labios. Pero su rostro era por completo inocente, y se quedó en la duda de haber interpretado correctamente o no lo que él quiso decir. Volvió a mirar hacia las puertas y se dio cuenta de que había salido el sol, que inundaba las escaleras aún mojadas de luz intensa y cegadora.

El caballero del sombrero de copa ayudó a su acompañante a ponerse en pie. Se levantaron del banco con todo cuidado y desfilaron por la nave. Uno por uno, el resto de los presentes comenzó a seguir sus pasos. A Léonie le sorprendió comprobar qué concurrida había llegado a estar la iglesia. Prácticamente no había reparado en ninguno de los presentes.

Monsieur Constant le ofreció el brazo.

—¿Vamos? —le dijo.

Su voz provocó un escalofrío en ella. Léonie titubeó unos instantes. Como si fuera a cámara lenta, se vio a sí misma extender la mano sin enguantar y apoyarla en la manga gris de su gabán.

—Es usted muy amable —le dijo.

Juntos, Léonie Vernier y Victor Constant salieron de la iglesia y se dirigieron rumbo a la plaza Saint-Gimer.

CAPÍTULO 60

∞

A pesar de su desaliñado aspecto, Léonie se sintió la persona más afortunada de toda la plaza Saint-Gimer. Tras haber imaginado un momento como ése en muchas ocasiones, se le antojó sin embargo extraordinario que le pareciera tan natural ir caminando cogida del brazo de un hombre.

Y no era un sueño.

Victor Constant siguió siendo el perfecto caballero, atento y cortés, nunca incorrecto. Le pidió permiso para tomar la palabra, y cuando Léonie se lo concedió le hizo el honor de ofrecerle uno de sus cigarrillos de tabaco turco, gruesos, marrones, sin el menor parecido con los que fumaba Anatole. Rechazó el ofrecimiento, pero la aduló que la tratara como a una mujer adulta.

La conversación entre ambos discurrió por caminos previsibles —la climatología, las maravillas que encerraba Carcasona, el esplendor de los Pirineos— hasta que llegaron al otro extremo del Pont Vieux.

—Me temo, y mucho lo lamento, que en este punto debo despedirme de usted —dijo él.

La decepción le golpeó de lleno en el pecho, pero Léonie logró mantener una expresión de perfecta compostura.

—Ha sido usted sumamente amable, monsieur Constant, y muy solícito conmigo. —Vaciló antes de añadir—: Yo también debo regresar. Mi hermano estará preguntándose qué ha sido de mí.

Por un instante, permanecieron juntos sin saber qué decirse. Una cosa era entrar en contacto con otro en circunstancias tan poco habituales como era el caso, debido sobre todo al incidente de la tormenta, y otra muy distinta era llevar esa relación un paso más allá.

Aunque le gustara considerarse una mujer a la que no maniataban las convenciones, Léonie sin embargo esperó a que fuera él quien tomara la palabra. Hubiera sido absolutamente impropio por su parte insinuar la posibilidad de un futuro encuentro entre los dos. Sin embargo, le dedicó una sonrisa con la esperanza de que quedase muy claro que no iba a rechazarlo en el caso de que él quisiera hacerle alguna clase de invitación.

—Mademoiselle Vernier —dijo él, y calló. Léonie percibió un temblor en su voz, y por esa razón le tomó aún mayor aprecio.

—¿Sí, monsieur Constant? Dígame.

—Espero que me sepa disculpar si este comentario le parece demasiado osado por mi parte, pero estaba preguntándome si ha tenido usted el placer de visitar la plaza Gambetta —dijo, e hizo un gesto indicando hacia la derecha—. Está a dos o tres minutos a pie de aquí.

—Estuve paseando por allí esta mañana —contestó ella.

—Si por un casual le gusta la música, todos los viernes por la mañana hay unos conciertos excelentes. A las once en punto. —Concentró en ella toda la intensidad de sus ojos azules—. Yo mañana desde luego asistiré sin falta.

Léonie disimuló una sonrisa, admirando la delicadeza con que la había invitado sin incurrir en una indeseada transgresión de las normas impuestas por el decoro en sociedad.

—Mi tía tenía la intención de que disfrutase yo de algunas sesiones musicales mientras estemos en Carcasona —dijo, y ladeó la cabeza.

—En cuyo caso, tal vez tenga yo la fortuna de ver cómo se vuelven a cruzar mañana nuestros caminos, mademoiselle —dijo él, y estiró el cuello—. Y también el gran placer de conocer a su tía y a su hermano. La traspasó con sus ojos azules, y durante un fugacísimo instante Léonie tuvo la impresión de que estaban unidos, pues se sintió inexorablemente atraída hacia él, como si fuera un pez que deja de debatirse y se deja llevar por el hilo que recoge el carrete. Contuvo la respiración, sin desear otra cosa que el instante en que monsieur Constant la rodease por la cintura y la estrechara y la besara.

—*À la prochaine* —se despidió él.

Sus palabras rompieron el hechizo. La grisura del presente volvió de lleno a ella. Léonie se sonrojó como si él hubiera podido leer sus pensamientos más secretos.

—Sí, por supuesto —balbució—. Hasta la próxima.

Se dio la vuelta entonces y echó a caminar por la calle Pont Vieux antes de que la invadiese la vergüenza al revelarle en toda su extensión las emociones que se habían desencadenado en ella.

Constant la vio marchar, y comprendió por su apostura, por la gracia de sus pasos, por el modo en que caminaba con la cabeza bien alta, que era en esos instantes muy consciente de que él clavaba sus ojos en su espalda y la veía partir despacio.

De tal palo, tal astilla. Es igualita que su madre.

Lo cierto era que había sido casi demasiado fácil. Los sonrojos de colegiala, su manera de abrir los ojos como platos, el modo en que entreabría los labios para dejar ver la punta de una lengua sonrosada. Podría habérsela llevado al fin del mundo sin esperar un minuto más si así lo hubiera querido, pero eso no se hubiera ajustado del todo a sus intenciones. Era infinitamente más satisfactorio jugar con las emociones de la muchacha. Llevarla a la ruina, desde luego, pero no sin antes lograr que se enamorase de él. Cuando lo supiera, Vernier experimentaría un tormento infinitamente mayor que si la hubiera tomado por la fuerza.

Y la muchacha iba a enamorarse de él. Era fácil de impresionar, era joven, estaba a punto de caramelo.

Realmente, una pena.

Chasqueó los dedos. El hombre del capote napoleónico, que lo seguía a cierta distancia, se plantó de inmediato a su lado.

—Monsieur.

Constant garabateó rápidamente una nota en un papel y le indicó que la entregase en el hotel Saint-Vincent. Sólo pensar en la cara que se le pondría a Vernier cuando leyese la nota le produjo una fuerte sensación, un placer casi irresistible. Quería ante todo que lo pasara mal. Los dos, que lo pasaran mal tanto Vernier como su furcia. Quería que pasaran los próximos días mirando continuamente por encima del hombro, a la espera, obsesionados, preguntándose en todo momento de qué lado iba a llegarles el siguiente hachazo.

Arrojó una bolsa llena de monedas en las manos grasientas del hombre.

—Síguelos —dijo él—. Que no se te escapen. Manda aviso por el procedimiento habitual para saber con toda precisión adónde van. ¿Está claro? ¿Crees que podrás entregar la nota antes de que la muchacha esté de regreso en su hotel?

El hombre pareció ofenderse.

—Es mi ciudad —murmuró, y dio la vuelta en redondo para desaparecer por una estrecha calleja que se alejaba por la parte posterior del Hôpital des Malades.

Constant apartó de sus pensamientos a la muchacha y sopesó su siguiente jugada. En el transcurso del tedioso flirteo que había tenido lugar en la iglesia no sólo le había proporcionado el nombre del hotel en el que se encontraban alojados en Carcasona, sino que, y esto era mucho más importante, le había dicho dónde se habían ocultado Vernier y su furcia.

Había oído hablar de Rennes-les-Bains y de su balneario, de sus propiedades curativas. La ubicación era perfecta para sus intenciones. No podía hacer nada contra ellos mientras estuvieran en Carcasona. La ciudad era demasiado bulliciosa, y cualquier confrontación llamaría la atención. En cambio, en una finca aislada, en el campo... Tenía algunos contactos en la localidad, en particular un hombre, una persona sin escrúpulos y de temperamento cruel, al que una vez había prestado cierto servicio. Constant no creyó llegar a tener la menor dificultad para persuadirle de que había llegado la hora de que le devolviera el favor.

Constant tomó un fiacre para regresar al centro de la Bastide, y una vez allí siguió camino por las estrechas calles, hasta llegar a la parte posterior del Café des Négociants, en el bulevar Barbès. Allí se encontraba el más exclusivo de los clubes privados. Champán, tal vez una chica. Estando tan al sur, había más que nada carne oscura, no la pálida piel y el cabello rubio que él prefería. Pero ese día estaba dispuesto a hacer una excepción. Tenía ganas de celebrarlo.

CAPÍTULO 61

∞

Léonie atravesó a la carrera la plaza Gambetta, en cuyas sendas y aceras relucían los charcos que había dejado la lluvia, en los que a su vez se reflejaban los pálidos rayos del sol, y pasó por delante de un feo edificio municipal para entrar en el corazón de la Bastide.

Era completamente ajena a las prisas, al movimiento que poblaba el mundo en derredor. Las aceras estaban atestadas, y en las propias calles se arremolinaban el agua negra y los residuos que habían sido desalojados de la parte alta de la ciudad por la fuerza de la tormenta.

Las consecuencias que pudiera tener su excursión vespertina sólo en esos momentos empezaban a hacérsele evidentes. No podía pensar nada más que en cómo la iba a regañar e incluso castigar Anatole y, mientras, a ratos caminaba veloz, a ratos corría un trecho, o avanzaba por la calle encharcada, con los nervios a punto de estallar.

Aunque lo cierto es que no lo lamento.

Recibiría un castigo por su desobediencia, de eso no le cabía ya la menor duda, pero aun así no podría decir que preferiría no haberse alejado. Miró el rótulo de una calle y descubrió que se encontraba en la calle Courtejaire, no en el Carrière Mage, tal como había supuesto. Efectivamente, se había perdido. El *plan de la ville* estaba tan empapado que se iba desintegrando en sus manos. Se había corrido la tinta, los nombres eran del todo ilegibles.

Léonie dobló primero a la derecha y luego a la izquierda, en busca de algún elemento urbano que pudiera reconocer, pero todas las tiendas se habían protegido sellando con tablones los escaparates en previsión del mal tiempo, y todas las calles estrechas de la Bastide le parecían iguales.

Se equivocó de camino varias veces, de modo que le llevó prácticamente una hora localizar la iglesia de San Vicente, y, a partir de ella, la calle Port y su hotel. Cuando acometió la subida por las escaleras de la entrada, oyó que las campanas de la catedral ya daban las seis.

Entró en el vestíbulo como un torbellino, aún a la carrera, con la esperanza al menos de llegar a su habitación y gozar allí de intimidad para cambiarse y ponerse ropa seca antes de vérselas con su hermano. Se tuvo que detener en seco. Anatole se encontraba de pie en el vestíbulo, delante del mostrador de recepción, caminando de un lado a otro, con un cigarrillo encajado entre los dedos. Cuando la vio, atravesó el vestíbulo hecho una furia, la tomó por los hombros y la zarandeó con fuerza.

—¿Dónde diantre te habías metido? —le gritó nada más verla—. Estaba ya a punto de perder la cabeza. —Léonie se quedó clavada en donde se encontraba, atónita, perpleja por el tremendo arrebato de su cólera—. ¿Y bien? —insistió.

—Lo... lo siento. Me sorprendió la tormenta.

—No se te ocurra jugar conmigo, Léonie —le gritó—. Te prohibí expresamente ir por la ciudad tú sola. Te libraste de Marieta con algún pretexto absurdo, como una chiquilla irresponsable, y entonces desapareciste. Por Dios, ¿quieres decirme dónde has estado? ¡Dímelo ahora mismo, maldita sea!

A Léonie se le pusieron los ojos como platos. Él nunca le había hablado en esos términos. Nunca, ni una sola vez. Jamás.

—¡Podría haberte pasado cualquier cosa! ¡Una jovencita como tú en una ciudad desconocida! ¡Podía haber pasado lo peor!

Léonie miró de reojo al dueño, que los escuchaba sin disimulos de ninguna clase.

—Anatole, por lo que más quieras —le dijo en voz baja—. Te lo puedo explicar. Si pudiéramos ir a un sitio donde estemos menos a la vista, a nuestras habitaciones, yo...

—¿Me has desobedecido y has salido de la Bastide? —De nuevo la zarandeó—. Dímelo. ¿Sí o no?

—No —mintió, demasiado aterrada para decir la verdad—. Estuve paseando por la plaza Gambetta y admiré la magnífica arquitectura de la Bastide. Reconozco que le dije a Marieta que volviera en busca de un paraguas, y reconozco que no debiera haberlo hecho, lo sé, pero cuando empezó a llover pensé que era mejor buscar cobijo, en vez de seguir a la intemperie. ¿No te ha dicho Marieta que fuimos a buscaros al Carrière Mage?

A Anatole se le ensombreció aún más el semblante.

—No, no me ha dicho nada de eso —le dijo cortante—. ¿Y nos visteis, sí o no?

—No, es que yo...

Anatole volvió a la carga.

—Con todo y con eso, dejó de llover hace más de una hora. Acordamos que nos reuniríamos a las cinco y media. ¿O eso es algo que preferiste olvidar?

—No, lo recuerdo, pero es que...

—Es imposible no tener conciencia del paso del tiempo en esta ciudad. Es imposible dar un solo paso sin oír las campanadas. No me mientas, Léonie. No te empeñes en fingir que no sabías que se había hecho tarde, porque eso es algo que no voy a creer.

—No era mi intención dar esa excusa —dijo ella con un hilillo de voz.

—¿Dónde buscaste refugio? —inquirió él.

—En una iglesia —respondió ella al punto.

—¿Qué iglesia? ¿En dónde?

—No lo sé —dijo ella—. Cerca del río.

Anatole la tomó con fuerza por el brazo.

—¿Me estás diciendo la verdad, Léonie? ¿Cruzaste el río para ir a la Cité?

—La iglesia no estaba en la Cité —exclamó sin faltar a la verdad, inquieta por las lágrimas que habían asomado a sus ojos—. Por favor, Anatole, me estás haciendo daño.

—¿Y no te abordó nadie? ¿Nadie quiso hacerte nada?

—Ya ves que no —dijo ella, e intentó soltarse.

Él la miró atentamente, con el ceño fruncido, los ojos encendidos con una furia que ella rara vez había provocado en él. Entonces, sin previo aviso, le soltó el brazo dándole prácticamente un empujón.

Los fríos dedos de Léonie se introdujeron a hurtadillas en el bolsillo en el que había guardado la tarjeta de visita de monsieur Constant.

Si encontrase esto ahora...

Él se alejó un paso más.

—Estoy decepcionado y disgustado contigo —dijo. La frialdad de su voz y la falta de afecto dejaron a Léonie helada por dentro—. Siempre espero lo mejor de ti, y tú vas y te comportas de esta forma.

Léonie tuvo un temperamental arranque de mal humor y a punto estuvo de exclamar, de afirmar que no había hecho nada más que ir a dar un paseo sin compañía de nadie, pero se mordió la lengua. No tenía sentido acrementar aún más la indignación de su hermano.

Léonie se quedó cabizbaja.

—Perdóname —dijo.

Él se dio la vuelta.

—Sube a tu habitación y haz el equipaje.

No, eso no.

Levantó la cabeza airada. En ese instante, su espíritu combativo volvió a ella de golpe.

—¿El equipaje? ¿Por qué he de hacer el equipaje?

—Léonie, no me hagas preguntas y limítate a obedecer.

Si se marchasen esa misma tarde, no podría ver a Victor Constant al día siguiente en la plaza Gambetta. Léonie aún no había decidido si ir o no, pero no quería que de ninguna manera se le arrebatara esa decisión de sus manos.

¿Qué pensará si no acudo al concierto?

Léonie se abalanzó hacia Anatole y lo sujetó por el brazo.

—Por favor, te lo suplico, ya he dicho que lo siento. Castígame si es preciso, pero no de esta manera. No quiero marcharme de Carcasona.

Él se la quitó de encima.

—Hay aviso de que caerán nuevas tormentas y de que hay el peligro de inundaciones. Esto no tiene nada que ver contigo —le dijo con encono—. Gracias a tu desobediencia, me he visto obligado a enviar a Isolde a la estación. Se ha adelantado con Marieta.

—Pero... el concierto —exclamó Léonie—. ¡Yo quiero quedarme! ¡Por favor! ¡Me lo habías prometido!

—¡Sube a hacer el equipaje, te he dicho! —le gritó él.

Ni siquiera entonces fue Léonie capaz de aceptar la situación.

—¿Qué es lo que ha pasado? ¿Por qué deseas que me marche inmediatamente? —inquirió, y elevó el tono de voz para ponerse a la altura de su hermano—. ¿Es por algo relacionado con la reunión de Isolde con los abogados?

Anatole dio un paso atrás, como si acabara de recibir una bofetada.

—No ha pasado nada. —Sin previo aviso, le habló con voz más templada. Se le había suavizado la expresión—. Habrá otros conciertos —añadió con voz más afable. Intentó rodearla con el brazo, pero ella lo apartó de un empellón.

—¡Te odio! —exclamó.

Con el escozor de las lágrimas en los ojos, y sin que le importase en modo alguno quién pudiera verla en esos momentos, Léonie subió corriendo las escaleras y corrió por el pasillo que llevaba a su habitación, donde nada más entrar se arrojó boca abajo sobre la cama, en medio de un mar de llantos.

No me iré. No me iré.

Sin embargo, en el fondo sabía perfectamente que no tenía nada que hacer. No disponía de dinero propio. Al margen de cuál pudiera ser la razón de la repentina marcha de todos ellos —no daba crédito a la excusa de que el tiempo fuese a empeorar—, no tenía posibilidad de elegir. Él estaba resuelto a castigarla por su desobediencia, y había elegido una manera infalible de hacerlo.

Terminado el ataque de llantina, Léonie fue al armario para ponerse ropa seca, y se quedó atónita al descubrir que estaba todo recogido, y que allí sólo quedaba su capa de viaje. Abrió hecha una furia la puerta que comunicaba con la zona común de la suite y la encontró desierta. En ese momento comprendió que Marieta había recogido prácticamente todo.

Sintiéndose infinitamente desdichada, incómoda con la ropa húmeda, con un picor desagradable en el cuerpo, recogió los pocos objetos particulares que la criada había dejado sobre la mesa del tocador y acto seguido se echó la capa a toda prisa por encima para salir hecha una furia al pasillo, donde se encontró con Anatole.

—Marieta no ha dejado una sola prenda que me pueda poner —protestó, y en sus ojos brillaba con intensidad la rabia—. Tengo toda la ropa empapada, tengo frío.

—Te está bien empleado —dijo él, y entró en su habitación, contigua a la de Léonie, pegando un portazo.

Léonie se volvió sobre los talones y entró con gran contrariedad en su habitación.

Le odio.

Le iba a enseñar cómo se las gastaba ella. Había puesto todo su esmero en comportarse debidamente, con todo el decoro, y en cambio Anatole la estaba obligando a tomar medidas mucho más drásticas. Así pues, decidió enviar recado a monsieur Constant para explicarle por qué no iba a poder hacerle el honor de acudir en persona a la cita. De ese modo, al menos no tendría una mala opinión de ella. Quizá pudiera él incluso escribirle para dejar constancia de su tristeza ante el hecho de que su incipiente amistad hubiera de ser cortada de raíz.

Se sonrojó debido al ánimo belicoso y desafiante que sintió con gran determinación dentro de sí, y se abalanzó sobre el escritorio, de uno de cuyos cajones sacó una hoja de papel de escribir. Velozmente, antes de perder los arrestos, garabateó unas cuantas líneas manifestando su pesar, sugiriendo que toda carta que quisiera enviarle sería bien recibida en la lista de correos de Rennes-les-Bains, donde la recogería ella en el supuesto de que él deseara confirmar la recepción de esta apresurada nota de despedida. No se sintió con ánimos de llegar al extremo de darle la dirección del Domaine de la Cade.

Anatole se pondría furioso.

A Léonie no le importó. Lo tenía bien merecido. Si de hecho insistía en tratarla como a una niña, ella se iba a comportar precisamente así. Si no estaba dispuesto a permitir que tomara ella sus propias decisiones en aquello que a ella le afectaba, en lo sucesivo no pensaba ella teñer en consideración ninguno de sus deseos.

Cerró el sobre y puso la dirección. Tras una breve pausa, tomó el frasco de perfume de su bolso y roció el sobre con unas cuantas gotas, como hubieran hecho las heroínas de sus novelas favoritas.

Se lo llevó entonces a los labios, como si de hecho pudiera dejar impresa en el papel blanco una parte de sí misma.

Ya está. Hecho.

Todo lo que le quedaba por resolver era la forma de dejar el sobre al dueño del hotel sin que Anatole llegara a enterarse, para que él se encargase de enviarlo a la hora prevista, al día siguiente por la mañana, y entregárselo a monsieur Constant en la plaza Gambetta.

Luego ya sólo le quedaría esperar a ver cómo continuaba todo ello.

En su habitación, allí al lado, Anatole estaba sentado con la cabeza sujeta entre ambas manos. Arrugada, en un puño, sostenía la carta que se le había entregado en mano, en el hotel, media hora antes de que reapareciera Léonie.

Prácticamente ni siquiera era una carta. Eran tan sólo cinco palabras que se le grabaron a hierro en el alma.

«Ce n'est pas la fin». Esto no ha terminado.

No había firma, ni remitente, aunque Anatole temió haber comprendido el sentido de la misiva demasiado bien. Era una respuesta a la única palabra que había escrito él en la última página de la agenda que dejó adrede en París: «Fin».

Alzó la cabeza en un gesto de desesperación, con el ardor de la fiebre en los ojos castaños. Tenía las mejillas hundidas, macilentas, pálidas, debido al sobresalto que le había supuesto.

De alguna forma, de algún modo inconcebible, Constant se había enterado. Se había enterado tanto de que el entierro en el cementerio de Montmartre había sido una mera añagaza como de que Isolde estaba todavía viva, y de que estaba allí, con él, en el Midi. Anatole se pasó los dedos por el cabello.

¿Cómo? ¿Cómo era posible que Constant se hubiera enterado de que estaban allí, en Carcasona? Nadie, salvo Léonie, Isolde y los criados de la casa, estaba al corriente de su visita a la ciudad; nadie más sabía que estaban alojados en aquel hotel en particular.

El abogado lo sabe. Y el sacerdote.

Pero no sabían que se encontraban alojados en ese hotel.

Anatole se obligó a concentrarse. No podía permitirse el lujo de ponerse en esos momentos a pensar en cómo era posible que los hubieran descubierto. No era el momento idóneo para preguntarse cómo los había localizado Constant —para eso, para ese análisis morboso cuando menos, tendría tiempo de sobra más adelante—, sino que era más bien el momento de decidir con urgencia qué era lo que debían hacer.

Se le encorvaron los hombros de pura impotencia al recordar de repente la expresión desconsolada de Isolde. Habría dado cualquier cosa por impedir que ella se enterase, pero se presentó ante él momentos después de que le fuera entregada la carta en mano, y se vio incapaz de ocultarle la verdad de los hechos.

El gozo de la tarde se había convertido en cenizas en las manos de ambos. La promesa de una nueva vida, juntos los dos, sin esconderse y sin pasar miedo, se les había escapado de los dedos.

Había tenido la firme intención de dar a Léonie la buena nueva esa misma noche. Frunció el ceño. Después de la enojosa actuación que había tenido su hermana esa misma tarde, decidió que era preferible no hacerlo. Su decisión de no involucrarla en la boda había resultado, a todas luces, la más acertada. Léonie acababa de demostrar que no era digna de confianza, que no siempre sabía comportarse de manera adecuada.

Anatole se acercó a la ventana, separó las láminas de madera de la persiana y miró a la calle. No había allí nadie más que un borracho, envuelto en un viejo capote de soldado, con las rodillas contra el pecho, derrengado en la pared de enfrente.

Cerró la persiana de golpe.

No tenía forma de saber si el propio Constant en persona se encontraba de veras en Carcasona. No tenía tampoco forma de saber si estaba relativamente cerca. Su instinto le indicó que la mayor de sus esperanzas consistía en regresar de inmediato al Domaine de la Cade.

Necesitaba aferrarse a la tenue esperanza de que si Constant supiera algo del Domaine de la Cade, sin duda habría preferido enviar la carta allí.

CAPÍTULO 62

∞

Léonie esperó a Anatole en el vestíbulo, de pie, con las manos unidas en el regazo, en silencio. Su mirada era desafiante, pero tenía los nervios a flor de piel, por miedo a que el dueño del hotel la delatase.

¿Y si me traiciona?

Anatole descendió la escalera sin decirle a ella ni una palabra. Se acercó al mostrador de recepción a charlar brevemente con el dueño, y luego pasó por delante de ella y salió a la calle, donde esperaba un fiacre listo para llevarlos a la estación de ferrocarril.

Léonie suspiró aliviada.

—Se lo agradezco, monsieur —dijo ella en voz baja.

—Por favor, mademoiselle Vernier —respondió él, y le guiñó un ojo a la vez que se daba una palmada en el bolsillo de la chaqueta—. Yo me encargo de que la carta se entregue de acuerdo con sus deseos.

Léonie se despidió con un gesto y se dio prisa para alcanzar a Anatole.

—Entra —le ordenó con frialdad cuando ella ya subía al coche, como si se dirigiera a una criada perezosa. Ella se sonrojó. Él se inclinó y entregó una moneda de plata al cochero—. A toda la velocidad que le sea posible.

No volvió a dirigirle ni una sola palabra en el breve trayecto a la estación de ferrocarril. Ni siquiera se dignó mirarla.

El tráfico que circulaba por la ciudad era lento, debido a que las calles estaban realmente encharcadas. Llegaron al tren con pocos momentos de antelación, y tuvieron que correr por el andén resbaladizo para llegar a los vagones de primera clase, que eran los primeros.

El revisor les sostuvo la puerta y los hizo pasar. Se cerró entonces de golpe. Isolde y Marieta estaban acomodadas en un rincón del compartimento.

—Tía Isolde —exclamó Léonie, olvidando su mal humor en cuanto la vio. No tenía una sola gota de color en las mejillas, y sus ojos grises se le habían enrojecido visiblemente. Léonie tuvo la certeza de que había estado llorando.

Marieta se puso en pie.

—Me pareció conveniente quedarme con *madama* —murmuró a Anatole—, en vez de retirarme a mi vagón.

—Bien hecho —dijo él sin quitar los ojos de Isolde—. Yo lo arreglaré con el revisor.

Se sentó en el banco, junto a Isolde, y le tomó la mano exangüe.

También Léonie se acercó algo más.

—¿Qué sucede?

—Me temo que me he resfriado —dijo ella—. El viaje y este mal tiempo me han agotado bastante. —Miró a Léonie con sus ojos grises—. Lamento muchísimo que por mi culpa tengas que perderte el concierto. Sé cuántas ganas tenías de disfrutar...

—Léonie es consciente de que tu salud es lo primero —dijo Anatole de manera cortante, sin darle la oportunidad de ser ella misma quien respondiera—. Además, tampoco podemos arriesgarnos a quedarnos sin posibilidad de regresar estando tan lejos de casa, a pesar de la desconsideración que ha manifestado con el paseo de esta tarde.

Lo injusto de la reprimenda realmente le dolió, aunque Léonie logró seguir en silencio. Sea cual fuere la verdadera razón que pudo existir para partir tan presurosamente de Carcasona, lo cierto era que Isolde estaba enferma, y con pinta de ir a empeorar. Era innegable que necesitaba la comodidad y el recogimiento de su propia casa.

En efecto, si hubiera dicho eso Anatole, no habría encontrado ella ningún motivo de queja. El resentimiento por el modo en que insistió en destacar su presunta fechoría sí le molestaba. No se lo iba a perdonar. Se convenció de que fue Anatole quien había provocado la riña, y de que ella en realidad no había hecho nada malo.

Así pues, suspiró con aire entristecido y miró durante mucho tiempo por la ventanilla del tren.

Pero cuando observó de reojo a Anatole por ver si él daba señales de estar molesto, su creciente preocupación por Isolde ya había comenzado a eclipsar el recuerdo de la disputa que había tenido con su hermano.

Sonó el silbato. Las nubes de vapor blanco se propagaron en el ambiente lluvioso, borrascoso. Arrancó el tren.

En el andén de enfrente, tan sólo unos minutos más tarde, el inspector Thouron y dos funcionarios de París desembarcaron del tren procedente de Marsella. Llegaban con dos horas de retraso, pues el convoy había sido retenido por un corrimiento de tierras que se había producido en las afueras de Béziers.

A Thouron lo recibió el inspector Bouchou, de la *gendarmerie* de Carcasona. Los dos se dieron la mano. Luego, sujetando los faldones de los gabanes, que aleteaban con el viento, y también los sombreros, siguieron caminando por el desangelado andén guareciéndose de la lluvia y del viento que les daba de cara.

—Gracias por venir a recogerme, Bouchou —dijo Thouron, cansado y malhumorado después del largo e incómodo viaje.

Bouchou era un hombre corpulento, de rostro colorado, cercano ya a a la edad de jubilarse, que tenía la tez y la reciedumbre que Thouron atribuía a los franceses del Midi. Sin embargo, a primera vista parecía un tipo amistoso, por lo que Thouron consideró que su preocupación de que tanto él como sus hombres —por ser norteños y, peor aún, parisinos— fueran tratados con recelo era completamente infundada.

—Me alegra serle de utilidad —gritó a voces Bouchou para hacerse entender a pesar del viento—. Pero le confieso que me desconcierta que un profesional de su talla haga semejante viaje. Sólo es cuestión de tiempo que demos con Vernier para informarle del asesinato de su madre. —Dirigió a Thouron una mirada llena de astucia—. ¿O es que hay en esto algo más que desconozco?

El inspector suspiró.

—Refugiémonos de este vendaval y se lo cuento enseguida.

Diez minutos después se encontraban cómodamente sentados en un cafetín cercano a la Cour de Justice Présidiale, donde pudieron charlar sin temor de que nadie pudiera escuchar lo que dijeran. La mayoría de los clientes eran o funcionarios de la *gendarmerie* o personal de la prisión.

Bouchou pidió dos copas del licor de la ciudad, La Micheline, y arrimó su silla para escuchar mejor a su colega. A Thouron le pareció demasiado dulzón para su gusto, a pesar de lo cual lo bebió con delectación mientras daba al otro los detalles esenciales del caso.

Marguerite Vernier, viuda de un *communard,* y más recientemente amante de un destacado y muy condecorado héroe de guerra, fue hallada muerta en la vivienda familiar la noche del domingo 20 de septiembre. Desde entonces había transcurrido un mes, si bien no había sido posible localizar ni a su hijo ni a su hija, sus familiares más próximos, para informarles de la pérdida.

Evidentemente, aun cuando no existía motivo alguno para considerar a Vernier sospechoso de la autoría, al mismo tiempo habían ido saliendo a la luz ciertos elementos de interés, o ciertas irregularidades *quand même.* Entre ellas, no era despreciable la evidencia cada vez más clara de que tanto él como su hermana habían dado intencionadamente una serie de pasos para encubrir su rastro. Por esa razón habían tardado tanto los hombres de Thouron en descubrir que monsieur y mademoiselle Vernier habían tomado un tren con rumbo sur desde la estación de Montparnasse, en vez de viajar al oeste o al norte desde la de Saint-Lazare, que era lo que se había creído en un primer momento.

—En realidad —reconoció Thouron—, si uno de mis hombres no hubiera estado muy pendiente, nunca habríamos descubierto nada más.

—Adelante —dijo Bouchou con una mirada de manifiesto interés.

—Habían pasado cuatro semanas, comprenderá usted —explicó Thouron—. Yo ya no podía justificar que se siguiera montando guardia permanente en la vivienda.

Bouchou se encogió de hombros.

—Seguro.

—Sin embargo, hay que ver cómo son las cosas. Uno de mis oficiales, un chico listo, un tal Gaston Leblanc, entretanto entabla relaciones amistosas con una de las criadas de la casa de los Debussy, una familia que reside casualmente en el apartamento debajo del de los Vernier, en la calle Berlin. Y ella le contó a Leblanc que había visto al conserje aceptar dinero de un hombre, a cambio del cual le hizo entrega de un sobre.

Bouchou se hincó de codos en la mesa.

—¿Y el conserje lo ha reconocido?

Thouron asintió.

—Al principio lo negó. Hay que ver, estas personas siempre hacen lo mismo. Pero cuando se le amenazó con la cárcel, reconoció que sí había recibido dinero, una suma considerable por cierto, para entregar toda la correspondencia que llegara destinada a casa de los Vernier.

—¿Y quién le había pagado ese dinero?

Thouron se encogió de hombros.

—Afirmó que no lo sabía. Las transacciones se realizaron siempre por medio de un criado.

—¿Y usted le creyó?

—Sí —respondió, y se terminó el contenido del vaso—. En conjunto, sí, en efecto. Abreviando una larga historia, el conserje afirmó, a pesar de no estar seguro, que la caligrafía de aquel sobre recordaba la de Anatole Vernier. Y que el matasellos era del Aude.

—Y aquí está usted.

Thouron hizo una mueca.

—No es gran cosa, lo reconozco, pero es la única pista que tenemos para dar con ellos.

Bouchou levantó la mano para pedir otra ronda.

—Y deduzco que el asunto es delicado debido a las relaciones románticas de madame Vernier con...

Thouron asintió.

—El general Du Pont es un hombre que tiene gran reputación y mucha influencia. No es sospechoso del asesinato, aunque...

—¿Y de eso está usted seguro? —le interrumpió Bouchou—. ¿No será más bien que su superior, el prefecto, no desea verse embrollado en un escándalo?

Por vez primera, Thouron permitió que una sonrisa asomara a sus labios. Le transformó la cara y le hizo parecer más joven de lo que era a sus cuarenta años.

—No le negaré que mis superiores se han mostrado un tanto... intranquilos, como si dijéramos, ante la posibilidad de que se organizase la acusación contra Du Pont —replicó con cuidado—. Pero por fortuna para todos los implicados, existen demasiados factores que descartan que el general pudiera ser el responsable. No obstante, es el primer interesado en que esta sombra no siga proyectándose sobre su persona. Es de entender que, en su opinión, hasta que el asesino no sea prendido y llevado ante la justicia, correrán los rumores y seguirá mancillada su buena fama.

Bouchou escuchó con atención y en silencio mientras Thouron repasó el razonamiento que le había llevado a pensar que Du Pont era inocente: el soplo anónimo, el hecho de que el forense creyera que la muerte había tenido lugar horas antes de que el cadáver se encontrase, por lo tanto en un momento en el que Du Pont se encontraba presenciando un concierto y a la vista de muchas personas, además de la cuestión del soborno al conserje.

—¿Un amante rival? —propuso.

—Eso es lo que me he preguntado, en efecto —reconoció Thouron—. Hay dos copas de champán, pero también un vaso de coñac hecho añicos en la chimenea. Asimimo, aunque encontramos pruebas evidentes de que se había registrado la habitación de Vernier, los criados sostienen con total convencimiento que el único objeto sustraído es un retrato de familia, enmarcado, que había en un aparador.

Thouron sacó del bolsillo una fotografía similar, hecha en el mismo estudio parisino y en la misma sesión. Bouchou la miró sin hacer comentarios.

—Tengo la impresión —siguió diciendo Thouron— de que aun cuando es posible, e incluso muy probable, que los Vernier se encontrasen en el Aude, tal vez ahora ya no estén en la región. Además, es una zona bastante extensa, y si se encuentran aquí en Carcasona o bien en una casa particular, en el campo, tal vez nos resulte imposible obtener información sobre su paradero.

—¿Tiene copias de la foto?

Thouron asintió.

—Pondré sobre aviso a los hoteles y las pensiones de Carcasona en primer lugar, y luego tal vez procedamos a hacer lo propio en las principales localidades turísticas del sur. En un entorno urbano llamarían menos la atención que en el campo.

Contempló la fotografía.

—La muchacha es muy llamativa, ¿verdad? Esa tez y ese cabello no son frecuentes. —Se guardó la imagen en el bolsillo del chaleco—. Déjelo de mi cuenta, Thouron. Veré qué se puede hacer.

El inspector soltó un profundo suspiro.

—Se lo agradezco infinito, Bouchou. Este caso...

—Se lo ruego, Thouron. Ahora, ¿le apetece que cenemos?

Cenaron cada uno un plato de costillas, seguido por un pastel de ciruelas y regado con un *pichet* de un robusto vino tinto del Minervois. El viento y la lluvia en todo momento siguieron golpeando con furia el edificio. Otros clientes entraron y salieron, sacudiéndose la humedad de las botas y de los sombreros. Se corrió la voz de que el ayuntamiento había dado aviso de que se esperaban inundaciones, pues el río Aude se encontraba a punto de desbordarse.

Bouchou resopló.

—Al llegar el otoño, todos los años dicen lo mismo, pero eso es algo que nunca sucede.

Thouron levantó las cejas.

—¿Nunca?

—Bueno, al menos no ha ocurrido en unos cuantos años —reconoció Bouchou con una sonrisa—. Yo creo que esta noche las barreras son suficientes para aguantar.

La tormenta se abatió sobre la Haute Vallée poco después de las ocho de la tarde, justo cuando el tren en que viajaban Léonie, Anatole e Isolde con rumbo sur se aproximaba a la estación de Limoux.

Un rayo partido en tres, quebrado, rajó el cielo de color púrpura. A Isolde se le escapó una instantánea exclamación de espanto.

En el acto, Anatole se puso a su lado.

—Estoy aquí —dijo para tranquilizarla.

El retumbar del trueno hendió el aire y Léonie dio un respingo en su asiento. Siguió otro restallido de un relámpago. La tormenta iba acercándose veloz sobre las llanuras. Los *pins maritimes*, los plátanos, las hayas se bamboleaban a merced del viento, se inclinaban bruscamente con cada repentina racha. Las propias vides, plantadas como regimientos de soldados en hileras ordenadas, se estremecían bajo la ferocidad de los embates que desencadenaba la tempestad.

Léonie frotó el cristal empañado y contempló, a medias horrorizada, a medias exaltada, cómo se desencadenaban los elementos en toda su furia. El tren siguió avanzando fatigosamente. Varias veces tuvo que hacer un alto entre una estación y otra, pues fue preciso retirar las ramas caídas en las vías, e incluso algún árbol pequeño que el viento había arrancado de cuajo de las empinadas laderas de las gargantas de montaña por las que pasaba despacio el tren.

En cada una de las estaciones parecía aumentar el número de personas que tomaba el tren, ocupando el lugar de los que se habían bajado. La gente llevaba el sombrero encasquetado y los cuellos subidos para protegerse de la lluvia que azotaba el fino cristal de las ventanillas. La demora, en cada una de las paradas, empezaba a ser interminable; los vagones iban cada vez más llenos de viajeros que se habían refugiado de la tormenta.

Horas después llegaron a Couiza. La tormenta no era tan intensa en los valles, a pesar de lo cual no encontraron un coche de punto que estuviera libre, mientras que el *courrier publique* había partido mucho antes de su llegada. Anatole se vio en la obligación de llamar a la puerta de una tienda para pedirle que su recadero se acercara en mula hasta el valle, y que una vez allí dijera a Pascal que fuese con el coche de la finca a recogerlos.

Mientras esperaban, se refugiaron en un cochambroso restaurante, en un edificio contiguo a la estación. Era demasiado tarde para cenar, incluso aunque las condiciones climatológicas no hubieran sido tan amenazadoras. En cambio, al ver la fantasmal cara de Isolde, al reparar en la angustia que Anatole no hacía ningún esfuerzo por disimular, la esposa del dueño se compadeció de los extenuados viajeros y les llevó unos tazones de sopa de rabo de buey con trozos de pan negro y seco y una botella de una fuerte vino de Tarascón.

Se les sumaron dos hombres también deseosos de hallar refugio de la tormenta, que traían la noticia de que el río Aude estaba a punto de desbordarse en Carcasona. Ya había inundaciones en los barrios de Trivalle y la Barbacane.

Léonie se quedó pálida al imaginar las negras aguas que azotaban los peldaños de la escalinata en la iglesia de Saint-Gimer. Qué poco faltó para que se quedase atrapada. Aquellas calles por las que había caminado como si tal cosa se encontraban, a juzgar por las últimas noticias recibidas, poco menos que sumergidas. Otro pensamiento se abrió camino en su mente. ¿Estaría a salvo Victor Constant?

El tormento que sintió al imaginárselo en peligro alteró su paz de ánimo, y estuvo nerviosa en el trayecto de regreso al Domaine de la Cade, por lo que apenas reparó en los rigores del viaje, en el esfuerzo de los caballos cansados por los caminos resbaladizos, y peligrosos, que llevaban a la mansión.

Cuando por fin enfilaron la larga avenida de grava, con las ruedas por momentos atascadas en el barro y las piedras, Isolde estaba prácticamente inconsciente. Sus párpados se mantenían a duras penas abiertos debido al esfuerzo para mantenerse consciente, y tenía la piel helada al tacto.

Anatole entró en la casa como una exalación, dando instrucciones a voces. Mandó a Marieta que preparase una mezcla con unos polvos para que su señora durmiera mejor, a otra criada la mandó en busca del *moine,* del calientacamas, para eliminar todo residuo de humedad en las sábanas de Isolde, y a la tercera la mandó atizar el fuego ya encendido en la chimenea de la habitación. Viendo que Isolde se encontraba tan débil que no iba a poder caminar, la tomó en brazos y la llevó a la planta de arriba. Las mechas de sus rubios cabellos, totalmente sueltas por la espalda, pendían como pálidas hilachas de seda sobre las mangas negras de su chaqueta.

Asombrada, Léonie no dijo nada al verlos subir. Cuando por fin volvió a ser dueña de sus pensamientos, todo el mundo había desaparecido, dejándola que se valiera por sí misma. Calada hasta los huesos, desmadejada, siguió a Anatole hasta la primera planta. Se desvistió y se metió en la cama. Le pareció que las sábanas estaban algo húmedas. No ardía ningún fuego en la chimenea. La habitación se le antojó hostil, desangelada.

Quiso dormir, pero en todo momento fue consciente de que Anatole caminaba sin descanso por los pasillos. Más tarde aún, oyó sus pasos en las baldosas del vestíbulo, yendo de un lado a otro como un soldado de guardia en plena noche. Y oyó el ruido de la puerta principal al abrirse.

Luego, el silencio.

Por fin cayó Léonie en un sueño superficial e inquieto, y soñó con Victor Constant.

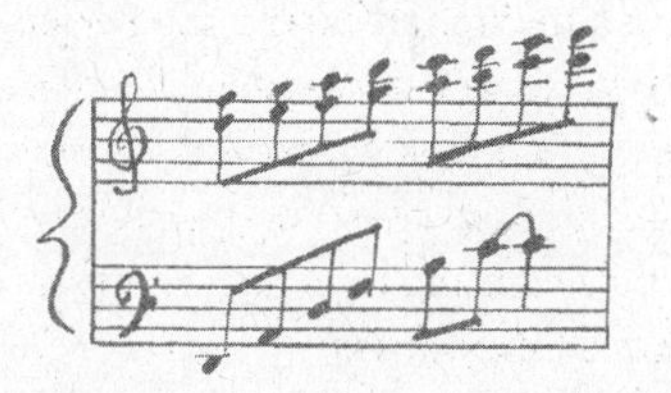

PARTE VIII

Domaine de la Cade
Octubre de 2007

CAPÍTULO 63

∞

MARTES, 30 DE OCTUBRE

Meredith descubrió a Hal antes de que él la viera. Le dio un vuelco el corazón nada más verlo. Estaba derrengado en uno de los tres sillones bajos que rodeaban una mesa de café y llevaba la misma ropa con que le había visto antes, vaqueros y una camiseta blanca, aunque había cambiado el jersey azul por uno marrón claro. Mientras lo miraba, él se llevó la mano al cabello rebelde y se lo apartó de la cara.

Meredith sonrió ante un gesto que ya empezaba a resultarle familiar. Cerró la puerta y atravesó la estancia en dirección a donde estaba él, que se puso en pie cuando ella ya se aproximaba.

—Hola —saludó ella, y le puso la mano en el hombro—. ¿Ha sido una tarde complicada?

—Vaya, pues las he tenido mejores —contestó él, besándola en la mejilla y volviéndose para llamar al camarero—. ¿Qué quieres tomar?

—El vino que me recomendaste anoche estaba muy bueno.

Hal se encargó de pedir.

—*Une bouteille du Domaine Begude, s'il vous plaît, Georges. Et trois verres.*

—¿Tres copas? —preguntó Meredith.

A Hal se le ensombreció el semblante.

—Me he encontrado con mi tío cuando venía hacia aquí. Pareció convencido de que a ti no te importaría si se sumaba. Me contó que ya habíais hablado antes. Cuando le dije que nos íbamos a reunir a tomar una copa, se invitó él solo a venir con nosotros.

—No fastidies, no puede ser —dijo ella, deseosa de contrarrestar la impresión que Hal hubiera podido formarse—. Me preguntó si sabía adónde habías ido tú después de que me dejaras aquí... Y le dije que no estaba segura. Ésa fue la conversación que tuvimos.

—Entiendo.

—Es decir, que no fue lo que se llamaría propiamente una conversación —dijo ella, tratando de dejar las cosas bien claras. Se inclinó hacia delante con las manos apoyadas en las rodillas—. ¿Qué ha ocurrido por la tarde?

Hal miró de reojo a la puerta y volvió a mirarla a ella.

—Se me ocurre una cosa. ¿Qué te parece si reservo una mesa y cenamos juntos? No me gustaría empezar a contártelo y tener que callar a los pocos minutos, cuando llegue mi tío. Además, así las cosas tienen su lógico final, el que han de tener, sin que peque yo de obviedad. ¿Qué te parece?

Meredith sonrió.

—Lo de la cena me parece fantástico —dijo—. Debo reconocer que hoy no he comido. Me muero de hambre

Con aire de satisfacción, Hal se puso en pie.

—Enseguida vuelvo.

Meredith lo vio atravesar la estancia y encaminarse a la puerta, y le gustó su forma de llenar el espacio con sus anchos hombros. Lo vio titubear y darse la vuelta, como si hubiera notado en ese momento que lo estaba mirando por la espalda. Las miradas de ambos entraron en contacto, y duró el encuentro unos instantes. Hal esbozó entonces una media sonrisa y desapareció por el pasillo.

Le tocó entonces a Meredith el turno de retirarse los rizos de cabello negro de la cara. Notó un calor especial en la piel, en el hueco que se le formaba en la base del cuello, y sintió que se le humedecían las palmas de las manos, por lo que sacudió la cabeza ante semejantes tonterías de colegiala.

Georges llevó el vino en un cubo lleno de hielo, con soporte propio, y le sirvió una copa grande, en forma de tulipa. Meredith dio varios sorbos seguidos. Era como el agua con gas. Se abanicó con la lista de los cócteles que había sobre la mesa.

Miró en derredor, tanto la barra como las estanterías de libros que cubrían varias paredes del suelo al techo, preguntándose en ese momento si Hal sabría cuáles eran los que habían sobrevivido al incendio, cuáles formaban parte de la biblioteca original, en el caso de que alguno realmente se hubiera salvado. Se le ocurrió que tal vez existiera alguna obra de historiografía local que se ocupase al menos en parte de la familia Lascombe y de los Vernier, sobre todo teniendo en cuenta el vínculo que habían tenido con la imprenta por medio de la familia Bousquet. Por otra parte, también era de esperar que todos los libros procedieran del *vide-grenier.*

Miró por la ventana a la oscuridad del exterior. En los extremos más lejanos de los parterres de césped vio los perfiles de los árboles, que se mecían, se movían como un ejército de sombras. Notó una mirada furtiva, como si alguien acabara de pasar por delante de la ventana y hubiera echado un vistazo al interior. Meredith entornó los ojos, pero no llegó a descubrir nada.

De pronto tuvo conciencia de que alguien efectivamente llegaba por su espalda. Oyó sus pasos. Un escalofrío de anticipación le recorrió la columna vertebral. Sonrió y se dio la vuelta con los ojos luminosos.

Se encontró de frente no ante Hal, sino ante el rostro de su tío, Julian Lawrence. Le olía ligeramente a whisky el aliento.

Un tanto cohibida, cambió de expresión e hizo ademán de ponerse en pie.

—Señora Martin —dijo él, y le puso levemente la mano en el hombro—. Por favor, no se levante.

Julian se dejó caer en el sillón de cuero situado a la derecha de Meredith, se inclinó, se sirvió un poco de vino y volvió a reclinarse sin que ella tuviera tiempo de decirle que ése era el sillón de Hal.

—*Santé* —dijo él, y alzó la copa—. ¿Mi sobrino ha vuelto a protagonizar una de sus desapariciones por arte de magia?

—Ha ido a reservar una mesa para cenar juntos los dos —replicó. Cortés, concreta, nada más.

Julian se limitó a sonreír. Vestía un traje de lino claro y una camisa azul sin corbata. Al igual que todas las demás veces que ella lo había visto, parecía sentirse cómodo, seguro, con control de la situación, aunque estaba ligeramente colorado. Meredith descubrió que los ojos se le fueron a posar, sin darse cuenta, en la mano izquierda, que tenía apoyada en el brazo del sillón. Era una mano cuyo dorso delataba su edad, cincuenta y muchos, más que los cuarenta y tantos que le hubiera calculado viéndole sólo la cara, aunque estaba bronceado y se le notaba que sujetaba con fuerza el cuero rojo del brazo en que se apoyaba. No llevaba alianza.

Al sentir que el silencio se le hacía un tanto opresivo, Meredith volvió a mirarlo a la cara. Él seguía mirándola a los ojos, del mismo modo franco y directo.

Tiene los ojos iguales a los de Hal.

Ahuyentó de su mente la comparación.

Julian dejó la copa sobre la mesa.

—¿Qué es lo que sabe usted de las cartas del tarot, señora Martin?

La pregunta la cogió completamente desprevenida. Sobresaltada, perpleja, lo miró sin expresión, preguntándose cómo demonios era posible que hubiera dado con ese tema de conversación. Sus pensamientos volaron a la fotografía que había robado de la pared del vestíbulo, a la baraja de cartas, a las páginas web que había visitado desde su ordenador portátil, a las notas musicales superpuestas. Era imposible que él estuviera al tanto de todo eso, era imposible que supiera una sola cosa, si bien notó que se sonrojaba de vergüenza, como si la hubiera sorprendido in fraganti pese a todo. Peor aún, se dio cuenta de que él disfrutaba al causarle ese manifiesto molestar.

—Todo lo que sé es lo que hace Jane Seymour en la película *Vive y deja morir* —dijo ella, intentando que sonara a chiste—. Poco más.

—Ah, la hermosa Solitaire —dijo él, y levantó las cejas. Meredith lo miró a los ojos y no dijo nada—. Personalmente —siguió diciendo—, me suscita un gran interés la historia del tarot, aunque ni siquiera crea por un instante que los adivinos o los echadores de cartas sirvan de nada a la hora de planear la vida de una persona.

Meredith se dio cuenta de que también su voz era muy similar a la de Hal. Tenían el mismo hábito de dar énfasis a sus palabras, como si cada persona con la que ellos hablasen fuera alguien muy especial. Pero la diferencia esencial estaba en que Hal hablaba a pecho descubierto, sin ocultaciones, con todas las emociones a la vista. Julian, por su parte, siempre lo hacía con un deje ligeramente burlón, sarcástico incluso. Era como si ella mirase una puerta que permanecía resueltamente cerrada.

—¿Está al tanto de cuáles son los principios que subyacen a la interpretación de las cartas del tarot, señora Martin?

—Pues no, no es un asunto del que sepa gran cosa —contestó ella, deseosa de que cambiara de tema.

—¿De veras? Mi sobrino me dio en cambio la impresión de que ése es un asunto que le interesa. Me comentó que esto de las cartas del tarot surgió entre ustedes cuando estuvieron paseando esta mañana en Rennes-le-Château. —Se encogió de hombros—. Tal vez no le haya entendido del todo bien.

Meredith se estrujó el cerebro. El tarot nunca había estado lejos de sus pensamientos, desde luego, pero no recordó haber hablado de ello con Hal. Julian seguía mirándola fijamente, con un resabio desafiante en su escrutinio férreo e implacable.

Al final, Meredith respondió más que nada para salvar un silencio incómodo.

—Creo que la idea consiste en que, si bien parece como si las cartas se dispusieran al azar, en realidad el proceso por el cual se mezclan y se barajan es en el fondo una manera de permitir que ciertas conexiones invisibles se tornen visibles.

Él volvió a levantar las cejas.

—Bien dicho. —Siguió mirándola con extrema atención—. ¿Alguna vez le han echado las cartas, señora Martin?

Se le escapó una risa cortante.

—¿Por qué me lo pregunta?

De nuevo levantó las cejas.

—Ah, sólo por saber.

Meredith lo fulminó con una mirada, enojada con él sólo porque lograba, como si tal cosa, que se sintiera tan incómoda, y enojada consigo misma por permitirle hacerlo con impunidad.

En ese instante notó una mano sobre el hombro. Dio un respingo, volvió la vista alarmada, y esta vez se encontró con la sonrisa de Hal.

—Perdona —dijo él—. No era mi intención asustarte.

Hal saludó a su tío con un gesto y se sentó en el asiento que quedaba libre, enfrente de Meredith. Tomó la botella del cubo de hielo y se sirvió una copa de vino.

—Estábamos hablando de las cartas del tarot —dijo Julian.

—¿En serio? —dijo Hal, y miró al uno y a la otra—. ¿Y qué decíais?

Meredith lo miró a los ojos y comprendió el mensaje. Se le encogió el corazón. No tenía ningunas ganas de dejarse enzarzar en una conversación sobre el tarot, pero comprendió que para Hal era una manera idónea de mantener a su tío al margen del asunto de su visita a la comisaría de policía.

—Pues estaba preguntándole a la señora Martin si alguna vez había asistido a una lectura del tarot —dijo Julian—. Y ella estaba a punto de responder.

Ella lo miró, y luego a Hal, y se dio cuenta de que a no ser que se le ocurriese un tema de conversación alternativo en menos de dos segundos, iba a tener que seguir con aquello.

—La verdad es que sí, sí me han echado las cartas —dijo al final, procurando que pareciera algo más bien tedioso—. Fue en París, hace un par de días. Y fue la primera... y la última vez.

—¿Y le resultó una experiencia agradable, señora Martin?

—Fue interesante, sin duda. ¿Y a usted, señor Lawrence? ¿Le han leído las cartas alguna vez?

—Llámeme Julian, por favor —dijo él. Meredith percibió un gesto de burla en su rostro, tal vez mera diversión, pero mezclada con algo más. ¿Se le había despertado acaso el interés?—. No, no —dijo él—. Son cosas que no van conmigo, aunque confieso que me interesa en parte el simbolismo que se asocia con las cartas del tarot.

Meredith notó que se le tensaban los músculos al ver confirmadas sus sospechas. Aquello no era hablar por hablar. Él andaba a la caza de algo muy específico. Dio otro sorbo de vino y adoptó una expresión más bien sumisa.

—¿En serio?

—Por ejemplo, el simbolismo de los números —siguió diciendo.

—Ya le digo que todo esto es algo de lo que prácticamente no tengo ni idea.

Julian introdujo la mano en el bolsillo. Meredith sintió que aumentaba la tensión. Sería excesivo que en ese momento sacara una baraja de cartas del tarot, una baraja de las baratas. Él le sostuvo la mirada durante un momento, como si supiera perfectamente qué era lo que estaba pensando ella, y entonces sacó un paquete de Gauloises y un Zippo del bolsillo.

—¿Un cigarrillo, señora Martin? —dijo, y le ofreció el paquete—. Aunque mucho me temo que tendrá que ser fuera...

Enojada por estar quedando sin duda como una boba —peor aún, por permitir que además se le notara—, negó con un gesto.

—No fumo.

—Muy inteligente. —Julian colocó el paquete y el encendedor encima, sobre la mesa, entre ellos dos, antes de seguir hablando—. El simbolismo numérico que hay en la iglesia de Rennes-le-Château, por ejemplo, es de veras fascinante.

Meredith miró hacia Hal, deseosa de que él dijera algo, pero Hal miraba resueltamente hacia el infinito.

—No me había dado cuenta.

—¡No me diga! —exclamó—. El número veintidós, en concreto, aparece con una frecuencia inaudita.

A pesar de la antipatía que le inspiraba el tío de Hal, Meredith se dio cuenta de que se sentía atraída por la conversación. Quiso oír qué era lo que Julian iba a decirle. Pero no quería de ninguna manera causar la impresión de que aquello le interesaba.

—¿De qué forma? —Las palabras salieron de sus labios con demasiada brusquedad. Julian sonrió.

—La pila bautismal de la entrada, la estatua del diablo Asmodeus. Tiene que haberla visto... —Meredith asintió—. Se supone que Asmodeus era uno de los guardianes del Templo de Salomón. El templo fue destruido en el año 598 antes de Cristo. Si suma cada dígito al siguiente, es decir, cinco más nueve más ocho, salen veintidós. Supongo que sabrá usted, señora Martin, que hay veintidós cartas en la baraja del tarot que son los arcanos mayores, ¿no es así?

—Así es.

Julian se encogió de hombros.

—En tal caso...

—Y supongo que el mismo número aparece en otras ocasiones...

—El 22 de julio es la festividad de Santa María Magdalena, a la cual está consagrada la iglesia. Hay una estatua de la santa entre los cuadros decimotercero y decimocuarto de las estaciones de la Cruz; también aparece representada en tres de las vidrieras que hay tras el altar. Otro de los vínculos que existen es el de Jacques de Molay, el último gran maestre de los Caballeros Templarios, y se supone que también hay restos de los templarios en Bézu, al otro lado del valle. De Molay fue el gran maestre de los Pobres Caballeros del Temple, por dar a la orden el nombre exacto. El número veintidós. Luego está la transliteración a las lenguas romances del grito que dio Cristo en la cruz: «Elí, Elí, lamá sabactaní». Es decir, «Señor, Señor, ¿por qué me has abandonado?». Son veintidós letras en total. También es el verso con el que arranca el Salmo 22.

Todo eso le resultó interesante, aunque de un modo más bien abstracto, si bien Meredith no llegó a entender por qué se lo estaba contando a ella. ¿Sólo por ver cómo reaccionaba? ¿Por averiguar hasta qué punto conocía el tarot?

Más importante, le pareció, habría sido precisar el porqué.

—Por último, el sacerdote de Rennes-le-Château, Bérenger Saunière, falleció el 22 de enero de 1917. Hay una extraña historia relacionada con su muerte. Presuntamente, su cadáver apareció colocado en un trono, en el belvedere de su finca, y los lugareños fueron pasando uno a uno por delante de él, arrancando cada uno una borla del dobladillo de su sotana. Una imagen muy semejante a la del Rey de Pentágonos en el Tarot de Waite, a decir verdad. —Se encogió de hombros—. Por otra parte, si suma usted dos más dos, más el año de su muerte, termina con...

A Meredith se le agotó la paciencia.

—Ya sé hacer la suma yo sola —murmuró por lo bajo, y se volvió entonces hacia Hal—. ¿A qué hora hemos hecho la reserva para cenar? —preguntó concisamente.

—A las siete y cuarto. Dentro de diez minutos.

—Claro está —dijo Julian haciendo caso omiso de su interrupción—, si uno prefiere hacer de abogado del diablo, con la misma facilidad podría tomar cualquier número y encontrar toda una retahíla de asuntos que sugieren que existe un significado especial en todos ellos.

Levantó la botella de vino y se inclinó para servirle a Meredith. Ella cubrió la copa con la mano. Hal negó con un gesto. Julian se encogió de hombros, y vertió el resto del vino en su propia copa.

—No creo que ninguno de nosotros tenga que conducir después —dijo como si tal cosa.

Meredith vio que Hal apretaba los puños.

—No sé si mi sobrino se lo ha comentado, señora Martin, pero existe una teoría según la cual los planos de la iglesia de Rennes-le-Château se basan en realidad en un edificio que tiempo atrás estuvo aquí, en nuestra propiedad.

Meredith concentró su atención de nuevo en Julian.

—¿En serio?

—Hay dentro de la iglesia una cantidad importante de imágenes del tarot —siguió explicando—. El Emperador, El Ermitaño, El Hierofante, que, como seguramente recuerda usted, es el símbolo de la iglesia establecida en la iconografía del tarot.

—La verdad es que no sé...

Él siguió hablando.

—Hay quien dice que se insinúa también la presencia de El Mago en la forma de Cristo, y obvio es decir que los cuadros que representan las estaciones de la Cruz contienen todos ellos una torre, por no hablar de la torre Magdala, en el belvedere.

—Pero esa torre no se parece en nada —interrumpió ella sin poder contenerse.

Julian se inclinó bruscamente en el sillón.

—¿Que no se parece en nada a qué, señora Martin? —preguntó. Ella notó la excitación en su voz, como si acabara de pensar que podía pillarla desprevenida.

—A Jerusalén —respondió, pues fue lo primero que se le ocurrió.

Él levantó las cejas.

—O tal vez a cualquier carta del tarot que haya visto usted —apostilló Julian.

Cayó el silencio sobre la mesa. Hal fruncía el ceño. Meredith no supo adivinar si estaba avergonzado o si acaso había captado la tensión existente entre su tío y ella, en cuyo caso tal vez no la había interpretado como debiera.

Julian de pronto apuró el vino, dejó la copa sobre la mesa, separó el sillón y se puso en pie.

—Bueno, yo les dejo —dijo él sonriéndoles, como si acabaran de disfrutar de media hora agradabilísima los unos en compañía de los otros—. Señora Martin... Espero que disfrute el resto de su estancia con nosotros. —Dejó caer la mano sobre el hombro de su sobrino. Meredith se dio cuenta de que a Hal le costó trabajo no hacer un movimiento brusco para quitárselo de encima—. ¿Te importa asomar un momento por mi estudio cuando hayas terminado con la señora Martin? Hay un par de asuntos que necesito comentarte con urgencia.

—¿Tiene que ser esta noche?

Julian sostuvo la mirada de Hal.

—Esta noche sin falta —repuso.

Hal vaciló, y al cabo asintió con firmeza.

Permanecieron en silencio hasta que se marchó Julian.

—No entiendo cómo puedes... —comenzó a decir Meredith, pero se calló. Regla número uno: no critiques nunca a alguien que es familia del otro.

—¿Cómo puedo soportarlo? —dijo Hal a las bravas—. Pues la respuesta es simple: no puedo. En cuanto haya resuelto todo lo que tengo pendiente, me largo.

—¿Y estás más cerca de resolver todo eso a tu gusto?

Meredith vio que toda beligerancia desaparecía de su ánimo en cuanto dejó de pensar en el odio que tenía por su tío para dar paso al dolor que sentía por la muerte de su padre. Se puso en pie, con las manos en los bolsillos, y la miró con los ojos ensombrecidos.

—Te lo contaré durante la cena.

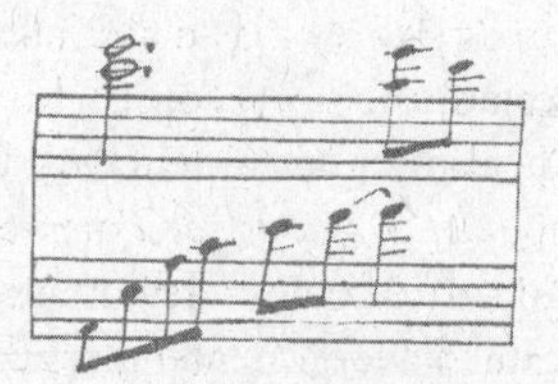

CAPÍTULO 64

∞

Julian descorchó una nueva botella, se sirvió una medida más que generosa y volvió a sentarse con pesadez ante su mesa, con la baraja de imitación delante de él.

Un ejercicio sin sentido.

Había estudiado la reproducción del Tarot de Bousquet a lo largo de muchos años, siempre en busca de alguna clave que pudiera permanecer oculta, de un código que hubiera pasado por alto por pura inadvertencia. La búsqueda de las cartas originales le había ocupado prácticamente todos los días desde que llegó por vez primera al valle del Aude y oyó los rumores en torno a los tesoros todavía por descubrir, que seguían enterrados bajo los montes, las rocas, tal vez también los ríos.

Tras la adquisición del Domaine de la Cade, Julian rápidamente había llegado a la conclusión, como tantos otros antes que él, de que todas las historias que rodeaban Rennes-le-Château eran una mera añagaza, y que el sacerdote renegado del siglo XIX se encontraba en el centro de todos los rumores, es decir, que Saunière en realidad andaba en busca de tesoros mucho más materiales que espirituales.

Julian comenzó entonces a recopilar historias acerca de una determinada baraja de cartas que contenía por lo visto la clave para localizar no una tumba determinada, un enterramiento en concreto, sino, al parecer, la totalidad del tesoro del imperio visigodo. Era posible que allí se encontrase incluso el contenido del Templo de Salomón, que habían saqueado los romanos en el siglo I de nuestra era, y que a su vez fue objeto de saqueo cuando cayó Roma en el siglo V en manos de los visigodos.

Se rumoreaba que aquellas cartas se encontraban ocultas en la propia finca. Julian había invertido hasta el último penique en tratar de localizarlas haciendo una búsqueda sistemática, por medio de excavaciones bien planificadas, empezando por la zona que circundaba las ruinas del sepulcro visigótico y siguiendo a partir de allí. Era un terreno difícil de perforar, y todo esfuerzo era sumamente costoso, por ser un arduo trabajo.

Y todavía nada.

Cuando agotó el crédito que le quedaba en el banco, comenzó a tomar dinero en préstamo de las ganancias que generaba el hotel. Era sumamente oportuno que el hotel fuese, al menos en una parte no desdeñable, un negocio en el que se pagaba sobre todo en metálico.

Pero al mismo tiempo correspondía a un sector del mercado en el que no resultaba ni mucho menos fácil la obtención de beneficios. Los gastos indirectos eran muy elevados. El negocio empezaba a funcionar más o menos como la seda cuando el banco reclamó el pago de los préstamos adelantados. Él, sin embargo, siguió detrayendo dinero, con la convicción de que, con toda certeza, pronto, muy pronto, encontraría lo que tanto empeño había puesto en encontrar, seguro de que en poco tiempo todo estaría en perfecto orden.

Julian vació el vaso de un trago.

Tan sólo es cuestión de tiempo.

Todo había sido culpa de su hermano. Seymour podría haber tenido un poco más de paciencia. Tendría que haber confiado un poco más en él. Debería haberse abstenido de intervenir. Él ya sabía que prácticamente lo tenía todo hecho.

Le hubiera devuelto el dinero con creces.

Asintiendo, completamente de acuerdo con su razonamiento, Julian abrió la tapa de su Zippo con un chasquido. Sacó un cigarrillo, lo prendió e inhaló a fondo. La chica era muy lista. Y también era atractiva.

Julian había hablado por teléfono con la comisaría de policía de Couiza poco después de que Hal se marchase de allí. El policía de turno le dijo que sería conveniente que el muchacho dejara de hacer preguntas. Julian prometió que hablaría muy seriamente con él, e invitó al *commissaire* a tomar una copa la semana siguiente.

Alcanzó la botella y se sirvió otros dos dedos. Repasó mentalmente la conversación que habían tenido en el bar. Había sido intencionadamente tosco, renunciando a toda sutileza en la técnica con que la abordó, pero es que ésa le había parecido la manera más fácil de quitar de en medio a la norteamericana. La chica no estuvo dispuesta a hablar del tarot. Se había cerrado en banda.

—¿Por qué? ¿Qué es lo que sabe? —se preguntó Julian.

Comprendió entonces que el ruido que le llegaba era el tamborileo de sus propios dedos sobre la mesa. Julian observó su mano como si no le perteneciera, y con un acto de considerable fuerza de voluntad logró dejarla quieta.

En un cajón cerrado de su escritorio esperaba el título de transferencia de la propiedad, listo para que lo firmase y lo devolviera al notario de Espéraza. El chico no tenía un pelo de tonto.

No quería quedarse en el Domaine de la Cade. Sabía muy bien que era sencillamente imposible que Hal y él trabajasen juntos, tal como tampoco había sido Seymour capaz de trabajar con él. Julian había dejado pasar un intervalo prudente antes de hablar cara a cara con Hal de los planes que pudiera tener él.

—No fue culpa mía —insistió. Se le trabó ligeramente la lengua.

Debería seguramente hablar de nuevo con ella, con la norteamericana. Era muy probable que supiera algo sobre la baraja original de Bousquet. De lo contrario, ¿por qué estaba allí? Su presencia no tenía nada que ver con el accidente de Seymour, ni con su patético sobrino, ni con las finanzas del hotel, todo eso lo empezaba a entender con absoluta claridad. Si estaba allí, era por la misma razón que él. Y él no había hecho todo ese trabajo para sentarse luego a esperar a que una fulana norteamericana llegase de pronto y le quitase las cartas.

Miró a la oscuridad del bosque en el exterior. Había caído la noche. Julian alargó la mano y encendió la lámpara. Y entonces dio un alarido.

Su hermano estaba de pie exactamente detrás de él. Seymour, lívido e inerte, como lo había visto Julian en el depósito de cadáveres, con la piel de la cara llena de cicatrices tras el accidente de automóvil, los ojos inyectados en sangre.

Se puso en pie de un salto, con lo que la silla salió despedida hacia atrás antes de caer al suelo. El vaso de whisky salió rodando sobre la superficie pulida del escritorio.

Julian se volvió sobre sus talones.

—No es posible...

En la habitación no había nadie.

Miró sin entender nada, miró por toda la habitación, en las sombras, y volvió a mirar por la ventana, hasta que cayó en la cuenta. Era su propio reflejo, su reflejo espectral, recortado con nitidez en el cristal oscuro. Eran sus ojos, no los de su hermano.

Julian respiró hondo.

Su hermano había muerto. Lo sabía de sobra. Él le había echado algo en la bebida, concretamente Rufenol; había conducido él su coche hasta el puente de la salida de Rennes-les-Bains; se las vio y se las deseó para colocar a Seymour, ya inconsciente, en el asiento del conductor; quitó el freno de mano. Vio precipitarse el coche al río.

—Tú me obligaste a hacerlo —musitó.

Alzó los ojos hacia la ventana, parpadeó. Allí no había nada.

Exhaló un suspiro largo y fatigoso y se agachó a recoger la silla para enderezarla. Por un instante permaneció con las manos en el respaldo y la cabeza inclinada, apretando con fuerza, hasta que los nudillos se le pusieron blancos. Notó que el sudor le corría por la espalda, entre los omóplatos.

Entonces se recuperó del susto. Alcanzó los cigarrillos, necesitado de la nicotina para calmar los nervios, y volvió a mirar la negrura del bosque.

Las cartas originales seguían estando allí, lo sabía.

—La próxima vez —murmuró. Estaba muy cerca, lo sentía a ciencia cierta. La próxima vez seguro que tendría suerte. Lo sabía.

El whisky, al derramarse, llegó al canto de la mesa y comenzó a gotear, despacio, sobre la alfombra.

CAPÍTULO 65

∞

De acuerdo, dispara —dijo Meredith—. Cuéntame qué ha pasado.

Hal apoyó los codos sobre la mesa.

—Resumiendo mucho, resulta que no creen que haya ningún fundamento para reabrir el expediente del caso. Se dan por satisfechos con sus conclusiones.

—Es decir... —insistió ella con dulzura para animarle a continuar.

—Muerte accidental. Afirman que mi padre estaba borracho —dijo él con rencor—. Que perdió el control del coche, que cayó por el puente al río Salz. El nivel de alcohol en sangre era el triple del permitido, según el informe toxicológico.

Estaban sentados junto a una de las ventanas. El restaurante apenas tenía actividad por ser aún relativamente temprano, de manera que pudieron hablar tranquilos, sin temor a que nadie les oyera. Al otro lado de la mesa, a la luz de la vela que parpadeaba sobre el mantel, Meredith extendió las manos y cubrió con las dos una de las de él.

—Parece ser que hubo un testigo. Una mujer de nacionalidad inglesa, una tal doctora Shelagh O'Donnell, que vive en el pueblo.

—Eso es un buen indicio, ¿no? ¿Presenció ella el accidente?

Hal negó con un gesto.

—Ahí está el problema. Según el expediente, oyó un frenazo, oyó el ruido de los neumáticos.

—¿Y dio cuenta de ello a la policía?

—No en un primer momento. Según afirma el *commissaire*, son muchos los conductores que toman demasiado deprisa esa curva al entrar en Rennes-les-Bains. Sólo a la mañana siguiente, cuando vio la ambulancia y a la policía en plena operación para rescatar el coche del río, sólo en ese momento acertó a sumar dos y dos. —Hizo una pausa—. He pensado que tal vez deba hablar con ella, ver si se acuerda de algo.

—¿No se lo habrá dicho ya a la policía?

—Tuve la impresión de que no la consideraban eso que se llama «un testigo de fiar».

—¿En qué sentido?

—No llegaron a decirlo textualmente, pero dieron a entender que es una mujer que bebe en exceso. O que esa noche se había emborrachado. Además, no había huellas de la frenada en la carretera, por lo cual es poco probable que hubiera oído nada. Siempre según la versión de la policía, claro está. —Calló unos instantes—. No han querido darme su dirección, pero me las ingenié para copiar su número, que figuraba en el expediente. Lo cierto... —titubeó—. Lo cierto es que la he invitado a que venga mañana.

—¿Te parece realmente una buena idea? —preguntó Meredith—. Si la policía piensa que estás interfiriendo en la investigación, ¿no crees que estarán menos dispuestos a echar una mano?

—Ya están muy cabreados conmigo —confesó él con ferocidad—, pero si quieres que te diga la verdad, te aseguro que me siento como si me estuviera dando de cabezazos contra una pared. Ya me da igual. Llevo varias semanas tratando de que la policía me tome en serio, aquí sentado, armado de paciencia, y todo eso no me ha servido de nada.

Calló. Tenía las mejillas coloradas.

—Disculpa. Sé que esto no tiene que hacerte ninguna gracia.

—No pasa nada —dijo ella, pensando en lo similares que eran Hal y su tío en no pocos sentidos, entre otros la velocidad con que perdían los estribos, y a continuación se sintió culpable, a sabiendas de lo mucho que le molestaría a Hal la comparación que mentalmente acababa de hacer.

—Me hago cargo de que no existe ninguna razón para que te tomes al pie de la letra lo que te digo, ni tampoco para que me creas, pero es que yo no creo en la versión oficial del suceso. No quiero decir que mi padre fuera perfecto, ni mucho menos; con toda sinceridad, no teníamos gran cosa en común. Él era un hombre distante, reservado, nada amigo de armar escándalos, pero te aseguro que es literalmente imposible que condujera el coche si estaba bebido. Ni siquiera en Francia. Es imposible.

—En eso es fácil cometer un error de juicio, Hal —le dijo ella con dulzura—. A todos nos ha pasado —añadió, aunque a ella no le hubiera pasado nunca—. Sólo tomó una copa de más. Se arriesgó sin saberlo siquiera.

—Te estoy diciendo que eso es algo que a mi padre no le pudo pasar —insistió—. Le gustaba beber, pero era realmente un fanático en cuanto a no conducir jamás cuando lo había hecho. Ni siquiera si había tomado una sola copa. —Bajó los hombros en señal de abatimiento—. A mi madre la mató un conductor borracho —siguió explicando en voz más baja— cuando iba a recogerme a mí al colegio en el pueblo donde vivíamos, a las tres y media de la tarde. Un imbécil al volante de un BMW, que volvía de una taberna completamente ciego de champán y a una velocidad excesiva.

En ese momento Meredith entendió a la perfección por qué no podía Hal de ninguna manera dar por buenos los resultados de la investigación. Pero por más que uno deseara que las cosas fueran de otro modo, no iban a ser así necesariamente.

Ella había pasado por algo muy parecido. Si los deseos fueran promesas, su madre biológica hubiera recuperado la salud. Nunca habrían tenido lugar todas aquellas escenas, todas aquellas peleas.

Hal levantó la vista y la miró fijamente.

—Mi padre nunca se habría sentado al volante estando borracho.

Meredith prefirió sonreír sin comprometerse a nada.

—Pero si las pruebas toxicológicas dan positivo en el caso del alcohol... —dejó la pregunta flotando en el aire—. ¿Qué dijeron los de la policía cuando les planteaste esa cuestión?

Hal se encogió de hombros.

—Es evidente que, a su entender, yo estoy demasiado jodido con toda esta situación. Tienen muy claro que no consigo entender nada, y menos aún pensar con criterio.

—Vale, probemos desde otro punto de vista. ¿Es posible que haya un error en las pruebas?

—La policía dice que no.

—¿No han intentado encontrar alguna cosa más?

—¿Por ejemplo?

—No sé. Drogas...

Hal negó con un gesto.

«Evidentemente, no les pareció que fuera necesario», pensó Meredith.

—¿Y no podría simplemente haber ido a demasiada velocidad? ¿No es posible que perdiera el control del vehículo en la curva?

—Volvemos a la ausencia de huellas de frenado en la carretera. En cualquier caso, eso no explica el alcohol en sangre.

Meredith lo traspasó con una mirada.

—Entonces, ¿qué, Hal? ¿Qué es lo que pretendes decir?

—Que una de dos: o las pruebas están falseadas o alguien le echó algo en su copa. —El rostro de ella la delató—. Ya veo que no me crees —dijo él.

—No estoy diciendo eso —repuso ella al punto—. Pero piénsalo bien, Hal. Aun suponiendo que fuera posible, ¿quién iba a hacer una cosa así? ¿Por qué?

Hal le sostuvo la mirada hasta que Meredith comprendió adónde quería ir a parar.

—¿Tu tío?

Asintió.

—A la fuerza.

—No lo puedes decir en serio —objetó ella—. Es decir, ya me voy haciendo a la idea de que no os lleváis precisamente bien, pero aun y todo..., acusarlo de...

—Ya lo sé. Sé que suena ridículo, pero te pido que lo pienses, Meredith. ¿Quién, si no?

Meredith negaba moviendo la cabeza.

—¿Has hecho esa misma acusación ante la policía?

—No lo he dicho exactamente así, pero sí he solicitado que se muestre el expediente a la *gendarmerie nationale*.

—¿Y eso qué quiere decir?

—La *gendarmerie nationale* se dedica a investigar los crímenes. Por el momento, se considera que ese accidente de automóvil ha sido tan sólo un accidente de tráfico. Es decir, que no hay delito. Ahora bien: si consigo encontrar alguna prueba que lo enlace con Julian, entonces podría intentar que lo reconsiderasen. —La miró a fondo—. Si tú pudieras hablar con la doctora O'Donnell, estoy seguro de que sería mucho más probable que ella se explayase más.

Meredith se recostó en su silla. Todo aquello empezaba a ser una locura sin pies ni cabeza. Se dio cuenta de que Hal había terminado por elaborar toda una teoría para creer en su hipótesis al cien por cien. Se sentía cercana a él, pero tenía la casi total certeza de que estaba en un error. Necesitaba culpar a alguien, necesitaba hacer algo, lo que fuera, con su ira, con su sentimiento de pérdida. Y ella sabía por experiencia propia que, por ingrata que pudiera ser la verdad, desconocerla era infinitamente peor. Era algo que imposibilitaba el hecho de dejar el pasado atrás, un paso tan necesario para seguir adelante.

—¿Meredith?

Se dio cuenta de Hal la estaba mirando.

—Disculpa —dijo ella—. Sólo estaba pensando.

—¿Serías capaz de estar presente cuando la doctora O'Donnell venga mañana?

Ella vaciló.

—Te lo agradecería muchísimo.

—Bueno, supongo que sí —aceptó al fin—. Sí, claro.

Hal suspiró aliviado.

—Gracias.

Llegó el camarero y el estado anímico de ambos cambió de inmediato, bajó en intesidad, empezó a parecerse más a una cita normal y corriente. Los dos pidieron solomillo y Hal escogió un tinto de la región. Por un instante, permanecieron mirándose mutuamente, pero sin atreverse a hacerlo de lleno, sonriendo con un punto de timidez, sin saber muy bien qué decir.

Fue Hal quien rompió el silencio.

—Bueno —dijo—. Ya basta de mis... ¿Piensas decirme cuál es la verdadera razón de que estés aquí?

Meredith se quedó atónita.

—¿Cómo has dicho?

—Salta a la vista que no se trata del libro, eso es evidente. O, al menos, no se trata sólo del libro.

—¿Por qué lo dices? —respondió en un tono más cortante de lo que hubiera querido.

Él se sonrojó.

—Bueno, verás, de entrada, todo lo que hoy parecía interesarte no creo que tuviera mucho que ver con Lilly Debussy. Pareces más atraída por la historia de este lugar, de Rennes-les-Bains, y de sus habitantes —sonrió—. Además, me he dado cuenta de que la fotografía que estaba encima del piano ha desaparecido. Alguien se la ha llevado. Seguramente prestada, digo yo.

—¿Crees que he sido yo?

—Esta mañana la estabas mirando con tanta... —dijo, y sonrió como si le pidiera disculpas—. Y, por otra parte, con mi tío... No sé, seguramente he cometido un error, pero me ha dado la impresión de que lo estabas estudiando a fondo. Desde luego, no me pareció que os cayerais nada bien el uno al otro.

Calló sin saber cómo continuar.

—¿Tú crees que he venido aquí para estudiar a tu tío? No lo dirás en serio, ¿verdad?

—Bueno, no lo sé. Es posible. —Se encogió de hombros—. La verdad es que no lo sé. —Dio un sorbo de vino—. No era mi intención ofenderte...

Meredith levantó una mano.

—Veamos. A ver si consigo entender todo esto. Como no crees que el accidente que sufrió tu padre fuera en realidad un accidente, y como piensas que los resultados de las pruebas deben de estar amañados, o que alguien le echó algo en una copa, y el coche fue empujado fuera de la carretera...

—Sí, aunque también...

—En resumidas cuentas, sospechas que tu tío estuvo implicado en la muerte de tu padre. ¿Es así?

—Hombre, dicho de este modo suena a...

Meredith siguió hablando, y subió aún más el tono de voz.

—Y debido a todo esto, por alguna insospechada razón, en cuanto aparezco yo llegas automáticamente a la conclusión de que tengo algo que ver. ¿Tú qué crees? ¿Que voy por la vida husmeando todo lo que se mueve, como la petarda de Nancy Drew?

Se arrellanó en la silla y lo miró fijamente.

Él tuvo la decencia de sonrojarse.

—No he querido ofenderte —se disculpó—. Pero... Bueno, es que se debe a algo que mi padre dijo en abril, después de aquella conversación que te comenté antes. Me dio la impresión de que no estaba nada contento con la forma en que Julian se estaba ocupando de la gestión del hotel.

—Si ése fuera el caso, lo natural es que tu padre te lo dijera, ¿no crees? Si había algún problema, podría haberte afectado a ti también.

Hal negó con un gesto.

—Mi padre no era así. Detestaba los chascarrillos, los rumores. Nunca mencionó nada, ni siquiera una simple alusión, de lo que no estuviera completamente seguro. Era de los que piensan que todo el mundo es inocente mientras no se demuestre lo contrario.

Meredith pareció pensárselo.

—De acuerdo, eso lo entiendo. Pero tú, pese a todo, te quedaste con la sensación de que algo no iba bien entre ellos dos.

—Es posible que fuese algo trivial, pero tengo la impresión de que era un asunto serio. Algo relacionado con el Domaine de la Cade y su historia, no sólo con el dinero. —Se encogió de hombros—. Perdona, Meredith, me parece que no estoy siendo muy explícito.

—¿No te ha dejado nada? ¿Un archivo, unos apuntes?

—Créeme si te digo que he buscado por todas partes y que no hay nada.

—Y cuando te paras a ensamblar todos esos datos, resulta que te dio por pensar que él podría haber contratado a alguien como yo para que tratase de averiguar en qué andaba metido tu tío. Más que nada, por ver si surge alguna cosa imprevista. —Se calló y lo miró desde el otro lado de la mesa—. ¿Por qué no me lo preguntaste a la cara? —le espetó, y se cruzó de brazos, aun cuando se dio perfecta cuenta de por qué no lo había hecho.

—Bueno, pues porque sólo empecé a recelar de que tal vez tú estuvieras aquí por... por mi padre, sí, sólo cuando esta tarde me puse a pensar en él.

Meredith apretó aún más los brazos cruzados.

—Entonces, ésa no es la razón de que te pusieras a hablar conmigo ayer noche en el bar.

—¡No, claro que no! —dijo, y pareció realmente apesadumbrado.

—Entonces, ¿por qué lo hiciste? —inquirió ella.

Hal se puso colorado.

—Caramba, Meredith, ya sabes por qué. Es tan evidente que salta a la vista.

Entonces le tocó a Meredith el turno de ponerse colorada.

CAPÍTULO 66

∞

Hal insistió en pagar la cena. Mientras veía cómo firmaba la cuenta, Meredith se preguntó si su tío trataría de obligarle a que vendiera su parte, teniendo en cuenta que era dueño de la mitad del negocio y de los activos. De inmediato, toda la preocupación que él le inspiraba volvió a hacerse presente.

Salieron del restaurante y fueron caminando hasta el vestíbulo. Al pie de la escalera, Meredith notó los dedos de Hal entre los suyos.

Tomados de la mano, en silencio, subieron las escaleras. Meredith se sentía completamente en calma, sin asomo de nervios, sin ambivalencia de ninguna clase. Ni siquiera tuvo que detenerse a pensar si era eso lo que deseaba. Se sentía bien. Tampoco tuvieron que hablar de la habitación a la que iban a ir, entendiendo automáticamente que la de Meredith era mejor. Era la mejor para los dos, la mejor en ese instante.

Llegaron al final del pasillo de la primera planta sin tropezar con ningún otro cliente. Meredith giró la llave, que hizo ruido en el silencio del pasillo, accionó el picaporte y empujó la puerta. Casi de un modo formal, seguían caminando cogidos de la mano.

Las franjas de luz blanca, de la luna de otoño, brillaban de través por los ventanales y trazaban su dibujo en el suelo. Los rayos se refractaban y refulgían en la superficie del espejo, en el cristal del retrato enmarcado de Anatole y Léonie Vernier e Isolde Lascombe, apoyado aún sobre la mesa.

Meredith fue a encender la luz.

—No —dijo Hal en voz baja.

La tomó con ambas manos por la cabeza y la atrajo hacia sí. A Meredith se le paró un instante el corazón al sentir su olor, idéntico al que percibió ante la iglesia de Rennes-les-Bains, una mezcla de lana y de jabón.

Se besaron en los labios, con un deje a vino tinto, suavemente al principio, con tiento, el sello de la amistad a punto de pasar a ser otra cosa, algo más apremiante. Meredith se sintió a sus anchas al ceder al deseo, a un calor que se extendió por todo su cuerpo, desde las plantas de los pies, entre las piernas, hasta la boca del estómago, las palmas de las manos, el agolparse de la sangre en la cabeza.

Hal se agachó y la tomó en brazos en un solo movimiento, para llevarla a la cama. La llave se le cayó a Meredith y aterrizó con un ruido sordo en la gruesa alfombra.

—Qué liviana eres —dijo él en un susurro, besándole luego en el cuello.

La depositó con suavidad y se sentó a su lado, los pies plantados aún firmemente en el suelo, como un ídolo del antiguo cine de Hollywood temeroso de lo que pudiera decir la censura.

—¿Estás...? —empezó a decir, pero calló, y lo intentó de nuevo—. ¿Estás segura de que quieres...?

Meredith puso un solo dedo sobre sus labios.

—Chisst.

Lentamente comenzó ella a desabrocharse los botones de la camisa, y luego guió su mano hacia sí. A medias una invitación, a medias una promesa. Oyó que Hal contenía la respiración un momento, sintió luego cómo respiraba con fuerza en la luz moteada de plata que inundaba la habitación.

Sentada con las piernas cruzadas al borde de la cama de caoba, Meredith, con el cabello oscuro sobre la cara, se adelantó a besarle, ahora ambos a la misma altura.

Hal quiso quitarse el jersey y se le enredó a la vez que Meredith introducía ambas manos bajo su camiseta de algodón. Los dos rieron con un punto de timidez y se levantaron casi al tiempo para desnudarse.

Meredith ni siquiera se sintió cohibida. Aquello le parecía completamente natural, que era lo que correspondía hacer. Estando en Rennes-les-Bains, era como si todo ello transcurriese fuera del tiempo. Como si durante unos pocos días se hubiera bajado en marcha de su vida habitual, de la persona que era, de las consecuencias que pudiera tener, mientras la vida seguía su curso, y se encontrase en un lugar en el que las reglas eran distintas.

Se quitó la última prenda de ropa.

—Uau —dijo Hal.

Meredith dio un paso hacia él, la piel desnuda de los dos tocándose de los pies a la cabeza, con tanta intimidad, tan asombroso. Se dio cuenta de lo mucho que él la deseaba, aunque se contentó con la espera, dejando que fuera ella quien le indicase cómo y cuándo. Tomó su mano y lo llevó a la cama. Retiró el cobertor y los dos se deslizaron entre las sábanas de lino terso, fresco, impersonal al contacto con el calor que generaban sus cuerpos. Permanecieron unos momentos el uno junto al otro, brazo con brazo, como un caballero andante y su dama yacentes en una tumba de piedra, hasta que Hal se apoyó sobre un codo y con la otra mano le acarició la cabeza.

Meredith respiró hondo y se relajó con ese contacto.

Su mano entonces se deslizó más abajo, acariciándole los hombros, el hueco de la garganta, los pechos, rozándolos apenas, y entrelazando los dedos de ella en los suyos, los labios y la boca susurrantes en la superficie de su piel.

Meredith sintió que ardía el deseo en su interior, al rojo vivo, como si pudiera recorrerlo por las líneas de sus venas, de sus arterias, de sus huesos, de todo su ser. Se irguió hacia él, lo besó con voracidad repentina, deseosa de más. Cuando la espera empezaba a resultar intolerable, Hal cambió de posición y se introdujo en el espacio abierto entre las piernas desnudas de ella. Meredith lo miró a los ojos azules y vio reflejarse en ellos todas las posibilidades durante un instante. Vio lo mejor de sí misma y vio lo peor.

—¿Estás segura?

Meredith sonrió y alargó una mano para guiarlo. Con cuidado, Hal se introdujo dentro de ella.

—Así —murmuró ella.

Por un instante permanecieron inmóviles, celebrando la paz de hallarse el uno en brazos del otro. Hal comenzó entonces a moverse, despacio al principio, luego con mayor urgencia. Meredith colocó ambas manos con firmeza en su espalda, sintiendo su cuerpo llenarse con el martilleo de su propia sangre al correr. Notó el poder que él tenía, la fuerza de sus brazos, de sus manos. Su lengua corrió veloz entre sus labios, húmedos, sin palabras.

Hal respiraba jadeando, se movía con más fuerza, a la vez que el deseo, la necesidad, el éxtasis del movimiento, ya automático, le apremiaban a continuar. Meredith lo estrechó más entre sus brazos, irguiéndose para encontrarse con él, poseyéndolo, atrapada en el instante. Él exclamó y dijo su nombre; tuvo un estremecimiento; los dos quedaron inmóviles.

El flujo repentino de sangre en su cabeza se fue diluyendo poco a poco. Notaba todo el peso de él sobre sí, lo notó regresar, impedirle casi respirar, pero no se movió. Acarició su cabello negro y espeso y quiso tenerlo más tiempo entre sus brazos. Pasó un instante hasta que ella se dio cuenta de que él tenía la cara húmeda, de que estaba llorando en silencio.

—Oh, Hal —murmuró con ternura.

—Cuéntame algo de ti —dijo él enseguida—. Es mucho lo que sabes de mí, qué estoy haciendo aquí. Seguramente, más de la cuenta, pero yo apenas sé nada de ti, señora Martin.

Meredith rió.

—Qué correcto por su parte, señor Lawrence —dijo ella, y le pasó la mano despacio por el pecho y más abajo.

Hal le sujetó los dedos.

—¡Lo digo en serio! Ni siquiera sé dónde vives, de dónde vienes, a qué se dedican tus padres. Vamos, cuéntame.

Meredith anudó los dedos entre los suyos.

—De acuerdo. Preparado para el currículum. Me crié en Milwaukee, y allí viví hasta los dieciocho. Estudié en la Universidad de Carolina del Norte. Me quedé a hacer un curso de posgrado, una investigación. Tuve un par de empleos dando clases a alumnos de licenciatura. Uno en San Luis, otro cerca de Seattle. En todo momento me empeñé en conseguir fondos para terminar mi biografía de Debussy. Salto un par de años. Mis padres adoptivos cambiaron de domicilio, abandonaron Milwaukee, se mudaron a Chapel Hill, cerca de mi universidad. Este mismo año me ofrecieron un trabajo en una universidad privada que no está lejos de la de Carolina del Norte, y por fin me salió un contrato para publicar el libro.

—¿Padres adoptivos? —inquirió Hal.

Meredith suspiró.

—Mi madre biológica, Jeannette, no fue capaz de cuidar de mí. Mary es una prima lejana suya, una especie de tía segunda o tercera. Había pasado algún tiempo con ellos, de vez en cuando, mientras Jeannette estaba realmente enferma. Cuando las cosas al final se pusieron feas de verdad, me fui a vivir con ellos para siempre. Me adoptaron formalmente dos años después, cuando mi madre biológica... murió.

Las palabras, sencillas y elegidas con esmero, no hacían justicia a los años en los que recibió llamadas telefónicas a altas horas de la noche, visitas inesperadas, y aguantó gritos en la calle, cargando con el peso de la responsabilidad que la niña Meredith había llegado a sentir por su enfermiza e inestable madre. Tampoco la sucesión de los hechos como si tal cosa sugería ni de lejos la culpa con la que seguía cargando al cabo de tantos años, ni traslucía que su primera reacción cuando supo que su madre había muerto no fue precisamente de pena, sino más bien de alivio.

Eso era algo que nunca podría perdonarse.

—Suena bastante duro —dijo Hal.

Meredith sonrió ante la clásica y muy británica manera de quedarse corto al valorar algo, y se arrimó más a su cálido cuerpo.

—Tuve suerte —dijo ella—. Mary es una mujer asombrosa. Fue ella la que me inició en el violín y en el piano más tarde. Todo lo que soy se lo debo a ella y a Bill.

Él sonrió.

—Entonces, ¿de verdad estás escribiendo una biografía de Debussy? —dijo en broma.

Meredith le golpeó con un gesto juguetón en el brazo.

—¡Pues claro que sí!

Por un instante permanecieron en silencio, quietos, acariciándose.

—Pero hay algo más que eso en el hecho de que estés aquí —añadió Hal al cabo. Volvió la cabeza sobre la almohada y miró el retrato enmarcado, al otro extremo de la habitación—. En eso no me equivoco, ¿verdad que no?

Meredith se incorporó cubriéndose con la sábana, de modo que sólo sus hombros quedaron al descubierto.

—No, no te equivocas.

Al captar que aún no estaba dispuesta a hablar de eso, Hal también se incorporó y bajó los pies al suelo.

—¿Quieres que te traiga algo? ¿Una copa?

—Un vaso de agua estaría bien —dijo ella.

Lo vio desaparecer en el cuarto de baño y regresar a los pocos segundos con dos vasos; luego tomó dos botellines de agua del minibar antes de volver a la cama.

—Aquí tienes.

—Gracias —dijo Meredith, y dio un sorbo de la botella—. Hasta ahora, todo lo que sabía de la familia de mi madre biológica es que posiblemente emigraron de Francia, de esta parte del país, durante la Primera Guerra Mundial o poco después, y que se instalaron en Estados Unidos. Tengo una fotografía de mi tatarabuelo, en la que aparece vestido con el uniforme del ejército francés, tomada en la plaza de Rennes-les-Bains en 1914. La historia es que sin saber cómo terminó en Milwaukee, pero como no sabía su apellido no pude llegar mucho más allá. En la ciudad había numerosa población europea a comienzos del siglo XIX. El primer europeo que tuvo residencia permanente en la ciudad fue un comerciante francés, Jacques Veau, que estableció un puesto comercial en aquellos terrenos montañosos muy poco poblados, al pie de los cuales coinciden los tres ríos, el Milwaukee, el Menomonee y el Kinnickinnic. Así que entraba dentro de lo concebible.

—¿Hasta ahora? ¿Qué quieres decir? —preguntó él.

Durante unos minutos le dio a Hal una versión más bien esquemática de lo que había descubierto desde su llegada al Domaine de la Cade, pero sin salirse de los hechos contrastados, y con toda sencillez. Le habló del retrato que había visto en el vestíbulo y de la hoja de música que había heredado de su abuela, Louisa Martin, pero no dijo nada de las cartas. Bastante embarazosa había sido la conversación con su tío en el bar, además de que Meredith no quería recordar a Hal en ese momento la existencia de su tío.

—Entonces, crees que tu soldado desconocido es un Vernier —añadió Hal cuando Meredith terminó de hablar.

Ella asintió.

—El parecido físico es asombroso. El mismo color, aparentemente, del pelo y de la piel, las facciones... Podría ser un hermano menor, o un primo, digo yo, aunque teniendo en cuenta las fechas y su edad, empiezo a pensar que debe de tratarse de un descendiente directo. —Calló y dejó que una sonrisa aflorase en su rostro—. Además, poco antes de bajar a cenar, recibí un *e-mail* de Mary en el que me dice que hay constancia de un Vernier que está enterrado en el cementerio de Mitchell Point, en Milwaukee.

Hal sonrió.

—¿Y crees que Anatole Vernier era su padre?

—No lo sé. Ése tiene que ser el siguiente paso. —Suspiró—. Tal vez fuera hijo de Léonie.

—En ese caso, no sería un Vernier, ¿verdad?

—Sí, lo sería en el supuesto de que ella no se hubiera casado.

Hal asintió.

—Muy cierto.

—Así que te propongo un trato. Mañana, después de la visita de la doctora O'Donnell, me ayudas a seguir investigando un poco sobre los Vernier.

—Trato hecho —dijo él a la ligera, aunque Meredith se fijó en que de nuevo estaba en tensión—. Sé que crees que estoy haciendo una montaña a partir de un grano de arena, pero te agradezco mucho que estés aquí. La doctora vendrá a las diez.

—Bueno —murmuró en voz baja, notando que empezaba a tener sueño—. Seguramente tienes razón y será más fácil que hable si hay delante otra mujer.

Le costaba mantener los ojos abiertos. Poco a poco sintió que se alejaba de Hal. La luna de plata avanzaba en su camino por el negro cielo del Midi. Abajo, en el valle, a lo lejos, la campana marcaba el paso de las horas.

CAPÍTULO 67

∞

En su sueño, Meredith estaba sentada ante el piano, al pie de las escaleras. El frío de las teclas, al igual que la melodía, era de sobra conocido al tacto de sus dedos. Estaba tocando la pieza preferida de Louisa y lo estaba haciendo mejor que nunca, con dulzura, pero también con un encanto inaudito.

De pronto desapareció el piano y se encontró caminando por un pasillo estrecho en el que no había nada más que un poco de luz al fondo y unas escaleras de piedra, desgastadas por el centro debido al paso del tiempo y a las numerosas pisadas. Se dio la vuelta para marcharse, pero seguía hallándose siempre en el mismo sitio. Era algún lugar que estaba dentro del Domaine de la Cade, lo sabía, si bien no formaba parte de la casa ni tampoco del terreno, ni de nada que acertase a reconocer.

La luz, un cuadrado perfecto, procedía de un chorro de gas situado en la pared, que siseaba y farfullaba al pasar ella de largo. Frente a ella, en lo alto de las escaleras, colgaba un tapiz antiguo y polvoriento que representaba una escena de caza. Se quedó mirando unos momentos las crueles expresiones de los hombres, los manchurrones de sangre que remataban sus lanzas. Sólo que al tiempo que miraba, en el ensueño, con los ojos como platos, comprendió que no era un animal lo que habían salido a cazar. No era un oso ni un jabalí, ni siquiera un lobo. Era un ser de intenso color negro, de pie sobre dos de sus patas, con las pezuñas hendidas, una expresión de ira casi enfebrecida en sus rasgos, por lo demás humanos. Un demonio, con las garras rematadas de rojo.

Asmodeus.

Al fondo, llamaradas. La madera ardía.

En su cama, Meredith gimió y cambió de postura al tiempo que, en el sueño, con las manos inertes y livianas, empujaba una antigua puerta de madera. Cubría el suelo una alfombra de polvo de plata, que refulgía a la luz de la luna o bajo el halo de la lámpara de gas.

No había el menor movimiento en el aire. Simultáneamente, la habitación no estaba húmeda ni fría, como un espacio que hubiera quedado desierto. El tiempo dio un salto hacia delante. Meredith volvió a oír entonces el piano, sólo que esta vez le llegó distorsionado, como si fuera la musiquilla de una feria, un carrusel o un tiovivo, amenazante, aguda.

Comenzó a respirar más deprisa. Sus manos dormidas se aferraron al cobertor a la vez que, en el sueño, extendía las manos para agarrar el cerrojo de frío metal.

Empujó la puerta, que se abrió. Subió un peldaño de piedra.

No salieron volando los pájaros, no hubo susurros ni voces escondidas al otro lado de la puerta. Se encontraba en el interior de una suerte de capilla. Techos altos, suelos de losa de piedra, un altar, vidrieras en las ventanas. Unos cuadros cubrían las paredes, y en ellos aparecían, reconocibles de inmediato, los personajes de las cartas. Un sepulcro.

Estaba completamente en silencio. No se oía otra cosa que el eco de sus pasos, nada más alteraba el silencio reinante. Y, sin embargo, poco a poco el aire se fue poblando de susurros. Le llegaban voces, ruidos en la oscuridad. Al menos eran voces más allá del silencio. Y cánticos.

Dio un paso adelante y notó que el aire se dividía como si los espíritus invisibles, perdidos en la luz, se apartasen para franquearle el paso. Era como si el espacio mismo contuviera la respiración, como si latiese al compás del sonoro latir de su corazón.

Meredith siguió caminando hasta encontrarse ante el altar, en un punto equidistante entre las cuatro ventanas que se hallaban en la pared octagonal. Se encontraba en ese momento en el interior de un cuadrado pintado en negro sobre el suelo de piedra. Alrededor, una serie de letras inscritas en las losas.

Auxilio.

Allí había alguien más. En las tinieblas, en el silencio, algo había comenzado a moverse. Meredith notó como si el espacio que la rodeaba se encogiera, se plegase sobre sí mismo. No alcanzaba aún a ver nada, aunque supo que ella estaba allí. Una presencia viva, una respiración propia en la propia consistencia del aire. Y supo que la había visto antes: bajo el puente, en la carretera, al pie de su cama. Aire, agua, fuego y ahora tierra. Las cuatro vertientes del tarot, que encerraban en sí todas las posibilidades.

Óyeme. Escúchame.

Meredith se sintió como si cayera, como si se precipitara mansamente a un lugar de quietud y de paz. No tuvo miedo. Ya no era ella misma: se encontraba fuera de sí, a su lado, mirando a su interior. Y con toda claridad, en las tinieblas, oyó que su propia voz, en el sueño, hablaba con calma.

—¿Léonie?

A Meredith le pareció entonces que cambiaba la densidad de las tinieblas y el aire alrededor de la figura envuelta en un sudario, un desplazamiento del aire, casi el soplo de una brisa. Al pie de su cama, la figura hizo un ligero movimiento con la cabeza. Largos rizos de color cobrizo, un tono indefinido, desvelado en el momento en que la capucha cayó de su cabeza. Una piel traslúcida. Unos ojos verdes, aunque transparentes. Forma sin sustancia. Un largo vestido negro bajo la capa. Silueta sin forma.

Yo soy Léonie.

Meredith oyó las palabras en el interior de su cabeza. Era una voz de muchacha, una voz de un tiempo muy anterior al suyo. De nuevo, el ambiente de la habitación pareció cambiar de golpe. Como si el espacio mismo exhalara un suspiro de alivio.

No puedo dormir. Hasta que alguien me encuentre, nunca podré dormir. Escucha la verdad.

—¿La verdad? ¿La verdad sobre qué? —susurró Meredith. La luz empezaba a cambiar, a difuminarse.

Toda la historia está en las cartas.

Hubo una avalancha en el aire, un cambio repentino de la luz, un fulgor de algo, o de alguien, que se retiraba. El ambiente era distinto de nuevo. Percibió una amenaza en la oscuridad, una amenaza que Léonie había mantenido a raya. Pero la gentil presencia del espectro se había volatilizado, dejando en cambio su lugar a algo destructivo. Algo malévolo. El aire empezaba a ser opresivamente frío, y Meredith creyó que aumentaba su peso sobre ella. Como la bruma a primera hora de la mañana, a la orilla del mar, le llegó el olor acre del salitre, del pescado, del humo. Sintió la necesidad de echar a correr, aunque no supo de qué tenía que huir. Se dio cuenta de que avanzaba imperceptiblemente hacia la puerta.

Había algo a su espalda. Una figura negra, una especie de criatura. Meredith casi llegó a sentir su aliento en la nuca, bocanadas de aire helado, blanquecino. Pero el paso hacia el sepulcro se alejaba de ella. La puerta de madera se empequeñecía, cada vez más distante.

Un, deux, trois, loup! El que no se haya escondido, tiempo ha tenido.

Algo le tiró de los talones, algo que ganó velocidad en las sombras, algo que parecía a punto de saltar. Meredith echó a correr despavorida, y el miedo insufló energía a sus piernas temblorosas. Las zapatillas se le resbalaban, no se agarraban a las losas del suelo. En todo momento, tras ella, aquella respiración.

Ya casi estoy.

Se abalanzó contra la puerta de madera y notó que golpeaba con el hombro en el marco, lo cual le produjo un dolor intenso en el brazo. La criatura se encontraba tras ella, el pelaje erizado, el hedor a hierro y sangre fundiéndose con la piel de Meredith, con su cuero cabelludo, con las plantas de sus pies. Manipuló como pudo el cerrojo, a tirones, tratando de moverlo a un lado, pero no cedió.

Comenzó a aporrear la puerta a la vez que procuraba no mirar por encima del hombro, no captar la mirada de sus ojos azules, repugnantes, ni dejarse capturar por ellos. Notó que el silencio se ahondaba a su alrededor. Percibió sus malévolos brazos, que ya la agarraban por el cuello, húmedos, fríos, ásperos. El olor del mar que la arrastraba a sus profundidades fatídicas.

CAPÍTULO 68

∞

Meredith! ¡Meredith! No pasa nada. Estás a salvo. No pasa nada, no temas.

Ella había dado una voz a pleno pulmón al despertar con una sacudida de todos los nervios del cuerpo, un sobresalto que la dejó sin respiración. Tenía en alerta todos los músculos del cuerpo, todos los nervios a flor de piel, a punto de gritar. Las sábanas de algodón estaban enmarañadas. Y los dedos los tenía rígidos. Por un instante se sintió atrapada por una ira devoradora, como si la rabia de aquel ser se hubiera abierto paso hasta colarse bajo la superficie de su piel.

—¡Meredith, no pasa nada! ¡Estoy aquí!

Ella seguía intentando desembarazarse, soltarse de lo que la atenazaba, completamente desorientada, hasta que poco a poco comprendió que percibía el tacto de una piel cálida, de alguien que la abrazaba para salvarla, no para hacerle daño.

—Hal.

La tensión que sentía desapareció de sus hombros.

—Era sólo una pesadilla —la tranquilizó él—, eso es todo. Eso ha sido todo.

—Estaba aquí. Ella estaba aquí... y de pronto llegó y...

—Chisst, no pasa nada —volvió a decir él.

Meredith se quedó mirándole sin entender nada. Alzó la mano dubitativa y con los dedos recorrió el contorno de su rostro.

—Vino ella... y tras ella, llegando a...

—Aquí no hay nadie más que nosotros dos. Sólo ha sido una pesadilla. Y ya ha terminado, tranquila.

Meredith miró en derredor y repasó toda la habitación como si contase con que en cualquier momento alguien diera un paso al frente y saliera de un negro rincón. Al mismo tiempo, ya era consciente de que el mal sueño había pasado. Despacio, dejó que Hal la rodease entre sus brazos. Notó la calidez y la fuerza, notó que la estrechaba, que la sostenía a salvo, apretada contra su pecho. Percibió los huesos de su caja torácica, los notó subir y bajar, le llegó el latido de su corazón.

—Yo la vi —murmuró, aunque en ese momento estaba hablando para sí, no para Hal.

—¿A quién? —preguntó él en un susurro. Ella no contestó—. No pasa nada —repitió él con dulzura—. Anda, vuelve a dormir. Tranquila.

Comenzó a acariciarle la cabeza, alisándole los rizos en la frente, como hacía Mary muy al principio de que ella se fuese a vivir con ellos, apaciguándola y ahuyentando todas las pesadillas.

—Estuvo aquí —volvió a decir Meredith.

Poco a poco, con el movimiento cariñoso y repetitivo de la mano de Hal, el terror se fue disipando del todo. Notó que le pesaban las pestañas, que le pesaban los brazos y las piernas y todo el cuerpo, al retornar a ella la calidez y el cariño.

Las cuatro de la madrugada.

Las nubes habían cubierto la luna y la noche estaba completamente oscura. Los amantes, aprendiendo a conocerse mutuamente, de nuevo se durmieron el uno en los brazos del otro, envueltos en el profundo azul del alba, antes de que comenzase el día.

PARTE IX

La arboleda
Octubre-noviembre de 1891

CAPÍTULO 69

∞

VIERNES, 23 DE OCTUBRE

Cuando Léonie despertó a la mañana siguiente, el primer pensamiento que le vino a la cabeza fue Victor Constant, tal como ése había sido el último pensamiento que tuvo antes de dormirse.

Deseosa de sentir el aire limpio en la cara, se vistió deprisa y salió temprano. Había por doquier pruebas de la tormenta del día anterior. Las ramas partidas, las hojas secas que volaron la noche anterior formando espirales a merced del viento que las agitaba. Pero ahora todo estaba en calma, y el rosado cielo del alba parecía despejado. Sin embargo, y a lo lejos, sobre los Pirineos, un frente grisáceo de nubes tormentosas anunciaba todavía mal tiempo para unos cuantos días más.

Léonie dio una vuelta alrededor del lago, deteniéndose un rato en un pequeño promontorio desde el que se dominaba una amplia extensión de agua picada, batida en las orillas por el viento, y luego volvió caminando despacio hacia la mansión por los prados. El dobladillo de la falda refulgía mojado por el rocío. Sus pies apenas dejaron una sola huella en la hierba húmeda.

Dio la vuelta para entrar por la puerta principal, que había dejado sin cerrojo cuando salió antes, y entró en el vestíbulo. Sacudió las botas en la alfombrilla de la entrada y sólo entonces se retiró la capucha con la que se había cubierto la cabeza, desabrochando el cierre y dejando la capa en el mismo gancho de metal de donde la había tomado antes.

Al atravesar las baldosas rojiblancas camino del comedor, se dio cuenta de que en realidad tenía la esperanza de que Anatole todavía no hubiera bajado a desayunar.

Aunque le preocupaba la salud de Isolde, Léonie seguía molesta por la prematura, precipitada manera en que se habían marchado de Carcasona la tarde anterior, y no deseaba verse obligada a dar explicaciones a su hermano.

Abrió la puerta y halló el comedor desierto, aparte de la criada, que estaba poniendo la cafetera de esmalte rojo y azul sobre el soporte de metal, en el centro de la mesa.

Marieta la saludó con una leve inclinación.

—*Madomaisèla.*

—Buenos días.

Léonie dio la vuelta a la mesa para sentarse en el sitio de costumbre, en el otro extremo de la mesa larga y ovalada, de modo que quedase de frente a la puerta.

Un pensamiento no se le iba de las mientes. Que si el mal tiempo seguía en Carcasona sin dar descanso a nadie, el dueño del hotel tal vez no hubiera podido entregar su carta a Victor Constant en la plaza Gambetta. O, en efecto, que debido a las lluvias torrenciales hubiera sido preciso cancelar el concierto.

Se sentía impotente y completamente frustrada al comprender que no tenía forma humana de cerciorarse de que monsieur Constant había recibido o no su comunicación.

No lo sabré a menos que decida él escribirme para decírmelo.

Suspiró y sacudió la servilleta.

—¿Ha bajado ya mi hermano, Marieta?

—No, *madomaisèla.* Es usted la primera.

—¿Y mi tía? ¿Se ha repuesto después de esta noche?

Marieta calló un momento, y contestó bajando la voz, como si fuera a confiarle un gran secreto.

—¿No está usted al corriente, *madomaisèla*? Madama se encontraba tan mal ayer noche que el *sénher* Anatole se vio obligado a mandar llamar al médico del pueblo.

—¿Cómo? —Léonie se quedó boquiabierta. Se levantó de su asiento—. No tenía ni idea. Creo que debería ir a verla.

—Es mejor que la dejemos ahora —añadió Marieta al punto—. Madama estaba durmiendo como un bebé hace tan sólo media hora.

Léonie volvió a sentarse.

—Bueno, ¿y qué ha dicho el médico? —le preguntó—. Era el doctor Gabignaud, ¿no es cierto?

Marieta asintió.

—Dijo que *madama* tenía un resfriado, pero que amenazaba con convertirse en algo más grave. Le dio unos polvos para que le bajase la fiebre. Se quedó con ella, al igual que su hermano, durante toda la noche.

—Y... ahora, ¿cuál es el diagnóstico?

—Es mejor que se lo pregunte al *sénher* Anatole, *madomaisèla.* El doctor habló con él en privado.

Léonie se sintió preocupada. Era culpa suya haber tenido la noche anterior pensamientos tan poco caritativos, así como haber dormido a pierna suelta sin tener ni la menor idea de la dramática situación que en esos momentos tenía lugar en otra estancia de la casa. Notó un nudo en el estómago, como un ovillo apretado y deforme. Dudó de que en esos momentos fuera capaz de probar siquiera un bocado.

De todos modos, cuando regresó Marieta y colocó ante ella un plato con beicon curado, huevos frescos, pan blanco y aún caliente y un poco de mantequilla recién batida, creyó que no le sentaría mal el desayuno.

Comió en silencio, trayendo y llevando sus pensamientos de un lado a otro como peces arrojados a la orilla del río, primero preocupada por la salud de su tía, luego feliz al recordar a monsieur Constant, para volver luego a Isolde.

Oyó los pasos de alguien que atravesaba el vestíbulo. Arrojando la servilleta sobre la mesa, se puso en pie de un brinco y corrió hacia la puerta para encontrarse cara a cara con Anatole en el vestíbulo.

Estaba pálido y tenía unas marcadas ojeras, como si fueran huellas negruzcas que hubiera dejado con las yemas de los dedos, lo cual delataba que no había dormido nada.

—Perdóname, Anatole, acabo de enterarme. Marieta sugirió que era mejor dejar a tía Isolde descansar, ahora que está durmiendo, y no molestarla. ¿Volverá el médico a verla esta mañana? ¿Es...?

A pesar de su lamentable aspecto, Anatole sonrió. Levantó una mano como si así quisiera frenar o al menos desviar la andanada de sus preguntas.

—Cálmate, pequeña —le dijo, y colocó su brazo sobre sus hombros—. Ya ha pasado lo peor.

—Pero...

—Isolde se pondrá bien. Gabignaud ha hecho un trabajo excelente. Le dio algo para ayudarla a conciliar el sueño. Está débil, pero ya ha remitido la fiebre. No tiene nada que no se le vaya a curar con uno o dos días de reposo.

Léonie se asustó al echarse a llorar sin poder contenerse. No había llegado a ser plenamente consciente del gran afecto que había ido tomando por su apacible y afable tía.

—Vamos, pequeña —dijo él con cariño—. No es preciso llorar. Todo se arreglará, te lo aseguro. No hay motivo para ponerse así, no te aflijas.

—Te pido por favor que no volvamos nunca más a discutir —sollozó Léonie—. No puedo soportar que no seamos amigos.

—Yo tampoco —dijo él, sacando un pañuelo del bolsillo y dándoselo. Léonie se secó la cara, anegada por los gruesos lagrimones, y luego se sonó.

—¡Qué impropio de una dama! —rió su hermano—. Mamá se avergonzaría de ti. —Le sonrió—. Y, ahora, ¿has desayunado?

Léonie asintió.

—Bueno, pues yo no. ¿Me harás compañía?

Durante el resto del día, Léonie permaneció cerca de su hermano, alejando de sí todo pensamiento que la llevara a Victor Constant, al menos por el momento. El Domaine de la Cade y el afecto y el cariño por quienes habitaban en la finca fue en lo único en que se concentró de todo corazón.

A lo largo del fin de semana, Isolde guardó cama. Estaba débil, se cansaba con facilidad, aunque Léonie le leía por las tardes, y poco a poco fue volviendo el color a sus mejillas. Anatole se afanó con los asuntos propios de la finca, que llevó en su nombre, e incluso le hizo compañía en su habitación por las noches. Si a los criados les sorprendió tanta familiaridad, ninguno hizo el menor comentario, al menos en presencia de Léonie.

En varias ocasiones Léonie captó que Anatole la miraba como si estuviera a punto de hacerle una confidencia. Pero siempre que ella le preguntaba, él se limitó a sonreír y a decir que no era nada. Luego, bajaba la vista y seguía con lo que estuviera haciendo.

El domingo por la noche Isolde había recobrado el apetito lo bastante como para que le llevasen una bandeja a su habitación. A Léonie le agradó comprobar que aquella expresión macilenta y ojerosa había desaparecido ya del todo, y que no parecía tan delgada. De hecho, en ciertos aspectos parecía encontrarse incluso mejor de salud que antes. Tenía un espléndido color de piel, le brillaban los ojos. Léonie se dio cuenta de que Anatole también había reparado en ese cambio. Caminaba por la casa silbando, como si se hubiera quitado un gran peso de encima.

El principal tema de conversación en las habitaciones de los criados fue la grave inundación de Carcasona. Del viernes por la mañana hasta el domingo por la noche, la ciudad y el campo sufrieron por igual el azote de sucesivas tormentas. Se cortaron las comunicaciones esporádicamente en algunas zonas, y otras quedaron del todo aisladas. La situación en Rennes-les-Bains y en Quillan llegó a ser preocupante, aunque no más de lo que cabría esperar durante la estación de tormentas otoñales.

Pero el lunes por la mañana llegaron al Domaine de la Cade noticias de la catástrofe que se había producido en Carcasona. Tras tres días de lluvia incesante, más abundante en los llanos que en los pueblos de montaña, a primera hora de la mañana del domingo el río Aude finalmente reventó las defensas y se desbordó, inundando la Bastide y las zonas bajas y próximas al río. Las primeras informaciones aseguraron que gran parte de los barrios de Trivalle y de la Barbacane se hallaban completamente anegados. El Pont Vieux, que comunicaba la Cité medieval con la Bastide, se hallaba sumergido, pero era practicable. En los jardines del Hôpital des Malades el agua negra de la crecida llegaba hasta la cintura. Varios edificios de la margen izquierda se habían desplomado debido al agua torrencial.

Río arriba, cerca de la presa de Païchérou, la crecida había arrancado árboles de cuajo, y otros aún se empeñaban en mantenerse sujetos, retorcidos, al fango que los rodeaba.

Léonie escuchó las noticias con creciente angustia. Temía por el bienestar de monsieur Constant. No existía motivo para pensar que le hubiera ocurrido nada malo, pero la preocupación la invadía sin misericordia y casi en todo momento. Su angustia fue tanto más difícil de sobrellevar por no poder reconocer ante Anatole que había visto con sus propios ojos aquellos barrios enfangados o que tenía un interés concreto en todo aquello.

Léonie se reprendió. Sabía que era perfectamente absurdo tener tan intenso sentimiento por una persona en cuya compañía había pasado a lo sumo una hora o poco más. No obstante, monsieur Constant se había adueñado de la vertiente más romántica de su ser, y no era capaz de ahuyentarlo de sus pensamientos.

Así como en las primeras semanas de octubre estuvo sentada ante el ventanal, a la espera de recibir carta de su madre, desde París, ahora que ya terminaba el mes se preguntaba a diario si no habría una carta de Carcasona esperándola sin que nadie la reclamara en los casilleros de la lista de correos de Rennes-les-Bains.

Era preciso idear una excusa para ir ella en persona al pueblo. No podía confiar un asunto tan delicado a ninguno de los criados, ni siquiera al afable Pascal o a la dulce Marieta. Y aún le restaba otro motivo de preocupación: que el dueño del hotel no hubiera hecho entrega de su nota en la plaza Gambetta a la hora indicada, caso de que se aplazara el concierto debido al mal tiempo, en cuyo caso monsieur Constant —que a todas luces era un hombre de sólidos principios— bien podría con la conciencia tranquila olvidarse por completo de ella.

La idea de que no supiera dónde localizarla —o, del mismo modo, que tal vez pensara mal de ella por su descortesía, por no haber acudido a la discreta cita que le propuso— la frustraba de una manera incesante, y no la dejaba tranquila en ningún momento.

CAPÍTULO 70

∞

La ocasión que esperaba se presentó a los tres días.

El miércoles por la noche, Isolde se encontró mejor y pudo sumarse a Anatole y a Léonie para cenar en el comedor. Apenas probó bocado. Mejor dicho, probó varios platos, pero ninguno pareció de su gusto. Ni siquiera el café, recién hecho con el grano que había comprado Léonie para ella en Carcasona, fue del todo de su gusto.

Anatole se interesó por ella lo indecible y le sugirió diferentes platos que tal vez podrían tentarle, pero a la postre sólo consiguió convencerla de que tomase un poco de pan con mantequilla y algo de *chèvre trois jours* con miel.

—¿Hay algo que te pueda apetecer? Sea lo que sea, haré lo necesario con tal de traértelo.

Isolde sonrió.

—Es que todo me sabe raro.

—Tienes que comer —insistió él con firmeza—. Es preciso que recuperes tus fuerzas y...

Calló de repente. Léonie se fijó en que intercambiaron una mirada un tanto peculiar y se preguntó qué pudo ser lo que había estado a punto de decir su hermano.

—Puedo ir mañana mismo a Rennes-les-Bains y comprar lo que tú desees —siguió diciendo.

Léonie de pronto tuvo una idea.

—Podría ir yo —sugirió, procurando hablar a la ligera—. En vez de tener que marcharte tú, Anatole, sería muy placentero para mí hacer una visita al pueblo. —Se volvió hacia Isolde—. Conozco bastante bien tus gustos, tía. Si pudiera disponer del coche por la mañana, Pascal podría llevarme. —Calló un instante—. Podría traerte una lata de jengibre confitado del Magasin Bousquet.

Con gran deleite y no menor emoción, Léonie vio una chispa de interés que se encendía en los ojos grises pálidos de Isolde.

—Confieso que eso es algo que no me sentaría nada mal —reconoció.

—Y a lo mejor también —añadió Léonie, estrujándose los sesos rápidamente para recordar las golosinas preferidas de Isolde— podría visitar al *patissier* y comprar una caja de *Jésuites,* ¿verdad?

Léonie detestaba aquellos pasteles tan pesados, tan dulzones, de crema, pero sabía muy bien que a Isolde de vez en cuando le resultaban irresistibles.

—A lo mejor es excesivo para mí en este momento —sonrió Isolde—. En cambio, esas galletas de pimienta negra serían realmente una delicia.

Anatole sonreía. La miraba y asentía.

—Muy bien. Pues no se hable más. —Cubrió la pequeña mano de Léonie con la suya—. Estaré encantado de ir contigo, pequeña, si así te parece.

—No, no. Será una aventura. Además, estoy segura de que aquí habrá cosas de sobra con las que ocupar tu tiempo.

Él miró a Isolde.

—Es cierto —reconoció—. Bueno, Léonie. Si estás segura...

—Completamente —dijo ella con rapidez—. Me iré a las diez de la mañana y volveré con tiempo de sobra para el almuerzo. Voy a preparar una lista.

—Eres muy amable al tomarte tantas molestias —dijo Isolde.

—No, es un placer —repuso Léonie sin faltar a la verdad.

Lo había conseguido. Siempre y cuando lograse colarse en algún momento en la oficina de correos sin que Pascal lo supiera, en el transcurso de la mañana, por fin podría quedarse bien tranquila con respecto a las intenciones que tuviera monsieur Constant hacia ella, ya fuera para bien, ya fuera para mal.

Cuando Léonie se retiró a su habitación, soñó imaginando qué se podría sentir al tener una carta suya en las manos. Quiso imaginar qué podría decir un *billet-doux* de ese estilo, los sentimientos que podría expresar.

Desde luego, para la hora en que por fin se durmió había compuesto más de un centenar de veces una hermosa contestación dirigida a monsieur Constant, para sus —imaginarias— muestras de afecto y de respeto, elegantemente expresadas.

La mañana del jueves 29 de octubre fue magnífica.

El Domaine de la Cade amaneció bañado en una suave y matizada luz cobriza, bajo un inagotable cielo azul, salpicado aquí y allá de generosas nubes blancas. Y no iba a hacer frío. Los días de las tormentas parecían haber quedado atrás, y en su lugar se percibía en el aire el recuerdo del perfume con que soplaban las brisas del verano. *Un été indien.*

A las diez y cuarto, Léonie bajó del coche en la plaza Pérou, ataviada para la ocasión con su vestido de día favorito, de color carmesí, con una chaqueta y un sombrero a juego. Con la lista de la compra en la mano, echó a caminar por la Gran' Rue, visitando cada una de las tiendas. Pascal la acompañaba para encargarse de transportar sus diversas compras, hechas en el Magasin Bousquet, en Les Frères Marcel, Pâtisserie et Chocolaterie, además de *boulangerie artisanale,* y en la mercería en donde compró un carrete de hilo.

Hizo una pausa para tomarse un sirope de granadina en un café, en una bocacalle, junto a la Maison Gravère, en donde habían tomado café Anatole y ella en su primera visita, y se sintió como en casa.

En efecto, Léonie se sentía como si fuera del pueblo y como si el pueblo fuera suyo. Y aunque hubo una o dos personas a las que conocía de vista que se mostraron más bien frías con ella, o así se lo pareció —las señoras miraron a otra parte, los caballeros apenas se tocaron el ala del sombrero al cruzarse con ella—, Léonie descartó la idea de que pudiera haberlas ofendido. Había terminado por comprender que si bien se había considerado una parisina de los pies a la cabeza, en realidad se sentía más viva y más desbordante de vitalidad en el paisaje arbolado de los montes y los lagos del Aude, mucho más que en la gran ciudad.

En esos momentos, pensar en las calles sucias y en el hollín del octavo *arrondissement,* por no hablar de las limitaciones que allí se imponían a su libertad, le resultó sencillamente abrumador. Desde luego, si Anatole pudiera convencer a su madre para que se reuniese con ellos por Navidad, Léonie estaría más que encantada de quedarse en el Domaine de la Cade hasta Año Nuevo e incluso hasta después.

Realizó todos los recados con bastante celeridad. A las once en punto todo lo que le quedaba por hacer era escabullirse de Pascal o darle esquinazo el tiempo suficiente para desviarse e ir a la oficina de correos. Le pidió que llevara los paquetes al coche, que se había quedado al cuidado de uno de sus muchos sobrinos, en el abrevadero que había un poco al sur de la plaza. Y le dijo que tenía la intención de presentar sus respetos a monsieur Baillard.

Pascal entornó los ojos.

—No sabía yo que ya hubiera regresado a Rennes-les-Bains, *madomaisèla* Léonie —repuso.

Se miraron a los ojos.

—No tengo la certeza de que ya haya regresado —reconoció ella—, pero no me importa nada ir caminando y volver después. Me reuniré contigo en la plaza Pérou. No tardaré nada.

Mientras hablaba, Léonie de pronto comprendió que tenía incluso una oportunidad perfecta para leer la carta en privado.

—Ahora que lo pienso, Pascal —añadió rápidamente—, creo que es mejor que regreses tú solo. Volveré caminando al Domaine de la Cade. No es preciso que me esperes.

Pascal se puso colorado.

—Tengo la certeza de que el *sénher* Anatole no querría de ninguna manera que la dejara yo aquí y que hiciera el camino de vuelta a pie —dijo con una expresión con la que dio a entender que sabía cómo había regañado su hermano a Marieta por dejar que Léonie se escabullese y burlase sus atenciones estando en Carcasona.

—Ah, ¿o sea que mi hermano te ha dado instrucciones de que no me dejes de ninguna manera sin compañía? —dijo al punto—. ¿Es eso?

Pascal se vio obligado a reconocer que no.

—Bueno, en tal caso... Conozco muy bien el camino del bosque —le dijo con firmeza—. Marieta nos trajo por la entrada posterior al Domaine de la Cade, como ya sabes, de modo que no me resulta desconocido. Con un tiempo tan bueno como éste, seguramente con los últimos días de sol del año, no creo que mi hermano no desee que disfrute yo del aire.

Pascal no se movió.

—Eso es todo —dijo Léonie, de un modo más cortante de lo que hubiera querido.

Aún la miró un momento, con su rostro ancho e impasible, y de pronto esbozó una sonrisa.

—Como usted quiera, *madomaisèla* Léonie —admitió con una voz tranquila, firme—, pero tendrá que ser usted quien responda ante el *sénher* Anatole, no yo.

—Le diré que yo insistí en que me dejaras sola, descuida.

—Con su permiso, de todos modos, mandaré a Marieta a que abra los portones y que venga a encontrarse con usted a mitad de camino. Por si acaso no lo encuentra.

Léonie se llevó una lección de humildad, tanto por el buen carácter de Pascal ante su mal humor como por su preocupación por su bienestar. Y la verdad era que, a pesar del aplomo que acababa de mostrar, a ella le preocupaba un poco tener que volver sola atravesando el bosque.

—Gracias, Pascal —dijo con suavidad—. Te prometo que no tardaré. Mi tía y mi hermano ni siquiera llegarán a darse cuenta.

Él asintió con los brazos llenos de paquetes, se dio la vuelta y se marchó. Léonie lo vio partir.

Cuando el criado dobló la esquina, hubo algo que a ella le llamó la atención. Vio en un instante a una persona con una capa azul, alguien que se introdujo veloz en el callejón que conducía a la iglesia, como si no quisiera que lo viera nadie. Léonie frunció el ceño, pero apartó la visión de su mente mientras volvía sobre sus pasos hacia el río. Por precaución, no fuera que a Pascal se le ocurriese seguirla, decidió ir a pie hasta la oficina de correos pasando por la calle en la que se encontraba la casa de alquiler de monsieur Baillard.

Saludó con una sonrisa a un par de conocidos de Isolde, pero no se detuvo a pasar el rato con nadie. En pocos minutos había llegado a su destino. Con notoria sorpresa vio que las contraventanas de la casita estaban retiradas y sujetas en la pared.

Léonie hizo un alto. Isolde había tenido la certeza de que, salvo imprevistos, monsieur Baillard se había ausentado de Rennes-les-Bains para una temporada, al menos hasta la festividad de San Martín, o eso le habían dicho. ¿Estaría la casa alquilada a otra persona entretanto? ¿O tal vez había regresado efectivamente antes de lo previsto?

Léonie echó un vistazo por la calle Hermite, que conducía, junto al río, a la calle en la que se encontraba la oficina de correos. Tenía una febril excitación cada vez que pensaba en la posibilidad de que le hubiera llegado alguna carta. Apenas había pensado en otra cosa desde días atrás. Pero después de haber disfrutado de un periodo de exquisita anticipación, de pronto le invadió el temor de que sus esperanzas tal vez estuvieran a punto de volatilizarse. De que no hubiera llegado ninguna nota de monsieur Constant.

Y llevaba ya semanas lamentando la ausencia de monsieur Baillard. Si pasara sin detenerse y luego descubriese que había dejado escapar la oportunidad de afianzar la amistad que había entablado con él, nunca se lo perdonaría.

Si hay una carta esperándome, seguirá esperándome dentro de diez minutos.

Léonie se acercó y llamó a la puerta.

Durante un instante no sucedió nada. Arrimó el oído a la madera pintada y alcanzó a discernir el ruido de unos pasos por un suelo de baldosas.

—*¿Oc?* —dijo una voz infantil.

Retrocedió un paso cuando se abrió la puerta, con una repentina timidez ante la idea de haber ido a una casa particular sin mediar invitación. Un chiquillo de cabello oscuro, con los ojos del color de las zarzamoras, la miraba con curiosidad.

—¿Está en casa monsieur Baillard? —dijo—. Soy Léonie Vernier. La sobrina de madame Lascombe. Del Domaine de la Cade.

—¿Él la está esperando? ¿Está citada con él?

—No. Estoy de paso, así que me he tomado la libertad de hacerle una visita sobre la marcha. Si resulta inoportuno...

—*¿Que ès?*

El niño se dio la vuelta. Léonie sonrió con verdadero placer al oír la voz de monsieur Baillard. Fortalecida, le llamó.

—Soy Léonie Vernier, monsieur Baillard.

A los pocos instantes, la inconfundible figura y su traje blanco, tal como lo recordaba ella con toda claridad de la noche de la cena de gala, apareció al fondo del pasillo. Incluso en la penumbra de la entrada, tan estrecha, Léonie vio que estaba sonriendo.

—*Madomaisèla* Léonie —saludó—. Qué gran placer, y tanto más por lo inesperado.

—He venido a hacer unos recados para mi tía, que lleva unos días que no se encuentra muy bien, y Pascal se ha adelantado a regresar con las compras. Había pensado que no estaba usted en estos momentos en Rennes-les-Bains, pero cuando vi las contraventanas abiertas yo...

Se dio cuenta de que estaba farfullando, así que se mordió la lengua.

—Me encanta que lo haya hecho —dijo Baillard—. Por favor, pase.

Léonie titubeó. Aunque era un hombre de sólida reputación, conocido de tía Isolde y visitante relativamente asiduo del Domaine de la Cade, se dio cuenta de que quizá se considerase inapropiado que una jovencita entrase sola en la casa de un caballero.

¿Pero quién va a ser testigo de ello?

—Gracias —dijo ella—, será un placer.

Y traspasó el umbral.

CAPÍTULO 71

∞

Léonie siguió a monsieur Baillard por el pasillo, que al fondo daba acceso a una agradable salita en la parte posterior de la casa. Una sola ventana de gran tamaño dominaba una de las paredes.

—Oh —exclamó—, la vista realmente parece un verdadero cuadro.

—Lo es —sonrió él—. Y es una suerte.

Tocó una campanilla de plata que había en una mesa baja, junto al sillón con orejas en el que con toda probabilidad estaba sentado cuando ella llamó a la puerta, junto a una amplia chimenea de piedra. Apareció el mismo chiquillo. Léonie estudió discretamente la sala. Era una estancia muy simple, con una colección de sillas desparejadas y una mesa de tocador detrás del sofá. Las estanterías, llenas de libros, cubrían toda la pared de enfrente de la chimenea, y no quedaba un solo centímetro libre.

—Siéntese, se lo ruego —insistió él—. Y cuénteme qué novedades trae, *madomaisèla* Léonie. Confío en que todo vaya bien en el Domaine de la Cade. Dijo antes que su tía se hallaba indispuesta. Espero que no sea nada grave.

Léonie se quitó el sombrero y los guantes antes de sentarse frente a él.

—Ha mejorado bastante, por suerte. Nos sorprendió el mal tiempo de la semana pasada y mi tía se cogió un resfriado. Hubo que llamar al médico, pero ya ha pasado lo peor. Cada día que pasa se encuentra más fuerte.

—Su salud pende de un hilo —dijo él de pronto—, pero aún es pronto. Todo se arreglará a su tiempo.

Léonie lo miró extrañada ante esta incongruencia, pero en ese momento volvió el chiquillo con una bandeja de latón en la que traía dos copas muy historiadas y una jarra de plata que parecía una cafetera, aunque tenía dibujos en forma de rombos. Y se le escapó la ocasión de preguntar.

—Viene de Tierra Santa —indicó su anfitrión—. Regalo de un viejo amigo, de hace ya muchos años.

El criado le entregó una copa llena de un líquido rojo y espeso.

—¿Qué es esto, monsieur Baillard?

—Un licor de cerezas que hacen aquí, *guignolet.* Reconozco que soy bastante aficionado. Sabe particularmente bien cuando se toma con galletas de pimienta negra. —Hizo un gesto, y el chiquillo ofreció el plato a Léonie—. Son una especialidad del pueblo, se pueden comprar casi en cualquier parte, pero le aseguro que éstas, que son las que hacen en el establecimiento de los Frères Marcel, son de largo las mejores que he probado nunca.

Léonie dio un sorbo de *guignolet* y tosió inmediatamente. Era dulce, sabía intensamente a cerezas silvestres, pero era desde luego muy fuerte.

Monsieur Baillard dio un sorbo y dejó la copa en la mesa que tenía al lado del sillón.

—Ha regresado usted antes de lo que esperábamos —dijo ella—. Mi tía me llevó a creer que estaría usted fuera del pueblo hasta noviembre al menos, tal vez hasta la Navidad.

—Resolví mis asuntos pendientes antes de lo que esperaba, de modo que he regresado, así es. Corren algunas habladurías por el pueblo. Pensé que, estando aquí, podría ser de más utilidad.

¿Utilidad? A Léonie le pareció una palabra realmente extraña, pero no dijo nada al respecto.

—¿Y dónde ha estado, monsieur?

—He ido a visitar a unos antiguos amigos —respondió en voz baja—. Además, tengo una casa en el monte, en un pueblecito que se llama Los Seres, y que no está lejos de la antigua fortaleza de Montségur. Quería asegurarme de que estaba en buenas condiciones en el caso de que tenga que pasar allí un tiempo, como es de prever.

Léonie frunció el ceño.

—¿Es así, monsieur? Tenía la impresión de que había alquilado aquí su casa para evitarse los rigores del invierno en el monte.

Le centellearon los ojos.

—He vivido muchos inviernos en el monte, *madomaisèla* —admitió con dulzura—. Unos muy duros, otros no tanto. —Calló un instante y pareció que se dejaba llevar por otros pensamientos—. Pero dígame, dígame —dijo al fin, rehaciéndose una vez más—. ¿Qué me cuenta de usted? ¿Cómo han ido estas últimas semanas? ¿Ha tenido nuevas aventuras, *madomaisèla* Léonie, desde la última vez que nos vimos?

Ella lo miró a los ojos.

—No he vuelto al sepulcro, monsieur Baillard —contestó—, si a eso se refiere.

Él sonrió.

—Pues claro que me refería a eso.

—Aunque debo confesarle que el asunto del tarot ha seguido interesándome. —Examinó la expresión de su rostro, el cual, curtido por el paso del tiempo, no delató nada que ella pudiera captar—. He comenzado una serie de pinturas. —Vaciló—. Las imágenes que hay en las paredes.

—¿De veras?

—No son más que estudios, a mi parecer. No, mejor dicho, son meras copias.

Él se inclinó hacia delante.

—¿Y ha probado a hacerlas todas?

—No, la verdad es que no —respondió, aunque le había parecido una pregunta extraña—. Sólo las que hay al principio. Las que llaman arcanos mayores, pero ni siquiera todos ellos. He descubierto que siento rechazo ante la idea de dibujar algunas de las imágenes. Por ejemplo, El Diablo.

—¿Y La Torre?

Entornó los ojos verdes.

—Así es. La Torre tampoco. ¿Cómo ha sabido...?

—¿Cuándo dice que comenzó a pintar esas ilustraciones, *madomaisèla?*

—La tarde del día en que tuvimos la cena de gala. Sólo quería entretenerme, pasar las horas desocupadas mientras esperaba. Sin la menor conciencia, sin intención de ninguna clase, de pronto vi que me había retratado yo misma en el cuadro, monsieur Baillard, y por eso me sentí deseosa de continuar.

—¿Me permite preguntarle en cuál de ellos ha hecho su autorretrato?

—En La Fuerza. —Calló un instante, y se estremeció al recordar la complejidad de las emociones que en aquel momento sintió—. Aquella cara era mi cara. ¿Por qué cree que fue así?

—La explicación más evidente sería que usted reconoce en sí misma la característica de la fuerza.

Léonie aguardó, esperando algo más, hasta que de nuevo le quedó claro que monsieur Baillard había dicho todo cuanto iba a decir al respecto.

—Reconozco que cada vez me siento más intrigada por mi tío y por las experiencias que describe en su librito titulado *Les tarots* —siguió hablando Léonie—. No es mi deseo presionarle, ni llevarlo a obrar en contra de su criterio, monsieur Baillard, pero me he preguntado si conocía usted a mi tío en la época en que se produjeron los acontecimientos que relata en su libro... —Escrutó su rostro en busca de alguna señal que le diera ánimo o bien que manifestara su contrariedad o incluso su rechazo ante las preguntas que le estaba haciendo. Pero su expresión era imposible de interpretar—. He comprendido, si no estoy en un error, que aquella situación se produjo... exactamente en el periodo comprendido entre el momento en que mi madre se marchó del Domaine de la Cade y la fecha en que mi tía y mi tío se casaron. —Vaciló—. Imagino, sin ninguna intención de ser irrespetuosa, que era por su propia naturaleza un hombre solitario. No le atraía la compañía de los demás, vaya.

Calló una vez más, dando a monsieur Baillard la oportunidad de darle una respuesta. Una vez más permaneció en absoluto silencio, inmóvil, las manos surcadas por las venas y recogidas en el regazo, aparentemente contento de escucharla.

—Por algunos comentarios que ha hecho tía Isolde —siguió diciendo Léonie—, deduje que usted había intervenido a la hora de presentar a mi tío y al Abbé Saunière, cuando éste fue nombrado titular de la parroquia de Rennes-le-Château. Ella también insinuó que hubo algo desagradable, rumores, incidentes que se atribuyeron al sepulcro y que precisaron de la intervención de un sacerdote.

—Ah. —Audric Baillard apretó las yemas de los dedos de ambas manos, unas con otras.

Ella respiró hondo.

—Tengo... ¿Llevó a cabo el abad Saunière un exorcismo en nombre de mi tío? ¿Es eso? ¿Tuvo lugar ese... acontecimiento en el sepulcro?

Esta vez, tras hacer la pregunta, Léonie no se precipitó. Dejó que fuera el silencio el que obrase el efecto de la persuasión. Durante un tiempo interminable, o al menos eso le pareció, el único sonido fue el tictac del reloj en la repisa de la chimenea.

En alguna habitación, desde la otra punta del pasillo, le llegó el tintineo de la loza y el inconfundible roce de una escoba en el suelo de tarima.

—Para librar el lugar de todo mal —dijo ella al fin—. ¿Es así? Una o dos veces me ha parecido entreverlo. Pero ahora comprendo que mi madre tal vez llegara a sentir su presencia, monsieur, cuando era una niña. Se marchó del Domaine tan pronto le fue posible.

CAPÍTULO 72

∞

En algunas barajas de cartas del tarot —dijo Baillard con llaneza—, la que representa al Diablo toma por modelo la cabeza de Bafomet, el ídolo al que fueron acusados, es verdad que en falso, de adorar los Pobres Caballeros del Templo de Salomón.

Léonie asintió, aunque no le quedó nada claro qué relevancia pudiera tener esta digresión.

—Se decía que existía un presbiterio de los templarios no muy lejos de aquí, en concreto en Bézu —siguió explicando—. Nunca llegó a existir tal cosa. En lo que se refiere a los datos históricos, ha habido ciertas confusiones que se han perpetuado en la memoria colectiva, debido sobre todo a una superposición completamente arbitraria de los albigenses con los Caballeros del Temple. Es verdad que existieron en un mismo momento histórico, pero apenas mantuvieron los unos con los otros la menor relación. Se trata de una coincidencia puramente temporal, no de una superposición ni menos aún de una identificación.

—¿Y qué relación guarda todo esto con el Domaine de la Cade, monsieur Baillard?

Él sonrió.

—Ya observó usted, durante su visita, la estatua de Asmodeus en el sepulcro, ¿*è*? Me refiero a la que sustenta todo el peso del *bénitier* cargándolo a hombros.

—En efecto, la vi.

—Asmodeus, también conocido con los nombres de Ashmadia o Asmodai, con toda probabilidad es un vocablo que deriva del persa, de *aeshma-daeva,* que significa demonio de la ira. Asmodeus aparece en el deuterocanónico Libro de Tobit, y vuelve a aparecer en el Testamento de Salomón, que es una de las obras pseudoepigráficas del Antiguo Testamento. Es decir, se trata de una obra presuntamente escrita por Salomón y atribuida a él, aunque es improbable que esta atribución coincida realmente con la verdad histórica.

Léonie asintió, aun cuando su conocimiento del Antiguo Testamento era un tanto limitado. Ni ella ni Anatole habían asistido a la iglesia los domingos ni habían aprendido el catecismo. Las supersticiones religiosas, al decir de su madre, no concordaban con la sensibilidad moderna. Tradicional en lo tocante a la sociedad y las costumbres, Marguerite había sido, sin embargo, una vehemente anticlerical. Léonie de pronto se preguntó, por vez primera, si la violencia de los sentimientos de su madre en este terreno podría remontarse al ambiente que respiró en el Domaine de la Cade, donde a duras penas había soportado su infancia, y tomó nota para preguntárselo en la primera ocasión que se le presentase.

La voz sosegada de monsieur Baillard la sacó de sus reflexiones.

—La historia, en ese libro, nos relata que el rey Salomón invocó la ayuda de Asmodeus para la construcción del Templo, del gran templo que había de llevar su nombre. Asmodeus, un demonio asociado sobre todo a la lujuria, en efecto comparece, pero su presencia causa numerosos trastornos. Es él quien predice que el reino de Salomón un día habrá de quedar dividido.

Baillard se puso en pie, cruzó la estancia y tomó de un estante un tomo pequeño, encuadernado en piel de color marrón. Volvió las finísimas páginas con sus dedos delicados hasta encontrar el pasaje que buscaba.

—Dice así: «Mi constelación es como un animal que se reclina en su guarida —afirmó el demonio—. No me pidas demasiadas cosas, Salomón, porque con el tiempo tu reino habrá de ser dividido. Esta gloria a la que aspiras es puramente temporal. Nos podrás torturar durante un tiempo, pero entonces habremos de dispersarnos entre los seres humanos de nuevo, a resultas de lo cual se nos profesará adoración como a los dioses, porque los hombres no conocen el nombre de los ángeles que nos gobiernan». —Cerró el libro y alzó los ojos—. Testamento de Salomón, capítulo quinto, versículos cuatro y cinco.

Léonie no supo cómo reaccionar ante esta información, de modo que guardó silencio.

—Asmodeus, como ya dije con anterioridad, es un demonio al que se relaciona con los deseos carnales —continuó monsieur Baillard—. Es, de manera muy especial, enemigo de los recién casados. En el apócrifo Libro de Tobit al que me refería antes, atormenta a una mujer llamada Sara, matando a cada uno de sus siete esposos antes de que el matrimonio llegue a consumarse. A la octava ocasión, el arcángel Rafael instruye al último pretendiente de Sara para que ponga el corazón y el hígado de un pez sobre unas brasas al rojo. El humo maloliente que despide repele a Asmodeus y lo hace huir a Egipto, donde Rafael lo encadena una vez vencidos sus poderes.

Léonie se estremeció no ante sus palabras, sino ante el repentino recuerdo del tenue y sin embargo repugnante hedor que la asaltó cuando se hallaba en el sepulcro.

Un olor inexplicable a humedad, a humo, a mar.

—Estas parábolas parecen un tanto arcaicas, ¿no es cierto? —dijo su anfitrión—. Su pretensión no es otra que transmitir una verdad de mayores dimensiones, pero es corriente que sólo sirvan para oscurecer lo que pretenden aclarar. —Golpeó la cubierta del libro, de piel, con sus dedos largos y delgados—. En el Libro de Salomón también se dice que Asmodeus detesta estar cerca del agua.

Léonie se enderezó en su asiento.

—¿Y tal vez por eso lleva la pila del agua bendita sobre los hombros? ¿Podría ser eso, monsieur Baillard?

—Podría ser —reconoció—. Asmodeus aparece en otras obras, en otros comentarios religiosos. En el Talmud, por ejemplo, se corresponde con Ashmedai, un personaje mucho menos malévolo que el Asmodeus de Tobit, aunque sus deseos se centran en las mujeres de Salomón y en Betsabé. Años más tarde, a mediados del siglo XV, vuelve a parecer como demonio de la lujuria en el *Malleus Maleficarum,* un catálogo bastante simplista a mi entender de los demonios y sus maldades. Siendo coleccionista, se trata de un libro que tal vez conozca su hermano...

Léonie se encogió de hombros.

—Es posible que sí, claro.

—Hay quienes piensan que los distintos diablos tenían una fuerza especial en distintas épocas del año.

—¿Y cuándo se considera que es más poderoso Asmodeus?

—Durante el mes de noviembre.

—Noviembre —repitió. Se paró a pensar un momento—. Pero... ¿qué significa, monsieur Baillard, esta unión de la superstición y la suposición..., las cartas, el sepulcro, ese demonio con aversión al agua y odio al matrimonio?

Baillard devolvió el libro al estante y se acercó entonces a la ventana. Puso ambas manos en el antepecho, dándole la espalda.

—¿Monsieur Baillard? —dijo por animarle a seguir.

Él se dio la vuelta. Por un instante, el sol cobrizo que entraba por la amplia ventana pareció proyectar un halo de luz a su alrededor. Léonie tuvo la impresión de estar mirando a un profeta del Antiguo Testamento como los que se ven en los cuadros al óleo.

Él volvió entonces al centro de la sala y se esfumó la ilusión.

—Significa, *madomaisèla,* que cuando las supersticiones de los lugareños hablan de que un demonio habita en estos valles, en estas laderas y bosques, cuando el tiempo se vuelve tempestuoso, no deberíamos pensar que todo eso no sean más que cuentos. Hay ciertos lugares, y el Domaine de la Cade es uno de ellos, en los que operan fuerzas ancestrales. —Hizo una pausa—. Como alternativa, hay personas que prefieren invocar a esos seres, comulgar con esos espíritus, sin llegar a entender que el mal es algo que no se puede dominar.

Ella no lo creyó, aunque al mismo tiempo se le desbocó el corazón.

—¿Y eso fue lo que hizo mi tío, monsieur Baillard? ¿Me está pidiendo que acepte que mi tío, por medio de la intervención de las cartas e invocando al espíritu del lugar, quiso entrar en contacto con el diablo Asmodeus? ¿Y que entonces vio que era incapaz de dominarlo? ¿Quiere decir que todas esas historias que hablan de las bestias son en realidad muy ciertas? ¿Que mi tío fue responsable, moralmente al menos, de las matanzas que se produjeron en el valle? ¿Y que además lo sabía?

Audric Baillard le sostuvo la mirada.

—Lo sabía, sí.

—Y por esa razón se vio obligado a recurrir a los servicios del abad Saunière —siguió diciendo ella—, para alejar al monstruo que él había puesto en libertad. —Calló un momento—. ¿Todo esto lo sabe mi tía Isolde?

—Todo esto sucedió antes de que ella llegara. No lo sabe.

Léonie se puso en pie y se acercó a la ventana.

—Yo no lo creo —dijo bruscamente—. Esas historias... Diablos, demonios. Esas historias no tienen cabida en el mundo moderno. —Bajó la voz, pensando en lo lastimoso de todo ello—. Esos niños... —susurró.

Volvió a pasear de un lado a otro, ocasionando el crujido y el rechinar de los tablones del suelo, que así parecían protestar.

—Yo no lo creo —repitió, pero con menos certidumbre en la voz.

—La sangre quiere más sangre —sentenció Baillard en voz baja—. Hay determinadas cosas que concitan el mal. Un lugar, un objeto, una persona pueden, a fuerza de malquerer, atraer en ellos las circunstancias adversas, las maldades, los pecados.

Léonie se detuvo. Sus pensamientos iban por otros derroteros. Contempló a su amable anfitrión, y entonces se recostó en su asiento.

—Aun suponiendo que pudiera yo aceptar tales cosas, ¿qué hay de las cartas de la baraja, monsieur Baillard? A menos que yo no lo haya entendido bien, usted está dando a entender que puede existir una fuerza que propicie tanto la buena voluntad como a la malquerencia, según sean las circunstancias en que se use.

—Así es. Considere que una espada no es un instrumento ni del bien ni del mal. Es la mano que la esgrime la que la convierte en una cosa o en otra, no el acero.

Léonie asintió.

—¿Y qué hay de la procedencia de las cartas? ¿Quién fue el que las pintó? ¿Cuándo? ¿Con qué intenciones? Cuando leí el libro de mi tío por vez primera, me pareció entender que lo que estaba diciendo era que los cuadros de la pared del sepulcro tal vez, y a saber cómo, pueden bajarse de la pared e imprimirse en las cartas.

Audric Baillard sonrió.

—Si ése fuera el caso, *madomaisèla* Léonie, sólo habría ocho cartas, y resulta que hay una baraja completa.

Se le encogió el corazón.

—Sí, supongo que sí. Eso no lo había pensado.

—No obstante —siguió hablando—, eso no significa que no haya algo de verdad en lo que acaba de decir usted.

—En cuyo caso, monsieur Baillard, dígame: ¿por qué esos ocho retablos en concreto? —En sus ojos verdes centelleaba la luz de una nueva idea—. ¿Podría ser que las ocho imágenes que siguen impresas en la pared sean las mismas que mi tío quiso invocar? ¿Podría ser que en otra situación, en una comunicación diferente entre los mundos, fueran otros retablos, imágenes de otras cartas, las que resultaran visibles en las paredes? —Hizo una pausa—. ¿Tomadas tal vez de cuadros?

Audric Baillard permitió que una tenue sonrisa asomase a sus labios.

—Las cartas más elementales, las simples cartas de jugar a los naipes, se remontan a una época desdichada, en la que una vez más los hombres, llevados por la fe al crimen y a la opresión y a extirpar de la tierra a toda costa lo que consideraban herejía, precipitaron al mundo en un baño de sangre.

—¿Los albigenses? —quiso saber Léonie, al recordar algunas conversaciones entre Anatole e Isolde sobre la trágica historia que vivió el Languedoc en el siglo XIII.

Asintió con gesto de resignación.

—Ay, *madomaisèla,* si las lecciones se aprendieran a la primera... Pero mucho me temo que no es así.

En la gravedad de su voz, a Léonie le pareció que tras sus palabras asomaba una sabiduría capaz de abarcar siglos enteros. Y ella, que nunca había tenido el menor interés por los sucesos del pasado, se encontró deseosa de comprender cómo había desembocado un hecho en otro.

—No hablo de los albigenses, *madomaisèla* Léonie, sino de las guerras de religión que se produjeron más adelante, los conflictos del siglo XVI, entre la dinastía católica de Guise y lo que podríamos llamar, simplificando tal vez más de la cuenta, la dinastía de los Borbones, que eran hugonotes. —Alzó ambas manos y las dejó caer—. Como siempre ha sido, como tal vez haya de ser siempre, las exigencias de la fe muy pronto se unieron indisolublemente a las del territorio y el control.

—¿Y las cartas datan de esa época? —preguntó con urgencia.

—Las cincuenta y seis cartas originales, ideadas tan sólo para pasar las largas tardes de invierno, imitaron en gran medida la tradición de un juego italiano, el *tarrochi.* Cien años antes de la época a que me refiero, los reyes y los nobles cortesanos de Italia inventaron y pusieron de moda esta clase de entretenimientos. Cuando nació la República, las cartas más altas, con las figuras de la corte, fueron sustituidas por el Maître y la Maîtresse, el Fils y la Fille, como ya ha visto usted.

—«La Fille d'Épées» —puntualizó ella, acordándose del cuadro que había en la pared del sepulcro.

—Así es. Y fue más o menos en la misma época, en vísperas de la Revolución, cuando se transformó en Francia el inofensivo juego del tarot en algo muy distinto. En un sistema de adivinación, una forma de vincular lo visto, y lo conocido, con lo invisible y lo desconocido.

—¿Así que la baraja ya estaba en el Domaine de la Cade?

—Las cincuenta y seis cartas se hallaban en poder de la casa, si quiere, y no de los individuos que la habitaron. El ancestral espíritu del lugar obró sus efectos sobre la baraja; las leyendas y los rumores invistieron a las cartas de otro sentido, de otro propósito. Las cartas estaban a la espera, ya lo ve usted, de alguien que supiera completar la secuencia.

—Mi tío —dijo ella, y fue una afirmación, no una pregunta.

Baillard asintió.

—Lascombe leía los libros que publicaban entonces los cartománticos de París, las obras antiguas de Antoine Court de Gébelin, los escritos contemporáneos de Eliphas Lévi y de Romain Merlin, y quedó completamente seducido por sus lecturas. A la baraja de cartas que heredó le añadió los veintidós arcanos mayores, los que representan los elementos fundamentales de la vida y lo que hay tras ellos, y colocó aquellos que deseaba invocar en la pared del sepulcro.

—¿Mi difunto tío pintó las veintidós cartas adicionales?

—Así es. —Calló unos instantes—. *Madomaisèla* Léonie, ¿cree usted sinceramente que a través de la intervención de las cartas del tarot, en un lugar específico y en las condiciones que posibilitan tales cosas, es posible invocar a los demonios, a los espectros?

—No parece creíble, monsieur Baillard, y sin embargo me parece que, en efecto, lo creo. —Guardó silencio un momento y pareció pensar—. Lo que sin embargo no entiendo es cómo controlan las cartas a los espíritus.

—Ah, no. Eso sí que no —replicó Baillard al punto—. Ése es el error que cometió su señor tío. Las cartas tal vez sirvan para invocar a los espíritus, sí, pero nunca podrán controlarlos. Todas las posibilidades están contenidas en las imágenes, todos los rasgos de carácter, todos los deseos humanos, lo bueno y lo malo, todas nuestras largas y entreveradas historias. Pero si es puesto en libertad, todo ello puede adquirir vida propia.

Léonie frunció el ceño.

—No lo entiendo.

—Los retablos que hay en la pared son las huellas de las últimas cartas que se invocaron en ese lugar. Pero si uno fuese a alterar por medio de un pincel los rasgos de una de las cartas, adoptarían por el contrario otras características. Las cartas pueden relatar historias distintas —dijo él.

—¿Y esto mismo sucedería con esas cartas en cualquier parte? —preguntó ella—. ¿O sólo sucede en el Domaine de la Cade, en el sepulcro?

—Se trata de una combinación única, *madomaisèla,* de imagen y sonido y espíritu del lugar. Ese lugar en ruinas, y sólo ése —precisó—. Al mismo tiempo, el lugar influye en las cartas. Por ejemplo, podría darse el caso de que La Fuerza actualmente se adscriba de manera específica a usted. Por medio de su espíritu artístico.

Léonie lo miró con extrañeza.

—Pero es que yo no he visto las cartas en sí. Desde luego, no he querido pintar cartas, sino sólo imitaciones, sobre un papel corriente, de aquello que vi en las paredes del sepulcro.

Él sonrió despacio.

—Las cosas no siempre quedan adheridas a algo, *madomaisèla.* Además, usted ha pintado algo más que su autorretrato en las cartas, ¿no es así? Ha pintado también a su hermano y a su tía en esas imágenes.

Ella se puso colorada.

—Son imágenes que tienen la intención de servir de regalo —adujo ella—. Como recordatorio del tiempo que hemos pasado aquí.

—Es posible. —Él inclinó la cabeza a un lado—. Por medio de esas imágenes, sus historias, las de ustedes, pervivirán mucho más allá del tiempo en que pueda usted relatarlas con su propia voz.

—Monsieur, me está atemorizando —dijo ella de un modo cortante.

—No es ésa mi intención.

Léonie hizo una pausa antes de formular la pregunta que tenía en la punta de la lengua desde el primer momento en que oyó hablar de las cartas del tarot.

—¿Existe todavía esa baraja?

Él la traspasó con sus ojos sabios.

—La baraja sobrevive —respondió al cabo.

—¿En la casa? —preguntó rápidamente.

—El abad Saunière rogó a su tío que destruyera las cartas, que las quemase, para que nunca otro hombre pudiera caer en la tentación de servirse de ellas. Le pidió que destruyera el sepulcro. —Baillard negó con un gesto—. Pero Jules Lascombe era un erudito. No estaba en su mano destruir algo de tan antiguo origen, tal como el abad tampoco hubiera podido renunciar nunca a su Dios.

—Entonces, ¿las cartas están escondidas en alguna parte de la finca? Tengo la certeza de que no se encuentran en el sepulcro.

—Están a salvo —concluyó él—. Escondidas en donde se seca el río, en un lugar en el que se enterraba antaño a los reyes.

—Pero es que en ese caso...

Audric Baillard se llevó el dedo índice a los labios.

—Le he contado todo esto por pensar que puede ser una buena forma de domeñar su naturaleza curiosa, *madomaisèla* Léonie, y no para avivarla más. Entiendo el modo en que se ha visto arrastrada a esta historia, lo mucho que desea comprender mejor a su familia y los acontecimientos que han dado forma a las vidas de sus antepasados. Pero le vuelvo a repetir el aviso que ya le di: no hallará nada bueno si se empeña en encontrar las cartas, especialmente en una época en que las cosas se hallan en un precario equilibrio.

—¿En una época? ¿A qué se refiere, monsieur Baillard? ¿A que ya se acerca noviembre?

Quedó claro, por la expresión que había adoptado, que no estaba dispuesto a decir nada más. Léonie golpeó la tarima con la suela. Eran muchas las preguntas que aún tenía y que deseaba formular. Respiró hondo, pero él tomó la palabra sin dejarle añadir nada más.

—Ya es suficiente —dijo.

Por la ventana abierta les llegó el repicar de la campana de la pequeña iglesia de Saint-Celse y Saint-Nazaire, que daba las doce del mediodía. Una nota endeble, inapreciable, que señalaba el transcurrir de la mañana.

El sonido devolvió de golpe la atención de Léonie al presente. Había olvidado su tarea. Se puso en pie de un salto.

—Discúlpeme, monsieur Baillard, pero ya le he robado mucho tiempo. —Se puso los guantes rápidamente—. Y, por eso mismo, se me han olvidado otras responsabilidades con las que debía cumplir esta mañana. La oficina de correos... Si me apresuro, tal vez todavía...

Con el sombrero en la mano, Léonie atravesó corriendo la sala camino de la puerta. Audric Baillard, con su figura elegante e intemporal, se puso en pie.

—Si me fuera posible, monsieur, ¿me permitiría visitarle de nuevo? Adiós.

—Naturalmente, *madomaisèla.* El gusto es mío.

Léonie agitó el brazo y abandonó la sala corriendo por el pasillo para salir a la calle, dejando a Audric Baillard solo en su recogido salón, sumido en sus profundas reflexiones. El criado salió de las sombras y cerró la puerta tras ella.

Baillard volvió a sentarse en su sillón.

—*Si es atal es atal* —murmuró en su lengua materna. Las cosas serán como tengan que ser—. Pero tratándose de esta joven, ojalá no fuera así.

CAPÍTULO 73

∞

Léonie recorrió a la carrera la calle Hermite, estirándose los guantes sobre las muñecas y peleándose con los botones. Dobló la esquina bruscamente, a la derecha, para ir a la oficina de correos.

La doble puerta de madera estaba cerrada del todo. Léonie la aporreó con el puño y se puso a gritar.

—¿Por favor? —Sólo pasaban tres minutos de las doce. Alguien tendría que haber dentro, seguro—. ¿Hay alguien? Es muy importante.

No había señales de vida. Volvió a golpear la puerta, a llamar de nuevo, pero no acudió nadie. Una mujer malhumorada, con dos trenzas grisáceas, se asomó a la ventana de enfrente y le dijo a gritos que dejara de hacer ruido.

Léonie pidió disculpas, dándose cuenta de que era una estupidez llamar la atención de esa manera. Si hubiera llegado una carta para ella, una de monsieur Constant, estaba destinada a quedarse donde estaba al menos por el momento. No podía quedarse en Rennes-les-Bains hasta la hora en que se abriera de nuevo la oficina de correos por la tarde. Sencillamente, tendría que volver en otra ocasión.

Sus emociones eran confusas. Estaba indignada consigo misma por no haber logrado hacer lo único que se había propuesto en su visita a la localidad. Al mismo tiempo, tenía la sensación de haber hecho algo importante que le permitía disfrutar de ese aplazamiento.

Al menos, no tengo constancia de que monsieur Constant no haya escrito.

Su confuso razonamiento de un modo inesperado la animó.

Léonie descendió hacia el río. Abajo, a la izquierda, vio a los clientes de los Baños Termales, sentados en el agua humeante, rica en hierro, de los *bains forts.* Tras ellos, una fila de enfermeras de uniforme blanco, con amplios sombreros, como si fueran gigantescas aves marinas, esperaba armada de paciencia a que las personas de cuyo cuidado se ocupaban fueran saliendo.

Atravesó el río hasta la otra orilla y encontró la senda por la que los había llevado Marieta con bastante facilidad. El aspecto del bosque había cambiado notablemente. Algunos de los árboles habían perdido ya las hojas, debido a la natural, si bien tardía, llegada del otoño o a la ferocidad de las tormentas que habían descargado en aquella ladera del monte. El terreno que pisaba Léonie estaba alfombrado por un denso follaje del color del vino blanco, dorado, cobrizo. Se detuvo un momento a pensar en los esbozos de acuarelas en los que estaba trabajando. La imagen de El Loco le vino a la cabeza y consideró que tal vez podría arreglar los colores del fondo para que realmente se pareciera a los matices del bosque en otoño.

Siguió caminando envuelta por el verde manto del bosque de árboles de hoja perenne, a mayor altitud. Las ramas caídas, las piedras sueltas a uno y otro lado, crujían y se deslizaban bajo sus pies. El terreno estaba cubierto de piñas y del fruto brillante, marrón, de los castaños. Tuvo por un momento un amago de nostalgia. Pensó en su madre y recordó que siempre en octubre había llevado a Anatole y a Léonie al parque Monceau para recoger castañas. Frotó los dedos unos con otros, recordando la sensación, la textura de los otoños de su infancia.

Rennes-les-Bains ya no estaba a la vista. Léonie apretó un poco el paso a sabiendas de que la localidad se encontraba aún a la distancia de un grito, aunque al mismo tiempo tuvo la repentina sensación de estar muy lejos de la civilización. Vio volar un pájaro que batía las alas pesadamente y que la sobresaltó. Rió con nerviosismo cuando se dio cuenta de que tan sólo era una paloma torcaz. A lo lejos sonaron los disparos de los cazadores y se preguntó si Charles Denarnaud estaría entre ellos.

Léonie siguió adelante y pronto llegó a la finca. Cuando tuvo a la vista los portones de la parte posterior del Domaine de la Cade sintió un gran alivio. Avivó el paso, contando con que en cualquier momento saldría a su encuentro la criada con la llave.

—¿Marieta?

Sólo le respondió el eco de su propia voz. A juzgar por el silencio reinante, Léonie entendió que allí no había nadie. Frunció el ceño. Era impropio de Pascal no hacer lo que había dicho que haría. Y aunque Marieta se atolondraba con facilidad, por norma general era digna de toda confianza.

¿O tal vez ha venido y no ha querido esperar más?

Léonie sacudió la cancela, pero estaba cerrada. Tuvo un arranque de mal humor y de frustración al verse un momento, con los brazos en jarras, considerando su situación.

No quería tener que recorrer caminando todo el perímetro de la propiedad para entrar por delante. Estaba fatigada tras los sucesos de la mañana, tras el esfuerzo de subir el monte para llegar allí.

Tiene que haber otra forma de entrar en la finca.

Léonie no podía creer que el reducido personal con que contaba Isolde pudiera de ninguna manera mantener los lindes de una propiedad tan extensa en perfectas condiciones. Su constitución era ligera. Estaba segura de que, buscando con detenimiento, terminaría por encontrar tarde o temprano una abertura de tamaño suficiente para colarse dentro de la finca. A partir de ahí no podía ser demasiado difícil localizar los caminos que ya conocía.

Miró a derecha e izquierda, procurando decidir en cuál de las dos opciones tendría más probabilidades de conseguir su propósito. Al final concluyó que los tramos en peor estado seguramente serían los más alejados de la casa. Enfiló camino hacia el este. Si sucediera lo peor, bastaría con seguir recorriendo toda la linde hasta encontrarse finalmente en la puerta principal, por el lado opuesto.

Caminó a buen paso, asomándose a ratos por el seto, moviendo aquí y allá los brezos y evitando la maraña de las zarzamoras, en busca de cualquier brecha en las verjas de hierro forjado. El tramo que más cerca quedaba de la cancela no tenía ninguna abertura, pero recordó entonces que a su llegada al Domaine de la Cade, la primera vez, la sensación de abandono y descuido fue en aumento a medida que siguió caminando por la propiedad.

No llevaba ni cinco minutos de búsqueda cuando descubrió un hueco en la verja. Se quitó el sombrero, se agachó y, respirando hondo, se coló por la estrecha abertura con una regocijante sensación de triunfo. Una vez en el interior, se limpió de la ropa los pinchos y las hojas que se le habían prendido, se sacudió el barro del dobladillo de la falda y echó a caminar con renovadas energías, encantada de estar ya no demasiado lejos de la mansión.

Allí el terreno era más empinado, las copas de los árboles más frondosas y oscuras, más opresivas. No pasó demasiado tiempo hasta que Léonie comprendió que se encontraba del otro lado de los hayedos, y que si no andaba con cuidado el rumbo que había elegido la llevaría a pasar por el calvero en que se encontraba el sepulcro. Frunció el ceño. ¿Tenía acaso otra opción?

Encontró un tramo en el que varias sendas bastante estrechas se cruzaban una y mil veces, sin que hubiera un camino claro por el cual seguir, mientras que todos los calveros, todas las arboledas, parecían exactamente iguales. Léonie no tenía otra forma de trazar su rumbo que guiarse por el sol, resplandeciente por encima del bosque, pero no era una guía demasiado fiable, ya que las densas sombras de los árboles no le permitían ver con claridad por dónde brillaba el sol exactamente. Sin embargo, siempre y cuando siguiese adelante, más o menos hacia el sur, más pronto que tarde terminaría por llegar a las extensiones de césped y en definitiva a la casa. Sólo le quedaba confiar en que no se topara con el sepulcro.

Tomó un camino que recorría una media ladera, una senda que le llevó hasta un claro. De pronto, en medio de un corte entre los árboles, vio el bosque de la orilla opuesta del río Aude en el que se encontraba el grupo de megalitos que Pascal previamente le había señalado. Comprendió entonces con una sacudida que todos los diabólicos topónimos de la zona eran visibles desde el Domaine de la Cade: el Sillón del Diablo, el Estanque del Diablo, la Montaña del Cuerno. Escrutó el horizonte. Y también se encontraba a la vista el punto en el que confluían los dos ríos, Blanque y Salz, un lugar al que la gente de los alrededores, según le había contado Pascal, llamaban *le bénitier*.

Léonie, no sin dificultad, apartó de su ánimo la imagen de aquel cuerpo contrahecho, el demonio con sus malévolos ojos azules, que parecía inmiscuirse en sus pensamientos. Apretó el paso a pesar de transitar por un terreno desigual, diciéndose que era sencillamente absurdo dejarse trastornar por una estatua, por una ilustración de libro.

La ladera tenía un brusco ascenso. El terreno bajo sus botas cambió enseguida, y se encontró con que caminaba sobre la tierra descarnada, no sobre helechos o agujas de pino, por una senda que flanqueaban los arbustos y algunos árboles sin que la invadieran. Era como una tira de papel marrón cortada en ángulo recto rodeada del verdor del paisaje.

Léonie se detuvo y miró adelante. Sobre ella había una pared casi vertical, la ladera, que había formado una barrera en su camino. Directamente encima de ella se formaba una especie de plataforma natural, casi como un puente que salvase el trecho de terreno en el que se encontraba. De pronto se dio cuenta de que se hallaba en el cauce seco de un río. Antaño, un torrente de agua seguramente procedente de alguno de los manantiales celtas que había en lo alto de los montes había tallado esa depresión en la ladera. Se acordó de golpe de algo que le había dicho monsieur Baillard.

Escondidas en donde se seca el río, en un lugar en el que se enterraba antaño a los reyes.

Léonie miró en derredor, en busca de algo que se saliera de lo común y atenta a la forma del terreno, de los árboles, de la maleza. Le llamó la atención una depresión poco profunda que se formaba en el terreno, al lado de la cual vio una piedra plana, gris, apenas visible, bajo la maraña que formaban las raíces de un enebro silvestre.

Se acercó allí, se agachó. Introdujo la mano y tiró de un nudo en la maleza, asomándose al espacio verde, húmedo, que se abrió entre las raíces. Vio entonces un anillo de piedras, ocho en total. Introdujo las manos en el follaje y se le mancharon los guantes de un fango verdoso, de barro, al tratar de ver si había algo allí escondido.

La piedra de mayor tamaño la sacó rápidamente. Léonie se acuclilló, y se la colocó en el regazo, que ya tenía manchado de barro. Había algo pintado en la superficie, con alquitrán o con otro pigmento: una estrella de cinco puntas dentro de un círculo.

Presa de su ansiedad por descubrir si tal vez había dado con el lugar en que estaban escondidas las cartas del tarot, Léonie dejó la piedra a un lado. Empleó un trozo de madera para desprender las otras piedras, apilando la tierra fangosa a un lado. Vio un fragmento de una tela recia en el barro y comprendió entonces que el resto de las piedras lo sujetaban en donde estaba.

Siguió excavando, sirviéndose de aquella madera desprendida como si fuera una pala, arañando las piedras y unos fragmentos que le parecieron de baldosa hasta que pudo arrancar la tela sujeta en la tierra. Cubría un pequeño agujero. Emocionada, lo removió intentando aflojar lo que pudiera haber enterrado debajo, retirando el barro y las lombrices y los escarabajos negros hasta que dio con algo sólido.

Con un poco más de empeño vio que estaba ante un sencillo cajón de madera, con asas de metal en ambos extremos. Envolviendo con los guantes sucios las dos asas, tiró con fuerza. El terreno parecía reacio a ceder, pero Léonie siguió dando tirones, moviéndolo de un lado a otro, hasta que por fin la tierra renunció a su tesoro con un ruido húmedo, como una succión.

Jadeando, Léonie arrastró la caja fuera de la oquedad y se la llevó a un trozo de terreno algo más seco, colocándola encima de la tela. Sacrificó los guantes para frotar la superficie hasta limpiarla del todo y abrió lentamente la tapa de madera. Dentro del cajón había otro receptáculo, una caja fuere parecida a una en la que su madre guardaba sus pertenencias más valiosas. Sacó la caja fuerte, cerró la caja y puso encima la de metal. Tenía un candado pequeño que, para sorpresa de Léonie, estaba abierto. Intentó abrir la tapa y logró que se desprendiese centímetro a centímetro. Rechinó, pero terminó por ceder.

La luz era tenue bajo los árboles, y lo que pudiera haber dentro de la caja fuerte estaba a oscuras. Afinando mejor la vista, creyó ver un paquete envuelto en una tela oscura. Era sin duda del tamaño y de las proporciones de una baraja de cartas, la que buscaba. Se quitó los guantes, se recogió las faldas, se secó las palmas de las manos sudorosas en las enaguas limpias, secas todavía, y con gran esmero desdobló las esquinas de la tela.

Se encontró con la parte de atrás de una carta más grande que aquellas a las que estaba acostumbrada. El dorso estaba pintado de un intenso verde bosque, y decorado con una filigrana enrevesada de oro y plata.

Léonie se detuvo, armándose de valor. Espiró, contó mentalmente hasta tres y dio la vuelta a la primera carta.

Una extraña imagen de un hombre oscuro, vestido con una bata larga, roja, adornada con borlas, sentado en un trono, en un belvedere de piedra, la miraba de lleno. Los montes del fondo, a lo lejos, le resultaron conocidos. Leyó la inscripción que figuraba al pie.

«Le Roi des Pentacles».

Miró con mayor atención, dándose cuenta de que la propia figura del rey le resultaba familiar.

Y entonces cayó en la cuenta. Era la imagen de alguien a quien conocía. El sacerdote al que se llamó para que expulsara al demonio del sepulcro, el que suplicó a su tío que destruyera la baraja. Bérenger Saunière.

Sin duda, el hallazgo era una prueba inapelable, tal como le había dicho monsieur Baillard media hora antes, de que su tío no hizo caso de su consejo.

—*Madomaisèla. ¿Madomaisèla* Léonie?

Léonie se dio la vuelta, alarmada al oír que alguien la llamaba.

—*Madomaisèla?*

Eran Pascal y Marieta. Evidentemente, y Léonie cayó en la cuenta en ese instante, llevaba tanto tiempo ausente que habían salido en su busca. Rápidamente envolvió las cartas en la tela en que las había encontrado. Quiso llevárselas consigo, pero no había forma de esconderlas.

A regañadientes, en contra de su voluntad, pero sabedora al mismo tiempo de que no le quedaba otra alternativa, ya que ante todo deseaba que nadie se enterase de qué era lo que había descubierto, dejó las cartas dentro de la caja de metal, la caja de metal en la de madera, y ésta volvió a deslizarla en el agujero. Se puso en pie entonces y, a patadas, procuró rellenarlo con la tierra removida usando las suelas embarradas. Cuando ya lo tenía casi listo, dejó caer los guantes, manchados y seguramente ya inservibles, encima. Y los cubrió.

Tuvo que confiar en que nadie hubiera descubierto la baraja hasta ese momento, por lo cual, pensó, era bastante improbable que nadie fuera a descubrirla ahora. Regresaría más adelante al amparo de la oscuridad y sacaría las cartas cuando realmente pudiera hacerlo con total discreción y seguridad.

—¡*Madomaisèla* Léonie!

Notó el pánico en la voz de Marieta.

Léonie volvió sobre sus pasos, subió a la plataforma y bajó casi corriendo por el camino del bosque, en la dirección por la cual había llegado, hacia el punto del que procedían las voces de los criados. Entró en el bosque, dejando el camino a un lado, para no dar el menor indicio sobre el punto del cual había partido.

Por último, cuando creyó que ya había una distancia suficiente entre el tesoro y ella, hizo un alto, recuperó la respiración y devolvió la llamada.

—Estoy aquí —exclamó—. ¡Marieta! ¡Pascal! ¡Aquí!

En pocos momentos, sus rostros de preocupación asomaron por un claro entre los árboles. Marieta se quedó clavada, incapaz de disimular la sorpresa o la preocupación por la situación en que encontró la vestimenta de Léonie.

—He perdido los guantes. —La mentira acudió espontáneamente a sus labios—. Tuve que volver a buscarlos.

Marieta la miró con extrañeza.

—¿Y los ha encontrado, *madomaisèla*? —le preguntó.

—No, por desgracia no.

—Tiene la ropa...

Léonie se miró las botas embarradas, las enaguas manchadas, las faldas sucias de barro, de líquenes.

—Equivoqué el camino y me resbalé en una ladera que estaba mojada, eso es todo.

Se dio cuenta de que Marieta dudaba para sus adentros de la explicación, aunque la muchacha tuvo la sensatez de morderse la lengua. Regresaron a la mansión caminando en silencio.

CAPÍTULO 74

∞

Léonie apenas tuvo tiempo de limpiarse la suciedad de las uñas y de cambiarse de ropa antes de que sonara la campana que llamaba al almuerzo.

Isolde se les unió en el comedor. Se mostró encantada con lo que Léonie le había traído del pueblo e incluso logró tomar algo de sopa. Cuando terminó, pidió a Léonie que le hiciera compañía. Léonie se alegró de que así fuera, aunque mientras charlaron y jugaron a las cartas sus pensamientos se hallaban en otra parte. Estaba planeando cómo regresar al bosque a recuperar las cartas. Además, pensó en cómo orquestar otra visita a Rennes-les-Bains.

El resto del día pasó de manera apacible. Se nubló el cielo a la hora del crepúsculo y llovió en el valle, aunque nada perturbó el Domaine de la Cade.

A la mañana siguiente, Léonie durmió hasta más tarde que de costumbre.

Cuando salió al rellano vio a Marieta, que llevaba la bandeja de las cartas del vestíbulo al comedor. No había ninguna razón para suponer que monsieur Constant de alguna forma inexplicable hubiera encontrado su dirección y le hubiera escrito directamente. De hecho, sus temores eran justo lo contrario: que se hubiera olvidado completamente de ella. Pero como Léonie vivía envuelta en una perpetua neblina de deseos, de anhelos románticos, imaginaba toda clase de circunstancias que la contrariaban.

Así pues, sin la menor esperanza de que hubiera una carta de Carcasona dirigida a ella, a pesar de todo bajó velozmente las escaleras con la sola intención de interceptar a Marieta. Temía ver —y, en manifiesta contradicción, esperaba ver— el conocido escudo de armas que figuraba en la tarjeta de visita que Victor Constant le había dado en la iglesia y que ella había memorizado.

Arrimó el ojo a la rendija, entre la puerta y la jamba, en el momento en que Marieta abrió desde dentro y volvió con la bandeja vacía.

Las dos dieron un grito de sorpresa.

—*Madomaisèla!*

Léonie cerró la puerta para que el ruido no llamase la atención de Anatole.

—No te habrás fijado si había alguna carta de Carcasona, ¿verdad, Marieta? —le dijo.

La criada la miró con aire intrigado.

—Pues no, no que yo haya visto, *madomaisèla.*

—¿Con toda seguridad?

Marieta pareció perpleja.

—Llegaron las circulares de costumbre, una carta de París para el *sénher* Anatole y una carta también para su hermano, así como otra para *madama,* ambas del pueblo.

Léonie soltó un suspiro de alivio, aunque teñido de decepción.

—Yo diría que eran invitaciones —añadió Marieta—. En sobres de muchísima calidad, y escritos con una caligrafía muy elegante. Con un distinguido escudo de armas. Pascal dijo que las trajeron en mano. Un individuo extraño, que se cubría con un capote viejo.

Léonie se quedó quieta.

—¿De qué color era el capote?

Marieta la miró sorprendida.

—Le aseguro que no lo sé, *madomaisèla.* Pascal no me lo dijo. Ahora, si me disculpa...

—Claro, claro —Léonie dio un paso atrás—. Naturalmente.

Vaciló unos instantes en el umbral, sin saber por qué de repente le causaba tanta ansiedad el hecho de que iba a estar en compañía de su hermano. Tenía que ser su sentimiento de culpa lo que la llevó a pensar que aquellas cartas pudieran tener algo que ver con ella, nada más. Una observación prudente, sin duda, a pesar de lo cual se sentía inquieta.

Se dio la vuelta y subió veloz las escaleras.

CAPÍTULO 75

∞

Anatole tomó asiento ante la mesa del desayuno, mirando ciegamente la carta, como si no la viera.

Le temblaba la mano cuando encendió el tercer cigarrillo con la colilla del segundo. El aire de la estancia, cerrada, estaba cargado de humo espeso. Había tres sobres encima de la mesa. Uno, sin abrir, llevaba matasellos de París. Los otros dos ostentaban un escudo grabado en relieve, del estilo de los que adornaban el escaparate de Stern, el grabador del callejón Panoramas. Una hoja de papel de escribir con ese mismo emblema de familia aristocrática se encontraba desplegada sobre el plato que tenía delante.

Lo cierto es que Anatole sabía desde tiempo atrás que un día llegaría esa carta y que había de encontrarle allí. Por más que hubiera tratado de tranquilizar a Isolde, desde la mañana en que fue objeto de aquella agresión en el callejón Panoramas, en septiembre, la había estado esperando.

La provocadora comunicación que habían recibido en el hotel de Carcasona la semana pasada tan sólo vino a confirmar que Constant estaba al corriente de la estratagema y que, peor aún, los había localizado.

Aunque Anatole había procurado tomarse a la ligera los temores de Isolde, aunque intentó también quitarles hierro, todo lo que ella le había dicho sobre Constant le había llevado a temer lo que sería capaz de hacer ese hombre. El estado de la enfermedad de Constant y la naturaleza de la misma, sus neurosis y su paranoia, su temperamento ingobernable, revelaban a todas luces un hombre obsesionado, un hombre capaz de hacer cualquier cosa con tal de vengarse de la mujer que, según creía, lo había tratado injustamente.

Anatole volvió a examinar la carta formal que tenía en la mano, exquisitamente insultante a la vez que perfectamente decorosa y cortés. Era un desafío en toda regla; Victor Constant lo retaba a un duelo que habría de librarse al día siguiente, sábado 31 de octubre, a la hora del crepúsculo. Constant eligió que el duelo fuera a pistola. Dejaba a criterio de Vernier que propusiera un lugar apropiado dentro de los terrenos del Domaine de la Cade, propiedad privada a fin de cuentas, para que su ilegal enfrentamiento no llamara la atención de nadie que pudiera frustrarlo.

La carta concluía informando a Vernier de que se encontraba alojado en el hotel Reine, en Rennes-les-Bains, y que allí esperaba su confirmación de que era un hombre de honor y por tanto aceptaba el reto.

No fue ésa la primera vez que Anatole lamentó haber contenido sus impulsos aquella vez en el cementerio de Montmartre. Había percibido la presencia de Constant durante el entierro. Tuvo que servirse de toda su fuerza de voluntad para no darse la vuelta y pegarle un tiro allí mismo, a sangre fría, sin pensar en las consecuencias. Cuando esa mañana abrió la carta, su primera idea fue acudir a la localidad y hacer frente a Constant en su guarida.

Pero una reacción tan irracional no habría bastado para poner fin al asunto y zanjarlo de una vez por todas.

Anatole permaneció algún tiempo sentado en silencio, con los ecos del comedor. Se le agotó el cigarrillo y encendió otro, pero se sentía demasiado consumido, aletargado incluso, para fumárselo.

Quizá necesitaría a un segundo que lo acompañase al duelo, alguien que actuase de padrino, alguien de la localidad, lógicamente. Tal vez podría pedirle ese favor a Charles Denarnaud. Al menos tenía la virtud de ser un hombre de mundo. Anatole creyó que también podría convencer a Gabignaud para que asistiera en su condición de médico. Aunque estuvo seguro de que el joven doctor se arredraría ante la petición, también pensó que no le rehusaría el favor. Anatole se había visto en la obligación de comunicar a Gabignaud la situación existente entre Isolde y él, en confianza, debido a la delicada salud de Isolde y a su estado. Creyó por tanto que el médico accedería aunque sólo fuera por Isolde y no por él.

Quiso convencerse de que era posible que se diera un resultado satisfactorio. A la primera sangre, Constant pediría con mano temblorosa que terminase el enfrentamiento. Pero por algún motivo no le fue posible. Aun cuando saliera él vencedor del duelo, de ninguna manera pensó que Constant fuese a cumplir las reglas del juego.

Obviamente, no le quedaba otra alternativa que aceptar el desafío. Era un hombre de honor aun cuando sus actos a lo largo del último año hubieran estado lejos de ser honorables. Si no combatiese con Constant, nada cambiaría nunca. Isolde seguiría viviendo sometida a una tensión insufrible, siempre a la espera de que Constant volviese al ataque. Así habrían de vivir todos ellos. El ansia persecutoria de aquel hombre, a juzgar por aquella carta sin ir más lejos, no daba muestras de que fuera a remitir jamás. Si se negase a hacerle frente, Anatole sabía que la campaña orquestada por Constant contra ellos, contra todo el que estuviera próximo a ellos, sólo se intensificaría aún más.

En los últimos días, Anatole había oído habladurías entre los criados, en el sentido de que ciertas maledicencias sobre el Domaine de la Cade circulaban por la localidad. Inquietantes insinuaciones en el sentido de que la bestia que había aterrorizado a los lugareños en tiempos de Jules Lascombe había vuelto a las andadas.

Para Anatole, no tenía ningún sentido que aquella historia hubiera resucitado, y se sintió inclinado a no hacer ningún caso. En ese momento comenzó a sospechar que la mano de Constant se hallaba tras esos rumores maliciosos.

Estrujó el papel en el puño. No iba a permitir que su hijo creciera sabiendo que su padre era un cobarde. Tenía que aceptar el reto. Tenía que disparar para vencer.

Para matar.

Tamborileó con los dedos sobre la mesa. No era valentía lo que le faltaba. El problema radicaba en que no era un tirador de primera. Su destreza era notable con el sable y el florete, no así con la pistola.

Apartó de sí ese pensamiento. Ya llegaría el momento de afrontarlo con Pascal y tal vez con la ayuda de Charles Denarnaud, pero a su debido tiempo. En ese instante había que tomar decisiones de carácter más urgente, entre ellas, y no era poca cosa, debía decidir si confiarle o no a su esposa lo ocurrido.

Anatole apagó otro cigarrillo. ¿Llegaría Isolde a enterarse de alguna forma por su cuenta? ¿Llegaría a tener conocimiento de la inminencia del duelo? Esa clase de noticias podrían causarle una recaída, y ser una grave amenaza para la salud de su hijo. No, no podía decírselo. Pediría a Marieta que no dijera nada sobre el correo recibido esa mañana.

Deslizó la carta dirigida a Isolde con letra de Constant, pareja a la suya, en el bolsillo interior de la chaqueta. No tenía la esperanza de encubrir la situación durante mucho tiempo, pero podía al menos proteger su estado de ánimo durante unos días más.

Se dijo que ojalá pudiera mandar a Isolde a pasar unos días en otro lugar. Sonrió con resignación, sabedor de que no había la menor posibilidad de convencerla de que abandonase el Domaine de la Cade sin darle la debida explicación. Y como eso era precisamente lo que de ninguna manera podría hacer, no tenía sentido proseguir por esa línea de pensamiento.

Menos sencillo de resolver era, en cambio, si debía o no confiar en Léonie.

Anatole había terminado por comprender que Isolde tenía razón. La actitud que tenía con su hermana pequeña se basaba más en la niña que había sido que en la mujer que ya empezaba a ser. Seguía considerándola impetuosa y a menudo pueril, incapaz de contener sus deseos, de refrenarse, de guardar silencio cuando era lo más oportuno. Por contra, tenía que tener en cuenta su innegable afecto por Isolde y la solícita atención con que, a lo largo de los últimos días, desde su regreso de Carcasona, había cuidado a su tía.

Anatole había resuelto hablar con Léonie en el transcurso del fin de semana. Había querido contarle la verdad, desde sus sentimientos de amor por Isolde hasta la situación en la que ahora se encontraban.

La frágil salud de Isolde le había obligado a aplazar el momento, pero ahora, con la notificación del desafío, volvió a sentir la acuciante necesidad de mantener con ella esa conversación. Anatole tamborileó con los dedos en la mesa. Estaba resuelto a confiarle la realidad de su matrimonio esa misma mañana. Según cuál fuera la reacción de Léonie, le hablaría del reto o no, en función de lo que le pareciera apropiado.

Se puso en pie. Llevándose las cartas, cruzó el comedor hasta el vestíbulo y tocó la campanilla.

Acudió Marieta.

—¿Quieres hacer el favor de invitar a mademoiselle Léonie a que se reúna conmigo en la biblioteca a mediodía? Deseo hablar con ella en privado, así que es conveniente que no lo comente con nadie. Te pido por favor, Marieta, que le hagas ver que es importante. Ah, otra cosa. No tienes que decir nada de las cartas recibidas esta mañana a madame Isolde. Yo mismo le pondré al corriente.

Marieta pareció desconcertada, pero no dudó en obedecer sus órdenes.

—¿Dónde se encuentra Pascal?

Vio con sorpresa que la criada se sonrojaba.

—Creo que en la cocina, *sénher*.

—Dile que venga a verme a la parte posterior de la casa dentro de diez minutos —le indicó.

Anatole regresó a su dormitorio a cambiarse y ponerse ropa para salir. Redactó una concisa respuesta a Constant, secó la tinta y cerró el sobre para que no cayera en ojos de curiosos. Pascal podría llevar su respuesta por la tarde. En esos momentos sólo podía pensar en que, por Isolde y por el hijo de ambos, no podía permitirse el lujo de fallar.

La carta de París quedó sin abrir en el bolsillo de su chaleco.

Léonie daba vueltas por su dormitorio, preguntándose sin cesar por qué la había citado Anatole a mediodía y en privado. ¿Habría descubierto quizá su subterfugio? ¿Había descubierto que no contó con Pascal y que volvió sola del pueblo?

El sonido de unas voces debajo de su ventana distrajo su concentración. Se asomó y puso ambas manos en el alféizar de piedra, para encontrarse con que Anatole caminaba por el parterre de césped junto con Pascal, quien portaba una alargada caja de madera en ambas manos. Parecía una caja de escopetas. Léonie nunca había visto semejantes instrumentos en la casa, aunque supuso que su difunto tío sin duda poseía tales armas.

¿Irán quizá a cazar jabalís?

Frunció el ceño al darse cuenta de que no podía ser ése el caso. Anatole no iba vestido de caza. Además, ni él ni Pascal llevaban escopetas. Sólo pistolas.

Un repentino temor se apoderó de ella, tanto más intenso por carecer de nombre. Tomó el sombrero y la chaqueta y se calzó rápidamente para salir con la intención de seguirles.

Entonces hizo un alto.

Muy a menudo la acusaba Anatole de actuar sin pararse a pensar. Era contrario a su naturaleza sentarse sin nada que hacer y esperar, pero ¿de qué iba a servirle salir corriendo tras él? Si sus intenciones eran inocentes, perseguirle como si fuera su perro faldero sin duda iba a fastidiarle. No podía tener previsto estar fuera mucho tiempo, ya que había concertado la cita con ella a mediodía. Miró el reloj de la repisa. Quedaban dos horas por delante.

Se quitó el sombrero, lo arrojó sobre la cama y se descalzó antes de mirar en derredor por su habitación. Era mejor que se quedara en la casa y encontrase alguna forma de pasar el rato hasta la hora de la cita con su hermano.

Léonie miró sus útiles de pintura. No supo qué hacer, pero al cabo fue al escritorio y comenzó a desembalar sus pinceles y papeles. Era la ocasión ideal para continuar con su serie de ilustraciones. Ya sólo le quedaban tres para terminarla.

Fue a buscar agua, mojó el pincel y comenzó a perfilar en tinta negra los contornos del sexto de los ocho retablos que vio en la pared del sepulcro.

Carta XVI: La Torre.

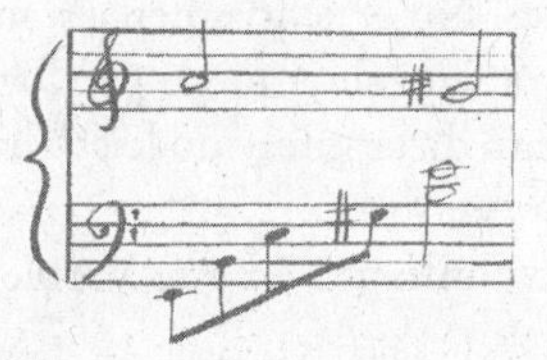

CAPÍTULO 76

En el salón particular de la primera planta del hotel Reine, en Rennes-les-Bains, dos hombres se encontraban sentados ante un fuego encendido para eliminar los restos de la humedad matinal. Dos criados, uno parisino y el otro de Carcasona, aguardaban respetuosamente a cierta distancia. A cada tanto, cuando pensaban que su señor no los estaba observando, se lanzaban el uno al otro miradas de desconfianza.

—¿Cree usted que recurrirá a sus servicios en este asunto?

Charles Denarnaud, con el rostro todavía colorado debido a la cantidad de brandy que había consumido en la cena de la noche anterior, dio una honda calada al puro, hasta que la brasa de las hojas, carísimas, prendió de nuevo. Era de absoluta complacencia la expresión de su rostro abotargado. Ladeó la cabeza y expulsó de la boca un aro de humo blanco hacia el techo.

—¿Seguro que no quiere acompañarme, Constant?

Victor Constant levantó la mano, la piel llena de sarpullidos y oculta bajo los guantes. No se sentía bien esa mañana, y menos con ánimo de fumar. La anticipación que le provocaba el hecho de que la caza estuviera a punto de terminar no le estaba sentando nada bien y se encontraba nervioso.

—¿Tiene plena confianza en que Vernier le pedirá el favor? —repitió.

Denarnaud se percató de que en la voz de Constant se notaba un tono mordiente inesperado.

—No creo que me haya equivocado al valorarlo —dijo rápidamente, consciente de que había ofendido al otro—. Vernier cuenta con pocos aliados en Rennes-les-Bains, y no tiene desde luego a otro con el que mantenga una relación tal que le permita pedirle semejante favor, en un asunto como éste. Tengo la convicción absoluta de que querrá que sea yo quien le represente. Con el tiempo de que dispone, no tendrá ocasión de buscar a otra persona fuera de aquí.

—Cierto —dijo Constant secamente.

—Yo diría que querrá contar con Gabignaud, uno de los galenos residentes en la localidad, para que esté presente por lo que pueda pasar, como médico personal.

Constant asintió. Se volvió al criado que estaba más próximo a la puerta.

—¿Se entregaron las cartas esta mañana?

—Sí, monsieur.

—¿No te diste a conocer en la casa?

Negó con un gesto.

—Las entregué a un criado, para que las llevase con el resto del correo del día.

Constant pensó unos momentos.

—¿Y nadie sabe que eres tú la fuente de las historias que están empezando a circular?

Negó con un gesto.

—Me he limitado a dejar caer una o dos cosillas a quienes más probabilidades tienen de ir repitiéndolas por ahí. Sólo he dicho que la bestia que invocó Jules Lascombe ha vuelto a dejarse ver. El rencor y la superstición se han encargado del resto. Las tormentas se consideran prueba suficiente de que no todo está como debiera.

—Excelente. —Constant hizo un gesto con la mano—. Vuelve al Domaine y observa qué es lo que hace Vernier. Ven a informar cuando caiga la tarde.

—Muy bien, monsieur.

Retrocedió hacia la puerta, recogiendo el capote napoleónico, azul, del respaldo de una silla antes de salir a la calle.

En cuanto oyó Constant el ruido de la puerta al cerrarse, se puso en pie.

—Ojalá se resuelva esto rápidamente, Denarnaud, y sin llamar la atención. ¿Queda claro?

Sorprendido por el brusco final de la entrevista, Denarnaud se puso trabajosamente en pie.

—Pues claro, monsieur. Todo está bajo control.

Constant chasqueó los dedos. Su criado se adelantó con una bolsa en la mano, cerrada por un cordel. Denarnaud no pudo dejar de dar un paso atrás por pura repugnancia ante la piel llena de sarpullidos del hombre.

—Esto es la mitad de lo que se le ha prometido —dijo Constant, y le entregó el dinero—. El resto se le hará llegar cuando el asunto esté zanjado con entera satisfacción por mi parte. ¿Entendido?

Las ávidas manos de Denarnaud se cerraron en torno a la bolsa.

—Confirmará usted que no me encuentro en posesión de ninguna otra arma —dijo Constant con voz fría, dura—. ¿Queda claro?

—Habrá un par de pistolas de duelo, Monsieur, cada una de las cuales estará cargada con una sola bala. Si llevara usted alguna otra arma, yo no me daré cuenta. —Esbozó una sonrisa obsequiosa—. Aunque realmente no creo que un hombre como usted, monsieur, pueda fallar y no acierte en su diana al primer intento.

Constant recibió con desprecio su afán de halago.

—Yo nunca fallo —dijo.

CAPÍTULO 77

∞

Maldita sea! ¡Al infierno! —exclamó Anatole, dando un pisotón en el terreno que pisaba.

Pascal se acercó caminando a la improvisada galería de tiro que había montado en un claro del bosque, rodeado por los matorrales y los enebros silvestres. Había colocado las botellas en fila, y vuelto junto a Anatole para cargarle la pistola. De los seis disparos que hizo, uno se le fue muy a la izquierda, otro alcanzó el tronco de un haya y dos la valla de madera, haciendo que cayeran tres botellas por efecto de la vibración. Sólo uno había dado en la diana y apenas rozando la base de la gruesa botella de vidrio.

—Pruebe otra vez, *sénher* —dijo Pascal en voz baja—. Mantenga la vista bien firme.

—Eso es lo que estoy haciendo —gruñó malhumorado Anatole.

—Ponga el ojo en la diana y luego mire al suelo. Imagine cómo viaja la bala por el cañón. —Pascal se apartó—. Firme, *sénher.* Apunte bien. No se precipite.

Anatole alzó el brazo. Esta vez imaginó que, en vez de una botella que en su día estuvo llena de cerveza, tenía la cara de Victor Constant delante de él.

—Bien —dijo Pascal en voz baja—. Ahora manténgase firme, bien firme. Fuego.

Anatole le dio de lleno. La botella saltó en mil y un añicos, como unos fuegos artificiales de feria. El sonido se propagó rebotando en los troncos de los árboles, con lo que las aves salieron volando alarmadas de sus nidos.

Una nubecilla de humo asomó por la boca del cañón. Anatole sopló sobre ella, y se volvió con los ojos centelleantes de satisfacción para mirar a Pascal.

—Buen tiro —dijo el criado, su rostro ancho e impasible convertido por una vez en el espejo de sus pensamientos—. Y... ¿cuándo dice que es el enfrentamiento?

La sonrisa desapareció del rostro de Anatole.

—Mañana a la hora del crepúsculo.

Pascal atravesó la arboleda haciendo crujir de las ramas bajo los pies, y volvió a alinear las botellas restantes.

—A ver si acierta por segunda vez, *sénher.*

—Dios mediante, solo tendré que hacerlo una vez —masculló Anatole para el cuello de su camisa.

Sin embargo, permitió que Pascal volviera a cargar la pistola y siguió tirando hasta que hubo destrozado la última de las botellas y el olor de la pólvora impregnaba todo el claro del bosque.

CAPÍTULO 78

∞

Cuando faltaban cinco minutos para mediodía, Léonie salió de su habitación y recorrió el pasillo camino de la escalera. Parecía serena, dueña de sus emociones, pero el corazón le latía como el tambor de hojalata de un soldadito de juguete y tenía húmedas las palmas de las manos.

Al atravesar las baldosas rojas y negras del vestíbulo, sus tacones parecieron resonar con una violencia ominosa, o al menos así se lo pareció, en el silencio reinante en la casa. Se miró las manos y vio que le habían quedado pequeñas manchas de pintura, verde y negra, en las uñas. Durante esa mañana de desasosiego se había dedicado a terminar la ilustración correspondiente a La Torre, pero no estaba satisfecha con ella. Por tenues que fueran las pinceladas en las hojas de los árboles, por sutil que fuera su forma de colorear el cielo, percibía una inquietante y melancólica presencia, siniestra casi, que le hablaba entre cada una de sus pinceladas.

Pasó por delante de las vitrinas del pasillo que conducía a la puerta de la biblioteca. Las medallas, las curiosidades, los recuerdos apenas quedaron registrados en su ánimo, de tan absorta como estaba anticipándose a la entrevista que iba a mantener.

En el umbral tuvo un momento de vacilación. Alzó entonces el mentón, levantó la mano y llamó con fuerza y seguridad a la puerta, con más valentía de la que sentía en realidad.

—Adelante.

Al oír la voz de Anatole, Léonie abrió la puerta y entró.

—¿Querías verme? —dijo con la sensación de que tenía que comparecer ante los magistrados, en un juicio, y no de que se hallaba en compañía de su amado hermano.

—Así es —dijo él, y le sonrió. En la expresión de su rostro, en la mirada de sus ojos castaños, Léonie comprendió que también él estaba ansioso—. Pasa, por favor. Siéntate, Léonie.

—Anatole, me estás asustando —dijo ella en voz baja—. Pareces sumamente serio.

Él le puso la mano en el hombro y la guió a una silla con asiento tapizado.

—Es que es muy serio el asunto del que deseo hablar contigo.

Retiró la silla para que ella tomara asiento y se alejó a cierta distancia para volverse hacia ella con las manos a la espalda. Léonie se dio cuenta de que sostenía algo entre los dedos. Un sobre.

—¿Qué es eso? —dijo ella, con el corazón a punto de salírsele del pecho, al pensar que sus peores temores podían estar a punto de hacerse realidad. ¿Y si monsieur Constant, con habilidad y con esfuerzos, hubiera dado con la dirección y le escribiera directamente a ella?—. ¿Es una carta de mamá? ¿De París?

Se plasmó en el rostro de Anatole una extraña expresión, como si hubiera olvidado algo por inadvertencia, pero que acabase de recordarlo de golpe.

—No. Bueno, sí, es una carta, pero se trata de una carta que he escrito yo. Te la he escrito a ti.

La esperanza le llenó el pecho de una sosegada paz, pues todavía era posible que todo estuviera en orden.

—¿A mí?

Anatole se alisó el cabello con una mano y suspiró.

—Me encuentro en una muy difícil situación —dijo en voz baja—. Hay... hay asuntos de los que deberíamos hablar, pero ahora que ha llegado el momento me siento sinceramente incapaz de decir nada, me encuentro sin palabras, sin ánimo, y se me traba la lengua en tu presencia.

Léonie rió.

—No entiendo cómo es posible —dijo—. No puedo creer que te sientas avergonzado delante de mí...

Había querido que sus palabras sonasen a chanza para quitar hierro a la situación, pero la lúgubre expresión que vio pintarse en el rostro de Anatole congeló la sonrisa en sus labios. Se levantó de un brinco y corrió a su lado.

—¿Qué sucede? —inquirió—. ¿Se trata de mamá? ¿De Isolde?

Anatole miró la carta que tenía en la mano.

—Me he tomado la libertad de poner mi confesión por escrito —dijo.

—¿Confesión?

—Contiene la información que yo tendría... que tendríamos que haber compartido contigo hace ya algún tiempo. Isolde quiso hacerlo, pero yo estimé que era mejor esperar.

—¡Anatole! —exclamó, y le zarandeó por el brazo—. Cuéntamelo ahora mismo.

—Es mejor que leas la carta estando tú sola con tus pensamientos —sugirió él—. Ha surgido inesperadamente una situación de la mayor gravedad, que exige que le dedique de inmediato toda mi atención.

Se soltó con suavidad de la pequeña mano con que Léonie lo sujetaba y le plantó la carta delante.

—Espero que puedas perdonarme —dijo, y se le quebró la voz—. Estaré esperando.

Sin decir una palabra más, atravesó la estancia, empuñó el picaporte, abrió la puerta y desapareció.

La puerta se cerró ruidosamente. El silencio volvió entonces a ella.

Desconcertada por lo que acababa de suceder, e intranquila ante la evidente angustia que atenazaba a Anatole, Léonie miró el sobre. Su nombre estaba escrito en tinta negra, con la elegante y romántica caligrafía de Anatole.

Se quedó mirándola, atemorizada ante lo que pudiera contener, y entonces desgarró el sobre.

Viernes, 30 de octubre

Mi querida pequeña Léonie,

Siempre me has acusado de que te trato como a una niña. Lo hacías incluso cuando todavía llevabas cintas en el pelo y falda corta y yo me esforzaba por estudiar. Esta vez debo decir que la acusación es justa. Y es que mañana, cuando caiga la tarde, estaré en el claro que hay en el hayedo, dispuesto a hacer frente al hombre que ha hecho todo lo posible por buscarnos la ruina.

Si el resultado del enfrentamiento no me fuera favorable, no querría que te quedaras tú sin una explicación a todas las preguntas que sin duda querrías hacerme. Sea cual sea el resultado del duelo, quiero que conozcas la verdad del caso.

Amo a Isolde con toda mi alma, con todo el corazón. En marzo fue su tumba aquella ante la que estuvimos, en un desesperado intento por parte de los dos para hallar refugio seguro de las malévolas intenciones de un individuo con el que ella había tenido una breve y fatídica relación. Fingir que ella había muerto, fingir que la enterramos, nos pareció que era la única forma en que podría ella escapar de la amenaza bajo la cual vivía.

Léonie alargó la mano y encontró a tientas el respaldo de una silla. Con cuidado, tomó asiento.

Puedo y debo reconocer que contaba con que tú descubrieras nuestro engaño. A lo largo de aquellos difíciles meses de primavera, y al comienzo del verano, aun cuando siguieron produciéndose los ataques contra mi persona en los periódicos, casi a cada paso esperaba que tú desvelaras el engaño y me desenmascararas, pero interpreté mi papel demasiado bien. Tú, que tan fiel y tan leal has sido siempre en tu corazón y en tus intenciones, ¿por qué ibas a dudar de que mis labios fruncidos, mis ojeras y mi rostro demacrado fueran consecuencia no de una vida disipada, sino de la pena?

Es mi deber decirte que Isolde nunca quiso engañarte a ti. Desde el momento en que llegamos al Domaine de la Cade y te conoció, tuvo plena fe en que el amor que me tienes —y que contaba ella con que a su debido tiempo la alcanzara, en calidad de hermana tuya— bastaría para dejar a un lado todas las consideraciones morales y para que nos dieses tu apoyo en nuestra estratagema. Yo no estuve de acuerdo con ella.

Fui un idiota.

Mientras me siento a escribirte estas líneas, en el que podría ser el último de mis días sobre la tierra, reconozco que el mayor de mis defectos ha sido la cobardía moral. Pero no es sino un defecto entre muchos otros.

Sin embargo, han sido una gloria las semanas que he pasado aquí, contigo y con Isolde, por los apacibles jardines y sendas del Domaine de la Cade.

Aún hay algo más. Un último engaño, para cuyo perdón te ruego que encuentres misericordia en tu ánimo, y si no quisieras perdonarlo, al menos espero y deseo que lo entiendas. En Carcasona, mientras tú, en tu inocencia, explorabas las calles, Isolde y yo nos casamos. Ahora, Isolde es madame Vernier y es tu cuñada por el vínculo de la ley, así como lo es por el afecto.

Además, voy a ser padre.

Pero en aquel mismo día, en el día más feliz que vivimos, supimos que ese hombre nos había descubierto. Ésa es la explicación verdadera de que tuviéramos que marchar con tanta brusquedad. Es asimismo la razón de que la salud de Isolde haya decaído, y también de su fragilidad. Pero es evidente que su salud no podrá soportar nada que altere sus nervios. La cuestión no puede quedar sin resolverse.

Una vez descubierto el engaño del entierro, ese hombre no sabemos cómo nos ha perseguido, primero en Carcasona, y ahora en Rennes-les-Bains. Por eso he aceptado su desafío. Es la única forma de zanjar la cuestión de una vez por todas.

Mañana por la noche le haré frente. Recurro a tu ayuda, pequeña, tal como debiera haberlo hecho hace ya muchos meses. Tengo una gran necesidad de tu apoyo, y te pido que no llegue a saber nunca mi amada Isolde los particulares del duelo. Si no regresara, a ti encomiendo el cuidado de mi esposa y mi hijo. La casa está segura en manos nuestras.

Tu afectuoso y cariñoso hermano,

A.

La mano con la que Léonie sostenía la carta cayó sobre su regazo. Las lágrimas que se había esforzado por contener rodaron en silencio por sus mejillas. Lloró de pura lástima, lloró por el engaño y por los malentendidos que los habían mantenido separados. Lloró por Isolde, por el hecho de que Anatole y ella la hubiesen engañado, por el hecho de que ella los hubiera mentido, hasta que se agotó en ella toda emoción.

Sus pensamientos entonces fueron más nítidos. La razón de la extraña expedición en que salió Anatole de la casa esa mañana quedaba así explicada.

En cuestión de días, de horas incluso, podría estar muerto.

Corrió a la ventana y la abrió de par en par. Tras la luminosidad de primera hora de la mañana el día se había encapotado. Todo estaba en calma, en silencio, húmedo, bajo los rayos impotentes de un sol debilitado. Una bruma otoñal flotaba sobre el césped y los jardines, envolviendo el mundo en un sudario de engañosa calma.

Mañana a la caída de la tarde.

Miró su reflejo en el alto ventanal de la biblioteca, pensando en lo extraño que era que pareciera la misma cuando se encontraba tan completamente cambiada. Los ojos, el mentón, la boca, todo estaba igual que tres minutos antes.

Léonie se estremeció. Mañana se celebraba la festividad de Todos los Santos, hoy era la víspera, la Noche de Difuntos. Una noche de terrible belleza, la noche en que el velo que separa el bien del mal resulta más tenue. Era un momento en el que tales acontecimientos podían en efecto producirse. Un momento que ya era de demonios y maldades.

Era preciso impedir que tuviera lugar el duelo. Y de ella dependía que no llegase a producirse. De ninguna manera se podía permitir que semejante charada, tan fatídica, siguiera su curso. Pero a la vez que los pensamientos se sucedían veloces en su cabeza, Léonie comprendió que de nada serviría. No estaba en su mano desviar a Anatole del rumbo que había resuelto tomar.

—No debe fallar el tiro —murmuró para sus adentros a la vez que corría a la puerta para abrirla.

Fuera encontró a su hermano envuelto en el humo del tabaco, y vio tallada en su rostro la angustia de los minutos de espera, el tiempo que ella había tardado en leer la carta.

—Oh, Anatole —dijo, y lo rodeó con ambos brazos.
A él se le llenaron los ojos de lágrimas.
—Perdóname —susurró él, y se dejó abrazar—. Lo siento muchísimo. ¿Podrás perdonarme, pequeña?

CAPÍTULO 79

∞

Léonie y Anatole pasaron juntos buena parte de lo que restaba del día. Isolde descansó por la tarde, con lo que tuvieron tiempo para conversar. Anatole se encontraba tan abatido por el peso del momento que le esperaba, y por el modo en que las circunstancias se habían coaligado para conspirar en contra de él, que Léonie tuvo la sensación de ser ella la hermana mayor.

Su ánimo pasó de la rabia que le causaba el haber sido engañada de ese modo, y durante tantos meses, al afecto que despertaba en ella el evidente amor que él sentía por Isolde y los extremos a que había llegado con tal de protegerlo de todo mal.

—¿Estaba mamá al corriente del engaño? —le preguntó varias veces, dolida más que nada por el recuerdo que tuvo al verse de pie ante un ataúd vacío en el cementerio de Montmartre—. ¿Era yo la única que no estaba al tanto de la estratagema?

—No. No se lo confesé tampoco a ella —repuso—. Y creo, sin embargo, que lo hubiera sabido comprender, y que incluso intuyó que allí había algo más de lo que era evidente.

—No hubo muerte alguna —dijo ella en voz baja—. ¿Y la clínica? ¿Dio a luz?

—No. Fue otra mentira para reforzar nuestro engaño.

Sólo en los momentos de tranquilidad, cuando Anatole se ausentó momentáneamente, Léonie se dejó llevar por el miedo que le inspiraba lo que pudiera depararle el día siguiente. Poco dijo él de su enemigo, salvo que había causado un daño tremendo a Isolde en el poco tiempo en que se trataron. Anatole reconoció que era un parisino, y que había sabido desenmarañar la pista falsa que había dejado y localizarlos en el Midi. Sin embargo, afirmó que no lograba entender cómo había conseguido dar el salto de Carcasona a Rennes-les-Bains. Tampoco mencionó su nombre.

Léonie escuchó la historia de la obsesión, el deseo de venganza que impulsaba a su enemigo —los ataques contra su hermano desde las columnas de los periódicos, la agresión a su persona en el callejón Panoramas, el empeño que ponía con tal de arruinar como fuera tanto a Isolde como a Anatole—, y se percató de la advertencia implícita tras las palabras de su hermano.

No hablaron de lo que podría suceder si Anatole no acertase en el blanco, o si sucediera algo aún peor. Acuciada por su hermano, Léonie le dio su palabra de que si cayera en el empeño, y no pudiera él protegerlas, hallaría una manera de abandonar inmediatamente el Domaine de la Cade, al amparo de la noche, con Isolde.

—Entonces, ¿no es un hombre de honor? —quiso saber ella—. ¿Temes que no cumpla las reglas del enfrenamiento?

—Mucho me temo que no lo hará —respondió con gravedad—. Si mañana se torcieran las cosas, no querría que Isolde estuviera aquí cuando él venga en su busca.

—Parece un demonio.

—Y yo un loco —dijo Anatole en voz baja— por haber pensado que esto podría terminar de otra manera, y no de ésta.

Más avanzada la tarde, después de que Isolde se hubiera retirado a dormir a su habitación, Anatole y Léonie se reunieron en el salón para ponerse de acuerdo sobre el plan a seguir el día siguiente.

A ella le desagradó profundamente tomar parte en ese engaño, sobre todo por haber sido ella víctima de semejante ocultación, pero no tardó en reconocer que, en el estado en que se encontraba Isolde, bajo ningún concepto debía estar al tanto de lo que iba a suceder. Anatole le encomendó la tarea de entretener a su esposa, de modo que, a la hora convenida, Pascal y él pudieran desaparecer sin llamar la atención. Había enviado una nota a Charles Denarnaud para invitarle a que fuera su padrino, petición que éste había aceptado de inmediato. El doctor Gabignaud, aunque no fuera de su agrado, iba a proporcionarle asistencia médica en caso de que fuera necesario.

Aunque asintió y aparentemente dio su aquiescencia, Léonie no tenía la menor intención de cumplir los deseos de Anatole. No podía siquiera plantearse el hecho de permanecer sentada sin hacer nada en el salón, mirando las manecillas del reloj en su lenta marcha, a sabiendas de que su hermano se encontraba enzarzado en semejante combate. Se dio cuenta de que tenía que encontrar alguna manera de escabullirse de la responsabilidad y dejar en manos de otro el cuidado de Isolde entre la hora del crepúsculo y la caída de la noche, aunque no atinó a concebir de qué forma podría conseguirlo.

Sin embargo, no dio ninguna pista de la desobediencia que tenía en mente, ni de palabra, ni de obra, ni de omisión. Y Anatole se hallaba tan absorto en trazar sus febriles planes que ni siquiera se le pasó por la cabeza poner en duda que ella había de cumplir a rajatabla sus instrucciones.

Cuando también él se retiró a descansar, dejando el salón con una vela en la mano para irse a dormir, Léonie permaneció allí algún tiempo, pensando, sopesando, decidiendo de qué modo podría disponer cada detalle para que todo saliera bien.

Iba a ser fuerte. No iba a permitir que sus temores se adueñasen de ella. Todo iba a salir bien. Anatole sabría herir o matar a su enemigo. Ella se negó en redondo a considerar otra posibilidad.

Pero según fueron pasando las horas de la noche se dio cuenta de que no bastaba con desearlo para que todo saliera bien.

CAPÍTULO 80

∞

Sábado, 31 de octubre

El día de la víspera de Todos los Santos amaneció frío, con un cielo rosado.

Léonie apenas había pegado ojo, de modo que sentía el peso de los minutos al pasar, como si fuera aumentando la tensión. Después del desayuno, en el que tanto ella como Anatole apenas comieron nada, pasó la mañana con Isolde.

Cuando se sentó en la biblioteca, los oyó a los dos reír, susurrar, hacer planes. La alegría de Isolde cuando estaba en compañía de su hermano despertó en Léonie una aguda conciencia de lo fácil que era arrebatar a alguien esa felicidad, de manera tanto más dolorosa.

Cuando se sumó a ellos para tomar café en el salón matinal, Anatole levantó la cabeza como si por un instante hubiera bajado la guardia. La angustia, el temor, la desdicha que vio en sus ojos la obligaron a mirar a otra parte, temerosa de que su semblante delatara todo lo que sabía.

Después del almuerzo pasaron la tarde jugando a las cartas y leyendo cuentos en voz alta, aplazando de ese modo el momento en que Isolde se retirase a echar una siesta, tal como Léonie y Anatole habían planeado con anterioridad. Hasta las cuatro de la tarde no anunció Isolde su intención de retirarse a su habitación, donde estaría descansando hasta la hora de la cena. Anatole regresó en un cuarto de hora, con la pena grabada en su rostro.

—Ya está durmiendo —dijo.

Miraron los dos el cielo de color melocotón, los últimos vestigios de los rayos del sol brillantes y diseminados tras las nubes. A Léonie por fin le fallaron las fuerzas.

—Aún no es demasiado tarde —exclamó—. Aún hay tiempo de cancelarlo. —Lo tomó de la mano—. Te lo suplico, Anatole. No sigas adelante con esto.

Él la rodeó con ambos brazos y la atrajo hacia sí, envolviéndola en el familiar aroma a madera de sándalo y al aceite que se aplicaba en el cabello.

—Sabes que ahora no puedo negarme a dar la cara, pequeña —dijo en voz baja—. Nunca terminaremos si no es así. Además, no querría yo que mi hijo creciera pensando que su padre es un cobarde. —La estrechó con más fuerza—. Y tampoco querría que eso pensara mi valerosa y leal hermanita.

—O tu hija —rectificó ella.

Anatole sonrió.

—O mi hija.

Un ruido de pasos en las baldosas de cerámica les hizo volverse a la vez.

Pascal se detuvo al pie de la escalera, con el abrigo de Anatole sobre el brazo. La expresión de su rostro delataba qué poco deseaba formar parte de aquello.

—Es la hora, *sénher* —anunció.

Léonie se le abrazó con fuerza.

—Por favor, Anatole. Por favor, no vayas. Pascal, no permitas que vaya.

Pascal miró con simpatía cómo Anatole, con amabilidad, la obligó a abrir los dedos y a soltar su brazos.

—Cuida de Isolde —le susurró—. De mi Isolde. He dejado una carta en mi vestidor por si acaso... —Calló—. Que no le falte de nada. Ni a ella ni al niño. Mantenles a salvo.

Léonie contempló con impotencia y desesperación cómo Pascal le ayudaba a ponerse el abrigo y cómo salían los dos por la puerta principal. En el umbral, Anatole se dio la vuelta. Se llevó las manos a los labios.

—Te quiero, pequeña.

Penetró en la casa una ráfaga de aire húmedo del atardecer y se cerró de golpe la puerta; se fueron. Léonie escuchó el apagado ruido que ambos hacían al aplastar la gravilla de la avenida, hasta que dejó de oírlos.

Entonces la realidad de la situación se le vino encima de lleno. Se sentó en el último peldaño, apoyó la cabeza en los antebrazos y sollozó. Salió Marieta con sigilo de las sombras, bajo la escalera. La muchacha vaciló, pero decidió mostrarse tal como era, y tomó asiento en el peldaño, junto a Léonie, rodeándola con el brazo por los hombros.

—Todo saldrá bien, *madomaisèla* —murmuró—. Pascal no permitirá que al señor le pase nada malo.

Un cálido gemido de pena, de espanto, de desesperanza, surgió de los labios de Léonie como el aullido de un animal salvaje que ha caído en una trampa. Entonces recordó que había prometido no despertar a Isolde, y acalló sus lágrimas.

El llanto remitió enseguida. Se sintió aturdida, curiosamente ajena a toda emoción. Se sintió como si algo se le hubiese atragantado. Se frotó los ojos con fuerza, con la manga.

—¿Sigue mi...? —Hizo una pausa, al comprender de pronto que ya no sabía muy bien cómo debería referirse a Isolde—. ¿Sigue mi tía durmiendo? —preguntó.

Marieta se puso en pie y se alisó el delantal. Por su manera de mirar era evidente que Pascal la había hecho partícipe de la situación.

—¿Quiere que vaya a ver si *madama* ha despertado?

Léonie negó con un gesto.

—No, déjala estar.

—¿Quiere que le traiga algo? ¿Una tisana, quizá?

Léonie también se puso en pie.

—No, gracias. Enseguida estaré perfectamente repuesta. —Sonrió—. Seguro que tienes otras cosas de las que ocuparte. Además, mi hermano necesitará comer algo tan pronto regrese. No quisiera hacerle esperar.

Por un instante, los ojos de las dos jóvenes se encontraron.

—Muy bien, *madomaisèla* —dijo al fin Marieta—. Voy a asegurarme de que la cena está lista.

Léonie permaneció un rato en el vestíbulo, escuchando los ruidos de la casa, cerciorándose de que no hubiera testigos que pudieran presenciar lo que estaba a punto de hacer. Cuando tuvo la certeza de que todo estaba en calma, subió rápidamente las escaleras pasando la mano por la balaustrada de caoba, y siguió casi de puntillas hasta llegar a su habitación.

Se sintió desconcertada al oír ruidos que procedían de la habitación de Anatole. Se quedó de una pieza y desconfió de lo que le indicaban sus sentidos, puesto que lo había visto salir de la casa casi media hora antes y en compañía de Pascal.

A punto estaba de continuar cuando se abrió la puerta e Isolde prácticamente se arrojó en sus brazos. Llevaba suelto el cabello rubio y el camisón entreabierto. Parecía desquiciada, como si la hubiera sobresaltado mientras dormía un demonio o un espectro. Léonie se fijó de pronto en la cicatriz roja que tenía en la base del cuello, y nada más verla apartó la mirada. La sorpresa que le produjo ver a su tía, siempre elegante y comedida, siempre dueña de sí misma, presa de semejante histeria, dio a su voz un tono más cortante de lo que hubiera querido.

—¡Isolde! ¿Qué te ocurre? ¿Qué ha pasado?

Isolde meneaba la cabeza de un lado a otro, como si su desacuerdo fuera violentísimo, a la vez que agitaba un papel que tenía en la mano.

—¡Léonie, se ha marchado! ¡A batirse! —exclamó—. Tenemos que impedirlo.

Léonie se quedó helada y comprendió que Isolde había encontrado antes de tiempo la carta que Anatole había dejado para ella en su vestidor.

—No podía dormir, y por eso acudí en su busca. En cambio, he encontrado esto. —Isolde calló bruscamente y miró a Léonie a los ojos—. Tú lo sabías —añadió con suavidad, calmándose de repente.

Durante un fugaz instante Léonie olvidó que en ese momento, mientras hablaba, Anatole caminaba por el bosque para batirse en duelo. Intentó sonreír a la vez que alargaba la mano para tomar a Isolde por la suya.

—Estoy al tanto de los hechos ocurridos. El matrimonio —dijo en voz baja—. Ojalá hubiese podido estar presente.

—Léonie, yo quise... —Isolde hizo una pausa—. Quisimos decírtelo.

Léonie la rodeó con ambos brazos. En el acto cambiaron sus papeles.

—¿Y sabes también que Anatole va a ser padre? —dijo Isolde casi en un susurro.

—También lo sé —confesó Léonie—. Es una noticia maravillosa.

Isolde de pronto se alejó de ella.

—¿Y también sabías que iba a acudir a ese duelo?

Léonie titubeó. Estuvo a punto de rehuir la pregunta, pero se detuvo. Bastantes falsedades habían mediado ya entre ellas. Demasiadas mentiras destructivas.

—Lo sabía —reconoció—. La carta la entregaron ayer en mano. Denarnaud y Gabignaud han ido con él.

Isolde se quedó blanca como el papel.

—En mano, has dicho —murmuró—. Entonces es que está aquí. Hasta aquí ha llegado.

—Anatole no fallará cuando tenga que disparar —afirmó Léonie con una convicción que no sentía.

Isolde alzó la cabeza y se irguió del todo.

—Tengo que ir con él.

Sorprendida por la brusquedad con que parecía haber cambiado su estado de ánimo, Léonie no supo qué contestarle.

—No. No puedes —objetó.

Isolde prefirió no hacer ni caso.

—¿Dónde tendrá lugar el enfrentamiento?

—Isolde, no te encuentras bien. Sería una estupidez tratar de ir con él.

—¿Dónde? —insistió.

Léonie suspiró.

—En un claro que hay en el hayedo. No lo sé con toda precisión.

—En donde crece el enebro silvestre. Allí hay un claro al que mi difunto esposo iba a veces a practicar el tiro.

—Puede ser. Él no dio más explicaciones.

—He de vestirme —dijo Isolde, y terminó por desembarazarse de Léonie, que aún la sujetaba.

A Léonie no le quedó más remedio que seguirla.

—Pero aunque vayamos ahora, y aun cuando encontremos el lugar preciso, Anatole se marchó con Pascal hace más de media hora.

—Si salimos ahora mismo tal vez aún podamos impedirlo.

Sin perder tiempo en colocarse el corsé, Isolde se puso el vestido gris, de paseo, y la chaqueta de campo; introdujo sus elegantes pies en unas botas, anudándose los cordones con dedos temblorosos mientras apenas lograba mantener la mirada, y acto seguido fue corriendo hacia las escaleras, con Léonie pegada a sus talones.

—¿Su adversario respetará las reglas? —preguntó Léonie de improviso, con la esperanza de que ella le diera una respuesta distinta de la que Anatole le había proporcionado antes.

Isolde se detuvo y la miró. La desesperación era evidente en sus ojos grises.

—No es... no es un hombre de honor.

Léonie la tomó de la mano, buscando en parte seguridad y en buena medida dándole consuelo, al tiempo que se le ocurrió otra pregunta.

—¿Para cuándo esperas al niño?

Por un instante, a Isolde se le dulcificó la mirada.

—Si todo va bien, en junio. Nacerá en verano.

Mientras atravesaban veloces el vestíbulo, a Léonie le dio la impresión de que el mundo había adquirido un tinte más oscuro. Cosas que habían sido familiares, objetos que había apreciado —la mesa pulida, las puertas, el piano mismo, con su taburete tapizado, en el que Léonie había colocado la partitura que encontró en el sepulcro—, parecían de pronto haberles vuelto la espalda. Parecían objetos fríos, carentes de vida.

Léonie descolgó las pesadas capas de los ganchos que había en el interior de la entrada, le pasó una a Isolde, se envolvió en la otra y abrió la puerta. El frío aire del crepúsculo le azotó las piernas como si hubiera recibido un zarpazo, adhiriéndose a sus medias, a sus tobillos. Tomó el farol ya encendido de la mesa.

—¿A qué hora está previsto que tenga lugar el duelo? —preguntó Isolde con aplomo.

—Cuando caiga la tarde —respondió Léonie—. A las seis en punto.

Miraron al cielo, de un azul oscuro en toda su inmensidad.

—Si queremos llegar a tiempo, hemos de darnos prisa —apremió Léonie—. Vamos.

CAPÍTULO 81

∞

Te quiero, pequeña —repitió Anatole para sus adentros cuando la puerta se estremeció a su espalda.

Al lado de Pascal, que sostenía en alto un farol, caminó en silencio hasta el final de la avenida, donde los estaba esperando el coche de Denarnaud.

Anatole asintió para saludar a Gabignaud, cuya expresión evidenciaba lo poco que deseaba formar parte de todo aquello. Charles Denarnaud estrechó la mano de Anatole.

—El duelista y el médico en la parte de atrás —anunció Denarnaud con voz bien clara en el aire del crepúsculo—. Su criado y yo iremos delante.

La capota iba echada. Gabignaud y Anatole entraron. Pascal, al que se veía incómodo con esa compañía, se sentó frente a ellos, con la caja alargada de las pistolas sobre el regazo.

—¿Sabe cuál es el lugar de la cita, Denarnaud? —preguntó Anatole—. La arboleda que hay al este de la propiedad, en el hayedo.

Denarnaud se asomó y dio instrucciones al cochero. Anatole oyó el restallar de las riendas y el coche arrancó con el tintineo de los arneses en el aire aquietado de la tarde.

Denarnaud era el único que estaba deseoso de conversar. Contó algunas anécdotas de duelos en los que había tomado parte, que siempre habían terminado bien, aunque fuera por muy poco, para el duelista al que él representó en calidad de padrino. Anatole comprendió que había querido tan sólo darle ánimos e infundirle tranquilidad, aunque hubiera preferido su silencio.

Iba sentado muy derecho, mirando el paisaje invernal y pensando que tal vez fuera ésa la última vez que iba a contemplar el mundo. La avenida que jalonaban los árboles estaba cubierta de escarcha. El ruido de los cascos en el terreno endurecido propagaba su eco por todo el espacio circundante. El azul cada vez más oscuro del cielo parecía centellear como un espejo cuando una pálida luna asomó en todo su esplendor.

—Éstas son mis propias pistolas —explicó Denarnaud—. Las he cargado yo mismo. La caja está sellada. Se decidirá a suertes si se emplean éstas o las de su adversario.

—Lo sé —le cortó Anatole, y lamentando la brusquedad con que lo dijo añadió—: Discúlpeme, Denarnaud. Tengo los nervios a flor de piel. Le estoy muy agradecido por la atención y el esmero que pone en todo esto.

—Siempre sale a cuenta cumplir con la etiqueta —dijo Denarnaud con una voz excesivamente alta para hallarse en el interior del coche y para la propia situación.

Anatole comprendió que también Denarnaud, a pesar de sus bravatas, estaba nervioso.

—No queremos que surja el menor malentendido. Por lo que alcanzo a saber, las cosas en París se resuelven de otro modo.

—Yo no lo creo.

—¿Se ha ejercitado, Vernier?

Anatole asintió.

—Con las pistolas de la casa.

—¿Son de su confianza? ¿Tienen un buen punto de mira?

—Hubiera preferido disponer de más tiempo —confesó.

El coche dio la vuelta y comenzó a transitar por un terreno más desigual.

Anatole quiso imaginarse a su querida Isolde tendida en la cama, con el cabello esparcido sobre la almohada, los brazos blancos y esbeltos. Pensó en los ojos verdes y brillantes de Léonie, en su manera de mirar inquisitivamente. Y pensó en la cara del niño que aún no había nacido. Intentó fijar esos rostros tan amados en su mente.

Esto lo hago por ellos.

Pero el mundo se había comprimido hasta no ser más que aquel coche que traqueteaba, la caja de madera que llevaba ahora Denarnaud sobre el regazo, la respiración rápida y nerviosa de Gabignaud a su lado.

Anatole percibió que el fiacre volvía a tomar una curva a la izquierda. Las ruedas transitaban ahora por un terreno aún más bacheado que antes. De pronto, Denarnaud dio un golpe sonoro en el lateral del coche y gritó al cochero que tomase un camino a la derecha.

El coche enfiló una senda que discurría entre los árboles y al cabo llegó a un claro. En el extremo opuesto había otro coche. Con un sobresalto, por más que supiera de antemano que era justo lo que iba a encontrarse, Anatole reconoció el escudo de Victor Constant, conde de Tourmaline, dorado sobre negro. Dos caballos bayos, con penacho y tapaojos, piafaban y golpeaban con los cascos el terreno duro y frío. Al lado vio un grupo de hombres.

Denarnaud fue el primero en bajar. Lo siguió Gabignaud, y luego Pascal con la caja de las pistolas. Por último descendió Anatole. A pesar de la distancia, a pesar de que todos los integrantes del otro grupo vestían de negro, pudo en el acto identificar a Constant. Con un estremecimiento de repugnancia también reconoció el cuero cabelludo y lleno de sarpullidos y llagas de uno de los dos hombres que lo habían atacado la noche de la revuelta en la Ópera, en el callejón Panoramas. A su lado, más bajo, con una pésima presencia, vio a un viejo soldado de aspecto disoluto, envuelto en un viejo capote de la época napoleónica. También le resultó conocido.

Anatole respiró hondo. Si bien Victor Constant había estado presente en sus pensamientos desde el día en que conoció a Isolde y se enamoró de ella, los dos hombres no habían estado juntos desde el único encontronazo que tuvieron en enero.

Le sorprendió la cólera que sintió desatarse de pronto en su interior. Apretó los puños. Era preciso tener la cabeza bien fría, no dejarse llevar por el impetuoso deseo de venganza. Pero el mundo de pronto se le quedaba demasiado pequeño. Los troncos pelados de las hayas parecían apiñarse a su alrededor.

Tropezó con una raíz y poco faltó para que cayera.

—Manténgase firme, Vernier —murmuró Gabignaud.

Anatole concentró todos sus pensamientos en sí mismo y vio a Denarnaud caminar hacia el grupo de Constant, con Pascal tras sus pasos, portando la caja de las pistolas sobre ambos brazos, igual que si fuera el féretro de un niño pequeño.

Los padrinos se saludaron formal y brevemente con una leve inclinación de cabeza, y acto seguido se alejaron hacia el centro del claro. Anatole se fijó en que Constant no apartaba sus ojos helados de él, una mirada penetrante y directa como una flecha. También reparó en que parecía no encontrarse del todo bien.

En el centro del claro del bosque, a corta distancia del lugar en que Pascal había improvisado la galería de tiro el día anterior, midieron los pasos desde los respectivos puntos en que cada uno de los duelistas habría de emplazarse. Pascal y el criado de Constant clavaron dos bastones en el terreno húmedo para delimitar ambos lugares con precisión.

—¿Cómo se encuentra? —murmuró Gabignaud—. ¿Desea que le traiga...?

—No necesito nada —contestó Anatole al punto.

Denarnaud volvió entonces.

—Lamento que hayamos perdido en el sorteo de las pistolas. —Dio a Anatole una palmada en el hombro—. Pero tengo total certeza de que eso no cambia nada. Es la puntería lo que cuenta, no el arma que uno dispare.

Anatole se sentía como si fuera un sonámbulo. A su alrededor, todo parecía amortiguado, embozado, o como si aquello le estuviera ocurriendo a otro, y no a él. Sabía que debía preocuparse por el hecho de que iba a tener que emplear las pistolas de su adversario, pero estaba completamente entumecido.

Los dos grupos se acercaron uno al otro.

Denarnaud ayudó a Anatole a despojarse del abrigo. El padrino de Constant hizo lo propio en su caso. Anatole observó cómo Denarnaud palpaba ostentosamente los bolsillos de la chaqueta de Constant, y los del chaleco, para cerciorarse de que no llevaba un libro, ni papeles, ni nada que pudiera actuar como escudo.

Denarnaud asintió, finalmente satisfecho.

—Todo en orden.

Anatole alzó los brazos mientras el padrino de Constant lo registraba para comprobar que tampoco él llevaba ningún arma oculta en su persona. Notó que el reloj le era retirado del bolsillo, y que lo soltaba de la leontina.

—¿Un reloj nuevo, monsieur? Con su anagrama, al parecer. Bonita pieza de artesanía.

En un instante reconoció esa voz ronca. Era el mismo individuo que le había robado el reloj de su padre cuando sufrió la agresión en París. Apretó los puños para contener el intenso deseo de asestarle un puñetazo.

—Déjelo —mascculló con rabia.

El hombre miró a su señor, se encogió de hombros y se alejó.

Anatole notó que Denarnaud lo tomaba por el brazo y lo conducía a uno de los dos bastones clavados en tierra.

—Vernier, éste es su sitio.

No puedo fallar.

Se le entregó una pistola. La encontró fría y pesada cuando la tuvo en la mano. Era un arma mucho mejor que las que pertenecían a su difunto tío. El cañón era largo y estaba perfectamente bruñido, y tenía las iniciales de Constant grabadas en oro en la culata.

Anatole tuvo la sensación de estar observándose a sí mismo desde una gran altura. Vio a un hombre que le recordaba mucho a él, el mismo cabello negro como el ala de un cuervo, el mismo bigote, la cara pálida, la nariz enrojecida debido al frío.

Frente a él, a unos cuantos pasos de distancia, vio con toda claridad al hombre que lo había perseguido desde París hasta el Midi.

Entonces, como si llegara de lejos, oyó una voz. De un modo tajante, con absurda rapidez, aquel trámite debía concluir.

—¿Están listos, caballeros?

Anatole asintió. Constant asintió.

—Un disparo cada uno.

Anatole alzó el brazo. Constant hizo lo propio.

De nuevo, la misma voz.

—Fuego.

Anatole no tuvo conciencia de nada: ninguna visión, ningún sonido, ningún olor. Experimentó una total ausencia de emociones. Creyó no haber hecho nada, si bien los músculos de su brazo se contrajeron, sus dedos apretaron el gatillo y oyó un chasquido al levantarse el percutor.

Vio el destello de la pólvora en el cañón y el penacho de humo en el aire. Dos trallazos propagaron sus ecos por la arboleda. Los pájaros alzaron el vuelo en las copas de los árboles de alrededor, batiendo las alas con frenesí, presa del pánico de la huida.

Anatole se quedó sin aire en los pulmones. Le fallaron las piernas. Cayó, se sintió caer, hincarse de rodillas en la tierra dura, pensando en Isolde y en Léonie, y acto seguido el calor se propagó por el pecho, como si fuese por efecto de un ungüento, de un baño caliente, de algo que se filtró por todo su cuerpo helado.

—¿Le ha dado?

¿Fue quizá la voz de Gabignaud? Tal vez no lo fuera.

Figuras siniestras se apiñaron a su alrededor, ninguna identificable ya, ni Gabignaud ni Denarnaud, sino tan sólo un bosque de pantalones negros, o a rayas grises, manos enfundadas en gruesos guantes de piel, botas recias. Entonces oyó algo. Un chillido despavorido, su nombre suspenso con tintes de agonía y desesperación en el aire helado.

Cayó de costado a tierra. Estaba soñando que oía la voz de Isolde llamarle. Pero casi en ese mismo instante comprendió que también los otros oían los gritos. El gentío que lo rodeaba se alejó de él y dejó espacio suficiente para que la viera correr hacia él desde los árboles, con Léonie pisándole los talones.

—No. ¡Anatole, no! —gritaba Isolde—. ¡No!

En ese instante, otra cosa le llamó la atención, algo situado fuera de su campo visual. Se le estaban oscureciendo los ojos. Quiso sentarse, pero un agudísimo dolor en el costado, como una puñalada, lo dejó sin resuello. Alargó la mano, sólo que sin fuerza, y comprendió que había caído en tierra.

Todo empezó a moverse a cámara lenta. Anatole comprendió inmediatamente lo que iba a suceder. Al principio, sus ojos se negaron a aceptarlo. Denarnaud había comprobado que se cumpliesen escrupulosamente las reglas del duelo. Un disparo cada uno, y nada más que uno. Y, sin embargo, mientras él miraba, Constant dejó caer al suelo la pistola que había empleado en el duelo, introdujo la mano en la chaqueta y sacó otra arma, un arma tan pequeña que el cañón le cabía entre el índice y el dedo corazón. Con el brazo continuó el movimiento, un arco ascendente, y acto seguido se volvió a su derecha y disparó.

Un segundo disparo, cuando lo pactado era que sólo hubiera sido uno.

Anatole dio un grito. Por fin tenía voz. Pero ya era tarde.

El cuerpo de ella se detuvo en seco, como si momentáneamente pendiese del aire, y fue entonces propulsado hacia atrás por la potencia de la bala. Se le pusieron los ojos como platos primero por la sorpresa. Luego por el sobresalto, después por el dolor. Él la vio caer. Al igual que él, había terminado por tierra.

Anatole sintió que un grito le desgarraba el pecho. A su alrededor, todo era un caos, un griterío, un pandemónium. Y en medio de todo ello, aunque era sencillamente imposible que así fuera, le pareció oír con claridad la risa de alguien. Se le desdibujó la visión. El negro ocupó el lugar del blanco, despojando de color el mundo entero.

Fue lo último que oyó antes de que la oscuridad se cerrase sobre él.

CAPÍTULO 82

∞

Un alarido desgarró el aire en el claro. Léonie lo oyó a ciencia cierta, pero no se dio cuenta de que ese grito había salido de sus propios labios.

Por un instante se quedó clavada en donde estaba, incapaz de aceptar la certeza de lo que estaba viendo con sus propios ojos. Se imaginó que se trataba de un decorado en un escenario, y que la arboleda y cada una de las personas que en ella se encontraban se hallaban ancladas en el tiempo por medio de pintura y pincel o del objetivo de una cámara. Inerte, inmóvil, una imagen de postal en la que aparecían seres reales, seres de carne y hueso.

De súbito, el mundo volvió a ser el que era. Léonie miró la oscuridad y la verdad dejó impresa en su alma su sangrienta huella.

Isolde yacía sobre la tierra húmeda, con el vestido gris manchado de rojo.

Anatole intentó incorporarse sobre un brazo, con el rostro contorsionado por el dolor, antes de hundirse en tierra. Gabignaud se había agachado junto a él.

Lo más sorprendente fue el rostro del asesino de ambos. El hombre al que tanto temía Isolde, el hombre al que tanto detestó Anatole, se había revelado ante sus ojos.

Léonie se quedó helada. Verle, estar tan cerca de él, terminó con el último ápice de valentía que pudiera quedarle.

—No —susurró.

La culpa, cortante como el cristal, traspasó sus frágiles defensas. La humillación, seguida de cerca por la ira, la asoló como el río que desborda las protecciones de la orilla. Allí mismo, a dos pasos de ella, se encontraba el hombre que había ocupado por completo sus pensamientos más íntimos, el hombre con el que había soñado desde el viaje a Carcasona. Victor Constant.

¿Era acaso ella quien lo había conducido hasta allí?

Léonie levantó aún más el farol, hasta ver con toda claridad el escudo en el lateral del coche que se encontraba a cierta distancia, en un lado del claro, aunque no necesitara esa confirmación de que se trataba en efecto de él.

La rabia, repentina, violenta y absoluta, se apoderó de ella por completo. Insensible, ajena a su propia seguridad, se lanzó desde la sombra de los árboles y corrió hacia el grupo de hombres que se encontraba alrededor de Anatole y Gabignaud.

El médico parecía paralizado. La sorpresa ante lo acontecido le había privado de la capacidad de actuar. Se inclinó hacia delante tan rápido que por poco perdió pie, a la vez que miraba atónito a Victor Constant y a sus hombres, y luego, pasmado, a Charles Denarnaud, que era quien había comprobado el estado de las armas y había proclamado que se cumplían a rajatabla las condiciones necesarias para que tuviese lugar el duelo.

Léonie llegó antes a Isolde. Se arrojó al suelo, a su lado, y levantó su capa. La tela gris de su vestido estaba empapada de rojo por el costado izquierdo, como una obscena flor de invernadero. Léonie se quitó el guante y retiró la manga de Isolde para buscarle el pulso. Era tenue, pero latía. Aún quedaba algo de vida en sus venas.

Rápidamente palpó con ambas manos el cuerpo postrado de Isolde y comprendió que la bala la había alcanzado en el brazo. Si no perdía demasiada sangre, seguramente sobreviviría a la herida.

—Doctor Gabignaud, rápido —exclamó—. Ayúdela. ¡Pascal!

Sus pensamientos se precipitaron entonces hacia Anatole. Una tenue nube de blanco aliento en su boca y en su nariz, a la escasa luz del crepúsculo, le habría dado la esperanza de que no estuviese mortalmente herido.

Se puso en pie y dio un paso hacia su hermano.

—Le agradeceré que se quede donde está, mademoiselle Vernier. Y usted también, Gabignaud. No se mueva.

La voz de Constant la obligó a detenerse. Sólo en ese instante se percató Léonie de que aún tenía en la mano el arma, con el dedo en el gatillo, listo para disparar, y sólo entonces comprendió que no era una pistola de duelo. En realidad, al verla, identificó la marca Le Protector, un arma ideada para llevarla en el bolsillo o en un bolso de señora.

Su madre poseía un arma como ésa.

Le quedaban más balas.

Léonie se sintió avergonzada de sí misma por haber imaginado las lindezas que él le habría susurrado al oído. Por haberle dado pie, sin ninguna modestia, sin pensar en su reputación, para que él le prodigase sus atenciones.

Y fui yo quien lo guió hasta ellos.

La culpa se abatió sobre ella con la fuerza del viento y la tempestad que con tanto ímpetu habían sacudido el Domaine de la Cade. Pero se esforzó sin embargo por no perder los estribos y conservar la calma.

Levantó el mentón y lo miró a los ojos.

—Monsieur Constant —dijo ella, y su apellido fue como el veneno en su lengua.

—Mademoiselle Vernier —replicó él sin dejar de apuntar a Gabignaud y Pascal—. Qué placer tan inesperado. Nunca hubiera pensado que Vernier pudiera exponerla a usted a semejante situación.

Su mirada viajó veloz a Anatole, tendido en tierra, y volvió con la misma velocidad a Constant.

—Estoy aquí por decisión propia —dijo.

Constant sacudió la cabeza. Su criado se adelantó seguido por el desastrado soldado, en quien Léonie reconoció al mismo individuo que la había seguido con ojos impertinentes cuando paseaba por la Cité medieval de Carcasona. Desesperada, comprendió que Constant no había dejado ningún cabo suelto.

Los dos hombres sujetaron a Gabignaud y le inmovilizaron los brazos a la espalda a la vez que dejaban caer su farol al suelo. Léonie oyó los cristales hacerse añicos y vio apagarse la llama con un siseo en las hojas mojadas que cubrían el suelo. Sin que tuviera tiempo de entender lo que estaba ocurriendo, el más alto de los dos sacó una pistola de debajo del capote, la oprimió contra la sien de Gabignaud y le descerrajó un tiro.

La fuerza del impacto levantó en vilo a Gabignaud. Le reventó la cabeza por la parte posterior, rociando de sangre y huesos astillados a su ejecutor. Su cuerpo tuvo un espasmo, y otro, hasta quedar inmóvil.

Qué poco tiempo se tarda en asesinar a un hombre, en amputar el alma de su cuerpo.

Ese pensamiento entró y salió de su mente a la misma velocidad que la bala en la cabeza de Gabignaud. Léonie se llevó ambas manos a la boca, tapándosela con fuerza, conteniendo la náusea que la acometía, y terminó por doblarse en dos y vomitar sobre la tierra mojada.

Por el rabillo del ojo vio que Pascal daba un pequeño paso atrás, y otro más. No dio crédito a la idea de que se preparase para huir. Nunca había puesto en duda su lealtad y su firmeza inquebrantable, aunque en esos instantes sin duda sería comprensible que optase por tratar de salvar el pellejo.

Pascal logró entonces que ella le mirase a los ojos, y en su mirada captó en un instante cuáles eran sus intenciones.

Léonie se armó de valor y se volvió hacia Charles Denarnaud.

—Monsieur —dijo en voz alta, con la intención de despistarlos—, me asombra ver en usted a un aliado de este individuo. Será usted condenado en cuanto se conozca la mala fe con que actuó.

Él la miró con una sonrisa de complacencia.

—¿Y qué boca es la que va a acusarme, mademoiselle Vernier? Aquí no hay nadie más que nosotros.

—Cállese usted —le ordenó Constant.

—¿Es que no tiene ninguna consideración por su hermana —le desafió Léonie—, por su familia? ¿Es capaz de deshonrarla de semejante manera?

Denarnaud se dio una palmada en el bolsillo.

—El dinero habla más alto y durante mucho más tiempo.

—Denarnaud, ¡ya basta!

Léonie miró un instante a Constant y reparó por vez primera en que parecía tener un permanente temblor sobre todo en la cabeza y en el cuello, como si realmente le resultase difícil controlar sus movimientos. Pero entonces vio que Anatole movía el pie sin levantarlo del suelo.

¿Estaba todavía vivo? ¿Era posible que viviera? El alivio que sintió en su pecho dejó paso de inmediato al temor. Si aún estaba vivo, sólo seguiría estándolo en la medida que Constant creyera que había muerto.

Había caído la noche. Aunque el farol del médico se había hecho añicos, los otros proyectaban desiguales charcos de luz amarillenta sobre el terreno.

Léonie se armó de valor para dar un paso en dirección al hombre al que había creído que amaba.

—¿De veras vale la pena, monsieur? ¿Vale la pena la condenación de su espíritu? ¿Por qué causa? ¿Por celos, por venganza? Salta a la vista que no es por honor. —Aún dio un paso más, esta vez ligeramente hacia un lado, con la esperanza de proteger de ese modo a Pascal—. Permítame hacerme cargo de mi hermano. Y de Isolde.

Estaba ya a distancia suficiente para ver con bastante claridad la expresión de desprecio que se había dibujado en el rostro de Constant. No pudo dar crédito a lo que sabía: que alguna vez le parecieron sus rasgos faciales nobles y distinguidos. Era a todas luces un ser provecto, la vileza en persona, reflejada en la crueldad de la boca y unas pupilas que no eran sino cabezas de alfiler en unos ojos amargados. Le inspiró repugnancia.

—No se encuentra usted en situación de dar órdenes, mademoiselle Vernier. —Volvió la cabeza hacia donde estaba tendida Isolde, envuelta en su propia capa—. Y la muy furcia... Con un solo disparo le ha bastado y le ha sobrado. Lástima. Me hubiera gustado verla sufrir todo lo que ella me ha hecho sufrir a mí.

Léonie miró a sus ojos azules sin parpadear.

—Ahora ya no está a su alcance —dijo ella, y la mentira acudió sin titubeos a sus labios.

—Me tendrá que perdonar, mademoiselle Vernier, si no le tomo la palabra en eso que acaba de decir. Además, no veo una sola lágrima en sus mejillas. —Miró de reojo el cuerpo de Gabignaud—. Tiene usted unos nervios capaces de soportarlo todo, pero dudo mucho que tenga tan endurecido el corazón.

Vaciló como si se dispusiera a asestar el golpe de gracia. Léonie sintió que su cuerpo se ponía en tensión, a la espera del disparo que sin duda había de ir dirigido a ella. Se dio cuenta de que Pascal estaba ya casi listo para entrar en acción. Le costó un gran esfuerzo no mirar hacia donde se encontraba.

—A decir verdad —dijo Constant—, su carácter me recuerda mucho a su señora madre.

Todo se aquietó de pronto, como si el mundo entero contuviera la respiración. Las nubes blancas, el frío que se respiraba en el aire de la noche, el temblor del viento en las ramas desnudas de los árboles, el susurro en los matorrales de enebro. Por fin recuperó Léonie la facultad del habla.

—¿Qué quiere decir? —preguntó. Cada palabra parecía caer como gotas de plomo en el aire frío.

Percibió la satisfacción que sentía él. Surgía de su interior como el hedor que despide una curtiduría, acre, penetrante.

—¿Todavía no está al corriente de lo que le ha ocurrido a su madre?

—¿Qué está usted diciendo?

—En París no se ha hablado de otra cosa, se lo aseguro —dijo Constant—. Tengo entendido que ha sido uno de los más espantosos asesinatos con que la ramplona mentalidad de los gendarmes del octavo *arrondissement* ha tenido que vérselas desde hace mucho tiempo.

Léonie dio un paso atrás, como si la acabase de abofetear.

—¿Ha muerto?

Le castañetearon de pronto los dientes. Percibió la verdad de lo que había afirmado Constant en el silencio que sobrevino, pero en lo más profundo de su ser no pudo aceptarla. De no ser así, habría perdido el equilibrio, habría caído al suelo allí mismo. Y durante todo ese tiempo se iban debilitando minuto a minuto Isolde y Anatole.

—No le creo —logró decir a duras penas.

—Ah, sí que me cree, mademoiselle Vernier. Lo veo en su rostro. —Bajó el brazo, con lo que dejó de apuntar a Léonie por un momento. Ella dio un paso atrás. A su espalda, notó que Denarnaud cambiaba de posición, se acercaba a ella y le cerraba el paso. Delante, Constant también avanzó hacia ella, reduciendo rápidamente la distancia que los separaba. Entonces, por el rabillo del ojo vio a Pascal agacharse y empuñar las pistolas de la caja que habían traído de la casa y que no se habían utilizado.

—¡Atención! —le gritó.

Léonie actuó sin vacilar, arrojándose al suelo a la primera, justo cuando un disparo silbó por encima de su cabeza. Denarnaud cayó al suelo, alcanzado por la espalda.

Constant replicó en el acto, disparando hacia la oscuridad y sin dar en el blanco. Léonie oyó los movimientos de Pascal en la maleza, y comprendió que iba a dar un rodeo para aparecer por detrás de Constant.

Por orden de Constant, el viejo soldado ya avanzaba hacia donde se encontraba Léonie. El otro individuo había echado a correr hacia donde terminaba la arboleda, buscando a Pascal y disparando al azar.

—¡Está aquí! —gritó en dirección a su señor.

Constant volvió a disparar. Tampoco acertó esta vez.

De pronto, el sonido de unos pasos a la carrera fue llegando hasta ellos.

Léonie alzó la cabeza en dirección al punto del que venía el ruido y oyó gritos.

—*¡Arèst!*

Reconoció la voz de Marieta, que gritaba en la oscuridad junto con otras voces. Entornó los ojos y llegó a ver el resplandor de varios faroles que se iban acercando, y que aumentaba a la vez que oscilaba en la negrura. El chico del hortelano, Émile, entró corriendo en el claro por el extremo opuesto. Llevaba una antorcha en una mano y un bastón en la otra.

Léonie vio que Constant se hacía cargo de la situación. Disparó, pero el muchacho fue más rápido, y se coló detrás del tronco de un haya para protegerse. Constant levantó el brazo, de frente, y disparó a la oscuridad. Léonie vio que el odio le contraía la cara en el momento en que se dio la vuelta y descargó dos balazos en el torso de Anatole.

Léonie dio un alarido.

—¡No! —exclamó, y avanzó desesperada a rastras, por el terreno embarrado, hacia donde se encontraba tendido su hermano—. ¡No!

Los criados, unos ocho en total, incluida Marieta, llegaron a la carrera.

Constant no esperó más. Echándose la capa por encima, emprendió la marcha internándose en la arboleda, en las sombras, camino de donde estaba su fiacre ya listo para marchar.

—No hay testigos —dijo.

Sin mediar palabra, su criado se volvió y disparó un tiro que acertó a dar en la cabeza del viejo soldado. Por un instante, el rostro del moribundo fue la viva expresión de la perplejidad. Cayó entonces de rodillas y luego de bruces.

Pascal salió de las sombras y disparó la otra pistola. Léonie vio tropezar a Constant, vio que cedían sus piernas, pero siguió caminando, alejándose de la arboleda. En medio del desconcierto y el caos, oyó cerrarse de golpe las puertas del coche, tintinear los arneses y golpetear las lámparas en los costados a la vez que el fiacre desaparecía en el bosque, subiendo la colina, en dirección al portón de la parte posterior de la finca.

Marieta ya se ocupaba de atender a Isolde. Léonie notó que Pascal llegaba corriendo hasta arrodillarse a su lado. Se le escapó un sollozo. Se puso en pie trabajosamente y avanzó los últimos metros que la separaban de su hermano.

—¿Anatole? —susurró. Tensó el brazo en torno a sus anchos hombros, lo sacudió y quiso despertarlo—. Anatole, por favor...

La quietud del momento pareció ahondarse.

Léonie agarró el grueso tejido del abrigo de Anatole para darle la vuelta. Contuvo la respiración. Cuánta sangre encharcada en el suelo, allí donde había estado tendido, y en los horribles orificios por los que habían penetrado las balas. Acunó su cabeza en sus brazos y le apartó el cabello de la cara. Le miró a los ojos. Los tenía completamente abiertos, pero la vida se había apagado en ellos.

CAPÍTULO 83

∞

Después de que Constant se diera a la fuga, la arboleda se despejó rápidamente.

Con ayuda de Pascal, Marieta condujo a Isolde, prácticamente inconsciente, hasta el coche de Denarnaud, para así llevarla de vuelta a la mansión. Aunque la herida que tenía en el brazo no era grave, sí había perdido mucha sangre. Léonie le habló en todo momento, pero Isolde no respondió. Se dejó conducir, pero era como si no conociera a nadie, como si no reconociera nada. Estaba todavía en el mundo, pero alejada de él.

Léonie tenía frío y temblaba, el cabello y la ropa impregnados del olor de la sangre, de la pólvora y la tierra húmeda, pero se negó a separarse de Anatole. El chico del hortelano y unos mozos de los establos construyeron un improvisado ataúd con sus abrigos y los palos que habían utilizado como armas, con las que habían puesto en fuga a Constant y a sus hombres. Transportaron a hombros el cuerpo de Anatole y así atravesaron los terrenos, las antorchas encendidas en medio del aire negro y frío. Léonie, una doliente solitaria en un funeral no anunciado, los seguía cabizbaja. Otros portaban el cuerpo del doctor Gabignaud. Habría que enviar después la carreta para recoger los cuerpos del viejo soldado y del traidor Denarnaud.

La noticia de la tragedia que se había abatido sobre el Domaine de la Cade ya comenzaba a propagarse cuando Léonie regresó a la casa. Pascal había despachado un recadero a Rennes-le-Château para informar a Bérenger Saunière de lo ocurrido y solicitar su presencia. Marieta había mandado recado a Rennes-les-Bains para contar con los servicios de la mujer que se encargaba de acompañar a los moribundos y amortajar a los difuntos.

Llegó madame Saint-Loup con un chiquillo que portaba una bala de algodón que lo doblaba en tamaño. Cuando Léonie se acordó de pactar el coste de los servicios con la mujer, se le informó de que su salario ya lo había cubierto su vecino, monsieur Baillard. Su amabilidad, su generosidad, arrancó más lágrimas de los extenuados ojos de Léonie.

Los cuerpos fueron colocados en el comedor. Léonie contempló enmudecida e incrédula cómo madame Saint-Loup llenaba un cuenco de porcelana con el agua de una botella de cristal que había traído consigo.

—Agua bendita, *madomaisèla* —murmuró en respuesta a la pregunta que Léonie no llegó a formular. En el agua introdujo una rama de madera de boj, prendió dos velas aromáticas, y comenzó a recitar las plegarias por los muertos.

El chiquillo quedó cabizbajo.

—*Peyre Sant,* Padre Santo, toma a tu siervo...

Las palabras de los rezos, mezcla de nuevas y viejas tradiciones, fueron anegándola y, sin embargo, Léonie no sintió nada. No tuvo la percepción de que la gracia descendiera del cielo, no encontró la paz en la defunción de Anatole, no entendió que ninguna luz entrase en el alma y que la incluyese en un círculo común. No hubo consuelo, no halló poesía en las ofrendas de la anciana mujer, sino tan sólo una pérdida inmensa que se propagaba en su propio eco.

Madame Saint-Loup calló. Con un gesto indicó al chiquillo que le pasara unas tijeras grandes de su bolso, y comenzó a cortar la ropa de Anatole, empapada en sangre. La tela estaba apelmazada, sucia por las heridas y por el contacto con la tierra, y el proceso resultó minucioso y difícil.

—*Madomaisèla?*

Entregó a Léonie dos sobres que había sacado de los bolsillos de Anatole. El papel plateado y el negro escudo de armas en la carta de Constant. La segunda, con matasellos de París, estaba sin abrir. Las dos tenían los bordes teñidos de rojo, como si alguien hubiera pintado un filete herrumbroso sobre la densa trama del papel.

Léonie abrió la segunda carta. Era una notificación oficial en la que la *gendarmerie* del octavo *arrondissement* procedía a informar a Anatole del asesinato de su madre, acaecido en la noche del domingo 20 de septiembre. No se había detenido a ningún criminal por este asesinato. La carta la firmaba un tal inspector Thouron y había llegado tras pasar por sucesivas direcciones antes de localizar por fin a Anatole en Rennes-les-Bains.

En la carta se le requería que se pusiera en contacto con la policía tan pronto le fuera posible. Léonie estrujó la hoja en su puño helado. No había puesto en duda ni siquiera por un instante las crueles palabras de Constant, las que le arrojó a la cara en la arboleda tan sólo una hora antes, aunque sólo en esos instantes, con las palabras oficiales en negro sobre blanco, sólo entonces aceptó la verdad de los hechos. Su madre había muerto. Y llevaba muerta más de un mes.

Esta circunstancia, el que a su madre nadie la hubiera llorado, nadie la hubiera reclamado, laceró el desolado corazón de Léonie. Sin Anatole a su lado, esas cuestiones recaerían ahora en ella. ¿Con quién más podía contar?

Madame Saint-Loup comenzó a limpiar el cuerpo, secando la cara y las manos de Anatole con tal ternura que a Léonie le dolió presenciar la operación. Por fin colocó sobre la mesa varias sábanas de lino, cada una de ellas amarillenta y recorrida por unas puntadas hechas con hilo negro, como si hubieran prestado ese mismo servicio en muchas otras ocasiones.

Léonie no soportó seguir presenciándolo.

—Mándeme aviso cuando llegue el abad Saunière —susurró, y se marchó de la estancia, dejando a la mujer la macabra tarea de introducir el cuerpo de Anatole en su sudario y coserlo luego.

Despacio, como si las piernas se le hubieran vuelto de plomo, Léonie subió las escaleras y se encaminó a la habitación de Isolde. Marieta estaba junto a su señora. Un médico al que Léonie no reconoció, con sombrero de copa negro y cuello rígido, había llegado del pueblo en compañía de una enfermera con aire de matrona y vestida con un delantal blanco almidonado. Eran empleados de los Baños Termales, y también los había hecho venir monsieur Baillard.

Cuando Léonie entró en el dormitorio, el médico estaba administrando un sedante a la paciente. La enfermera había recogido la manga de Isolde y el médico introdujo la aguja de su gruesa jeringuilla plateada en su delgado brazo.

—¿Cómo se encuentra? —susurró Léonie a Marieta.

La criada dio una leve sacudida con la cabeza.

—Lucha por seguir con nosotros, *madomaisèla.*

Léonie se acercó más a la cama. Incluso a ella, a pesar de su inexperiencia, le resultaba evidente que Isolde pendía de un hilo entre la vida y la muerte. La consumía una fiebre alta, que no remitía. Léonie se sentó y la tomó de la mano. Las sábanas, bajo Isolde, estaban empapadas y hubo que cambiarlas. La enfermera colocó gasas de lino frías para aplacar el ardor de su frente, aunque le refrescaban la piel sólo un momento.

Al surtir efecto la droga que el médico le había administrado, el calor dejó paso al frío y el cuerpo de Isolde se estremeció bajo el cobertor como si sufriera el baile de san Vito.

Los enfebrecidos e involuntarios recuerdos de la violencia que había presenciado quedaron para Léonie en segundo plano debido a su inquietud por la salud de Isolde. E igual sucedió con el peso abrumador de la pérdida, que amenazaba con aplastarla por poco que se pusiera a pensar. Su madre había muerto. Anatole estaba muerto. La vida de Isolde y la de su futuro hijo pendían de un hilo.

Ascendió la luna en el cielo. Era la víspera de Todos los Santos.

Poco después de dar el reloj las once, llamaron a la puerta y apareció Pascal.

—*Madomaisèla* Léonie —dijo en voz baja—. Hay ahí... unos hombres que vienen a verla.

—¿El sacerdote? ¿Ha llegado el abad Saunière? —preguntó.

—Monsieur Baillard —respondió—. Y también la policía.

Despidiéndose del médico no sin antes prometer a Marieta que regresaría en cuanto pudiera, Léonie salió de la habitación y siguió velozmente a Pascal por el pasillo.

En lo alto de la escalera se detuvo y miró la colección de sombreros de copa y de gabanes reunidos en el vestíbulo. Dos de ellos llevaban el uniforme de un gendarme parisino y un tercero vestía un deslustrado modelo provinciano del mismo. En aquel bosque de vestimentas negras, sombrías, vio un traje blanco que llevaba una figura delgada.

—Monsieur Baillard —exclamó, y bajó las escaleras hasta cogerle las manos entre las suyas —. Cuánto me alegro de que haya venido. —Lo miró—. Anatole...

Se le quebró la voz. Fue incapaz de pronunciar las palabras.

Baillard asintió.

—He venido a rendir mis respetos —dijo él con gran formalidad, y bajó la voz para que el resto de los presentes no le oyeran—. ¿Y madame Vernier? ¿Cómo se encuentra?

—Bastante mal. Si acaso, en estos momentos su estado de ánimo es motivo de mayor preocupación para el médico que las consecuencias mismas de su herida. Aunque es importante asegurarse de que no se le produzca ninguna infección, la bala tan sólo le rozó la cara interna del brazo. —Léonie calló bruscamente, dándose cuenta sólo en ese instante de lo que había dicho monsieur Baillard—. ¿Sabía usted que estaban casados? —le preguntó en un susurro—. Pero si yo no... ¿Cómo es que...?

Baillard se llevó el dedo índice a los labios.

—Ésta no es una conversación adecuada con esta compañía. —Sonrió y elevó la voz—. Por pura casualidad, *madomaisèla* Léonie, estos caballeros y yo nos hemos encontrado por el camino del Domaine de la Cade. Mera coincidencia.

El más joven de los dos oficiales se quitó el sombrero y dio un paso al frente. Tenía unas pronunciadas ojeras, como si llevara días sin dormir.

—Inspector Thouron —se presentó, y le tendió la mano—. De París, de la comisaría del octavo *arrondissement.* Mis condolencias, mademoiselle Vernier. Además, lamento mucho ser el portador de malas noticias. Peor aún, noticias ya viejas. Desde hace algunas semanas ando en busca de su hermano para informarle, y a usted también, como es natural, de...

Léonie extrajo la carta del bolsillo.

—No se moleste, señor inspector —dijo ella en tono apagado—. Estoy al corriente de la muerte de mi madre. Esta carta llegó ayer mismo, bien es verdad que tras dar muchos rodeos. Además, esta misma noche, Vic...

Calló, pues no deseaba nombrarlo.

Thouron entornó los ojos.

—Ha sido sumamente difícil dar con el paradero de su difunto hermano y de usted —dijo él.

Léonie fue consciente de la agilidad mental, de la inteligencia que se percibían tras su apariencia desarreglada y su rostro de cansancio.

—Y a la luz de... de la tragedia acaecida esta noche, no puedo por menos que preguntarme si tal vez lo ocurrido en París hace un mes y lo sucedido aquí esta noche no tendrán en cierto modo alguna relación.

Léonie lanzó una mirada a monsieur Baillard, y luego al hombre de mayor edad que se encontraba junto al inspector Thouron. Tenía el cabello con bastantes canas, los rasgos marcados y la tez morena característicos de los nativos del Midi.

—Todavía no me ha presentado usted, inspector Thouron, a su colega —interrumpió ella con la esperanza de aplazar todavía un poco la conversación formal que debían entablar.

—Perdóneme. Le presento al inspector Bouchou, de la *gendarmerie* de Carcasona. Bouchou me ha sido de gran ayuda para localizarles a ustedes.

Léonie miró alternativamente al uno y al otro.

—Disculpe, inspector Thouron, pero no lo entiendo. ¿Usted envió una carta desde París, a pesar de lo cual ha venido en persona? Y ha llegado esta noche. ¿Cómo es eso?

Los dos hombres cruzaron una mirada.

—Caballeros, ¿me permiten sugerir —dijo Audric Baillard en voz baja, aunque con un tono de autoridad que no dejó el menor margen al desacuerdo— que continuemos esta conversación en donde podamos gozar de mayor privacidad?

Léonie notó el tacto de Baillard, sus dedos en el brazo, y comprendió que era ella quien debía tomar una decisión.

—Hay un fuego encendido en el salón —dijo.

El reducido grupo atravesó el suelo ajedrezado del vestíbulo y Léonie abrió la puerta.

El recuerdo de Anatole que le dio de lleno nada más entrar tuvo tanta fuerza que poco faltó para que perdiera el conocimiento. Mentalmente lo vio de pie ante el fuego de la chimenea, con los faldones de la chaqueta levantados, para que el calor de las llamas le llegara bien a la espalda, y el cabello reluciente. O bien junto al ventanal, con un cigarrillo entre los dedos, charlando con el doctor Gabignaud durante la noche de la cena de gala. O inclinado sobre el tapete verde de la mesa de cartas, bromeando mientras Isolde y ella jugaban una partida al veintiuno. Parecía de algún modo estar presente en cada rincón de la estancia, aunque Léonie no lo hubiera sabido hasta ese instante.

Fue monsieur Baillard quien invitó a los policías a tomar asiento y la condujo a ella a la esquina de la *chaise longue*, donde se sentó como si estuviera medio dormida. Él se quedó de pie tras ella.

Thouron explicó la secuencia de los acontecimientos, tal como los habían reconstruido, de la noche en que su madre fue asesinada, el 20 de septiembre. Refirió el hallazgo del cadáver, los pasos dados por la investigación hasta llevarles a la pista de Carcasona, y de ahí a Rennes-les-Bains.

Léonie escuchó sus palabras como si le llegasen desde muy lejos. No era capaz de entenderlas. Aun cuando fuera su madre a quien se refería Thouron —y aunque había querido a su madre—, la pérdida de Anatole había levantado un muro de piedra en torno a su corazón, un muro que impedía que le llegase ninguna otra emoción. Tiempo tendría para llorar la muerte de Marguerite. Y también para lamentar de corazón el fallecimiento del bondadoso y honorable doctor. Pero por el momento no había nada, nada, salvo Anatole, y la promesa que había hecho a su hermano, la promesa de proteger a su esposa e hijo, lo que encontraba lugar en su ánimo.

—Así las cosas —Thouron estaba próximo a concluir—, el conserje reconoció que se le había pagado para interceptar toda la correspondencia que llegase. La criada de los Debussy confirmó que también ella había visto al hombre que rondaba por la calle Berlin los días previos y los días posteriores... al suceso. —Thouron hizo una pausa—. Efectivamente, de no ser por la carta que su difunto hermano escribió a su señora madre, dudo mucho que la hubiésemos localizado a usted.

—¿Se ha identificado al individuo, Thouron? —inquirió Baillard.

—No sabemos su nombre, pero sí qué aspecto físico tiene. Un individuo de aspecto malcarado. Una tez que parece que la tenga en carne viva, sin cabello apenas. El cuero cabelludo marcado por unos eccemas enrojecidos, irritados.

Léonie dio un respingo. Los tres pares de ojos la miraron a la vez.

—¿Usted lo conoce, mademoiselle Vernier? —inquirió Thouron.

Resurgió la imagen en la que él ponía el cañón de su arma en la sien del doctor Gabignaud y apretaba el gatillo. La explosión de los huesos, la sangre que manchó la tierra en el bosque.

Respiró hondo.

—Es el criado de Victor Constant —afirmó ella.

Thouron cruzó otra mirada con Bouchou.

—¿Se refiere al conde de Tourmaline?

—Disculpe, ¿cómo dice?

—Es el mismo hombre: Constant, Tourmaline... Cambia de nombre en función de las circunstancias, o según con quién se encuentre.

—Él me dio su tarjeta de visita —dijo ella con un hilillo de voz—. Victor Constant. —Notó y agradeció la presión de la mano de Audric Baillard en el hombro, y se sintió más reconfortada—. ¿Es el conde de Tourmaline sospechoso en todo este asunto, inspector Thouron? —inquirió.

El policía tuvo un momento de vacilación, pero al estar convencido de que no iba a beneficiarse en nada con la ocultación, terminó por asentir.

—También él, según descubrimos, viajó de París al Midi unos días después de que lo hiciera el difunto monsieur Vernier.

Léonie no le escuchó. Tan sólo atinó a pensar en el modo en que le dio un vuelco el corazón cuando Victor Constant la tomó de la mano. El modo en que tuvo bien guardada su tarjeta de visita, engañando a Anatole. El modo en que, en su imaginación, le había permitido a él gozar de su compañía durante el día entero, y durante la noche en su cama.

Era ella quien le había guiado hasta donde estaban. Por su culpa había muerto Anatole.

—Léonie —le preguntó Baillard con toda amabilidad—. ¿Era Constant el hombre del cual huía madame Vernier? ¿El mismo con quien el *sénher* Anatole se batió en duelo esta noche?

Léonie contestó a duras penas.

—Era él —asintió con una voz apagada.

Baillard atravesó la sala para llegar a una mesa redonda en donde estaban los licores, y sirvió a Léonie una copa de coñac. Volvió.

—A juzgar por sus expresiones, caballeros —dijo, y obligó a Léonie a tomar la copa entre sus dedos helados—, ese individuo les resulta conocido.

—En efecto —confirmó Thouron—. En varias ocasiones salió a relucir su nombre a lo largo de las pesquisas, pero nunca tuvimos pruebas suficientes para relacionarlo con el crimen. A lo que se ve, parece haber orquestado una venganza contra monsieur Vernier, una campaña inteligente y artera, hasta que estas últimas semanas empezó a ser más descuidado.

—O más arrogante —precisó Bouchou—. Hubo un incidente en una... casa de lenocinio, en el *quartier* Barbès, en Carcasona, a resultas del cual quedó una muchacha desfigurada.

—Creemos que su conducta, cada vez más imprevisible, se debe en parte incontenible progreso de su... de su enfermedad. Sin duda ha comenzado a afectarle el cerebro.

Thouron se interrumpió y pronunció la palabra de manera que Léonie no la oyera.

—Sífilis.

Baillard salió de detrás del diván y tomó asiento junto a Léonie.

—Dígale al inspector Thouron todo cuanto sabe —le pidió, y la tomó de la mano.

Léonie se llevó la copa a los labios y dio otro sorbo. El alcohol la quemó en la garganta, pero acabó con el sabor agrio que tenía en la boca y prendió un fuego en su interior.

¿Qué necesidad había ya de ocultar nada?

Comenzó a hablar y no se calló nada; refirió el entierro en Montmartre y la agresión del callejón Panoramas, y llegó hasta el instante en que junto con su amado Anatole desembarcó del *courrier publique* en la plaza Pérou, pasando por otros sucesos hasta llegar a ese sangriento atardecer en los bosques del Domaine de la Cade.

Marzo, septiembre, octubre.

En el piso de arriba, Isolde seguía cautiva de la fiebre que se había apoderado de ella en el momento en que vio caer a Anatole.

Imágenes y pensamientos se deslizaban en su duermevela, entraban y salían sin orden. Entreabrió los ojos. Durante un momento fugaz y gozoso se vio en brazos de Anatole a la luz de una vela que se reflejaba en sus ojos castaños, pero esa visión se le hizo borrosa. La piel se le desprendía de la cara, dejando a la vista el cráneo y mostrando sólo una cabeza sin vida, de huesos, dientes y negros agujeros donde antes estuvieron sus ojos.

Y en todo momento los susurros, las voces, el tono malicioso y metálico de Constant insinuándose en su cerebro ardiente. Se sintió dar vueltas y pelear con la almohada tratando de librarse del eco que le invadía la cabeza, si bien logró tan sólo que la cacofonía fuera más audible. ¿Cuál era la voz, cuál era el eco?

Soñó que veía a su hijo, que lloraba por el padre al que nunca llegaría a conocer, separado de Anatole como si fuera por una lámina de cristal. Los llamó a gritos a los dos, aunque de sus labios no salió una sola sílaba y ellos no la oyeron.

Cuando extendió las manos hacia ellos, el cristal se astilló en un millar de pedazos y se encontró tocando una piel tan fría, tan sólida como el mármol. Sólo eran estatuas.

Recuerdos, sueños, premoniciones. Un intelecto que no tenía anclaje.

Según avanzaba el reloj minuto a minuto hacia la medianoche, la hora embrujada, comenzó a ulular el viento y a batir los marcos de las ventanas de la mansión.

Una noche agitada. Desde luego, no era la más indicada para salir.

PARTE X

El lago
Octubre de 2007

CAPÍTULO 84

Miércoles, 31 de octubre de 2007

Cuando Meredith despertó de nuevo, Hal ya se había marchado.

Extendió la mano para ocupar el espacio que él había dejado vacío en la cama, a su lado, donde había dormido. La sábana estaba fría, pero un recuerdo de su olor suave persistía en la almohada, al igual que la huella de su sueño, la impresión que había dejado su cabeza en la almohada.

Las persianas estaban cerradas y la habitación se hallaba a oscuras. Meredith miró la hora. Las ocho en punto. Supuso que no había querido que las empleadas lo viesen allí, y que había vuelto a su habitación. Se llevó la mano a la mejilla, como si su piel aún guardase el recuerdo del lugar en el que sus labios le habían dicho adiós, por más que ella no llegase a recordarlo.

Pasó un rato arrebujada entre las sábanas pensando en Hal, en cómo lo había sentido a su lado, y en su interior, y en las emociones que ella había permitido que le brotaran a borbotones la noche anterior. De Hal, sus pensamientos se desplazaron hacia Léonie, la muchacha de la melena cobriza, la otra acompañante que había tenido durante la noche.

No puedo dormir.

Las palabras que Meredith recordó de su sueño, palabras oídas, pero no pronunciadas. La sensación de lástima, de intranquilidad, y el hecho innegable de que Léonie había querido y quería algo de ella.

Meredith se levantó de la cama. Se puso unos calcetines gruesos para no tener frío. Hal se había olvidado su jersey, que estaba hecho un gurruño en el sillón, donde lo dejó caer la noche anterior. Se lo llevó a la cara para aspirar su aroma. Y se lo puso, aunque le quedara muy holgado, demasiado grande, y le llegara un remoto olor a transpiración.

Contempló el retrato. La fotografía del soldado en color sepia, su tatarabuelo Vernier, estaba encajada en una esquina del marco, donde la había dejado ella la noche anterior. Meredith entendió que existía una posibilidad. Las desordenadas ideas que se habían apiñado en su cerebro el día anterior parecían más aquietadas gracias precisamente al paso de la noche.

Obviamente, la primera iniciativa tenía que ser averiguar si Anatole Vernier se había casado, aunque del dicho al hecho mediaba una enormidad. También necesitaba averiguar qué clase de relación habían tenido Léonie Vernier y él con Isolde Lascombe. ¿Habían vivido en la mansión en 1891, más o menos cuando fue tomada la fotografía, o acaso habían hecho tan sólo una visita durante aquel otoño? El trabajo detectivesco que había llevado a cabo por Internet durante la tarde anterior le recordó que las personas normales no siempre aparecen a la primera, ni tal vez a la segunda. Tendría que repasar las páginas dedicadas a la genealogía, se dijo; necesitaría nombres, localidades, fechas de nacimiento y de muerte, para contar siquiera con una mínima posibilidad de conseguir alguna información.

Encendió el ordenador y entró en la red con la contraseña. Le decepcionó, aunque en el fondo no le sorprendiera, descubrir que no había recibido nada más de Mary, si bien envió otro correo a Chapel Hill, cumpliendo de paso con la obligación de contarle cómo habían ido las últimas veinticuatro horas y preguntándole si podría verificar otro par de asuntos. No le contó nada de Hal. Ni de Léonie. No tenía sentido darle ningún motivo de preocupación. Se despidió con la promesa de mantenerse en contacto y apretó la tecla ENVIAR.

Con un poco de frío, y dándose cuenta de pronto de que tenía sed, Meredith entró en el cuarto de baño para llenar la tetera. Mientras esperaba a que hirviese el agua, recorrió con la mirada los lomos de los libros colocados en el estante, encima del escritorio.

Le llamó la atención uno titulado *Diables et esprits maléfiques et phantômes de la montagne.* Lo sacó y lo abrió. En la solapa descubrió que era una nueva edición de un libro que ya tenía algunos años, obra de un autor de la zona, Audric S. Baillard, que había vivido en una aldea de los Pirineos llamada Los Seres y fallecido en 2005. No encontró la fecha de publicación original, aunque era evidente que se trataba de un clásico en la región. De acuerdo con las reseñas que se incluían en la contracubierta, estaba considerado como el texto definitivo sobre el folclore montañés del Pirineo.

Meredith repasó el índice y vio que el libro se dividía en diferentes historias recogidas por regiones: Couiza, Coustaussa, Durban, Espéraza, Fa, Limoux, Rennes-les-Bains, Rennes-le-Château, Quillan. La ilustración que adornaba la sección dedicada a Rennes-les-Bains era una fotografía en blanco y negro de la plaza Deux Rennes, tomada hacia 1900, cuando se llamaba la plaza Pérou. Meredith sonrió. Qué familiar le resultaba. Llegó incluso a descubrir el punto exacto, bajo las ramas extensas de los plátanos, en donde su antepasado había posado para el retrato.

Silbó la tetera y se desconectó. Vertió un sobrecito de chocolate en una taza, añadió dos cucharadas de azúcar y se llevó la taza y el libro al sillón, junto al ventanal, para ponerse a leer.

Los relatos recopilados eran muy similares entre unos lugares y otros, mitos sobre demonios y diablos que tenían varias generaciones, incluso milenios de antigüedad, y que vinculaban el folclore con los fenómenos naturales: el Sillón del Diablo, la Montaña del Cuerno, el Estanque del Diablo, todos los topónimos que se había ido encontrando en el mapa. Volvió a la página de créditos para comprobar que realmente no ofrecía ningún dato que le aclarase cuándo se había publicado la primera edición del libro. Esa información no estaba recogida.

El relato más reciente, según pudo comprobar, databa de poco después de 1900, aunque teniendo en cuenta que el autor había fallecido hacía tan sólo un par de años, dedujo que había recopilado los cuentos mucho después de la época reseñada.

El estilo de Baillard era claro y sobrio, y se limitaba a exponer la información y los hechos con muy pocos adornos. Con emoción, Meredith descubrió que había todo un capítulo dedicado al Domaine de la Cade. La propiedad había pasado a manos de la familia Lascombe durante las guerras de religión, una larga serie de conflictos entre católicos y hugonotes que se sucedieron entre 1562 y 1568. Habían caído las familias más antiguas, sustituidas por los arribistas, que vieron así compensada su lealtad bien a la dinastía católica de Guise, bien a la dinastía calvinista de los Borbones.

Fue leyendo deprisa, en diagonal. Jules Lascombe había heredado la propiedad a la muerte de su padre, Guy Lascombe, en 1865. Se había casado con una tal Isolde Labourde en 1885, y murió en 1891 sin dejar descendencia. Sonrió al ver que otra pieza más del rompecabezas encajaba, y miró a Isolde, la viuda de Jules, intemporal tras el cristal que protegía el retrato. Entonces se le ocurrió que no había reparado en el nombre de Isolde en la tumba familiar de los Lascombe-Bousquet, en Rennes-les-Bains. Meredith se preguntó por qué no lo habría visto.

Otra cosa que verificar.

Fijó de nuevo la vista en la página. Baillard pasaba después a las leyendas relacionadas con el Domaine. Durante muchos años corrieron los rumores de que un animal aterrador y maligno tenía amedrentados a los lugareños en los alrededores de Rennes-les-Bains, pues atacaba a los niños y a los campesinos de las fincas más aisladas. El rasgo distintivo de esos ataques eran las huellas de garras, tres cortes profundos, paralelos, hechos en la cara de la víctima. Una huella poco común.

Meredith volvió a hacer un alto, pensando en las heridas sufridas por el padre de Hal mientras su coche se encontraba en el lecho del río. Y recordó la estatua desfigurada de la Virgen en la columna visigótica, a la entrada de la iglesia de Rennes-le-Château. A renglón seguido le vino a la cabeza el recuerdo de un fragmento de su pesadilla, la imagen del tapiz colgado sobre una escalera con una pobre iluminación. La sensación de estar siendo perseguida, las garras y el pelo negro que rozaban su piel, que resbalaban de sus manos.

Un, deux, trois, loup.

Y volvió al cementerio de Rennes-les-Bains y recordó uno de los nombres que encontró en el monumento en memoria de los caídos en la Primera Guerra Mundial: Saint-Loup.

¿Mera coincidencia?

Meredith estiró los brazos por encima de la cabeza, tratando de entrar en calor y de superar la rigidez de la mañana y sus recuerdos de la noche, y volvió a leer de nuevo. Hubo muchas muertes y desapariciones entre 1870 y 1885. Siguió un periodo de relativa calma, y luego se recrudecieron los rumores a partir del otoño de 1891, con lo que fue en aumento la creencia de que aquella criatura, un demonio en el folclore local, se escondía dentro de un sepulcro visigótico que se encontraba en los terrenos del Domaine de la Cade. Se produjeron algunas muertes intermitentes, a raíz de ataques cuya autoría no se llegó a confirmar, a lo largo de los seis años que siguieron, y las agresiones terminaron bruscamente en 1897. El autor no llegaba a mencionarlo, pero daba a entender que el fin del terror estaba relacionado con el hecho de que parte de la casa quedase totalmente destruida en un incendio, a raíz del cual quedó asolado el sepulcro.

Meredith cerró el libro y se acurrucó en el sillón. Dio un sorbo de chocolate caliente a la vez que trataba de poner orden en sus pensamientos, cayendo entonces en la cuenta de que algo la estaba inquietando hasta el punto de molestarla. Era sumamente extraño que en una obra dedicada al folclore y a las leyendas populares no hubiera una sola mención a la baraja del tarot. Audric Baillard forzosamente tenía que haber encontrado referencias a las cartas a lo largo de sus investigaciones. La baraja no sólo estaba inspirada en el paisaje local, no sólo la había impreso la familia Bousquet, sino que además coincidía con toda exactitud con el periodo que abarcaba el libro.

¿Sería una omisión intencionada?

De pronto volvió a percibirlo. Un frío inesperado, una densidad en el aire que antes no estaba presente. La sensación de que había alguien más, y no muy lejos. No exactamente en la habitación, sino cerca. Fugazmente, una huella tan sólo.

¿Léonie?

Meredith se puso en pie y se sintió atraída hacia el ventanal. Abrió el cierre metálico, separó las dos altas hojas de cristal y abrió las contraventanas, abatiéndolas sobre la pared exterior. El aire de la mañana le resultó frío en la piel, y le lagrimearon los ojos. Las copas de los árboles se mecían, silbando, susurrando, según se ceñía el viento a sus troncos centenarios, en medio de la maraña de hojas y corteza. El aire estaba revuelto, inquieto incluso, y portaba el eco de una música. Notas a la deriva, llevadas por la brisa. La melodía del propio lugar.

Mientras Meredith recorría con la mirada los terrenos de la finca que se extendían ante ella, captó un movimiento con el rabillo del ojo. Miró abajo y vio una grácil y esbelta figura, envuelta en una capa larga, cubriéndose la cabeza con una capucha, que en ese momento se alejaba del parterre que rodeaba el edificio.

Le pareció que el viento iba en aumento, que soplaba con fuerza por el arco abierto en el seto, de considerable altura, por el cual se llegaba a los pastos y al monte bajo, más allá de donde terminaban los jardines. Aunque estuviera lejos, acertó a ver los ribetes blancos de las olas pequeñas que se habían formado en el lago y que batían en la orilla cubierta por la hierba.

Las siluetas, las impresiones, las figuras trazadas por las sombras, se deslizaban bajo la mirada todavía baja y pálida del sol naciente, que entraba y salía entre los finos estratos de nubes veloces en el cielo rosáceo. Era como si aquella otra figura surcase la hierba húmeda, cubierta por una levísima pátina de rocío. Meredith captó el olor de la tierra, del otoño, de la tierra húmeda, de los rastrojos quemados, de las hogueras. De los huesos.

Cautivada, contempló en silencio cómo seguía la figura su camino —era mujer, a Meredith no le cupo ninguna duda— hacia el lado más lejano del lago. Por un momento se detuvo en un pequeño promontorio desde el que se dominaba toda la extensión de agua.

La visión de que gozaba Meredith pareció acotarse hasta darle un primer plano imposible, como si una cámara hubiera realizado un zum. Imaginó que la capucha dejaba ver la cara de la muchacha, una cara pálida, perfectamente simétrica, con unos ojos verdes que una vez habían despedido destellos tan claros como las esmeraldas. Matices sin color. La melena rizada cayó como una bobina de seda salvaje, como hebras de cobre batido, transparentes a la luz de la luna, sobre sus delgados hombros, sobre el vestido rojo, hasta alcanzar su fina cintura. Silueta sin forma. Pareció que mirase a Meredith de lleno, como si en sus ojos se reflejasen sus esperanzas, sus temores, sus imaginaciones.

Entonces desapareció en el bosque.

—¿Léonie? —susurró Meredith en medio del silencio.

Durante un rato más se mantuvo vigilante en la ventana, escrutando la otra orilla del lago, donde se había detenido la figura. En la distancia, el aire se había aquietado. Nada se movía en las sombras.

Por fin, se retiró al interior y cerró el ventanal.

Pocos días antes —no, horas antes, incluso— habría sido presa del pánico. Habría temido lo peor. Hubiera mirado su reflejo en el espejo y se hubiera encontrado con el rostro de Jeannette, con su mirada.

Ahora ya no.

Meredith no sabría explicarlo, pero todo había cambiado. Se encontraba con la cabeza absolutamente despejada, clara. Se sentía de maravilla. No tenía ningún temor. No se estaba volviendo loca. Las visiones, las apariciones, formaban una secuencia, como una pieza musical. Bajo el puente de Rennes-les-Bains... agua. En la carretera de Sougraigne... tierra. Aquí, en el hotel, y sobre todo en esa habitación en concreto, aire.

Las espadas, correspondientes al elemento del aire, representaban la inteligencia y el intelecto. Las copas, asociadas al agua, las emociones. Los pentágonos equivalían a la tierra, a la realidad física, al tesoro. De los cuatro palos, sólo echaba en falta el fuego. Los bastos, correspondientes al fuego, la energía y el conflicto.

Toda la historia está en las cartas.

O tal vez fuese que el cuarteto estuviera completo en el pasado, pero no en el presente. ¿Debido tal vez al incendio que había destruido gran parte del Domaine de la Cade más de cien años atrás?

Meredith volvió a la baraja que Laura se había empeñado en regalarle, y repasó una por una todas las cartas, atenta a las imágenes, tal como había hecho la noche anterior, ansiosa por lograr que desvelaran sus secretos. Mientras distribuía las cartas una a una, dejó que sus pensamientos vagaran a su antojo. Pensó en lo que le había dicho Hal camino a Rennes-le-Château, el modo en que los visigodos enterraban a sus reyes y a sus nobles, junto con sus tesoros, en enterramientos escondidos, no en cementerios. Cámaras secretas bajo el lecho del río, tras haberlo desviado el tiempo suficiente para excavar y construir la cámara bajo tierra.

Si la baraja original hubiera sobrevivido al incendio, escondida en un lugar seguro, en los extensos terrenos del Domaine de la Cade, ¿qué lugar más seguro podía existir que un antiguo enterramiento visigodo? El propio sepulcro, según el libro de Baillard, databa de aquella misma época. Si hubiera un río que recorriese la finca, sería sin duda el escondite perfecto. A la vista de cualquiera, pero absolutamente inaccesible.

En el exterior, el sol por fin había perforado la cobertura de las nubes.

Meredith bostezó. Se sentía un tanto desvalida por la falta de sueño, pero en su interior vibraba la adrenalina. Miró el reloj. Hal había dicho que la doctora O'Donnell llegaría a las diez. Aún faltaba una hora. Tiempo de sobra para lo que tenía en mente.

Hal se encontraba en su habitación, en la zona correspondiente al personal del hotel, pensando en Meredith.

Después de ayudarle a conciliar de nuevo el sueño, tras la pesadilla, se dio cuenta de que estaba completamente despierto, y de que no se iba a dormir de nuevo. Como no quiso molestarla encendiendo la luz, al final decidió marcharse sigilosamente y volver a su habitación para revisar sus notas antes de la reunión con Shelagh O'Donnell. Quería ante todo estar bien preparado. Miró el reloj. Eran las nueve. Le quedaba una hora de espera antes de ver de nuevo a Meredith.

Sus ventanas, en la planta más alta del edificio, daban al sur y al este, por lo que gozaba de una espléndida panorámica de las extensiones de césped y del lago por la parte de atrás de la casa, así como de la zona de cocina y de servicio en uno de los laterales. Observó a uno de los empleados depositar una bolsa negra de basura en el contenedor. Otro estaba allí de pie, con los brazos cruzados para defenderse del frío, fumando un cigarrillo. Su respiración formaba densas nubes blancas en el claro aire de la mañana.

Hal se sentó en el alféizar, y luego atravesó la habitación para ir a buscar agua, pero cambió de idea. Estaba tan nervioso que no era capaz de estarse quieto. Sabía que no debía depositar demasiadas esperanzas en que la doctora O'Donnell tuviera todas las respuestas que andaba buscando. Pero pese a todo no podía evitar creer que aquella mujer al menos podría darle alguna información sobre la noche en que murió su padre. Tal vez recordase algo que obligara a la policía a considerar que había sido una muerte sin resolver, y no un mero accidente de tráfico.

Se pasó los dedos por el cabello. Entonces, el asunto ya no estaría en sus manos.

Sus pensamientos volvieron una vez más a Meredith. Sonrió. Quizá, cuando todo hubiera terminado, a ella no le importaría que fuese a hacerle una visita a Estados Unidos. Se abstuvo de seguir por ese camino. Era ridículo pensar en esos términos cuando sólo habían pasado dos días, pero lo cierto es que no había tenido un sentimiento tan fuerte por una chica desde hacía muchísimo tiempo.

¿Qué podía impedírselo? No tenía trabajo, su piso en Londres estaba desocupado. Podría viajar a Estados Unidos o a cualquier otra parte del mundo. Podría hacer lo que le viniera en gana. No le iba a faltar dinero. Estaba seguro de que su tío querría comprar su parte casi a cualquier precio.

Si Meredith quisiera que fuera allí...

Hal permaneció en su ventana contemplando desde lo alto el discurrir silencioso de la vida en el hotel. Flexionó los brazos por encima de la cabeza y bostezó. Apareció un coche muy despacio por la avenida. Observó cómo bajaba una mujer alta, delgada, con el cabello oscuro y muy corto, y la vio caminar con indecisión hacia las escaleras de la entrada.

Momentos después sonó el teléfono de su mesilla. Era Éloïse, desde recepción, para decirle que su invitada había llegado.

—¿Cómo? ¡Se ha adelantado casi una hora a lo previsto!

—¿Le digo que espere? —preguntó Éloïse.

Hal no supo qué hacer.

—No, está todo en orden. Bajo ahora mismo.

Tomó la chaqueta del respaldo de la silla y bajó los dos tramos de las escaleras de servicio; hizo una pausa para ponerse la chaqueta y para hacer una llamada desde el teléfono del personal.

Meredith se puso el jersey beis de Hal por encima de unos vaqueros y una camiseta de manga larga; se calzó las botas y se puso la chaqueta vaquera, una bufanda y unos guantes de lana, pues supuso que fuera haría frío. Ya tenía la mano en el pomo de la puerta cuando sonó el teléfono, ridículamente ruidoso en el silencio de la habitación.

Fue corriendo a contestar.

—Hola —dijo, y tuvo un aguijonazo de placer al oír la voz de Hal.

Su respuesta fue cortante, directa.

—Ya está aquí.

CAPÍTULO 85

∞

Quién? ¿Léonie? —Meredith se quedó de una pieza, sus pensamientos bloqueados en el acto.

—¿Quién has dicho? No, la doctora O'Donnell. Ya ha llegado. Estoy en recepción. ¿Puedes bajar a reunirte con nosotros?

Meredith echó un vistazo al ventanal y comprendió que su expedición al lago iba a tener que esperar un poco más.

—Claro —suspiró—. Tardo cinco minutos.

Se despojó de toda la ropa que le iba a sobrar, se cambió el jersey de Hal por uno suyo, rojo, de escote redondo, se cepilló el pelo y salió de su habitación. Al llegar al rellano de la escalera tomó un instante para mirar desde arriba el suelo ajedrezado del vestíbulo. Vio a Hal charlar con una mujer alta, de cabello oscuro, que le pareció reconocer. Le costó unos instantes situarla, y entonces se acordó de ella. Delante de la pizzería, en la plaza Deux Rennes, la noche en que llegó. Estaba apoyada contra la pared, fumando.

—Vaya, ¿qué te parece? —se dijo.

El rostro de Hal se iluminó al verla llegar.

—Hola —saludó ella, y le plantó un veloz beso en la mejilla, para tender luego la mano a la doctora O'Donnell—. Soy Meredith. Siento haberle hecho esperar.

La mujer entornó los ojos: le costó algún trabajo situarla.

—Creo que cruzamos un par de frases la noche del funeral —dijo Meredith con la esperanza de ayudarla—. Delante de la pizzería, en la plaza. Quizá se acuerde.

—No me diga —repuso, y al poco se relajó su mirada—. Ah, es cierto. Tiene razón.

—Diré que nos lleven un café al bar —dijo Hal, y les indicó el camino—. Allí podremos hablar con toda tranquilidad.

Meredith y la doctora O'Donnell lo siguieron. Meredith formuló a la otra mujer alguna pregunta de cortesía para romper el hielo. Cuánto tiempo había vivido en Rennes-les-Bains, qué relación tenía con la zona, cómo se ganaba la vida. Lo de siempre.

Shelagh O'Donnell respondió con relativa soltura, aunque se palpaba una clara tensión detrás de cada una de las cosas que decía. Era muy delgada. Tenía los ojos en constante movimiento, y se frotaba repetidamente las yemas del índice y el corazón con la yema del pulgar. Meredith calculó que debía de tener treinta y pocos, si bien tenía las arrugas de una persona de mayor edad. Caso de ser cierto que bebía, Meredith entendió que la policía hubiera preferido no tomar en serio las observaciones que pudiera haber hecho a horas relativamente altas de la madrugada.

Se sentaron a la misma mesa del rincón que ocuparon Meredith, Hal y su tío la noche anterior. El ambiente era muy distinto por la mañana. Era incluso difícil evocar el recuerdo del vino y de los cócteles de la noche anterior con el olor de la cera para suelos y las flores recién puestas en la barra y una pila de cajas que esperaban que alguien las abriese y colocase.

—*Merci* —dijo Hal cuando la camarera les colocó una bandeja con el café delante de los tres.

Hubo una pausa mientras él servía. La doctora O'Donnell tomó el café solo. Mientras removía el azúcar, Meredith se fijó en que tenía las mismas cicatrices rojas en torno a las muñecas que ya le había visto la primera vez, y se preguntó cuál podía ser la causa.

—Antes que nada —dijo Hal—, quisiera darle las gracias por haber accedido a verme. —A Meredith le alivió que lo dijera con tranquilidad, con sosiego, en un tono perfectamente neutro.

—Conocí a su padre. Era un hombre bueno y era un amigo, pero debo decirle que lo cierto es que no hay nada que pueda contarle, se lo aseguro.

—Lo entiendo —repuso Hal—, pero si tiene la bondad de acompañarme mientras repaso todo lo ocurrido, se lo agradeceré mucho. Soy consciente de que el accidente se produjo hace más de un mes, pero hay ciertos detalles de la investigación con los que no estoy conforme. Tenía la esperanza de que usted pudiera contarme algo más sobre la noche en que sucedió. Tengo entendido que, según la policía, usted oyó algo...

Shelagh miró de pronto a Meredith y luego a Hal, y de nuevo apartó los ojos.

—¿Siguen insistiendo en que Seymour se salió de la carretera porque iba bebido?

—Eso es lo que me resulta difícil aceptar. No puedo imaginar que mi padre hiciera una cosa así.

Shelagh se quitó un hilo de los pantalones. Meredith se dio cuenta de que estaba muy nerviosa.

—¿Cómo conoció usted al padre de Hal? —preguntó, con la esperanza de que así pudiera coger confianza.

Hal pareció sorprendido ante la interrupción, pero Meredith hizo un leve gesto con la cabeza, de modo que él no dijo nada.

La doctora O'Donnell sonrió. Se le transformó la cara, y por un instante Meredith comprendió que podría ser una mujer muy atractiva si la vida no la hubiera tratado con tanta dureza.

—Aquella noche, en la plaza, me preguntó usted por el significado de *bien-aimé*.

—Es cierto.

—Bueno, pues es que eso era Seymour. Una persona que caía bien a todo el mundo. Todos le apreciaban y le respetaban, aun cuando a veces no se le llegara a conocer bien del todo. Siempre era cortés, amable con los camareros, en las tiendas... Trataba a todo el mundo con respeto, al contrario que... —Calló. Meredith y Hal cruzaron una mirada; los dos habían pensado lo mismo, es decir, que Shelagh había comparado, casi sin querer, a Seymour con Julian Lawrence—. No venía aquí muy a menudo, de acuerdo —siguió diciendo enseguida—, pero yo sí lo llegué a conocer cuando...

Hizo una pausa y se puso a juguetear con un botón de su chaqueta.

—¿Sí? —dijo Meredith para darle ánimos—. Lo llegó a conocer ¿cuándo?

Shelagh suspiró.

—Yo pasé por... por una época difícil en mi vida. Fue hace un par de años. Estaba trabajando en un yacimiento arqueológico que no está lejos de aquí, en los montes de Sabarthès, y me vi arrastrada a... Tomé algunas decisiones equivocadas. Perjudiciales —Calló un instante—. Abreviando una historia que sería larga de contar, desde entonces las cosas se me han puesto difíciles. No gozo de muy buena salud, así que sólo puedo trabajar unas cuantas horas a la semana, haciendo un poco de trabajo de valoración en los *ateliers* de Couiza. —Volvió a callar—. Vine a vivir a Rennes-les-Bains hace un año y medio. Tengo una amiga, Alice, que vive en una aldea que no está lejos, en Los Seres, con su marido y su hija, así que era el sitio lógico para venir a vivir.

Meredith reconoció el nombre.

—Los Seres es la población de la que era originario el escritor Audric Baillard, ¿verdad?

Hal enarcó las cejas.

—Es que estaba antes en mi habitación leyendo un libro suyo. Una de las gangas que compró tu padre en el *vide-grenier*.

Hal sonrió, obviamente complacido de que se hubiera acordado.

—Así es —dijo Shelagh—. Mi amiga Alice llegó a conocerlo bien. —Se le ensombreció la mirada—. Yo también lo conocí.

Meredith se dio cuenta, por la cara que había puesto Hal, de que la conversación le había devuelto algo a la memoria, pero no dijo nada, de modo que no insistió.

—En fin. Lo que pasa es que yo tuve problemas con el alcohol. Bebía en exceso. —Shelagh se volvió en ese momento hacia Hal—. Conocí a su padre en un bar. En Couiza. Yo estaba cansada, es probable que hubiera bebido más de la cuenta. Nos pusimos a charlar. Fue muy amable, estaba algo preocupado por mí. Insistió en traerme en su coche a Rennes-les-Bains. No hubo ninguna doble intención. A la mañana siguiente pasó por mi casa y me llevó a Couiza para que yo recogiera mi coche. —Hizo una pausa—. Nunca volvió a decir nada sobre aquel incidente, pero después se acercaba a visitarme siempre que venía de Inglaterra.

Hal asintió.

—Así que usted no piensa que se hubiera sentado al volante si no estaba en condiciones de conducir...

Shelagh se encogió de hombros.

—No puedo decirlo con total seguridad, pero así es. No me lo imagino.

Meredith siguió pensando que los dos pecaban de excesiva ingenuidad. Eran, y siempre serían, muchísimas las personas que decían una cosa y hacían otra, pero la evidente admiración que tenía Shelagh por el padre de Hal y su respeto la impresionaron a pesar de todo.

—La policía le explicó a Hal que usted creía haber oído el accidente, pero que no se dio cuenta de lo que en realidad había ocurrido hasta la mañana siguiente —le dijo con toda su amabilidad—. ¿Es así?

Shelagh se llevó la taza de café a los labios con una mano temblorosa, dio un par de sorbos y volvió a dejarla en el plato tintineando.

—Con toda sinceridad, no sé qué fue lo que oí. Si es que tiene alguna relación con lo ocurrido.

—Siga, por favor.

—No tengo ninguna duda de que oí algo, y no fue el frenazo habitual, ni tampoco el ruido de los neumáticos cuando alguien toma la curva a una velocidad excesiva, sino una especie de rumor sonoro, creo yo. —Calló—. Estaba escuchando un disco de John Martyn, *Solid Air.* Es bastante suave, pero aun y todo no habría oído el ruido de fuera si no se hubiera producido entre el final de un tema y el principio del siguiente.

—¿A qué hora fue eso?

—Más o menos a la una. Me levanté a mirar por la ventana, pero no vi nada en absoluto. Estaba todo completamente a oscuras y en silencio. Supuse que el coche había pasado de largo. Por la mañana, cuando vi a la policía y la ambulancia abajo, en el río, fue cuando lo comprendí.

Hal puso cara de no saber por dónde iba Shelagh con todo lo que estaba contando. Meredith, en cambio, sí empezaba a entender.

—Un momento —dijo—. A ver si lo he comprendido bien. Acaba de decir que miró al exterior y que no vio las luces de ningún coche encendidas, ¿es cierto?

Shelagh asintió.

—¿Y esto se lo contó a la policía?

Hal miraba a una y a otra.

—No estoy seguro de entender por qué es tan importante ese detalle...

—Tal vez no lo sea —precisó de inmediato Meredith—. De momento sólo resulta extraño. Chocante. Para empezar: si tu padre estuviera por encima de la tasa de alcohol permitida, y no estoy diciendo que lo estuviera, ¿habría querido conducir de noche sin encender los faros?

Hal frunció el ceño.

—Pero si el coche saltó por el puente y cayó al agua, lo lógico es que los faros hubieran reventado.

—Claro, pero según dijiste antes el coche no sufrió daños demasiado graves. —Siguió con su exposición—. Además, de acuerdo con lo que te explicó la policía, Shelagh había oído un frenazo. ¿No? —Él asintió—. Pero Shelagh acaba de decirnos que eso es exactamente lo que no oyó.

—Sigo sin...

—A ver, dos cosas. Primero, ¿por qué es inexacto el informe policial? Segundo, y reconozco que esto es pura especulación, si tu padre realmente perdió el control del coche en la curva y se precipitó al río, no cabe duda de que tendría que haber habido mucho más ruido, lo cual habría llamado la atención. No puedo creer que todas las luces se hubieran apagado en el acto.

A Hal comenzó a cambiarle la cara.

—¿Estás diciendo que es posible que el coche fuera empujado al río desde la carretera, y que no se precipitó cuando iba en marcha?

—Es una explicación posible —dijo Meredith.

Se miraron el uno al otro unos instantes con los papeles cambiados. Hal era el escéptico, Meredith la convencida.

—Hay una cosa más —añadió Shelagh. Los dos se volvieron a ella, pues por un instante casi habían olvidado que estaba allí—. Cuando me fui a dormir, tal vez al cabo de un cuarto de hora, oí otro coche en la carretera. Debido a lo anterior, me asomé a mirar.

—¿Y bien? —dijo Hal.

—Era un Peugeot azul que iba en dirección sur, hacia Sougraigne. Sólo me percaté a la mañana siguiente de que eso había ocurrido ya después del accidente, más o menos a la una y media. Si venía del pueblo, el conductor del segundo coche no pudo dejar de ver al otro estrellado en el río. ¿Por qué no lo notificó entonces a la policía?

Meredith y Hal volvieron a mirarse, pensando los dos en el coche aparcado en esos momentos en el parking del personal del hotel.

—¿Cómo puede estar segura de que eran un Peugeot azul? —preguntó Hal, procurando mantener la calma—. Estaba oscuro.

Shelagh se sonrojó.

—Es exactamente la misma marca y el mismo modelo que mi coche. Es el que tiene todo el mundo —añadió a la defensiva—. Además, hay una farola delante de la ventana de mi dormitorio.

—¿Y qué dijo la policía cuando se lo comunicó?

—No les pareció que fuera importante, digo yo.

Miró de reojo a la puerta.

—Lo lamento, pero tengo que marcharme.

Se puso en pie. Meredith y Hal hicieron lo propio.

—Mire —dijo él, y se metió las manos en los bolsillos—, sé que seguramente es terrible lo que le voy a pedir, pero ¿hay alguna forma de que pueda convencerla para que venga conmigo a la comisaría de policía de Couiza? Para contarles lo que nos ha dicho a nosotros, nada más.

Shelagh negó despacio con la cabeza.

—No sé —dijo—. Yo ya he prestado declaración.

—Lo sé. Pero si vamos juntos... —insistió él—. Yo he visto el expediente del accidente, y la mayor parte de las cosas que nos ha contado no se recogen en ese informe. —Se pasó los dedos por el flequillo—. Permítame que la lleve allá, por favor. —La miró fijamente con sus ojos azules—. Necesito llegar al fondo de este asunto. Por mi padre, se lo pido por mi padre.

A juzgar por la expresión de angustia que delataba su cara, Meredith comprendió que a Shelagh le estaba resultando dificilísimo. Estaba claro que no deseaba tener ningún trato con la policía. Pero al cabo venció el afecto que había tenido por el padre de Hal. Asintió repentinamente.

Hal suspiró con gran alivio.

—Gracias. Muchísimas gracias. La recogeré a las doce, ¿de acuerdo? Así tendrá tiempo de pensar despacio en todo esto. ¿Le parece bien?

Shelagh asintió.

—Tengo un par de recados urgentes que hacer esta mañana, por eso vine antes de lo previsto, pero estaré en casa poco después de las once.

—Perfecto. ¿Y su casa está en...?

Shelagh le indicó la dirección. Se dieron la mano un tanto cohibidos, debido a las circunstancias, y volvieron al vestíbulo. Meredith se dirigió a su habitación, dejando que Hal acompañase a la doctora O'Donnell hasta su coche.

Ninguno de los dos oyó el ruido de otra puerta, la que separaba el bar de las oficinas de la parte trasera, que se cerró en ese momento.

CAPÍTULO 86

∞

Julian Lawrence tenía la respiración agitada. La sangre le golpeaba en las sienes. Entró a paso veloz en su estudio y dio un portazo tan fuerte que hizo retumbar los vidrios de las vitrinas.

Rebuscó en el bolsillo de la chaqueta hasta dar con el tabaco y el encendedor. La mano le temblaba tanto que tuvo que hacer varios intentos hasta prender un cigarrillo. El *commissaire* ya le había dicho que una persona se había presentado para declarar, una inglesa llamada Shelagh O'Donnell, pero que en realidad no había visto nada de relevancia en el caso. El nombre le sonó de algo, pero lo dejó correr. Como la policía no pareció tomársela en serio, no le pareció esencial atender ese imprevisto. Le dijeron que era una *ivrogne,* una borracha.

Cuando apareció esa mañana en el hotel, tampoco fue capaz de sumar dos y dos. Lo irónico es que se coló en el despacho, detrás del bar, con la intención de escuchar la conversación que pudiera mantener con Hal y con Meredith Martin sólo porque la había reconocido: era una de las personas que comerciaban con los vendedores de antigüedades de Couiza. Llegó precipitadamente a la conclusión de que la señora Martin la había invitado para hablar con ella del Tarot de Bousquet.

Tras escuchar a escondidas, cayó en la cuenta de que conocía el nombre de O'Donnell, efectivamente. En julio de 2005 tuvo lugar un incidente en uno de los yacimientos arqueológicos de los montes de Sabarthès. Julian no recordaba los detalles exactos, pero sí recordó que perdieron la vida varias personas, incluido un autor muy conocido cuyo nombre en ese momento tampoco acertó a recordar. Pero todo eso era lo de menos.

Lo que realmente importaba era que había visto su vehículo en el lugar de los hechos. Julian estaba convencido de que sería imposible demostrar que ése era el suyo, y no cualquier otro de los muchos coches exactamente iguales que circulaban por toda la región, pero tal vez podría ser suficiente para inclinar el fiel de la balanza. La policía no había tratado a O'Donnell con la debida seriedad; no había tenido en consideración su testimonio, pero si Hal seguía insistiendo, cabía la posibilidad de que se lo volvieran a pensar.

No podía creer que O'Donnell llegase a relacionar el Peugeot con el Domaine de la Cade, ya que de lo contrario no se hubiera atrevido a ir allí esa mañana. Pero no podía arriesgarse a que ella extrajera sus propias conclusiones.

Tenía que hacer algo, aunque una vez más se viera obligado a forzar la mano, tal como le sucedió con su hermano. Julian miró al cuadro que tenía en la pared, sobre el escritorio: el viejo símbolo del tarot, similar a un ocho tumbado de lado, símbolo de infinitas posibilidades, a la vez que se sentía cada vez más encajonado.

En la estantería, a su lado, había objetos que había encontrado en sus excavaciones en la finca. Tardó mucho en reconocer que el sepulcro en ruinas no pasaba de ser exactamente eso, unas cuantas piedras antiguas, nada más. Pero había encontrado uno o dos objetos que quizá... Uno era un reloj caro, aunque muy deteriorado, que ostentaba las iniciales A. V., y el otro era un camafeo de plata con dos retratos en miniatura, encontrados ambos en dos tumbas que había descubierto a la orilla del lago.

Eso era lo que de veras le importaba, el pasado, y no tener que resolver los problemas del presente.

Julian se dirigió al mueble bar del aparador y se sirvió un brandy para calmar los nervios. Se lo bebió de un trago y miró el reloj.

Eran las tres y cuarto.

Cogió la chaqueta del gancho de la puerta, se tomó un caramelo de menta, recogió las llaves del coche y salió.

CAPÍTULO 87

∞

Meredith dejó a Hal hablando por teléfono, tratando de concertar una cita en el *commissariat* de Couiza antes de ir a recoger a la doctora O'Donnell a las once, tal como le había prometido.

Lo besó en la mejilla. Él levantó la mano, le dijo sin palabras hasta luego, moviendo los labios tan sólo, y volvió a su conversación. Meredith se detuvo a preguntar a la amable recepcionista si sabía dónde podía pedir prestada una pala.

Éloïse no reaccionó de un modo extraño ante una petición tan poco común, limitándose a sugerirle que el hortelano tal vez estuviera trabajando en los jardines de la parte posterior, en cuyo caso podría prestarle ayuda.

—Gracias. Le preguntaré a él —dijo Meredith, y abrigándose el cuello con la bufanda salió por la puerta cristalera a la terraza.

La bruma de primera hora de la mañana prácticamente se había disipado del todo por efecto del sol, aunque la hierba resplandecía con un rocío plateado. Todo se hallaba bañado en una luz entre cobriza y dorada, que destacaba sobre la nitidez del cielo, en donde volaban hilachas de nubes rosas y blancas.

Se percibía ya en el aire el olor embriagador de las hogueras de la Noche de Difuntos. Meredith respiró a fondo, inspirando el olor del otoño, que le habló de su infancia. Mary y ella tallaban religiosamente las caras en las calabazas para convertirlas en faroles. Preparaban su disfraz para ir de casa en casa diciendo a los vecinos «truco o treta». Por lo común salía con sus amigos disfrazada de fantasma, una blanca sábana con dos agujeros a la altura de los ojos y una boca horrible pintada con rotulador negro.

Al bajar corriendo la escalinata hasta la avenida de grava, se preguntó qué estaría haciendo Mary en esos momentos. Y se contuvo. Allá donde vivía Mary sólo eran las cinco y cuarto de la mañana: estaría aún durmiendo. Quizá pudiera llamarla más tarde, para desearle una feliz Noche de Difuntos.

El hortelano no estaba por ninguna parte, pero su carretilla sí se encontraba allá a la vista. Meredith miró en derredor por si acaso anduviera cerca de donde había dejado sus utensilios, pero no vio nada. Vaciló, y al cabo cogió la azadilla que empleaba en los macizos de flores, guardándosela en el bolsillo antes de salir a buen paso por el césped, hacia el lago. La devolvería en cuanto le fuera posible.

Era una extraña sensación, pero se movía como si estuviera siguiendo los pasos de la figura que había visto a primera hora por las extensiones de césped de la finca.

¿Visto? ¿Imaginado tal vez?

Se volvió a mirar casi a su pesar la fachada del hotel, y en un momento dado se detuvo a averiguar cuál era su ventana, y si realmente era posible que hubiera visto lo que creía haber visto desde tan gran distancia. A medida que iba recorriendo la senda por la izquierda del lago, el terreno fue elevándose. Ascendió una pendiente herbosa hasta un pequeño promontorio desde el que se dominaba toda la extensión del agua, con el hotel al fondo. Le pareció una locura, pero estaba convencida de que era exactamente allí donde había visto detenerse a aquella figura a primera hora de la mañana.

Imaginado, sin duda.

Había un banco curvo, de piedra, en forma de luna creciente. La superficie brillaba por efecto del rocío. Meredith lo secó con sus guantes antes de tomar asiento. Como siempre le ocurría ante una vasta superficie de agua, pensó al punto en su madre biológica, en la forma en que había decidido poner fin a su vida. Adentrándose en el lago Michigan con los bolsillos cargados de piedra. Igual que Virginia Woolf, según supo Meredith muchos años después, en el instituto, aunque siempre tuvo la duda razonable de que su madre hubiera llegado a conocer este dato.

Pero mientras permanecía sentada, mirando el lago, a Meredith le sorprendió sentirse tan en paz. Seguía pensando en su madre, pero el pensamiento no iba acompañado por la habitual sensación de culpa. No se le desbocaba el corazón, no la invadía la vergüenza, no sentía pesadumbre. Aquél era un lugar para la reflexión, para la calma y el recogimiento. Sólo le llegaba el graznido de los cuervos en los árboles, el piar más agudo de los tordos en la espesura, en el seto que quedaba a su espalda, aislada además de la casa por la extensión de agua, si bien se hallaba a la vista.

Aún se quedó un rato más, antes de decidir que era hora de continuar su caminata. Dos horas antes se sintió frustrada al no poder iniciar cuanto antes la búsqueda de las ruinas del sepulcro. Teniendo en cuenta el testimonio de Shelagh O'Donnell en el hotel, calculó que Hal tendría mucho que hacer. No contaba con que regresara antes de la una.

Sacó el móvil y verificó que tenía cobertura antes de guardarlo. Sin duda, la llamaría si necesitaba ponerse en contacto con ella.

Con cuidado para no resbalar en la hierba húmeda, volvió a la zona llana sin alejarse mucho del lago, y allí se detuvo a examinar el terreno. En una dirección, el camino que rodeaba el lago terminaba por volver al hotel. Por la otra, una senda invadida por la maleza se adentraba en los hayedos. Meredith tomó el camino de la izquierda. En cuestión de minutos se encontraba muy dentro del bosque, caminando y trazando una curva tras otra bajo el sol que se filtraba entre las copas.

La senda la llevó a una zona en la que muchos caminos se cruzaban una y mil veces, todos muy semejantes. Unos seguían en ascenso, otros descendían hacia el valle. Su intención consistía en localizar las ruinas del sepulcro visigótico y, a partir de allí, tratar de encontrar un lugar en el que pudieran estar escondidas las cartas. De haber estado ocultas en un lugar al alcance, alguien las habría descubierto muchos años atrás, aunque supuso que, como punto de partida, el sepulcro podía ser un escondite tan bueno como el que más.

Meredith se internó por una senda invadida por la maleza, por la que llegó a un calvero. A los pocos minutos, la ladera se convirtió en una pendiente muy marcada. El terreno que pisaba cambió de manera inesperada. Meredith se afianzó bien con las piernas, avanzando despacio por las piedras resbaladizas, por los trechos de grava, frenando, desplazando piñas y ramas caídas, hasta que al cabo se encontró en una especie de plataforma natural, una especie de puente. Y por debajo, en un cruce en ángulo recto, vio un trecho de tierra marrón que salía de debajo de la espesura y la rodeaba.

A lo lejos, gracias a un claro entre los árboles, Meredith descubrió en el cerro siguiente un grupo de megalitos, grises en medio del verde de la maleza, seguramente los mismos que le había indicado Hal cuando viajaban hacia Rennes-le-Château.

Se le puso de punta el vello de la nuca.

Se dio cuenta de que desde aquella especie de mirador eran visibles gran parte de los hitos naturales que él le había señalado: el Sillón del Diablo, el *bénitier*, el Estanque del Diablo. Por si fuera poco, desde aquel punto tuvo la casi total certeza de que todos los lugares empleados como telón de fondo en las cartas también eran visibles sin esfuerzo.

El sepulcro se remontaba a los tiempos de los visigodos. ¿Era razonable que hubiera otros enterramientos de esa época dentro de los terrenos de la finca? Meredith miró en derredor. A su juicio, por inexperta que fuera en ese campo, aquello parecía el cauce seco de un río.

Esforzándose para que la excitación no se adueñase de ella, miró a su alrededor, en busca de una forma de bajar. No encontró ninguna a la vista. Vaciló, se agachó, maniobró hasta dejarse caer por el borde de la plataforma. Por un instante no hubo nada bajo sus pies, y quedó suspendida en el aire, sujeta por los codos. Se soltó entonces, y cayó durante una fracción de segundo, sobrecogida, hasta quedar en tierra.

Amortiguó el impacto flexionando las rodillas, y se enderezó acto seguido para iniciar el descenso. Parecía el lecho de un arroyo que sólo fluyera en invierno, y el verano había sido seco, aunque ya corría un hilillo de agua otoñal por el cauce. Meredith, con cuidado para no resbalar en las piedras sueltas en la capa de tierra mojada, miró sin cesar en busca de algo que se saliera de lo normal.

Al principio creyó que no había una sola grieta en la maleza que lo cubría todo, enmarañada y empapada por el rocío. Luego, poco más allá, antes de que la senda trazase una curva descendente, como una montaña rusa, Meredith percibió una depresión en el terreno de escasa profundidad. Se acercó hasta descubrir una piedra plana, gris, que asomaba bajo las extensas y enmarañadas raíces de un enebro, con sus hojas punzantes como agujas y sus frutos de color púrpura o verde. La depresión no tenía el tamaño suficiente para ser una tumba, pero no le pareció que la piedra estuviera allí puesta al azar. Meredith sacó el móvil y tomó un par de fotos.

Guardó el móvil y alargó la mano hasta hallar un punto de apoyo en la maleza, del cual tiró. Las ramas, aunque delgadas, eran fuertes, nervudas, si bien logró extraerlas lo suficiente para asomarse al espacio verde y húmedo, oscuro, rodeado por las raíces.

Sintió una descarga de adrenalina. Había un círculo formado por varias piedras, ocho en total. El dibujo despertó un recuerdo en su memoria. Entornó los ojos y comprendió entonces que la forma de las piedras era un eco de la corona de estrellas que remataba la imagen de «la Force». Y al estar allí en pie comprobó que el paisaje que la rodeaba recordaba de manera especial, por sus tonos, por sus matices, el descrito en la carta.

Con una sensación creciente de anticipación, introdujo las manos en el follaje y palpó el fango verdoso, que se escurría entre los dedos de sus guantes de lana, baratos, logrando soltar la mayor de las piedras. Limpió la superficie y se le escapó un suspiro de satisfacción. Pintada en alquitrán, o con otro pigmento, había una estrella de cinco puntas dentro de un círculo.

El símbolo de los pentágonos. La representación del tesoro.

Tomó otras dos fotos y dejó la piedra a un lado. Sacó del bolsillo la azadilla y comenzó a cavar, arañando las piedras y fragmentos de unas tejas de arcilla sin cocer. Extrajo una de las piezas de mayor tamaño y la examinó. Parecía una teja, aunque le extrañó que ese objeto estuviera allí enterrado, tan lejos de la casa.

Entonces el metal de la azadilla golpeó contra algo más consistente. Con cuidado de no dañar nada, Meredith dejó el utensilio a un lado y terminó de excavar a mano, abriendo un túnel lleno de barro, lombrices y escarabajos negros, quitándose los guantes, dejando que los dedos la guiaran como si fueran sus ojos.

Por fin palpó una pieza de tela pesada, una tela encerada. Introdujo la cabeza entre las hojas para echar un vistazo y retiró las esquinas de la tela. Se encontró con la hermosa tapa lacada de un cofre pequeño, con un dibujo de madreperla incrustada. Parecía un joyero o un costurero de señora, hermoso, sin duda un objeto de lujo en su día. Con dos iniciales visibles en el latón apagado, corroído.

L. V.

Meredith sonrió. Léonie Vernier. Tenía que ser ella.

A punto estaba de abrir la tapa cuando tuvo un momento de vacilación. ¿Y si las cartas estuvieran dentro? ¿Qué significaría eso? ¿Tenía realmente el deseo de verlas?

Como si fuera una avalancha repentina, notó que la soledad se le venía encima oprimiéndola. Los sonidos del bosque, hasta entonces tan acogedores y tranquilizadores, se habían tornado ominosos, amenazantes. Sacó el teléfono del bolsillo y verificó qué hora era. ¿Y si le hago una llamada a Hal? El deseo de oír otra voz humana, la voz de él, le produjo un cosquilleo. Se lo pensó mejor. Él no querría que nada lo molestase en plena reunión con la policía. Vaciló; al final, envió un mensaje de texto, y lo lamentó en el acto. Era como delegar la tarea en otro. Y lo último que deseaba era sentirse realmente necesitada.

Meredith volvió a mirar la caja que tenía delante, en el suelo.

Toda la historia está en las cartas.

Se secó una vez más las palmas de las manos en los vaqueros, que tenía húmedas debido al ejercicio y al nerviosismo que le causaba lo que estuviera por venir. Luego, por fin levantó la tapadera. La caja estaba llena de carretes de hilo de algodón, de cintas y dedales. El interior de la tapa, de guata, estaba tachonado de agujas y alfileres. Con los dedos sucios e insensibles debido al frío y a la tarea de excavación, Meredith fue retirando los carretes y escarbando entre telas, tal como antes lo había hecho en la tierra y el barro.

Allí estaban. Vio la primera carta del montón con el mismo dorso en verde, con el mismo dibujo delicado de ramas de árboles en oro y plata, aunque era una textura más quebradiza, claramente pintada a mano, con pincel, y no hecho en serie. Pasó los dedos sobre la superficie, distinta, áspera, no lisa. Más parecida a un pergamino que a las modernas reproducciones recubiertas de plástico.

Meredith se obligó a contar hasta tres para armarse de valor y dar la vuelta a la carta.

Su propio rostro la estaba mirando. La carta XI. La Justicia.

Mientras contemplaba la imagen pintada a mano, una vez más tuvo conciencia del susurro en el interior de su cabeza. No se parecía en nada a las voces que habían agobiado a su madre, pues era una sola voz suave, amable, que ya había oído antes en sueños, transportada por el aire que se colaba entre las ramas y los troncos de los árboles en pleno otoño.

Aquí, en este sitio precisamente, el tiempo se aleja en dirección a la eternidad.

Meredith se puso en pie. El movimiento más lógico sería en ese momento tomar las cartas y regresar al hotel. Estudiarlas debidamente en la comodidad de su propia habitación, con todas sus notas, con acceso a Internet, con la baraja en serie para poder compararlas a fondo.

Sólo que en esos momentos volvió a oír la voz de Léonie. En un suspiro, el mundo entero parecía haberse encogido hasta caber íntegramente en aquel lugar. El olor del campo, la suciedad y el barro mismo bajo las uñas, la humedad que rezumaba de la tierra y se le colaba en los huesos.

Sólo que éste no es el lugar.

Y es que algo la llamaba desde algún punto en lo más profundo del bosque. El viento soplaba con más violencia, realmente fuerte, y transportaba algo más que los sonidos del bosque. Música que se oía, pero que no se oía. Logró captar una tenue melodía en el susurro de las hojas caídas, en el golpeteo y el crujido de las ramas de las hayas algo más allá.

Notas aisladas, una melodía lastimosa en clave menor, y en todo momento el susurro en su cabeza, el susurro que la conducía hacia las ruinas del sepulcro.

Aïci lo tems s'en
va vers l'Eternitat.

Julian dejó el coche sin cerrar en la zona de aparcamiento, en las afueras de Rennes-les-Bains, y echó a caminar deprisa en dirección a la plaza Deux Rennes, para atravesarla en diagonal y entrar por una callejuela, en la que tenía su domicilio la doctora O'Donnell.

Se aflojó la corbata. Tenía manchas de sudor en las axilas. Cuanto más pensaba en la situación, mayor era su paranoia. Lo único que deseaba era encontrar las cartas. Todo lo que se lo impidiera, todo lo que lo aplazara, se le hacía intolerable. Nada de cabos sueltos.

No había pensado despacio en lo que iba a decir. Lo único que sabía a ciencia cierta es que no le iba a permitir que acudiese con Hal a la comisaría.

Dobló entonces una esquina y la vio, sentada con las piernas cruzadas en el murete que separaba la terraza de su propiedad de una senda abierta al público, y desierta, que conducía a la orilla del río. Estaba fumando y se pasaba las manos por el pelo a la vez que hablaba por un móvil.

¿Qué estaría diciendo?

Julian se detuvo, de pronto aturdido. Oyó entonces su voz, una voz rasposa, un acento con vocales llanas, y la conversación unilateral la amortiguó el latido de su sangre en las sienes.

Dio un paso más tratando de captar algo de lo que decía. Ella se había inclinado hacia delante, y con movimientos decididos, reiterativos, apagaba un cigarrillo en un cenicero plateado.

Algunas palabras llegaron hasta él.

—Tengo que ver lo del coche.

Julian extendió la mano para apoyarse en la pared. Tenía la boca reseca, como el pescado en salazón, agria. Necesitaba una copa que le quitase aquel mal sabor. Miró en derredor, sin pensar ya con ninguna claridad. Había un palo en el suelo, un palo que sobresalía del seto. Lo empuñó. Ella seguía charlando sin cesar, soltando mentiras sin cuento. ¿Por qué no terminaba de una vez?

Julian levantó el palo y lo abatió con todas sus fuerzas sobre su cabeza.

Shelagh O'Donnell gritó a causa del sobresalto, así que le asestó un segundo golpe para que dejara de hacer ruido. Cayó de costado sobre las piedras. Se hizo el silencio.

Julian dejó caer el arma. Por un instante se quedó completamente quieto. Entonces, espantado, incrédulo, tiró el palo al seto y echó a correr.

PARTE XI

El sepulcro
Noviembre de 1891-octubre de 1897

CAPÍTULO 88

∞

Domingo, 1 de noviembre de 1891

Anatole fue enterrado en el terreno del Domaine de la Cade. El lugar elegido fue el promontorio desde el que se dominaba el valle, en la otra orilla del lago, a la verde sombra de los árboles, cerca del banco de piedra en forma de luna creciente donde tantas veces había tomado asiento Isolde.

El abad Saunière ofició la ceremonia íntima. Léonie, cogida del brazo de Audric Baillard, así como *maître* Fromilhague y madame Bousquet, fueron los únicos dolientes que asistieron.

Isolde permaneció en su habitación bajo vigilancia constante, y ni siquiera llegó a saber que se había celebrado el funeral. Encerrada en un mundo de silencio, un mundo que parecía suspendido en el tiempo, ni siquiera sabía si las horas pasaban deprisa o despacio, si habían dejado de dar vueltas las manillas del reloj o si toda la experiencia quedaba contenida en el transcurso de un solo minuto. Su existencia se había reducido a tal punto que no rebasaba el reducto de su cabeza. Distinguía la luz de las tinieblas, sabía que a veces ardía la fiebre en ella, y que otras el frío la desgarraba por dentro, pero también que se hallaba atrapada en algún lugar entre dos mundos, envuelta por un velo que no era capaz de retirar.

El mismo grupo rindió sus respetos al doctor Gabignaud ese mismo día, a una hora más avanzada, en el cementerio de la iglesia parroquial de Rennes-les-Bains, y esta vez la congregación fue mucho más numerosa, a la que se habían sumado los muchos lugareños que habían conocido y admirado al joven. El doctor Courrent se encargó de pronunciar su elogio fúnebre, y ensalzó el buen quehacer del joven médico, su dedicación al trabajo, su vocación, su sentido del deber.

Después de los entierros, entumecida por la pena y apesadumbrada por las responsabilidades que de repente habían recaído sobre su jóvenes hombros, Léonie se retiró en el Domaine de la Cade y apenas se aventuró a salir. La vida en la mansión emprendió una rutina carente de alegría, siempre igual día tras día, como si aquello no fuera a terminar nunca.

En los hayedos desnudos cayeron las nieves tempranas, que también cubrieron de un blanco manto las extensiones de césped y toda la finca. Se heló el lago y quedó adormecido, como un espejo de hielo bajo las nubes bajas.

Un nuevo médico, el sustituto de Gabignaud en su puesto de ayudante del doctor Courrent, acudía a diario para velar por el progreso de Isolde.

—Madame Vernier tenía ayer noche un pulso muy acelerado —dijo él con gravedad, a la vez que recogía su instrumental y lo guardaba en su bolso de cuero negro, quitándose el estetoscopio del cuello—. La congoja que la atenaza, la tensión a que la tiene sujeta su gravidez... La verdad, temo al pensar en la plena recuperación de sus facultades si persiste este estado.

El tiempo se tornó más severo en diciembre. Un viento que anunciaba borrasca procedente del norte y que trajo lluvia y hielo, azotó el tejado y las ventanas de la vivienda en sucesivas oleadas.

El valle del Aude quedó helado en la desdicha. Quienes carecían de techo bajo el que cobijarse, con suerte se acogieron a la hospitalidad de sus vecinos. Los bueyes pasaron hambre en los campos, y más de uno quedó apresado en el barro y en el hielo y se pudrió en el mismo lugar. Se helaron los ríos. Los caminos eran infranqueables. Escasearon los alimentos para los animales y para la población. La campanilla del sacristán repicaba por los campos cuando Cristo era llevado en procesión por los alrededores para dar consuelo a otro pecador en la hora de su muerte, por caminos semiocultos y traicioneros debido al hielo acumulado. Era como si todas las cosas vivas, una a una, sencillamente dejaran de existir. No había ni luz ni calor, como si las velas se hubieran ido apagando.

En la iglesia parroquial de Rennes-les-Bains, el párroco Boudet dedicó misas a los fallecidos y la campana con frecuencia dio el toque de difuntos con melancólico tañido. En Coustaussa, el cura Gélis abrió las puertas del templo y ofreció las frías losas del presbiterio para dar cobijo a quienes no tuvieran techo donde guarecerse. En Rennes-le-Château, el abad Saunière predicó a menudo previniendo del mal que rondaba por el campo, y apremió a sus feligreses a buscar la salvación en brazos de la única Iglesia verdadera.

En el Domaine de la Cade, aunque los criados se hallaban alterados por lo acontecido y por el protagonismo que tuvieron en todo ello, siguieron fieles en sus puestos. Habida cuenta de la indisposición crónica de Isolde, aceptaron a Léonie como señora de la casa. Pero Marieta se fue alarmando cada vez más, al comprobar que la congoja le había retirado a Léonie tanto el apetito como el descanso, con lo que cada vez estaba más pálida y delgada. Sus ojos verdes perdieron su brillo, pero conservó su valentía intacta. Recordó la promesa que le había hecho a Anatole, que se ocuparía ella de proteger a Isolde y a su hijo, y resolvió no fallar a su recuerdo.

Victor Constant fue acusado del asesinato de Marguerite Vernier, cometido en París; del asesinato de Anatole Vernier, cometido en Rennes-les-Bains, y también del intento de asesinato de Isolde Vernier, antes Lascombe. Asimismo quedó pendiente la acusación por la agresión a la prostituta en Carcasona. Se dio a entender, y se aceptó sin que la investigación se llevara a cabo, que el doctor Gabignaud, Charles Denarnaud y un tercer partícipe en los luctuosos hechos habían sido asesinados por orden expresa de Victor Constant, aun cuando él no hubiera apretado personalmente el gatillo.

En la localidad no se vio con buenos ojos la noticia de que Anatole e Isolde se hubieran casado en secreto, más por las prisas que por el hecho de que él fuese sobrino del primer marido de su esposa. Sin embargo, dio la impresión de que las disposiciones del Domaine de la Cade terminarían por aceptarse de un modo natural.

Mientras tanto, los troncos ya cortados y apilados junto a la puerta de la cocina fueron menguando. Isolde apenas dio muestras de restablecerse, de recobrar sus facultades mentales, aunque su hijo crecía en su interior. Día y noche, en su habitación de la primera planta del Domaine de la Cade ardía un buen fuego, que crepitaba en la chimenea y daba calor. Las horas de luz eran escasas, y el sol apenas caldeaba el cielo antes de que el crepúsculo cayera de nuevo sobre la tierra.

Esclavizada por la pena, Isolde aún se encontraba en una encrucijada, entre el mundo del cual se había ausentado temporalmente y el mundo aún por descubrir que se encontraba más allá. Las voces que en todo momento la acompañaban le decían en susurros que si se internase en lo desconocido hallaría a quienes la amaban, que estarían esperándola en la arboleda luminosa. Allí encontraría sin duda a Anatole, bañado por una luz acogedora, amable. Allí no habría nada que temer. En los momentos que ella consideraba de gracia, su único anhelo era morir. Estar con él. Pero el espíritu de su hijo, deseoso de nacer, era demasiado fuerte.

En una tarde mortecina y tediosa, sin sonidos de ninguna clase, sin nada que la distinguiera de los días que la precedieron y de los que la habían de seguir, Isolde notó que la sensación retornaba a sus delicadas extremidades. Al principio fueron tan sólo los dedos. Algo tan sutil que fácilmente pudo confundirlo con otra cosa. Una respuesta automática, nada que ella hiciera adrede. Un cosquilleo en las yemas de los dedos y bajo las uñas en forma de almendra. Luego, un calambre en los pálidos pies, abrigados por el cobertor. Finalmente, sintió erizarse el vello en la base de la nuca.

Movió una mano y la mano le obedeció.

Isolde oyó un ruido. No fue en esa ocasión el susurro incesante que siempre la acompañaba, sino el sonido normal, doméstico, de una silla que había rozado contra el suelo. Por vez primera en varios meses, no fue algo distorsionado ni amplificado ni matizado por el tiempo o la luz, sino tan sólo una llamada que dio en su conciencia y que no halló respuesta.

Percibió que alguien se inclinaba sobre ella, el calor de un aliento en la cara.

—*Madama?*

Permitió que los ojos se le abrieran con un pestañeo. Oyó la sorprendida inspiración, oyó los pies que corrían, oyó una puerta al abrirse, gritos en el pasillo, sonidos que llegaban apagados desde el vestíbulo y que aumentaban en su intensidad, que iban a más en su certidumbre.

—*Madomaisèla Léonie! Madama s'éveille!*

Isolde pestañeó ante la brillantez que percibía. Más ruidos, y el tacto de unos dedos fríos que la tomaban de la mano. Lentamente volvió la cabeza a un lado y vio a Léonie, vio su rostro juvenil, mirándola de cerca.

—¿Léonie?

Notó que le apretaba los dedos.

—Estoy aquí.

—Léonie... —a Isolde no le acompañó la voz—. Anatole, él...

La convalecencia de Isolde fue lenta. Comenzó a caminar, se llevaba el tenedor a la boca, dormía, pero su mejora en el aspecto puramente físico no era constante, lo cual seguramente guardaba estrecha relación con el hecho de que la luz y el brillo hubieran desaparecido de sus ojos grises. La pena la había arrancado de sí misma. Todo cuanto pensaba, veía, sentía y percibía traía consigo otros tantos dolorosos recuerdos.

Casi todas las tardes, antes de la cena, las pasaba sentada con Léonie en el salón, con las cortinas echadas, los dedos delgados y blancos reposando inertes en su regazo, sobre su abdomen cada vez más crecido.

Léonie la escuchaba mientras Isolde recitaba la historia entera de su amor, desde el instante en que se conocieron hasta el momento en que tomaron la decisión de aprehender como fuera la felicidad que les esperaba, y organizaron el engaño que tuvo lugar en el cementerio de Montmartre, pasando por la fugaz felicidad que les produjo la íntima ceremonia de la boda en Carcasona, la víspera de la gran tormenta.

Pero por muchas veces que contase Isolde su historia, el final siempre era el mismo. Era un cuento de hadas, que comenzaba por el consabido «érase una vez», pero que estaba irremisiblemente privado del final feliz hacia el que todo parecía conducir.

Por fin pasó el invierno. Se derritió la nieve, aunque en febrero una costra de escarcha aún cubría la mañana de una tersa blancura.

En el Domaine de la Cade, Léonie e Isolde siguieron encerradas, juntas las dos con sus penas, doliéndose de la pérdida, viendo las sombras alargarse en las extensiones de césped. Pocas visitas recibieron, con la excepción de Audric Baillard y madame Bousquet, quien, a pesar de haber perdido la finca a raíz del matrimonio que contrajo Jules Lascombe, demostró que era una vecina generosa y amable.

Monsieur Baillard de vez en cuando traía noticias de la búsqueda que la policía había emprendido para dar con Victor Constant, que el 31 de octubre había desaparecido del hotel Reine, en Rennes-les-Bains, al amparo de la noche, y que no se había vuelto a dejar ver desde entonces en ningún lugar de Francia.

La policía había preguntado por él en diversos balnearios y sanatorios especializados en dar tratamiento médico a hombres afectados por su misma enfermedad, pero no hubo suerte en las pesquisas. El Estado hizo algunos intentos para expropiarle sus muy cuantiosas propiedades. Se puso precio a su cabeza. Con todo y con eso, no lo vio nadie, no corrió ningún rumor.

El 25 de marzo, que por una desdichada coincidencia era el aniversario del falso entierro de Isolde en el cementerio de Montmartre, Léonie recibió una notificación oficial del inspector Thouron. Le daba cuenta de que como estaba casi seguro de que Constant había salido del país, tal vez pasando solo la frontera por Andorra o por otro punto de los Pirineos, iban a rebajar el número de efectivos dedicados a la caza del hombre. Le aseguró que el fugitivo sería detenido y guillotinado tan pronto regresara a Francia, en el supuesto de que lo hiciera, y por tanto tenía plena confianza en que madame y mademoiselle Vernier no sintieran ninguna alarma, ni tampoco motivo de preocupación ante lo que Constant pudiera hacer en el futuro.

Al finalizar el mes de marzo, cuando la inclemencia del tiempo les obligó a permanecer en la mansión durante unos cuantos días, Léonie casi sin darse cuenta empuñó la pluma para escribir al antiguo amigo y vecino de Anatole, a Achille Debussy. Estaba al tanto de que entonces se hacía llamar Claude Debussy, aunque no se llegó a animar a llamarle de ese modo.

La correspondencia sirvió para colmar una ausencia en su vida de confinamiento y, mucho más importante, para su maltrecho corazón. Le ayudó también a mantener un vínculo que aún la unía a Anatole. Achille le contó qué sucedía en las calles y en los bulevares que tanto ella como Anatole habían considerado su hogar, le contó los chascarrillos sobre los conflictos entre unos y otros, las mezquinas rivalidades en la Académie, le habló de los autores predilectos del público y de los que habían caído en desgracia, de los artistas que se peleaban entre sí, de los compositores despreciados, de los escándalos, de las relaciones amorosas.

A Léonie no le importaba siquiera un comino un mundo que de pronto era tan lejano, tan ajeno, tan cerrado para ella, pero de ese modo recordaba sus conversaciones con Anatole. A veces, cuando éste regresaba a casa tras pasar la noche fuera, con Achille, en Le Chat Noir, entraba en su dormitorio, se dejaba caer en el viejo sillón, a los pies de su cama, y ella, con el cobertor hasta la barbilla, escuchaba todo lo que él quisiera contarle.

Debussy escribía más que nada acerca de sí mismo, y llenaba hoja tras hoja con su caligrafía retorcida. A Léonie tampoco le importaba. Bastaba para llevar sus pensamientos lejos de la situación en que se encontraba. Sonrió cuando le narró sus visitas matinales a la iglesia de Saint-Gervais para escuchar los cánticos gregorianos con sus amigos ateos, sentados en actitud desafiante, de espaldas al altar, lo cual tuvo que ser una grave afrenta tanto para la congregación como para el sacerdote que oficiara la ceremonia.

Léonie no podía dejar sola a Isolde, e incluso cuando tuvo libertad para emprender algún viaje, la sola idea de regresar a París le causaba un dolor excesivo. Por petición suya, Achille y Gaby Dupont hicieron una serie de visitas regulares al cementerio de Passy, en el decimosexto *arrondissement*, para poner flores en la tumba de Marguerite Vernier. La tumba, que había pagado Du Pont de su bolsillo en un último acto de generosidad, estaba cerca de la del pintor Édouard Manet, le dijo Achille en una carta. Un sitio apacible, con sombra. Léonie pensó que a su madre le agradaría yacer con tal compañía.

Cambió el tiempo con la llegada del mes de abril, que apareció como un general en el campo de batalla. Agresivo, vocinglero, belicoso. Las escuadrillas de nubes veloces surcaban el cielo sobre las cumbres de los montes. Los días empezaron a ser un poco más largos, las mañanas un poco más luminosas. A Marieta se le agotaron las agujas y los carretes de hilo. Añadió generosos pliegues a las blusas de Isolde y abrió las costuras de las faldas para que se acoplasen mejor a su cambiante silueta.

Las flores del valle, púrpuras, blancas, rosadas, comenzaron a asomar trabajosamente a través de la costra de la tierra, alzando sus corolas a la luz. Se hicieron más fuertes las manchas de color, como si fueran pinceladas aplicadas por un pintor, y cada vez más frecuentes, vibrando en el verdor del césped, a la orilla de los senderos.

Llegó mayo de puntillas, con timidez, insinuando sólo la promesa de los largos días del verano aún por venir, la luz del sol moteada entre los árboles sobre el agua quieta. En las calles de Rennes-les-Bains, Léonie se aventuró a menudo a visitar a monsieur Baillard, o bien a reunirse con madame Bousquet para tomar un té por la tarde, en el salón del hotel Reine. En los balcones de las modestas casas del pueblo los canarios cantaban en las jaulas colgadas en el exterior. Los limoneros y los naranjos estaban en flor, y su aroma inundaba las calles. En todos los rincones, las primeras frutas de la temporada llegaban en carretas desde el otro lado de los montes, desde España, y no tardaban en venderse.

El Domaine de la Cade recuperó de repente su glorioso esplendor bajo un cielo azul e infinito. El intenso sol de junio daba brillo a los resplandecientes, níveos picos de los Pirineos. Por fin había llegado el verano.

Desde París, Achille le escribió para contarle que *maître* Maeterlinck le había dado su permiso para que musicara su nuevo drama, *Pelléas et Mélisande.* También le envió un ejemplar de un libro de Zola, *La débâcle,* que transcurría en el verano de 1870, durante la guerra franco-prusiana. Adjuntó una nota personal en la que le decía que sin duda el libro le hubiera interesado mucho a Anatole, igual que le había agradado a él, por ser hijos de *communards* condenados. A Léonie le costó trabajo leer la novela, aunque agradeció el sentimiento que llevó a Achille a hacerle un obsequio tan considerado.

No permitió que sus pensamientos regresaran a las cartas del tarot. Estaban innegablemente unidas a los espeluznantes sucesos de la Noche de Difuntos, y si bien no había logrado convencer al abad Saunière para que le hablase de todo lo que había visto, de todo lo que había hecho a favor de su tío, recordó las advertencias de monsieur Baillard en el sentido de que el demonio, Asmodeus, rondaba por los valles cuando llegaban tiempos difíciles. Aunque no creyera en tales supersticiones, o al menos eso se decía con frecuencia, no quería de ninguna manera arriesgarse a provocar un rebrote de tales terrores. Guardó sus dibujos, aunque la serie había quedado incompleta. Eran un recordatorio demasiado doloroso de su hermano y de su madre. El Diablo y La Torre quedaron inacabados.

Tampoco regresó Léonie a la arboleda en la que crecían los enebros silvestres. Su proximidad al claro en el que había tenido lugar el duelo, en donde había caído Anatole, la descorazonaba de un modo insufrible. Eran demasiadas las cosas que tendría que contemplar si se adentrase en el bosque por aquella dirección.

Los dolores del parto comenzaron a primera hora de la mañana del viernes 24 de junio, festividad de San Juan Bautista.

Monsieur Baillard, gracias a sus redes ocultas de amigos y camaradas, se aseguró de contar con los servicios de una *sage-femme* de su aldea natal de Los Seres. Tanto ella como la comadrona llegaron con tiempo de sobra para asistir al parto.

A la hora del almuerzo, Isolde había avanzado considerablemente. Léonie le empapó la frente con gasas húmedas y abrió las ventanas para que penetrase en la habitación el aire fresco y el aroma del enebro y la madreselva de los jardines. Marieta le mojaba los labios con una esponja empapada en vino blanco dulce y miel.

A la hora de la merienda, y sin complicaciones, Isolde había dado a luz un niño de buena salud, dotado de unos pulmones impresionantes.

Léonie albergó la esperanza de que con el alumbramiento Isolde recuperase de un modo definitivo la buena salud. Confiaba en que se mostrase menos apática, menos frágil, menos aislada del mundo que la rodeaba. Léonie —en realidad, la totalidad de la casa— esperaba que ese hijo, el hijo de Anatole, trajera consigo el amor y la determinación que tanto necesitaba Isolde.

Pero una negra sombra cayó sobre ella a los tres días del parto. Preguntaba por la salud de su hijo, pero su prioridad era esforzarse por evitar una recaída en ese estado de abatimiento, de distanciamiento, que la había afectado tanto a raíz del asesinato de Anatole. Su hijo recién nacido, que era en gran medida la viva imagen de su padre, sirvió más para recordarle lo que había perdido que para darle una razón para seguir adelante.

Hubo que contratar los servicios de un ama de cría.

A medida que fue avanzando el verano, Isolde no dio muestras de mejorar. Se mostraba amable, cumplía con las obligaciones que tenía con su hijo cuando le correspondía, pero por lo demás vivía enclaustrada en un mundo puramente mental, incesantemente perseguida por las voces que oía en su interior.

En todo lo que Isolde se mostró distante, Léonie fue la encarnación del amor por el niño, al que quiso desde el primer día sin reservas y sin condiciones. Louis-Anatole era un niño de naturaleza sonriente, de cabello negro y largas pestañas como Anatole, y unos sorprendentes ojos grises, herencia de su madre. Deleitada por la compañía del niño, Léonie olvidó a veces durante varias horas la tragedia que había sobrevenido.

Fueron pasando los temibles y calurosos días de julio y agosto, y de vez en cuando despertaba por la mañana con una sensación de esperanza, con una liviandad en sus pasos, antes de recordar lo acontecido, antes de que la sombra de nuevo cayera sobre ella. Sin embargo, su amor y su determinación por impedir que nada malo pudiera sucederle al hijo de Anatole ayudaron a que se restableciera del todo su buen ánimo.

CAPÍTULO 89

∞

Domaine de la Cade

El otoño de 1892 desembocó en la primavera de 1893 y Constant siguió sin asomar la cara por el Domaine de la Cade. Léonie finalmente se permitió el lujo de pensar que había muerto, aunque hubiera agradecido muchísimo que se lo confirmaran.

Agosto de 1893, como el año anterior, fue tan seco y caluroso como en el desierto africano. A la sequía siguieron inundaciones torrenciales en todo el Languedoc, que se llevaron por delante no pocas tierras de las llanuras, dejando al descubierto cuevas tiempo atrás escondidas, tesoros ocultos bajo el fango.

Achille Debussy siguió manteniendo correspondencia constante con Léonie. En diciembre le envió una felicitación navideña en la que además le comunicó a Léonie que la Société Nationale iba a presentar en un concierto una interpretación de *L'après-midi d'un faune,* una nueva composición suya, que quería que fuera la primera de una trilogía.

Mientras leía sus muy naturalistas descripciones del fauno en su arboleda, Léonie se acordó del calvero en el que años antes había descubierto la baraja de las cartas del tarot. Tuvo por un instante la tentación de regresar a aquel lugar y de comprobar si el tarot seguía estando allí.

No lo hizo.

Más que los bulevares y las avenidas de París, su mundo siguió estando limitado por los hayedos que había al este, la larga avenida hacia el norte, las extensiones de césped por el sur. Su mundo se sostenía tan sólo por el amor de un niño y por el afecto que profesaba a la hermosa y sin embargo desmejorada mujer, a quienes había prometido cuidar.

Louis-Anatole llegó a ser pronto el preferido de la casa, y también fue muy querido en el pueblo. Le pusieron por apodo *Pichon,* el pequeño. Era travieso, pero en todo momento encantador. Hacía preguntas sin cesar, y en esto se parecía más a su tía que a su difunto padre, aunque también era capaz de escuchar con atención. A medida que fue creciendo, Léonie salía con él por las sendas y los bosques del Domaine de la Cade. Si no, se iba a pescar con Pascal, quien también le enseñó a nadar en el lago. De vez en cuando, Marieta le permitía rebañar el cuenco en el que había mezclado algún pastel y lamer la cuchara de madera cuando había preparado un suflé de grosellas o una tarta de chocolate. Se mantenía en equilibrio sobre el viejo taburete de tres patas, apoyado en el canto de la mesa de la cocina, con un delantal blanco y almidonado de criada que le llegaba hasta los tobillos, y Marieta, de pie tras él, se aseguraba de que no se cayera al suelo mientras le enseñaba a amasar la harina para hacer el pan.

Cuando Léonie lo llevaba de visita a Rennes-les-Bains, su pasatiempo preferido era sentarse en la terraza del café que tanto le había gustado a Anatole. Con los rizos del cabello desordenados, la camisa blanca y arrugada, los pantalones de terciopelo de color nogal, sujetos en la rodilla, se sentaba en el alto taburete de madera aunque le colgasen las piernas. Tomaba sirope de cereza o el zumo de las manzanas recién exprimidas y pasteles de chocolate.

Con motivo de su tercer cumpleaños, madame Bousquet le regaló a Louis-Anatole una caña de pescar hecha de bambú. En las siguientes navidades, *maître* Fromilhague le mandó una caja de soldados de plomo y presentó de paso los cumplidos de rigor a Léonie.

El niño también empezó a ser un visitante asiduo de la casa de Audric Baillard, quien le contó historias de la época medieval y le habló del honor de los caballeros que habían defendido la independencia del Midi frente a los invasores del norte. Más que lanzar al niño a las páginas de los libros de historia que criaban polvo en la biblioteca del Domaine de la Cade, monsieur Baillard supo devolver el pasado a la vida. La leyenda preferida de Louis-Anatole era la del cerco de Carcasona, en 1209, y la de los valerosos hombres, mujeres y niños, algunos apenas mayores que él, que huyeron a refugiarse a las aldeas perdidas de la Haute Vallée.

Cuando tenía cuatro años, Audric Baillard le regaló una copia de una espada de la Edad Media, cuya empuñadura iba grabada con sus iniciales, L. V. Léonie le compró en Quillan, con la ayuda de uno de los muchos primos que tenía Pascal en la región, un poni de pelaje cobrizo, con las crines gruesas, blancas, al igual que la cola, y una mancha blanca en el morro. Mientras se prolongó aquel caluroso verano, Louis-Anatole fue un auténtico *chevalier* que combatía victorioso contra los franceses incluso en las justas imaginarias, derribando latas que Pascal colocaba en una valla de madera en los parterres de césped de la propiedad. Desde la ventana del salón, Léonie lo miraba y recordaba que, cuando era niña, también había visto a Anatole correr y esconderse y trepar a los árboles en el parque Monceau con la misma sensación de respeto por sus hazañas, aunque ligeramente teñida de envidia.

Louis-Anatole también demostró poseer un notable talento para la música, como si el despilfarro de aquel dinero invertido en las clases de piano que recibió Anatole en su juventud hubiera dado por fin buenos dividendos en el caso de su hijo. Léonie contrató a un profesor de piano en Limoux. Una vez a la semana, el profesor venía en una carreta traqueteante, con un pañuelo blanco al cuello, los calcetines a rayas, la barba descuidada, y a lo largo de dos horas dirigía los ejercicios de digitación y las escalas en que se aplicaba Louis-Anatole. Todas las semanas, cuando se marchaba, apremiaba a Léonie para que obligase al chiquillo a tocar el piano con sendos vasos de agua en equilibrio sobre el dorso de las manos, para que desarrollase mejor el sentido del tacto al pulsar las teclas. Léonie y Louis-Anatole se mostraban de acuerdo, y durante un par de días intentaban el ejercicio propuesto por el profesor. Pero cuando se derramaba el agua y empapaba los pantalones de terciopelo de Louis-Anatole o las faldas de Léonie, los dos reían y se ponían en cambio a tocar alegres y bulliciosos duetos.

Cuando estaba solo, el niño a menudo se iba sigilosamente al piano con ánimo de experimentar. Léonie permanecía en el rellano, arriba, sin que él la viese, y escuchaba las amables y obsesivas melodías que iba creando con sus dedos infantiles. Al poco de comenzar sus improvisaciones, el niño a menudo daba con la clave de la menor. Y en esas ocasiones Léonie se ponía a pensar en aquella música que tanto tiempo atrás había robado del sepulcro y que seguía escondida en el taburete del piano, preguntándose si tal vez fuese buena idea mostrársela. Pero la amedrentaba el poder de la partitura y lo que pudiera desencadenar en aquel lugar, de modo que se abstuvo de recuperarla.

A lo largo de todo este tiempo Isolde siguió viviendo en un mundo crepuscular, atravesando las estancias y los pasillos del Domaine de la Cade como si fuera una aparición. Apenas decía nada, era amable con su hijo y seguía gozando del cariño de todos los criados. Sólo cuando miraba a los ojos color esmeralda de Léonie, destellaba algo más profundo en los suyos. Durante un fugaz instante, la tristeza y el recuerdo ardían con fuerza en su mirada antes de que una capa de negrura cayera de nuevo sobre ellos. Algunos días se encontraba mejor que otros. En ocasiones, Isolde emergía de las sombras que la envolvían como el sol que sale tras las nubes. Pero comenzaba de nuevo a oír voces, se tapaba los oídos con ambas manos y era presa del llanto, con lo que Marieta de nuevo la llevaba dulcemente a la privacidad de su habitación, hasta que regresaran otros momentos mejores. Los periodos de paz se fueron espaciando y se fueron haciendo más cortos. La oscuridad que la rodeaba fue ahondándose. Por su parte, Louis-Anatole aceptaba a su madre tal como era. Nunca había llegado a suponer que fuera de otro modo.

En líneas generales, no era precisamente la vida que Léonie había imaginado llevar. Hubiera aspirado al amor, a tener ocasión de ver el mundo, de ser ella misma. Pero amaba a su sobrino y sentía una lástima infinita por Isolde, a la vez que, resuelta a cumplir la palabra que había dado a Anatole, no flaqueó en ningún momento y asumió la totalidad de sus deberes.

Tras los otoños cobrizos llegaba el frío intenso de los blancos inviernos, en los que la nieve llegó a acumularse sobre la tumba de Marguerite Vernier en París. Las verdes primaveras dejaron paso al dorado resplandor de los cielos en verano, a los pastos abrasados por el sol, y los brezos crecieron enmarañados sobre la modesta tumba de Anatole, en el promontorio desde el que se dominaba el lago del Domaine de la Cade.

La tierra, el viento, el agua y el fuego, el patrón inmutable del mundo natural siempre imponía su ley.

Su apacible existencia no iba a durar mucho más. Entre Navidad y Año Nuevo se sucedieron los signos, los presagios, las advertencias incluso, que anunciaban que el mundo estaba trastocado.

En Quillan, el hijo de un deshollinador cayó de la escalera y se partió el cuello. En Espéraza se declaró un incendio en la fábrica de sombreros, a resultas del cual murieron cuatro de las trabajadoras, españolas las cuatro. En el taller de la familia Bousquet, un aprendiz quedó atrapado en el metal de la imprenta y perdió los cuatro dedos de la mano derecha.

Para Léonie, la intranquilidad general que empezaba a percibirse se concretó el día en que monsieur Baillard fue a darle la desagradable noticia de que se veía en la obligación de abandonar Rennes-les-Bains. Era la época de las ferias de invierno, en Brenac el 19 de enero, en Campagne-sur-Aude el 20 y en Belvianes el 22. Iba a hacer las visitas de costumbre a esas poblaciones, relativamente alejadas, y después tenía previsto subir a los montes. Sus ojos no disimularon su preocupación cuando le explicó que existían obligaciones más antiguas y más comprometedoras para él que el hecho de ser el tutor oficioso de Louis-Anatole, obligaciones que ya no podía aplazar por más tiempo. Léonie lamentó su decisión, pero supo que no era cuestión de deber ponerla en duda, ni menos aún de interrogarle. Le dio su palabra de que regresaría antes de la festividad de San Martín, en noviembre, cuando los arrendatarios procedían al cobro de las rentas de la propiedad.

A ella la desalentó que su ausencia fuese a prolongarse durante tantos meses, pero había aprendido tiempo atrás que era sencillamente imposible desviar a monsieur Baillard de ninguna de sus intenciones una vez que hubiera tomado una decisión en firme.

La inminencia de su partida, los motivos que lo llevaban a marcharse, y que no le explicó, recordaron una vez más a Léonie qué poco sabía de su amigo y protector. Ni siquiera tenía certeza de su edad, aunque Louis-Anatole había asegurado que al menos debía de tener setecientos años, tantas eran las historias que contaba.

Pocos días después de que se fuese Audric Baillard, estalló un escándalo en Rennes-le-Château. La restauración de la iglesia que había acometido el abad Saunière estaba prácticamente terminada. En los primeros y fríos meses de 1897 llegó el conjunto de estatuas que se había encargado a un escultor de Toulouse. Entre ellas había un *bénitier,* un receptáculo para el agua bendita, que descansaba sobre los hombros de un demonio contrahecho. Se alzaron las voces en contra de semejante obra, y fueron ruidosas las protestas que insistieron en que tanto ésa como muchas otras de las estatuas no eran aptas para un lugar de culto. Se enviaron cartas de protesta al ayuntamiento y al obispado, algunas de ellas anónimas, en las que se exigía que Saunière diera las debidas explicaciones. También se exigió que al sacerdote se le negase el permiso para proseguir las excavaciones en el cementerio.

Léonie no había estado al corriente de esas excavaciones nocturnas que se realizaban alrededor de la iglesia, y tampoco de que, según corrió el rumor, Saunière pasaba las horas entre el anochecer y el amanecer caminando por los montes cercanos en busca de un tesoro. No tomó parte en la polémica, ni tampoco en las críticas y quejas que arreciaron contra un sacerdote que ella había considerado sumamente devoto de su parroquia. Su inquietud se debió al hecho de que algunas de las estatuas eran con absoluta precisión una copia de las que ella había visto en el interior del sepulcro. Era como si alguien o algo guiase la mano del abad Saunière y, al mismo tiempo, obrase de tal modo que sólo podía levantar una polvareda en su contra.

Léonie sabía que él había visto las estatuas en tiempos de su difunto tío. Pero no alcanzaba a entender por qué, pasados unos doce años de aquellos sucesos, quiso hacer una réplica de las imágenes que tanto daño habían causado. En ausencia de su amigo y guía, Audric Baillard, no tenía con quién comentar sus temores.

El descontento se extendió desde el monte, se difundió por el valle y llegó a Rennes-les-Bains. De súbito menudearon las habladurías, los recuerdos de aquellos sucesos que habían causado tanta inquietud en el pueblo años atrás. Se rumoreó que existían túneles secretos entre Rennes-le-Château y Rennes-les-Bains, cámaras de enterramiento de la época visigoda. Se oyeron acusaciones de que, como ya sucediera antes, el Domaine de la Cade era el refugio de una bestia salvaje, y no tardaron en cobrar nueva fuerza. Los perros, las cabras e incluso los bueyes fueron objeto de ataques por parte de lobos o gatos monteses que no parecían temer ni las trampas ni las armas de los cazadores. A menos que aquélla fuera una criatura antinatural, cosa que también empezó a oírse con frecuencia. Es decir, una criatura no gobernada por las leyes normales de la naturaleza.

Aunque Pascal y Marieta hicieron cuanto estuvo en su mano por impedir que los rumores llegasen a oídos de Léonie, algunas de las historias más perversas llegaron pese a todo a su conocimiento. La campaña era sutil; no se hacían acusaciones en voz alta, de modo que Léonie nunca pudo dar respuesta a la lluvia de quejas que arreciaba sobre el Domaine de la Cade y sobre la casa misma.

No existía manera de identificar cuál pudiera ser la fuente de los rencorosos rumores, y sólo fue posible comprobar que se iban intensificando. Con el fin del invierno, con la llegada de una primavera lluviosa y fría, las maledicencias relativas a los sucesos sobrenaturales que tenían lugar en el Domaine de la Cade fueron cada vez más frecuentes. Se habló de que se habían visto espectros y demonios, se hizo referencia incluso a los rituales satánicos que se llevaban a cabo en el sepulcro y al amparo de la noche. Todo aquello fue como si regresaran los tiempos siniestros en que Jules Lascombe fue dueño y señor de la casa. La amargura reinante, la inquina, apuntaba a los sucesos de la Noche de Difuntos de 1891. Se afirmó que el terreno se declaraba en rebeldía, que buscaba la debida retribución por los pecados del pasado.

Antiguos encantamientos, hechizos de antaño, en la lengua tradicional de la región, aparecieron grabados en las rocas que jalonaban el camino, para tratar de espantar al demonio que en esos momentos, como ya hiciera antes, rondaba peligrosamente por el valle. Aparecieron estrellas de cinco puntas inscritas en un círculo, con alquitrán negro, en diversas rocas del camino. Se dejaron ofrendas votivas de flores y de cintas en hornacinas antes no señaladas.

Una tarde en que estaba sentada Léonie con Louis-Anatole en el lugar que más le gustaba, a la sombra de los plátanos de la plaza Pérou, una frase que alguien pronunció de un modo insultante le llamó la atención.

—*Lou Diable se rit.*

Cuando regresó al Domaine de la Cade, preguntó a Marieta qué significaba.

—El diablo se ríe —le tradujo a regañadientes.

De no haber sabido Léonie que tal idea era imposible, hubiera sospechado que la mano de Victor Constant se hallaba detrás de los rumores y las habladurías. Se recriminó por tener tales pensamientos.

Constant había muerto. La policía así lo pensaba. Tenía que estar muerto. De lo contrario, ¿por qué los había dejado en paz durante ya casi cinco años, para terminar por volver entonces?

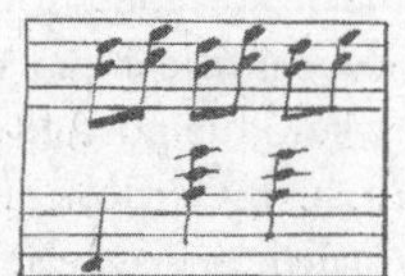

CAPÍTULO 90

CARCASONA

Cuando los calores de julio volvieron de color ocre los pastos que se extendían entre Rennes-le-Château y Rennes-les-Bains, Léonie ya no pudo soportar por más tiempo su confinamiento. Necesitaba urgentemente un cambio de aires.

Las historias y las maledicencias que se contaban sobre el Domaine de la Cade habían arreciado llenos de rencor y con mayor intensidad de un tiempo a esta parte. De hecho, el ambiente que se palpaba en la última ocasión en que estuvo con Louis-Anatole en Rennes-les-Bains le había resultado tan desagradable que decidió no volver a visitar el pueblo en el futuro inmediato. El silencio o las miradas suspicaces sustituyeron a los anteriores saludos y sonrisas. No quería que Louis-Anatole presenciara una situación tan desagradable.

La ocasión elegida por Léonie para la excursión no fue otra que la *fête nationale.* Acudirían a las celebraciones del aniversario de la toma de la Bastilla, acaecida más de cien años antes, un espectáculo de fuegos artificiales en la ciudadela medieval de Carcasona precisamente el 14 de julio. Léonie no había vuelto a visitar la ciudad desde aquella breve y dolorosa estancia con Anatole e Isolde, pero pensando en el bien de su sobrino —iba a ser un regalo ligeramente tardío por su quinto cumpleaños— decidió arrinconar todas sus aprensiones.

Decidió convencer a Isolde de que los acompañase. El estado nervioso de su tía había empeorado de un tiempo a esta parte. Había empezado a insistir en que había personas que la seguían, que incluso la vigilaban desde la orilla opuesta del lago, y decía que había rostros bajo el agua. Vio humo en el bosque a pesar de que no había ningún fuego encendido. Léonie no quiso dejarla ni siquiera en las eficaces manos de Marieta. No quiso que pasara tantos días sin compañía.

—Por favor, Isolde —susurró, y le acarició la mano—. Te sentaría bien alejarte unos días de aquí, dejar que el sol te dé en la cara. —Le estrechó los dedos—. Para mí sería maravilloso que vinieras. Y para Louis-Anatole también. Sería el mejor regalo de cumpleaños que le pudieras hacer. Ven con nosotros, te lo pido por favor.

Isolde la miró con sus profundos y apenados ojos grises, con una mirada que parecía al tiempo transmitir una gran sabiduría y, en cambio, no ver nada.

—Si ése es tu deseo —accedió con su voz argentina—, iré con vosotros.

Léonie se quedó tan asombrada que abrazó de improviso a Isolde, causándole un notable sobresalto. Percibió lo delgada que estaba Isolde bajo la ropa y el corsé, pero apartó ese pensamiento de su mente. Nunca había llegado a contar con que Isolde se mostrase de acuerdo con el viaje, y por ese motivo fue inmensa su alegría. Tal vez fuera incluso un indicio de que su tía por fin estaba dispuesta a mirar de frente al futuro. Y a conocer por fin a su maravilloso hijo.

Fue un grupo reducido el que emprendió viaje en tren a Carcasona.

Marieta se ocupó de vigilar a su señora. A Pascal le cupo encargarse de Louis-Anatole y entretenerlo con historias militares, contándole las hazañas del ejército francés en el África Occidental, en Dahomey y en la Costa de Marfil. Le habló con tanto deleite de los desiertos, de las rugientes e inmensas cataratas, de un mundo perdido y escondido en una meseta secreta, que Léonie llegó a sospechar que había tomado sus descripciones prestadas de los escritos de monsieur Jules Verne, y no de las páginas de los periódicos. Louis-

Anatole, por su parte, entretuvo a los presentes en el vagón relatando los cuentos que le había narrado monsieur Baillard sobre los caballeros medievales. Los dos pasaron un viaje sumamente satisfactorio, contándose hazañas bélicas de todo tipo.

Llegaron a la hora del almuerzo, en la mañana del 14 de julio, y hallaron alojamiento en la zona baja de la Bastide, cerca de la catedral de Saint-Michel, a bastante distancia del hotel en el que Isolde, Léonie y Anatole se habían alojado seis años antes. Léonie pasó el resto de la tarde recorriendo la ciudad con su sobrino, excitado, atento a las novedades, y le permitió comer demasiado helado.

Regresaron a descansar a las cinco en punto. Léonie encontró a Isolde tendida en un sofa junto a la ventana, mirando los jardines del boulevar Barbès. Con una sensación de vacío en la boca del estómago, se dio cuenta entonces de que Isolde no tenía la intención de acudir con ellos a ver los fuegos artificiales.

Léonie no dijo nada, con la esperanza de haberse tal vez equivocado, pero cuando le llegó el momento de aventurarse para presenciar el espectáculo nocturno, Isolde manifestó que no se sentía con ganas de mezclarse con el gentío. Louis-Anatole no se llevó una decepción, pues lo cierto es que nunca había contado realmente con que su madre los acompañara. En cambio, Léonie se permitió enfadarse con ella, algo poco habitual, ante la evidencia de que ni siquiera en una ocasión tan especial iba a estar Isolde a la altura de su hijo.

Tras dejar que Marieta atendiera a las necesidades de su señora, Léonie y Louis-Anatole salieron con Pascal. El espectáculo lo había planificado y lo costeaba un industrial de la ciudad, monsieur Sabatier, inventor del aperitivo L'Or-Kina y del licor La Micheline, conocido como «La Reine des Liqueurs». El espectáculo iba a ser más bien un simple experimento, aunque con la promesa de mejorar al año siguiente si realmente cosechara éxito. La presencia de Sabatier llamaba la atención por todas partes, ya fuera en los folletos promocionales que Louis-Anatole recogió con sus pequeñas manos, recuerdos de su excursión, o en los carteles que se veían en las paredes de infinidad de edificios.

Cuando empezó a disminuir la luz del día, el gentío se fue apiñando en la margen derecha del río Aude, en el *quartier* Trivalle, para contemplar los baluartes ya restaurados de la Cité. Los niños, los agricultores y las criadas de las mejores casas, las dependientas y los limpiabotas, todos ellos concurrieron en la iglesia de Saint-Gimer, donde una vez se guareció Léonie en compañía de Victor Constant. Apartó aquel recuerdo de sus pensamientos.

En el margen izquierdo el público se acomodó a la entrada del Hôpital des Malades, aunque apenas había sitio donde colocarse. Los niños se hallaban en equilibrio sobre el murete que rodeaba la capilla de San Vicente de Paúl. En la Bastide, el gentío se congregó en la Porte des Jacobins y también a lo largo de la orilla. Nadie sabía muy bien qué se podía esperar del espectáculo anunciado.

—Arriba, *Pichon* —dijo Pascal, y se subió al niño a los hombros.

Léonie, Pascal y Louis-Anatole ocuparon su lugar en el Pont Vieux, apiñándose los cuatro en uno de los *becs* apuntados, las ojivas desde las que se veía el agua. Léonie susurró en voz alta al oído de Louis-Anatole, como si fuera a comunicarle un gran secreto, que incluso el obispo de Carcasona, según se decía, había salido de su palacio para presenciar aquella gran celebración del republicanismo.

Con la caída de la noche, los que habían ido a cenar a los restaurantes cercanos aumentaron el número de los presentes en el viejo puente. La multitud era aplastante. Léonie miró a su sobrino, preocupada tal vez de que fuera una hora demasiado tardía para que estuviera en la calle, y también de que el ruido de la pólvora le asustase, pero le sorprendió descubrir en el rostro de Louis-Anatole la misma mirada de concentración absoluta que recordaba haber visto en el rostro de Achille cuando se sentaba a componer ante el piano.

Léonie sonrió y se dio cuenta de que cada vez le resultaba más fácil disfrutar de sus recuerdos sin que la asaltase y la abrumase la sensación de la pérdida.

En ese momento comenzó el *embrassement* de la Cité. Las murallas medievales quedaron envueltas por la furia de las llamaradas naranjas y rojas, por las chispas, por el humo de todos los colores. Ascendían los fuegos en el cielo nocturno, y estallaban de pronto. Nubes de vapores de acre olor llegaron rodando desde la colina y salvaron el río, causando un cierto picor en los ojos de los espectadores, aunque la magnificencia del espectáculo compensó con creces toda incomodidad. El cielo, azulado, se había tornado púrpura, y resplandecía en tonalidades verdes, blancas y rojas a medida que los fuegos de artificio salían disparados y la ciudadela quedaba envuelta en las llamas, en el resplandor, en el deslumbrante brillo.

Léonie notó que la pequeña mano de Louis-Anatole, caliente, se había deslizado hasta posarse en su hombro. La cubrió con la suya. ¿Iba a ser tal vez ése un nuevo comienzo? Tal vez la pena que había dominado su vida durante ya tanto tiempo, durante demasiado tiempo, terminaría por aflojar y le permitiría pensar en un futuro más luminoso.

—Por el futuro —dijo ella casi para sus adentros, recordando a Anatole.

Su hijo le había oído.

—Por el futuro, tía Léonie —dijo él, devolviéndole sus votos. Calló unos instantes, y entonces añadió—: Si me porto bien, ¿vendremos al año que viene?

Cuando terminó el espectáculo y comenzó a dispersarse la muchedumbre, Pascal llevó en brazos al niño soñoliento, camino de la pensión en que se alojaban.

Fue Léonie quien le acostó. Prometiéndole que, en efecto, volverían a disfrutar de aquella aventura, le dio un beso, le deseó buenas noches y se retiró, dejando como siempre una vela encendida, para espantar a los espectros, a los espíritus malignos y a los monstruos de la noche.

Estaba para el arrastre, exhausta por las emociones del día. Los pensamientos que la llevaron continuamente al recuerdo de su hermano —y a su culpabilidad, al papel que había desempeñado al guiar a Victor Constant hasta donde él estaba— le habían torturado el ánimo durante todo el día.

Deseosa de descansar un poco, Léonie se preparó un bebedizo para dormir y vio cómo se disolvían los polvos en un vaso de coñac caliente. Lo bebió despacio, se deslizó entre las sábanas y se durmió profundamente para no tener un solo sueño.

Un brumoso amanecer se fue extendiendo sobre las aguas del Aude a la vez que la pálida luz de la mañana daba de nuevo forma al mundo.

Las orillas del río, las aceras y los adoquines de la Bastide estaban poco menos que cubiertas de panfletos y papeles. La contera rota de un bastón de madera de boj, unas cuantas partituras pisoteadas por el gentío, una gorra perdida por su dueño. Y por todas partes se veían los folletos repartidos por monsieur Sabatier.

Las aguas del Aude, lisas como un espejo, apenas se movían con la quietud del alba. El viejo barquero, Baptistin Cros —al que toda Carcasona conocía con el sobrenombre de Tistou—, guiaba su pesada barcaza atravesando el río en calma rumbo al embalse de Païchérou. Río arriba, remontando el curso, apenas quedaría rastro de las celebraciones de la *fête nationale.* No había cajas olvidadas, no había guirnaldas ni avisos ni papeles, ni tampoco el persistente olor de la pólvora o del papel quemado. Con mirada firme contempló la luz purpúrea que refulgía sobre la Montagne Noire, al norte, a la vez que el cielo viraba del negro al azul y del azul al blanco del alba.

La barcaza de Tistou colisionó con algo que flotaba en el agua. Se volvió para ver qué era, reajustando su punto de apoyo con la facilidad que le daba la experiencia.

Era un cadáver.

Despacio, el viejo barquero viró la barcaza. El agua formó ondas al golpear la borda de madera, pero sin llegar a caer dentro. Se detuvo un instante, cuando los cables tendidos sobre el río, que comunicaban una orilla con la otra, parecieron cantar con el tenue aire de la mañana, aun cuando no corría ni una racha de brisa.

Anclando la barcaza por el procedimiento de hundir al máximo la pértiga en el barro del fondo, Tistou se arrodilló y se asomó al agua. En la superficie verdosa acertó a ver el cuerpo de una mujer que flotaba a flor de agua. Estaba boca abajo. Tistou se alegró de que así fuera. Los ojos vítreos de los ahogados siempre le resultaban difíciles de olvidar, así como los labios azulados y la expresión de sorpresa que parecía grabarse en una piel amarilla como la cera. «No lleva mucho tiempo en el agua», pensó Tistou. Sus rasgos aún no se habían desfigurado.

La mujer tenía un aspecto extrañamente sosegado con la ondulación de su largo cabello rubio, de un lado a otro, como las algas. Los lentos pensamientos de Tistou quedaron hipnotizados por ese movimiento. Tenía la espalda arqueada, los brazos y las piernas mecidos en su movimiento descendente, por debajo de las faldas, como si de alguna forma estuviera adherida al lecho del río.

«Otra suicida», pensó.

Tistou hincó bien los pies y se inclinó hacia el agua, apoyando con fuerza las rodillas dobladas contra la amura. Agarró con el puño el vestido gris de la mujer. Pese a estar empapado y fangoso por el contacto con el río, percibió la buena calidad de la tela. Tiró con fuerza. La barcaza se balanceó peligrosamente, pero Tistou había hecho ese mismo gesto en infinidad de ocasiones, y sabía de sobra cuál era el punto de resistencia máxima, dónde estaba el riesgo de volcar. Respiró hondo, volvió a tirar y agarró el cuello del vestido para hacer mejor presa.

—Uno, dos, tres... ¡arriba! —dijo en voz alta a la vez que el cuerpo se deslizaba sobre la amura y caía, como un pez recién capturado, en el casco húmedo de la barcaza.

Tistou se secó la frente con el pañuelo y volvió a encasquetarse en el cogote la gorra que le daba una estampa inconfundible. Sin necesidad de pensar, se llevó la mano al pecho y se santiguó. Fue un acto instintivo, no la manifestación de una creencia.

Dio vuelta al cuerpo. Una mujer que ya no estaba en su plena juventud, pero que seguía siendo bella. Tenía abiertos los ojos grises y el cabello se le había soltado en el agua, aunque era evidente que era una mujer con clase. Sus manos blancas y suaves no eran las de alguien que trabajara para ganarse la vida.

Hijo de un pañero y una costurera, Tistou sabía detectar un buen algodón de Egipto nada más verlo. Encontró la etiqueta del sastre —de París— todavía legible en el cuello. La mujer llevaba un camafeo de plata al cuello, macizo, con dos miniaturas dentro, una de la propia dama, la otra de un joven de cabello negro. Lo dejó en donde estaba. Era un hombre honesto, nada que ver con los carroñeros que trabajaban en las represas del centro de la ciudad y despojaban a un cadáver de todos sus objetos de valor antes de entregarlo a las autoridades. Pero le gustaba conocer la identidad de quienes había recuperado del agua.

Isolde fue identificada rápidamente. Léonie había informado de su ausencia en cuanto amaneció, en cuanto despertó Marieta y vio que su señora no estaba.

Se vieron obligados a permanecer durante un par de días en la ciudad, para cumplir las formalidades legales y cumplimentar todo el papeleo, aunque no hubo la menor duda sobre las causas de su muerte: suicidio, cometido en un momento de enajenación mental.

En un apagado día de julio, un día nublado, sin sonidos de ninguna clase, Léonie llevó a Isolde de regreso al Domaine de la Cade, su último regreso. Culpable del pecado capital de haberse quitado la propia vida, a Isolde no le permitiría la Iglesia descansar en sagrado. Además, Léonie no quiso ni pensar en la posibilidad de que fuera enterrada en el mausoleo de la familia Lascombe.

Por el contrario, contó con los servicios del párroco Gélis, de Coustaussa, el pueblo con su castillo en ruinas que se encontraba a mitad de camino entre Couiza y Rennes-les-Bains, quien ofició una ceremonia privada dentro del terreno del Domaine de la Cade. Hubiera preferido contar con el abad Saunière, pero prefirió abstenerse a tenor de las circunstancias, pues aún sufría los duros ataques de sus adversarios, de quienes estaban convencidos de que era justo imputarle este escándalo.

Al atardecer del 20 de julio de 1897 enterraron a Isolde junto a Anatole, en el apacible terreno del promontorio desde el que se dominaba el lago. Una lápida nueva, y modesta, sobre la hierba, recogió los nombres y las fechas de ambos.

Mientras Léonie escuchaba el murmullo de las plegarias, tomando con fuerza de la mano a Louis-Anatole, recordó cómo había ya presentado sus respetos a Isolde en un cementerio de París, en una ceremonia celebrada seis años atrás. Aquel recuerdo familiar descendió sobre ella con tal fuerza, con tal inquina, que tuvo que contener la respiración para mejor soportarlo. Se vio de pie en el salón de la calle Berlin, con las manos unidas ante un féretro cerrado y aquella solitaria hoja de palma que flotaba en el cuenco de cristal, sobre el aparador. El enfermizo aroma del ritual y de la muerte que se había insinuado en todos los rincones de la vivienda, con el incienso quemado y las velas que ardían para enmascarar el empalagoso dulzor del cadáver. Sólo que allí no había cadáver. Y en el piso de abajo Achille aporreaba su piano sin cesar, notas negras y blancas que ascendían y se filtraban entre los tablones de la tarima, hasta que Léonie creyó que estaba a punto de enloquecer.

Al oír el golpe sordo de la tierra sobre la madera de la tapa del féretro, su único consuelo fue que Anatole no había tenido que vivir ese instante.

Como si se hiciera cargo de su estado de ánimo, Louis-Anatole la rodeó por la cintura con su pequeño brazo.

—No te preocupes, tía Léonie. Yo cuidaré de ti.

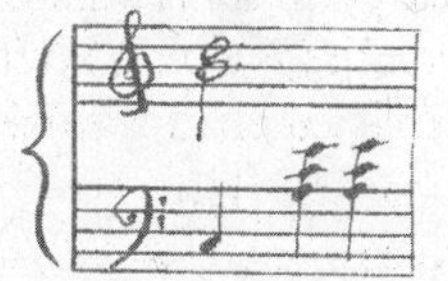

CAPÍTULO 91

El salón privado en la primera planta de un hotel de la vertiente española de los Pirineos estaba atestado de humo de cigarrillos de tabaco turco, que los huéspedes habían fumado desde que él llegase algunas semanas antes.

Era un caluroso día del mes de agosto, si bien él iba vestido de invierno, con un grueso abrigo de color gris y unos suaves guantes de cabritilla. Estaba en los huesos, demacrado, y la cabeza le oscilaba ligeramente, en un movimiento reiterativo, como si estuviera en desacuerdo con una pregunta que nadie más había oído formular. Con una mano temblorosa se llevó a los labios un vaso de cerveza negra, con aspecto de regaliz líquido. Bebió con cuidado, sin abrir apenas una boca cuyas comisuras estaban cubiertas de pústulas. Pero a pesar de su apariencia deteriorada, sus ojos conservaban el poder de mandar, clavándose en las almas de quienes observaba como el filo cortante de un puñal.

Sostuvo el vaso en alto.

Su criado se adelantó con una botella de cerveza negra y volvió a llenar el vaso de su señor. Por un instante compusieron un grotesco retablo, el inválido desfigurado y su hirsuto sirviente, con el cuero cabelludo hecho un mapa de eccemas y llagas de tanto rascarse.

—¿Qué noticias tenemos?

—Dicen que ella se ha ahogado. Por su propia mano —replicó el criado.

—¿Y la otra?

—La otra cuida del niño.

Constant no respondió nada. Los años de exilio, el avance irremisible de la enfermedad, lo habían debilitado sobremanera. Su cuerpo se iba derrumbando. Ya no lograba caminar con facilidad. En cambio, el proceso de deterioro parecía si acaso haberle aguzado el ingenio. Seis años antes se vio obligado a actuar más deprisa de lo que él hubiera querido. Y eso le privó del placer de disfrutar debidamente de su venganza. El interés que puso en buscarle la ruina a la hermana se había debido exclusivamente a la intención de torturar al propio Vernier, de hacérselo saber poco a poco, de modo que apenas pudiera sospecharlo. Sin embargo, la muerte rápida y limpia que se le infligió a Vernier le causó una profunda decepción, y todavía a esas alturas tenía la sensación de que alguien, o algo, le había arrebatado a Isolde mediante trampas y engaños.

Su precipitada huida, cruzando la frontera con España, tuvo como consecuencia que Constant no tuviera ninguna noticia a lo largo de doce largos meses, después de los acontecimientos de la Noche de Difuntos de 1891; así, no tuvo conocimiento de que la muy furcia no sólo había sobrevivido a la bala que él le había destinado, sino que además había dado a luz a un hijo. El hecho de que hubiera vuelto una vez más a escapársele era algo que lo tenía obsesionado.

Sólo por el placer de maquinar cómo culminar su venganza había aguantado con paciencia el paso de los seis últimos años. Los intentos que se llevaron a cabo para expropiarle de sus pertenencias y activos lo habían dejado prácticamente en la ruina. Necesitó toda la destreza y toda la inmoralidad de sus abogados para proteger parte de su riqueza y mantener oculto su paradero.

Constant se vio obligado a obrar con cautela y discreción absolutas, permaneciendo exiliado al otro lado de la frontera hasta que todo el interés que suscitó su persona terminó por extinguirse. Por fin, el invierno anterior, el inspector Thouron había recibido el esperado ascenso y se le había asignado la complicada investigación sobre un oficial del ejército, Dreyfus, que tan ocupada tenía a toda la fuerza policial de París. Más relevante para el deseo devorador de Constant, para su máximo y voraz deseo de vengarse de Isolde, era que le hubiera llegado aviso de que el inspector Bouchou, de la *gendarmerie* de Carcasona, se había jubilado cuatro semanas antes.

Por fin estaba del todo despejado el camino para que Constant regresara a Francia sin que nadie se percatase.

Ordenó a su criado que se adelantase a preparar el terreno ya en primavera. Con una serie de cartas anónimas, enviadas al ayuntamiento y a las autoridades de la Iglesia, le resultó sumamente fácil aventar las llamas de una campaña de murmuraciones en contra del abad Saunière, un sacerdote estrechamente relacionado con el Domaine de la Cade y con los acontecimientos que Constant ya sabía que habían tenido lugar en tiempos de Jules Lascombe.

Se había enterado de aquellos rumores que hablaban de un diablo, de un demonio, puestos en circulación en el pasado para aterrar a todos los lugareños de la región. Fueron los sicarios pagados por Constant los que extendieron nuevos rumores acerca de una bestia que rondaba los valles y montes atacando al ganado. Su criado viajó de pueblo en pueblo y de una aldea a otra, excitando a las buenas gentes y difundiendo los rumores acerca de que el sepulcro que se encontraba en los terrenos propiedad de los Vernier había vuelto a ser el epicentro de una actividad oculta. Comenzó por los más vulnerables y desprotegidos, por los mendigos harapientos y descalzos que dormían a la intemperie y se guarecían bajo las carretas, los pastores que pasaban el invierno aislados en los montes, los que seguían el paso de los jueces ambulantes de una localidad a otra. Fue administrando gota a gota el veneno de Constant en los oídos de los merceros y los cristaleros, los limpiabotas y los criados de las grandes casas, las encargadas de la limpieza, las doncellas. Los lugareños eran supersticiosos y crédulos. La tradición, el mito y la historia sirvieron de confirmación a sus calumnias. Un susurro aquí, un chivatazo allá, referidos todos a que las huellas de las garras no se correspondían con las de ningún animal. Que los extraños gemidos que se oían de noche... Que se percibía un olor putrefacto cuando... Todo apuntaba a que algún demonio sobrenatural había llegado exigiendo su tributo por los antinaturales sucesos que se habían producido en el Domaine de la Cade, una tía que había contraído matrimonio con el sobrino de su marido.

Los tres estaban ya muertos.

Con una serie de hilos invisibles, trazó y tensó su red en torno al Domaine de la Cade. Y si era cierto que hubo ataques de los que su criado no habría podido ufanarse, Constant supuso que en realidad no pasaba de ser sino la letanía de costumbre que se refería a los gatos monteses, a los lobos, a lo que fuera, a los animales que rondasen al acecho en los pastos a más altura, en las cumbres.

Con la jubilación de Bouchou había llegado el momento idóneo para pasar a la acción. Ya había tenido que esperar demasiado tiempo, y precisamente por haberlo hecho había perdido la oportunidad de infligir a Isolde el castigo que a su juicio hubiera sido adecuado. Además, al margen de los interminables remedios y tratamientos que se administraba, a pesar del mercurio, de las aguas, del láudano, Constant estaba muriéndose.

Sabía que no le quedaba mucho tiempo antes de que empezara a fallarle la cabeza. Había sabido reconocer los síntomas, no tenía ya dificultad en hacer él mismo un diagnóstico tan exacto como el de cualquier matasanos. Lo único que realmente temía era el breve, último, aciago resplandor de lucidez, antes de que las sombras descendieran sobre él ya para siempre.

Constant tenía previsto cruzar la frontera a comienzos de septiembre y regresar a Rennes-les-Bains. Vernier había muerto. Ella había muerto. Pero aún quedaba el niño.

Del bolsillo del chaleco sacó el reloj que le había robado a Vernier en el callejón Panoramas casi seis años antes. Mientras se alargaban las sombras en la vertiente española de los Pirineos, le dio vueltas y más vueltas en sus escrofulosas, sifilíticas manos, pensando en su Isolde.

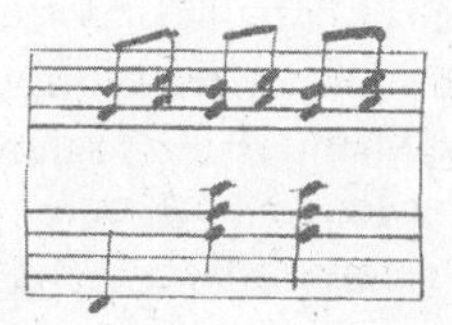

CAPÍTULO 92

∞

El 20 de septiembre, aniversario del asesinato de Marguerite Vernier, desapareció otra niña. Fue la primera en más de un mes, y se la llevaron de la orilla del río a la altura de Sougraigne. El cuerpo de la chiquilla apareció cerca de la Fontaine des Amoureux, con la cara desfigurada por huellas de garras y cortes sanguinolentos sobre las mejillas y la frente. Al contrario que otros niños anteriormente desaparecidos, olvidados, desposeídos, ésta era la amada hija menor de una familia que tenía parientes en muchos de los pueblos del Aude y del Salz.

Dos días más tarde desaparecieron dos niños de los bosques cercanos al lago Barrenc, en la montaña en la que supuestamente habitaba un diablo. Sus cuerpos aparecieron al cabo de una semana, pero en tan mal estado que hasta pasado algún tiempo no se observó que también habían sido atacados por un animal, que tenían la piel despellejada a arañazos.

Léonie procuró no prestar atención a la coincidencia que se había dado en las fechas. Mientras aún se alimentaban esperanzas de que los niños pudieran aparecer ilesos, ofreció la ayuda de sus criados para tomar parte en la búsqueda. Se rechazó su ofrecimiento. Por el bien de Louis-Anatole, mantuvo una aparente calma, aunque por vez primera comenzó a hacerse a la idea de que tal vez tuvieran que marcharse del Domaine de la Cade, al menos hasta que la tormenta amainase del todo.

Maître Fromilhague y madame Bousquet sostuvieron que aquello no podía sino ser obra de unos perros salvajes o de unos lobos que hubieran bajado de los montes. Durante las horas de luz, Léonie no tenía mayor dificultad en olvidar los rumores que apuntaban a la presencia de un demonio o de una criatura sobrenatural. Pero en cuanto caía el crepúsculo, su conocimiento de la historia del sepulcro y la presencia de las cartas en los terrenos de la finca hacían mella en su confianza y la mermaban.

En el pueblo, el estado de ánimo en general fue empeorando y volviendose más hostil que nunca con ellos. La finca empezó a ser objeto de mezquinos actos de vandalismo.

Léonie regresaba de pasear por el bosque una tarde cuando vio a un grupo de criados que se encontraban ante la puerta de uno de los cobertizos.

Intrigada, avivó el paso.

—¿Qué sucede? —preguntó.

Pascal se volvió en redondo con una mirada de espanto en los ojos, tratando de impedirle ver nada al interponer su robusto corpachón.

—No es nada, *madama.*

Léonie le miró a la cara, y luego al hortelano y a su hijo, Émile. Se acercó un paso más.

—¿Pascal?

—Por favor, *madama.* Esto no es para que usted lo vea.

Léonie aguzó la mirada.

—Vamos —dijo a la ligera—, que no soy una niña. No sé qué me ocultas, pero tan malo no puede ser.

Pascal siguió sin moverse. Desgarrada entre la irritación que le producía su comportamiento, excesivamente protector, y la curiosidad que la aguijoneaba, Léonie alargó la mano enguantada y le cogió por el brazo.

—Por favor...

Los ojos de todos los presentes se concentraron en Pascal, quien por un instante permaneció en sus trece, hasta que poco a poco y a regañadientes dio un paso atrás para permitir que Léonie viera lo que tanto deseaba él esconder.

El cuerpo despellejado de un conejo que llevaba ya algunos días muerto había sido empalado en la puerta con un grueso clavo de pellejero. Un enjambre de moscas zumbaba enloquecido en torno a una tosca cruz pintada con sangre en la madera. Debajo, unas palabras pintadas con alquitrán: PAR CE SIGNE TU LE VAINCRAS. Léonie se llevó sin querer la mano a la boca, pues el hedor y la violencia de la imagen le causaron cierto mareo, pero mantuvo la compostura.

—Encárgate de que lo limpien, Pascal —le ordenó—. Y te agradeceré que seas discreto. —Miró a los criados reunidos y percibió su propio miedo reflejado en sus ojos supersticiosos—. Quiero la máxima discreción de todos vosotros.

Sin embargo, Léonie no flaqueó y siguió firme en su determinación. Estaba resuelta a no permitir que nada ni nadie la obligasen a marchar del Domaine de la Cade, y menos aún antes de que regresara monsieur Baillard. Había dicho que estaría de vuelta para la festividad de San Martín, el 11 de noviembre. Le había enviado algunas misivas a su casa de alquiler en la calle Hermite para que se las hicieran llegar, últimamente con mucha frecuencia, pero no tenía forma de saber si había recibido sus cartas en el transcurso de sus viajes.

La situación empeoró. Desapareció otro niño. El 22 de octubre, fecha que Léonie sabía que coincidía con el aniversario de la boda clandestina de Anatole e Isolde, la hija de un abogado, con sus cintas blancas y su falda abullonada, fue secuestrada cuando se encontraba en la plaza Pérou. La alarma fue inmediata. Y la indignación fue en aumento.

Fue mala suerte que Léonie se encontrase en Rennes-les-Bains cuando se recuperó el cuerpo desgarrado de la chiquilla. La habían dejado junto al Sillón del Diablo, en los cerros del norte, a no mucha distancia del Domaine de la Cade. Le habían colocado entre los dedos ensangrentados una rama de enebro.

Léonie se quedó helada nada más enterarse, al comprender que el mensaje le estaba destinado a ella. La carreta recorrió con un sordo rumor la Gran' Rue, seguida por un cortejo de lugareños. Hombres maduros, curtidos por el clima, por las adversidades de la vida, que sin embargo lloraron amargamente.

Nadie dijo nada. De pronto, una mujer de rostro colorado, con evidente amargura dibujada en su boca apretada, con ira incluso, la descubrió y la señaló. Léonie notó la oleada del miedo cuando los ojos acusadores de todo el pueblo se volvieron hacia ella. Buscaban a alguien a quien culpar.

—Tenemos que marcharnos, *madama* —susurró Marieta, y la apremió a ponerse en macha.

Determinada a no dar ninguna muestra de lo asustada que estaba, Léonie mantuvo la cabeza bien alta a la vez que se daba la vuelta y emprendía el camino hacia donde el coche las estaba esperando. Los murmullos fueron en aumento. Se gritaron palabras altisonantes, desagradables insultos que cayeron sobre ella como si fueran golpes.

—*Pas luènh* —le apremió Marieta tomándola del brazo.

Dos días después, un trapo empapado en aceite y en grasa de ganso, prendido como una antorcha, fue introducido por una de las ventanas de la biblioteca, que había quedado parcialmente abierta. Se descubrió antes de que causara daños de gravedad, pero en la casa se volvieron más suspicaces los criados, más vigilantes, más desdichados.

Los amigos y aliados que tenía Léonie en la localidad, así como también Pascal y Marieta, intentaron por todos los medios convencerla de que quienes la acusaban cometían el error de creer que existía una bestia que se refugiaba en la finca, pero lo cierto es que en el pueblo era evidente la estrechez de miras con que se contemplaba todo aquello. Era creencia casi generalizada que el viejo diablo de la montaña había regresado para reclamar lo que era suyo, igual que sucediera en tiempos de Jules Lascombe.

Nunca hay humo sin fuego.

Léonie hizo todo lo posible por no ver la mano omnipresente de Victor Constant en la persecución a que se se veía sometido el Domaine, pero a pesar de todo estaba cada vez más convencida de que se disponía a pasar al ataque. Quiso convencer de esta sospecha a la *gendarmerie,* suplicó en el ayuntamiento, rogó a *maître* Fromilhague que intercediera en su nombre, pero no sirvió de nada. El Domaine no contaba con ayuda efectiva de nadie.

Tras tres días de lluvias ocasionales, los criados que se ocupaban de la finca apagaron varios incendios que se habían declarado en distintos puntos. Ataques de pirómanos. El cuerpo despanzurrado de un perro apareció en las escaleras de la entrada. Alguien lo había dejado allí amparándose en la oscuridad de la noche, y provocó que una de las jóvenes criadas se desmayase. Llegaron cartas repletas de obscenidades, sumamente explícitas en la acusación de que las relaciones incestuosas de Anatole e Isolde habían sido las causantes de aquellos terrores que asolaban el valle.

Aislada entre los temores, los recelos y las sospechas, Léonie comprendió que todo aquello había tenido que obedecer en todo momento a las intenciones de Constant, que había promovido la animadversión de la localidad en contra de ellos. Y también comprendió, aunque no llegara a decirlo en voz alta ni siquiera estando sola, en la oscuridad de la noche, que aquello no terminaría jamás. Así era la obsesión de Victor Constant. Si se encontraba en los alrededores de Rennes-les-Bains, y ella mucho temía que así fuera, efectivamente, tenía que haberse enterado de que la propia Isolde había muerto. El hecho de que la persecución no hubiera cesado, y que, al contrario, se recrudeciera entonces, hizo entender a Léonie con toda claridad que debía poner a salvo a Louis-Anatole. Se llevaría consigo lo que pudiera, con la esperanza de regresar al Domaine de la Cade antes de que pasara mucho tiempo. Aquél era el hogar de Louis-Anatole. No iba a permitir que Constant se lo arrebatara para siempre.

Su plan era más fácil de ejecutar mentalmente que de ponerlo en práctica.

Lo cierto era que Léonie no tenía adónde ir. La vivienda de París no estaba a su disposición desde tiempo atrás, cuando el general Du Pont dejó de pagar las facturas. Además de Audric Baillard, madame Bousquet y *maître* Fromilhague, su confinada existencia en el Domaine de la Cade la llevó a no tener apenas amigos. Achille vivía demasiado lejos y estaba, por otra parte, inmerso en sus propias preocupaciones. Por culpa de Victor Constant, Léonie no tenía familiares cercanos.

Pero no le quedaba otra elección.

Confiando nada más que en Pascal y Marieta, comenzó los preparativos de su huida. Tenía la certeza de que Constant llevaría a cabo el último movimiento contra ellos en la Noche de Difuntos. No sólo era el aniversario de la muerte de Anatole —y la obsesión de

Constant con las fechas la llevó a pensar que seguramente elegiría ese día—, sino que además se daba el caso de que, como le dio a entender Isolde una vez, en un momento de lucidez, el 31 de octubre de 1890 fue el día en que ella informó a Constant de que su breve relación debía terminar. A partir de aquello se sucedieron todos los demás acontecimientos.

Léonie resolvió que, si decidiera en efecto aparecer en la víspera de Todos los Santos, no iba a encontrarlos allí.

En la tersa y fría tarde del 31 de octubre, Léonie se puso el sombrero y el abrigo con la intención de regresar al claro donde crecía el enebro silvestre. No deseaba dejar las cartas del tarot expuestas a la posibilidad de que Constant las encontrase, aun cuando fuera improbable que llegase a dar con ellas en medio del bosque. Por el momento, hasta que ella y Louis-Anatole no pudieran regresar sin temer lo peor —y habida cuenta de que se prolongaba la ausencia de monsieur Baillard—, resolvió dejarlas al cuidado de madame Bousquet.

A punto estaba de salir por la puerta de la terraza cuando oyó que Marieta la llamaba por su nombre. Sobresaltada, volvió al vestíbulo.

—Estoy aquí. ¿Qué sucede?

—Una carta, *madama* —dijo Marieta, y le tendió un sobre.

Léonie frunció el ceño. Tras los acontecimientos de los últimos meses, todo lo que se saliera de lo normal era motivo de grandes precauciones. Echó un vistazo y no reconoció la caligrafía.

—¿De quién?

—El recadero dijo que la traía de Coustaussa.

Preocupada, Léonie abrió el sobre. La carta era del anciano sacerdote de la parroquia, Antoine Gélis, que la invitaba a que le hiciera una visita esa misma tarde, debido a un asunto de cierta urgencia. Como tenía fama de ser una persona bastante ermitaña, y como Léonie lo había visto sólo dos veces en seis años, una vez en compañía de Henri Boudet, en Rennes-les-Bains, con ocasión del bautizo de Louis-Anatole, y otra en el entierro de Isolde, le desconcertó recibir semejante citación.

—¿Piensa dar respuesta, *madama*? —inquirió Marieta.

Léonie la miró.

—¿Aún está esperando el recadero?

—Así es.

—Hazle pasar, por favor.

Un chiquillo pequeño y flaco, vestido con unos pantalones marrones, una camisa sin abrochar y un pañuelo rojo al cuello, con la gorra entre las manos, entró en el vestíbulo. Parecía presa de un terror ingobernable.

—No tienes nada que temer —dijo Léonie con la esperanza de que se tranquilizase—. No has hecho nada malo. Sólo quiero preguntarte si fue el párroco Gélis en persona quien te dio esta carta para que la trajeras aquí.

Él negó con un gesto. Léonie sonrió.

—Bueno, entonces ¿puedes decirme quién te la dio?

Marieta empujó al chiquillo para que se adelantase.

—La señora te acaba de hacer una pregunta.

Poco a poco, con el estorbo más que con la ayuda de Marieta y sus deslenguadas intervenciones, Léonie se las ingenió para sonsacarle al menos lo esencial del asunto.

Alfred se alojaba con su abuela en la aldea de Coustaussa. Estaba jugando en las ruinas del *château-fort* cuando apareció un hombre por la puerta del presbiterio y le ofreció un *sou* a cambio de que entregase una carta urgente en el Domaine de la Cade.

—El párroco Gélis tiene una sobrina que se ocupa de sus cosas, *madama* Léonie —dijo Marieta—. Le prepara las comidas, se ocupa de la lavandería y de la casa...

—¿El hombre era un criado?

Alfred se encogió de hombros.

Satisfecha cuando quedó claro que no iba a sonsacar nada más al chico, Léonie lo despidió.

—¿Piensa ir, *madama*? —preguntó Marieta.

Léonie se paró a pensar. Le quedaban muchas cosas por hacer antes de partir. Por otra parte, no era capaz de creer que el párroco le hubiera enviado semejante comunicación si no existieran razones de peso. La situación era difícil.

—Sí, iré —dijo ella tras vacilar unos momentos—. Pídele a Pascal que me espere a la entrada con el coche preparado inmediatamente.

Salieron del Domaine de la Cade poco antes de las tres y media. En el aire pendía el aroma de los fuegos del otoño. En las puertas de las casas y las granjas por las que pasaron de camino vieron ramas de boj y de romero prendidas a la entrada. En los cruces de caminos se habían colocado improvisadas hornacinas para celebrar la Noche de Difuntos. A modo de ofrendas, se habían garabateado antiguas oraciones e invocaciones en trozos de tela y papel.

Léonie sabía que en los cementerios de Rennes-les-Bains y Rennes-le-Château, y en todas las parroquias de los montes de alrededor, las viudas vestidas de negro, con sus velos y sus mantillas, estarían ya arrodilladas sobre la tierra húmeda, ante las tumbas ancestrales, rogando por la absolución de aquellos a quienes habían amado. Y tanto más en un año como aquél, con la plaga que asolaba la región.

Pascal arreó a los caballos que resoplaban y abrían los ollares al máximo en el aire frío de la tarde, hasta que el sudor humeó en sus grupas. Con todo, casi había oscurecido cuando cubrieron el trayecto de Rennes-les-Bains a Coustaussa y ascendieron el último camino en pendiente que llevaba hasta la aldea.

Léonie oyó que las campanas daban las cuatro por todo el valle. Dejando a Pascal con el coche y los caballos, recorrió a pie la aldea desierta. Coustaussa era pequeña, poco más que un puñado de casas. No había *boulangerie,* no había café.

Léonie encontró el presbiterio, junto a la iglesia, sin mayor dificultad. No parecía que hubiera allí dentro ninguna señal de vida. No ardía ninguna vela en el interior, al menos que ella alcanzase a ver.

Con una creciente inquietud, llamó a la recia puerta. No acudió nadie a abrir, no contestó nadie. Llamó con más fuerza.

—¿Hay alguien?

Al cabo de unos momentos resolvió probar en la iglesia. Siguió la línea oscura del edificio de piedra hasta la parte posterior. Todas las puertas, tanto al frente como en el lateral, se hallaban cerradas. Una lamparilla de aceite que apenas daba luz chisporroteaba sin ganas, colgada en un gancho de hierro.

Cada vez más impaciente, Léonie acudió a la casa del otro lado de la calle y llamó. Oyó pasos renqueantes en el interior y una mujer de edad avanzada descorrió la reja de metal que protegía la puerta.

—¿Quién va?

—Buenas noches —saludó Léonie—. Tengo una cita con el párroco Gélis, pero no me contesta nadie.

La dueña de la casa miró a Léonie con hosquedad y desconfianza y no dijo nada. Léonie introdujo la mano en el bolsillo y sacó un *sou*, del que la mujer se apoderó en el acto.

—*Ritou* no está —dijo al fin.

—¿*Ritou*?

—El sacerdote. Se ha ido a Couiza.

Léonie se quedó mirándola.

—No puede ser. Recibí una carta suya hace menos de una hora, en la que me invitaba a que viniera a visitarle.

—Yo lo vi marchar —dijo la mujer con manifiesto placer—. Es usted la segunda persona que viene en su busca.

Léonie impidió con la mano que la mujer cerrase la reja, dejando pasar nada más que una fracción de luz del interior a la calle.

—¿Y quién ha venido antes? —preguntó—. ¿Un hombre?

Silencio. Léonie sacó una segunda moneda.

—Un francés —dijo la anciana, escupiendo la palabra como si fuera un insulto.

—¿Cuándo fue?

—Antes de que anocheciera. Todavía había luz.

Perpleja, Léonie retiró los dedos. La reja se cerró de inmediato.

Se dio la vuelta y se abrigó con la capa para protegerse del aire de la noche. Sólo pudo suponer que en el tiempo que había invertido el chico en hacer el viaje a pie desde Coustaussa hasta el Domaine de la Cade, el párroco Gélis había decidido dejar de esperar y se había visto incapaz de aplazar su partida por más tiempo. Tal vez le hubieran requerido por algún otro asunto urgente e imprevisto.

Cada vez más ansiosa por volver a casa después del viaje infructuoso, Léonie tomó papel y lápiz del bolsillo de la capa y dejó una nota para decir que lamentaba haber perdido la oportunidad de verle, añadiendo que haría lo posible por ir a visitarle al día siguiente. La introdujo por la ranura del buzón del presbiterio y se apresuró para regresar a donde la estaba esperando Pascal.

Pascal condujo los caballos aún a mayor velocidad que en el viaje de ida, aunque cada minuto que pasaba se le antojaba a Léonie interminable, y poco le faltó para llorar, aliviada, al ver por fin las luces del Domaine de la Cade. Él frenó al enfilar la avenida, que estaba resbaladiza por el hielo, y Léonie tuvo ganas de saltar en marcha y de adelantarse a la carrera.

Cuando por fin se detuvieron, bajó de un salto y subió corriendo las escaleras de la entrada, poseída por un terror sin nombre y sin rostro, el terror que le inspiraba la posibilidad de que hubiera ocurrido algo en su ausencia. Abrió la puerta de un empellón y se precipitó al interior.

Louis-Anatole llegó corriendo hacia ella.

—¡Está aquí! —exclamó.

A Léonie se le heló la sangre en las venas.

No, por favor. Por Dios, no. Victor Constant, no.

La puerta se cerró de golpe tras ella.

CAPÍTULO 93

Bonjorn, madomaisèla.

La voz llegó de las sombras. En un primer momento, Léonie creyó que sus oídos la engañaban.

Él asomó de las sombras para saludarla.

—He estado demasiado tiempo ausente...

Dio un salto y se abalanzó hacia él con los brazos abiertos.

—Monsieur Baillard —exclamó—. ¡Bienvenido, sea usted bienvenido!

Él sonrió mirando a Louis-Anatole, que daba saltos a su lado cambiando el peso de un pie a otro.

—Este jovencito ha cuidado muy bien de mí —dijo—. Me ha enretenido tocando el piano... de maravilla.

Sin esperar más invitación, Louis-Anatole atravesó a la carrera las baldosas rojas y negras y se lanzó sobre el teclado del piano para ponerse a tocar.

—Escúchame, tía Léonie —le gritó—. He encontrado esto en el taburete del piano. Y lo he aprendido a tocar yo solo.

Una obsesiva melodía en la menor, cadenciosa y agradable, que sus manos pequeñas se esforzaban por tocar sin desafinar. Música al fin oída. Ejecutada con verdadera destreza por el hijo de Anatole.

Sepulcro, 1891.

Léonie notó que las lágrimas le anegaban los ojos. Sintió que Audric Baillard le tomaba de la mano, notó su piel fina y seca como el papel. Permanecieron juntos, escuchando hasta que se difuminaron los últimos acordes.

Louis-Anatole descansó con las manos en el regazo, respiró hondo como si también él pretendiera captar las últimas reverberaciones de la melodía en el silencio ya casi absoluto, se dio la vuelta para mirarlos y mostró una mirada de orgullo que le iluminó el rostro.

—Ahí está —dijo muy ufano—. La he ensayado. Es para ti, tía Léonie.

—Tiene usted un gran talento, *sénher* —dijo monsieur Baillard, y aplaudió.

Louis-Anatole resplandeció de contento.

—Si no puedo ser soldado cuando sea mayor, entonces viajaré a América y seré pianista.

—Nobles oficios los dos —rió Baillard. Y acto seguido la sonrisa desapareció de su rostro—. Ahora, mi distinguido y muy dotado amigo, hay algunas cosas que su tía y yo debemos comentar. Si nos disculpa...

—Pero es que yo...

—No tardaremos, pequeño —le aseguró Léonie con firmeza—. Y no tengas ninguna duda de que te llamaremos en cuanto hayamos terminado.

Louis-Anatole suspiró, se encogió de hombros y, con una sonrisa, echó a correr hacia las cocinas llamando a Marieta.

Tan pronto como se marchó, monsieur Baillard y Léonie entraron enseguida en el salón. A tenor de sus precisas y cuidadosas preguntas, Léonie le explicó todo lo que había acontecido desde que él se marchara en enero de Rennes-les-Bains, y le habló de los hechos trágicos, desconcertantes e incluso surrealistas que habían sucedido, y de sus recelos de que Victor Constant pudiera en efecto haber regresado.

—Le escribí contándole nuestros problemas —dijo ella, incapaz de contener el tono de reproche que asomaba en su voz—, pero no tuve forma de saber si había recibido usted mis comunicaciones.

—Unas me llegaron, en efecto, y otras sospecho que se perdieron —dijo él en un tono sombrío—. De la trágica noticia de la muerte de madame Isolde sólo he tenido conocimiento esta misma tarde, nada más regresar. Me dolió mucho saberlo. Lo lamento.

Léonie lo miró y vio qué cansado estaba, qué frágil era su aspecto.

—Llevaba ya algún tiempo sumida en la mayor de las desdichas —le dijo en voz baja. Unió ambas manos—. Y dígame: ¿dónde ha estado usted? He echado en falta su compañía..., no sabe usted cuánto.

Él apretó unos contra otros los dedos largos y esbeltos de ambas manos, como si hiciera en silencio una oración.

—Si no hubiera sido un asunto de la máxima importancia para mí —susurró él—, le aseguro que nunca la hubiera dejado sola. Pero es que recibí aviso de que una persona..., una persona a quien llevaba yo esperando muchos, muchos años, por fin había regresado. No obstante... —Hizo una pausa, y en el silencio Léonie percibió el dolor aplastante que había en sus palabras—. No obtante, resultó que no era ella.

Léonie se distrajo momentáneamente. Tan sólo le había oído hablar una vez con tanto afecto, pero tuvo la impresión de que la muchacha a la que se refirió con tanta ternura había muerto muchos años antes.

—No estoy segura de haber entendido del todo bien lo que quiere usted decir, monsieur Baillard.

—No —dijo él con dulzura. Y un aire de determinación se adueñó de sus rasgos—. De haberlo sabido, nunca me hubiera marchado de Rennes-les-Bains. —Suspiró—. Sin embargo, he aprovechado mi viaje para prepararles un refugio a usted y a Louis-Anatole.

En los ojos verdes de Léonie centelleó la sorpresa.

—Pero si ésa es una decisión que tomé tan sólo hace una semana —objetó—. O menos. Usted lleva fuera de la región casi diez meses. Cómo es posible que...

Él sonrió, tranquilo.

—Tiempo atrás empecé a temer que llegara el día en que fuera necesario.

—Pero cómo...

Él alzó una mano.

—Sus sospechas son acertadas, madame Léonie. Victor Constant se encuentra en efecto en los alrededores del Domaine de la Cade.

Léonie se puso en pie de un brinco.

—Si tiene usted pruebas, es preciso que demos cuenta a las autoridades. Por el momento, se han negado a tomarse en serio mis temores.

—No tengo pruebas. Tan sólo sospechas bien fundadas. Pero no me cabe ninguna duda de que Constant ha venido con una idea fija en la mente. Es preciso que se marchen hoy mismo, esta noche. Mi casa en el monte está preparada, esperándoles. Daré las indicaciones precisas a Pascal. —Calló unos instantes—. ¿Viajarán con ustedes tanto él como Marieta, que ahora es su esposa, según tengo entendido?

Léonie asintió.

—Les he confiado a los dos mis intenciones.

—Debe usted permanecer en Los Seres todo el tiempo que desee. Desde luego, hasta que su regreso no comporte el menor riesgo.

—Gracias, gracias.

Con lágrimas en los ojos, Léonie miró alrededor, recorriendo con la mirada toda la estancia.

—Lamentaré mucho tener que abandonar esta casa —dijo Léonie en voz baja—. Para mi madre, para Isolde, fue un lugar inquietante. Para mí, a pesar de todas las penalidades que he tenido que sufrir, y de las que esta casa ha sido testigo, ha sido un lugar que me ha colmado de felicidad. —Calló—. Hay una cosa que debo confesarle, monsieur Baillard.

Él aguzó la mirada.

—Le di mi palabra de que no regresaría al sepulcro —dijo ella con sosiego —. Y la he cumplido, se lo aseguro. En cuanto a las cartas, debo decirle que aquel día, cuando me despedí de usted en Rennes-les-Bains..., antes del duelo y de que Anatole...

—Lo recuerdo —dijo él con suavidad.

—... decidí tomar el camino de vuelta a casa por el bosque, por ver si con un golpe de suerte podría encontrar yo el tesoro. Tan sólo quería ver las cartas del tarot.

Miró a monsieur Baillard, contando con encontrarse un gesto de decepción e incluso de reproche pintados en su rostro. Con asombro, vio que estaba sonriendo.

—Y encontró el lugar.

Fue una afirmación, no una pregunta.

—Así es. Pero le doy mi palabra —dijo Léonie, apresurándose a seguir— de que si bien miré las cartas, las devolví al lugar en que estaban escondidas. —Calló un instante—. Sin embargo, no quisiera dejarlas allí, en el terreno de la finca. Es posible que él las descubra, y en ese caso...

Mientras ella hablaba, Audric Baillard buscó algo en el amplio bolsillo de su traje blanco. Sacó un cuadrado de seda negra, un paquete de tela que a ella le era familiar, y lo abrió. La imagen de La Fuerza era la primera, la que estaba visible sobre las demás.

—¡Las tiene usted! —exclamó Léonie, y avanzó varios pasos hacia él. Se detuvo—. ¿Usted sabía que yo había estado allí?

—Tuvo usted la bondad de dejar sus guantes a modo de recuerdo. ¿No se acuerda?

Léonie se sonrojó hasta la raíz de sus cabellos cobrizos.

Él dobló los pliegues de seda negra.

—Fui allí porque, al igual que usted, no creo que estas cartas deban caer jamás en poder de un hombre como Victor Constant. Y además... —Hizo una pausa—. Además, creo que es posible que las necesitemos.

—Usted me desaconsejó que recurriese al poder de las cartas —objetó ella.

—A menos que no quedara más remedio —añadió él en voz baja—. Pero mucho me temo que esa hora por fin haya llegado.

Léonie notó que se le desbocaba el corazón.

—¡Marchémonos ahora mismo! —Con un estremecimiento, fue de pronto consciente de la pesada tela de las enaguas de invierno, de las medias que le causaban un escozor molesto. Las peinetas de madreperla con que llevaba sujeto el cabello, un regalo que le había hecho Isolde, parecieron clavársele en el cuero cabelludo como si fueran dientes afilados—. Vayámonos. Ahora mismo.

Sin previo aviso, vino a su memoria el recuerdo de aquellas primeras y felices semanas que había pasado en el Domaine de la Cade, que habían pasado juntos Anatole, Isolde y ella, antes de que sobreviniera la tragedia. Recordó cómo en aquel ya lejano otoño de 1891 era la oscuridad lo que más temía, la oscuridad impenetrable y absoluta en contraste con las brillantes luces de París.

Il était une fois. Érase una vez...

Era una muchacha bien distinta en aquel entonces, una joven inocente, a la que no habían rozado las tinieblas ni las pesadumbres. Las lágrimas la impidieron ver. Tuvo que cerrar los ojos.

El ruido de unos pasos a la carrera por el vestíbulo puso en fuga sus recuerdos. Se volvió en redondo, en dirección a los ruidos, en el preciso instante en que se abría de golpe la puerta del salón y Pascal entraba sin resuello.

—*Madama* Léonie, *sénher* Baillard —gritó—. Hay..., hay hombres. ¡Ya se han abierto camino, han atravesado el portón!

Léonie fue corriendo a la ventana. A lo lejos, en el horizonte, vio una hilera de antorchas llameantes, doradas y ocres, nítidas sobre el negro cielo de la noche.

Y entonces, más cerca, oyó el ruido de unos cristales al romperse.

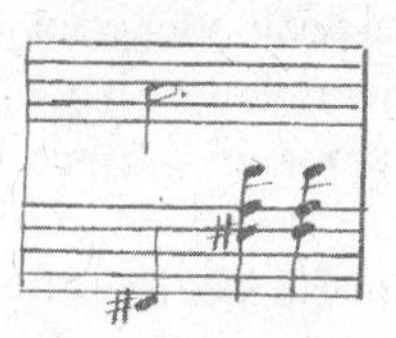

CAPÍTULO 94

∞

Louis-Anatole entró en la estancia a la vez que lograba soltarse de Marieta y se arrojó a los brazos de Léonie. Estaba pálido y le temblaba el labio inferior, pero hizo un esfuerzo por sonreír.

—¿Quiénes son? —preguntó con un hilillo de voz.

Léonie lo estrechó en sus brazos.

—Son hombres malos, pequeño.

Se volvió a la ventana, cubriéndose los ojos ante el cristal. Todavía a cierta distancia, la muchedumbre avanzaba decidida hacia la casa. Cada uno de los hombres portaba una tea encendida en una mano y un arma en la otra. Parecía un ejército a punto de entablar una batalla. Léonie dedujo que sólo estaban a la espera de que Constant diese la orden de pasar al ataque.

—Hay muchísimos —murmuró—. ¿Cómo ha logrado poner a toda la población en contra de nosotros?

—Se ha servido de sus supersticiones naturales —replicó Baillard con sosiego—. Sean republicanos o monárquicos, todos ellos han crecido oyendo cuentos que se refieren al demonio que ronda por estos parajes.

—Asmodeus.

—Hay distintos nombres en diferentes momentos, pero siempre tiene el mismo rostro. Y si las buenas gentes del pueblo afirman no creer en esos cuentos cuando brilla la luz del día, de noche sus almas profundas, sus almas ancestrales, les susurran en la oscuridad. Les hablan de seres sobrenaturales que rasgan, arañan y desfiguran y a quienes no es posible matar, de oscuros e inhóspitos lugares en los que tejen las arañas sus telas.

Léonie supo que estaba en lo cierto. Recordó en un instante la noche de la revuelta en el palacio Garnier, en París. La semana anterior, el odio se reflejaba a las claras en los rostros de personas que ella había conocido en Rennes-les-Bains. Sabía con qué velocidad y con qué facilidad podía la sed de sangre apoderarse de la multitud.

—¿*Madama*? —interpeló Pascal con apremio.

Léonie vio que las llamaradas lamían el negro aire de la noche, reflejándose en las hojas húmedas de los altos castaños que jalonaban la avenida.

Corrió la cortina y se alejó de la ventana.

—Acosar como los perros a mi hermano y a Isolde incluso en sus tumbas..., ni siquiera eso les parece suficiente —murmuró. Miró veloz a Louis-Anatole, su cabeza de cabello negro y rizado apoyada contra ella, y tuvo la esperanza de que no lo hubiera oído—. ¿No podemos hablar con ellos? —preguntó—. ¿No podemos decirles que nos dejen en paz?

—La hora de hablar ha pasado, amiga mía. Siempre llega un momento en que el deseo de pasar a la acción, por malévola que sea la causa, es más poderoso que el deseo de escuchar a nadie.

—¿Vamos a tener que luchar? —preguntó.

Baillard sonrió.

—Un buen soldado sabe cuándo ha de presentar batalla, cuándo ha de dar la cara ante sus enemigos, y cuándo, en cambio, es el momento de batirse en retirada. Esta noche no hemos de luchar.

Louis-Anatole asintió.

—¿Nos queda alguna esperanza? —susurró Léonie.

—Siempre queda esperanza —replicó él con suavidad.

Y entonces se endureció su expresión. Se volvió hacia Pascal.

—¿Está listo el coche?

Asintió.

—Listo y a la espera en el calvero que hay junto al sepulcro. Tendría que ser una distancia suficiente para pasar desapercibidos de la muchedumbre. Tengo la esperanza de que podamos salir de aquí sin que nadie repare en nosotros.

—*Ben, ben.* Saldremos por la parte de atrás y acortaremos por el camino que lleva al bosque. Ojalá sea la casa lo primero que decidan asaltar.

—¿Y los criados? —preguntó Léonie—. Es preciso que ellos también salgan.

Un denso sonrojo cubrió el rostro ancho y honesto de Pascal.

—No lo harán —dijo—. Su deseo es defender la casa.

—No quiero que nadie sufra el menor perjuicio por mí, Pascal —insistió Léonie.

—Se lo diré a todos ellos, *madama,* pero no creo que eso cambie en nada su resolución.

Léonie vio que él tenía los ojos húmedos.

—Gracias —susurró ella en voz baja.

—Pascal, tomaremos a nuestro cuidado a Marieta hasta que te reúnas con nosotros.

Pascal asintió.

—*Oc, sénher* Baillard.

Calló unos instantes y besó a su mujer antes de salir de la estancia.

Nadie dijo nada durante unos instantes. Acto seguido, la urgencia de la situación volvió a ser opresiva para todos ellos, y pasaron a la acción.

—Léonie, traiga sólo lo que estime absolutamente esencial. Marieta, recoja la maleta y las pieles de *madama* Léonie. El viaje será largo y hará frío.

Marieta contuvo un sollozo.

—En mi maleta, que ya está preparada, hay una pequeña cartera con papeles, dentro de mi costurero. Son cuadros, más o menos de este tamaño —Léonie dibujó con las manos un cuadrado del tamaño de un misal—. Coge el costurero, Marieta, y ponlo en lugar seguro. Pero quiero que me traigas la cartera con los papeles, por favor.

Marieta asintió y salió veloz al vestíbulo.

Léonie esperó a que se hubiera marchado, y entonces se volvió de nuevo hacia monsieur Baillard.

—Ésta tampoco es una batalla que usted deba librar, Audric —dijo ella.

—Sajhë —dijo él con dulzura—. Mis amigos me llaman Sajhë.

Ella sonrió, honrada por la inesperada muestra de confianza.

—Muy bien, Sajhë. Una vez, hace muchos años, me dijo usted que son los vivos y no los muertos los que habían de tener más necesidad de mis servicios. ¿Lo recuerda? —Bajó los ojos para mirar al niño—. Él es todo cuanto ahora importa. Si usted acepta hacerse cargo de él, al menos sabré que no he fallado en el cumplimiento de mi deber.

Él sonrió.

—El amor, el amor verdadero, resiste siempre, Léonie. Su hermano, Isolde y su propia madre lo sabían muy bien. Ninguno de ellos se ha perdido del todo para usted.

Léonie recordó las palabras que le dijera Isolde aquel día en que tomaron asiento en el banco de piedra, en el promontorio, al día siguiente de la cena de gala celebrada en el Domaine de la Cade. Le había hablado del amor que tenía por Anatole, aunque Léonie no pudo llegar a saberlo entonces. Un amor tan fuerte que, sin él, a Isolde la vida terminó por resultarle intolerable. Ella hubiera querido vivir un amor como ése.

—Si las cosas se tuercen —dijo ella—, quiero que me dé su palabra de que se llevará a Louis-Anatole a Los Seres. —Calló un instante—. Además, no me perdonaría nunca si algo malo le sucediera a usted.

Él negó con un gesto.

—Todavía no es mi hora, Léonie. Son muchas las cosas que debo hacer antes de que se me permita emprender ese viaje.

Ella echó un vistazo al ya conocido pañuelo amarillo, un cuadrado de seda, apenas visible en el bolsillo de su chaqueta. Apareció Marieta en el umbral, con la ropa necesaria para Louis-Anatole.

—Ten —le dijo—. Vamos, deprisa.

El chiquillo se acercó a ella obediente y se dejó vestir sin rechistar. De pronto, se alejó corriendo cuando ya estaba listo en dirección al vestíbulo.

—¡Louis-Anatole! —lo llamó Léonie.

—Tengo que ir a recoger una cosa —gritó, y volvió en pocos momentos con la hoja de música para piano en las manos—. No querremos quedarnos sin música en el lugar al que nos marchamos —añadió muy serio, mirando los rostros de los adultos—. Seguro que no.

Léonie se agachó a su lado.

—Tienes toda la razón, pequeño.

—Aunque... —le falló la voz— no sé adónde vamos.

Fuera de la casa se oyó un grito. Un llamamiento para el combate.

Léonie rápidamente se puso en pie, al tiempo que la mano de su sobrino se deslizaba en la suya.

Impulsados por el miedo, por la oscuridad, por el terror de todo lo que se había desatado aquellos días precedentes a la Noche de Difuntos, los hombres armados con teas, estacas y escopetas de caza comenzaron a avanzar hacia la casa.

—Así ha de comenzar —dijo Baillard—. Sea valiente, Léonie.

Se miraron a los ojos. Despacio, como si incluso en ese instante no quisiera hacerlo, le hizo entrega de la baraja de cartas del tarot.

—¿Recuerda los escritos de su tío?

—Perfectamente.

Él esbozó una ligera sonrisa.

—¿Aun cuando devolvió el libro a la biblioteca y me dio a entender que nunca había vuelto a abrirlo? —la reprendió con amabilidad.

Léonie se puso colorada.

—Es posible que una o dos veces haya vuelto a echar un vistado a su contenido.

—Tal vez sea una suerte. Los viejos no siempre son sabios. —Hizo una pausa—. Sin embargo, ¿entiende usted que su destino está ligado a todo esto? Si decide usted dar vida a las ilustraciones que ha compuesto, si invoca al demonio, ¿sabe que él se la llevará también a usted?

El miedo destelló en sus ojos verdes.

—Lo sé.

—Muy bien.

—Lo que no entiendo es por qué el demonio Asmodeus no se llevó a mi tío.

Baillard se encogió de hombros.

—El mal atrae al mal —dijo—. Su tío no deseaba renunciar a esta vida y plantó cara al demonio. Pero quedó marcado ya para siempre.

—¿Y si yo no puedo...?

—Por ahora ya es suficiente —dijo él con firmeza—. Todo quedará muy claro, en mi opinión, cuando llegue el momento oportuno.

Léonie tomó el envoltorio de seda negra, lo ocultó en el amplio bolsillo de su capa y corrió a la repisa de la chimenea para tomar una caja de cerillas que se encontraba al borde de la encimera de mármol.

De puntillas, le plantó un beso en la frente.

—Gracias, Sajhë —susurró—. Por las cartas. Por todo.

El vestíbulo estaba a oscuras cuando Léonie, Audric Baillard, Louis-Anatole y Marieta salieron del salón.

En cada rincón, en cada recoveco oyó Léonie e incluso vio signos de actividad.

Émile, el hijo del hortelano, un hombre alto y fuerte, estaba organizando al personal de la casa, a los que proveía de todas las armas que pudo improvisar. Un viejo mosquete, un sable tomado de una de las vitrinas, estacas. Los criados que se encargaban de la finca iban armados con escopetas de caza, rastrillos, palas y hoces.

Léonie vio que Louis-Anatole quedaba sobrecogido ante la transformación de los rostros que le habían acompañado hasta ahora. Le apretó con más fuerza la mano.

Ella hizo un alto y habló con voz clara y fuerte.

—No quiero poner en riesgo vuestras vidas —les dijo a todos—. Sois leales, sois valientes. Sé que mi difunto hermano y *madama* Isolde pensarían lo mismo que yo si estuvieran aquí para presenciar todo esto, pero es que ésta no es una lucha de la que podamos salir vencedores. —Miró en derredor, por el vestíbulo, reparando en las caras conocidas y en las que lo eran menos—. Por favor, os lo ruego: marchaos ahora que aún tenéis la oportunidad. Volved con vuestras mujeres y con vuestros hijos.

No se movió nadie. El cristal del retrato enmarcado en blanco y negro que colgaba encima del piano emitió un brillo que le llamó la atención. Léonie titubeó. El recuerdo de una tarde soleada en la plaza Pérou, tanto tiempo atrás: Anatole sentado, Isolde y ella de pie a su espalda, contentos los tres de estar en compañía de los otros dos. Por un instante tuvo la tentación de llevarse la fotografía, pero no olvidó el consejo de que era preciso llevar tan sólo lo que fuera esencial, de modo que no lo descolgó de la pared. El retrato permaneció donde siempre había estado, como si su cometido fuera vigilar la casa y todos los que en ella se encontraban.

Al darse cuenta de que no había nada que hacer, Léonie y Louis-Anatole se colaron por las puertas acristaladas de la terraza. Baillard y Marieta los siguieron. Entre el grupo que se había congregado tras ellos resonó una voz.

—Buena suerte, *madama* Léonie. Y también a ti, *Pichon.* Estaremos aquí, esperándote cuando regreses.

—Y también a vosotros —replicó el chiquillo con su dulce voz.

Fuera hacía frío. El aire escharchado les mordió las mejillas y les hizo daño en las orejas. Léonie se puso la capucha sobre la cabeza. Oyeron a la muchedumbre por el otro lado de la casa, todavía a cierta distancia, aunque aquel rumor sordo les asustó.

—¿Adónde vamos, tía Léonie? —preguntó Louis-Anatole con un susurro.

Léonie notó el miedo que teñía su voz.

—Vamos al bosque, donde nos está esperando Pascal con el coche —le respondió.

—¿Y por qué está esperando allí?

—Porque no queremos que nadie nos vea, no queremos que nadie nos oiga —añadió ella al punto—. Y luego, sin hacer ruido, tenlo en cuenta, viajaremos a las montañas, a la casa que allí tiene monsieur Baillard.

—¿Está muy lejos?

—Me temo que sí.

El chico calló un momento.

—¿Cuándo volveremos? —le preguntó.

Léonie se mordió el labio.

—Piensa que todo es como jugar al escondite. No es más que un juego. —Se llevó el dedo índice a los labios—. Pero ahora debemos darnos prisa, Louis-Anatole. Hay que ir deprisa y en silencio, sin hacer ningún ruido.

—Y ser muy valientes.

Los dedos de Léonie acariciaron la baraja de cartas que llevaba en el bolsillo.

—Oh, sí —murmuró—. Y ser valientes.

CAPÍTULO 95

∞

Mettez le feu!

Cerca del lago, al oír la orden de Constant, el gentío arrimó las antorchas a la base leñosa de los setos. Pasaron los minutos y prendieron las llamas, ardiendo primero el entramado de ramas y luego los troncos, crepitando y escupiendo como los fuegos de artificio en las murallas de la Cité. El fuego fue en aumento.

Luego, una voz heladora se oyó de nuevo.

—*À l'attaque!*

Los hombres pasaron como un enjambre por encima de las extensiones de césped, por ambos lados del lago, pisoteando los macizos de flores. Subieron a saltos los peldaños de la terraza, tirando a su paso los tiestos de plantas ornamentales.

Constant seguía a cierta distancia, con un cigarrillo en la mano, pesadamente apoyado en un bastón, como si presenciara un desfile por los Campos Elíseos.

A las cuatro de la tarde, cuando estuvo seguro de que Léonie Vernier se encontraba de viaje a Coustaussa, Constant ordenó asesinar a otro niño, causando de nuevo un gran tormento a su familia. Su criado había llevado el cadáver desfigurado en una carreta hasta la plaza Pérou, donde estaba él sentado. No había hecho falta demasiada destreza, incluso para alguien enfermo como él, para llamar la atención de los lugareños. Unas heridas tan terribles como aquéllas no podía habérselas infligido un animal; sólo podían ser obra de algo sobrenatural o antinatural. Una criatura escondida en el Domaine de la Cade. Un diablo, un demonio.

Uno de los mozos del establo de la finca se encontraba en Rennes-les-Bains en aquellos momentos. La muchedumbre se volvió hacia él y le exigieron que confesara cómo se controlaba allí a aquella criatura, dónde se la tenía encerrada. Aunque no hubo nada que finalmente le llevara a reconocer las absurdas acusaciones de brujería, su negativa sólo sirvió para inflamar los ánimos de las gentes del pueblo.

Fue el propio Constant quien sugirió en persona que tomasen la casa al asalto para verlo todo con sus propios ojos. En muy pocos minutos la idea arraigó entre el gentío, que se apropió de ella. Poco después les permitió creer que lo habían convencido a él para que organizase el ataque contra el Domaine de la Cade.

Constant se detuvo al pie de la terraza, exhausto por el esfuerzo de caminar durante tan largo trecho. Vio a la multitud dividirse en dos columnas, extenderse por la fachada principal y por uno de los laterales, ocupar como un enjambre las escaleras de la terraza y la parte posterior de la mansión.

El toldo que protegía la terraza en toda su longitud fue lo primero en prender fuego, provocado por un muchacho que había trepado sujetándose a la hiedra y que había introducido su antorcha en los pliegues que la tela formaba en un extremo. Aunque estaba húmeda debido al aire de octubre, la tela prendió y ardió en cuestión de segundos, y la antorcha cayó entonces a la terraza. El olor del aceite, el lienzo y el fuego formaron en la noche una nube de humo negro y asfixiante.

Alguien gritó en medio del caos:

—*Les diaboliques!*

La visión de las llamaradas pareció inflamar las pasiones de los lugareños.

Se rompió la primera de las ventanas, crujiendo el cristal ante la puntera metálica de una bota. Un trozo de vidrio se incrustó en los recios pantalones de invierno que llevaba el hombre, que se lo quitó de una sacudida. A la primera siguieron otras ventanas. Una por una, todas las elegantes estancias fueron presa de la violencia de la muchedumbre, y en todas ellas prendieron fuego a los cortinajes con sus antorchas.

Tres hombres empuñaron una urna de piedra y la emplearon como ariete contra la puerta. El cristal y el metal de las emplomaduras y las bisagras cedieron en poco tiempo. Los tres se deshicieron de la urna y la multitud invadió el vestíbulo y la biblioteca. Con trapos empapados en aceite y alquitrán prendieron fuego a los estantes de caoba. Uno por uno, los libros antiguos ardieron, y el papel seco y las encuadernaciones en piel fueron pasto de las llamas como si fueran paja en un henar. Las llamas, crepitando, rugiendo, saltaron de una estantería a otra.

Los invasores arrancaron las cortinas. Reventaron más ventanas debido al calor creciente, a los metales que se iban retorciendo o a los golpes propinados con las patas de las sillas.

Con el rostro distorsionado por la rabia y la envidia, dieron la vuelta a la mesa en la que Léonie se había sentado a leer por vez primera *Les tarots* y arrancaron la escalera de la biblioteca de sus anclajes de latón. Las llamas lamieron el borde de las alfombras antes de arder sin control.

La muchedumbre entró a la carga en el vestíbulo ajedrezado. Mucho más despacio, moviendo las piernas con torpeza, Constant los siguió entonces.

Los invasores se encontraron con los defensores de la casa al pie de la escalera principal.

Los criados estaban en franca inferioridad numérica, a pesar de lo cual lucharon con gran valentía. También ellos habían sufrido las calumnias, los rumores, las habladurías y las maledicencias, y defendían por tanto su honor, además de la reputación del Domaine de la Cade.

Un joven lacayo descargó un golpe tremendo a un hombre que se abalanzaba ya contra él. Tomado por sorpresa, el campesino cayó hacia atrás con una herida abierta en la cabeza.

Todos se conocían de antes. Se habían criado juntos, eran primos vecinos, amigos, a pesar de lo cual lucharon como enemigos encarnizados. Émile cayó debido a un puntapié que le propinó un hombre que en otros tiempos lo había llevado a hombros a la escuela.

El griterío pronto resultó ensordecedor.

Los hortelanos y los jardineros, armados con escopetas de caza, dispararon contra la multitud, alcanzando a un hombre en un brazo y a otro en una pierna. La sangre manó por las heridas abiertas, las manos se alzaban para protegerse de los golpes. Pero debido a la simple diferencia numérica la casa no tardó en caer frente a los agresores. El viejo hortelano fue el primero en desplomarse al tiempo que sentía cómo se le quebraba un hueso de la pierna debido a un puntapié. Émile resistió un poco más, hasta que fue apresado por dos hombres y un tercero lo golpeó repetidas veces en la cara. Se desmoronó. Eran hombres con cuyos hijos había jugado Émile de niño. Lo tomaron en vilo y lo lanzaron por encima de la balaustrada.

Pareció quedar suspendido en el aire durante una fracción de segundo antes de caer de cabeza al pie de la escalera. Quedó tendido con los brazos y las piernas en un ángulo imposible. Sólo un reguero de sangre le manaba por la comisura de la boca, aunque tenía los ojos abiertos.

Antoine, primo de Marieta, un chico simplón, aunque con la suficiente capacidad mental para distinguir el bien del mal, vio a un hombre al que reconoció, y lo vio con un cinto en la mano. Era el padre de uno de los niños que se habían llevado. Su rostro era un amasijo de amargura y de pena.

Sin entender, sin pararse a pensar, Antoine se lanzó al cuello del hombre, al que sujetó con ambas manos y trató de derribar. Antoine era pesado y fuerte, pero no sabía luchar cuerpo a cuerpo. En pocos segundos se vio tendido en el suelo. Alzó ambas manos, pero con demasiada lentitud.

El cinto le alcanzó en la cara, clavándosele la hebilla de metal en el ojo. El mundo de Antoine se volvió de color encarnado.

Constant permaneció al pie de las escaleras, con la mano en alto para protegerse la cara del calor y del hollín, esperando a que su criado llegase atravesando el vestíbulo con su informe.

—No están aquí —jadeó—. He registrado toda la casa. Parece que se largaron con un viejo y con el ama de llaves hace un cuarto de hora, no mucho más.

—¿A pie?

Asintió.

—He encontrado esto, monsieur. Estaba en el salón.

Victor Constant lo tomó con mano temblorosa. Era una carta del tarot, una imagen de un diablo grotesco con dos amantes encadenados a sus pies. Trató de concentrarse, aunque el humo le nublaba la visión. Mientras lo miraba le pareció que el demonio se movía, que se retorcía como si soportase una carga. Los amantes se parecían a Vernier y a Isolde.

Se frotó los ojos doloridos con el dorso de los guantes, y se le ocurrió una idea.

—Cuando hayas terminado con Gélis, deja esta carta del tarot junto al cuerpo. Como mínimo, confundirá aún más las cosas. Todo Coustaussa sabe que Léonie estuvo allí.

El criado asintió.

—¿Y usted, monsieur?

—Ayúdame a llegar al coche. ¿Un niño, una mujer y un viejo? No creo que hayan llegado muy lejos. A decir verdad, me parece más probable que hayan ido a refugiarse a algún lugar dentro de la finca. El terreno es muy boscoso. Sólo hay un sitio en el que puedan estar.

—¿Y ésos? —El criado señaló con un gesto hacia la muchedumbre.

El griterío era tan frenético que rayaba ya en el paroxismo, como si la batalla hubiera alcanzado su momento culminante. Pronto comenzaría el saqueo. Aun cuando el niño hubiera escapado, no tendría ningún lugar al que regresar. Quedaría sumido en la pobreza.

—Déjalos que sigan —ordenó Constant.

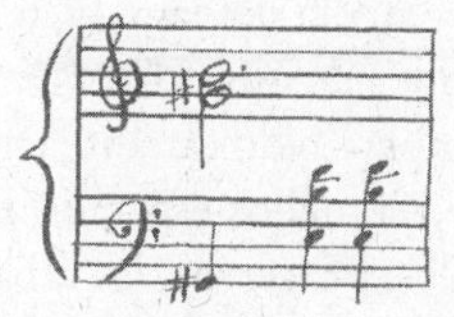

CAPÍTULO 96

∞

La marcha resultó dificultosa cuando llegaron al bosque en total oscuridad. Louis-Anatole era un niño fuerte, y monsieur Baillard, a pesar de su edad, era sorprendentemente veloz en su caminar, pero incluso así avanzaban con lentitud. Llevaban un farol, pero habían preferido no encenderlo por miedo a llamar la atención del gentío.

Léonie descubrió que sus pies conocían perfectamente el camino que durante tanto tiempo había evitado tomar, el camino del sepulcro. Mientras avanzaba, subiendo la pendiente, su larga capa negra rozaba las hojas caídas del otoño, que notaba húmedas bajo los pies. Pensó en los muchos paseos que había dado por la finca, a la arboleda del enebro silvestre, al calvero donde había caído Anatole; pensó en las tumbas de su hermano y de Isolde, una junto a otra, en el promontorio de la orilla del lago, y se le encogió el corazón como si llorase ante la idea de que tal vez nunca más volviera a ver todo aquello. Tras haber percibido durante tanto tiempo que su existencia estaba confinada a aquellos espacios, no quiso despedirse de todo ello. Los roquedales, los cerros, las arboledas, las sendas en el bosque... Le pareció que todo ello formaba parte de lo más íntimo de la persona que había llegado a ser.

—¿Falta mucho, tía Léonie? —preguntó Louis-Anatole con un hilillo de voz después de que llevaran un cuarto de hora caminando—. Me aprietan las botas.

—Poco —le animó ella, estrechándole la mano—. Ten cuidado, no vayas a resbalar.

—¿Sabes qué? —dijo con una voz que delató la mentira—. No me dan ningún miedo las arañas.

Llegaron al claro del bosque y se pararon. La avenida de los tejos que Léonie recordaba de su primera visita parecía más nudosa y enmarañada con el paso del tiempo; las copas de los árboles, unidas unas a otras, más impenetrable que antes.

Pascal estaba a la espera. Las dos lámparas apenas visibles, a los lados del coche, titilaban en el aire helado, y los caballos piafaban y golpeaban con los cascos el suelo endurecido.

—¿Qué lugar es éste, tía Léonie? —preguntó Louis-Anatole, pues la curiosidad por el momento había disipado sus temores—. ¿Estamos aún en nuestros terrenos?

—Así es. Éste es el antiguo mausoleo.

—¿Donde entierran a la gente?

—A veces.

—¿Y por qué papá y mamá no están enterrados aquí?

No supo qué contestarle.

—Porque prefieren estar fuera, entre los árboles y las flores. Están los dos juntos, cerca del lago. ¿Recuerdas?

Louis-Anatole frunció el ceño.

—¿Para oír mejor a los pájaros? —dijo, y Léonie sonrió—. ¿Por eso no me has traído nunca aquí? —continuó diciendo, y dio un paso adelante, acercándose a la puerta—. ¿Porque aquí hay fantasmas?

Léonie estiró la mano y lo sujetó.

—No es momento, Louis-Anatole.

A él se le entristeció el semblante.

—¿Puedo entrar?

—Ahora no.

—¿Hay arañas?

—Es posible que sí, pero como a ti no te dan miedo las arañas seguro que no te importa.

Él asintió, pero se había puesto pálido.

—Volveremos otro día. Cuando haya luz.

—Es una idea excelente —corroboró ella.

Notó la mano de monsieur Baillard en el brazo.

—No podemos retrasarnos más —dijo Pascal—. Hemos de recorrer toda la distancia que nos sea posible antes de que Constant se dé cuenta de que no estamos en la casa. —Se agachó, tomó en brazos a Louis-Anatole y lo introdujo en el coche—. Bueno, *Pichon:* ¿estás listo para una aventura en plena noche?

Louis-Anatole asintió.

—Es un camino muy largo.

—¿Está más lejos que el lago Barrenc?

—Pues sí, más lejos aún —replicó Pascal.

—No me importa —dijo Louis-Anatole—. ¿Marieta jugará conmigo?

—Claro que sí.

—Y tía Léonie me contará cuentos.

Los adultos se miraron apesadumbrados entre sí. En silencio, monsieur Baillard y Marieta subieron al coche, y Pascal se acomodó en el pescante.

—Vamos, tía Léonie —la llamó Louis-Anatole.

Léonie cerró la portezuela con fuerza.

—Manténgalo a salvo.

—No es necesario que haga lo que piensa hacer —dijo Baillard al punto—. Constant es un hombre enfermo. Es posible que el tiempo y el curso natural de las cosas pongan fin a su afán de venganza, y tal vez eso ocurra pronto. Si espera usted, es posible que todo esto termine por sí solo.

—Es posible, desde luego —replicó con fiereza—, pero no puedo correr ese riesgo. Podrían pasar tres años, cinco, incluso diez. No puedo permitir que Louis-Anatole crezca bajo esa sombra ominosa, siempre amedrentado, en alerta, pendiente de la oscuridad, pensando que alguien acecha. Que alguien quiere hacerle daño.

Recordó a Anatole mirando a la calle desde la ventana del viejo apartamento de la calle Berlin. Recordó el rostro angustiado de Isolde contemplando siempre el horizonte, convencida de ver señales de peligro hasta en las cosas más nimias.

—No —insistió ella aún con más firmeza—. No permitiré que Louis-Anatole tenga una vida así. —Sonrió—. Esto tiene que terminar. Hoy, esta noche, aquí. —Respiró hondo—. Y usted también lo cree así, Sajhë.

Por un instante, a la tenue luz del farol, se miraron a los ojos. Y él asintió.

—Devolveré las cartas al ancestral lugar que les corresponde —dijo él en voz baja—, cuando el chico esté a salvo y cuando nadie pueda verme. Puede estar tranquila, lo haré.

—¿Tía Léonie? —dijo de nuevo Louis-Anatole, esta vez con mayor angustia.

—Pequeño, hay una cosa que a la fuerza debo hacer —le explicó sin que se le alterase la voz—, lo cual significa que no puedo ir contigo en este momento. Estarás perfectamente a salvo con Pascal y Marieta y monsieur Baillard.

A él se le contrajo la cara cuando se adelantó con ambos brazos extendidos, como si instintivamente hubiera entendido que aquello era más que una separación puramente provisional.

—¡No! —exclamó—. No quiero que te vayas, tía. No quiero dejarte aquí.

Se abalanzó por encima del asiento y lanzó ambos brazos hacia el cuello de Léonie. Ella lo besó y le acarició el cabello, y con firmeza se separó de él.

—¡No! —volvió a gritar el chiquillo, esta vez debatiéndose.

—Sé bueno, aunque sea por Marieta —le pidió, aunque las palabras apenas salieron de sus labios. Tenía un nudo en la garganta—. Y cuida de monsieur Baillard y de Pascal.

Dando un paso atrás, dio una palmada en el lateral del coche.

—¡Váyanse! —exclamó—. ¡Váyanse!

Pascal hizo restallar el látigo y el coche arrancó con un bamboleo. Léonie quiso taparse los oídos para no oír la voz de Louis-Anatole, que la llamaba y lloraba desconsolado, y que se fue apagando a medida que se alejaba.

Cuando ya no pudo oír el traqueteo de las ruedas en el terreno endurecido, helado, se volvió y echó a caminar a la puerta de la antiquísima capilla de piedra. Cegada por las lágrimas, asió el pomo de metal. Vaciló, miró por encima del hombro. A lo lejos, el resplandor anaranjado era intenso, y despedía chispas y densas nubes de humo, un humo gris en el cielo de la noche.

La casa ardía.

Se armó de valor, se afianzó en su decisión. Giró el pomo, empujó la puerta y cruzó el umbral para entrar en el sepulcro.

CAPÍTULO 97

∞

Una racha de aire helado y denso le salió al paso.

Poco a poco, Léonie vio que sus ojos iban acostumbrándose a la oscuridad. Sacó la caja de cerillas del bolsillo, abrió la portezuela de cristal del farol y acercó una cerilla al pábilo hasta que prendió.

Los ojos azules de Asmodeus se clavaron en ella. Léonie se adentró un poco más en la nave. Los cuadros de los muros parecían tener un pulso propio, parecían balancearse y moverse hacia ella, a la vez que caminaba despacio en dirección al altar. El polvo y la tierra sobre las losas arañaban las suelas de sus botas, con lo que hizo ruido al caminar en el silencio de la tumba.

No estaba muy segura de qué era lo que debía hacer primero. Con una mano acariciaba las cartas que llevaba en el bolsillo. En la otra llevaba la cartera de piel en la que se encontraban los papeles doblados, los retratos que había intentado hacer, de sí misma, de Anatole, de Isolde, de los que no quiso despedirse.

Por fin había reconocido ante monsieur Baillard que después de ver las cartas con sus propios ojos había vuelto a examinar el volumen de su tío, en la biblioteca, en varias ocasiones, y que había estudiado el texto manuscrito hasta que se lo llegó a saber casi palabra por palabra. A pesar de ello, persistía una duda en torno a la explicación que le diera monsieur Baillard sobre el modo en que las vívidas representaciones que contenían las cartas, y la música que portaba el viento, podrían obrar unas en la otra, y viceversa, para invocar a los espectros que habitaban aquel centenario lugar.

¿Podría ser así?

Léonie entendió que no eran las cartas por sí solas, ni la música, ni tan sólo el lugar, sino la combinación irrepetible de los tres elementos dentro del recinto del sepulcro.

Y comprendió entonces, incluso en medio de la bruma de sus dudas, que si los mitos fueran una verdad literal, no habría vuelta atrás, ni forma de regresar. Los espíritus la reclamarían a ella. Ya lo habían intentado una vez y fracasaron en el empeño, pero esta noche estaba dispuesta a dejar que se la llevasen, con tal de que se llevasen también a Constant.

Y Louis-Anatole estará a salvo.

De pronto oyó un arañazo, unos golpes, algo que rascaba en algún lugar, y dio un respingo. Miró en derredor en busca del origen del ruido, y con un suspiro de alivio comprobó que eran tan sólo las ramas desnudas de un árbol que rozaban la vidriera.

Dejó el farol en el suelo y encendió una segunda cerilla, y luego varias más, para prender las viejas velas de sebo que estaban colocadas en unas pletinas de metal, en el muro. Las gotas de grasa comenzaron a caer por las velas y a solidificarse en el frío soporte de metal, pero poco a poco prendieron, y el sepulcro se iluminó con una luz amarillenta, titilante.

Léonie avanzó con la sensación de que los ocho retablos del ábside estaban contemplando cada uno de sus movimientos. Encontró el espacio, delante del altar, en el que muchos años antes de ese momento Jules Lascombe había deletreado el nombre del Domaine inscribiéndolo en las losas del suelo de piedra. C, A, D, E.

Sin saber si estaba haciendo lo que debía o si incurría en un error, tomó las cartas del tarot del bolsillo, las desenvolvió y colocó toda la baraja en el centro del cuadrado, mientras resonaban en su cabeza las palabras de su difunto tío. Su cartera de piel la colocó junto a la baraja, soltando los nudos que la cerraban, pero sin sacar las ilustraciones que había pintado.

Por el poder de la cual he de adentrarme en otra dimensión.

Léonie alzó la cabeza. Hubo entonces un momento de quietud absoluta. A la entrada de la cámara oyó que el viento susurraba entre los árboles. Aguzó el oído. El humo ascendía lentamente de todas las velas que había encendido, si bien creyó que le era posible discernir entonces el sonido de una música, notas finas, agudas, un silbido melodioso que jugaba con las ramas de las hayas y los tejos que formaban la avenida. Entró entonces una ráfaga, sigilosa, por debajo de la puerta, que se coló también por las rendijas existentes entre la emplomadura y las vidrieras de las ventanas.

Corría el aire de repente y tuve la impresión de no estar solo.

Léonie sonrió al recordar las palabras manuscritas en la página. Ya no sentía miedo: tan sólo sentía curiosidad. Y durante un momento fugacísimo elevó los ojos al ábside octagonal y creyó ver que tal vez se había movido el rostro de La Fuerza. Había asomado en la cara pintada la más tenue de las sonrisas. Por un instante, la muchacha se pareció a ella con toda exactitud, al igual que su cara, la que había pintado en la serie de copias de las imágenes del tarot. El mismo cabello cobrizo, los mismos ojos verdes, la misma mirada franca.

Mi propio yo y mis otros yoes, tanto pasados como todavía por venir, se hallaban presentes por igual.

A su alrededor Léonie tuvo entonces conciencia de que había movimiento. Fueran espíritus o fueran las cartas que habían cobrado vida, no habría estado en su mano decirlo con precisión. Los Enamorados, ante sus ojos esperanzados y bienintencionados, cobraron con toda claridad los rasgos tan queridos de Anatole e Isolde. Durante un fugaz instante Léonie creyó reconocer los rasgos de Louis-Anatole, que aleteaban tras la imagen de La Justicia, sentada con la balanza y una serie de notas musicales en torno al borde de sus largas faldas: el niño que ella conocía parecía dibujado en el perfil de la mujer de la carta. Por el rabillo del ojo, y sólo durante un instante, los rasgos de Audric Baillard, de Sajhë, parecieron grabarse en el rostro juvenil de El Mago.

Léonie permaneció completamente inmóvil y dejó que la música del viento volase a su alrededor. Los rostros, los trajes y los paisajes parecían moverse, cambiar de lugar, aletear, titilar como las estrellas, dando vueltas en el aire, como si los sostuviera la corriente invisible de la música. Perdió toda sensación de sí misma que pudiera tener. Las dimensiones, el espacio, el tiempo, la masa, se volatilizaron todas en la más absoluta insignificancia.

Las vibraciones, las ráfagas de aire, los espectros, supuso, rozaban sus hombros y su cuello, pasaban a escasa distancia de su frente, la rodeaban con amabilidad, con dulzura, sin llegar a tocarla del todo. Un caos silencioso iba en aumento, una cacofonía de susurros y suspiros insonoros.

Léonie extendió ambos brazos ante sí. Se sintió ingrávida, transparente, como si flotase en el agua, aunque su vestido seguía quieto en torno a su cuerpo, la capa sujeta a sus hombros. Estaban a la espera de que ella se sumase a todos ellos. Volvió los brazos extendidos y vio con toda claridad el símbolo del infinito en la palma de sus manos. Como la figura de un ocho.

Aïci lo tems s'en
va vers l'eternitat.

Las palabras cayeron de sus labios como si fueran plata. Luego de haber esperado tanto tiempo, ya no cabía ninguna duda de su verdadero significado.

Aquí, en este lugar, el tiempo se desplaza hacia la eternidad.

Léonie sonrió y, dejando atrás todo pensamiento sobre Louis-Anatole, sobre su madre y su hermano y su tía, dio un paso adelante, y otro más, hacia la luz.

Los baches del terreno irregular le habían torturado, y se le abrieron varias de las llagas que tenía en las manos y en la espalda. Notó que el pus rezumaba en los vendajes.

Constant bajó del carruaje.

Sondeó el terreno con su bastón. Allí, recientemente, habían estado dos caballos detenidos. Las roderas hacían pensar en un coche, que parecía haberse alejado hacia el este, en vez de dirigirse al sepulcro.

—Espera aquí —indicó.

Constant sintió que la caprichosa fuerza del viento se insinuaba entre los apretados troncos que formaban una avenida jalonada por los tejos y conducían a la puerta del sepulcro. Con la mano libre, se sujetó las solapas del abrigo en torno al cuello para protegerse de las corrientes de aire, cada vez más intensas. Olisqueó. Prácticamente no tenía ya sentido del olfato, pero percibió sin embargo un olor desagradable, una peculiar mezcla de incienso y de aroma maloliente, de algas podridas en la orilla del mar.

Aunque tenía los ojos acuosos por efecto del frío, vio que brillaban unas luces en el interior. La idea de que el chiquillo pudiera estar escondido allí dentro lo lanzó hacia delante. Echó a caminar sin prestar atención a las oleadas de viento, casi como si fueran de agua, y tampoco reparó en los silbidos que emitía y parecían zumbar entre cables de telégrafo allí inexistentes, e incluso en la vibración de la vía al acercarse el tren.

Era casi como una música.

Se negó a dejarse distraer por los trucos que Léonie Vernier hubiera querido intentar, fueran de luz, de humo o de sonido.

Constant abordó la recia puerta de entrada y giró el pomo. Al principio no cedió. Al suponer que habría una barricada de muebles al otro lado, volvió a intentarlo con más fuerza, y esta vez cedió de inmediato. Constant por poco no perdió el equilibrio al entrar en el sepulcro.

La vio delante de él, de pie, dándole la espalda, ante un pequeño altar que se encontraba en un ábside octogonal. No intentaba, curiosamente, esconderse de él. Del chiquillo no vio ni rastro.

Con el mentón adelantado y los ojos mirando veloces a derecha e izquierda, Constant recorrió la nave, tanteando con el bastón las losas de piedra a la vez que daba un paso y otro más. Había una base de columna vacía nada más franquear la puerta, desigual en la parte superior, como si la estatua que lo ocupase hubiera sido arrancada de cuajo. Los habituales santos de yeso, esparcidos a lo largo de las modestas filas de bancos vacíos, marcaron su tránsito al acercarse hacia el altar.

—Mademoiselle Vernier —la llamó con voz cortante, irritado por su evidente desatención. Y ella siguió sin moverse. Parecía, en efecto, ajena del todo a su presencia. Constant se detuvo y miró las cartas amontonadas en el suelo de piedra, delante del altar—. Pero... ¿qué absurdo es éste? —dijo, y entró en el cuadrado.

Fue entonces cuando Léonie se dio la vuelta para plantarle cara. Cayó la capucha con que se cubría la cabeza. Constant levantó ambas manos para protegerse los ojos de la luz. Se le desdibujó la sonrisa que traía en los labios. No entendió nada. Vio los rasgos de la muchacha, la misma mirada franca y directa, el cabello suelto, como si fuera el retrato que había robado él en la calle Berlin, pero al mismo tiempo se había transformado en otra cosa. Silueta sin color, perfil sin forma.

Allí de pie, cautivado y cegado, ella comenzó a cambiar. Los huesos, las articulaciones, el cráneo incluso empezaron a asomar por debajo de su piel.

Constant pegó un alarido.

Algo descendió entonces sobre él, y el silencio que no había reconocido como tal silencio se quebró en una cacofonía de chillidos y alaridos. Quiso taparse los oídos con ambas manos para impedir que aquellos seres entrasen en su cabeza, pero los dedos le fueron apartados por las garras, aun cuando no quedara en él ni una sola huella, ni un arañazo.

Era como si las figuras pintadas hubieran bajado del muro y se hubieran transformado todas ellas en versiones más siniestras de lo que antes habían sido. Las uñas se tornaron garras, los ojos, fuego y hielo. Constant quiso ocultar la cara contra el pecho y dejó caer su bastón cuando se cubrió con los brazos para protegerse.

Se hincó de rodillas y trató de respirar a la vez que su corazón perdía el ritmo de sus latidos. Quiso dar un paso adelante, salir del cuadrado dibujado en el suelo, pero una fuerza invisible, como un viento al que era imposible hacer frente, lo mantenía allí clavado. Los aullidos, la vibración de la música en el aire, aumentaban de volumen sin cesar. Era como si procediese al mismo tiempo de fuera y de su interior, o como si el eco resonara en su cabeza. Como si fuera a partirle en dos el cerebro.

—¡No! —vociferó.

Pero siguió en aumento el volumen y la intensidad de las voces. Sin entender nada de lo que ocurría, buscó con la mirada a Léonie. Ya no pudo verla en ninguna parte. La luz era demasiado fuerte, el aire en derredor bullía mezclado con un humo incandescente.

A su espalda, o más bien bajo la superficie misma de su piel, oyó un ruido distinto. Algo que arañaba, las garras de un animal salvaje que rascaba la superficie de sus propios huesos. Se encogió, quiso esquivarlo, clamó desesperado y cayó al suelo con una nueva ráfaga de viento.

Y de pronto, acuclillado sobre su pecho, con un fuerte hedor a pescado y a pólvora quemada, apareció un demonio macilento, retorcido, con la piel roja y correosa, cuernos en la frente, unos ojos extraños, azules, penetrantes. El demonio que siempre había creído que no podía existir. Que no existía. En cambio, allí estaba el rostro de Asmodeus, mirándolo de cerca.

—¡No! —Su boca se abrió en un último alarido antes de que el diablo se lo llevase.

En el acto, en todo el sepulcro reinó la calma. Los susurros, las visiones, los espíritus se tornaron más tenues, hasta que ni Léonie ni aquellas piedras ancestrales oyeron ya nada más. Las cartas quedaron esparcidas por las losas del suelo. Los rostros de los muros volvieron a ser planos, bidimensionales, aunque sus expresiones y actitudes habían cambiado ligeramente. Cada una ostentaba un parecido inequívoco con quienes habían vivido y habían muerto en el Domaine de la Cade.

Fuera, en el calvero, el criado de Constant se resguardó del viento, del humo, de la luz. Oyó el alarido de su señor, volvió a oírlo de nuevo. Aquel sonido inhumano lo dejó petrificado. No pudo moverse.

Sólo entonces, cuando todo volvió a quedar en silencio, cuando se aquietaron las luces del interior del sepulcro, se armó de valor y salió de su escondite. Lentamente se acercó a la recia puerta de entrada, que encontró ligeramente entreabierta. No halló resistencia al abrirla del todo.

—¿Monsieur?

Entró.

—¿Monsieur? —volvió a llamar.

Una racha de viento, como una exhalación, vació de humo el sepulcro en un único y helador aliento, dejando encendida una sola luz en la pared.

Vio de inmediato el cuerpo de su señor. Yacía boca abajo sobre las losas, delante del altar, con las cartas de una baraja esparcidas a su alrededor. El criado se abalanzó y dio la vuelta a su demacrado señor para ponerlo boca arriba, momento en el cual retrocedió aterrado. Sobre el rostro de Constant había tres heridas largas, profundas, desgarradas, como las huellas de un animal salvaje.

Como si se tratara de una garra. Como las huellas que había dejado él intencionadamente en los niños que habían asesinado.

El hombre se santiguó mecánicamente y se inclinó a cerrar los ojos despavoridos de su señor. Se le quedó la mano quieta al ver la carta rectangular sobre el pecho de Constant, sobre su corazón. El Diablo.

¿Había estado allí en todo momento? Sin entender nada, el criado introdujo la mano en su bolsillo, en donde podría jurar que había dejado la carta del tarot que su señor le había mandado colocar sobre el cuerpo del párroco Gélis, en Coustaussa. El bolsillo estaba vacío.

¿Se le habría caído? ¿Qué otra explicación podía haber?

Tuvo un instante de lucidez, y entonces el criado retrocedió espantado del cuerpo de su señor y echó a correr por la nave, dejando atrás los ojos invidentes de las estatuas, saliendo veloz del sepulcro, alejándose del rostro sardónico de la carta.

En el valle, más abajo, la campana comenzó a dar la medianoche.

PARTE XII

Las ruinas
Octubre de 2007

CAPÍTULO 98

∞

Domaine de la Cade
Miércoles, 31 de octubre de 2007

Doctora O'Donnell —volvió a gritar Hal.

Eran las once y diez. Llevaba más de quince minutos esperando a la entrada de la casa de Shelagh O'Donnell. Había probado a llamar. Ninguno de sus vecinos estaba en casa, de modo que optó por ir a dar un corto paseo para hacer tiempo y, al volver, llamó de nuevo. Pero nada.

Hal estaba seguro de que estaba donde tenía que estar, pues había verificado la dirección en varias ocasiones y no le parecía probable que ella se hubiera olvidado de la cita. Estaba haciendo todo lo posible por ser positivo, pero cada segundo que pasaba se le hacía más cuesta arriba. ¿Dónde se habría metido? El tráfico estaba complicado esa mañana, así que tal vez se encontrase retenida en alguna parte. ¿Y si estuviera en la ducha y no le hubiera oído?

La peor de las posibilidades que cabía contemplar —y tuvo que reconocer que era de hecho la más probable— era que Shelagh O'Donnell se lo hubiera pensado mejor a la hora de ir con él a la policía.

Era evidente que le desagradaba todo trato con la autoridad, y a Hal no le costó ningún trabajo imaginar que de pronto había desestimado la resolución que pudiera haber tomado, sobre todo por no estar ni Meredith ni él a su lado para reforzarla.

Se pasó los dedos por el cabello crespo, dio un paso atrás y miró a las ventanas, con las persianas cerradas. La casa se encontraba en el centro de una hermosa hilera de viviendas con vistas al río Aude, escudadas a uno de los lados del paseo por una valla de hierro pintado de verde, con cañas de bambú por el lado del interior. Se le ocurrió entonces que quizá pudiera echar un vistazo al jardín de la parte posterior de la casa. Siguió la hilera de edificios y luego volvió sobre sus pasos. Era muy difícil precisar, vista por detrás, cuál era la casa en cuestión, aunque comparó el color de las paredes —una era azul clara, la siguiente amarilla—, hasta que tuvo la casi total certeza de cuál era la propiedad de Shelagh O'Donnell.

Había un murete bajo que formaba un ángulo recto con el seto. Se acercó para echar un vistazo a la terraza. Se llenó de nuevo de esperanza. Tuvo la impresión de que allí había alguien.

—¿Doctora O'Donnell? Soy yo, Hal Lawrence.

No hubo respuesta.

—¿Doctora O'Donnell? Son las once y cuarto.

Parecía estar tendida boca abajo en la pequeña terraza contigua a la casa. Era un lugar resguardado y el sol calentaba de manera sorprendente para estar ya a finales de octubre, pero no era un día como para tumbarse a tomar el sol. Quizá estuviera leyendo; no alcanzaba a verlo. Al margen de lo que estuviera haciendo, pensó con un amago de irritación, había optado de un modo decidido por no hacerle ningún caso, e incluso hacía como que no estuviera allí. No la veía bien, se lo impedían dos tiestos voluminosos, descuidados.

—¿Doctora O'Donnell?

El teléfono vibró en su bolsillo. Sin pensar en lo que hacía, lo sacó y leyó el mensaje.

«Las encontré. Ahora al sepulcro. Besos».

Hal se quedó perplejo mirando las palabras en la pantalla, y entonces se encendió una chispa en su cerebro y sonrió al entender el mensaje de Meredith.

—Bueno, al menos alguien ha tenido una mañana productiva —murmuró, y volvió a lo que tenía entre manos. No iba a dejar que se le escapara. Tras todo el esfuerzo que había invertido para convencer al *commissaire* de que los recibiera esa misma mañana, no iba a consentir de ninguna manera que Shelagh se acobardase.

—¡Doctora O'Donnell! —volvió a llamarla—. Sé que está usted ahí.

Empezó a preguntarse si tal vez... Aun cuando hubiera cambiado de parecer, era francamente raro que no le prestara ninguna atención. Estaba haciendo bastante ruido. Vaciló, y se aupó entonces sobre la tapia. Saltó al otro lado. Había un palo de cierto grosor en la terraza, escondido a medias bajo el seto. Lo tomó y vio que un extremo estaba manchado.

De sangre, comprendió.

Atravesó corriendo la terraza hasta donde yacía inmóvil Shelagh O'Donnell. Le bastó con echar un solo vistazo para comprender que alguien la había golpeado con saña, varias veces. Le comprobó el pulso. Aún respiraba, aunque tenía muy mal aspecto.

Hal sacó el teléfono del bolsillo y llamó a una ambulancia con los dedos temblorosos.

—*Maintenant!* —gritó tras darles tres veces la dirección—. *Oui, elle souffle! Mais vite, alors!*

Hal cortó la comunicación. Entró corriendo en la casa, encontró una manta echada sobre el sofá, salió corriendo y cubrió con cuidado a Shelagh para que no se enfriase, sabiendo que de ninguna manera debía tratar de moverla a otro sitio; luego entró en la casa y salió a la calle por la puerta principal. Se sintió culpable por lo que estaba a punto de hacer, pero no podía quedarse en Rennes-les-Bains ni un minuto más.

Aporreó la puerta de la vecina. Cuando por fin contestó, contó a la sobresaltada mujer lo que había ocurrido, le pidió que se quedara con la doctora O'Donnell hasta que llegaran los médicos de urgencias y subió de un salto a su coche sin darle tiempo a poner ningún reparo.

Encendió el contacto y pisó el acelerador. Solamente una persona podía ser responsable de aquello. Tenía que volver al Domaine de la Cade y localizar a Meredith.

Julian Lawrence cerró el coche de un portazo y subió veloz por la escalinata del hotel.

No tendría por qué haber sido presa del pánico.

Las gotas de sudor le corrían por la cara y le empapaban el cuello de la camisa. Le latían con fuerza las venas de las sienes. Entró dando tumbos en recepción. Necesitaba llegar a su estudio cuanto antes para sosegarse. Y luego idear algo para salir del paso.

—*Monsieur? Monsieur Lawrence?*

Se volvió en redondo, con ciertos problemas de visión, y se dio cuenta pese a todo de que la recepcionista le hacía señas.

—Monsieur Lawrence —comenzó a decir Éloïse, pero calló—. ¿Se encuentra usted bien?

—Estupendamente —le cortó él—. ¿De qué se trata?

Ella retrocedió un paso.

—Su sobrino me ha pedido que le dé esto.

Julian recorrió la distancia en tres zancadas y arrebató el papel que sujetaba Éloïse con ambas manos extendidas. Era una nota de Hal, directa, al grano, en la que concertaba una cita entre ambos para las dos en punto.

Julian arrugó el papel en un puño.

—¿A qué hora ha dejado esto aquí? —inquirió.

—A eso de las diez y media, monsieur, poco después de que usted saliera.

—¿Se encuentra mi sobrino ahora en el hotel?

—Creo que fue a Rennes-les-Bains a recoger a la persona que le había visitado antes aquí mismo. Que yo sepa, todavía no ha regresado.

—¿Iba con él la norteamericana?

—No. Ella ha salido a los jardines —respondió, mirando a las puertas que daban a la terraza.

—¿Cuánto tiempo hace?

—Al menos una hora, monsieur.

—¿Dijo qué intenciones tenía, adónde pensaba ir? ¿Oyó algo de lo que hablaron mi sobrino y ella, Éloïse? ¿Algún detalle?

La creciente alarma de la recepcionista ante su comportamiento se le notó en los ojos, pero respondió con calma.

—No, monsieur, aunque...

—¿Qué pasa?

—Antes de irse a los jardines preguntó si sabía yo dónde podía tomar prestada..., no sé cómo se dice en inglés. *Une pelle.*

Julian se sobresaltó.

—¿Una pala?

Éloïse dio también un respingo de alarma en el momento en que Julian plantó violentamente ambas manos en el mostrador, dejando las huellas húmedas de sus palmas. La señora Martin sólo pudo haber pedido una pala si tenía la intención de excavar. Y para eso había esperado hasta saber que él no se encontraba en el hotel.

—Las cartas —murmuró—. Lo sabe.

—*Qu'est-ce qu'il y a, monsieur?* —dijo Éloïse con nerviosismo—. *Vous semblez...*

Julian no respondió; se limitó a girar sobre sus talones, atravesar el vestíbulo y abrir la puerta de la terraza, para cerrarla de un portazo que dio contra la pared.

—¿Qué le digo a su sobrino si regresa? —le preguntó Éloïse a gritos.

Desde la pequeña ventana de la parte posterior de recepción lo vio alejarse a grandes zancadas. No hacia el lago, como había hecho con anterioridad madame Martin, sino en dirección al bosque.

CAPÍTULO 99

∞

Había una avenida jalonada de tejos que se extendía ante ella, y reparó en la huella de un sendero más antiguo. No pareció que condujera a ninguna parte, pero cuando Meredith miró más a fondo vio el perfil de unos cimientos y unas cuantas piedras destrozadas en el suelo. Allí, en otro tiempo, hubo un edificio.

Éste es el lugar.

Con la caja que contenía las cartas, echó a caminar despacio hacia donde estuvo en su día el sepulcro. La hierba estaba húmeda bajo sus pies, como si hubiera llovido recientemente. Reparó en el abandono del lugar, en su aislamiento, y lo notó incluso a través de las suelas de las botas embarradas.

Meredith tuvo que morderse el labio para contener la decepción. Unas cuantas piedras, los restos de un muro perimetral, un espacio por lo demás desierto. Hierba y sólo hierba hasta donde la vista alcanzaba.

Busca más a fondo.

Meredith contempló aquel espacio dejándose impregnar por él. Vio entonces que la superficie no era del todo llana. Con un poco de imaginación, se dio cuenta de que podría incluso precisar el contorno del sepulcro. Una extensión de unos dieciocho metros de largo, o algo menos, tres de ancho, como una especie de jardín hundido. Aferrando con más fuerza las asas del costurero, dio un paso adelante. Sólo al hacer ese gesto se dio cuenta Meredith de que había levantado considerablemente el pie.

Como si atravesara un umbral.

De inmediato pareció cambiar la luz. Se hizo más densa, más opaca. El rugir del viento en sus oídos aumentó aún más, como si fuera una misma nota aguda, repetida continuamente, o el zumbido de los cables del teléfono con una brisa constante. Y detectó un levísimo aroma a incienso, el olor embriagador de la piedra húmeda, un culto ancestral que pendía en el aire.

Dejó la caja en el suelo, se irguió y miró en derredor. Por algún efecto del aire, una difusa bruma se elevó sobre el terreno humedecido. Fueron apareciendo alfileres, chispas de luz una por una, suspensas en torno a la periferia de la ruina, como si una mano invisible estuviera encendiendo un conjunto de pequeñas velas. A medida que cada halo de luz se fue conectando con el resto, dieron forma poco a poco a los muros desaparecidos del sepulcro. En medio del velo tendido por la bruma, Meredith creyó ver la silueta de unas letras en el suelo: C, A, D, E. Al dar otro paso más, la superficie bajo sus botas también le resultó diferente. Ya no era de tierra y hierba, sino de duras losas de piedra.

Meredith se arrodilló, ajena del todo a la humedad que se le colaba por las rodillas de los pantalones vaqueros. Sacó la baraja y cerró la tapa del costurero. Como no deseaba estropear las cartas, se quitó la chaqueta y la extendió del revés sobre el costurero.

Barajó las cartas como le había enseñado Laura en París, y luego cortó la baraja en tres montones con la mano izquierda. Los volvió a juntar —primero, el del medio; luego, el de arriba; por último, el de abajo— y colocó la totalidad de la baraja boca abajo sobre la mesa improvisada.

No puedo dormir.

Meredith de ninguna manera podía pretender llevar a cabo por sí sola una lectura. Cada vez que había leído las notas que tomó, se sentía más confusa por el significado de las cartas. Tan sólo pretendía dar la vuelta a las cartas —tal vez sólo ocho, respetando las relaciones de la música con el lugar— por si surgiera algún patrón que pudiera reconocer.

Hasta que, como había prometido Léonie, las cartas contaran la historia.

Sacó la primera carta y sonrió al ver que era su propio rostro el que la miraba: La Justicia. A pesar de haber barajado y haber cortado las cartas, era la misma, la que estaba la primera cuando encontró la baraja en el costurero, bajo el lecho seco del río.

La segunda carta fue La Torre, que indicaba conflicto y amenaza. La colocó junto a la primera y volvió a sacar otra. Los ojos límpidos y azules de El Mago la miraron entonces, con una mano apuntando al cielo y la otra a la tierra, el símbolo del infinito encima de la cabeza. Era una figura ligeramente amenazante, ni claramente buena ni claramente mala. Mientras la contemplaba, Meredith empezó a pensar que la suya era una cara que conocía, aunque no acertó a reconocerlo.

La cuarta carta la hizo sonreír de nuevo: El Loco. Anatole Vernier, con su traje blanco, su sombrero *canotier* y su bastón en la mano, tal como lo había pintado su hermana. La Sacerdotisa le siguió: Isolde Vernier, hermosa, elegante, sofisticada.

Luego, Los Enamorados, Isolde y Anatole juntos.

La séptima carta era El Diablo. Su mano aleteó unos momentos por encima de la carta, al tiempo que ella miraba los rasgos malévolos de Asmodeus y los veía tomar forma ante sus propios ojos. El diablo y todos sus demonios, la personificación de los terrores, de los temores inquietantes de los montes, tal como se relataba en la recopilación de Audric S. Baillard. Cuentos de maldad, tanto del pasado como del presente.

Meredith supo en ese momento, a partir de la secuencia que se había trazado, cuál iba a ser la última carta. Todos los personajes del drama estaban presentes, retratados en los naipes que pintó Léonie, si bien estaban modificados, transformados, de modo que contasen una historia específica.

Con el olor del incienso aún en la nariz y los colores del pasado fijados en la imaginación, Meredith sintió que el tiempo se le escapaba. Un presente continuo, todo lo que lo había precedido y todo lo que fuera a suceder después, se unió en ese acto de desplegar las cartas según fueran saliendo.

Las cosas se escurrían entre el pasado y el presente.

Tocó la última carta con las yemas de los dedos y, sin siquiera darle la vuelta, notó que Léonie salía de las sombras.

Carta VIII: La Fuerza.

Dejando la octava carta sin volver, Meredith se sentó en el suelo sin sentir el frío ni la humedad, y miró el octeto de cartas extendido sobre la caja. Comprendió entonces que las imágenes empezaban a moverse. Su vista se centró sin querer en El Loco. Al principio era tan sólo una mancha de color que antes no estaba allí. Una gota de sangre, casi tan pequeña que no se podía ver, pero que fue en aumento, floreció, ganó tamaño y se tornó muy rojo sobre el blanco del traje que vestía Anatole. Cubriéndole el corazón.

Por un instante, aquellos ojos pintados parecieron mirarle a ella a los suyos.

Meredith contuvo la respiración, desbordada, abrumada, y sin embargo incapaz de alejarse de lo que estaba observando, en el momento en que comprendió que estaba viendo morir a Anatole Vernier. La figura se deslizó despacio hasta el pie del terreno pintado como fondo, revelando entonces con toda claridad los montes de Soularac y de Bézu, bien visibles al fondo.

Ansiosa, desesperada al no lograr ver algo más, aunque sabedora al mismo tiempo de que no tenía elección, un movimiento que se produjo en la carta contigua captó su mirada. Meredith se volvió a La Sacerdotisa. De entrada, el hermoso rostro de Isolde Vernier la miraba con sosiego desde la carta II, serena, con un largo vestido azul y guantes blancos, que subrayaban la elegancia de sus dedos, sus brazos esbeltos. Sus rasgos comenzaron entonces a cambiar, pasando la tonalidad del rosa al azul. Se le abrieron más los ojos, sus brazos parecieron deslizarse sobre su cabeza como si estuviera nadando, como si flotase.

Se está ahogando.

El eco de la muerte de su propia madre.

La carta pareció oscurecerse a la vez que la falda de Isolde se hinchaba en el agua en torno a sus piernas, enfundadas en medias, con el relumbre de la seda en el verde opaco del mundo subacuático, y unos dedos fangosos que le arrancaron las chinelas color marfil de los pies.

Isolde cerró los ojos, pero con ese gesto Meredith comprobó que la expresión que aún brillaba en ellos era de paz, no de temor, no del horror que siente el ahogado. ¿Cómo era posible? ¿Había llegado a ser la vida una carga tan pesada que realmente quiso morir para librarse de lo que ya no podía soportar de ninguna manera?

Miró al final, al Diablo, y sonrió. Las dos figuras encadenadas a los pies del demonio ya no estaban allí. Las cadenas quedaron arrinconadas en la base de la columna. Asmodeus se había quedado solo.

Meredith respiró hondo. Si las cartas podían contar, en efecto, la historia que había acontecido, ¿qué fue de Léonie? Alargó la mano, pero no fue capaz de animarse a dar la vuelta a la última carta. Sentía auténtica desesperación por conocer la verdad. Al mismo tiempo, le inspiraba verdadero miedo la historia que podría estar a punto de presenciar en esas imágenes cambiantes.

Introdujo la uña bajo el canto de la carta, por una esquina; cerró los ojos y contó hasta tres. Entonces la miró. El anverso de la carta estaba en blanco.

Meredith se incorporó, se puso de rodillas, desconfiando de lo que acababa de ver con sus propios ojos. La tomó con la mano y le dio la vuelta y la volvió otra vez.

La carta seguía en blanco, completamente en blanco: no quedaban en ella ni siquiera los verdes y los azules del paisaje del Midi.

En ese instante un sonido interrumpió sus reflexiones. Una rama rota, un crujido en las piedras al moverse de su sitio, el repentino aleteo de un ave que emprende el vuelo.

Meredith se puso en pie, mirando a medias a su espalda, pero sin llegar a ver nada.

—¿Hal?

Una miriada de pensamientos centellearon en su interior, y ninguno le sirvió de ayuda. Los apartó de sí. Tenía que ser Hal. Ella misma le había dicho dónde iba a encontrarse. Nadie más sabía que estaba allí.

—¿Hal? ¿Eres tú?

Los pasos se iban acercando. Alguien que caminaba a buen paso por el bosque, el susurro de las hojas al desplazarse, el crujir de las ramas bajo sus pies.

Si era él, ¿por qué no respondía?

—¿Hal? Esto no tiene ninguna gracia.

Meredith no supo qué hacer. Lo más inteligente habría sido echar a correr y no quedarse allí a la espera de saber qué deseaba quien acudiese a su encuentro.

No, lo más inteligente es tener una respuesta sosegada.

Trató de convencerse de que podía ser otra persona alojada en el hotel que hubiera salido a dar un paseo por el bosque, igual que ella. A pesar de todo, rápidamente recogió las cartas. Y en ese momento vio que había otras también en blanco. La carta que salió en segundo lugar, La Torre. El Mago también estaba vacío.

Con la torpeza que atribuyó a los nervios y al frío fue recogiendo las cartas una por una para guardarlas. Tuvo la sensación de que una araña le recorría la piel. Agitó la muñeca para desprenderse de ella. No, no tenía nada, aunque la seguía percibiendo.

Había cambiado también el olor. Ya no era el olor de las hojas caídas, de la piedra húmeda o del incienso, los olores que había imaginado pocos minutos antes; era el hedor del pescado podrido, o del mar en un estuario de agua estancada. Y era el olor del fuego; no de las hogueras de otoño, tan familiares, en el valle, no, sino el olor a cenizas calientes, el olor acre del humo, el olor de la piedra quemada.

Pasó ese momento. Meredith pestañeó y, repentinamente, volvió a ser dueña de sus actos. Se dispuso a recoger las cartas. Entonces, por el rabillo del ojo, percibió un movimiento. Había alguna clase de depredador, de pelaje negro y apelmazado, que se desplazaba por la espesura. Trazó un círculo en torno a arboleda. Meredith se quedó helada. Parecía del tamaño de un lobo o de un jabalí, por más que no supiera ella si en Francia aún quedaban lobos, aunque parecía avanzar a saltos, de pie, con dos patas tan sólo. Meredith estrechó el costurero contra el pecho. Vio entonces las patas contrahechas, la piel correosa, llena de pústulas. Durante un segundo tan sólo aquella criatura clavó en ella su penetrante mirada azul. Ella notó un agudo dolor en el pecho, como si se le hubiera clavado la punta de un cuchillo, y entonces la criatura se volvió y la presión que sentía en el corazón menguó rápidamente.

Meredith oyó un ruido más fuerte. Bajó los ojos y vio la balanza de la justicia escapar de la mano de la figura de la carta XI. Oyó el estrépito con que cayeron y rebotaron los platillos de latón y las pesas de hierro en el suelo de piedra en que se encontraba pintada la imagen.

Voy a por ti, y el que no se haya escondido...

Las dos historias se habían fundido, tal como predijo Laura que había de suceder. El pasado y el presente, aunados por las cartas.

Meredith notó que el vello de la nuca se le ponía de punta, y comprendió que mientras había escrutado el bosque, tratando de ver qué era lo que allí rondaba, en la penumbra de la espesura, había olvidado del todo la amenaza que podía llegar por la dirección opuesta.

Era tarde para echar a correr.

Alguien, o algo, estaba ya a su espalda.

CAPÍTULO 100

∞

Dame las cartas —dijo él.

A Meredith se le salió el corazón por la boca en el instante en que oyó su voz.

Se volvió en redondo, abrazada con fuerza a las cartas, y con el mismo gesto dio uno, dos pasos atrás.

Impecable en todas las demás ocasiones en que ella lo había visto, en Rennes-les-Bains y en el hotel, en ese momento Julian Lawrence parecía un guiñapo. Llevaba la camisa abierta y sudaba copiosamente. Se le notaba el agrio olor del brandy en el aliento.

—Hay algo ahí —dijo ella, y las palabras salieron a borbotones de sus labios antes de que tuviera un instante para pensar—. Un lobo o algo así. En serio. Acabo de verlo. Del otro lado de los muros.

Él se quedó donde estaba. La confusión nubló la desesperación de sus ojos.

—¿Muros? ¿Qué muros? ¿De qué estás hablando?

Meredith miró de reojo. La velas seguían titilando, proyectando sombras que perfilaban la forma de la tumba visigótica.

—¿Es que no los ves? —preguntó—. Está clarísimo. Las luces brillan en donde estuvo el sepulcro.

Una sonrisa taimada asomó en los labios de él.

—Ah, ya veo por dónde quieres ir —dijo—, pero no te valdrá de nada. Lobos, animales peligrosos, templos espectrales que flotan en el aire... Todo eso está muy bien, es muy entretenido, pero a mí no me impedirá lograr lo que quiero. —Se acercó un paso más—. Dame las cartas.

Meredith tropezó al retroceder un paso. Por un instante, sin embargo, tuvo una fuerte tentación. Se encontraba en un terreno propiedad de Julian, había hecho una excavación sin permiso. Era ella la que estaba cometiendo una infracción, no él. Sin embargo, con sólo mirarle a la cara se le heló la sangre en las venas. Los ojos azules, penetrantes, las pupilas dilatadas. El miedo comenzó a recorrer su columna vertebral en cuanto pensó en lo aislados que estaban allí los dos, a kilómetros de cualquier parte, en medio del bosque.

Necesitaba mantener algún punto de apoyo. Lo observó con cautela mientras él miraba el calvero de hito en hito.

—¿Has encontrado aquí la baraja? —preguntó él—. No, imposible. Yo ya he excavado aquí, y aquí no estaba.

Hasta ese momento, Meredith nunca había terminado de creer del todo las teorías que tenía Hal sobre su tío. Si la doctora O'Donnell estaba en lo cierto, y si había sido el coche azul de Julian Lawrence el que había pasado por la carretera nada más producirse el accidente, cabía la posibilidad de que no se hubiera detenido para pedir auxilio ni para prestarlo.

Meredith dio un paso atrás.

—Hal llegará en cualquier momento —le dijo.

—¿Y eso qué más da?

Miró en derredor, tratando de precisar si tenía o no alguna posibilidad de huir. Era mucho más joven, estaba más en forma que él. Pero de ninguna manera habría abandonado el costurero de Léonie allí en el suelo. Y por más que Julian Lawrence pensara que ella sólo pretendía meterle el miedo en el cuerpo hablando de lobos y de bestias, seguía estando segura de que había visto algo, un animal, que rondaba por la linde del calvero poco antes de que llegara él.

—Dame las cartas y no te haré daño —insistió él.

Meredith dio otro paso atrás.

—No te creo.

—No creo que importe ahora mismo que me creas o no. —Y como si se acabase de encender una luz de pronto perdió los estribos y le gritó a la cara—: ¡Dámelas!

Meredith tropezó de nuevo al dar otro paso atrás, apretando las cartas contra el pecho. Volvió a notar el olor. Más intenso que antes, un hedor que le revolvió las tripas, una peste a pescado podrido y un olor a fuego aún más penetrante.

Lawrence sin embargo parecía completamente ajeno a todo, con la excepción de las cartas que ella sujetaba con fuerza. Seguía avanzando hacia ella paso a paso, acercándose con la mano extendida.

—¡Apártate de ella!

Tanto Meredith como Lawrence se volvieron sobre los talones hacia el punto del que había partido la voz en el momento en que Hal llegó corriendo por el bosque, gritando a voces, derecho hacia su tío.

Lawrence se dio la vuelta y se aprestó para hacerle frente, y con un gesto brusco logró descargarle un directo en el mentón con el puño derecho. Desprevenido, Hal cayó en el acto, manándole la sangre de la boca y la nariz.

—¡Hal!

Él lanzó una patada contra su tío, y le alcanzó en la rodilla. Lawrence dio un traspié, pero no llegó a caer. Hal intentó levantarse a duras penas, pero aunque Julian era mayor, y mucho más pesado, sabía pelear y había empleado los puños bastantes más veces que Hal. Era más veloz en sus reacciones. Unió ambas manos y las descargó con una fuerza tremenda en la nuca de Hal.

Meredith corrió a por el costurero; arrojó las cartas al interior, cerró la tapa de golpe y acudió a donde estaba Hal, inconsciente en el suelo.

No tiene nada que perder.

—Pásame las cartas de una vez, señora Martin.

Se levantó otra ráfaga de viento cargada del olor de la quema. Esta vez también le llegó a Lawrence. La confusión se reflejó un instante en sus ojos, pero no hizo caso.

—Si es necesario, te mataré —dijo él, en un tono tan despreocupado que dio mayor credibilidad a su amenaza. Meredith no respondió. El parpadeo de la luz de las velas que había imaginado en los muros del sepulcro se convirtió en llamas anaranjadas, doradas y negras, que parecían deseosas de brincar. El propio sepulcro estaba empezando a arder. El humo, negrísimo, envolvía el calvero, lamía las piedras. Meredith imaginó que acertaba a oír el crepitar de la pintura en los santos de yeso cuando empezaron a abrasarse. Las vidrieras de las ventanas estallaron hacia fuera en el momento en que cedieron los armazones de plomo por efecto del calor.

—Pero... ¿es que no lo estás viendo? —gritó—. ¿Es que no ves lo que está pasando?

Vio la alarma teñir el rostro de Lawrence, y una mirada de puro espanto que asomaba a sus ojos. Meredith se dio la vuelta, pero lo hizo despacio, y no llegó a ver nada con claridad. Algo pasó de largo a toda velocidad, a su lado: un animal de pelaje negro, apelmazado, con un movimiento extraño, cojitranco, que dio un empellón antes de saltar.

A Lawrence se le escapó un alarido.

Meredith vio horrorizada cómo caía, cómo trataba de impulsarse hacia atrás desde el suelo y cómo arqueaba la espalda como un cangrejo grotesco. Alzó los brazos como si luchase con algún ser invisible, dando puñetazos al aire, exclamando que algo le desgarraba la cara, los ojos, la boca. Con sus propias manos se atenazaba el cuello y se arañaba la piel, como si quisiera librarse de la presión de una mano.

Y Meredith oyó el susurro, una voz distinta, más profunda, más grave y más sonora que la de Léonie, que reverberaba en el interior de su cabeza. No reconoció las palabras, pero captó lo que querían decir.

Fujhi, poudes; Escapa, non.

Podrás huir, pero no escapar.

Vio cómo a Lawrence se le agotaban las fuerzas para plantar batalla y lo vio caer por tierra.

El silencio se adueñó de inmediato de la arboleda. Miró en derredor. Se encontraba de pie sobre un trozo de hierba. Ni llamas, ni muros, ni olor a tumba abierta.

Hal parecía volver en sí, se había apoyado sobre un codo. Se llevó la mano a la cara y luego se miró la palma, pegajosa de sangre.

—¿Qué demonios ha pasado?

Meredith fue corriendo a su lado y lo rodeó con ambos brazos.

—Te golpeó. Te dejó fuera de combate.

Hal parpadeó y volvió entonces la cabeza hacia donde estaba su tío tendido en el suelo.

Se le pusieron los ojos como platos.

—¿Has sido tú la...?

—No —interrumpió ella de inmediato—. Yo no lo toqué. No sé qué es lo que ha ocurrido. En un momento estaba... —calló, pues no supo cómo describirle a Hal lo que había visto.

—¿Un ataque al corazón?

Meredith se agachó al lado de Julian, que tenía el rostro completamente blanco, los labios y la nariz teñidos de morado, y el mentón ensangrentado.

—Todavía está vivo —dijo ella, sacando el móvil del bolsillo y lanzándoselo a Hal—. Llama. Si los equipos de urgencia son rápidos...

Él atrapó el móvil, pero no hizo el gesto de marcar. Ella vio su mirada y supo qué estaba pensando.

—No —le dijo con suavidad—. Así no.

Él la miró a los ojos unos momentos, con sus ojos azules apagados por el dolor, por la posibilidad de pagarle a su tío con la misma moneda que había empleado él. Un mago, dotado de poder sobre la vida y la muerte.

—Haz esa llamada, Hal.

Todavía durante un instante más quedó en suspenso la decisión. Entonces ella vio que los ojos de Hal se nublaban y que volvía a ser el de siempre. Justicia, no venganza. Comenzó a marcar el número. Meredith se acuclilló al lado de Julian, que ya no era aterrador, sino patético tan sólo.

Tenía las palmas de las manos expuestas al aire. En cada una de ellas, una extraña señal roja, inflamada, muy parecida a un ocho. Puso la mano sobre su pecho y en ese momento se dio cuenta de que ya no respiraba. Despacio, se puso en pie.

—Hal.

Él la miró torciendo la cabeza. Meredith se limitó a negar con un gesto.

—Ha muerto.

CAPÍTULO 101

DOMINGO, 11 DE NOVIEMBRE

Once días más tarde, Meredith se encontraba en el promontorio desde el cual se dominaba el lago, viendo cómo un pequeño ataúd de madera sencilla descendía al interior de la tierra.

Era un grupo poco numeroso. Ella y Hal, el propietario legal del Domaine de la Cade, junto con Shelagh O'Donnell, en la que todavía eran visibles las pruebas de la agresión de que fue objeto por parte de Julian. Asistió a la ceremonia un sacerdote de la localidad junto con un representante del ayuntamiento. Tras no pocos esfuerzos persuasivos, la casa consistorial había dado permiso para que el entierro se celebrase en la finca, siempre y cuando quedase bien claro que en aquel lugar estaban enterrados Anatole e Isolde Vernier. Julian Lawrence había saqueado las tumbas, pero sin exhumar los huesos.

A Meredith la emoción le atenazaba la garganta.

Por fin, al cabo de más de cien años, Léonie finalmente pudo hallar descanso junto a los cuerpos de su amado hermano y la esposa de éste.

En las horas siguientes a la muerte de Julian, los restos de Léonie fueron exhumados de una tumba muy poco profunda en las ruinas del sepulcro. Daba casi la impresión de que la hubieran tendido en tierra para que descansara así. Nadie pudo dar explicación al extraño hecho de que no hubieran descubierto sus restos con anterioridad, teniendo en cuenta las muchas y concienzudas excavaciones que se habían llevado a cabo en aquel yacimiento. Ni tampoco se explicó nadie por qué sus huesos no los habían dispersado en todo ese tiempo los animales salvajes.

Meredith sin embargo estuvo al pie de la tumba y vio cómo los colores del terreno bajo el cuerpo adormecido de Léonie, los matices cobrizos de las hojas encima de ella, los desvaídos fragmentos de tela que aún revestían su cuerpo y que le daban calor, eran idénticos a los de la ilustración de una de las cartas del tarot. De la baraja original, no de la copia. La carta VIII: La Fuerza. Y por un instante Meredith imaginó que veía incluso el eco de las lágrimas sobre su fría mejilla.

Tierra, aire, fuego, agua.

Debido a los formalismos legales y a la interminable burocracia del Estado francés, había resultado imposible averiguar con exactitud qué le sucedió a Léonie en la noche del 31 de octubre de 1897. Se declaró un incendio en el Domaine de la Cade, de eso quedaba plena constancia. Estalló más o menos con el crepúsculo, y en el transcurso de pocas horas destruyó parte de la casa. La biblioteca y el estudio fueron las dependencias más dañadas. También se tenían pruebas en los archivos de que el incendio fue intencionado.

A la mañana siguiente, día de Todos los Santos, se hallaron varios cuerpos en las ruinas humeantes: los criados que, se supuso, se vieron atrapados por las llamas. Y hubo otras víctimas, hombres que no trabajaban en los terrenos, personas llegadas del pueblo de Rennes-les-Bains.

Lo que seguía sin estar nada claro era por qué había elegido Léonie Vernier quedarse atrás cuando se dio a la fuga el resto de los habitantes del Domaine de la Cade, su sobrino Louis-Anatole entre ellos. A no ser que se hubiera visto obligada a quedarse por alguna razón. Tampoco había explicación en los archivos sobre el hecho de que el fuego se extendiera tanto y tan deprisa que destruyó además el sepulcro. El *Courrier d'Aude* y otros periódicos de los alrededores hicieron en su día referencia a que hubo vientos fortísimos aquella noche. Con todo y con eso, la distancia entre la casa y la tumba visigótica, sita en el corazón del bosque, parecía excesiva.

Meredith sabía que podía aclararlo. Con el tiempo, conseguiría que todas las piezas encajasen.

La luz ascendente daba de soslayo en la superficie del agua, los árboles, el paisaje que tantos secretos había guardado, y durante tanto tiempo. Un soplo de viento, como un suspiro, susurró sobre los terrenos de la finca, prolongándose por el valle. La voz del sacerdote, clara e intemporal, fue un llamamiento para que Meredith asumiera la tarea que le quedaba pendiente.

—*In nomine Patris, et Filii, et Spiritus Sancti.* En el nombre del Padre, del Hijo y del Espíritu Santo.

Notó que Hal la había tomado de la mano.

Amén. Así sea.

El sacerdote, alto, con su recia sotana negra, le sonrió un instante. Tenía la nariz enrojecida, y sus ojos castaños y amables brillaban con una luz especial debido tal vez al aire helado.

—*Mademoiselle Martin, c'est à vous, alors.*

Respiró hondo. Ahora que había llegado el momento, de pronto se sintió tímida, reacia. Notó que Hal le apretaba los dedos con su mano antes de soltarla con cariño.

Manteniendo con gran dificultad sus emociones bajo control, Meredith dio un paso adelante hasta el borde de la tumba. Del bolsillo, sacó dos objetos que se habían recuperado en el estudio de Julian Lawrence: un camafeo de plata y un reloj de caballero, de bolsillo. Los dos llevaban inscritas sólo unas iniciales y una fecha: el 22 de octubre de 1891, conmemoración del matrimonio de Anatole Vernier con Isolde Lascombe. Meredith titubeó y, al cabo, se agachó y depositó ambos objetos suavemente en la tierra a la que pertenecían.

Alzó los ojos hacia Hal, que le sonrió y le hizo un gesto inapreciable con la cabeza. Ella respiró hondo otra vez, y de su bolsillo interior sacó un sobre de color blanco. Dentro se encontraba la pieza de música, la reliquia que Meredith tanto había atesorado, y que se llevó Louis-Anatole en barco desde Francia hasta Estados Unidos, para entregársela a las sucesivas generaciones, hasta que llegó a ella.

Le fue difícil desprenderse de aquella hoja de papel, pero Meredith en el fondo sabía que era propiedad de Léonie.

Miró la pequeña lápida de pizarra que habían colocado en el suelo, gris, sobre el verde de la hierba húmeda:

LÉONIE VERNIER

22 AOÛT 1874 - 31 OCTOBRE 1897

REQUIESCAT IN PACEM

Meredith soltó el sobre. Aleteó en el aire, trazó una espiral, un destello de blancura que caía despacio desde su mano enguantada, revestida de negro.

Descansen en paz los muertos. Duerman el sueño de los justos.

Dio un paso atrás con las manos unidas al frente, la cabeza inclinada. Por un momento, el pequeño grupo allí reunido guardó silencio, rindiendo los últimos respetos. Meredith hizo entonces un gesto de asentimiento hacia el sacerdote.

—*Merci, monsieur le curé.*

—*Je vous en prie.*

Con un gesto intemporal, el sacerdote pareció abarcar a todos los reunidos en el promontorio, y se dio la vuelta entonces para encabezar la marcha del grupo por la pendiente. Llegaron hasta la orilla del lago y lo rodearon. Cuando se acercaban al edificio, por las extensiones de césped bien cuidado que relucían con el rocío de la mañana, el sol todavía en ascenso se reflejaba arrancando llamaradas de las ventanas del hotel.

Meredith de pronto se detuvo.

—Perdona, pero... ¿tienes un minuto? —le preguntó a Hal.

Él asintió.

—Quiero ver cómo quedan acomodados y vuelvo ahora mismo contigo.

Ella lo vio seguir camino, atravesar la hierba, llegar hasta la terraza, y sólo entonces le dio la espalda para mirar el lago. Quería quedarse un poco más, sólo un poco más.

Meredith se abrigó cerrándose bien el abrigo en torno al cuello. Tenía helados los dedos de las manos y de los pies y le picaban los ojos. Habían terminado todas las formalidades. No quería marcharse del Domaine de la Cade, pero sabía que había llegado el momento. Al día siguiente, a la misma hora, estaría de regreso a París. Al día siguiente, martes 13 de noviembre, se hallaría a bordo de un avión, sobre el Atlántico, de vuelta a casa. Y entonces tendría que pararse a pensar adónde seguir, por dónde continuar.

Calibrar si Hal y ella realmente tenían un futuro por delante.

Meredith contempló las aguas dormidas del lago, planas como un espejo, y miró hacia el promontorio. Allí, junto al viejo banco de piedra en forma de luna creciente, Meredith creyó ver una figura, un perfil insustancial, una silueta rutilante, con un vestido blanco y verde, ceñido a la cintura, voluminoso en los brazos y en la falda. Llevaba el cabello suelto, de un cobrizo reluciente con los primeros rayos del sol de la mañana. Detrás, los árboles, plateados por la escarcha, resplandecían como si fueran de metal.

Meredith creyó oír la música una vez más, aunque no estuvo segura de que fuera en su interior o en lo más profundo de la tierra. Como las notas manuscritas en el papel, sólo que escritas en el aire. Música oída, pero no oída.

Permaneció en silencio, a la espera, atenta, a sabiendas de que iba a ser la última vez.

Hubo un súbito cabrilleo en el agua, tal vez una refracción de la luz, y Meredith vio a Léonie levantar la mano. Un brazo esbelto y silueteado sobre el cielo blanco. Largos dedos envueltos en guantes negros. Pensó en las cartas del tarot. Las cartas de Léonie, que ella había pintado más de cien años antes para relatar su historia y la de aquellas personas a las que tanto había amado. En la confusión y en el caos de las horas inmediatamente posteriores a la muerte de Julian, en la Noche de Difuntos —mientras Hal estuvo en comisaría y hubo numerosas llamadas del hospital, donde estaban tratando a Shelagh, y del depósito de cadáveres, adonde llevaron el cuerpo de Julian—, Meredith, en silencio, sin decir nada a nadie, devolvió las cartas al costurero de Léonie y se lo llevó al ancestral escondite, en el bosque, donde lo había encontrado.

Al igual que aquella pieza de música para piano, *Sepulcro, 1891*, su lugar natural era la tierra.

Clavó los ojos en la media distancia, pero la imagen se iba desdibujando.

Se marcha.

Fue el deseo de que se hiciera justicia lo que mantuvo allí a Léonie hasta que se contó la historia en su totalidad, y se supo. Ahora por fin podía descansar en paz, en aquella tierra que tanto y tan bien amó.

Sintió llegar a Hal, notó que se situaba a su lado.

—¿Qué tal va? —preguntó él en voz baja.

Descansen en paz los muertos. Duerman el sueño de los justos.

Meredith supo que él se estaba esforzando por entender algo, por sacar algo en claro de todo aquello. A lo largo de los últimos once días habían hablado, habían hablado mucho. Ella le contó todo lo que había acontecido, todo, hasta el momento en que él apareció de pronto en el calvero, minutos después que su tío. Le habló de Léonie, de su lectura del tarot en París, de la obsesión que se remontaba a más de cien años antes, y que tantas vidas se había cobrado, de las historias sobre el demonio y la música del lugar; le explicó cómo se había sentido, cómo creía que se vio arrastrada al Domaine de la Cade. Mitos, leyendas, realidades, historia, todo ello entremezclado sin solución de continuidad.

—¿Y estás bien? —preguntó él.

—Estoy bien. Sólo tengo un poco de frío.

Ella mantuvo los ojos clavados en la media distancia. La luz iba cambiando.

Hasta los pájaros dejaron de cantar.

—Lo que sigo sin entender —siguió diciendo Hal, y se introdujo las manos en los bolsillos, hasta el fondo— es por qué tú, es decir, claro que hay una conexión familiar con los Vernier, pero con todo y con eso...

Calló, por no saber en realidad qué pretendía decir.

—Tal vez fuera —dijo ella en voz queda— porque yo no creo en los fantasmas.

No era consciente en ese momento de Hal, del frío, del amanecer purpúreo que se iba extendiendo por el valle del Aude. Sólo tenía conciencia del rostro de la joven en la otra orilla del lago. Su espíritu se difuminaba en el trasfondo de los árboles, en la escarcha, y se escapaba. Meredith mantuvo los ojos clavados en un punto. Léonie ya casi no estaba allí. Su perfil se movía, titilaba, se deslizaba, se escurría, como el eco de una nota.

Del gris al blanco, del blanco a nada.

Meredith alzó la mano como si fuera a despedirse con un gesto cuando aquella silueta, ya espejismo, se diluyó al fin en una ausencia. Despacio, bajó el brazo.

Requiescat in pacem.

Hasta que al fin todo fue silencio. Todo fue espacio.

—¿Estás segura de que estás bien? —insistió Hal. Lo dijo como si estuviera preocupado.

Ella asintió.

—Sí, no es más que algo que se me ha metido en el ojo.

Durante unos pocos minutos más, Meredith se quedó mirando el espacio vacío. No quería interrumpir su conexión con el lugar. Entonces respiró hondo y buscó a Hal. En él encontró calor, solidez, carne y hueso.

—Volvamos —dijo ella.

Tomados de la mano, se dieron la vuelta y caminaron a través de las extensiones de césped, hasta llegar a la terraza de la parte posterior del hotel. Sus pensamientos discurrían por caminos muy distintos. Hal estaba pensando en un café. Meredith pensaba en Léonie. En lo mucho que iba a echarla de menos.

CODA

Tres años después

Domingo, 31 de octubre de 2010

Damas y caballeros, buenas noches a todos. Me llamo Mark y tengo el gran honor de dar la bienvenida a la señora Meredith Martin a nuestra librería.

Hubo un revuelo de aplausos entusiastas, aunque no muy numerosos, y enseguida se hizo el silencio en toda la pequeña librería, una librería independiente. Hal, sentado en primera fila, le sonrió para darle ánimos. De pie, al fondo, con los brazos cruzados, estaba su editora, que le hizo una señal con el pulgar en alto.

—Como muchos de ustedes ya saben —siguió diciendo el librero—, la señora Martin es autora de la biografía del compositor francés Claude Debussy, que se publicó el año pasado y cosechó críticas excelentes. En cambio, lo que tal vez no sepan...

Mark era un viejo amigo de Meredith, quien tuvo la horrible sensación de que iba a empezar a contar algo muy remoto, llevando al público a dar un paseo por los tiempos de la escuela elemental, del instituto y de la universidad, antes de comentar incluso el asunto que allí les reunía y decir algo sobre el libro.

Meredith descubrió que se distraía, que sus pensamientos tomaban caminos de sobra conocidos. Pensó en todo lo que le había ocurrido para llegar al cabo a ese punto.

Tres años de investigaciones, de acumular datos y pruebas, de verificarlas dos y tres veces, de intentar que encajasen las piezas de la historia de Léonie al mismo tiempo que se desvivía por terminar y entregar a tiempo su biografía de Debussy.

Meredith nunca llegó a saber a ciencia cierta si Lilly Debussy había visitado Rennes-les-Bains, aunque las dos historias se entrecruzaban a su debido tiempo y de una manera mucho más emocionante. Descubrió que los Vernier y los Debussy habían sido vecinos en la casa de la calle Berlin, en París. Y cuando Meredith visitó la tumba de Debussy en el cementerio de Passy, en el decimosexto *arrondisement,* donde también estaban enterrados Manet y Morisot, Fauré y André Messager, encontró, escondida en un rincón del cementerio, bajo los árboles, la tumba de Marguerite Vernier.

Al año siguiente, y de nuevo en París, Meredith le hizo una nueva visita para poner flores en su tumba.

Tan pronto entregó la biografía en la primavera de 2008, Meredith se concentró por completo en sus investigaciones sobre el Domaine de la Cade y sobre el modo en que su familia emigró de Francia a Estados Unidos. Más de cien años de historia, de repasar a fondo los datos, de hallar las conexiones.

Comenzó por Léonie. Cuanto más leía Meredith acerca de Rennes-les-Bains y de las teorías relativas al abad Saunière y a Rennes-le-Château, más convencida estaba de que la opinión de Hal, aquello que le dijo en el sentido de que todo era una cortina de humo para desviar la atención de lo que había ocurrido en el Domaine de la Cade, era muy acertada. Estuvo inclinada a pensar que los tres cadáveres descubiertos en los años cincuenta, en el jardín de la casa que ocupó el abad Saunière en Rennes-le-Château, estaban relacionados con los sucesos que acaecieron el 31 de octubre de 1897 en el Domaine de la Cade.

Meredith sospechaba que uno de los cuerpos era el de Victor Constant, el hombre que asesinó a Anatole y a Marguerite Vernier. Los datos históricos conservados indicaban que Constant había huido a España y que había recibido tratamiento en varias clínicas para la sífilis en tercera etapa que padecía, aunque regresó a Francia en el otoño de 1897. El segundo de los cadáveres podía ser el del criado de Constant, del que se sabía que estuvo entre la muchedumbre que atacó la casa. Su cuerpo nunca se había encontrado. El tercero de los cuerpos no tenía una explicación tan sencilla. Tenía la columna vertebral en forma de S, unos brazos anormalmente largos y una estatura que no alcanzaba el metro treinta.

El otro suceso que llamó la atención de Meredith fue el asesinato de Antoine Gélis, párroco de Coustaussa, perpetrado en algún momento de aquella misma noche de octubre de 1897. Gélis era una persona que apenas se relacionaba con nadie. Aparentemente, no cabía pensar que hubiera tenido conexión con los sucesos del Domaine de la Cade, dejando a un lado la coincidencia de la fecha. Había sido atacado con las tenazas de su propia chimenea, y luego se encontró un hacha en el antiguo presbiterio. El *Courrier d'Aude* informó de que se le había encontrado con catorce heridas en la cabeza y múltiples fracturas de cráneo.

Fue un asesinato particularmente violento y sin motivo aparente. Nunca se supo nada de los autores del mismo. Todos los periódicos locales de la época cubrieron la noticia e informaron de los mismos detalles. Tras asesinar al párroco, que ya tenía bastantes años, los asesinos dejaron el cuerpo con las manos sobre el pecho. Se había registrado la casa, se abrió una caja fuerte, pero la sobrina que cuidaba del sacerdote dijo que estaba vacía. No se habían llevado nada.

Cuando Meredith indagó un poco más a fondo, descubrió dos detalles enterrados en los reportajes que publicaron en su día los periódicos. Primero, que la Noche de Difuntos, al atardecer, una muchacha que encajaba con la descripción de Léonie Vernier visitó el presbiterio de la iglesia de Coustaussa. Se recuperó una nota manuscrita. Segundo, que entre los dedos de la mano izquierda del muerto alguien había dejado una carta del tarot.

Carta XV: El Diablo.

Cuando Meredith se enteró de este detalle y recordó lo que había acontecido en las ruinas del sepulcro, creyó entenderlo. El diablo, por medio de Asmodeus, su criado, se había llevado lo que era suyo.

En cuanto a quién pudo colocar el costurero de Léonie y las cartas originales en el escondrijo, bajo el arroyo que sólo fluía en invierno, era un misterio sin resolver todavía. A Meredith el corazón le decía que tuvo que ser Louis-Anatole, y lo imaginó colándose sigilosa y clandestinamente en el Domaine de la Cade, de noche, para devolver las cartas al lugar que les correspondía, haciéndolo en memoria de su tía. La cabeza más bien la llevaba a pensar que tenía que haber sido Audric Baillard, cuyo papel en toda la historia aún no había logrado resolver a plena satisfacción.

La información genealógica resultó relativamente más fácil de aclarar. Con ayuda de la misma funcionaria que trabajaba en el ayuntamiento de Rennes-les-Bains, y que era una mujer con muchos recursos y sumamente eficiente, a lo largo del verano y a comienzos del otoño de 2008 Meredith logró aclarar la historia de Louis-Anatole. Hijo de Anatole e Isolde, había crecido al cuidado de un hombre llamado Audric Baillard en una pequeña aldea de los montes de Sabarthès, llamada Los Seres. Tras la muerte de Léonie, Louis-Anatole nunca regresó al Domaine de la Cade, y la finca, desatendida y descuidada, se fue echando a perder. Meredith supuso que el tutor de Louis-Anatole tenía que haber sido el padre, o abuelo quizá, de aquel otro Audric S. Baillard, autor de *Diables et esprits maléfiques et phantômes de la montagne.*

Louis-Anatole Vernier, junto con un criado de la familia llamado Pascal Barthes, se alistó en el ejército francés en 1914 y participó en el servicio activo. Pascal recibió algunas condecoraciones, pero no sobrevivió a la guerra. Louis-Anatole sí, y cuando se proclamó la paz en 1918, llegó a Estados Unidos, legando oficialmente el Domaine de la Cade, abandonado, a sus parientes, los Bousquet. Para empezar, se ganó la vida tocando el piano en los barcos de vapor que recorrían el Misisipi y en los espectáculos de vodevil. Aunque Meredith no fuera capaz de demostrarlo, le agradaba pensar que al menos se tuvo que cruzar en su camino con otro artista de vodevil, Paul Foster Case.

Louis-Anatole se instaló no lejos de Milwaukee, en lo que hoy era Mitchell Park. Ahora que por fin tenía un apellido le resultó bastante fácil cubrir el siguiente capítulo de la historia. Se enamoró de una mujer casada, una tal Lillian Martin, que se quedó embarazada y tuvo una hija, a la que llamaron Louisa. Poco después terminó la historia de amor entre ambos, y Lillian y Louis-Anatole ya no volvieron a estar en contacto. Tampoco hubo pruebas de que existiera relación entre padre e hija, al menos ninguna que Meredith lograse encontrar, aunque imaginó que Louis-Anatole seguramente pudo seguir los progresos de su hija incluso desde cierta distancia.

Louisa heredó el talento de su padre para la música. Llegó a ser pianista profesional en las salas de concierto de Estados Unidos, en la década de 1930, más que en los barcos de vapor que circulaban por el Misisipi. Tras su debut, en una pequeña sala de Milwaukee, se encontró con que alguien había dejado a su nombre un paquete en su camerino. Contenía una sola fotografía, de un joven con uniforme militar, y una pieza para piano: *Sepulcro, 1891.*

En vísperas de la Segunda Guerra Mundial, Louisa se prometió en matrimonio con otro músico, un violinista al que había conocido en sus recorridos por el circuito de conciertos. Jack Martin era un manojo de nervios, una persona muy inestable, antes incluso de su cautiverio en un campamento de prisioneros de guerra en Birmania. Regresó a Estados Unidos al término de la guerra, se hizo adicto a las drogas y sufría de alucinaciones y pesadillas constantes. Tuvo con Louisa una hija, Jeannette, aunque vivieron sin duda situaciones muy adversas, y cuando Jack desapareció en los años cincuenta, Meredith dio en suponer que Louisa realmente no lo llegó a lamentar demasiado.

Meredith se dio cuenta de que estaba sonriendo. Tres años de investigaciones extenuantes y por fin había llegado al presente. Jeannette había heredado la belleza y el talento, el carácter de su abuelo, Louis-Anatole, y de su madre, Louisa, pero también había heredado la fragilidad, la vulnerabilidad de su bisabuela francesa, Isolde, y de su padre, Jack.

Meredith miró la contracubierta del libro, que descansaba sobre su regazo. Una reproducción de la fotografía de Léonie, Anatole e Isolde, tomada en la plaza de Rennes-les-Bains en 1891. Su familia.

Mark, el librero, todavía estaba haciendo su presentación. Hal logró que Meredith le mirase e imitó el gesto de cerrarse la boca con una cremallera.

Meredith sonrió. Hal se mudó a vivir a Estados Unidos en octubre de 2008, el mejor regalo de cumpleaños que Meredith pudo recibir jamás. Las cuestiones legales pendientes en Rennes-les-Bains habían sido sumamente complejas. Los trámites para autentificar el testamento llevaron su tiempo, y hubo problemas a la hora de precisar con exactitud las causas por las que había muerto Julian Lawrence. No fue una hemorragia cerebral ni un ataque cardiaco. No había huellas visibles de ninguna clase de trauma, al margen de algunas escaras sin explicación en las palmas de ambas manos. Su corazón simplemente dejó de latir.

De haber sobrevivido, era poco probable que hubiera tenido que afrontar la acusación tanto del asesinato de su hermano como de la tentativa de asesinato de Shelagh O'Donnell. Las pruebas circunstanciales en ambos casos eran convincentes, pero la policía nunca pareció inclinarse por reabrir el expediente de la muerte de Seymour, y Shelagh no llegó a ver a su agresor. Tampoco hubo testigos.

Sí había pruebas de fraude, y de que Julian Lawrence, durante bastantes años, se había apropiado de los beneficios de su negocio, que le sirvieron de aval para pedir sucesivos créditos y así financiar su búsqueda obsesiva. Se recuperaron varios objetos de la época visigoda, todos ellos obtenidos ilegalmente. En la caja fuerte de su despacho se encontraron diagramas en los que se mostraban con detalle sus excavaciones en el terreno de la finca, así como un cuaderno tras otro, llenos de anotaciones sobre una particular baraja de cartas del tarot. Cuando Meredith fue interrogada, en noviembre de 2007, reconoció que estaba en poder de una copia, una réplica de la misma baraja, pero que la original debió de ser destruida en el incendio de 1897.

Hal vendió el Domaine de la Cade en marzo de 2008. El negocio sólo generaba pérdidas. Había dado descanso definitivo a sus fantasmas, estaba listo para seguir adelante. Pero se mantuvieron en contacto con Shelagh O'Donnell, que vivía entonces en Quillan, y ella les dijo que una pareja de ingleses, con dos hijos adolescentes, se habían hecho cargo del lugar y habían logrado transformarlo en uno de los mejores hoteles familiares del Midi.

—Así pues, damas y caballeros, un aplauso para la señora Meredith Martin.

Arreciaron en efecto los aplausos, y Meredith sospechó que en gran parte fueron debidos a que Mark por fin había terminado su parrafada.

Respiró hondo y se puso en pie.

—Gracias por tu generosa presentación, Mark. Les aseguro que es para mí un gran placer estar aquí con ustedes. La génesis de este libro, como algunos ya sabrán, hay que buscarla en un viaje que hice mientras estaba trabajando en mi biografía de Debussy. Mis investigaciones me llevaron a un delicioso pueblo de los Pirineos, llamado Rennes-les-Bains, y a partir de ahí emprendí la investigación de mi propia historia de familia. Este libro es mi intento por dar descanso definitivo a los fantasmas del pasado. —Sonrió—. La heroína del libro, si así se le puede llamar, es una mujer llamada Léonie Vernier. Sin ella, hoy yo no estaría aquí. —Hizo una pausa—. Pero el libro está dedicado a Mary, a mi madre. Al igual que Léonie, es una mujer asombrosa. —Meredith vio que Hal daba un pañuelo de papel a Mary, que estaba sentada entre él y Bill, en la primera fila—. Fue Mary quien introdujo la música en mi vida. Fue ella la que me dio ánimos para plantear las preguntas que necesitaba formular y para no cerrarme nunca ante ninguna posibilidad. Fue ella quien me enseñó a seguir adelante, por más que se complicaran las cosas. Más importante aún —sonrió, en un tono más desenfadado—, y especialmente apropiado en esta noche, creo yo, es que fue Mary quien me enseñó a hacer las mejores calabazas que nunca se hayan hecho para la Noche de Difuntos.

Los amigos y familiares reunidos soltaron algunas risas.

Meredith esperó, excitada y nerviosa, a que se hiciera de nuevo el silencio en la librería. Respiró hondo, tomó el libro y dio comienzo a la lectura.

> *Esta historia arranca en una ciudad de huesos. En los callejones donde habitan los muertos. En el silencio de los bulevares, de los paseos, de los callejones sin salida del cementerio de Montmartre, en París, un lugar poblado por las tumbas y los ángeles de piedra y los espectros detenidos de quienes caen en el olvido antes de quedar sus cuerpos fríos en sus sepulturas.*

Mientras sus palabras flotaban entre el público y pasaban a formar parte de los numerosos cuentos que se habrían de contar en esa Noche de Difuntos, los acogedores sonidos del antiguo edificio hicieron de acompañamiento a la melodía de Meredith. Crujían las sillas sobre la tarima, se oía correr el agua en las viejas tuberías del techo, las bocinas de los coches en la calle, la cafetera que refunfuñaba a ratos en una esquina. Del bar de al lado llegaban a través de la pared los acordes de un piano. Notas blancas y negras que se colaban por las rendijas, entre los tablones de la tarima, en los espacios ocultos entre el techo y el suelo.

Meredith ralentizó el ritmo de la lectura al llegar al final del fragmento.

> *Y es que en verdad esta historia comienza no con unos huesos en un cementerio parisino, sino con una baraja de cartas. Con el Tarot de Vernier.*

Hubo unos instantes de silencio y siguieron los aplausos.

Meredith se dio cuenta de que había contenido la respiración durante un buen rato, así que soltó el aire con alivio. Al mirar a sus amigos, a sus familiares, a sus colegas, sólo durante una fracción de segundo imaginó que al fondo de la sala se encontraba una muchacha de larga melena cobriza y ojos verdes y brillantes. Sonreía.

Meredith le sonrió. Pero cuando volvió a mirar, vio que allí no había nadie.

Pensó en todos los espectros que habían ido rozando su vida. Marguerite Vernier en el cementerio de Passy. En el cementerio de Milwaukee, cercano al lugar en que confluyen los tres ríos, encontró descanso eterno su bisabuelo, Louis-Anatole Vernier, soldado de Francia, ciudadano de Estados Unidos. Pensó en Louisa Martin, pianista, en sus cenizas esparcidas al viento. Pensó en su madre biológica, enterrada en la orilla del lago Michigan, sobre la que se pone el sol. Pero sobre todo pensó en Léonie, apaciblemente dormida en el suelo del Domaine de la Cade.

Aire, agua, fuego, tierra.

—Gracias —dijo Meredith cuando cesaron los aplausos—. Y muchas gracias a todos por venir.

Sepulchre 1891
♩=82
4
7
10
13
16

18
22
26
30
34
38
42

NOTA DE LA AUTORA SOBRE EL TAROT DE VERNIER

El Tarot de Vernier es una baraja imaginaria, diseñada específicamente para *Sepulcro,* pintada por el artista Finn Campbell-Notman y basada en la clásica baraja de Rider Waite (1910).

Los expertos no han logrado ponerse de acuerdo sobre los antiquísimos orígenes del tarot: Persia, China, el Antiguo Egipto, Turquía o la India son algunas de las posibilidades que existen, todas por derecho propio. Sin embargo, el formato de las cartas que relacionamos hoy en día con el tarot, según suele aceptarse, proviene de la Italia de mediados del siglo XV. Hay cientos de barajas, y todos los años aparecen nuevos diseños en el mercado. La más popular sigue siendo el Tarot de Marsella, con sus inconfundibles ilustraciones en intensas tonalidades, amarillo, azul y rojo, así como la Baraja Universal de Waite, de carácter más narrativo, ideada en 1916 por un ocultista inglés llamado Arthur Edward Waite, con ilustraciones de una artista norteamericana, Pamela Colman Smith. Es la baraja que emplea Solitaire en *Vive y deja morir,* la película de James Bond.

Quienes deseen averiguar más detalles y profundizar en el tarot tienen a su disposición infinidad de libros y de páginas web. La mejor guía en general es la de Rachel Pollack, titulada *An Illustrated Guide to the Tarot,* y publicada por Dorling Kindersley. *El castillo de los destinos cruzados,* la novela que publicó Italo Calvino en 1973, también es una lectura esencial.

AGRADECIMIENTOS

He tenido la inmensa suerte de contar con el apoyo, los consejos y la ayuda tanto práctica como profesional de muchísimas personas en el transcurso de la redacción de *Sepulcro.* Ni que decir tiene que todo error factual o de interpretación es exclusivamente mío.

Mi agente, Mark Lucas, sigue siendo no sólo un soberbio editor y un muy buen amigo, sino que además es el proveedor de las notas Post-it multicolores (¡rojas esta vez!). Mi agradecimiento también a todo el equipo de LAW por su trabajo y su paciencia, especialmente a Alice Saunders, Lucinda Bettridge y Petra Lewis.

También a Nicki Kennedy por su apoyo y su entusiasmo, a Sam Edenborough y al equipo de ILA; a Catherine Eccles, amiga y compañera en Carcasona, en la casa de Anne Louise Fisher.

En Inglaterra tengo la suerte de publicar con Orion. Todo empezó con Malcolm Edwards y la incomparable Susan Lamb. Con *Sepulcro,* el editor Jon Wood (superenergético), la editora Genevieve Pegg (supereficaz y tranquila) y la correctora Jane Selley han trabajado de manera incansable y han logrado que todo el proceso, desde el comienzo hasta el frenético final, fuera muy divertido. También doy las gracias a esos héroes y heroínas a los que nadie canta alabanzas, los que trabajan en los departamentos de producción, ventas, marketing y publicidad, en particular a Gaby Young, Mark Rusher, Dallas Manderson y Jo Carpenter.

En Estados Unidos quiero dar las gracias a George Lucas y a mi magnífica editora en Putnam, Rachel Kahan. También a Droemer en Alemania, en particular a Annette Weber; a Lattès en Francia, en particular a Philippe Dorey e Isabelle Laffont.

Un agradecimiento muy especial al autor y compositor Greg Nunes, que me ayudó con los pasajes sobre Fibonnaci y que compuso la bella pieza musical titulada *Sepulcro, 1891,* que aparece en el libro y suena en la versión en audio.

También quiero destacar mi agradecimiento a Finn Campbell-Notman, del departamento de arte de Orion, por haber pintado las ocho cartas del Tarot de Vernier.

Mi agradecimiento también a los lectores y lectoras del tarot y a los entusiastas a uno y otro lado del Atlántico, que han sido muy generosos con sus consejos, sugerencias y experiencias. Quisiera destacar en especial a Sue, Louise, Estelle y Paul; a *Mysteries,* en Covent Garden; a Ruby (alias de la novelista Jill Dawson) por hacer una lectura y echarle las cartas a Meredith; asimismo, a todos los que prefieren permanecer en el anonimato.

En Francia, mi agradecimiento a Martine Rouche y Claudine l'Hôte-Azema, de Mirepoix; a Régine Foucher, de Rennes-les-Bains; a Michelle y Roland Hill por permitirme ver el diario; a madame Breithaupt y a su equipo en Carcasona; a Pierre Sanchez y Chantal Billautou por el apoyo práctico que me han prestado en estos últimos dieciocho años.

Enorme agradecimiento a los familiares y amigos, especialmente a Robert Dye, Lucinda Montefiore, Kate y Bob Hingston, Peter Clayton, Sarah Mansell, Tim Bouquet, Cath y Pat O'Hanlon, Bob y Maria Pulley, Paul Arnott, Lydia Conway y Amanda Ross. He de hacer una mención especial al equipo de investigación en Rennes-les-Bains, encabezado por Maria Rejt, Jon Evans y Richard Bridges, todos los cuales han pasado más tiempo del que nunca imaginaron ¡en aquella pizzería!

Sobre todo, mi cariño y mi gratitud a mi familia: mis padres, Richard y Barbara Mosse, mis hermanas, Caroline Matthews y Beth Huxley, y mis cuñados, Mark, JD y Rachie. Mi suegra, Rosie Turner, siempre está ahí para echar una mano y lograr que las cosas funcionen. Nuestra hija, Martha, siempre ha estado contenta y ha sido entusiasta, animada, deseosa de prestar su apoyo, y nunca ha dudado de que el libro llegaría a estar terminado. Felix pasó muchos meses paseando por los Downs del condado de Sussex, aportando sugerencias, haciendo propuestas para la trama, ofreciendo magníficas ideas de tipo editorial: sin su aportación, *Sepulcro* habría sido un libro muy distinto. ¡Eres la honra de los adolescentes!

Por último, y como siempre, Greg. Su amor y su fe, su aportación en todo lo indispensable, desde los consejos editoriales y los puramente prácticos, hasta las copias de los archivos y las cenas, noche tras noche, son lo que hace que todo sea distinto. Siempre ha sido así. *Pas à pas...* a lo largo del camino.

Últimos títulos publicados:

El viaje del elefante
José Saramago

La casa del boticario
Adrian Mathews

El silencio de Cleaver
Tim Parks

Luna nueva
Stephenie Meyer

Escuela de belleza de Kabul
Deborah Rodríguez

Fantasmas
Joe Hill

El arte de conducir bajo la lluvia
Garth Stein